本书获得嘉兴学院中国语言文学重点学科建设经费资助
教育部人文社会科学研究一般项目（项目批号：16YJC751007）

文学地理学研究丛书
刘跃进　梅新林 主编

清末民初小说中的京沪文学空间研究

纪兰香　著

中国社会科学出版社

图书在版编目(CIP)数据

清末民初小说中的京沪文学空间研究／纪兰香著 . —北京：中国社会科学出版社，2022.5

（文学地理学研究丛书）

ISBN 978-7-5227-0186-8

Ⅰ.①清… Ⅱ.①纪… Ⅲ.①小说研究—中国—近代 Ⅳ.①I207.42

中国版本图书馆 CIP 数据核字（2022）第 079081 号

出 版 人	赵剑英
责任编辑	宫京蕾
特约编辑	李晓丽
责任校对	冯英爽
责任印制	李寡寡

出　　版	中国社会科学出版社
社　　址	北京鼓楼西大街甲 158 号
邮　　编	100720
网　　址	http：//www.csspw.cn
发 行 部	010-84083685
门 市 部	010-84029450
经　　销	新华书店及其他书店
印刷装订	北京君升印刷有限公司
版　　次	2022 年 5 月第 1 版
印　　次	2022 年 5 月第 1 次印刷
开　　本	710×1000　1/16
印　　张	21
插　　页	2
字　　数	355 千字
定　　价	118.00 元

凡购买中国社会科学出版社图书，如有质量问题请与本社营销中心联系调换
电话：010-84083683
版权所有　侵权必究

序

从文体学的维度来看，小说与城市文化具有天然的血肉关系，城市不仅成为小说发生与成长的"温床"，而且往往转化为小说空间之"场景"。与中国源远流长的"双都轴心"相对应，中国小说先后经历了"长安—洛阳""汴京—洛阳""汴京—临安""北京—南京""北京—上海"的轴心转移，大致呈现为从西到东、从北到南的空间路线，至近现代进而造就了上海的新型轴心地位，然后带动环东南沿海轴线实现了走向现代与走向世界的双重转型。与上述双都二元对位相呼应，国内有些学者也已敏锐觉察到了中国古代文学的"双都轴心"以及城市小说的"双城"现象，后者的代表作有孙逊、葛永海《中国古代小说中的"双城"意象及其文化意蕴》（《中国社会科学》2004年第6期），宋莉华《汴州与杭州：小说中的两宋双城记》（《中国典籍与文化论丛》第七辑，北京大学出版社2002年版），葛永海《论明清小说中的"双城记"及其文学史意义》（《西北大学学报》2020年第6期）等。而今又有纪兰香的博士论文《清末民初小说中的京沪文学空间——以1892—1917上海地区出版的长篇小说为主》由中国社会科学出版社出版，从而为中国城市小说研究增添了一项新成果。

然而与以往由不同小说文本的"双城"书写不同，纪兰香《清末民初小说中的京沪文学空间研究》所论述的则是"上海小说"的京沪文学空间。作者根据《中国古代小说总目提要》《清末小说目录》《民初小说目录》等著作中的材料，对产生于1892—1917年这二十几年间写到上海和北京的长篇小说做了统计，其中京沪同时出现在一部作品的小说有近60余部，仅写到或提到上海的长篇小说有近60余部，仅写到或提到北京的小说有近30部，可见这时期"上海小说"以京为故事背景的小说有近100部，而以沪为故事背景的小说则超过100部。京沪因此构成一对新的小说"双城"。而且，清末民初时期的小说大多采用了真实的地理空间来虚构故事，不仅描写了真实的城市空间场景，甚至小说中的地名及建筑物、景观等都具有高度的真实性，客观上具有"地图指南"的效果，对于研究真实的城市地理空间和小说中的城市空间之间的对应关系具有重要意义。鉴于这一特殊的小说"双城"现象为以往文学史所忽略，因而尤有必要加以重新发掘与研究。

　　论文选题确定之后，作者同时交互在文本阅读与理论探索上下功夫。在文本阅读方面，作者立足于第一手材料而展开，除了阅读清末民初小说大量选本中的小说，如《中国近代小说大系》《中国近代文学大系》等小说，还包括选本中没有收集的单行本、报刊上刊登的连载小说及影像电子版小说，如《枯树花》《枯树花续编》《钱塘狱》《斯文变相》等，以及1905年出版的《新新小说》杂志刊登的《京华艳史》、宣统三年出版的单行本《北京繁华梦》，宣统三年上海小说进步社印行的单行本《春梦留痕》等，这些小说散落在各处，前人很少提及。作者设法找到这些小说之后，加以认真细读与统计，然后还原为京沪两都文学空间体系。在理论探索方面，作者不仅广泛游览了国内学者的有关文学地理、地图以及空间研究论著，而且与我的另一位博士生董志一同翻译了美国学者佛朗科·莫雷蒂（Franco Moretti）的学术名著《欧洲小说地图集，1850—2000》(*Atlas of the European Novel*, 1800—1900)，同时作者还独立节译了美国学者埃里克·布尔逊（Eric Bulson）的《小说·地图·现代性》(*Novels, Maps, Modernity; The Spatial Imagination*, 1850—2000)与罗伯特·塔利（Robert T. Tally Jr.）的《地理批评探索：文学和文化研究中的空间、地方和制图》(*Geocritical Explorations: Space, Place, and Mapping in Literary and Cultural Studies*)、《文学地图：空间、再现与叙事》(*Literary Cartography: Space, Representation, and Narrative*)等论著，并努力从中汲取理论元素，立足于连接"文学"与"地理"的"文学空间"，由"空间"进入"文学"和从"文学"进入"空间"两个角度探索清末民初小说中的京沪文学空间。

　　基于上述的文本阅读与理论探索，本书所确立的总体思路是从文学空间的"外层空间"进入"内层空间"最后到文学史意义，由此形成三大板块结构。其中第一、二章为第一板块，主要是"外层空间"研究，包括小说创作中心地理空间的转移、小说家与京沪都市体验。其中第一章"清末民初小说地理空间的'双城'转移"，重在探讨小说中"双城"转移的历史背景;第二章"清末民初小说家群体的京沪经验与想象",重在从空间与小说家都市体验的关系来探讨小说家的京沪经验与想象。第三、四、五章为第二板块,主要是"内层空间"研究,包括京沪城市文学地图、京沪都市意象和隐喻意义、京沪空间与小说叙事。其中第三章"清末民初小说中的京沪城市文学地图",重在研究小说中呈现的文本空间形态;第四章"清末民初小说中的京沪空间意象及隐喻意义",重在探讨小说城市文学地图中典型空间所代表的都市意象以及京沪都市空间的隐喻意义;第五章"清末民初小说中的京沪空间与叙事",重在从空间与小说叙事的角度来探讨京沪空间与小说建构。第六章为第三板块,主要是文学空间意义研究,重在从中国文学古今演变的角度来考察清末民初小说中京沪空间的文学史意义,也是对全书三大板块学术探索的总结。相信交织在上述三大板块中的新视角、新理念、新方法、新观点会对读者带来新的启示意义。

诚如法国菲利普·潘什梅尔所言:"城市既是一种景观、一片经济空间、一种人口密度;也是一种生活中心和活动中心;更具体一点说,也可能是一种气氛、一种特征或者一个灵魂。"(菲利普·潘什梅尔《法国》,漆竹生译,上海译文出版社 1980 年版,第 18 页)小说与城市的关系研究既是一个永恒的学术论题,也是一项永无止境的挑战。从更高的要求来看,本书还有需要进一步完善的地方,比如尽管晚清民初小说主要在上海地区出版,成就也最高,但也可把同时期北京出版的小说纳入研究视野,进行多角度比较;再如第三章"清末民初小说中的京沪文学地图"在绘制小说地图方面还可以做更多的尝试与探索。但总体上看,本书仍不失为一部富有学术价值和意义的研究著作。

是为序。

梅新林

2022 年 3 月 2 日

目 录

绪 论 …………………………………………………………… (1)
第一章 清末民初小说地理空间的"双城"转移 ………………… (6)
　第一节 清末民初小说创作中心的转移 ………………………… (6)
　　一 明清时期创作中心——南京 ……………………………… (7)
　　二 清末民初小说创作中心——上海 ………………………… (11)
　第二节 清末民初小说中"双城"的转移 ……………………… (20)
　　一 明清小说中的"双城"——北京和南京 ………………… (21)
　　二 清末民初小说中的"双城"——北京和上海 …………… (23)
第二章 清末民初小说家群体的京沪经验与想象 ………………… (30)
　第一节 小说家群体的地域渊源 ………………………………… (30)
　　一 小说家群体地域构成 ……………………………………… (31)
　　二 小说家群体来沪因缘 ……………………………………… (36)
　第二节 上海空间经验与想象 …………………………………… (38)
　　一 租界日常生活与都市体验 ………………………………… (39)
　　二 小说家的上海都市想象 …………………………………… (54)
　第三节 北京空间经验与想象 …………………………………… (67)
　　一 在京生活与都市体验 ……………………………………… (68)
　　二 小说家的北京都市想象 …………………………………… (73)
第三章 清末民初小说中的京沪城市文学地图 …………………… (83)
　第一节 上海城市文学地图 ……………………………………… (85)
　　一 小说人物上海行走范围 …………………………………… (85)
　　二 中心区域：英租界 ………………………………………… (98)
　　三 次中心区域：虹口地区和法租界 ………………………… (108)
　　四 基本缺席的上海县城 ……………………………………… (114)
　第二节 北京城市文学地图 ……………………………………… (119)

一　小说人物北京行走范围 ………………………………（120）
　　二　中心区域：宣南地区 …………………………………（128）
　　三　次中心区域：内城地区 ………………………………（136）
　　四　缺席的其他区域 ………………………………………（146）

第四章　清末民初小说中的京沪空间意象及隐喻意义 …（152）
第一节　商业都会上海 ………………………………………（153）
　　一　马路：西化、现代城市的一张面孔 …………………（154）
　　二　张园：市民休闲、集会的公共空间 …………………（159）
　　三　番菜馆：体验西洋生活方式的消费空间 ……………（164）
　　四　妓院：娱乐与商业活动为一体的社交空间 …………（168）
第二节　传统帝都北京 ………………………………………（173）
　　一　陶然亭、琉璃厂：文人士大夫游玩的休闲空间 ……（173）
　　二　会馆：居于地缘认同的客居空间 ……………………（178）
　　三　堂子妓院：娱乐与官场活动为一体的社交空间 ……（182）
　　四　官僚宅第：官派气息的家居空间 ……………………（187）
第三节　京沪空间隐喻 ………………………………………（192）
　　一　上海空间隐喻 …………………………………………（193）
　　二　北京空间隐喻 …………………………………………（201）

第五章　清末民初小说中的京沪空间与叙事 ……………（208）
第一节　京沪空间叙事功能 …………………………………（209）
　　一　作为叙事背景的京沪空间 ……………………………（209）
　　二　作为叙事场景的京沪空间 ……………………………（213）
　　三　作为叙事动力的京沪空间 ……………………………（216）
第二节　京沪空间叙事形态 …………………………………（220）
　　一　上海空间叙事形态："橘瓣形" ………………………（221）
　　二　北京空间叙事形态："套盒形" ………………………（226）
第三节　京沪空间叙事策略 …………………………………（231）
　　一　陌生化叙事策略 ………………………………………（231）
　　二　空间转换与串联技巧 …………………………………（240）

第六章　清末民初小说中京沪空间书写的文学史意义 …（249）
第一节　京沪文学空间书写的时空关系 ……………………（250）
　　一　时间主导型 ……………………………………………（251）

二　时空并置型 …………………………………………… (253)
　　三　空间主导型 …………………………………………… (256)
　第二节　京沪文学空间书写的重要突破 ………………………… (261)
　　一　叙事结构空间化 ……………………………………… (262)
　　二　城市生活立体化 ……………………………………… (268)
　　三　都市女性多样化 ……………………………………… (272)
　第三节　京沪文学空间书写的多元影响 ………………………… (279)
　　一　时空坐标重构的影响 ………………………………… (280)
　　二　京沪文学地图的影响 ………………………………… (284)
　　三　城乡二元冲突的影响 ………………………………… (288)
　　四　空间叙事模式的影响 ………………………………… (291)
　　五　都市新女性形象的影响 ……………………………… (294)

结　语 ……………………………………………………………… (299)
附　录 ……………………………………………………………… (302)
参考文献 …………………………………………………………… (311)
后　记 ……………………………………………………………… (325)

绪　　论

时间和空间是事物存在的基本属性。小说叙事同样依托在一定的时空中，但小说中的空间显然是一个不亚于时间的核心因素。"作为小说材料的一切故事，都只发生于空间之中——是空间才使得这些故事得以发生。"① 如果说小说中的空间是虚构的话，那小说创作、传播、刊刻以及对小说家创作产生重要影响的经历，甚至各种关乎文学创作的活动，则是在特定的、真实的地理空间中发生，同样是小说得以问世不可或缺的重要因素。无论是小说作品中的文本空间，还是小说创作、传播、刊刻及小说家关乎文学创作的活动等外部空间都是文学空间研究的范围。在当前"空间转向"的学术大背景下，文学空间研究也得到了前所未有的关注。

文学空间研究，从广义而言，可以涵盖文学领域诸多与空间相关的研究。如美国文学空间研究领军学者罗伯特·塔利提及："我认为文学空间研究——无论它是作为地理批评、文学地理学、空间人文科学，还是其他什么绰号——是一种多样态的批评实践，几乎包括任何关注空间、地方或绘图的文本研究方法，无论是在文本范围内，或指涉及外部世界，还是两者的某种组合，就像在索亚的'真实并想象的地方'中。文学、批评、历史、理论的真实空间、想象空间、真实并想象的空间，以及我们自己的抽象概念和生活经验，都构成了文学空间研究的实践领域。"② 罗伯特·塔利所指称的文学空间研究是一种广义而言的研究，包容多样性、复杂性和异质性。

本书中的文学空间，并不是泛指文学乃至泛文化的人文地理空间，而是特指连接"文学"与"地理"的"文学空间"。美国斯坦福大学弗兰

---

① 曹文轩：《小说门》，作家出版社2002年版，第167页。

② [美] 罗伯特·塔利：《文学空间研究：起源、发展和前景》，方英译，《复旦学报》（社会科学版）2020年第6期。

克·莫雷蒂（Franco Moretti）在《欧洲小说地图 1800—1900》①一书中提出"空间中的文学"和"文学中的空间"两个重要概念，前者主要是指文学传播的地理空间，后者主要指的是文本中的空间。文学地理学学者梅新林将莫雷蒂"空间中的文学"和"文学中的空间"观点提炼为"外层空间"和"内层空间"，并提出，文学空间包含了"外层空间"和"内层空间"双重空间。具体而言，文学空间的"外层空间"指的是文学创作、传播地理空间，文人在地理空间的聚散，文人的活动地理空间等；文学空间的"内层空间"指的是文本中所描写和呈现的空间。②

本书研究清末民初小说中的京沪文学空间也主要包括两方面内容：（一）"外层空间"，具体包括清末民初小说创作地理空间、清末民初上海小说家的籍贯地理空间、活动地理空间。（二）"内层空间"，指的是小说文本中所呈现的空间，具体包括京沪城市文学地图、京沪城市意象及隐喻意义、京沪空间叙事等。

本书清末民初指的是 1892—1917 年这个时间段，主要是因为这个时期的小说既不同于传统意义上的小说，也不同于五四新文学时期的小说。具体而言，以 1892 年为上限，是因为产生于 1892 年的《海上花列传》是第一部在上海地区出版，反映上海都市生活的长篇小说。本书选择 1917 年为下限，主要是考虑到 1917 年以后小说基本进入到学术界认为的现代文学时期。

本书研究的小说是以上海地区出版的长篇小说为主，主要是因为上海地区出版的长篇小说能够代表这时期小说的最高成就："近代上海所有的文学体裁中，小说是成就最高、影响最大的一种。不仅在数量上占到中国近代小说的 60% 以上，而且中国近代问世的优秀小说绝大部分都是在上海问世的，几乎可以毫无愧色地说，近代上海小说的水平，就代表了中国近代小说的水平。"③ 引文中的"小说"主要指的是长篇小说。

本书选择"清末民初小说中的京沪文学空间研究"，主要是建立在本人大量阅读清末民初小说文本过程中获得的三个感性认识基础上做出的

---

① Franco Moretti, *Atlas of the European Novel*, 1800—1900, London: Verso, 1998.
② 梅新林：《文学地理学：基于"空间"之维的理论建构》，《浙江社会科学》2015 年第 3 期。
③ 陈伯海：《上海近代文学史》，上海人民出版社 1993 年版，第 224 页。

选择。

首先，本人在阅读大量清末民初小说时发现一个很普遍的现象：上海和北京是小说中出现最为频繁的城市。小说中的主人公或从北京沿途到上海，如《恨海》《禽海石》《血泪碑》等；或从上海沿途至北京，如《邻女语》《惨女界》《小学生旅行记》等；或人物游走于这两大都市，如《孽海花》《中国现在记》《冷眼观》《负曝闲谈》等。因此，这时期小说中出现上海和北京次数较多，以清末著名的四大谴责小说为例，据不完全统计，在《官场现形记》中，提到上海有30次，提到北京有39次；在《二十年目睹之怪现状》中，提到上海有93处，提到北京有26次；在《老残游记》中提到上海2次，提到北京5次；在《孽海花》中提到上海30次，提到北京有19次。即使《九尾龟》这种以上海妓院为主要故事场景，反映上海洋场社会生活为主的狭邪小说，其中也提到北京9次。总之，北京和上海成为这时期小说中频繁出现的"双城"。本人根据《中国古代小说总目提要》《清末小说目录》《民初小说目录》等著作中的材料，对产生于1892—1917年这二十几年间写到上海和北京的长篇小说做了不完全统计，其中京沪同时出现在一部作品的小说有近60余部，仅写到或提到上海的长篇小说有近60余部，仅写到或提到北京的小说有近30部，由此可知，这时期小说以京为故事背景的小说有近100部，而以沪为故事背景的小说则超过100部。鉴于清末民初描写到京沪双城的小说数量较多的事实，本人选取京沪"双城"研究。

其次，在深入研读文本的过程中，本人还发现一个现象：清末民初时期的小说大多采用了真实的地理空间来虚构故事，不仅描写了真实的城市地理空间，甚至小说中的地名及建筑物、景观等都具有高度的真实性。这种高度真实的地理空间是清末民初小说中的显著特征，对于研究真实的城市地理空间和小说中的城市空间之间的对应关系具有重要的意义。

另外，这时期的小说在叙事结构上明显呈现出空间化特征。清末民初小说大多缺乏贯穿始终的故事情节和主要人物，整体上显得结构松散，故事性不强。但从空间的角度来说，这些小说往往围绕一个统一的主题，应用穿插串联等叙事方式，把不同空间的故事连缀编织而成，从而呈现出在空间化的叙事结构框架下的统一性。

本书中的文本阐述均立足于第一手材料而展开，所用材料不仅来自清末民初大量选本中的小说，如《中国近代小说大系》《中国近代文学大系》《晚清小说大系》《中国近代珍稀本小说》中的小说，还包括本人在上海图书馆收集和阅读到的清末民初时期出版的单行本、报刊上刊登的连载小说及上海图书馆收集的影像电子版小说，如电子版小说《枯树花》《枯树花续编》《钱塘狱》《斯文变相》等，还包括 1905 年出版的《新新小说》杂志刊登的《京华艳史》，宣统三年出版的单行本《北京繁华梦》，宣统三年上海小说进步社印行的单行本《春梦留痕》等。本书中多处文本阐述前人从未论及。

基于上述情况，本书立足于连接"文学"与"地理"的"文学空间"，由"空间"进入"文学"和从"文学"进入"空间"两个角度研究清末民初小说中的京沪文学空间。总体研究思路是从文学空间的"外层空间"进入"内层空间"最后到文学史意义，重点探讨了空间与小说家都市体验、空间与小说中的文本空间、空间与小说空间叙事等内容。全书共分为六章，由三大板块组成。其中第一、二章为第一板块，主要是"外层空间"研究，第三、四、五章为第二板块，主要是"内层空间"研究，第六章为第三板块，主要是文学空间意义研究，具体如下：

第一章"清末民初小说地理空间的'双城'转移"，主要探讨小说中"双城"转移的历史背景。在明清时期，小说的创作、刊刻中心南京与帝都北京，成为小说中频繁出现的两个城市，从而构成了小说中的一对"双城"；到了清末民初，随着上海的崛起，小说的创作、出版中心转移到了上海，上海成为这时期小说中出现最为频繁的城市，与帝都北京成为小说中频繁出现的一对"双城"。

第二章"清末民初小说家群体的京沪经验与想象"，主要从空间与小说家都市体验的关系来探讨小说家的京沪经验与想象。上海小说家群体的地域来源主要是来自上海周边地区的江浙一带，其中江苏籍最多，其次是浙江籍。从京沪都市经验而言，大部分小说家都有丰富的上海租界生活经历和体验，或办报或卖文为生，租界成为他们的生存空间；而京城生活经历和体验则相对较少，或求仕或游历，时间多不长，最终多选择上海为谋生之地。小说家的上海想象主要来源于新闻话柄及虚构想象。小说家的北京想象主要来源于报刊新闻、他人小说笔记及虚构想象。

第三章"清末民初小说中的京沪城市文学地图"，主要研究小说中呈现的文本空间形态。根据小说中人物在城市空间中的行走范围，勾勒出小说的城市文学地图。这时期小说中的上海城市文学地图主要在租界，其中心区域在英租界，次中心区域在虹口地区和法租界，上海县城则基本缺席；小说中的北京城市文学地图，中心区域在宣南地区，次中心区域在内城地区，其他区域则基本缺席。

第四章"清末民初小说中的京沪空间意象及隐喻意义"，主要探讨小说城市文学地图中典型空间所代表的都市意象以及京沪都市空间的隐喻意义。其中代表商业都会上海的城市意象有：西化、现代城市的一张面孔——城市马路，市民休闲、聚会的公共空间——张园，体验西洋生活方式的消费空间——番菜馆，娱乐与商业活动为一体的社交空间——妓院。而代表传统帝都北京的城市意象有：文人士大夫游玩的休闲空间——陶然亭、琉璃厂，居于地缘认同的客居空间——会馆，娱乐与官场生活为一体的社交空间——堂子妓院，官派气息的家居空间——官僚宅院。此外，通过小说中重要人物与京沪城市的空间关系也可看出文本中京沪空间的隐喻意义。

第五章"清末民初小说中的京沪空间与叙事"，主要从空间与小说叙事的角度来探讨京沪空间与小说建构。具体而言，京沪空间的叙事功能有：作为叙事背景、作为叙事场景、作为叙事动力；而京沪空间所呈现出的形态：上海空间叙事形态主要为"橘瓣型"，而北京空间叙事形态较为显著的特征是"套盒型"。在京沪空间叙事策略方面，主要采用陌生化的叙事策略、空间转换与串联技巧。

第六章"清末民初小说中京沪空间书写的文学史意义"，主要从中国文学古今演变的角度来探讨京沪空间书写在文学史上的意义。从历史定位来看，小说的时空关系主要是以时空并置和空间主导型为主。重要突破体现在：叙事结构空间化，都市生活立体化，都市女性多样化。对后世小说的多元影响：时空坐标重构、城市文学地图、城乡二元冲突、空间叙事模式、城市新女性形象等方面。

第一章 清末民初小说地理空间的"双城"转移

小说的发展与地理空间紧密相关。特定的地理空间孕育和推动了小说的发展。在我国古代小说发展史上，随着江南地区经济、商业、文化的繁荣，小说的创作中心逐渐转移到江南地区。明清时期的南京是江南的政治、文化、教育中心。尤其在明代，南京曾为京师、留都和弘光朝都城，是南直隶的政治和文化中心。南京显赫的政治地位、繁荣的文化，使明末至清代中叶以前的南京成为南方通俗小说的创作和刊刻重要中心。到了清末，随着上海的崛起，通俗小说的创作和出版中心集中到了上海，上海成为全国最大的小说出版中心和创作中心。

随着小说创作和出版中心地理空间的转移，小说文本中的地理空间也相应地发生了转移。在明清时期①，小说的创作、刊刻中心南京与作为帝都的北京，是小说中频繁出现的两个城市，从而构成了小说中的一对"双城"；而到了清末民初，随着南京作为小说的创作、出版中心被上海取代后，上海成为这时期小说中出现最为频繁的城市，与帝都北京成为小说中频繁出现的一个城市。因此，上海和北京构成了清末民初小说中的一对"双城"。

第一节 清末民初小说创作中心的转移

明清时期是我国古代小说发展的繁荣时期。在明末时期，通俗小说的创作和刊刻中心逐渐从福建的建阳转移到经济较为发达的江南地区，其中作为江南政治、文化中心的南京一直是明清时期小说创作和刊刻中心。到了清末，随着租界的开辟，上海日渐成为全国最引人注目的繁华商业大都

---

① 具体所说的明清时期，其下限止于 1892 年，下同不注。

会。上海的崛起为小说的繁荣提供了必要条件：作家、印刷技术、传播途径、读者等。小说的创作和出版中心也逐渐转移到上海：全国大部分的文学刊物创办于上海，大部分小说出版于上海，这里汇聚了全国最多的文人。上海已是全国名副其实的出版中心、文学中心。

一　明清时期创作中心——南京

中国古代小说经过漫长的历史发展，到了明清时期已经进入繁荣时期，不仅数量大增，而且出现了一大批思想内涵和艺术成就都具有较高水平的长篇章回小说，尤其《红楼梦》的问世，标志着中国古代小说发展的巅峰。有学者对明清时期的通俗小说进行不完全统计，其数量远大于之前的朝代。① 但仔细考察这些通俗小说的创作和出版地域，读者很容易发现，这些小说并不是平均分布在全国各地，而是集中在一些经济和商业较为发达的地区，而且有一个历史性的地域转变。对此，陈大康在《明代小说史》一书中通过大量的统计，得出结论："当考察通俗小说的发展时，可以发现从嘉靖到万历前期时，创作与出版的中心是福建，准确地说是福建的建阳地区，而不是经济文化高度发展的江浙地区……然而，市民阶层的力量在经济文化发达的江浙一带最为强大，他们是通俗小说的主要读者群，同样，这儿的文人也较早地对通俗小说发生兴趣，并开始参与创作。于是越来越多的新作品问世于江浙一带，万历后期时数量已逐渐超出福建，到了天启、崇祯时期，已占据了绝对优势，这正意味着通俗小说的创作中心转移到了江浙地区。"②

所谓小说的创作中心应该具备以下几个方面的条件：从作品而言，创作数量较大，且出现比较优秀的小说；从作家而言，作家相对集中，且出现具有代表性的优秀作家；从流通角度而言，出现一定数量和规模的书坊，因为书坊是小说得以印刷和流通必不可少的媒介。

通俗小说创作中心从福建的建阳转移到江浙一带，可以从以下几个方面看出。从作品数量来看，明代前期小说数量相当有限，自嘉靖元年（1522）至万历十九年（1591），凡69年总计可确定时间的刊印小说9部，其中新作仅7部，因此无所谓中心之说。万历二十年后，小说数量开

---

① 陈大康：《通俗小说的历史轨迹》，湖南人民出版社1993年版，第3页。
② 陈大康：《明代小说史》，上海文艺出版社2000年版，第563—565页。

始大增。自万历二十年（1592）至崇祯十七年（1644）明朝灭亡，52年，能确定时间的新刊小说约72种。此外，古今地名有别，且一些作者的资料不详，因此小说作者的详细地域分布很难考证，因此只能大致归纳为某一地区。根据冯保善的论文《论明清江南通俗小说中心圈的形成》[①]，明代天启以前，小说作者，包括编者和评点者，主要是福建建阳地区；天启以后，小说的作者基本集中于江浙地区的金陵、苏州、杭州三大城市。

从作者及评点者的地域分布来看，有学者对此做了一个不完全统计："以小说作者及评点者而论，明清两代，大体能够判定为江南作者（或在江南创作小说者）约210位，其中明代约43位，清代167位。小说评点家，大体能判定为江南者（或在江南评点小说者）约62位，其中明代20位，清代42位。"[②] 无疑，江南已经成为明清通俗小说创作与评点中心。

南京作为明清两代的小说创作中心之一，孕育了许多优秀的小说家和小说作品。小说数量不仅多，而且成就高。据韩春平在《明清时期南京通俗小说创作与刊刻研究》一书中统计，明清时期创作于南京和南京籍人所创作的小说共26部。[③]

可见，南京孕育了一批优秀的小说和小说家。拟话本小说《拍案惊奇》的编著者凌濛初，18岁补廪膳生，曾居南京。《拍案惊奇》有初刻、二刻，世称"二刻"，其中"二刻"中主要是作者根据野史笔记、文言小说和当时的社会传闻创作而成，从而开创了个人创作白话短篇小说集的风气。神魔小说《封神演义》是明末许仲琳在南京创作。许仲琳，南京人，自号钟山逸叟。《儒林外史》是清代小说家吴敬梓在南京撰写而成。吴敬梓，安徽全椒人，雍正十一年（1733）移居南京，约乾隆十四年（1749）完成著名的讽刺小说《儒林外史》，小说的主要地域背景是明代中叶的南京及周边地区。此外，被誉为中国古代小说巅峰之作的《红楼梦》，作者曹雪芹，江宁织造曹寅之孙，生于南京，并且在南京度过其童年甚至青年时期，曹家败落后，迁居北京。曹雪芹童年的金陵经验对于其创作《红

---

① 冯保善：《论明清江南通俗小说中心圈的形成》，《明清小说研究》2014年第4期。
② 冯保善：《明清江南小说文化论》，《明清小说研究》2013年第4期。
③ 韩春平：《明清时期南京通俗小说创作与刊刻研究》，暨南大学出版社2012年版，第293—294页。

楼梦》的影响非常明显，从心理学角度来看，"'童年经验'即指'童年体验'，是指一个人童年（包括从幼年到少年）的生活经历中所获得的心理体验的总和，包括童年的各种感受、印象、记忆、情感、知识、意志等……大量事实表明，一个人的童年经验常常为他的整个人生定下基调，规定着他以后的发展方向和程度，是人类个体发展的宿因，在个体的心路历程中打下不可磨灭的烙印"[①]。曹家由盛而衰的家族巨变及曹雪芹深刻的童年体验为其创作提供了丰富的素材。《红楼梦》中不仅多次提到"金陵"，而且《红楼梦》早期抄本书名为《石头记》。此外，文中提及的书名还有《金陵十二钗》。显然，"金陵""石头城"都指的是南京城。小说以《石头记》为题也暗示了小说中的人和事与金陵有着千丝万缕的关系。许多出生于南京或在南京生活过的小说家，自号都冠以南京城的别名，《西汉演义》的作者甄伟自号秦淮居士，《封神演义》的作者许仲琳自号钟山逸叟，《杨家府演义》的作者纪振伦自号秦淮墨客等，从中可看出南京城在明清两代文人心中的地位。

此外，在小说刊刻史上，南京也是明清两代的刊刻中心。韩春平《明清时期南京通俗小说创作与刊刻研究》一书中《明清时期南京通俗小说刊刻一览表》列有102种。其中，诸多名作的最佳刊本出自南京。《三国演义》《水浒传》《西游记》等较早的刊本多刻于金陵。其中《西游记》最早与最佳刊本都刊刻于南京，即万历二十年（1592）金陵书坊世德堂刊行《新刻出像官板大字西游记》。《西游记》作者吴承恩，江苏淮安人，于嘉靖二十八年（1549）迁居南京，曾就读于南京国子监，在南京十余年间，与四方文士交游。《西游记》是吴承恩在元刊话本《大唐三藏取经诗话》及已佚元本《西游记》等基础上创作而成，最早由金陵世德堂定校刊行。

南京之所以成为明清小说创作、刊刻和传播的重要中心，有诸多因素。陈大康提出，通俗小说的发展正是"五种因素合力"而推动，"通俗小说在作者、书坊主、评论家、读者以及统治阶级的文化政策这五者共同作用下发展"[②]。而这五种因素又往往与城市的政治地位、商业发展、文化氛围有关。

---

① 童庆炳、程正民：《文艺心理学教程》，高等教育出版社2001年版，第92页。
② 陈大康：《通俗小说的历史轨迹》，湖南人民出版社1993年版，第13—16页。

南京历史文化底蕴丰厚，在明代以前曾作为六朝古都。到了明初，南京作为京师，政治地位显赫。明成祖朱棣迁都北京后，南京又有了二百多年的留都历史，是南直隶的政治和文化中心。在清代前期，南京一直作为江南省省会。清政府设立两江总督后，南京又成为两江总督署，成为江南地区的政治和文化中心。此外，南京一直是江南科举考试地点，明太祖朱元璋定都南京后，乡试和会试都在南京举行。明成祖朱棣迁都北京后，作为留都南京仍是江南乡试地点。每三年举行一次的江南乡试在农历八月初进行，每到乡试时期，位于南京秦淮河畔的江南贡院将迎来大江南北的书生士子。大量文人学士的汇集，也促进了小说的繁荣。

在文化方面，明清以来的南京始终是全国印刷文化和学术文化的重要中心。这里是全国拥有最多的藏书家、刻书处、书院、学术流派的中心城市之一。明胡应麟《少室山房笔丛》卷四"经籍会通四"载："今海内书，凡聚之地有四，燕市也，金陵也，阊阖也，临安也。……吴会、金陵，擅名文献，刻本至多，钜帙短书咸荟萃焉。"① 从中可略知明代城市书肆的流通情况，其中前两处分别是北京和南京。"到了清代，南京仍以书版之善闻名全国。私家书坊有芥子园、十竹斋、世德堂、荣寿堂、继志斋、文林阁、九如堂、兼善堂等等。"② 刊刻业的发展，不仅使很多小说流通和传播快速，也使大量的小说汇集于此。清初孔尚任在《桃花扇》二十九出《逮社》中借南京书商蔡益之口描述了明末南京一带书肆及刊刻之盛况："天下书籍之富，无过俺金陵；这金陵书铺之多，无过俺三山街……你看十三经、廿一史、九流三教、诸子百家、腐烂时文、新奇小说，上下充箱盈架，高低列肆连楼。不但兴南贩北，积古堆今，而且严批妙选，精刻善印。"③ 明代胡应麟也提道："凡金陵书肆多在三山街及太学前。"④ 三山街是明代南京最为繁华的地段，可见南京书籍之多、品种之繁，并且刊印精善。

南京作为小说创作和刊刻的重要中心之一，从明末一直持续到清代中期。到了清末时期，随着上海的崛起，南京在小说史上的创作中心地位已

---

① （明）胡应麟：《少室山房笔丛》，上海书店2001年版，第41—42页。
② 杨子坚：《南京与中国古代文学》，《南京大学学报》1995年第3期。
③ （清）孔尚任：《桃花扇》，人民文学出版社1959年版，第190页。
④ （明）胡应麟：《少室山房笔丛》，上海书店2001年版，第42页。

经被上海所取代。

二 清末民初小说创作中心——上海

鸦片战争之后,《中英南京条约》将上海列为清政府最早开放的五个通商口岸之一。上海以其自身得天独厚的自然条件迅速取代广州对外贸易地位,成为全国最大最重要的通商口岸。19世纪60年代后期上海的《北华捷报》中评价:"对外贸易的心脏是上海,其他口岸只是血管而已。"① 王韬在《瀛壖杂志》中写道,上海"适介南北之中,最为冲要,故贸易兴旺,非他处所能埒"②。与此同时,随着上海贸易的发展,配套的交通运输、电讯通信、金融保险等行业也得到巨大发展。并且随着西人东来,西方生活方式、物质文明和科技成果也被随之带进上海,尤其英、法租界管理者把他们国家城市建设的经验移植到上海。到了19世纪末20世纪初,上海物质文明和城市发展水平在国内首屈一指,基本与国际大都市的发展水平接轨。如果说开埠后的上海因其贸易、城市建设快速发展而改变其城市地位的话,那么江南地区战乱,包括19世纪50年代和60年代初期上海小刀会和太平军战事,则加速了上海崛起。因为战乱,上海县城和周边地区的民众纷纷涌向上海租界,租界华人由原来的500人骤增至2万人以上,其中也包括"江浙两省绅商士庶"③,因此这长达十年的战乱为上海崛起提供了必要条件:资金、劳动力和需求市场。租界华人的涌入,也使"华洋分居"成为"华洋杂处"。这种变化推动和加速了租界的建设和繁荣。王韬目睹了这场历史巨变,在其笔记中写道:"上海城北(指租界——引者),连甍接栋,昔日桑田,今为廛市,皆从乱后所成者。"④ 天时地利为上海的发展提供了腾飞的契机,自19世纪60年代开始,上海迅速走向繁荣,成为江南的中心城市,并逐渐成为全国最大的商业都会。19世纪末,戊戌变法失败和北方的庚子事变,使北方大批知识分子和官僚阶层也涌向了上海租界。而1906年科举制度的取消,更是把大量的知识分

---

① [英]赫德:《步入中国清廷仕途:赫德日记(1854—1863)》,傅曾仁等译,中国海关出版社2003年版,第313页。

② (清)王韬:《瀛壖杂志》,上海古籍出版社1989年版,第109页。

③ 王萃元:《星周纪事》(卷下),上海古籍出版社1989年版,第52页。

④ (清)王韬:《瀛壖杂志》,上海古籍出版社1989年版,第3页。

子推向了上海,当然主要是涌向租界。由于以上众多因素的综合作用,到了20世纪初期,上海已发展成为亚洲最繁荣的国际化大都会。欧阳钜元的小说《负曝闲谈》第七回借人物之口说道:"上海商务,是要算繁盛的了。天下四大码头:英国伦敦、法国巴黎、美国纽约、中国上海,这是确凿不移的。"这也代表了同时代人的看法。

  舒适繁华的城市生活,相对自由和安全的生存环境,使得全国各地的人从四面八方蜂拥而来到上海。"到了19世纪末,上海城市基础设施的质量已经或基本达到了欧美国家大城市的水平。"① 西方人做的《海关十年报告之一(1882—1891)》中写道:"中国人有涌入上海租界的趋向。这里房租之贵和捐税之重超过中国的多数城市,但是由于人身和财产更为安全,生活较为舒适,有较多的娱乐设施,又处于交通运输的中心位置,许多退休和待职的官员现在在这里住家,还有许多富商也在这里。"② 繁华的大上海不仅吸引了来自全国的退休和待职官员、富商、各地学生和各国侨民等,还吸引了各地为谋生而来的大量务工人员,形成了一个典型五方杂处的移民城市,全国各地知识精英和文人学士也随着这批移民潮涌入上海。此外,19世纪50—60年代江南地区战乱持续十年之久,也使得大批文人学士逃到相对安全的上海租界,而租界日渐兴起的出版业、报刊业等文化产业也为这批文人提供大量的生存机会,从而使他们可以凭着个人才华在上海谋生,从而可能成为日后的小说家。③ 上海也因此日渐成为新的人文渊薮。王韬在《瀛壖杂志》中写道:"沪上近当南北要冲,为人文渊薮。书画名家,多星聚于此间。……于沪上寓公,比诸管中窥豹,略见一斑。"④ 到了19世纪末,上海基本成为拥有当时中国最庞大知识分子群体的城市,"据估计,到1903年,上海至少汇集了3000名拥有一定新知识的知识分子。这批人中产生了许多中国杰出的教育家、出版家、翻译

---

  ① [法]白吉尔:《上海史:走向现代之路》,王菊、赵念国译,上海社会科学院出版社2005年版,第79页。

  ② 徐雪筠等译编:《上海近代社会经济发展概况(1882—1931)》,上海社会科学院出版社1985年版,第21页。

  ③ 周武:《从江南的上海到上海的江南》,载熊月之主编《都市空间、社群与市民生活》,上海社会科学院出版社2008年版,第235—255页。

  ④ (清)王韬:《瀛壖杂志》,上海古籍出版社1989年版,第93—94页。

家、名记者、国学大师、文学大师、小说家、诗人、律师、政治家等"①。

从清末民初上海大量出版和创作的小说可知,上海是小说家最为集中的城市,其中大多数兼报人和小说家双重身份,因此也可称之为报人小说家②。以近代中国报人小说家群体的分布为例,根据梁淑安的《中国文学家大辞典》(近代卷)一书所录的文学家为例,其中大致合乎报人小说家标准的有73人,而出于上海本籍以及来自其他省籍而活动于上海报界与文坛的有65人,可见上海报人小说家在全国比例之高。③ 其中在清末民初影响较大的小说都出自报人小说家之手,如韩邦庆、孙玉声、吴趼人、李伯元、梁启超、张春帆、陆士谔、朱瘦菊、徐枕亚、张恨水、吴双热等。在来自全国各地的报人小说家当中,江浙一带的报人小说家占主流。

随着上海的快速崛起,小说的创作和出版中心完全转移到上海,上海不仅云集了全国各地的作家,而且小说作品数量巨大,且当时具有代表性的作品都出版于此。正如陈大康《中国近代小说编年》中"前言"说:"在近代小说的发展历程中,上海占据了极为重要的地位,绝大部分作品都出自上海,上海的出版机构以及刊载小说的期刊也最多,而当时的重要作家基本上也都在此地区活动……以刊登连载小说为例,上海刊登的小说约占连载小说总数的45%。"④ 从出版的小说数量而言,以陈大康《中国近代小说编年》中的统计为例,该书统计出1840—1911年这72年间的通俗小说有1653种,文言小说99种,翻译小说1003中,共计2755种(包括长、中、短篇)。近代72年仅占明清两代八分之一的时间,而通俗小说竟约是此前472年间总数的三倍,尤其集中在光绪二十一年(1895)至宣统三年(1911年)的17年,这17年所出的小说约占清末民初小说总数的94.47%。这些数量惊人的小说,多数是在上海创作、出版、发行和传播的。据刘永文的《晚清小说目录》统计,晚清期刊共刊登了原创小说844种,其中上海期刊刊登的原创小说有399种,约占总数的50%;全国出版的原创单行本小说1036种(包括重复出版),其中上海出版的

---

① 熊月之:《上海通史》,上海人民出版社1999年版,第23页。
② 报人小说家,指的是"报人"和"小说家"两个职业的合成,指那些既有创办报刊经历又能撰写小说的作家。
③ 参见梅新林主持的国家课题成果《近代上海报人小说家群体研究》中第二章"地域渊源与涵化过程",尚未出版。
④ 陈大康:《中国近代小说编年》,华东师范大学出版社2002年版,第7页。

原创单行本有869种，占总数的84%。就翻译小说而言，晚清全国刊登的翻译小说有301种，其中上海期刊刊登的有221种，占总数的73%。全国出版的翻译单行本共有1337种，其中上海出版的有1264种，占总数的95%。无疑，清末民初的上海已经成为全国最大的文学创作中心和出版中心。

上海崛起不仅为上海小说繁荣提供了作家和读者，也提供了文学活动的其他必要条件：印刷技术、出版业、稿酬制度等。从小说出版的途径来看，上海先进印刷技术为小说的繁荣提供了技术支持，尤其铅印技术的应用使大规模的书籍出版成为可能。① 随着西学的广泛传入，印刷技术的提高，我国的出版业在清末民初进入了一个新的发展时期，上海成为全国的出版中心，其出版的刊物占全国最多，"1900年以前，中国有9个比较重要的翻译、出版西书的机构，上海占了7个；所出各种西书567种，其中434种由上海出版，占77%；1900年至1911年，中国境内有74家翻译、出版西书的机构，其中58家设在上海，占78%；1902年至1904年，全国共翻译、出版西书529部，其中360部出在上海，占68%"②。在众多的出版物中，小说数量占全国之最。而大量的文学期刊和以文学为主的期刊，以及部分文艺副刊和文艺小报等都为小说的发表提供了很好的平台，"晚清上海则成为全国最大的小说中心，其出版小说的书坊、书局、报馆大致有180余家，其中刻印出版小说在5种以上者，便有约30家"③。

报刊杂志的繁荣也催促了近代稿酬制度的产生。报刊杂志的大量出现，必然需要大量优质的稿件，而按稿取酬的稿酬制度正是在这种背景下慢慢确定下来的。尽管作文取酬，古而有之，即所谓的"润笔"（指作文受酬）、"润格"（售字画诗文之价值）之说，但近代意义上的稿酬制度则是在清末民初建立的。从目前发现的资料来看，近代稿酬制度较为完备规则始于《新小说》。《新小说》1902年11月14日在日本横滨创刊，但该小说销售市场主要在上海。1902年10月31日，梁启超在日本出版的《新民丛报》第十九号上刊出《新小说社征文启》：

---

① 潘建国：《铅石印刷术与明清通俗小说的近代传播——以上海（1874—1911）为考察中心》，《文学遗产》2006年第6期。
② 熊月之：《晚清上海与中西文化交流》，《档案与史学》2000年第1期。
③ 冯保善：《论明清江南通俗小说中心圈的形成》，《明清小说研究》2014年第4期。

小说为文学之上乘，于社会之风气关系最巨。本社为提倡新学，开发国民起见，除社员自著自译外，兹特广征海内名流杰作，绍介于世。谨布征文例及酬润格如下：

第一类　章回体小说在十数回以上者及传奇曲本在十数出以上者
自著本　甲等　每千字酬金　四元
同　　　乙等　同　　　　　三元
同　　　丙等　同　　　　　二元
同　　　丁等　同　　　　　一元五角
译本　　甲等　每千字酬金　二元五角
同　　　乙等　同　　　　　一元六角
同　　　丙等　同　　　　　一元二角
……

从这则征稿启事可以看出这时期稿酬制度已经比较明确，稿酬分优劣等级且按字数计酬。此后，许多小说杂志都刊登征稿启示，明确表示给付稿酬。

包天笑回忆 1906 年前后小说的稿酬情况："当时已流行了计字酬稿费的风气了。"①"这时上海的小说市价，普通是每千字二元为标准，这一级的小说，已不需修改的了。也有每千字一元的，甚至有每千字仅五角的，这些稿子大概要加以删改，但是许多出版家，贪便宜，粗制滥造，也是有的。……我的小说，后来涨价到每千字三元，那是商务印书馆要我在他们的《教育杂志》上写教育小说而加价的。（按，此一笔稿费，适在商务印书馆逐年增资期中，他们请我把稿费作为股份，我亦允之，每月亦不过三四十元而已），这算是特别优待。但在时报馆（有正书局）及《小说林》两个地方，仍作每千字两元算。其实林琴南先生已在商务印书馆及其他出版社译小说，商务送他每千字五元，但林先生不谙西文，必须与人合作，合作的大半是他的友朋与学生，五元之中，林先生即使收取了大份，亦不过千字三元（后来商务印书馆给林先生每千字六元）。"② 从包天笑的这段回忆中，可以了解到当时的稿酬相当丰厚，尤其是知名度高的作家，其稿

---

① 包天笑：《钏影楼回忆录》，中国大百科全书出版社 2009 年版，第 322 页。
② 包天笑：《钏影楼回忆录》，中国大百科全书出版社 2009 年版，第 323—324 页。

酬更高。包天笑每月在《教育杂志》的稿酬就有三四十元，而包天笑还同时在有正书局的《小说时报》、吴趼人编的《月月小说》、龚子英编的《新新小说》上发表小说，不过可能主要是翻译小说。而林琴南因译稿而获得的收入的确不菲，据估计，林琴南在1899—1924年间所得稿酬约为十万余元。①

  稿酬制度的形成使得创作活动商品化，客观上也刺激了上海小说的繁荣。小说家通过个人努力和才华创作出的文学作品转化为文化商品，这一方面是文人实现人生价值的一种途径；另一方面也使知识分子卖文为生成为可能，这是文人走出"仕途经济"之外获得独立社会地位的重要标志，从而刺激了文人从事小说创作。包天笑回忆道："因为《小说林》登报征求来的稿子，非常之多，长篇短篇，译本创作，文言白话，种种不一。"②而1906年《游戏世界》第一期发表的《〈小说闲评〉叙》中评论道："十年前之世界为八股世界，近则忽变为小说世界，盖昔之肆力于八股者，今则斗心角智，无不以小说家自命。于是小说之书日见其多，著小说之人日见其夥，略通虚字者无不握管而著小说。循是以往，小说之书，有不汗牛充栋者几希……盖操觚之始，视为利薮，苟成一书，售诸书贾，可博数十金，于愿已足……"③虽然这段评论不无讽刺，但可以看出小说的地位已经远远超过诗文，同时也反映出稿酬制度对小说创作的刺激效应。

  从小说的接受者而言，城市人口剧增为小说消费提供了巨大的消费群体。据邹依仁在《旧上海人口变迁的研究》一文中《上海历年人口统计（1852—1950）》的统计，在1852年，上海总人口数在54万多；而到了1865年，增长到70万左右；1895年，估计在90万左右；1910年，增长至130万左右。而到了1915年，增长至200万多④。城市历来是精英分子和知识分子高度集中的地方。上海作为新兴国际化商业大都市，全国文化产业出版中心，自然吸引了一大批具有较高文化修养的知识分子，这群人可能成为小说的消费群体。另外，上海各行各业都有一定文化水平的职

---

① 吴靖：《中国近现代稿酬制度流变考略——兼论稿酬制度对文学生产的影响》，《书屋》2013年第7期。
② 包天笑：《钏影楼回忆录》，中国大百科全书出版社2009年版，第323页。
③ 陈平原、夏晓虹编：《二十世纪中国小说理论资料（1897—1916）》，北京大学出版社1989年版，第182页。
④ 邹依仁：《旧上海人口变迁的研究》，上海人民出版社1980年版，第90页。

员，他们构成城市中有一定文化消费需求的市民群体，他们也有可能成为小说的消费者。比如《论白话小说》中谈到了当时上海市民阅读《申报》情况，从中也可知上海市民的文化水平及阅读能力："自有《申报》以来，市肆之佣夥，多于执业之暇，手执一纸读之。中国就贾之童，大都识字无多，文义未达。得《申报》而读之，日积月累，文义自然粗通，其高者兼可稍知世界各国之近事。乡曲士人，未必能举世界各国之名号；而上海商店佣夥，则类能言之，不诧为海外奇谈。"① 这群具有一定文化需求的《申报》读者，同样很可能成为通俗小说的消费者。康有为1897年在《〈日本书目志〉识语》中写道："（卷十）……吾问上海点石者曰：'何书宜售也?'曰：'〈书〉〈经〉不如八股，八股不如小说。'宋开此体，通于俚俗，故天下读小说者最多也。"② "（卷十四）……仅识字之人，有不读'经'，无有不读小说者。"③ 此外，除了上海本埠的消费者，全国文化最为发达的江浙地区作为报刊杂志的主要传播区域，也形成了小说的巨大消费市场。这些潜在读者为上海小说销售提供最广泛的消费群体。

此外，小说观念的转变为上海小说的繁荣带来了契机。清末小说界革命是小说繁荣的重要前提，小说由"小道"地位一跃而为"文学之最上乘"，成为"救国""改良民治"的武器。随后，以改良社会、开通民智为目标的小说期刊杂志如雨后春笋般层出不穷。《〈月月小说〉发刊词》中所写道："今也说部车载斗量，汗牛充栋……实为小说改良社会，开通民智之时代也。"④ 姚鹏图在《论白话小说》中提及："然则小说一门……今者变易其体而为报，长篇短简，随著随刊，既省笔墨之劳，又节刊印之资，而阅者又无不易终篇之憾，其法最善，其效易著。盖小说至今

---

① 陈平原、夏晓虹编：《二十世纪中国小说理论资料（1897—1916）》，北京大学出版社1989年版，第134页。
② 陈平原、夏晓虹编：《二十世纪中国小说理论资料（1897—1916）》，北京大学出版社1989年版，第13页。
③ 陈平原、夏晓虹编：《二十世纪中国小说理论资料（1897—1916）》，北京大学出版社1989年版，第13页。
④ 陈平原、夏晓虹编：《二十世纪中国小说理论资料（1897—1916）》，北京大学出版社1989年版，第177页。

日，虽不能与西国颉颃，然就中国而论，果已渐放光明，为前人所不及料者。"① 小说社会地位的改变吸引了大量的文人投入小说创作的行列。如小说家陆士谔弃医从文，原因之一是看到小说备受青睐，于是业余时间研究小说创作，当渐悟小说创作要领，他开始专业从事小说创作。吴趼人放弃制造局绘图员的工作，转而从事小报编辑和小说创作，其中一个重要原因是看到了小说的社会价值以及小说受到民众欢迎。吴趼人在《最近社会龌龊史》（又名《近十年之怪现状》）的"自叙"中回顾其创作小说的经历以及当时小说大受欢迎的风气："虽然，落拓极而牢骚起，抑郁发而叱咤生，穷愁著书，宁自我始……然而愤世嫉俗之念，积而愈深，即砭愚订顽之心，久而弥切，始学为嬉笑怒骂之文，窃自侪于谲谏之列。犹幸文章知己，海内有人，一纸既出，则传钞传诵者，虽经年累月，犹不以陈腐割爱，于是乎始信文字之有神也。……亦可藉是而多作一日之遗留乎？于是始学为章回小说。计自癸卯（1903年）始业，以迄于今，垂七年矣。……窃幸出版以来，咸为阅者所首肯，颇不寂寞。"②

上海的崛起也为小说题材的都市走向提供了社会土壤。小说与城市有着天然的紧密关系，城市对小说的产生和发展产生了重要影响，同时城市也为小说提供了最广泛的题材。城市社会学的创始人路易斯·沃思（Wirth L.）描述城市是"由不同的异质个体组成的一个相对大的、相对稠密的、相对长久的居住地"。③ 沃思认为，人口数量多、密度高和异质性是城市的三个基本特质。崛起后的上海，人口数量、人口密度、人口异质特征都居全国之首。1890年《申报》曾经这样描述上海的特征："蕞尔一弹丸地，举中国二十余省，外洋二十余国之人民衣于斯，食于斯，攘往熙来，人多于蚁。有酒食以相征逐，有烟花以快冶游，有车马以代步行，有戏园茗肆以资遣兴，下而烟馆也、书场也、弹子房也、照相店也，无一不引人入胜。"④ 这种五方杂处的人口特征，为小说创作提供了丰富的素材。而复杂多元且异质特征高的城市人群也为上海带来五花八门、光怪陆

---

① 陈平原、夏晓虹编：《二十世纪中国小说理论资料（1897—1916）》，北京大学出版社1989年版，第134页。

② 吴趼人：《吴趼人全集》（第3卷），北方文艺出版社1998年版，第299页。

③ ［美］路易斯·沃思：《作为一种生活方式的城市性》，载蔡禾主编《城市社会学：理论与视野》，中山大学出版社2003年版，第66页。

④ 《申报》1890年12月1日。

离的生活场景。"城市生活的多场景性，广泛联系性和充分的机遇性，使它天然地具有小说的故事特征和情节特征。城市人复杂而细腻的内心活动也成为小说进行心理描绘的丰富资源。"① 这一切为小说创作提供了丰富多彩的创作题材，也引导了上海小说题材的都市走向。李欧梵在《晚清文化、文学与现代性》一文中指出，晚清以来："只要牵涉到维新和现代的问题，几乎每本小说的背景中都有上海"，其中一个最重要的原因是，"上海是当时现代文化最眼花缭乱的地方"。② 事实上的确如此，开埠以来的上海，尤其是五方杂处、中西融合的租界，为小说家提供了丰富而变幻莫测的新鲜题材。这时期的小说很少不提及上海租界的万象。李永东在《晚清小说中的上海租界形象》一文中写道："满清最后二十年的绝大部分小说故事，隐现着上海这座城市的面影。准确地说，是隐现着上海租界的面影。"③

从清末民初大部分在上海出版的小说来看，其创作主体大都有过沪上生活经历，而且书写熟悉的生活往往是大部分小说家的创作倾向。因此，他们很自然讲述上海的故事或者选择上海作为他们小说中的故事空间。从作家的书写现场和生活经验而言，他们的小说都很难脱离都市题材。对于这时期的读者而言，小说中的都市故事，尤其是上海都市故事更符合他们的阅读期待。上海是中国最繁华的商业大都会，上海的都市生活对于外地读者而言，充满神秘，令人向往，他们渴望更详细地了解这个城市，因此小说中描写的上海生活对他们而言是一种类似于城市指南性质的通俗读本。而对于在沪或到过沪地的读者而言，小说中沪上故事、沪上生活的描写对他们而言，很容易唤起他们对熟悉城市的亲切感，同样满足他们的阅读视野。因此，这时期的小说为了迎合读者的阅读需求，大多以上海都市生活为题材，小说中表现出来的都市走向也是作家获得读者认同的一种方式。朱寿桐在《都市写作的背景意义与识名现象》一文中写道："正如相当多的都市或乡土地名景名的如实叙写，除了强化真实性的意味而外，都能够起着增加阅读的亲切感，进而加强读者与作家的沟通这样的积极作

---

① 李书磊：《都市的迁徙——现代小说与城市文化》，时代文艺出版社1993年版，第9页。
② 李欧梵：《中国现代文学与现代性十讲》，复旦大学出版社2002年版，第16页。
③ 李永东：《晚清小说中的上海租界形象》，《文史知识》2011年第7期。

用。这样的作用特别适宜于都市文学中发挥。"①

上海的崛起推动了上海小说的繁荣，而上海都市生活的复杂丰富，大量作家云集上海，市民的阅读期待等诸多因素使得上海成为这时期小说家关注的焦点，从而成为小说中最频繁出现的城市。

第二节 清末民初小说中"双城"的转移

小说总是建构在一定的时空坐标之中，而城市因特殊属性更容易成为小说设置的背景空间和故事场所。都市人群的高度异质性和独特性，都市生活的高度集中性和复杂性，都市景观的丰富多样性和生动性，使得城市可能偶遇各种人群，发生各种奇闻怪事，因此为以虚构为主的小说提供了更多"可能"故事和"真实"素材。城市与小说的这种密切关系，使得古今中外的小说家都钟情于城市，而小说家对于城市各个侧面多角度的再现，也折射出各个不同时代小说家的城市经验和城市想象。纵观中国古代各个不同时期小说家对城市的描写，人口众多、经济文化繁荣的大城市往往是小说中最频繁出现的城市，如唐之长安、洛阳，宋之开封、杭州，明清之北京、南京、苏州、扬州等，从中可看到一个明显的文化现象，那就是历代作为政治、文化中心的帝都和地位仅次于帝都的陪都往往是小说中高度聚焦的城市。因此，自唐至清的小说中，首都和陪都往往构成了"双城"现象。唐代的长安和洛阳，两宋的汴州和杭州，明清时期②的北京和南京等成为我国古代小说出现最为频繁的几组"双城"。③ 但到了清末，随着历史的巨变，西方殖民者的入侵，上海成为五口通商城市之一，天然的地理优势，使之迅速崛起，一跃而为全国首屈一指的商业大都会、文化出版中心，因此也成为小说中频繁出现的城市，而北京则继续延续其帝都地位，作为中国政治中心和权力中心，一直是小说家关注的城市，也成为小说中频繁出现的一个城市。因此明清时期小说中的"双城"——北京和南京，逐渐转移到清末民初小说中的"双城"——北京和上海。

---

① 朱寿桐：《论现代都市文学的期诣指数与识名现象》，《社会科学辑刊》2009 年第 3 期。
② 本书所说的明清时期，不包括清末。
③ 孙逊、葛永海：《中国古代小说中的"双城"意象及其文化蕴涵》，《中国社会科学》2004 年第 6 期。

一 明清小说中的"双城"——北京和南京

在明清时期小说中,北京和南京成为小说中频繁出现的一对"双城",这并非偶然。在明清时期,北京和南京有着特殊的地位。北京是全国的政治、经济、文化中心,每年有大量的书生士子云集北京,或科考,或寻求仕途,明清时期的南京一直是江南地区的政治文化中心,也是通俗小说的创作和刊刻中心。北京和南京在全国的重要地位和影响,反映在小说创作中,不仅大量小说描写了这对"双城",而且代表明清时期成就最高的小说都书写了这对"双城"。有些作者直接把两个城市并举,如冯梦龙编的《喻世明言》中有一篇《沈小霞相会出师表》,小说中两个正面人物,一忠直,一义气,小说最后以虚幻的形式安排他们的结局,其中一人主北京城隍之职,一人主南京城隍之职,小说中写道:"忽一日,梦见沈青霞来拜说道:'上帝怜某忠直,已授北京城隍之职。屈年兄为南京城隍,明日午时上任。'"城隍,在百姓心中是守护城池之神,小说中正面人物死后分别封为北京和南京两城的城隍之职,可见这一南一北两个城市在明代市民心中的位置。"两京"构成明清小说中一对"双城",从这时期描写这对城市的小说数量和质量上也能反映出来。

从数量而言,描写到北京和南京两个城市的小说相当可观。关于描写到南京的小说数量,韩春平在《明清时期南京通俗小说创作与刊刻研究》一书中统计,明清时期(包括晚清)几百年间通俗小说中有"南京记忆"现象的小说①,也即本书说的描写到南京的小说有 140 篇,其中在光绪十八年(1892)前的小说有 118 部,包括"三言二拍"、《十二笑》《八段锦》《野叟曝言》《玉娇梨》《风月鉴》《青楼梦》等;光绪十八年后(1892)至宣统元年(1909)间,涉及"南京记忆"的小说有 22 部,其中包括《绘芳录》《南朝金粉录》《二十年目睹之怪现状》《冷眼观》等小说。韩春平在书中总结其情节类型主要有 16 种,如南京才子佳人、秦淮烟粉风流、南京商业贸易等类型。②

从质量而言,中国古代小说史上的被誉为"南吴北曹,相映成辉"

---

① 韩春平文中的"南京记忆"指的是小说中对南京的多重叙事,参见韩春平《明清时期南京通俗小说创作与刊刻研究》,暨南大学出版社 2012 年版,第 264 页。
② 韩春平:《明清时期南京通俗小说创作与刊刻研究》,暨南大学出版社 2012 年版,附录。

的两部巨作《红楼梦》《儒林外史》都曾浓重地描写过南京。关于《红楼梦》对南京的描写，梅新林在《〈红楼梦〉的"金陵情结"》一文中把它提炼为一种城市情结——"金陵情结"。据统计，《红楼梦》中有42处提到金陵或南京等字眼。① 葛永海比较深入地比较了《红楼梦》与《儒林外史》两书中的南京描写：《儒林外史》侧重于写实，主要描写的是明代南京儒林百态、世态人情，其中不仅写了南京民俗风情，还写了南京的城市景观和城市市民。而《红楼梦》更侧重虚写，写实内容比较少，表现的是对金陵温柔富贵之乡的追忆和想象。② 此外，明清时期小说中的"金陵情结"还表现为很多小说虽然主要叙事空间不在南京，但作者会有意无意提及南京的人和事，有时故意把人物的籍贯设置在金陵，提及金陵的人文景观等。

而北京作为明清两代皇城帝都，有着诸多其他城市所不具备的帝都气象，也因此形成明显不同于其他城市的地域文化："它的地域特色风景线……表现为京都城垣殿堂的巍峨崇杰，达官显贵的富丽豪华，宫廷的政治斗争，宫闱的生活秘闻等政治地域特色，以及高度发达的文人文化与蓬勃繁盛的市民文化相辅相成所形成的首善之区的文化地域特色。"③ 在小说中，但凡写到王公贵族的家庭生活、冤案的平冤昭雪、书生士子的科举艳遇等题材的小说一般都会写到京城。因此，从数量而言，明清时期描写到或提及北京的小说不胜枚举，如描写京城官僚贵族家庭生活的《林兰香》，描写王孙公子狎优生活的《品花宝鉴》，内容涉及官场腐败以及朝廷忠奸对立的《儿女英雄传》，涉及封建士子京城科考的《花月痕》等。

从质量而言，在众多描写京城的小说中，其中最杰出的作品无疑是《红楼梦》。如果说《红楼梦》对南京的描写还是若隐若现的话，其对京城的描写则是正面的、立体的、多方位的。有些研究者甚至认为，《红楼梦》是京味小说的源头，"曹雪芹是京味小说的奠基人，以北京话，写北京人的生活是从他的《红楼梦》开始的"④。《红楼梦》描写了京城皇亲国戚贾家由盛而衰的过程及其簪缨世族大家庭日常家庭生活所体现的官派

---

① 梅新林：《〈红楼梦〉的"金陵情结"》，《红楼梦学刊》2001年第4期。
② 葛永海：《古代小说与城市文化研究》，复旦大学出版社2004年版。
③ 吕智敏：《论京味文学的源流与发展》，《中国文化研究》1997年第4期。
④ 赵志忠：《曹雪芹·文康·老舍：京味小说溯源》，《民族文学研究》1998年第3期。

气度,无疑是京味小说最优秀的先驱。而一百多年后文康的《儿女英雄传》也是京味小说中较具影响力的作品。胡适认为:"旗人最会说话,前有《红楼梦》,后有《儿女英雄传》,都是绝好的记录,都是绝好的京语教科书。"① 此外,一批在明清小说史上比较有影响的小说,如"三言"中的一些篇章、侠义公案小说,如《永庆升平前传》《彭公案》,才子佳人小说,如《花月痕》《玉娇梨》等都写到了京城北京。

二 清末民初小说中的"双城"——北京和上海

到了清末②,随着上海在中国的崛起,上海作为全国经济、文化中心的位置越来越显赫,日渐成为繁华之都、商业之都、十里洋场的代名词。正如熊月之在《历史上的上海形象散论》一文所评论的:"通商以来,上海,上海,其名震人耳目者,租界也,非内地也;商埠也,非县治也。"③ 这时期的小说家无不惊叹上海的繁华热闹。韩邦庆在《海上花列传》中开篇写道:"只因海上自通商以来,南部烟花,日新月异……"孙玉声在《海上花繁华梦》中称:"海上繁华,甲于天下。"曾朴在《孽海花》中写道:"那中国第一通商码头的上海——地球各国人,都聚集在此地。"茂苑惜秋生在《海天鸿雪记》序中说:"上海者,商贾之所会归,行旅之所来往,繁富夥侈之状,罄纸难述。"小说家的这些惊叹充分说明了上海在国人心中的地位。

尽管这时期的南京并没有完全淡出小说家视线,还有一部分小说书写南京,如《南朝金粉录》《二十年目睹之怪现状》《冷眼观》等。南京作为"六朝金粉"之地,其秦淮风月余韵犹在,"六朝金粉,不减昔日繁华"(《官场现形记》第二十九回)。但与新崛起的上海相对比,其都市繁华、时尚潮流等都已经远远落伍,如以描写南京妓女为主的小说《南朝金粉录》借人物之口说:"吉大哥,你不知道此地(指上海——笔者)的戏才好看呢,还有倌人,比南京的好上几十倍。"(第十二回)从中可见南朝金粉已经不如沪上名妓。《冷眼观》第二回写到南京妓院情况:"彼

---

① 胡适:《胡适文存(3)》,华文出版社2013年版,第343页。
② 本书所指的清末特指1892年以后,以第一部描写上海的报章连载小说《海上花列传》为界。
③ 熊月之:《历史上的上海形象散论》,《史林》1996年第3期。

时南京风气，虽比不上沪渎繁华……"《官场现形记》中第二十九回中的唐观察在妓院被一妓女罚打，因为没有兑现给这个妓女买一对手镯的诺言，而这位观察狡辩道："真正冤枉！我为着南京的样子不好，特地写信到上海托朋友替我打一付……"由此可见，上海的时尚已经引领着昔日的繁华风流之地南京。正是因为上海在全国"知名度"以及城市繁华时尚等方面遥遥领先于南京，南京才渐渐从"双城"中淡出，从而失去了其在明清时期小说中"双城"之一的地位。

  清末民初的北京延续着其帝都地位，仍然是中国的政治、文化中心，其在国人心中的地位始终没有动摇。晚清政府的腐朽落后，使得世界列强纷纷入侵中国，掀起一个瓜分中国的狂潮。在战败面前，腐败无能的清政府被迫签订了一系列丧权辱国的不平等条约，中国历史上遭受了"数千年来未有之变局"，正如李鸿章上陈的奏折《台湾事变筹划海防折》所云："今则东南海疆万余里，各国通商传教往来自如，麇集京师及各省腹地，阳托和好之名，阴怀吞噬之计，一国生事，诸国搆煽，实惟数千年来未有之变局。"[①] 而直接以京城为战场的庚子事变，更是对京城的一次空前大浩劫，给北方民众造成毁灭性的灾难。梁启超在《本馆第一百册祝辞并论报馆之责任及本馆之经历》中沉痛地说到当时北京的情况："庚子八月，十国联兵，以群虎而搏一羊，未五旬而举万乘，乘舆播荡，神京陆沉，天坛为刍牧之场，曹署充屯营之帐，中国数千年来，外海之辱，未有甚于此者也。"[②] 尽管清末民初大部分小说家并不长期在北京生活，但是面对风雨飘摇的国家，他们大多以一种批判和反思的态度来书写清政府所在地京城。

  北京和上海在清末民初的特殊地位，使这对"双城"在小说中出现的频率远高于其他城市。从数量而言，本人根据《中国古代小说总目提要》《晚清小说目录》《民初小说目录》等的著录，做了初步统计，产生于1892—1917年这二十几年间写到或提到北京的长篇小说有90余部，写到或提到上海的长篇小说有120余部，而在同一部小说中同时出现这两个城市的长篇小说有60余部。事实上，因为部分作品的流失以及本人无法阅读到全部原著，其实际数字应该远远大于这个数字。

[①] 梁启超：《李鸿章传》，百花文艺出版社2008年版，第56页。
[②] 梁启超：《梁启超全集》（第1册），北京出版社1999年版，479页。

这时期的各类小说几乎都热衷于把故事设置在京沪两地。因此,描写这对"双城"的小说类型也非常广泛。传统的言情小说、狭邪小说以及清末民初兴盛的谴责小说固然热衷于描写京沪,而在西方翻译小说的影响和刺激下而新兴的政治小说、科学小说、侦探小说等,同样热衷于描写京沪都市空间。如梁启超的政治小说《新中国未来记》,小说一开头交代了故事的时空背景,即60年后的上海,此时上海正在举行世界博览会,世界各国专家学者云集上海。陆士谔的幻想小说《新中国》写的是"立宪"40年之后的"新上海",科技交通发达,国家独立富强等。总体而言,这时期的京沪"双城"书写具有以下几个特点。

(一) 小说中京、沪出现频率高

清末民初时期的小说特别发达,其数量远远超过由唐至清中叶的总量,而且大部分小说以城市为背景。纵观这时期的小说,可以明显看出,北京和上海是小说中出现较频繁的城市,以晚清时期著名的四大谴责小说为例,据不完全统计,在《官场现形记》中,提到上海有30次,提到北京有39次;在《二十年目睹之怪现状》中,提到上海有93处,提到北京有26次;在《老残游记》中提到上海2次,提到北京5次;在《孽海花》中提到上海有30次,提到北京有19次。而即使是像《九尾龟》这种以上海妓院为主要故事场景反映上海洋场社会生活的狭邪小说,其中提到北京50次。甚至有些小说写的不是北京、上海的故事,但小说中同样会时不时提及北京和上海,比如与《人海潮》《歇浦潮》并称为民国文学的"三潮"之一——李涵秋的《广陵潮》,其故事背景主要是在扬州,其中提到沪17次,而提到北京16次。小说中京沪频繁出现,具体表现在以下方面:

第一,京、沪成为小说中其他城市的参照物。北京、上海作为清末民初一北一南最重要的大都市,一个是国家政治权利中心的京城,另一个是全国最繁华的商业大都市,在小说中频繁并举,在某种程度上,京沪代表了权威、繁华,也代表了奢靡、富庶,因此往往成为其他城市的参照城市。如许伏民的《后官场现形记》中赞美济南的美丽繁荣时写道:"济南乃是山东首善名区……饮食起居,虽不能超乎京都、上海,然在北五省中,要算首屈一指的了。"(第二回) 李定夷的《美人福》中,作者极欲夸耀武汉三镇的繁华热闹,特别以京沪为参照,"武汉三镇,繁华靡丽,甲于天下……市廛之繁,人烟之密,骎骎乎几凌京沪而上"(第二回)。

相比之下，北京更容易成为官方权威、官场风气方面的参照，如李伯元的《官场现形记》写到官场上的贿赂风气时道："现在北京城里官场孝敬，大行大市都是如此，我们就照着他办。昨日上海《新闻报》上的明明白白，是不会错的。"（第十九回）而上海更容易成为繁华、奢靡、时尚等方面的参照物，如《南朝金粉录》中所写："苏杭风月，固自可人，然而……倒是那沪上一隅，为天下繁华之薮。华洋杂处，商贾云腾，市面日新，淫靡日甚，勾栏林立，歌管喧阗。其中如蕙质兰心，丰姿出俗，色艺双绝，艳帜高张，几如十色五光，目不暇接……"（第一回）正如熊月之的评价："晚清人说天津、苏州发展很好，便说它们像'小上海'，是把上海作为现代化城市的一个范本。"① 京沪在小说中的频繁出现也可见其在清末民初国人心中的地位。

第二，小说中的人物游走于京、沪之间。清末民初小说有一个比较明显的特点，那就是小说中人物流动大，空间更换频繁，甚至在一部小说中，其空间跨越了大半个中国。有些小说类似于"游记"形式，让主人公充当旅行者的角色，游走于全国各地，正如陈平原所总结："以旅行者为小说的主要角色，并非始于晚清；但只有在清末民初的'新小说'中，才成为一种值得重视的文学现象，并对中国小说叙事模式的转变起重要的作用。"② 而在这些空间跨越比较大的小说中，北京和上海成为其中出现频率较高的城市，小说中的主人公游走于这两个城市之间，或从北京沿途到上海，如吴趼人的《恨海》、符霖《禽海石》等；或从上海沿途至北京，如吕侠人《惨女界》、亚东一郎《小学生旅行记》、张春帆《九尾龟》；或漫游至这两个城市，如欧阳钜元《负曝闲谈》、吴趼人《二十年目睹之怪现状》等。如李定夷小说《美人福》中的一对新婚夫妇蜜月旅行路线，也是以沪为起点，其间从南至北先后游历苏、宁、汉、津等地，最后以都门北京为终点。

第三，京沪城市故事经常成为小说中人物的谈资。京沪因其人群的高度异质性，城市生活的丰富性和复杂性，使得各种奇闻怪事可能发生。梁启超在《新中国未来记》中借人物李去病之口写道："我从前听见谭浏阳说的，中国有两个大炉子，一个是北京，一个便是上海，凭你什么英雄好

---

① 熊月之：《和大家聊一聊上海租界那些事儿》，《钱江晚报》2014年10月9日。
② 陈平原：《中国现代小说的起点》，北京大学出版社2010年版，第222页。

汉,到这里来,都要被他融化了去。今日看来,这话真是一点不错。要办实事的人,总要离开这两个地方才好。"(第五回)可见,北京、上海,这一南一北两座都市具有极强的吸附能力和同化能力,其城市人群的高度异质性,正是"要办实事的人"离不开的城市,作者才呼吁"总要离开这两个地方才好",这"两座大炉",可谓鱼龙混杂,一切奇事怪事皆有可能发生。在《冷眼观》中,作者借人物之口写道:"我从前听得人说,上海繁华,比英京伦敦还要富丽十倍。其中奸诈百出,也比各省要加十倍……"(第九回)正因为作家认为上海的富丽与奸诈都远超其他城市,因此小说家往往把各种奇闻怪事的发生地设置在上海,上海也因此成为小说中人物的谈资。如《二十年目睹之怪现状》中,主人公无论是在南京还是在其他城市,经常谈论的怪现状都发生在上海。同样,京城里京官的家庭生活故事往往成为众多小说中的谈资,比如《冷眼观》叙事者"我"在南京,却听到好友李云卿多次讲述了发生在北京和上海的故事。在第四回中,李云卿讲述了发生在北京的两个故事,其一是京城风流少年翰林嫖到王府家,被抓获后畏罪自尽;另外一个故事是京官惧内的故事,从而验证了小说家所认为的"天下最是规矩地方,最会出混账事"(第四回)的逻辑。

(二) 小说中京、沪对比书写多

清末民初小说家除了在小说中频繁地写到北京和上海,而且会有意识把京沪这对"双城"进行对比,从小说描写的题材来看,描写妓院生活的小说,写上海的《海上花列传》《九尾龟》,与写北京的《京华艳史》形成对比;描写都市繁华,写上海的《海上繁华梦》与写北京的《北京繁华梦》形成对比;暴露都市黑幕,写上海的《最近上海秘密史》《上海秘幕》《上海之秘密》与写北京的《北京之秘密》《北京黑幕大观》《新华秘记》等形成对比;揭露都市社会,写上海的《歇浦潮》与写北京的《如此京华》等形成鲜明的对比。到了20世纪20—30年代,上海、北京对比书写依然十分明显,如写上海的《人间地狱》《人海潮》《上海春秋》与写北京的《十丈京尘》《春明外史》《故都秘录》同样形成对比。

在具体的作品中,一些小说家也有意识地把两个都市的城市空间、社会风气、城市人群、风俗习惯、城市文化等方面进行对比书写。如曾朴的《孽海花》有意把京沪的城市空间、社会风气、名士形象等方面进行对比书写。小说以男女主人公金雯青与傅彩云为中心,以"珠花式"叙事结构,串联起包括京沪等地的诸多人物和故事。其中写到上海的故事场景,作者安排在明显西化的公共空间,如名士聚会安排在著名西餐厅一品香、一家春以及充满异国情调的花园——味莼园等;而在北京的叙事中,小说中的人物无论是日常活动还是社交活动多选择在私人空间,如京城名士聚会的场所安排在潘尚书的府邸、成祭酒的名园——云卧园等。因此可见,在表现都市空间方面,作者有意把上海现代、西化的公共空间与北京古典、传统的私人空间进行鲜明的对比。在社会风气方面,小说中上海多元、开放的洋场风气与保守、腐败的帝都风气也形成对比。此外,小说中关心西学的上海名士与专研古学的京城名士也形成对比。小说中京沪"双城"的鲜明对比,也充分流露出作者曾朴的城市理想:向往和追求开放、多元、进步的现代都市,否定和批判保守、封闭、落后的传统都市。吴趼人小说创作的一贯宗旨是"恢复旧道德",在其言情小说《恨海》中,首善之区的京城是恪守和守护传统道德的都市,而上海则是践踏和毁灭传统道德的都市。小说中的北京是两对恋人的快乐成长和定情之地,也是坚守传统道德之地;而上海则成了青年人的堕落之地,爱情的毁灭之地。因此,作者对于北京和上海的爱憎情感也非常鲜明。

  对比清末民初小说中的"双城"与明清时期"双城",可以看出其"双城"的文学特征的巨大差异。明清时期小说中的北京和南京"双城"主要基于政治力量因素,是封建权力的集中地,分别属于封建国家一南一北的行政中枢。清末民初小说中的"双城"北京和上海,则分别是政治因素与经济因素的结合。近代上海的崛起,不再是作为陪都等政治因素,而是作为贸易中心的经济因素决定的。德国政治经济学家、社会学家马克斯·韦伯于1920年曾经把城市分为三类:消费型城市、生产型城市和商人城市。消费型城市的特点是城市居民的生存主要依赖城市中大消费者的购买力,而这类城市的大消费者主要是依靠家产制与政治财源。北京则是典型的消费型城市。"所谓'君侯城市'指的是,城市的居民直接或间接地依赖宫廷或其他大家的购买力维生。此种城市类型相似于另外一些城市,定居在那儿的工匠与商人的营利机会主要也是得看城里大消费者——即坐食者(Rentner)——的购买力而定。这些大消费者的类型相当多,依他们收入的种类与来源而定。他们可能是官员,在城市里消费合法或非法取得的收入,也可能是庄园领主或掌握政治权力者,在城里消费他们乡间的地租收入或其他更依赖政治力量而来的收入。这两种例子里的城市都非常类似'君侯城市'。在这种城市里，大消费者的购买力主要是依靠家产制与政治的财源。北京可说是个典型的官僚城市。"① 事实上，包括北京在内的历代首都基本属于消费型城市，北京自元代建都以来一直是中国的政治中心、文化中心，不仅云集了庞大的官僚机构，也吸引了来自全国各地的富裕阶层。因此，北京城中的皇宫贵族以及官僚富人阶层及其家属成为拉动城市经济最强大的消费者，他们消耗着各自的俸禄以及各类所得收入。

相对于消费型的官僚城市北京而言，清末民初上海则可以归类为商业化城市。马克斯·韦伯提出"商人城市"的特征："在这种城市里，大消费者的购买力来自下列几种收益：（1）转运外地产品至当地市场零售……（2）转运当地产品（或至少是当地生产者所获得的商品）至外地销售……（3）转运外地产品至另一地区销售（不管此一过程中是否涉及本地的交易），此即所谓'中介商业城市'。"上海作为五个通商口岸城市之一，逐渐成为全国贸易中心和转运中心："到1894年，上海对外贸易仍然要占到全国进出口总值的一半以上，特别在进口方面，要占到全国进口总值的60%以上。……在上海进出口贸易中，有50%以上都是转运到其他口岸去的，上海成为全国对外贸易转运中心。"② 在政治方面，上海可谓晚清政府的"边缘地带"。租界的主权虽属于中国，但租界当局利用清政府的腐朽无能，逐步夺取了租界的立法权、行政权和司法权，使得租界成为一个"国中之国"，是清政府统治失控的"缝隙地带"。这种政治上的相对自由，客观上使得上海租界比较容易摆脱封建专制统治的束缚，为其资本主义经济发展创造了条件。因此，上海成为了与传统消费城市完全不同的近代商业都市。

清末民初京沪城市类型与明清北京和南京城市类型的差异性客观上使得小说中上海的城市特征完全不同于以往任何城市。晚清以来，中国经历了数千年来未有的变革，也使得小说中的北京有着与以往不同的城市特征。因此，清末民初小说中的"双城"，是政治特权与商业都市的组合，显示出不同于以往城市的文学特征。

---

① [德]韦伯：《非正当性的支配——城市的类型学》，康乐、简惠美译，广西师范大学出版社2005年版，第5—8页。
② 夏斯云：《近代上海国际贸易中心的形成及其启示》，《国际商务研究》2010年第2期。

第二章 清末民初小说家群体的京沪经验与想象

文学作品是一种特殊的精神创造产品，是作家通过艰苦和愉悦的精神劳动而精心创造出来的成果。作家与现实生活密不可分，现实世界为作家提供创作题材、创作灵感等，而文学作品中呈现的客观世界往往经过作家主体心灵的感知，因此作家的主观情感世界和客观的社会现实两者互动互渗。作家作为文学作品创作的主体，其地域籍贯、童年经验、成年后工作经历和生活空间等因素都必然会影响到小说的创作。迈克·克朗在《文化地理学》中引用了艾伦·西利托的一段话："正如测量中的基准线对地图绘制以及地图上所有的点都非常重要一样，出生地、生长地这些关联点对任何人，尤其是对一个作家，就成了自始至终都很重要的因素。"[①] 因此，从作家个体与其生存空间，具体包括籍贯地域、生活空间、生存状况、空间体验等关系来探讨作家的空间体验与作品创作之间的关系是很有意义的。

第一节 小说家群体的地域渊源

到了清末民初，上海作为新兴商业城市以其优越的物质条件、高度繁荣的文化、发达的商业和娱乐业以及广阔的发展舞台，使全国各地的文人不约而同地先后汇集于上海，上海也因此成为全国的出版中心和文学创作中心，因此上海如磁铁般地吸引了来自全国各地的小说家。叶中强在《上海社会与文人生活》（1843—1945）一书中把这段时间先后聚集上海的文人分为四个时段、四种状貌：其一是自19世纪40年代末到60年代，

[①] 转引自［英］迈克·克朗《文化地理学》，杨淑华等译，南京大学出版社2003年版，第59—60页。

一批江浙文人,如江苏甫里的王韬、吴县的贝青乔,宝山(今属上海)的蒋敦复、浙江海宁的李善兰、诸暨的姚燮等,他们或佣书西人机构,或设馆中西家庭,或任职洋务厂局。第二批是19世纪70年代至1905年,随着沪上日渐兴盛的报刊、杂志等印刷媒体的出现,一大批文人陆续入沪,包括钱昕伯、何桂笙、吴趼人、韩邦庆、孙玉声、邹弢、李伯元、欧阳钜元、曾朴、包天笑等。他们立足报刊媒体,办报、编刊、译书、著述,从士林"末途"逐渐走向近代人文知识分子身份标识的"正业"。三是自民国前后至1919年"五四",沪上繁荣的书报刊业和租界生态,集合了一批南社诗人、"鸳鸯蝴蝶派"作家和"同光体"诗人。四是20世纪20年代至30年代,上海成了各路文人的竞逐之地。① 由此叶中强得出结论:"上述文人迁徙的历史图绘,不仅呈现出近代中国文化要素的一种地域流向,复亦见证了中国文人从乡土中国走向近代都会,从'仕途经济'走向职业空间,从'庙堂知识分子'蜕变为一个以近代知识生产体系为存身空间,拥有文化权利的社会阶层的历史过程。"② 清末民初,文人从全国各地涌向上海,不仅是一种地域空间的迁徙,也是其生存空间的转变,而这种转变对于这时期小说家的文学创作而言,具有非常重要的意义。

一 小说家群体地域构成

本书所说的"小说家群体",是特指清末民初小说中描写到上海或北京的小说家。清末民初,小说发表的主要阵地是上海,因此,在上海地区发表作品的小说家基本囊括了全国大部分小说家。小说历来被视为"小道",与诗文的正统地位相差甚远,因此很大一部分小说家以笔名或匿名发表,其真实姓名、地域籍贯及生平经历都无从考察。有些作家虽不能确定名字和生平,但从小说的序言和笔名能推断出作家的籍贯,也列在下面表格中,如《京华艳史》的作者标明为"中原浪子",但在第一回中开篇写道:"现在新兴是打麻将,光景不久要在俺乃宁波人之上……"从这句话中"俺乃宁波人"可猜测出作者为宁波人。下表重点查考清末民初写到上海、北京的小说家的地域构成及京沪生活经验。

---

① 叶中强:《上海社会与文人生活(1843—1945)》,上海辞书出版社2010年版,第2—3页。

② 叶中强:《上海社会与文人生活(1843—1945)》,上海辞书出版社2010年版,第4页。

表 2-1　　　清末民初部分小说家地域构成及京沪生活经验

地域流向	姓名	生卒	籍贯	京、沪生活经历	描写到北京、上海的小说作品	人数
上海地区	韩邦庆	1856—1894	华亭（一说松江，今属上海）	到京参加科举，落第。约35岁寓居上海，在上海自编《海上奇书》，并一度任《申报》编辑	《海上花列传》	6人
	周桂笙	1873—1936	上海南汇	幼年入广方言馆，曾任英商怡泰轮船公司买办，在上海编辑《新小说》《月月小说》《天铎报》	《世界进化史》	
	陆士谔	1877—1944	青浦（今上海）	初期在沪行医，后改业图书，在文坛颇有名声后，一面行医，同时不废小说创作	《新上海》《商界现形记》《女界风流史》《最近上海秘密史》《新中国》《十尾龟》等	
	孙玉声	1862—1937	上海	到京参加科举，落第。在上海主编《时报》《小说时报》等	《海上繁华梦》	
	陈景韩	1878—1965	松江（今上海）	在上海主编《时报》《申报》等	《新中国之豪杰》《商界鬼蜮记》《新西游记》	
	姚鹓雏	1892—1954	松江（今上海）	在上海创办《民国日报》	《恨海孤舟记》《龙套人语》	
江苏—上海	邹弢	约1850—1931	江苏无锡	在上海一度任《苏报》编辑	《断肠碑》（一名《海上尘天影》）	17人
	李伯元	1867—1906	江苏武进	在上海先后主办《指南报》《游戏报》《海上繁华报》等，主编《绣像小说》	《官场现形记》	
	孙景贤	1880—1919	江苏常熟	随父游学于京师，担任过短期京官	《轰天雷》	
	曾朴	1872—1935	江苏常熟	曾担任过京官，在上海与丁芝孙、徐念慈创办小说林社，继又创办《小说林》杂志	《孽海花》	
	张春帆	1872—1935	江苏常州	在上海创办《平报》	《九尾龟》《宦海》等	

续表

地域流向	姓名	生卒	籍贯	京、沪生活经历	描写到北京、上海的小说作品	人数
江苏—上海	徐念慈	1875—1908	江苏常熟	与曾朴、丁芝孙在沪创办小说林社,后又任《小说林》杂志译述编辑	《情天债》	17人
	李涵秋	1874—1923	江苏	在上海任《小说时报》主编	《广陵潮》	
	包天笑	1876—1973	江苏吴县	在上海任《时报》外埠新闻编辑,《妇女时报》《小说大观》和《小说画报》主编	《上海春秋》	
	贡少芹	1879—1923以后（具体不详）	江苏江都	在上海任《小说新报》主编,后创办《风人报》	《傻儿游沪记》《新社会现形记》等	
	吕侠人		江苏常州		《惨女界》	
	欧阳钜元	1883—1907	江苏苏州	在上海协助李伯元编辑《游戏报》《世界繁华报》《绣像小说》等	《负曝闲谈》	
	吴双热	1884—1934	江苏常熟	曾任上海《民权报》编辑	《兰娘哀史》和《孽冤镜》等	
	郁闻尧		江苏江阴		《医界现形记》	
	叶小凤	1887—1946	江苏吴县（今属昆山）	在上海主编《太平洋报》《民立报》《生活日报》等	《如此京华》《古戍寒笳记》	
	李定夷	1890—1963	江苏武进	在上海编辑《民权报》《消闲钟》《小说新报》等。一度北上京师,无所遇而返沪	《美人福》《伉俪福》	
	王濬卿	1876—?	江苏宝应	两次经过上海赴京捐官,因无钱赴任,在沪滞留,卖文为生	《冷眼观》《新党升官发财记》	
	彭养欧		江苏吴县		《黑籍冤魂》	

续表

地域流向	姓名	生卒	籍贯	京、沪生活经历	描写到北京、上海的小说作品	人数
浙江—上海	叶景范		浙江杭州		《上海之维新党》《新党嫖界现形记》	7人
	许伏民		杭州		《后官场现形记》	
	童爱楼		宁波		《血泪碑》	
	陈蝶仙	1879—1940	浙江钱塘（今杭州）	在上海先后任《游戏杂志》《女子世界》《申报》副刊《自由谈》主编	《泪珠缘》《玉田恨史》《井底鸳鸯》等	
	钱锡宝（诞叟）		浙江杭州		《梼杌萃编》（一名《宦海钟》）	
	二春居士①		浙中		《海天鸿雪记》	
	中原浪子②		宁波		《京华艳史》	
	许啸天	1886—1946	浙江上虞	在上海与夫人高剑华创办《眉语》杂志，主编《黄花旬报》等	《清宫十三朝演义》	
广东—上海	吴趼人	1866—1910	广东南海	在上海先后主持《字林沪报》《采风报》《奇新报》《寓言报》以及《月月小说》总撰述等	《二十年目睹之怪现状》《恨海》《近十年目睹之怪现状》《新石头记》	2人
	梁启超	1873—1929	广东新会	在上海主编《时务报》《新小说》等	《新中国未来记》	

---

① 《海天鸿雪记》的作者，根据1899年7月2日《游戏报》上一则《海天鸿雪记》按期出售的告白，开首即云："是书为浙中二春居士所著，居士曾为沪上寓公，迨中年丝行哀乐伤神，回首前尘，胜境如梦，于是追忆坠欢、以吴语润色成书，生花妙笔，令阅者恍历欢场，征歌选舞，原书仅成半部，本馆以重资乞得，并函致居士足成之。"其中的作者二春居士是浙中人，可能不是阿英所说的江苏武进人李伯元，具体有待考证。

② 发表在1905年《新新小说》第5期杂志上的《京华艳史》，作者在第一回中所写道："现在新兴是打麻将，光景不久要在俺乃宁波人之上，考个第一了。"这句话中"俺乃宁波人"可推测出作者为宁波人。

续表

地域流向	姓名	生卒	籍贯	京、沪生活经历	描写到北京、上海的小说作品	人数
其他—上海	连梦青		北京	曾在京为官，因友人触怒朝廷受牵连，逃到上海，卖文为生	《邻女语》	4人
	夏侣兰		北京	不详	《北京繁华梦》	
	程小青	1893—1976	原籍安徽安庆	在上海创办《太湖》杂志，又编辑《侦探世界》半月刊	《倭刀记》	
其他—未入上海	黄世仲	1872—1912	福建闽县	无京沪生活经历记载	《大马扁》《甘载繁华梦》（又名《粤东繁华梦》）、《宦海升沉录》（一名《袁世凯》）	2人
	陈天华	1875—1905	湖南新化	无京沪生活经历记载	《警世钟》《猛回头》《狮子吼》	

资料来源：表中内容主要根据梁叔安《中国文学家大辞典》（近代卷）以及《中国古代小说总目》（白话卷）中内容整理)

据表2-1不完全统计，从籍贯地域来看，清末民初写到北京、上海的小说家主要有36人，其中，上海本籍和江苏地区的作家构成了主要的人群，其次是浙江和广东。其中上海本籍的小说家有6人，江苏地区的有17人，浙江地区的有7人，广东地区的2人，其他地区的2人。所谓的上海籍作家，主要是按照现在的行政范围来划分，把当时隶属于江苏省松江府同一行政区域的七个县，华亭、上海、青浦、娄县、奉贤、金山、南汇，统称为上海地区。因为这七个县在行政关系方面同隶属一府，地域距离也比较接近。1842年，上海被列为五个通商口岸之一。为了便于对清末民初上海小说家的地域构成做细致分析，上表特意把松江府所下辖七县的小说家从江苏省独立出来，单独考察。

从小说家地域来源来看，小说家主要来源于江浙一带。因为天时地利的原因，上海周边地区来上海谋生的人数特别多。包天笑在《钏影楼回忆录》一书中的《新闻记者开场》一文中提道："那个时期，上海报馆里松江人最多，上海县亦属于松江府也。"① 在《息楼》一文中也提道："青浦距上海甚近，因此来上海的人很多。上海新闻界中，青浦人也不少。"②

二　小说家群体来沪因缘

大批文人之所以选择来上海谋生，各有其原因，在来沪前其人生经历也各不相同。

（一）生计艰难，被迫出外谋生

清末高产作者吴趼人的人生经历是那个时代读书人的一个缩影。关于吴趼人的经历，《二十年目睹之怪现状》"我"的经历有其自身许多影子。吴趼人的童年和少年时代是在其家乡广东南海佛山镇度过的，接受传统的私塾教育。其父亲常年在外为官，16岁时其父病逝于浙江宁波的官署。家庭的重担一下子降落到家中的唯一男性吴趼人身上。为了维持家庭生计，17岁时吴趼人不得不到外谋生，因为有同乡在上海开茶庄，吴趼人便到上海谋生。而与吴趼人有类似经历的小说家还有很多，迫于生计而到上海来谋生，如李伯元、欧阳钜元等都属于这类。《邻女语》的作者连梦青同样是迫于生存危机来上海寻求机会，连梦青与沈虞希同为天津《日日新闻》主持人方药雨之友。沈曾以朝中事告诉方药雨，方药雨作为报社主持人便把此事揭诸报端，触怒孝钦皇后，严究泄露者，沈被捕，杖毙，株连至连梦青，因此连梦青被迫离开北京逃到上海，卖文为生。

（二）尝试改变读书人的传统谋生方式

在清末以前，对于未能跻身于仕途的读书人，处馆教书是一种普遍且传统的谋生之途。包天笑在《钏影楼回忆录》中不仅对其自己的人生经历有详细的叙述，并回忆了同时代的诸多文人、知识分子的生活和经历，从中可以大致看出那个时代知识分子的人生轨迹。包天笑在《移居上海之始》一文中写到，他于1906年夏历二月中旬移居上海，此时正好是30岁，来上海之前的包天笑有过哪些经历？包天笑从小接受传统教育，直到17岁结束了学业生涯。迫于生计，17岁开始在家开门授徒，18岁当西席老夫子，之后主要是在苏州处馆为生："我还是脱不了那个教书生涯，在

---

① 包天笑：《钏影楼回忆录》，中国大百科全书出版社2009年版，第316页。
② 包天笑：《钏影楼回忆录》，中国大百科全书出版社2009年版，第331页。

廿一岁的时候，又馆在城南侍其巷的程宅去了。"① 包天笑回忆："我结婚那年，还馆于尤氏，虽心厌教书生涯，但无别的出路"②，可见，当时读书人的主要谋生途径是教书，在来上海前，他还办过木刻杂志《励学编译》和《苏州白话报》。之后他先后在上海几个译书处担任编辑、校对等工作。译书处倒闭之后又被推荐到山东青州府中学堂担任督抚（相当于校长），也兼教员。从青州中学堂辞职后便到上海，一边在《时报》担任编辑，一边从事翻译及写作，从而开始了他长期移居上海的生活："我从十七岁踏出了学堂门，为了生计问题，奔走衣食，所就的职业种类，可也不算少。但是都没有悠久性，少或一年，多至三年，又顾而之他。只有在上海的《时报》，为期可算最长。……服务至十四年之久。"③ 因此，从包天笑的经历来看，他在长期移居上海之前，曾坐馆、办过短期的杂志和报刊，担任译书处的编辑和校对，担任过学堂的督抚和教员，其中译书处设在上海。由此可见，只有上海提供的工作机会最适合他。包天笑的回忆反映出那个时代所有年轻读书人的窘境，当他在上海工作的译书处倒闭后："回到苏州，做什么呢？还是处馆教书吗？要谋生计，在苏州更无出路。"④ 处馆成为传统读书人维持生计的一个重要出路。但是上海发达的传媒产业却为这些传统读书人提供了一条新的谋生之道。

（三）科举落第，仕途无望

科举求仕是封建时代读书人的理想进身之阶。清末的不少读书人也试图通过科举走上仕途，但当他们在科举和仕途历经坎坷之后，一些读书人便毅然放弃，转而到上海谋生。韩邦庆从小在邑习制举业，考取秀才，但屡次考举人不第，之后寓居上海，卖文为生。邹弢家庭贫寒，青年时期到苏州师从表叔学习词章之学，为其后在上海从事报刊编辑及文字工作打下坚实基础。之后，他曾十秋闱试，皆遭摒弃。迫于生计，到沪谋生。李伯元祖籍江苏武进，1867 年生于山东，三岁丧父，山东不仅是他的出生地，也是他的成长地。李伯元多才多艺，少年时代就考取秀才，但始终未能考中举人。直到 26 岁李伯元一家随伯父回到江苏，卜居常州市青果巷，迫

---

① 包天笑：《钏影楼回忆录》，中国大百科全书出版社 2009 年版，第 148 页。
② 包天笑：《钏影楼回忆录》，中国大百科全书出版社 2009 年版，第 203 页。
③ 包天笑：《钏影楼回忆录》，中国大百科全书出版社 2009 年版，第 405 页。
④ 包天笑：《钏影楼回忆录》，中国大百科全书出版社 2009 年版，第 242 页。

于生计，他到上海谋生。曾朴出生于官宦之家，其父亲曾在京城为官，青年时期的曾朴跟随父亲在京，但仕途却屡屡不顺，最后放弃京官之路，到上海谋求发展。而在清末民初如韩邦庆、邹弢等人科举不顺而又别无他路的读书人大有人在，他们最后选择到上海卖文为生。

从上海小说家来沪前经历可知，清末民初的小说家大部分是迫于生计而来上海谋生的。这种家乡成长经历以及来沪前的种种经历使小说家在体验以及观照上海时带着复杂的心理。

第二节　上海空间经验与想象

"人从儿童成长为成年，要经过许多人生阶段，遭遇许多事情，有自己的见闻，也有自己亲自参与过的事情。作为人的生物的与社会阅历的个人的见闻和经历及所获得的知识和技能，统称为经验。"[1] 作为文学创作主体的作家，他的生活经历与他的创作紧密相连，以至于他的人生经验有意无意地渗透到他的作品中，读者也因此能透过文学作品看到作家的某些生命痕迹，甚至很容易把作品中的主人公和作者等同起来。丰富的生活经历和独到的人生经验，是作家文学创作无穷的财富。莫言在2011年12月鲁迅文学院长篇小说创作广东高级研修班的讲座上，谈到了他个人经验与文学创作的关系时指出："实际上，写作就是应该从身边的琐事、小事写起，过去认为不能够写到小说里的很多细碎的，生活当中司空见惯的事情经过文学的手段把它变成文学作品。……过去认为不能变成小说的很多个人经验，突然感觉到变成了非常宝贵的小说素材。"[2] 从莫言的发言中可以看出，一个人的人生经验对于作家的创作意义重大，它是作家创作的宝藏。

清末民初小说发表在上海的小说家，大多数人童年和青少年是在上海周边城镇度过的，这些小说家在沪的经验包括到上海后的谋生经历以及各自在上海因不同境遇产生的心理体验。

---

[1]　童庆炳、程正民：《文艺心理学教程》，高等教育出版社2001年版，第74页。
[2]　莫言在2011年12月鲁迅文学院长篇小说创作广东高级研修班上讲座的发言。

一 租界日常生活与都市体验

开埠后日渐繁华的大都市上海吸纳了来自各地的文人知识分子,但他们的生活空间基本都在租界,因为租界为他们提供了大量谋生机会,也提供了纸醉金迷的繁华都市生活。且租界也是一个远离政治、远离权力的商业都市,即使是在庚子年:"北方虽是联军进城,两宫出走,而上海酣嬉如旧。"① 因此,小说家在上海的经验主要是其租界日常生活,包括在租界生存的种种都市体验。

(一)小说家入沪时间

这里所说的"沪",其实主要是上海租界区域,因为小说家大多来自江浙一带,迫于生计而到文化媒体较为发达的租界寻求发展,同时也是被上海租界的繁华吸纳而来。他们入沪时间各不相同,上海对于他们来说,大多是异乡,是成年后工作和谋生的城市。

周桂笙(1873—1936),自幼生长沪滨,幼年入广方言馆学习。"广方言馆",是上海建立的第一所外国语专科学校。13 岁到法租界学习法文,之后又到公共租界住了数年,甲午战争前后在沪担任英商公司买办。1899 年开始从事文学翻译工作,从而开启其笔耕生涯。周桂笙在《上海侦探案·引》中云:"在下自幼生长沪滨,然而一向祖居南门,至十三岁那年,学习法文,始到法租界,嗣后肄业英文,又到公共租界住了数年。就有事出门,到天津去,寄迹了五六年,才得回来。"代表作品《世界进化史》发表时间 1905 年。

孙玉声(1862—1937),生于上海,但从孙玉声的自述中可见,他 27 岁开始从事新闻报刊编辑工作,清光绪十五年(1887)出任《新闻报》本埠新闻编辑。从 29 岁开始,孙玉声先后在《新闻报》《申报》《舆论时事报》等沪上大报编辑或主持笔政近 20 年。代表作品《海上繁华梦》发表于 1903 年。

陆士谔(1877—1944),于 1890 年初次来到上海,在沪三年主要是在典当行当学徒,"少年时曾为典当学徒,以酷爱稗官小说,不久辞退回里"②。"在下 14 岁到上海,17 岁回青浦,20 岁再到上海,到如今又是十

---

① 包天笑:《钏影楼回忆录》,中国大百科全书出版社 2009 年版,第 186 页。
② 上海市青浦县县志编纂委员会编:《青浦县志》,上海人民出版社 1990 年版,第 786 页。

多年了"(《绘图新上海》第一回)。1896年,再度来上海,先悬壶行医,复弃医改业图书出租,收入尚还不差,继而又潜心钻研小说,渐悟其中要领,大约28岁(1904年)开始小说创作。① 代表作品《新上海》《新中国》等发表时间为1910年。

吴趼人(1866—1910),于1883年迫于生计赴上海谋生。先在上海同乡开的茶庄落脚,不久在江南制造局当书记,前后在江南制造局14年。32岁(1897)开始报刊生涯,先协办《字林沪报》,后继办《采风报》《奇新报》《寓言报》等。1902年以后陆续编《汉口日报》《楚报》和《月月小说》杂志,并逐渐由报人成为职业小说家。1906年《月月小说》创刊,其中第4期至第8期主要由吴趼人负责,担任总撰述,其多种重要作品也发表在该刊物上。1910年10月,去世于寓所。完成长篇和中篇小说16种,其中《二十年目睹之怪现状》发表时间为1903年。

梁启超(1873—1929),于1890年由京返乡途经上海,看到介绍世界地理的《瀛环志略》和上海机器局所译西书,眼界大开。1896年4月,24岁的梁启超应维新派人士黄遵宪、汪康年邀请赴上海参与筹备《时务报》,梁启超主持《时务报》笔政有一年零三个月时间,其《新中国未来记》发表时间为1902年。

欧阳钜元(1883—1907),大约于1901年到上海协助李伯元创办小报,光绪二十七年(1901)春,参与创办并编辑《世界繁华报》;光绪二十九年(1903)春末又参与创办和编辑《绣像小说》。25岁病逝,其《负曝闲谈》发表为1903年。

陈景韩(1878—1965),于1902年左右入沪,投身报界,1902—1929年,先后在《时报》《申报》等刊物任主笔、总主笔,从1904年到辛亥革命前在《时报》担任编辑工作,经济收入非常丰厚。包天笑在《钏影楼回忆录》的《新闻记者开场》《〈时报〉怀旧记》(上、下)等文章中回忆其在《时报》的工作经历,多次提到陈景韩作为一个报人小说家的生活。"时报馆在福州路望平街"[②],"《时报》上的要闻与各埠新闻,都是陈景韩编的"[③],其代表作品《新西游记》《商界鬼蜮记》,其中《商界

[①] 田若虹:《陆士谔年谱》,《明清小说研究》2002年第3期。

[②] 包天笑:《钏影楼回忆录》,中国大百科全书出版社2009年版,第328页。

[③] 包天笑:《钏影楼回忆录》,中国大百科全书出版社2009年版,第320页。

鬼蜮记》发表在 1907 年。

王濬卿（1876—?），于 1900 年赴北京报捐广东试用通判，因无钱赴任，在上海滞留五六年之久。后经友人推荐，充英国矿师、商部顾问官等，事毕回京，加捐知县，仍因无钱赴任，流寓上海，以卖文糊口，生活较为困顿。所著有《冷眼观》《女界烂污史》《孽镜台》（又名《迷魂阵》），其代表作《冷眼观》发表在 1907 年。

李伯元（1867—1906），于 1896 年春末到上海谋求发展，先后在上海创办了《指南报》《游戏报》《世界繁华报》等小报和文学期刊《绣像小说》，其代表作品《官场现形记》发表于 1903 年。

邹弢（约 1850—1931）于 1880 年迫于生活压力，离开家乡来到上海谋生，主要从事报刊编辑工作，1881 年底，邹弢为《益闻报》笔政，其后断断续续在许多家报馆主笔政，如早期的《苏报》。1905 年后主要担任女校教员。邹弢在后来的回忆文章中写道："余浪迹天涯垂四十余年，凡兹经历，入徐家启明女校为最长，自乙巳年（1905 年）起至辛酉（1921 年）跌伤右腿始止，凡十有七年。"其代表作品《海上尘天影》发表时间在 1904 年。

曾朴（1872—1935），于 1902 年到上海经营丝业。1904 年，与丁芝孙、徐念慈在上海创办小说林杂志社。包天笑在《钏影楼回忆录》中的《在小说林》一文中提要："（小说林）虽然所出的书，倒也不少，销路也不差，还是亏本。譬如说：放出的账收不回来；管理不得法等等。"① 之后，曾朴便浮沉于宦海。其《孽海花》发表时间为 1905 年。

韩邦庆（1856—1894），从其创作《海上花列传》的时间可推测出韩邦庆成年后来到上海。孙玉声在《退醒庐日记》中回忆道，他于 1891 年北上应顺天乡试，在京师松江会馆与韩邦庆相识，南返途中，两人各自出示其小说，韩邦庆完成《花国春秋》十余回写作，时年 35 岁。从小说中他对上海租界和妓院生活的熟悉程度以及《海上花列传》中第一回作者自述"独不得一过来人为之现身说法耳"来看，他在上海应该已生活多年。《海上花列传》发表于 1892 年。

张春帆（1872—1935），从其作品的发表时间可推测出其入沪时间大概是成年之后。从作者创作《九尾龟》对上海生活的熟悉程度可以看出，

---

① 包天笑：《钏影楼回忆录》，中国大百科全书出版社 2009 年版，第 327 页。

在小说发表之前，他有多年的上海生活经历。曾主持《平报》笔政。《九尾龟》发表于1906年。

从上文可以看出这批小说家大致的入沪时间，除了上海本埠人从小在上海生活，但不在租界，其他作家入沪时间大约在14—30岁。而进入报刊杂志业从事编辑等文字工作则多在20岁以后，不过欧阳钜元是个例外，他19岁开始报人生活。下面按作家入沪时间先后、在沪经历、发表作品时间制作简表如下。

表 2-2　　　　清末民初部分小说家入沪时间及经历简表

作家	入沪（租界）年龄及主要职业	代表作品发表年龄
周桂笙	13岁到法租界学习法文。27岁起在沪上从事翻译工作	32岁发表《世界进化史》
孙玉声	27岁起在沪上担任报刊杂志编辑、主笔	42岁发表《海上繁华梦》
陆士谔	14岁初次来到上海学徒，20岁入沪先行医后投入小说创作	34岁发表《新上海》《新中国》
吴趼人	17岁入沪，在江南制造局14年，后从事报刊编辑和小说创作	38岁发表《二十年目睹之怪现状》
梁启超	18岁由京返乡途经上海，24岁到上海创办《时务报》	30岁发表《新中国未来记》
欧阳钜元	19岁起入沪协助李伯元创办报刊杂志	21岁发表《负曝闲谈》
陈景韩	24岁入沪担任报刊杂志编辑、主笔	30岁发表《商界鬼蜮记》
王濬卿	25岁途经上海时留在上海，主要以卖文糊口	31岁发表《冷眼观》
李伯元	30岁入沪创办小报及小说杂志	37岁发表《官场现形记》
邹弢	31岁入沪先从事报刊编辑工作，后期担任女校教员	55岁发表《海上尘天影》
曾朴	31岁入沪先经营丝业，32岁起创办小说杂志	34岁发表《孽海花》
韩邦庆	成年后到上海，35岁后定居沪上，先从事报刊编撰工作，后创办小说刊物	36岁发表《海上花列传》
张春帆	成年以后，具体不详，在沪上卖文为生	35岁发表《九尾龟》

从上表中列举作家的入沪时间可看出，大部分作家是在成年以后，即20岁以后，为谋生或寻求更好的发展机会而来上海。因此，其童年和青少年时期主要在其家乡或其他地方度过，如李伯元祖籍江苏武进，但因伯祖一代已迁居山东，因此他生在山东、长在山东，直到26岁才迁回江苏。

如果说以上列举的部分小说家并不能代表全貌，对比《近代上海报人小说家群体研究》中"表 2-1 梁淑安《中国文学家大辞典》（近代卷）所录报人小说家地域分布与流向表"中所列举的 69 人，大部分报人经历与上文中列举的小说家经历相似，童年和青少年基本在其家乡或其他地方度过，成年后才来上海从事报业工作而成为报人。而从上述小说家作品的发表时间来看，大部分小说是作家在上海生活若干年之后，有了多年的上海生活经验写作而成。

（二）小说家在沪生活空间

从职业空间来看，这批作家主要栖身于报刊杂志社、书局等出版业，也有部分从教、行医、经商等。他们或自创报刊、杂志，或在报馆从事主笔、编辑、译书等文字工作。而为了维持生计，他们往往边从事报业工作边从事小说写作，因此这群小说家也被称为"报人小说家"，他们是整个清末民初小说家群体的主流部分。其中独自办报的有韩邦庆、曾朴、李伯元等人，栖身报馆、杂志社担任主笔或编辑的，如孙玉声、陈景韩、欧阳钜元、邹弢等人。其中邹弢于 1905 年后，主要担任教员。还有一批文人由其他行业逐渐转变为专业小说家，如陆士谔到上海后，先是悬壶行医，后来弃医从文，成为专业小说家。吴趼人到上海后，在制造局工作 14 年后，先创办小报，后担任编辑并创作小说。另外，还有一部分小说家也从事其他文字方面的工作，如周桂笙主要从事翻译工作。从事新闻报业的职业使小说家对上海租界的生活和时闻了如指掌。

对于大部分在沪小说家而言，其工作地点都在租界，其中以英租界居多。因为大部分报刊杂志及书局都开办在英租界内。英租界的望平街，因为聚集了大量报馆，又被称为报馆街。望平街，今山东中路，自福州路至南京东路一段。清同治四年（1865），英租界工部局定名山东路。1872 年创刊的《申报》设馆于汉口路（三马路）。清光绪十九年正月（1893 年 2 月），由中外商人合办的《新闻报》也在汉口路开设。光绪二十二年（1896）七月，梁启超、汪康年创办了《时务报》，报馆设在福州路（四马路），自此之后，其他宣传变法的报纸相继创办。报人纷纷聚集于山东路、福州路、汉口路、九江路一带。以望平街为中心的十字形区域里，大小报馆毗连，从而形成了报馆街。包天笑回忆当时的《时报》馆也设在望平街:"好在《时报》馆在福州路望平街。"① 至清末民初,望平街聚集了报馆20余家,《上海洋场竹枝词》述:"集中消息望平街,报馆东西栉比排。近有几家营别业,迁从他处另悬牌"②,初显上海新闻中心之雏形。1911年辛亥革命武昌起义前后,望平街涌现30余种"小报群"。民国初年,报纸大量创办,望平街及其附近,新增的主要报纸有《大共和日报》《太平洋报》《民强报》《国民新闻》《民声报》和《亚细亚报》等多种,望平街报馆、印刷发行所鳞次栉比,报市更见热闹。③

除了大报,小报、杂志、书局也都主要在英租界。因此,租界里的文化媒体聚集了大量的文人,包括小说家。以李伯元为例,李伯元1896年春末到上海谋求发展,同年6月创办了他在上海的第一份报纸《指南报》,"馆址设在英租界内由英人创办的文汇西报馆内"④。1897年创办了《游戏报》,"初期由《指南报》代售,后设馆址于四马路惠福里"⑤,报纸刊登以市民生活小事为主,版面也较小,于是这一类报纸就被上海人称为"小报"。1900年3月创办了《海上文社日报》,"馆设大马路亿鑫里"⑥。1901年4月7日,李伯元创办《世界繁华报纸》,"馆址设大马路泥城桥东亿鑫里"⑦。1906年4月,李伯元病逝于上海大马路亿鑫里寓所。从以上李伯元在上海的经历来看,他在上海的活动空间主要在英租界。而吴趼人1898年7月创办的《采风报》,"社址初设在三马路太平坊,后迁四马路西大新街中市"⑧。1901年3月,吴趼人创办了《寓言报》,"该馆曾三迁社址,初设上海四马路南画锦里,中迁四马路大新街迎春坊里……"⑨孙玉声在上海担任编辑或主持笔政的《新闻报》《申报》《舆

---

① 包天笑:《钏影楼回忆录》,中国大百科全书出版社2009年版,第328页。
② 顾炳权:《上海洋场竹枝词》(新版),上海书店出版社2018年版,第340页。
③ 朱国栋、刘红编著:《百年沪商》,上海财经大学出版社2010年版,第226页。
④ 魏绍昌主编:《中国近代文学大系(1840—1919)(史料索引集2)》,上海书店1996年版,第175页。
⑤ 阿英:《阿英全集》(第6卷),安徽教育出版社1999年版,第286页。
⑥ 阿英:《阿英全集》(第6卷),安徽教育出版社1999年版,第297页。
⑦ 阿英:《阿英全集》(第6卷),安徽教育出版社1999年版,第282页。
⑧ 魏绍昌主编:《中国近代文学大系(1840—1919)(史料索引集2)》,上海书店1996年版,第195页。
⑨ 魏绍昌主编:《中国近代文学大系(1840—1919)(史料索引集2)》,上海书店1996年版,第201页。

论时事报》，以及其自办的《采风报》《笑林报》《新世界报》等报刊地点也都位于公共租界。

由于所从事的报刊出版业主要栖息于租界内，他们的居家空间也多在租界里。包天笑1906年到上海谋生，在选择住所时，首选上海的新马路，所谓新马路就是后来的派克路、白克路（现南京西路）。原因之一是他有好多朋友和同乡都住在那个区域，可见新马路是当时外地文化人比较集中的住宅区。包天笑回忆当时曾朴的《小说林》编辑所也在新马路梅福里，而曾朴就住在编辑所的楼上。

（三）小说家的游冶生活

清末民初上海烟花繁盛，妓院林立。青楼妓院虽不免仍是色情交易场所，但更是三教九流各界人士的社交场所，当时的《新闻报》对妓院功能进行描述，"所谓侯伯将相、督抚司道、维新志士、游学少年、富商大贾、良工巧匠者，乃于此宴嘉宾焉，商要事焉，论政治焉，定货价焉，以谑浪笑傲之地为广通声气之地，以淫秽猥琐之处为办理正事之处"[1]。这种社会氛围也助长了租界洋场才子的游冶之风。

很多小说家直言，其小说中的内容是以过来人经历的现身说法。韩邦庆《海上花列传》第一回中说："按：此一大说部书，系花也怜侬所著，名曰《海上花列传》。只因海上自通商以来，南部烟花日新月盛，凡冶游子弟倾覆流离于狎邪者，不知凡几。虽有父兄，禁之不可；虽有师友，谏之不从。此岂其冥顽不灵哉？独不得一过来人为之现身说法耳！"（第一回）《九尾龟》作者写道："实不相瞒，我自从十七岁上出来纵情花柳，歌场酒阵，整整的阅历了五年，做了无数的倌人，攀了许多的相好。"（第七十一回）《海上繁华梦》的作者，"玉声自谓：'其书于当时曲院情形，堪云无微不显，读之得以胸中彻悟，知烟花之不可留恋，急思跳出迷途。然余则挥手万金，盖已掷之于无何之乡，而化为此书之代价，乃思此书之成，虽由阅历得来，不啻金钱所买，与他书复乎不同。'"[2]《海天鸿雪记》中写道："福州路一带，曲院勾栏，鳞次栉比……正是说不尽的标新炫异，醉纸迷金。那红粉青衫，倾心游目，更觉相喻无言，解人艰索。记者寓公是邦，静观默察，觉得所见所闻，虽然过眼烟云，一刹那间都成

---

[1]《新闻报》1903年8月23日。

[2] 郑逸梅：《近代名人丛话》，中华书局2005年版，第338页。

陈迹，但是个中人离合悲欢，组织一切，颇有可资谈助的。"（第一回）

　　作家之所以对妓院如此熟悉，与作家在上海丰富的妓院经历分不开。关于韩邦庆与《海上花列传》，胡适曾说："作者常年旅居沪渎，与申报主笔钱昕伯、何桂笙诸人暨沪上诸名士互以诗唱酬，亦尝担任《申报》撰著；顾性落拓，不耐拘束，除偶作论说外，若琐碎繁冗之编辑，掉头不屑也。与某校书最暱，常日匿居其妆阁中，兴之所至，拾残纸秃笔，一挥万言。盖是书即属稿于此时。"① 民国时期蒋瑞藻先生在《小说考证》卷八（引《谭瀛室笔记》）写道："《海上花》作者为松江韩君子云。韩为人风流蕴藉，善弈棋，兼有阿芙蓉癖；旅居沪上甚久，曾充报馆编辑之职。所得笔墨之资悉挥霍于花丛。阅历既深，此中狐媚伎俩洞烛无遗，笔意又足以达之……书中人名皆有所指，熟于同光间上海名流事实者，类能言之。兹姑举所知者：如齐韵叟为沈仲馥，史天然为李木斋，赖头鼋为勒元侠，方蓬壶为袁翔父（一说为王紫诠），李实夫为盛朴人，李鹤汀为盛杏荪，黎篆鸿为胡雪岩，王莲生为马眉叔，小柳儿为杨猴子，高亚白为李芋仙。以外诸人，苟以类推之，当十得八九，是在读者之留意也。"② 蒋瑞藻认为，韩邦庆不仅自己在妓院阅历深，而且小说中的一些人物也都实有其人。

　　而孙玉声之所以创作《海上繁华梦》，也与其在上海"阅历欢场数十年"的经验分不开。蒋瑞藻《小说考证》引《谭瀛室随笔》云："《海上繁华梦》，著者为上海孙玉声君家振。君家素丰，少时猎艳寻芳，大有杜牧扬州之概。当筵买笑，挥霍甚豪，故曲院名花，无不欢迎恐后。孙君又自创《笑林报》馆，青楼中人，苟色艺有一节之可取，必极意揄扬之。……自是阅历欢场数十年，缠头之资，不下数万。家虽由是中落，而此中狐媚伎俩，则已勘破，跳出情关，早登觉岸。书中谢幼安，盖即孙君自况，桂天香为君所娶之姬人也。……书中于局骗赌术诸事，尤发挥无遗。少年人读之，或可有所儆悟。此则孙君之用意，与道邪海淫诸书，固不可同日语也。"③ 古皖拜颠生在《〈海上繁华梦〉新书初集序》中说："痴仙生于沪，长于沪，以沪人道沪事，自幼耳熟能详，况情场历劫二十

---

① 胡适：《胡适文存（3）》，华文出版社2013年版，第319页。
② 朱一玄：《明清小说资料选编》（下册），齐鲁书社1990年版，第820页。
③ 石昌渝主编：《中国古代小说总目》（白话卷），山西教育出版社2004年版，第97页。

年,个中况味一一备尝。"① 而作者在《海上繁华梦》第一回也写道:"警梦痴仙生长沪滨,浪游已倦,每一感及,焉伤之。因广平日所见所闻,集为一书,以寓劝惩,以资谈助。是故此书之作,谓为痴仙之游戏笔墨也可,谓为痴仙之一片警世苦心也亦无不可。"可见,孙玉声对上海租界妓院生活了如指掌。

《九尾龟》的作者张春帆久历欢场。郑逸梅在《张春帆》中写道:"阅历欢场,颇多闻见,于是酒杯块垒,绮梦莺花,写成《九尾龟》一书……书中主人章秋谷,即作者影子也。"② 陈蝶衣在《〈九尾龟〉的作者——张春帆先生》一文中写道:"书中主人公章秋谷,单名个'莹'字,试与先生之名'炎'字'春帆'作对照,则'夫子自道'这一点十分明显。"③

李伯元、欧阳钜元等也与妓女交往密切。《钏影楼笔记》中回忆李伯元:"钜元告诉我……伯元一天到晚,就是应酬交际,作花界提调而已。"④ 雾里看花客(《申报》主笔钱昕伯)在《老林黛玉》中写到了欧阳钜元与名妓林黛玉之间的感情纠纷:"名士名妓相为点缀标榜,名士得名妓而名益大,名妓得名士而名益姚。……黛玉获金刚大名后,一班洋场才子以歪诗瞎词投赠。……惜秋生赠黛玉诗有'如此风流如此貌,谁人有福享温柔'……惜秋生与黛玉有巫山之谊,既占黛玉之身,又取黛玉之钱,终且败黛玉之名……"⑤ 从这段描述既可看出欧阳钜元风流放荡的一面,也看出他作为洋场才子在上海比较受欢迎的一面,因为在上海能得到名妓青睐的人,往往是很有名声的人,要么是非常富有,要么非常有才。欧阳钜元属于后者,他也因长期混迹风月场中,染花柳病而英年早逝。

吴趼人在《吴趼人哭》中记录一则:"女学不兴,女子无德。吴趼人曾作狭邪游,昵一妓,颇惑之。或劝之曰:'彼瞰若赀耳,若床头金尽,

---

① 孙玉声:《海上繁华梦》(上),江西人民出版社1988年版,序言。
② 郑逸梅:《张春帆》,载魏绍昌《鸳鸯蝴蝶派研究资料》,上海文艺出版社1962年版,第482页。
③ 陈蝶衣:《〈九尾龟〉的作者——张春帆先生》,《万象》1975年第4期。
④ 包天笑:《钏影楼笔记·晚清四小说家》,载魏绍昌主编《李伯元研究资料》,上海古籍出版社1980年版,第28页。
⑤ 魏绍昌主编:《李伯元研究资料》,上海古籍出版社1980年版,第492页。

彼宁复识若耶！'吴趼人曰：'彼固以瞰人贽为业者，又何足怪！始若穷，柴米不继，床头人亦将作交谪之声！'或不以为然。吴趼人哭。"① 由此可见吴趼人在上海租界的游冶生活。

《歇浦潮》的作者朱瘦菊，"颇留心中下层人物琐事，空闲时常到游戏场去体验生活，见多识广，尤其对于妓院，更为熟悉。他写了《剩粉残脂录》《此中人语》，凭着游冶所接触到的娼门生活，在这两部小说内写得更专门化了"②。总之，上海小说家丰富的游冶经验不同程度地反映在小说中。翻开这时期描写的上海小说，很少没有妓院场景描写的。妓院生活也是沪上小说家生活的一部分。

（四）小说家的上海都市体验

"对于文学创作来说，经验与体验是不同的。经验是他的生物的或社会的阅历。体验是经历中见出个性、深义和诗意的情感。"③ 体验是在经验基础上的深刻情感感受。"空间体验，即人在生存空间中感受、经验、体悟到的具有意义与价值的内在生命体验……不同艺术家对不同空间有着不同的体验，每一个时代都有自己的空间形式，因而形成特定的空间体验及审美体验形式。"④ 从小说家的沪上体验而言，个人因为彼此在沪的经历、生存状况、个人遭遇的不同，其感受差距也颇大。大致可分为以下几类：

1. 得志型

一些小说家在大报担任编辑或主笔，如《申报》《新闻报》《时报》等，其收入较为丰厚且稳定，对上海的生活较为满意。如孙玉声对于其报人生涯，颇为自得，他回忆道："余自年二十有九，主任新闻报笔政后……其间在新闻报主持本埠编辑者二年，总持全报编辑者九年，任申报本埠编辑者二年余……"⑤，"余在《新闻报》《申报》《舆论时事报》等任职近二十年。其间主宾之款洽，待遇之优厚，起居之安适，时间之从容，以新闻报最为深惬我心。馆主斐礼思君，虽系英人，而办事殊水乳交

---

① 吴趼人：《我佛山人文集》（第8卷），花城出版社1989年版，第137页。
② 严芙孙等：《民国旧派小说名家小史》，载魏绍昌《鸳鸯蝴蝶派研究资料》（上卷），上海文艺出版社1984年版，第284页。
③ 童庆炳：《经验、体验与文学》，《北京师范大学学报》2000年第1期。
④ 谢纳：《空间美学：生存论视阈下空间的审美意蕴》，《社会科学辑刊》2009年第4期。
⑤ 海上漱石生：《报海前尘录（一）·绪言》，《新夜报》1934年4月6日。

融,深明大体,馆穀彼时虽不甚丰,最多时月只百金,然在当日,已不为菲。居庭则公余时息偃优优,从无人加以干涉,而尤好在日多暇暑,自朝至下午四时,无所事,晚则九时以后,更可任意遨游,只须留一地点,有事由茶坊走告,再行到馆……以是迢迢良夜,余恒与二三知己,涉足于剧院歌场,极逸兴遄飞之趣,逮夫深夜归来,(余下榻报馆时多)则灯下观书,每至黎明始睡。殊为获益不浅……"① 从这段描述中可以看出孙玉声对其在报馆工作,无论在社会地位、经济收入,还是工作时间等方面都是相当满意。因为报业无论是从经济收入还是从社会地位而言,都很不错,因此孙玉声对于仕途毫无兴趣。从上可看出,孙玉声已经完成从传统文人向现代知识分子的身份转变,通过近代报刊这个文化媒体,他靠自己的知识和才华,在上海过上一种体面而宽裕的生活。

而近代报人包天笑在《钏影楼回忆录》一书《移居上海之始》《在小说林》等文章中,比较清楚地记载了其1906—1919年在时报馆工作的生活细节,从中可以看出当时报馆编辑及主笔的收入情况和生活情况。包天笑一家定居在上海后,每月房租是7元(以下指银圆),而包天笑当时在《时报》任编辑,每月薪水80元,又兼任了《小说林》编译,每月薪水40元,每天上午九点钟到十二点钟到《小说林》兼职,星期休假。这样,每月两份编辑工作固定收入有120元,还不包括写小说的额外稿费收入。而且在《时报》工作后期,工资又涨了:"我的薪水,每月八十,自初进时报馆以来,一直没有加过……(景韩离开后)现在楚青亦每月送我一百五十元,如景韩例。而我的家庭开支和个人零用,至多不过五六十元而已,不是很有余裕吗?"② 且无论是担任编辑还是创作小说,时间都比较自由。

清末民国时期著名的报人小说家陈景韩在上海的职业生涯也非常顺利。作为报人,陈景韩从24岁投身报界,在1902—1929期间,先后在《时报》《申报》等任主笔、总主笔,且因才华出众一直受到报馆总经理的重用。包天笑在回忆文章《新闻记者开场》《〈时报〉怀旧记》中多次提到陈景韩作为一个报人小说家的生活。在《时报》期间,陈景韩是重要主力军和核心人物,乃至于《申报》想重整旗鼓,《申报》元老们认

---

① 海上漱石生:《报海前尘录(十七)·公余逸趣》,《新夜报》1934年6月14日。
② 包天笑:《钏影楼回忆录》,中国大百科全书出版社2009年版,第412页。

为，要办好《申报》，非请陈景韩担任总主笔不可，因此以高薪把陈景韩从《时报》挖到《申报》。作为小说家，他也非常受读者欢迎："陈景韩（笔名冷血）也在《时报》上写小说的，他写的小说，简洁峻冷，令人意远。虽然也有许多译自日文的，但译笔非常明畅，为读者所欢迎。那时候，正是上海渐渐盛行小说的当儿，读者颇能知所选择，小说与报纸的销路大有关系，往往一种情节曲折、文笔优美的小说，可以抓住了报纸的读者……"① 其经济收入非常丰厚，"景韩的薪水，为了他续弦以后有家用，加到了月支一百五十元（到《申报》后，月薪三百元，董事会决定，五年为期）"②。从包天笑和陈景韩的收入来看，他们在上海的收入比较高。当然，并非每个报人都有孙玉声、包天笑及陈景韩那般幸运且薪水高，因为当时上海销量最好的报纸就是《新闻报》《申报》《时报》，它们也是沪上著名的商业性大报。包天笑在回忆录中还写到了同时代其他报馆编辑的收入，其同乡孙东吴君，早两年在申报馆当编辑时，薪水只有28元，而"就是每月二十八元，也比在苏州做馆地、考书院好得多呀"③。

有些小说家在上海的事业发展颇为顺利，也使得他对于上海的生活较为满意，如李伯元。李伯元在上海的人生经历是非常丰富的，其奋斗之路也比较成功，其办报、写作以及社交活动方面都比较顺利。如他创办的《游戏报》，销量很好，"一纸风行，中外称颂，一时朋辈咸为主人庆，以为《申（报）》《新（闻报）》各报开创伊始，无若是易也"④。"于是冠裳之辈，货殖者流，莫不以披阅一纸《游戏报》为无上时髦，南亭亭长李伯元，名乃大噪"⑤。其创作小说也是高产："在《绣像小说》第一期上，李伯元以不同的笔名发表了《文明小史》《活地狱》《醒世缘弹词》和《前本经国美谈新戏》。而后，四部作品陆续连载，同步进行。与此同时，他在《繁华报》上连载《官场现形记》。写作之外，他还同时主编一报一刊（《世界繁华报》《绣像小说》）。"⑥ 上海对于他而言，应该

---

① 包天笑：《钏影楼回忆录》，中国大百科全书出版社2009年版，第317页。

② 包天笑：《钏影楼回忆录》，中国大百科全书出版社2009年版，第412页。

③ 包天笑：《钏影楼回忆录》，中国大百科全书出版社2009年版，第316页。

④ 李伯元：《记本报开创以来情形》，载魏绍昌主编《李伯元研究资料》，上海古籍出版社1980年版，第455页。

⑤ 郑逸梅：《孤芳集》，益新书局1932年版，第8页。

⑥ 张中：《李伯元与官场现形记》，辽宁教育出版社2000年版，第43页。

是展示才华和发挥才智的最佳舞台。

2. 复杂型

这里说的复杂型，指的是作家既对上海的人生境遇有诸多不满之处，但也有赞赏之处。尽管有部分文人因为特别的境遇，在上海收入较高，但大部分靠卖文为生的小说家，其收入并不多，加之上海作为一个商业大都市，房租贵，商业消费场所多且消费高，因此大多数小说家经济相对紧张。如吴趼人到了上海，最早在江南制造局当抄写员，后来升任机械绘图员，但薪资微薄，"佣书江南制造军械局，月得直八金"①。在制造局的14年中，其薪资也仅能维持生计。1897年开始创办小报，他自己曾回忆这段办小报的经历，深感悔恨："上海有所谓小报者，如《游戏报》《采风报》《繁华报》《消闲报》《笑林报》《奇新报》《寓言报》等是也。吴趼人初襄《消闲报》，继办《采风报》，又办《奇新报》，辛丑九月又办《寓言报》，至壬寅二月，辞寓言主人而归，闭门谢客，瞑然僵卧。回思五六年中，主持各小报笔政，实为我进步之大阻力，五六年光阴遂虚掷于此。"②而停止小报笔政工作后，其经济收入又堪忧，"吴趼人闭户谢客，行将著书，承诸友爱我勉我，以开化为宗旨。又承诸友爱我，代为之踌躇曰：'薪水或不给否？'此两种朋友，我均甚感之敬之。更有一种人闻我此事，笑语他人曰：'此无理之举动也。'是言也，居然同我老婆一般见识"。③又说："回忆少年时，虚负岁月，未尝学问，如处尘雾之中，及欲学时，又为衣食所累。今已三十七岁，目光才及一寸，无论讲新学，谈掌故，均不如人。"④在《近十年之怪现状》"自叙"中，吴趼人写道："落拓极而牢骚起，抑郁发而叱咤生，穷愁著书，宁自我始？"从吴趼人自我评价中，从18岁到上海，到37岁，他在上海的经济收入远不如孙玉声及包天笑等人，他对上海的生活并不十分满意。吴趼人早年患有哮喘，年过四十之后，哮喘加重，家境陷于窘困。为了维持生计，他拼命写作，最后因为积劳成疾，于1910年10月，45岁病逝于寓所，其时身上仅有四角

---

① 李葭荣：《我佛山人传》，魏绍昌：《吴趼人研究资料》，上海古籍出版社1980年版，第11页。
② 吴趼人：《我佛山人文集》（第8卷），花城出版社1989年版，第136页。
③ 吴趼人：《我佛山人文集》（第8卷），花城出版社1989年版，第133页。
④ 吴趼人：《我佛山人文集》（第8卷），花城出版社1989年版，第137页。

小洋。李葭荣在《我佛山人传》中写到吴趼人,"卒之日,家无余财"①。由此可见,吴趼人在上海租界的生活并不宽裕。

尽管从经济方面而言,吴趼人在上海生活可能比较窘迫,但从他在上海的经历来看,他还是非常活跃且有一定的社会声誉。1901年3月24日,吴趼人与上海士绅、商人及各界爱国人士在张园参加第二次反对"拒俄"大会,还在会上发言,反对俄国侵略。关于张园绅商集议拒俄的详细情况,当年3月25日的《中外日报》上有详细的报道。1906年《月月小说》创刊,其中第4期至8期主要由吴趼人负责,担任总撰述,其多种重要作品也发表在该刊物上。1907年冬,吴趼人与广东的几位同乡成立了两广同乡会,有感于广东人士的子弟不能上学,又与几位广东人士筹办广志小学,位于租界虹口武昌路同德里。吴趼人曾在为周桂笙《新庵译屑》所做的序文中提及此事:"去冬,同乡君子组织旅沪广志小学校成,交推余主持其事,于是日与二三同事,研究教育之道,舍学校而外,几无复涉足之处。"② 可见吴趼人在同乡中有着一定的威望。而且吴趼人在当时也算是个较为成功的小说家,《小说月报》第一年第三号刊登了《〈月月小说〉叙》对吴趼人进行了高度评价:"吴君趼人,近世之俊人也,喜为小说,有英人苏格(始创历史小说,其描摹苏格兰人之生活最为活泼)、哈葛得(著有《哈氏丛书》)之风。其所著《痛史》及《怪现状》等作,虽有激言,实足发人深省。今年复创选《月月小说》,其命意之新奇,措词之巧谲,足以灌输文明,洗濯蒙蔽,其影响及于他日之社会,可断言也。……吴君以高尚之思想,灵妙之笔锋,发为小说,虽小道,而启人智慧、移人根性,其效最捷。余乐为表彰之,冀其影响及于他日之社会,而收改良之效也。"③ 包天笑曾回忆吴趼人说:"他久居上海,上海话说得很好,谁也看不出他是一个广东人。"④ 可见吴趼人早已融入上海的城市生活中。

---

① 李葭荣:《我佛山人传》,魏绍昌:《吴趼人研究资料》,上海古籍出版社1980年版,第14页。

② 吴趼人原著,刘敬圻主编:《吴趼人全集点评集》,北方文艺出版社2019年版,第205页。

③ 陈平原、夏晓虹编:《二十世纪中国小说理论资料(1897—1916)》,北京大学出版社1989年版,第175—178页。

④ 魏绍昌编:《吴趼人研究资料》,上海古籍出版社1980年版,第30页。

邹弢在上海的生活虽然也较窘迫，但在情感上颇为快意。《海上尘天影》第二回中影射性地自述："如今且述一穷途失志之人，平生小有才名，因以质胜文，不知矜饰检束，遂为世人所轻侮。且命宫偃蹇，文字无灵，两鬓秋霜，催人老大，此人何姓何名，姑且慢考。……他的别号甚多，性嗜酒，不能长得。每觅几个知己友人索饮，遂号酒丐。又喜渔色，爱美人如性命……原来侍者在申江有几个投契的人，心地纯厚，朴实耐久。"（第二回）从这段文字中，可得知作者尽管也觉落魄不得志，但在上海还有几个知己好友，聊以慰藉寂寥失志的生活。此外还有一个红颜知己，王韬在1896年为《海上尘天影》做的序言中写道："《海上尘天影》乃门下士梁溪邹生为汪畹根女史作也，小说可以看做邹弢的情感自传。汪畹根，名瑷，堕入风尘后改名为苏韵兰，颜其居曰幽贞馆，自号幽贞馆主人。……女史性既聪颖，又喜浏览群书……沪上为中外通商总汇，来游者非以势矜即以财胜，女史视之蔑如也，所折节者多读书长厚之人，浮华子弟望而却步，与生交在壬辰之年（1892）。"小说中的韩秋鹤和汪畹香可看成是邹弢和汪畹根的化身。邹弢本人在《三借庐丛稿》中写道："青楼女子庸俗居多，其有超出风尘，自树一帜者，以余所知，一为薛灵芸，聪明敏慧……一为苏韵兰，本姓汪，名瑷，字畹根，能诗……后嫁湖北范氏。余前为作《断肠碑》六十回者也。"可知该小说正是邹弢以其在上海与一名妓相恋的故事为底本。邹弢等近代知识分子正是在自我人生体验之上而塑造上海的。邹弢描写其笔下的上海："上海为人才荟萃之地，中西学问，好的甚多，倘有正经人，尽可交结。"（第四回）邹弢的《海上尘天影》中上海的妓女及名媛个个聪颖美丽，多才多艺，且温婉多情。而与之交往的上海名士也多是青年才俊，风雅俊朗。尽管这是晚清狭邪小说写名士名妓生活的一贯传统，有"溢美"之嫌，但邹弢把上海妓院写得如此温情与风雅，与邹弢沪上生活经历是分不开的。上海不仅是改变其尴尬身份和窘迫生活的大城市，也是其结识红颜知己和诸多好友的城市。而其笔下的"苏州人情最薄，往往重富轻贫"（第五回），也与邹弢在上海的都市体验分不开。

尽管有一大部分小说家在上海的职业发展未必如意，但上海作为文化出版中心带来的机遇总体要比传统都市多得多，且繁华的都市环境也带给小说家以丰富的感官享受和刺激，从而使大部分小说对上海抱着一种既爱又恨、爱恨交织的复杂情感体验。

3. 落魄型

并不是每个文人在上海都走运,有些文人在上海生活极为窘迫。《留东外史》的作者向恺然就是其中一个代表,"这时上海的小说市价,普通是每千字二元为标准……但是许多出版家,贪便宜,粗制滥造,也是有的。更有一些穷文人,为了生活所迫,虽然他的稿子很不坏,但深入窘乡时,也不待善价而沽了。像那位笔名平江不肖生的向恺然君,他从日本回国时,写了一部《留东外史》,描写了一般中国留学生在日本留学的状况,到上海来,兜来兜去,这些书贾,以为其人不见经传,无人肯要,就是以每千字五角,卖给某书贾的"①。另外,这时期落魄的小说家还不少,如《冷眼观》的作者王濬卿至少两次因无钱赴任,流寓上海,以卖文糊口,生活较为困顿。

二 小说家的上海都市想象

想象是创作者构思的主要方式,心理学对想象的解释是:想象是人在头脑里对已储存的表象进行加工改造形成新形象的心理过程。它能突破时间和空间的束缚,是人类特有的对客观世界的一种反映方式。想象同样是文学创作必不可少的心理行为,但文学创作过程中的想象不同于日常生活中的空想,它是一种有目的、有意义的虚构。"就文学文本而言,'想象'并不能看作是一种能力,而是一种显现或运作的模式,在这种模式中,'想象'一词是'指示性的'而不是'定义性的'。"② 其中"指示性的"指的就是想象是有目的,有方向的。文学想象虽然源于现实生活,但可以对现实生活本身进行延伸、拓展和提升。现实生活与文本世界永远存在一个无法完全重合的空隙地带,想象则为文学提供了无限的创作空间。文学想象可以是写实的,也可以是非写实的,小说家根据自身的创作需求选取其想象世界的叙事方式。

与现实中的城市空间不同,"城市想象"在于它并不完全是城市的真实呈现,而是在很大程度上不断被赋予意义的"文学中的城市"。清末民初的小说家尽管上海经验非常丰富,但并不代表他笔下所描写的上海就是

---

① 包天笑:《钏影楼回忆录》,中国大百科全书出版社2009年版,第323页。
② [德] 沃尔夫冈·伊瑟尔:《虚构与想像——文学人类学疆界》,陈定家、汪正龙等译,吉林人民出版社2003年版,第37页。

其实际生活中的上海,而是作者在现实城市感知基础上,经过一定想象的城市。当时的新闻话柄为作家想象上海提供了丰富资源,而国外的翻译小说则提供了想象上海的范本。

(一) 新闻话柄与上海想象

现代著名作家余华在复旦大学的一次演讲中讲道:"文学不是空中楼阁……文学不可能是凭空出来的,而必须像草一样,拥有它的泥土。"[①]作家的写作和现实社会环境有着紧密的关系,但即使作家以自己熟悉的城市为书写对象,也不可能亲历每一个事件,熟知每一个人物。清末民初小说中关于上海的故事,即使对于生活在上海的小说家而言,并非都是作家的亲身经历,其中很大部分是小说家根据广泛搜罗的新闻逸事或者传说话柄加以敷陈演绎而成。

其中,报纸上的新闻为他们的小说创作提供了重要题材。报纸作为晚清以来兴起的一种新闻媒介,是社会各界了解上海和国家各类重要事件和生活琐事的一面镜子。《文明小史》第十四回小说中的人物说道:"开发民智,全在看报。"这句话,不免有些夸张。看报可以开发民智,不过是报纸的社会功能之一。对于一般民众而言,看报主要是了解上海及全国发生的逸闻逸事,以资消遣;而对于小说家而言,报纸上刊登的新闻为他们提供了丰富的创作素材。此外,亲朋好友讲述的话柄故事也成为小说家想象上海的资源。鲁迅在评价《二十年目睹之怪现状》时一针见血地指出:"杂集话柄,与《官场现形记》同。而作者经历较多,故所叙之族类亦较夥,官师士商,皆著于录,搜罗当时传说而外,亦贩旧作(如《钟馗捉鬼传》之类),以为新闻……连篇'话柄',仅足供闲散者谈笑之资而已。"[②] 较早从报纸中寻找小说素材的小说家可能是吴趼人,吴趼人的第一部章回小说《海上名妓四大金刚奇书》中的很多内容是根据小报的新闻逸事演绎而来。《论吴趼人最早的一部章回小说》在把《消闲报》《游戏报》等小报上刊登的有关清末海上四大金刚的逸事传闻与吴趼人的小说进行对比后,得出结论:"《奇书》情节基本是由报纸上各逸事传闻杂

[①] 余华:《文学不是空中楼阁——在复旦大学的演讲》,《文艺争鸣》2007年第2期。
[②] 鲁迅:《中国小说史略》,东方出版社2012年版,第232页。

凑而成……吴趼人充分地利用了报纸新闻的素材，来铺叙小说的故事。"①如1898年10月1日的《消闲报》上刊登的"妓女忧贫"一文则被吴趼人铺演为《海上名妓四大金刚奇书》中第九十一回至九十六回。吴趼人把这种创作经验带到其他小说创作中，并毫不吝惜地传授给同时代的作家。包天笑回忆他向吴趼人请教写小说之法时说："我是在他和周桂笙等办《月月小说》社的时候，认识了他。……那时我还以文言写译文，我很请教他小说作法，他的谈锋很健。当时写社会小说的人，最崇奉《儒林外史》一书，因此人人都模访《儒林外史》。我就问他：'《二十年目睹之怪现状》中，先生何从得这许多材料？所谓目睹者，难道都是亲眼目睹吗？'吴先生笑着，给我瞧一本手钞册子，很像日记一般，里面钞写的，都是每次听得友人们所谈的怪怪奇奇的故事。也有从笔记上抄下来的，也有从报纸上剪下来的，杂乱无章的成了一巨册。他笑说：'所谓目睹者，都是从这里来的呀。'我说：'这些材料，将如何整理法呢？'吴先生道：'就是在这一点上，要用一个贯穿之法。大概写社会小说的，都是如此的吧。'"② 从吴趼人的创作经验来看，除了从朋友处听到的奇闻怪谈，报纸上刊登的新闻成为小说创作的重要题材。《官场现形记》也有类似的创作情况，鲁迅曾评价《官场现形记》："况所搜罗，又仅'话柄'，连缀此等，以成类书；官场伎俩，本小异大同，汇为长篇，即千篇一律。"③《官场现形记》中的故事来源途径广泛，有的是报刊所刊登，有的是作者听来的笑话，有的是前代书籍刊登的故事等。胡适也认为："大概作者当时确曾想用全副气力描写几个小官，后来抵挡不住别的'话柄'的引诱，方才改变方针，变成一部揭露官场的社会风俗史。这是作者的大不幸，也是文学史上的大不幸。倘使作者当日肯根据亲身的观察，或亲属的经验，决计用全力描写佐杂下僚的社会，他的文学成就定会大有可观。中国近代小说史上或许又会增添一部不朽的名著了。可惜他终于有点怕难为情，终不肯抛弃'官场'全部的笼络记载，终不甘用他的天才来作一

---

① 何宏玲:《论吴趼人最早的一部章回小说》,《南京师范大学文学院学报》2006 年第 1 期。

② 魏绍昌:《吴趼人研究资料》,上海古籍出版社 1980 年版,第 30 页。

③ 鲁迅:《中国小说史略》,百花文艺出版社 2002 年版,第 167 页。

小部分的具体描写。"①

正如包天笑在小说《黑幕》中通过友人之口披露"黑幕小说"时所写:"上海的黑幕,人家最喜欢看的是赌场里的黑幕,烟窟里的黑幕,堂子里的黑幕,姨太太的黑幕,拆白党的黑幕,台基上的黑幕,还有小姐妹咧,男堂子咧,咸肉庄咧,磨镜党咧……"那么如何不必身历其境就得到许多黑幕?作者接着写道:"你要看报时,就留心报上的本埠新闻和那些小新闻,这里头就有许多黑幕在内……譬如报上登了某公馆的姨太太逃走了。这时,他们做黑幕的一个大题目来了。那报上所登不过寥寥三数行,他便装头装脚,可以衍长至一万余字,至少也得数千字。全在无中生有,移花接木,加上许多作料。你别小觑那报上所登寥寥三数行,这便似药房里所卖的牛肉汁一般,只用得一茶匙,把开水一冲,便冲成一大碗。做黑幕的,他就是用这个法子。你想,以上海之大,奸盗淫邪之多,社会之复杂,一天里头总有一条两条够得上做黑幕材料的。这可不是用之不尽,取之不竭吗?"② 由上可见,小说中奇闻异事的来源。

百万字巨著《歇浦潮》作家朱瘦菊在开篇毫不忌讳地写道:"手持秃笔无聊甚,旧事新闻一例收。"在第一回再次谈道,"因此撷拾些野语村言,街谈巷议,当作小说资料"。王钝根在《歇浦潮》的"序"中评价道:"海上说梦人风度潇洒,爱交游,多闻上海社会诙秘之事,闲辄笔之于书,作长篇小说体,名曰《歇浦潮》。"《序》言中写道:"上海,一人海也。五方杂处,良莠错出其间,而诙异之事亦日出而无穷……吾友海上说梦人久居海上,穷数载之力,采幽索奇,尽得其奥,斯有《歇浦潮》说部之作……"可见,《歇浦潮》中大量的"怪"事多取材于听闻及报刊所刊登的内容。

1884 年《申报》曾多次刊登《点石斋画报》征稿启事《请各处名手画新闻启》,启事中写道:"本斋印售画报,月凡数次,业已盛行。惟各外埠所有奇奇怪怪之事,除已登《申报》者外,能绘入图者,尚复指不胜屈。故本斋特告海内大画家,如遇本处有可惊可喜之事,以洁白纸新鲜浓墨绘成画幅,另纸署明事之原委,函寄本斋。"③ 虽然这则启事主要是

---

① 胡适:《章回小说考证》,上海书店 1979 年版,第 445 页。
② 包天笑著,中国现代文学馆编:《包天笑文集》,华夏出版社 1999 年版,第 121 页。
③ 点石斋主人:《请各处名手专画新闻启》,《申报》1884 年 6 月 8 日。

召请名手画新闻,但从中也看出《点石斋画报》时事和社会新闻的特点:"奇奇怪怪之事""可惊可喜之事"。这些奇怪和惊奇的故事便可能是小说素材的来源。如《点石斋画报》曾刊登过一则《庸医笑柄》的社会新闻:"沪上医院,遇有病家延请,必捱至晚上方到,草草诊视,拂衣径去,其贻误病人实非浅鲜。有客问于予曰:若此者,其果有应接不暇之势乎?抑故装身份,拿架子乎?予曰唯唯,吾试与子论某医事情。某医者,粗知脉诀,自诩名家,常以人命为儿戏,病者咸畏之如虎,不敢相邀。一日,有某大家延之,更深始至,坐甫定,故作忙迫态,脱帽挥汗,匆匆诊脉,开方而去,忘取其帽。病家知其伪也,故匿之,及医生令舆夫来索帽,则云无之。舆夫谓,先生言放于客堂霁红花瓶上,何得云无?病家曰:观先生昨日来时匆忙之甚,或者遗在它家,先生自不记忆耳。往来数次。帽上有所缀碧霞犀,价值颇巨,不忍舍去,遂实言:昨日出门并无它家,决不至于记错。主人始笑而还之。噫,若此类者所在多有,彼特幸未遗忘物件,不至遽贻笑柄耳,呵呵。"① 这个沪上"庸医笑柄"的社会新闻成为讽刺上海世风日下、道德沦丧的很好素材,因此不少小说家都把这个故事加以敷衍,编进小说中。比如《斯文变相》《二十年目睹之怪现状》等小说中都写到类似的情节。此外,关于描写上海租界一些坑蒙拐骗伎俩的丑怪故事频繁出现在不同的小说中。为什么同一类丑怪现象频繁出现在各种小说当中?其中虽可能是稍后的小说家受先前小说家此类素材创作的影响,但更可能是几个小说家同时受到类似报纸新闻的影响。

清末民初各种小报甚至画报以刊登不寻常的社会新闻和事件为主,尤以怪丑为主,从我国第一份正式发行的时事风俗画报《点石斋画报》刊登的各类怪事可见一斑。心理学上认为,人每天接受的信息浩如烟海,而容易记住的事情往往具有一定的特征,其中有一条是,那些比较新奇或有趣的事情容易记住,因为这些事情会引起个体的情感反应,而伴随着情感反应的事情会比较容易记住。因此当读者看到报纸上刊登的各类新奇怪异的新闻,很容易就记住了,小说家也不例外。当小说家要写反映上海社会风气腐败堕落时,很自然地把他记忆中印象深刻的故事写进小说,而丑怪等故事很自然成为首选。

而有些小说家为了求得小说素材,则坦然在报纸上刊登广告。如包天

---

① 李庆瑞点校,燕华君评说:《上海旧闻》,吉吴轩出版社2004年版,第5页。

笑在 1907—1908 年《小说林》第七、八、九、十二各期目录后均载有《天笑启事》:"鄙人近欲调查近三年来遗闻逸事为《碧血剑》之材料,海内外同志如能贶我异闻者,当以该书单行本及鄙人撰译各种小说相赠,并开列条件如下:一、关于政治外交界者;一、关于商学实业界者;一、关于各种党派者;一、关于优伶妓女者;一、关于侦探家及剧盗巨奸者。其他凡近来有名人物之历史及各地风俗等等,巨细无遗,精粗并蓄。倘蒙赐书,请寄上棋盘街小说林转交可也。"包天笑的《上海春秋》,大概是学习吴趼人《二十年目睹之怪现状》串联材料的小说写法,把《时报》中本埠新闻以及各种新奇古怪的事物都悉数包罗在其小说中。包天笑在《赘言》中说:"上海为吾国第一都市,愚侨寓上海者将及二十年,得略识上海各社会之情状。随手掇拾,编辑成一小说,曰《上海春秋》。"

(二) 古典名著与上海想象

正如心理学对想象的定义,想象是人在头脑里对已储存的表象进行加工改造形成新形象的心理过程。文学想象也是作家对头脑中已储存的信息进行挪移、改造、变形从而创作新作品的过程。而前人较有影响的作品,尤其是优秀作品,则往往为后来小说家在创作同一个城市的小说、同类题材或类似场景甚至人物形象等都提供了文学想象的信息和源头。

私家花园,往往是封建时代青年男女相爱的空间基础,如《红楼梦》中的大观园,是封建时代年轻男女释放青春的乐园,也是青年男女爱情产生的空间条件,正如金键人在《小说的空间构成》中指出,大观园这个紧缩的地域空间是宝黛爱情的先决条件。大观园的空间设置为青年男女自由恋爱产生了可能,因此,后代的小说家大凡写男女之间的自由爱情都有意无意设置一个理想的"大观园",如《海上花列传》作为一部描写上海租界的狭邪小说,小说中上海租界的"一笠园"的描写明显是《红楼梦》中京城"大观园"在上海租界的移植。小说中齐韵叟的私家贵族花园———一笠园,无论是园中景点的名称、规模还是景色,明显是借鉴《红楼梦》中的大观园。一笠园景点有"凤仪水阁""大观楼""梨花院落""拜月房栊"等,显然直接来源于《红楼梦》中的"有凤来仪""大观楼"("杏帘在望",正楼曰"大观楼")、"梨花院""栊翠庵"等名称。不仅景点名称相似,其景点也有颇多相似之处,如《海上花列传》中一笠园中的"凤仪水阁","从阁左下阶,阶下万竿修竹,绿荫森森,仅有一线羊肠曲径……"而《红楼梦》中的"有凤来仪"则"忽抬头看见前面一带粉垣，里面数楹修舍，有千百竿翠竹遮映……只见入门便是曲折游廊，阶下石子漫成甬路……"而且《海上花列传》中一笠园的两个女伶"琪官""瑶官"不仅名字直接借鉴了《红楼梦》中大观园的十二女伶名字中的最后一个字"官"，而且人物性格也与《红楼梦》中女伶有很多相似之处，如"琪官"的性格与《红楼梦》中的女伶"龄官"性格极为相似。但作者写一笠园的主要目的并不是为了刻意模仿大观园的景观，而是为了在上海租界营造一个释放青春、释放爱情的理想乐园，而《红楼梦》中的大观园恰恰为韩邦庆提供了一个想象的模板。余英时先生在《〈红楼梦〉的两个世界》一文中指出："曹雪芹在《红楼梦》里创造了两个鲜明而对比的世界。这两个世界，我想分别叫它们作乌托邦的世界和现实的世界。这两个世界，落实到《红楼梦》这部书中，便是大观园的世界和大观园以外的世界。"① 对比《海上花列传》中韩邦庆所描写的两个世界——上海的各个长三书寓与远离红尘的私家花园一笠园，也可以说是两个对比鲜明的世界。如果说上海"十里洋场"中各个妓院是个污浊的现实世界，那么一笠园就是一个理想的乌托邦世界。《海上花列传》中的众多文人贵公子在一笠园听戏、猜字谜、行酒令、赏秋菊、赋诗作画，尤其是他们与各自相好在园中尽情享受着他们的爱情和青春，显然也是在模仿《红楼梦》的大观园中一群少男少女的青春生活以及青年男女之间的爱情生活描写。

而另一部上海狭邪小说《海上尘天影》也设置了一个理想的私家花园——绮香园，小说有意虚化绮香园的具体位置和主人，把小说安置在租界闸北脱空桥西头，原是乌有先生的遗业，后卖给西陵无是乡人武官莫须友，从"脱空桥""无是乡""乌有先生""莫须友"等地名和人名来看，作者有意虚构一个乌托邦世界，这里上演了上海版的"大观园"故事，众多的名妓与才子名士在绮香园游园赏景、论诗联句、谈情说爱。而小说中众多的上海名妓也仿大观园的女性在绮香园设立桃花诗社，赏花品酒，吟诗论画，行"红楼梦酒令"，诗酒浪漫。显然，《海上尘天影》中的空间和人物的文学想象明显受到《红楼梦》的启发。

另外，明清小说名著，尤其是四大名著，也为清末民初小说家的上海想象提供了一些想象的资源。清末民初出现了"翻新小说"创作的一个

---

① 余英时：《〈红楼梦〉的两个世界》，上海社会科学院出版社2002年版，第6页。

高潮。所谓的"翻新小说"指的是小说借古代名著中的人物来敷衍新的故事，书名袭用原书名而冠以一个"新"字，如清末民初出现了大量对四大名著及一些影响较大小说的翻新小说。这些小说之选择古代小说名著中的人物来敷衍新的故事，其中一方面可能是源于清末民初作家对文学名著中的人物太熟悉或是太热爱，另一方面可能是名著更容易唤起读者熟悉感，而借用名著中人物名字更容易引起阅读兴趣。经典原著中的典型人物无形中成为他们创作的文学资源，为他们的创作带来了灵感和想象。清末民初翻新小说有一个明显的特点，就是让原著中的人物穿越时空来到繁华的国际化大都市。如吴趼人的《新石头记》想象《红楼梦》中的人物贾宝玉、薛蟠、焙茗等人物游历了穿越古代来到20世纪的上海。陈景韩的《新西游记》想象唐代唐僧师徒四人来到上海考察新政。慧珠女士的《新金瓶梅》想象西门庆及其妻妾都来到上海，等等，从而敷衍出新的离奇故事，从而构成上海书写的一部分。欧阳健在《晚清"翻新"小说综述》一文中总结道："翻新小说不同于以往续书的地方是，它们往往采用'蹈空'的虚构手法，利用时空的错位来制造强烈的艺术感染力，以达到宣扬自己对于时代的新见解的目的。"[①]

（三）未来建构与上海想象

清末民初小说家怀着对未来世界的美好愿望，试图在小说中设计和构建国家未来图景，设想着未来想象中的城市。开埠后的上海迅速地崛起，尤其是租界空前繁荣，使得上海不仅成为国内首屈一指的商业大都市，也是中西文化交汇的大熔炉，是中国人了解和学习西方文化、制度的一个窗口。另一方面，租界是英法美等国通过不平等条约强行在中国获取的租界领地，各租界国在租界享有行政自治权和领事裁判权，且租界中的外国人享有种种特权，因此租界的形成不仅严重侵犯了我国国家领土主权完整，也严重侵犯了我国的司法主权。且因为租界不受中国法律管制，烟馆、妓院以及各种不符合中国人传统习俗的事物在租界随处可见，甚至大量外国人以非法手段在租界将中国人带往国外做苦工，因此租界又成为犯罪的渊薮。正由于上海租界这种集繁荣与糜烂、文明与野蛮并存的区域，既为"国人提供了深入认识城市的有效途径"，同时又激发了有志之士对文明、进步理想城市的想象。因此，这时期小说中想象的上海主要围绕上海的主

[①] 欧阳健：《晚清"翻新"小说综述》，《社会科学研究》1997年第5期。

权、科技水平、城市建设、商业发展等问题展开想象。

在主权方面，这时期小说家想象未来上海，租界的治外法权、领事裁判权被收回了，租界被取消了。陆士谔的《新中国》中写到租界的治外法权、领事裁判权被收回了，租界取消了，"见马路中站岗的英捕、印捕，一个都不见了……外国人也很谦和"（第一回）。"外人侨寓在吾国的，气焰顿时消灭了，与吾国人民一般的纳税，一般的遵守中国法律。不过，各项选举权、被选举权享受不着是了。"吴趼人的《新石头记》结尾中写道："治外法权也收回来了，上海城也拆了，城里及南市都开了商场，一直通到制造局旁边。吴淞的商场也热闹起来了，浦东开了会场，此刻正在那里开万国博览大会。"（第四十回）梁启超的《新中国未来记》虚拟的是1962年的中国，也就是1902年作者创作小说时60年后的中国，也是我国实行维新50年后的新中国，万国太平会议在我国召开。而上海正在举行世界博览会。此中可以看出，梁启超想象未来的上海不仅是中国重要发达城市，也是一个国际化大都市。这个想象的上海也寄寓了作者理想的中国：一个政治独立、学术发达，受到世界各国尊重的国富民强的新中国。

在科技水平方面，这时期的作家也展开丰富的想象，想象未来的上海，科技无比发达，人们的生活无比丰富且便利。陆士谔的《新中国》描绘了一个理想的未来上海，科学十分发达，从交通方式到高等教育，从医学技术到工厂机器设备，从军事设备到军事武器，"如今是科学昌明、人才极盛"（第二回）。在军事设备方面，兵舰是本国制造的，坚固灵便，非他国所能比。海军实力为全球第一。在交通设备方面，天上有"空行自由车"在空中自由飞行，"在空中飞行的，共有两种东西：一种是船，一种是车。飞车分有三等：大号、中号、小号。小号的，就是我方才坐着的，只好容一个人。中号，就好坐两个人。满了三个人，就要坐大号飞车。五个人以上，必须用飞艇了"（第九回）。水上走的有"水行车"，在水上自由行走。而在水底潜行的有"水底潜行船"等（第九回）。因此上天下水，无比方便。地下交通同样方便，上海"开办内国博览会，为了上海没处可以建筑会场，特在浦东辟地造屋"。为了方便通往浦东，地下开凿了海底隧道，通了电车（第三回）。这个"内国博览会"大概就是今天的"世博会"。

在社会风气方面，上海的社会恶习得到彻底改变。社会风气是社会文明进步的一面镜子,也是一个民族价值观念、风俗习惯、行为模式、精神面貌、道德观念等要素的综合体现,它也是推动或阻碍社会前进的巨大力量。这时期的部分理想小说对上海的城市社会风气进行设想:商人讲诚信,人人懂得廉耻,男女平等,尊重妇女儿童,社会上赌博、嫖娼、吸鸦片的恶习彻底消失等,这正是小说家对未来社会的美好愿望。《新中国》第二回写到上海商人讲信义,大小商铺价格统一,消费者无须讨价还价,买家卖家都很便利,"从前风俗浇薄,浮伪相尚,商人不知信义何物。偶有一两家诚实铺户,便都立着特别牌号,有的写'一言堂',有的写'真不二家',以树异于众。现在,大小各铺都没有二价的"(第二回)。《新中国》中写到的上海赌博禁绝了三十多年,娼妓业也绝迹了许多年了,人们不知赌博、嫖娼、吸鸦片为何物,在"国民游憩所"有"阅报室、丝竹室、棋话室、弹子房、藏书楼、骨董房、书画房"(第七回)。《新石头记》第三十六回中写到了"文明境界"的社会风气:人人都能自立,家给人足,境内没有乞丐,也没有娼妓,没有戏馆,"字典上'娼、妓、嫖'三个字都是没有的……也没有个'伶'字"(第三十六回)。

男女平等。女性在社会中的角色和地位问题是一个社会进步与否的标志,在封建社会,"三从四德"的伦理道德不仅压抑了女性的人身自由,而且也使得女性的社会地位极低,女性几乎是男性的附庸,女性的人格和才华很难受到尊重。而这时期小说家通过阅读西方小说以及其他途径了解到西方女性独立的社会地位和社会角色,因此,在他们的小说中,未来的社会中的女性与男性享受平等权力,女性受到社会尊重,才华也得到发挥。《新中国》第三回写了"我"与李友琴一起去坐电车:"见车中人已坐满,那乘客见女人没有座位,忙着起身想让。我想,吾国人竟这样的文明,无怪要雄冠全球呢!"在《新中国》的上海,女子裹脚的陋习早已废除了。女性与男性享有平等的公民权利,一同参与各种社会职业。小说中的兴华针钉厂管账先生都是女子,"就是各行号、各店铺的账房,也都是女子,为因女子气静心细,弄账没有错误,比了男子,胜过多倍呢!此外,如小学校教习、公医院医生,大半是女子充当。因为女子对付小孩、对付病人,都比男子熨帖","女子治繁理剧之才,本来胜过男子,所不及者,就不过体魄之健强,举动之活泼耳!"(第五回)

清末民初小说中对未来上海的想象,从内容方面来看,则与上海租界中西方科普知识的传播有关;在创作方法和艺术技巧方面,明显受到域外小说的影响。

　　小说家对于未来世界的大胆想象主要是受到域外政治小说和科幻小说的影响。我国以梁启超为代表的维新之士从改良政治的角度最早看到了西方政治小说的社会功能，因此提倡翻译西方政治小说。1898年，梁启超在《译印政治小说序》中写道："政治小说之体，自泰西人始也……彼美、英、德、法、奥、意、日本各国政界之日进，则政治小说，为功最高焉。英名士某君曰：'小说为国民之魂。'岂不然哉！岂不然哉！今特采外国名儒所撰述，而有关切于今日中国时局者，次第译之，附于报末，爱国之士，或庶览焉。"①"政治小说者，著者欲借以吐露其所怀抱之政治思想也。其立论皆以中国为主，事实全由于幻想。"② 域外政治小说不仅在内容上给中国维新人士很大的震撼，在形式上也成为中国小说创作的摹本，因此，中国小说家的创作大致经历了"接受"到"摹仿"再到"创作"的过程。

　　《新中国未来记》写了60年后国富民强的新中国，那时我国实行维新已经50年。这种写法很显然受到域外政治小说的影响。"未来记"是日本明治时期政治小说常见的形式，如日本广末铁肠的《二十三年未来记》。日本政治小说《雪中梅》也是一部未来体的政治小说，小说以2040年（明治一百七十三年）纪念国会成立150周年大会开篇，进而追溯立宪政治如何一步步实现的历史进程，并成功塑造了国野基这一立宪党人的形象。梁启超创作的《新中国未来记》的未来体形式很大程度上是受到域外未来体小说的影响。科幻小说也称科学小说，陆士谔的《新野叟曝言》的构思亦明显受到了凡尔纳小说中科学幻想冒险主题的影响，注重对未来美好乌托邦生活方式与历险的描述。

　　写梦境中的理想世界是幻想小说常用的一种写作技巧。弗洛伊德把梦的实质解释为，梦是一种愿望的达成，它可以算是一种清醒状态精神活动的延续。因此，小说中梦境，也是作家对现实中缺乏的愿望的一种补偿。通过梦境的描写，作家构想未来的理想民族国家模式。对清末幻想小说影

---

① 陈平原、夏晓虹编：《二十世纪中国小说理论资料（1897—1916）》，北京大学出版社1989年版，第22页。

② 陈平原、夏晓虹编：《二十世纪中国小说理论资料（1897—1916）》，北京大学出版社1989年版，第44页。

响较大的翻译小说是英国来华传教士李提摩太翻译的《百年一觉》，小说写美国人魏斯特因患失眠症，某一天晚上用了催眠术昏睡过去，醒来后已经是其睡前（1887年）的113年之后，即到了2000年。此时的美国已发生了翻天覆地的变化：经济繁荣、交通发达、人人平等，物质财富极大丰富，社会文明进步，无罪犯，无军队，俨然是人间天堂。正当魏斯特浸沉在惊喜和赞叹之中，一觉醒来，原来是南柯一梦。《梦游二十一世纪》①（记西历纪元后二千零七十一年事）写"我"由培根带领，畅游了2071年的英国伦敦。这种通过写梦境中未来世界的写作模式被我国清末民初的小说家所继承，他们把未来理想的社会寄托在主人公所做的梦中。陆士谔的"理想小说"《新中国》写的是梦境中的理想中国。小说写作者饮酒入梦，梦中挚友李友琴携他出游，他发现上海大变样了，原来此时已经是宣统四十三年（1951年），国家已经立宪40年了。其他各类理想小说或者科幻小说也不同程度地写到梦境。旅生的《痴人说梦记》直接以"说梦"为题，小说虚构了贾希仙在逃亡日本途中，漂流至仙人岛，看见岛民愚昧，遂兴起开发和经营仙人岛的想法。于是在岛上创办工厂，兴办学堂，实行三权分立的政治制度，全体岛民权利平等。这个理想的王国，在清末民初无疑是"痴人说梦"的空想。

域外科普知识的传播对于未来想象小说也有一定影响。明清时期的超现实小说多侧重描写鬼神灵异等故事，而清末民初时期超现实小说中的虚拟部分则更符合科学成分，是一种有幻想、无鬼神的境界，"盖据事理推测，非有神术"②，其中包含了对于未来和未知世界的大胆想象和理性推理，如《海底世界》第九回眉批中所写："中国理想的小说如《西游记》《镜花缘》之类，幻造境界，却也不少，只是没有科学的根柢，其言便无益于世，西人杰作所以不可及。"正因为清末民初幻想小说更接近科学，因此这类小说也被称为"科学小说"或"科幻小说"。1902年新小说社在《中国唯一之文学报〈新小说〉》中把《世界未来记》《月世界一周》《空中旅行》《海底旅行》等小说归类为"专借小说以发明哲学与格致

---

① 《梦游二十一世纪》，科幻小说，荷兰达爱斯克洛提斯（Dioscorides）著，杨德森据日本上条信次日译本转译。最早刊《绣像小说》第1期（1903年5月29日）至第4期（1903年7月9日），1903年商务印书馆初版（光绪二十九年四月）。

② 陶元珍：《梁任公新中国未来记中之预言》，《民宪》1945年第3期。

学"的"哲理科学小说"①。梁启超在翻译《〈世界末日语〉译后语》中评论道:"以科学上最精确之学理,与哲学上最高尚之思想,组织以成此文,实近世一大奇著也。"② 可见,西方科幻小说是以科学为前提。清末民初的超现实小说,一方面是借鉴西方科幻小说的内容,另一方面是域外科普知识在上海租界传播的结果。

晚清上海刊行的各种科普读物及各种热衷于介绍西学的报刊,对于小说家想象未来世界发挥了不小的作用。陆士谔的《新中国》描写的上海是个科技高度发达的城市:电车"在地道里行走,把地中掘空,筑成了隧道,安放了铁轨,日夜点着电灯,电车就在里头飞行不绝"(第三回);上海通往浦东的电车走的是"海底隧道";工厂房屋有七八层高;"空行自由车""水行鞋""水底潜行船""电汽车"应有尽有。陆士谔想象的科幻知识来自于哪里?小说中多次提到欧洲各国的科技情况,如"有人说:'欧美电车,有架设着铁桥,在半空里行的;有开筑着隧道,在地底里行的'"(第三回),"你没有听见过,欧洲各国在海底里开筑市场么?筑条把电车路,稀什么罕?"(第三回) 小说中还写道:"听得欧洲人说,做成功一只钉,总要经到四五部机器。做成功一只针,总要经过十多部机器……"(第五回)"友琴告诉我:'车轮大,在重学上研究起来,是力省而行速。'我于重学、轻学都是门外汉。"(第七回) 由此可见,陆士谔在上海接触到大量西方国家的科技知识。而他关于上海的未来想象正是在科学知识的合理推理之上的,是科学与幻想的完美结合,如小说中写到的"海底隧道""地下电车"等。

清末,西学的翻译书籍也开始大量在中国传播。上海处于"西学东渐"的前沿阵地,因此上海有关西方科普知识的读物居全国之首。从出版西方书籍的机构来讲,较有名的是1843年英国传教士麦都思在上海创建的"墨海书馆",出版了一大批关于西方政治、科学、宗教的书籍。而1865年清政府在洋务运动推行下成立的江南制造局,译书最多,影响也最大,尤以科学技术方面的书籍为多。上海广方言馆也设有翻译出版机

---

① 陈平原、夏晓虹编:《二十世纪中国小说理论资料(1897—1916)》,北京大学出版社1989年版,第45页。

② 陈平原、夏晓虹编:《二十世纪中国小说理论资料(1897—1916)》,北京大学出版社1989年版,第40页。

构。从出版西学的期刊来讲,早期主要是教会刊物,1857年墨海书馆伟烈亚力出版了中文期刊《六合丛谈》,1868年由美国传教士林乐知(Young John Allen)成立的《中国教会新报》(1874)改名为《万国公报》,广泛介绍西方各种知识,发行量大,是晚清传播西学的重要媒介。甲午战争之后,中国人自办的各种期刊兴起,其中一些期刊主要是为了宣传西方政治思想及学术,如1896年成立于上海的《时务报》,其发行量及影响力超过教会刊物。此外,上海还有大量的报纸,除了刊登新闻、文艺性文章之外,也刊登了一些西方学术和思想的文章,如1872年西商美查创办的《申报》成为清末民国重要的报纸,其内容虽然以新闻为主,但也刊登一些有关西方思想的报道以及读者对于中西文化讨论的文章。

以上出版机构、期刊杂志、报纸等媒体翻译的西学书籍、文章为中国人了解西方政治制度、学术思想、科技文明、教育理念、史地知识、科普知识打开了一扇世界窗口,也为小说家构想未来理想社会提供了想象的源泉。

第三节 北京空间经验与想象

北京虽历史悠久,但晚清时期的北京繁华已远落后于崛起的上海。《北京繁华梦》书首作者自序中云:"如地方富丽,人尚繁华,首海上,次则燕京……"上海因其空前的繁华富丽吸引了无数文人前来,并且随着文化媒体的繁荣,很多文人在传统科举仕途之外,在上海找到可以实现其人生价值的谋生之路,因此清末小说家大多有沪上生活经历。而北京除了可以谋取功名之外,很难为传统知识分子提供更多的生存空间。《如此京华》中作者不无讽刺概括出出入京城人物的形象:"自古政府所在的地点,原不异官吏贩卖的场所。试睁着冷眼向北京前门车站内看那上车下车的人,那上车的,车从煊赫,顾盼谈笑里边,总带着一脸旌旗,此去如入宝山的气概;那下车的望门投止,有如饥渴,总带几分苏子入秦不得不已的神情,这就可以略知政治界的结构哩。"(第四回)但入仕之艰辛、官场之腐败以及报刊业提供的发展机遇也使得文人知识分子渐渐看淡功名,因此北京对于文人的吸引力也有所减温。如李伯元在上海办报、办杂志非常顺利,其报刊也颇有影响力,以至于在1903年被推荐参加在京举行的经济特科考试,他坚辞不赴。吴趼人在李伯元病逝的几个月后即1906年

11月写的《李伯元传》中说:"湘乡曾慕涛侍郎以君荐,君谢曰:'使余而欲仕,不及今日矣。'辞不赴。"① 从吴趼人的回忆可看出,李伯元在经济仕途和上海办报之间选择,更倾向于上海办报,而从事报业正是他在封建仕途之外更适合的生存之路。在上海报业颇为成功的孙玉声也有类似的经历,其女曾在《和漱石生六十述怀诗》中注释:"大人三试秋闱不第,即绝意进取,当道大吏欲保经济特科,坚拒之,不以履历缮呈达官,欲保以秩,两次皆辞。"② 总体而言,相比于清末民初小说家丰富的上海经验而言,小说家的北京经验则相对较少。

一 在京生活与都市体验

在清末民初写到北京和上海的小说家中,有一部分小说家是出生于北京,有较长北京生活经历。《邻女语》的作者,署名为忧患余生,原名连梦青,北京人,生卒年不详,一直在京城生活,与沈虞希及天津《日日新闻》主持人方药雨为友,沈虞希曾以朝廷中事告诉方药雨,方药雨将之揭诸报端,触怒慈禧,沈虞希遂被害死,连梦青因此受到牵连而被迫离开北京,遁走上海,卖文为生,与《老残游记》作者刘鹗相熟。③ 此外,十五回狭邪小说《北京繁华梦》的作者夏侣兰,笔名为"不梦子",生平不详,在《北京繁华梦》序中写道:"今读余友侣兰阁所作《北京繁华梦》,而不禁有观止之叹焉。侣兰阁,北京之土著也,个中情味,无不备尝,而其宗旨,则一以唤醒迷人,同超孽海为主,则是此书之出,大有功于世道人心……"④ 由此可判断作者为北京人,长期在北京生活。

除了北京本地人外,其他地区文人的北京生活经验主要是或进京参加科考,或游学北京,或进京谋求仕途,或担任京官。如韩邦庆、孙玉声都有过京城科考的短期经历,但均铩羽而归,于是到上海卖文为生。孙玉声在《退醒庐笔记》中写道:"辛卯(1891)秋应试北闱,识韩子云于大蒋家胡同松江会馆。场后南旋,同乘招商局轮船。"⑤《冷眼观》的作者王濬

---

① 吴趼人:《李伯元传》,《月月小说》1906年第3期。
② 段怀清:《海上漱石生生平考》,《杭州师范大学学报》(社会科学版)2013年第4期。
③ 蒋逸雪:《刘鹗年谱》,齐鲁书社1980年版,第42页。
④ 夏侣兰:《北京繁华梦》,宣统三年(1911年)改良小说社刊本。
⑤ 朱一玄编:《明清小说资料选编》(下),南开大学出版社2006年版,第704页。

卿曾两度赴京捐官，均因无钱赴任而留在上海，卖文为生。《十年回首》的作者毕倚虹，青年时期即在京为官，他曾经告诉同时代的好友包天笑："本在北京当小京官，后随一外务部员陈恩梓君到新加坡去，陈为领事，我只是随员。谁知一到上海，武昌便起义了，我们停留在上海……"① 其京官生涯便从此结束，并留在上海，开始其卖文为生的职业生涯。

《轰天雷》的作者孙景贤和《孽海花》的作者曾朴则都是自幼随父在京游学："孙景贤，字希孟，号龙尾。……景贤自幼随父游学于京师，往来于翰林、学士之间……年二十四，著《轰天雷》。"②《轰天雷》中的主人公沈北山是戊戌政变后哄动一时的"沈北山轶闻"的主角。对于小说中的主人公，作者比较熟悉，据沈缙在《小说〈轰天雷〉作者藤谷古香考》一文中考证，孙景贤曾师从沈北山，"孙国祯（孙景贤之父）与沈北山乃同科进士（《国朝虞阳科名录》卷一），孙龙尾曾师事北山，幼年从读"③。孙景贤也做过一段时间的小京官，因此对晚清官场生活比较熟悉。

曾朴幼年随父游学京师，还在京城担任短期的京官，因此对京城生活比较熟悉。曾朴出生于官宦之家，其父亲曾在京城为官，青年时期的曾朴也因此到京游学。1891年"上半年先生赴北京君表公处，与京中李石农、文芸阁、江建霞、洪文卿诸名士相周旋，潜心研究元史、西北地理及金石考古之学，悟性敏捷，前辈都为折服，引为小友"④。1892年春初，21岁的曾朴迫于父命，勉强北上应试，但入场后故意弄污试卷，结果可想而知。不久他捐了内阁中书，在京供职，下半年即返回故里。1893年春末，曾朴再度北上，希望有所发展。1894年，甲午战争爆发，外侮日迫，昏聩无能的朝廷让曾朴失望之极，当年的冬天曾朴请假返乡。1895年冬，曾朴怀着强烈的救国之心北上，希望在京研究西洋文化以达到匡时治国的目的，并仍任职内阁中书，直到1896年3月返乡。同年夏末秋初，他再度入京，应总理衙门考试，却受到主考的排挤，未被录用，遂愤然南归返乡，结束他在京的求仕宦途生涯。这段京城游学、求仕、为官经历使得曾朴非常熟悉京城中士大夫的生活。"在北京的时候，他同李文田、文

---

① 包天笑：《钏影楼回忆录》，中国大百科全书出版社2009年版，第494页。
② 沈缙：《小说〈轰天雷〉作者藤谷古香考》，《文学遗产》1986年第3期。
③ 沈缙：《小说〈轰天雷〉作者藤谷古香考》，《文学遗产》1986年第3期。
④ 时萌：《曾朴研究》，上海古籍出版社1982年版，第2页。

芸阁、江建霞、洪钧等经常往来。洪钧，同治戊辰科状元，兵部左侍郎，后来奉命出使德俄等国，煊赫一时。洪是曾朴的父亲曾之撰的义兄，又是曾朴的闱师潘子韶的老师。曾朴因此同洪的关系很密，常出入洪宅。曾朴的岳父，是同治乙丑科翰林任工部左侍郎的汪鸣銮。曾朴因汪的关系，得同翁同龢、张樵野等人接触。"① 曾朴在京时交往过的这些人物都不同程度地进入他的小说。有学者考证，《孽海花》中的很多人物都有生活原型，其中主人公金沟是影射洪钧，"《孽海花》里的人物，不但金沟和傅彩云是实有所指，其他，十九亦各有所指。有的是直呼其名，直书其事……《孽海花》底稿第一册的最后几页上，有作者手拟的一份人物名单。其中所列，都是当时的真人"②。《孽海花》前言中写道："人物亦历历可考（据考证，小说中人物有生活原型者达270余人）。"③ 曾朴多年的京城生活经历：游历、供职、应试，使他近距离地了解和体验了这座城市，他耳闻目睹了士大夫的迂腐庸俗，官场的腐败不堪，考场的徇私舞弊，清政府的昏聩腐朽。因此，曾朴的北京都市体验是被排挤、被遗弃，最后他毅然放弃仕途的追求而选择来上海，也反映出曾朴在京生活的不顺。

当然，京城作为中国的首都，还是有许多文人因不同原因进京。吴趼人也有短期的北京生活经历，吴趼人一生的地缘关系可以概括为：生于北京，成长于佛山，成名于上海。吴趼人祖父官至工部员外郎，一家在京生活，吴趼人生于北京。三岁时，其祖父病逝于京城，吴趼人随父母扶祖父灵柩返乡。26岁后吴趼人再次来到北京，主要是寻访夭折于北京的长兄之墓。吴趼人在《都中寻先兄墓不得》中写道："于今二十有六年，始北入京都。寻至义园……"在《吴趼人哭》五十七则其中一则也提到此事："辛卯（1891年）入都，于逆旅中见有题壁句云……"④ 成年后的这次京城体验给作者留下深刻的印象，尤其是在繁华的南方大都市生活了若干年后，对比京城，心理感受非常强烈，在《二十年目睹之怪现状》中，作

---

① 张毕来：《曾朴〈孽海花〉前言》，载《张毕来文选》，贵州人民出版社1984年版，第42页。
② 张毕来：《曾朴〈孽海花〉前言》，载《张毕来文选》，贵州人民出版社1984年版，第43页。
③ 崔建林主编：《中华名著简读》，吉林大学出版社2010年版，第375页。
④ 吴趼人：《我佛山人文集》（第8卷），花城出版社1989年版，第136页。

者借主人公"我"初次来京城,写下了其感受:"因为久慕京师琉璃厂之名,这天早上,便在客栈柜上问了路径,步行前去,一路上看看各处市景。街道虽宽,却是坎坷的了不得;满街上不绝的骆驼来往;偶然起了一阵风,便黄尘十丈。以街道而论,莫说比不上上海,凡是我经过的地方,没有一处不比他好几倍的。"(第七十二回)尽管小说中的"我"不能等同现实中的"我",但是小说中描述内容在一定程度上反映了作家对京城的情感态度。

北京作为京城,是许多文人向往和前往的城市,大部分文人都有短期的京城生活经历。如包天笑回忆陈景韩的北上经历:"某一年,景韩自北京回上海,携来一头狼狗……是北京军界中的一位姓钱的送给他的。"①到了民国之后,这种趋势依然不减,包天笑回忆他选择到北京寻求发展的原因:"我自从脱离《时报》以后,来作北京之游,一则因久居上海,北京尚未到过,来此换换空气。二则上海朋友来北京的已多,他们都有职业,我不是可以闲荡的人,遇有机会,也想谋一职,而又不愿意钻入官场中。"②包天笑到了北京,北京建筑给他很深印象:"这条胡同是新造的,全仿上海的里弄格式,曲曲弯弯的里面有十余所房子。虽然那条胡同是仿上海里弄式的,里面的房子却仍是北京式的……"③

《京华艳史》开篇就以南方人经验对首善之区北京进行讽刺、挖苦和批判,从而流露出作家的北京都市体验:

> 首善二字怎么讲,就是一切声名、文物、制度、典礼、学问、技术、工商、实业,都占第一席的意思,代刻此书的人也曾浪迹京华,纵观一切,弄得头昏眼花,并不见有甚么声名、文物、制度、典礼、学问、技术、工商、实业,生在中国,也不时常听得讲究这些,所以不能列出个比较表来,时在第一第二,但只听说北京乃是天子所居,中华乃为万邦之首,这个地方非是时来运来、功名显达及一切有出息的人,不容易到,所以到了北京,也就正正经经大摇大摆做出一副晚生兄弟的面孔。去看看那大言不惭、温文尔雅大人先生们的颜色,走

---

① 包天笑:《钏影楼回忆录》,中国大百科全书出版社2009年版,第407页。
② 包天笑:《钏影楼回忆录》,中国大百科全书出版社2009年版,第598页。
③ 包天笑:《钏影楼回忆录》,中国大百科全书出版社2009年版,第598页。

出几步斯斯文文、圣城闲关的方步，踏着那堂堂皇皇正阳东安的皇城，到了此时，仔细考查，仔细思想，可知所说中华是万邦之首，实是大错特错……怎么能够算为万邦之首呢？独有说的天子所居，真真不错。北京出奇的东西为中国各行省所没有的，第一便是皇帝了，其余据我所见，也有几种。第一，从明朝考八股起至现在考策论止，那翰林院里头人物写的臣对臣闻、诚惶诚恐、黑大光圆、首尾一律的大卷子以及册叶对联、行草折书之类，印的、刻的、写的、寄卖的不计其数，琉璃厂茅厕角里都堆遍，这粪坑中出多少状元宰相伟大人物，这岂不算北京第一文么？还有孔子梦见周公的枕头、打原壤的拐杖、在陈蔡讨饭的碗以及一切汉碑、秦铭、周鼎、晋帖、宋书、明画，开国以来狗爪脚迹、玩器古董、破铜烂铁，一切俱全。听说一个鼻烟壶卖几千银子，好些穷鬼顷刻致富。近今维新党大头目还有藉此发财的，这岂不算北京第一礼乐么？所说的正阳门、东安门、皇城圣庙清篆汉字雕刻美丽，单牌楼、二牌楼、三牌楼、四牌楼金碧辉煌，惊心动目，最好是几千万银子新修的那颐和园了，真乃千门万户，说不尽的繁华、玉宇琼楼、斗不尽的富贵。最高大雄伟、矗立云霄、直与皇城相对，森森然望之生畏的是为义和团杀死德国钦差而立的克林德碑了，这其不算北京第一建筑么？三年会试，三十年考中书，考博学宏词、考经济特科、考商部外部、考各种各样时新的学堂，客店马房，先生填满，长衫大帽，一望如云，这岂不算北京第一典礼么？酒子、戏园、窑子，北京叫做三套头，所有达官贵人、王孙公子、时髦新党、洋大人、二毛子一切军民人等，都以此等套头为乐……这岂不算北京第一实业、第一学问么？还有下雨烂泥第一、天晴灰尘第一、骡马车之多第一，骡马粪人屎街道稀臭第一，请安之好第一，相公下处第一，窑姐儿第一。庚子以后，洋先生二毛子之行时第一。现在新兴是打麻雀，光景不及要在俺乃宁波人之上，考个第一了……看来所谓首善不过如此……中国巍巍赫赫首善之区是一个极污秽极龌龊的地方。① （第一回）

以上正是"俺乃宁波人"在首善之区北京的京城都市体验，作家以

---

① 中原浪子：《京华艳史》，《新新小说》1905年第5号。

南方人生活经验来观照首善之区北京的声名、文物、制度、典礼、学问、技术、工商、实业，最后得出结论是"中国巍巍赫赫首善之区是一个极污秽极龌龊的地方"，其中包含作者对北京首善之区的否定和批判。

二 小说家的北京都市想象

从清末民初上海小说家的经历来看，小说家的北京经验远不如上海经验丰富。上海作为经济、文化中心，为文人提供很多谋生机会。而北京是政治之都，其经济发展水平远不如上海，因此，在北京除了求仕求学，很少有更多的其他谋生机会。但北京又是小说家无法回避的一个重要城市，也是小说家们热衷书写的一个城市，正如郝庆军在《民国初年"黑幕小说"的渊源流变与想象空间》一文中所写："深入到民初小说家的创作之中，很快你会发现一个颇有意味的现象，就是许多上海作家非常喜欢描写北京政界的生活，他们往往把自己的才情挥洒在北京想象和北京叙事上。那些被称之为'黑幕小说'的作品或出版物中，记述北京各界趣闻和丑闻，尤其是政府官员故事的书尤多。"[①] 那么小说的北京想象依据是什么？

（一）报刊新闻与北京想象

报纸上刊登的新闻或逸事为小说铺展北京故事提供了文字材料。清末民初小说关于北京的故事"底本"很多来自于报纸上的新闻。当时的《时报》《新闻报》和《申报》及一些其他的报纸都刊登北京新闻。

符霖的《禽海石》中详细写到当时南方的人如何了解到发生在北京的时事，小说中的"我"因为北京即将爆发战乱，便随京官父亲出了京，但却时时牵挂仍在北京的未婚妻，于是天天看报，"这天是六月廿三日，我早晨跟着父亲到一家茶楼上去吃茶。只见有个人手里捻了上海来的各种报纸，在茶楼上唤卖。我父亲摸了十几个钱，向这人手上买了一张《新闻报》来看看。只见开首就是一条电报，上面写着：'各国联军于六月十九日攻破京城，两宫西幸，是日闻驻跸贯市。'"（第八回）"我"于是天天看报纸，关注北京时局，"我见这绸庄里天天有一份上海报纸送来，我便没有一天不看报。但是一天一天的看去，那报上登的新闻，什么'两宫驾幸太原'，什么'李傅相北上议和'，什么'京朝官都由德州纷纷

[①] 郝庆军：《民国初年"黑幕小说"的渊源流变与想象空间》，《山东师范大学学报》2013年第5期。

南下',又是上海那些善士设了什么救济会,放轮船去救济北方那些被难的官民"(第九回)。而对比此时描写庚子事件的小说,其内容大多不超出《禽海石》中《新闻报》所刊登的这几方面内容。钟心青的《新茶花》中第二回写苏州几个青年在本地看到《新闻报》上刊登的北京新闻:北京京官协办大学士、工部尚书、刑部侍郎等人联名保荐广东在籍工部主事康有为、举人梁启超,著该省督抚送部引见等。因此,这时期报刊杂志刊登的北京新闻都成为身在上海的小说家书写北京的想象素材。郝庆军在《民国初年"黑幕小说"的渊源流变与想象空间》一文中考察了民国初年黑幕小说中描写北京官场的小说,发现"如果随便翻翻 1913—1917 年的《申报》副刊'自由谈',便体会到上海新闻界和文坛上流行的讽刺北京官场生活的写作倾向","上海报馆专门爱揭北京的政治丑闻,喜欢登载北京的官场笑话,已经成为一种时尚。这种时尚波及到小说界,许多小说家纷纷搜集材料,落笔成文,于是,关于民国初年北京政治丑闻的作品便很快充斥坊间"①。

包天笑在《钏影楼回忆录》中回忆他在时报馆时期《时报》的新闻情况:"报纸(《时报》)上,除了评说,时评以外,便是新闻。新闻可以分三部,一是要闻,质言之便是北京新闻;二是外埠新闻;三是本埠新闻。要闻当然是最主要的,这时候,中国并没有通信社,可以当天发电报,要消息灵通,要靠报馆里自己的私家专电。那些专电,大概都是北京打来的。因为前清的政府在北京,所以政治的重心,也在北京了。其次是北京通信,这北京通信,也是《时报》所创始,延请文学好而熟悉政情的人,观察时局,分析世事,那种通信,大为读者所欢迎。外埠新闻,就是除了北京以外的全国各地新闻。但就各地而言,也只有东南几个省城,或是几个通商口岸,才有访员。这些访事的薪水,极为微薄,每月不过通若干信,他们也访不到什么新闻的……本埠新闻,在最初是极不重要的,报馆开在租界里,所载都是租界内的事。主要是公堂访案,专管人家吃官司的事。……但是后来不行了,上海的事业,日渐繁复,本地的新闻愈趋重要,各报馆都有了外勤记者……"② 从包天笑这段叙述中,可以看出

---

① 郝庆军:《民国初年"黑幕小说"的渊源流变与想象空间》,《山东师范大学学报》2013 年第 5 期。

② 包天笑:《钏影楼回忆录》,中国大百科全书出版社 2009 年版,第 318—319 页。

《时报》初期最重要的新闻是北京新闻，并每天有专电来负责北京新闻，而且北京当天发生的重大事件，当晚通过电报发往上海，在上海第二天的报纸就会刊登出来。这些及时的北京新闻为小说家想象北京提供了大量现成的材料。

（二）他人小说笔记与北京想象

文学的继承性表现在代代作家总是或多或少地继承着前人的文学传统，并不断地推陈出新。在具体的文学创作中，作家对于其不熟悉内容，如陌生城市或陌生场景的描写，往往会调动其全部的文化记忆，并在此基础上进行文学想象。因此，前人的文学创作，包括小说、笔记、杂记等都为后人的文学想象提供了一定的基础。陈平原也曾说："阅读历代关于北京的诗文，乃是借文学想象建构都市历史的一种有效手段。"①

北京因其特殊的皇城地位，很自然进入到文人的创作视野，成为小说或笔记中必提及的城市。清末民初时期的北京同样具有其他城市无可比拟的政治地位，因此也容易成为这时期小说家笔下不可或缺的书写城市。但对于一些小说家而言，他们并没有北京生活经历，也不熟悉这座陌生的城市，而借鉴前人小说或笔记中对京城的描写则是他们想象北京的方式之一。

以蘧园的《负曝闲谈》为例。《负曝闲谈》是一部广泛暴露晚清社会弊端的谴责小说，尤其辛辣地讽刺了官场黑暗和腐朽。小说中有大量的笔墨写到北京的人和事。作者蘧园，即欧阳钜元，江苏苏州人，从欧阳钜元的人生经历来看，他应该没有进京的经历。15岁考中秀才，光绪二十四年冬（1899年1月）开始向李伯元主办的《游戏报》投稿，得到李伯元的赏识。不久，他应李伯元的邀请由苏州来到上海，先后协助李伯元创办《游戏报》《世界繁华报》《绣像小说》等报刊杂志，25岁客死沪上。从欧阳钜元的人生经历以及现有的相关资料来看，他基本没有北京的生活经历。那么《负曝闲谈》中的北京书写源何而来？学者徐一士曾经对《负曝闲谈》进行过认真的评考，发现《负曝闲谈》中涉及北京的都市描写部分，不仅部分是剽窃了《儿女英雄传》中的内容，还借鉴了其他的笔记小说，如清代著名学者纪晓岚的《阅微草堂笔记》和其好友李伯元的

---

① 陈平原、王德威编：《北京：都市想像与文化记忆》，北京大学出版社2005年版，第544页。

《南亭笔记》等著作中的部分内容。徐一士在1932年写的《〈负曝闲谈评考〉序》中指出："《负曝闲谈》有时好剽窃前人说部里的材料。虽不甚多，终是疵累。"①下面以徐一士考证过的《负曝闲谈》为例，从中可看出《负曝闲谈》中北京想象的部分既借鉴了《儿女英雄传》，也借鉴了其他书籍。

徐一士考证《负曝闲谈》第八回中的北京书写有部分明显失真之处。小说第八回中写周劲斋初次进京，在北京游览，选择的第一个名胜是崇效寺，小说中写道："这崇效寺规模阔大，气象崔巍。"徐一士考评："写周劲斋在崇效寺所遇的'混混'，写得神气十足，惟以'规模阔大，气象崔巍'八个字，写周劲斋眼中的崇效寺不甚贴切。大约著者并没有逛过崇效寺，姑作想当然耳之空泛的考语。"②紧接着小说写了周劲斋在北京饭馆"至美斋"：

> 到了至美斋，是小小的一个门面……那个雅座只能够坐四个人，一带短窗紧靠着一个院子，院子里堆了半院子的煤炭，把天光都遮住了，觉得乌漆墨黑。煤炭旁边，还有个溺窝子，此刻已是四月间天气，被倒西太阳晒着，一阵一阵的臊气望屋里直灌进来。……二人喝着酒，吃着菜，口味倒还不错。劲斋觉得身后有些热烘烘起来，把马褂也脱了，袍子也剥了。及至到院子中小解，方看见这雅座的隔壁，是连着一副大灶头，烈烈轰轰在那里烧着呢，焉有不热之理。（第八回）

这种狭窄、简陋、阴暗甚至味道难闻的饭馆，被称为"雅座"，在欧阳钜元笔下，固然是讽刺北京的落后。而这个关于北京馆子的描写，评考者徐一士发现，其出自于被誉为"京味小说滥觞"的《儿女英雄传》。在《儿女英雄传》中的第三十二回，山东来的邓九公对安老爷讲述了他在京城下馆子的遭遇：

---

① 蘧园：《负曝闲谈》，吉林文史出版社1987年版，第201页。
② （清）蘧园等：《中国古代新编四大遣责小说：负曝闲谈 文明小史》，中国文联出版公司1996年版，第42页。

邓九公道："……他先请我到了前门东里一个窄胡同子里一间门面的一个小楼儿上去吃饭，说叫作什么'青阳居'，那杓口要属京都第一。及至上了楼，要了菜，喝上酒，口味倒也罢了，就只喝了没两盅酒，我就坐不住了。"

安老爷道："怎么？"他又说道："通共一间屋子，上下两层楼，底下倒生着着烘烘的个大连二灶。老弟你想，这楼上的人要坐大了工夫儿，有个不成了烤焦包儿的吗？急得我把帽子也摘了，马褂子也脱了……有一间座南朝北小灰棚儿，敢则那就叫'雅座儿'！那雅座儿只管后墙上有个南窗户，比没窗户还黑。原来，那后院子堆着比房檐儿还高的一院子硬煤，那煤堆旁边就是个溺窝子，太阳一晒，还带是一阵阵的往屋里灌那臊轰轰的气味！我没奈何的就着那臊味儿吃了一顿受罪饭。"（第三十二回）

对比两文，的确可以看出欧阳钜元小说中北京饭馆的描写是参考了文康的《儿女英雄传》，不仅馆子描写借鉴了《儿女英雄传》，而且《负曝闲谈》第八回中周劲斋在戏馆中吃"涝"的经历也参考《儿女英雄传》中的描写，在《儿女英雄传》第三十八回中写安老爷一行人路过涿州逛天齐庙庙会：

程相公此时是两只眼睛不够使的，正在东睃西望，又听得那边吆喝："吃酪罢！好干酪哇！"程相公便问："甚么子叫个'涝'？"安老爷道："叫人端一碗你尝尝。"说着，便同他到钟楼跟前台阶儿上坐下。一时端来，他看了雪白的一碗东西，上面还点着个红点儿，便觉可爱，接过来就嚷道："哦哟，冰生冷的！只怕要拿点开水来冲冲吃罢？"安老爷说："不妨，吃下去并不冷。"他又拿那铜匙子舀了点儿放在嘴里，才放进去，就嚷说："阿，原来是牛奶！"便龇牙裂嘴的吐在地下。安老爷道："不能吃倒别勉强。"随把碗酪给麻花儿吃了。（第三十八回）

再对比《负曝闲谈》中周劲斋在北京大栅栏的同庆园戏园中的描写：

还有一个人站在人背后说："涝！"劲斋说："什么叫做涝？"子

蛰道:"端一碗来你喝喝。"少时,管家端上一碗来。劲斋见是雪白的东西,面上点着一个红点儿,十分可爱。用手一摸,觉得冰凉的,便说:"太冷啊!可要拿点开水冲冲?"子蛰道:"并不凉,你喝下去就知道了。"劲斋喝过一口道:"原来是牛奶。"等到喝到第二口,不知如何的胃里受不了,哇的一声,吐将出来。子蛰道:"别勉强了。"就把他端过去,叫家人喝了。(第八回)

对比两文,可看出大同小异,显然是后来者借鉴了前人的作品。此外,据徐一士评考,《负曝闲谈》中还多次直接借鉴了《儿女英雄传》中其他内容,因此徐一士评论道:"看来著者是最喜欢看《儿女英雄传》这部小说的,所以信手拈来,往往《儿女英雄传》化。"①(第七回评考)文康作为满洲人士,长期生活在京城,其北京描写比较逼近现实。但文康的生活年代毕竟要早于欧阳钜元近百年,而作为一个不断演变的城市,北京城市面貌变化可想而知,而欧阳钜元依然借鉴文康的描写,难免有失真之处。

另外,徐一士考证到《负曝闲谈》中一些关于北京的风物及人物故事还部分来自于其他笔记类著作,如第十回中写到的京城纨绔子弟故事,参照了纪晓岚《姑妄听之》(《阅微草堂笔记》五种之一)中的内容。此外,小说中多次关于北京官僚和官府的描写则出于其好友李伯元的文言笔记《南亭笔记》,如第二十六回中关于朝廷陆大军机嗜酒如命的描写就出自于《南亭笔记》卷十一,不过把人物名字换了。第二十七回中关于朝廷军机处的破旧、起居、饮食等方面描写也是根据李伯元《南亭笔记》卷十一中的一则关于"军机苦"的文言叙述推演而成。李伯元的这部《南亭笔记》基本属于"话柄"一类的笔记,是李伯元根据报章上的趣闻和逸事编辑入笔记当中。

不仅前人小说中的北京书写经验为清末民初小说家提供了想象的资源,而且同时代有影响的小说中关于北京的书写经验同样为后人提供了必要的资源。仔细比较曾朴的《孽海花》和黄世仲的《宦海升沉录》两部小说则会发现,两者都以真实历史事件和历史人物为题材,都写到了清末

---

① (清)蓬园等:《中国古代新编四大谴责小说:负曝闲谈 文明小史》,中国文联出版公司1996年版,第42页。

的甲午战争、戊戌变法、义和团运动、八国联军侵华等重大历史事件,也都涉及清末重要的政治人物和京城中的重要官僚。但《宦海升沉录》中部分关于北京的故事情节和人物故事显然是参考借鉴了《孽海花》中的内容,如《宦海升沉录》第二回"入京华群僚开大会"写军机处枢相翁同龢的寿辰,成了"儒臣大会",与《孽海花》中第十一回"潘尚书提供公羊学"中的内容非常相似,只是礼部尚书潘八瀛换成了枢相翁同龢。又如《宦海升沉录》第三回写成端甫在花园请客,京中众名士大臣以书画玩器联句,与《孽海花》中第二十回中成伯怡祭酒在"云卧园"请客,诸公将家藏珍物编成一句柏梁体诗,非常相似。此外,两书中京城人物故事也有诸多相似之处。仔细对比两部小说,还可发现,《孽海花》中的北京人物和故事基本都有明确的地点,如潘八瀛尚书的潘府在南城米市胡同,满洲名士、国子监祭酒成伯怡的"云卧园"在后载门,老名士李纯客住在城南保安寺街,等等。而《宦海升沉录》中的北京人物和故事基本没有写到具体的地点,读者对于小说中人物的具体居住和活动的地点基本无从知道,如第二回写袁世凯被李鸿章委以官职,要入京请训,小说只用了几句话简单交代其入京的过程,写道:"袁世凯便一面报知本籍家中,使家眷先到天津,听候一同起程,然后辞过李相,取道入京。先得了李相介绍之函,先到军机里头报称来京请训。"① 至于袁世凯进京经过京城哪些地方、住在哪个区域、哪条具体的胡同、如何去军机处等,凡是涉及具体地点的细节则全部忽略。由前文曾朴介绍可知,曾朴有着多年的京城生活经历,对北京的人、事、物都有亲身经历,因此非常熟悉。而黄世仲基本没有京城生活经历,对于京城中人物故事和京城生活的描写主要来自于同时代其他作家的作品和报纸杂志记载,其中比《宦海升沉录》出版更早的《孽海花》无疑是他借鉴的重要一本。《孽海花》最早的版本是1903年金松岑应约写了《孽海花》前六回,刊登在江苏留日学生在东京办的《江苏》杂志上。1904年,曾朴对前六回进行了修改,并续写至二十回,于1905年8月由小说林社发行。1907年《小说林》杂志创刊后,曾朴又续写了五回,连载于该刊。《宦海升沉录》出版于清宣统元年(1909)香港实报馆,由此推测,是后者借鉴了前者,从而形成了其文学

---

① 黄世仲:《廿载繁华梦·大马扁·宦海升沉录》,百花洲文艺出版社1996年版,第441页。

想象。

(三) 家国构建与北京想象

如果说以上的北京想象是建立在现实生活的基础上，那么还有不少小说家的想象则纯属虚构。清末民初小说家怀着对未来世界的美好愿望，试图在小说中设计和构建国家的未来图景，设想着未来想象中的世界。这类小说大多突破现实时空的限制，通过对现实空间的大幅度变形、极度夸张，从而构建起来的虚拟世界，这类小说也往往被称为非写实小说。据冯鸽的《晚清·想象·小说》一书附录一《晚清非写实小说书目》中所列举，1902—1914年非写实的小说有78部。① 清末民初被列为"理想小说""科学小说""政治小说"等小说都是以想象为主。尼狄克特·安德森在《想象的共同体——民族主义的起源与散布》中指出，一个新的民族国家在兴起之前，有一个想象的过程，这一过程依靠两种重要的媒体，一是小说，一是报纸。有了抽象的想象，才有民族国家实现的可能。城市发展水平往往是一个社会发展最显著的标志之一，也是社会文明的一面镜子。城市不仅对整个社会经济有集聚和辐射作用，而且对社会文明也具有集聚和辐射作用。而且城市往往是人类社会发展的前沿阵地。联合国人居组织1996年发布的《伊斯坦布尔宣言》中强调："我们的城市必须成为人类能够过上有尊严、健康、安全、幸福和充满希望的美满生活的地方。"清末民初小说对未来城市充满想象和构建，其中承载着作家对未来国家民族的想象，同时也是为了激励国人为美好未来而努力奋斗。梁启超在《〈新中国未来记〉绪言》中提出其创作宗旨："一、余欲著此书，五年于兹矣……顾确信此类之书，于中国前途，大有裨助……"

北京成为小说家家国构想的主要城市并非偶然。北京是清政府的皇权所在地，是中国的政治中心，因此作者理想中的北京成为承担了完善国家政体的城市载体。这时期关于北京的想象，主要围绕清政府的国家政治体制、国际地位、皇帝形象方面展开想象，尤其是对国家未来政治体制的想象。

晚清有识之士都认识到，清政府之所以积贫积弱乃至于向西方割地赔款，主要在于政治体制的腐败落后。而西方列强的入侵也迫使中国人睁眼看世界，尤其是曾经与中国同样贫弱的日本在明治维新中迅速崛起给了中

---

① 冯鸽：《晚清·想象·小说》，西北大学出版社2009年版，附录。

国仁人志士强烈的震撼。因此，晚清的一批作家在借鉴海外发达国家政体的基础上，纷纷构想着未来中国的政治体制，而他们大部分倾向于不通过战争，只通过维新或改良来组建君主立宪制。君主立宪制是在保留君主制的前提下，通过立宪，限制君主权力，维护人民主权，实现事实上的共和政体。相对而言，君主立宪制比君主独裁制更为进步。当时西方列强英国、德国以及亚洲的日本都是采取君主立宪制，尤其是邻国日本的日渐强盛，带给中国人很多思考。吴趼人的《新石头记》第四十回就直接写到日本立宪制带来了国家的强盛："……但看日俄交战，日本国小而胜，俄国国大而败。日本人并不曾有什么以小敌大的本领，不过是一个立宪，一个专制。这回战事不算以小胜大，只算以立宪胜专制罢了。"

因此，吴趼人在小说中设想未来的中国政体："必要立宪，方才有用……朝廷也感悟了，思量要立宪，只是没个下手处。于是就派了五位大臣，出洋考察宪政。五位大臣分头出洋，去了多时，把各国一切窍要，都考察明白了。在京里设了个宪政局，五位大臣每日到局，各把考来的宪法互相比较。这条英国的好，便用英国的；那条日本的好，便用日本的。还有不合中国用的，便删了去。各国还没有，中国不能少的，就添出来。斟酌尽善了，便布了宪法。果然立宪的功效非常神速，不到几时，中国就全面改观了。"（《新石头记》第四十回）但作者在第二十六回中借人物之口，对"立宪"制又进行一番批判："世界上行的三个政体，是专制、立宪、共和。此刻纷纷争论，有主张立宪的，有主张共和的，那专制是没有人赞成的了，敌境却偏是用了个专制政体。现在我们的意思，倒看着共和是取野蛮的办法。其中分了无限的党派，互相冲突。那政府是无主鬼一般，只看那党派盛的，便附和着它的意思去办事。有一天那党派衰了，政府的方针也跟着改了，就同荡妇再醮一般，岂不可笑？就是立宪政体，也不免有党派。虽然立了上、下议院，然而那选举权、被选举权的限制，隐隐的把一个贵族政体，改了富家政体。那百姓便闹得富者愈富，贫者愈贫。"由此也可看出，吴趼人对于理想政体的矛盾心理。

陆士谔的《新中国》又名《立宪四十年后之中国》，对于立宪体制给予美好的想象，小说中构建的立宪政体使得中国迅速变得民主、强大。小说写道："女人道，'国会开了，吾国已成了立宪国了，全国的人，上自君主，下至小民，无男无女，无老无少，无贵无贱，没有一个不在宪法范围之内。外务部官员，独敢违背宪法，像从前般独断独行么？'我暗想：

'立了宪，有这样的好处！怪不得，从前人民都痴心梦想，巴望立宪。'"（第二回）

  小说家也想象政治体制完善之后的中国在世界上的地位迅速提升且得到各国的认可，并在世界上发挥着重要的地位。吴趼人《新石头记》结尾处写到北京正在举行万国和平会，世界各国公议第一次和平会议在中国举行，并推荐中国皇帝做会长，北京永定门外做了一个极大的会场，各国皇帝或派大员参加。中国皇帝提倡消灭强权主义，实行和平主义。这个梦正是作者想象中的未来京城：以皇帝为代表的北京政府开明且治国有方，中国政治体制完善，日渐强盛。中国政府的皇帝也受到世界各国的尊重。《痴人说梦记》中的北京，风气开通，皇帝平民化。在第三十回，作者写稽老古做了一个梦，乘船先到上海，又到了京城，京城里都是极干净的马路，马车电车满街都是，街上有两层马路，新学通天下，旧学被淘汰，具有新思想的年轻人掌握了朝权。皇上也不是那般神秘和高高在上，"哪知皇上出来也没多余的护从，倒像个随常一般，亦不坐甚么辇，是坐了车子一直望城外拉去"。皇上的平民化正是对封建专制国家君权高于一切的否定，是对未来平等、民主社会风气的美好想象。总之，对于北京未来的美好想象，包含了小说家对国富民强的未来中国美好愿望和憧憬，也投射了作家内心的家国危机。

第三章　清末民初小说中的京沪城市文学地图

美国学者弗兰克·莫莱蒂（Franco Moretti）在《欧洲小说地图》一书的导论中写道："文学地图让我们看到了什么？主要有两点。第一，他们强调连接点（ortgebunden），文学形式的空间—界限：每种文学形式都有自己独有的几何形状，它有边界、空间禁忌以及最喜欢的路线；第二，地图能显示叙事的内在逻辑：即这是一个符号领域，情节围绕着它纵横连接，互相组织。"① 小说因为其篇幅的自由，尤其是长篇小说篇幅长，容量大，结构宏伟，因此往往形成各自一定形状的地图。

现代小说家迟子建在创作小说《白雪乌鸦》时，为了叙事方便，也为了还原遥远的城市历史，从而增加小说中历史事件的真实感和现场感，不仅心存一幅城市地图，还亲自为自己的小说绘制了一份哈尔滨的"城市地图"，从城市的区域到具体街巷，再到街巷上的某一个具体的单元空间。在小说的"后记"中迟子建专门谈到这点："我绘制了那个年代的哈尔滨地图，或者说是我长篇小说的地图。因为为了叙述方便，个别街名，读者们在百年前那个现实的哈尔滨，也许是找不到的。这个地图大致由三个区域构成：埠头区、新城区和傅家甸。我在这几个小区，把小说中涉及主要场景，比如带花园的小洋楼、各色教堂、粮栈、客栈、饭馆、妓院、点心铺子、烧锅、理发店、当铺、药房、鞋铺、糖果店等，一一绘制到图上，然后再把相应的街巷名字标注上。"② 事实上，对于描写城市的小说家而言，虽然他们不一定像迟子建一样亲自绘制城市地图，但是除非他们刻意模糊或者虚化，否则他们对于小说中人物活动的城市空间不可能知之甚少。对于古代小说家而言，为了追求小说故事情节的"真实可信"，小

---

① Franco Moretti：*Atlas of the European Novel*，1800—1900. London：Verso，1998，p.5.
② 迟子建：《白雪乌鸦》，人民文学出版社 2010 年版，第 260 页。

说中的地名、街名往往来自真实地理空间。正如朱玉麒在《隋唐文学人物与长安坊里空间》一文结尾总结唐传奇和宋元话本中真实的地理空间时指出："从唐传奇到宋元话本，小说的叙事技巧发生了许多变化，但是，作为都市文化的产物，依附于特定时代真实的地理空间以引发读者对故事人物的亲近感，则似乎是它们之间共同的特征。"尽管小说的情节是虚构的，但小说的情节外壳——城市地理空间及城市地名等却大多属实。这种追求小说情节外壳的真实，即"特定时代真实的地理空间"的创作方式在古代小说中非常明显。日本学者妹尾达彦《唐代后期的长安与传奇小说：以〈李娃传〉的分析为中心》是非常典型的个案研究。通过对《李娃传》中长安地名的分析，作者认为："故事的起源、转折都有长安真实存在的坊名、街道名称出现，使故事增强了现实感。"[①]"故事情节之所以展开，一个重要的因素就是利用了当时长安的街衢所代表的含义。"[②]

在清末民初小说中，追求小说情节外壳的真实性仍然是大多数小说的显著特点，不仅描写了真实的城市地理空间，甚至小说中的地名及建筑物、景观等都具有高度的真实性，正如叶中强在《上海生活与文人生活（1843—1945）》一书中所说："因晚清小说在叙事场景上的实录特点，遂使其中一些文本，有了'地图指南'的价值。韩邦庆所作《海上花列传》，即属此类参本。"[③]纵观清末民初小说中对城市空间的精确描写，客观上可以为外来者提供一种"上海指南"价值。张爱玲根据《海上花列传》中对城市空间和城市线路的详细描写，特意绘制出《〈海上花列传〉参考地图》，正是源于小说中城市书写的高度真实性。

此外，这个时期的小说不仅地名、人物活动空间真实可考，且小说中的交通线路清晰明确，犹如一部地图指南。如《海上繁华梦》中从天乐窝书场到尚仁里线路，"往西而行，进了大和丰土栈弄堂，转弯向东，不多几步，已到院门"（第四回）。从上海县城西门外高昌庙回四马路一品香线路也交代得非常清楚，"从西门马路取道法兰西大马路，过带钩桥，

[①] [日] 妹尾达彦：《唐代后期的长安与传奇小说》，载刘俊文主编《日本中青年学者论中国史》（六朝隋唐卷），上海古籍出版社1995年版，第517页。

[②] [日] 妹尾达彦：《唐代后期的长安与传奇小说》，载刘俊文主编《日本中青年学者论中国史》（六朝隋唐卷），上海古籍出版社1995年版，第520页。

[③] 叶中强：《上海社会与文人生活（1843—1945）》，上海辞书出版社2010年版，第30页。

向四马路而行"(第十回)等,小说中诸如此类的详细明确路线,数不胜数。清末民初小说中很大一部分都具有这种真实的"情节外壳",从而可以根据人物行走线路和活动空间,清晰地画出小说中的城市地图。

但小说中的城市地图并非真正意义上的城市交通导游地图,而是根据小说中的人物在城市中的游走范围及活动线路来勾画。正如迟子建在《白雪乌鸦·珍珠》的后记中谈到她的创作经验时写道:"地图上有了房屋和街巷,如同一个人有了器官、骨骼和经络,生命最重要的构成已经有了。最后我要做的是,给它输入新鲜的血液。而小说血液的获得,靠的是形形色色人物的塑造。"① 房屋和街巷正如城市的躯壳,而形形色色的人物正如城市的血液,小说中的人物在各个场合的行走及活动恰好激活了城市的活力,由此也可粗略地勾画小说中的城市地图。

第一节 上海城市文学地图

上海自《南京条约》签订,成为五处通商口岸之一后,城市地图不断发生变化。从市政格局来看,在1853年之前,上海城厢的中心区域在上海县城,县城东部及大东门外一带,是上海商业最为繁华的地方。到了19世纪晚期,上海已由初期的普通沿海县城,一跃而为中国最大城市和对外贸易中心。而在行政管理方面,英、美、法先后在上海建立了领事馆,并取得租地权。英租界范围在县城以北的黄浦江滨,此后,英租界的范围不断扩张。美租界在虹口地区,法租界在洋泾浜和上海县城之间。因此,从城市空间构成来看,清末的上海形成了特殊的政治格局,熊月之称之为"一市三治四界","即一个城市,三个管理机构,华界、公共租界、法租界各有自己的管理机构,华界又分为南市与闸北"②。三个区域在市政建设、社会管理方面存在明显差异。这种行政格局不仅体现在城市地理空间的划分上,还鲜明地体现在这时期小说中的城市地图中。

一 小说人物上海行走范围

清末民初以上海为城市背景的小说特别多,其中直接以上海命名的小

---

① 迟子建:《白雪乌鸦》,人民文学出版社2010年版,第260页。
② 钱江晚报编:《浙江人文大讲堂》(第10辑),浙江工商大学出版社2015年版,第88页。

说也特别多,如《海上花列传》《海上尘天影》《海上繁华梦》《海上风流梦》《海天鸿雪记》《上海游骖记》《上海空心大老官》《上海之维新党》等,而很多小说虽然题目中没有出现上海,但仍然是写上海的小说,如《市声》《九尾龟》《九尾狐》等。另外,还有很多小说虽然涉及的地域空间很多,但上海是最重要的城市,如《二十年目睹之怪现状》《恨海》等,从中可以看出那个时期小说中的上海城市空间的大致范围。

(一)小说中人物的上海行走范围列表

为了详细了解清末民初小说人物的上海行走范围,下面以描写到上海的二十几部不同类型的小说,如狭邪小说《海上花列传》《海上繁华梦》《九尾龟》《海上尘天影》,社会小说《二十年目睹之怪现状》《孽海花》《市声》《新石头记》《新西游记》《新上海》等,言情小说《恨海》《禽海石》等为例,通过小说中主要人物的活动空间,探索小说中人物的城市行走范围。

表 3-1　　　　清末民初小说中人物的上海行走范围

序号	作品	主要涉及的人物活动空间	主要人物在沪原因	人物行走范围
1	《海上花列传》	四马路:(茶馆)华众会茶楼、壶中天大茶楼;(妓院)公阳里、尚仁里、西荟芳里、东合兴里、兆贵里、兆富里等 五马路:棋盘街 三马路:鼎丰里 静安寺:明园 泥城桥:一笠园 法租界:新街的花烟间	妓女做倌人	以英租界四马路为中心,东至外滩的洋行,西至静安寺路的明园,南至法租界的新街,北至英租界的后马路
2	《海上繁华梦》	洋泾浜:长发栈 四马路:(酒楼)一品香、聚丰园、雅叙园;(戏园)丹桂戏园、天乐窝书场;(妓院)东荟芳里、西荟芳里、尚仁里、久安里、萃秀里等 法租界:大马路鸿运楼、八仙桥 虹口:胡家桥 静安寺:张园、愚园、跑马场 唐家弄:徐园	游玩	以英租界四马路为中心,北至美租界虹口胡家桥,东至黄浦滩,西至静安寺的跑马场、张园、愚园,南至上海县城里的也是园,西南至城郊的龙华寺和高昌庙
3	《九尾龟》	四马路:升平楼;雅叙园、一品香;(妓院)新清和、迎春坊、兆贵里、公阳里等;(客栈)鼎升栈 静安寺:张园	游玩	以英租界四马路为中心,南至上海县城
4	《九尾狐》	静安寺:张园、愚园	妓女做倌人	以英租界为中心

续表

序号	作品	主要涉及的人物活动空间	主要人物在沪原因	人物行走范围
5	《海上尘天影》	静安寺：顾宅 老闸：脱空桥 四马路：（妓院）桃源里、久安里；壶中天酒店	女主人公到沪做倌人，男主人公到沪游玩	以英租界为中心，南到上海县城
6	《四大金刚奇书》	大马路：集贤里公馆 宝善街：满庭芳小客栈 四马路：（书场）也是楼，（妓院）清和坊、西荟芳、同庆里、一品香 静安寺：张园、申园	妓女做倌人	以英租界四马路为中心，西至静安寺张园、申园，北至英租界的大马路。南至十六铺
7	《海天鸿雪记》	四马路：升平茶楼；小广寒书场；一品香；万家春大菜馆；（妓院）东荟芳里、公阳里、东和兴里、兆富里、清和坊 宝善街：新泰客栈 静安寺：张园、愚园 王家库：李公馆 盆汤弄桥北德安里三弄：钱公馆	在上海谋生	以英租界四马路为中心，西至静安寺张园
8	《二十年目睹之怪现状》	四马路：升平楼；（妓院）尚仁里、公和里、荟芳里；青莲阁烟馆；雅叙园、一品香；巡捕房 洋泾浜：谦益栈、长发栈 虹口：发昌里、源坊弄、三元宫、靖远街	做生意	以英租界为核心，北至虹口一带
9	《孽海花》	四马路：一品香、一家春；（妓院）燕庆里 静安寺：虞园附近的别墅、味莼园（张园） 虹口：靶子路洋房 黄埔滩：公家花园	路过上海、（傅彩云）逃到上海	北至虹口的靶子路，西至静安寺味莼园，东至黄埔滩的公家花园，南至四马路的燕庆里
10	《负曝闲谈》	四马路：鼎升栈；升平楼；（酒楼）一家春、金谷香、雅叙园；（妓院）西公和、西荟芳、迎春坊 法租界：大马路鸿运楼 虹口：胡家桥、西华德路 静安寺：跑马场、张园	途经上海、留学生回国到沪	英租界为主，北至虹口胡家桥，西至静安寺的张园，南至法租界大马路鸿运楼，冬至四马路的东首
11	《官场现形记》	棋盘街：高升栈 四马路：一品香	陶子尧到上海置办机器	以英租界为中心
12	《新西游记》	四马路：老巡捕房、时报馆、青莲阁烟馆、高宝宝烟馆 静安寺：张园	考察新教	以英租界为主，以及静安寺的张园

续表

序号	作品	主要涉及的人物活动空间	主要人物在沪原因	人物行走范围
13	《恨海》	洋泾浜：大方栈 租界：洋行字号、张家 虹口：广华昌小烟馆、广肇医院	逃难	英、美租界
14	《禽海石》	三洋泾桥：泰安栈 四马路：鼎升栈 五马路：小客栈	散心	英租界为中心
15	《新中国未来记》	静安寺：张园 新马路：梅福里郑寓 四马路：一家春	寻求革命盟友	英租界为中心
16	《新石头记》	四马路：一家春 洋泾浜：长发栈 静安寺：张园、愚园 城郊：高昌庙制造局	游玩	英租界为中心，西至静安寺，南到城厢之外的制造局
17	《新中国》	静安寺、徐家汇、浦东、宝山县城、青浦	住在上海	整个上海地区
18	《近十年之怪现状》	四马路：一品香；（妓院）胡家宅梅春里、陆兰芬寓、北协诚烟馆；丹桂戏园；（茶馆）九华楼 大马路：鸿仁里租房、凤祥银楼 三马路：（妓院）同安里 二马路：书局 静安寺：张园 上海县城：邑庙	住在上海	英租界为中心，西至静安寺，南至邑庙
19	《商界现形记》	新马路：荣华里 宝善街：（妓院）群玉坊	做生意	以英租界为中心
20	《上海游骖录》	四马路：四海升平楼、青莲阁烟馆 新马路：巷子	避难	英租界为中心
21	《黑籍冤魂》	黄浦：纱厂 县城：吴家	做生意	
22	《新茶花》	大马路：泥城桥时报馆 四马路：西合兴里、（妓院）迎春坊 三马路：（妓院）谢寓 大新街：（菜馆）金谷香 静安寺：张园	女主人公在上海做倡人	以英租界为中心
23	《歇浦潮》	新闸：钱如海家、贾琢渠家 大马路：楼外楼、汇中番菜馆 二马路：新新舞台 三马路：一枝香番菜馆；大舞台；（妓院）王熙凤家；解仙馆；行仁医院；孟渊旅社 四马路：清和坊、迎春坊、 静安寺：张园、徐园 县城：萨珠弄	做生意	以英租界为中心，西至新闸路，北至黄浦江，北至虹口，南至上海县城

根据上表所列小说人物行走的范围,可以知道以英租界为主要场景的小说有 19 部,写到法租界的有 3 部,写到美租界的有 6 部,提到上海县城的有 3 部,由此可以大致勾勒出清末民初小说中的上海城市地图:以英租界为中心向外扩散,北至美租界的虹口,南至法租界的八仙桥,东至黄埔滩,西至静安寺的张园、愚园。其中又以英租界的四马路为中心舞台,这里集中高档的妓院、餐馆、戏园、茶馆、烟馆等,也是小说中人物频繁行走的空间,美、法租界成了城市文学地图的次中心,而上海县城基本处于缺席状态。根据上文的分析,将清末民初小说中的上海城市"文学地图"落实在 1898 年(光绪二十四年)《新绘上海城厢租界全图》上,为图 3-1,其中用黑虚线圈出的区域为这时期小说中的大致简约上海城市"文学地图"。

图 3-1 中的底图名《新绘上海城厢租界全图》①绘于 1898 年(光绪二十四年),据称此图为杜麟延请制图专家所绘,由杜氏藏书楼石印出版。该图在图廓内左下角用中文解说了绘图说明:"上海一邑自华洋通商、中外交涉以来,诚以数十里之幅员,变为千百国之乐土。地则星罗棋布,屋则雉叠云屯,路则犬牙相错,江则蜃市相连。凡初来申者,大有伥焉何之之叹,故书坊家早经绘图行世。但沪江目事增华,途经易辙,今昔不同。兹特延请舆图专家再将城厢之内外、洋场之南北、水道之源委、路道之直横,逐一分条拆缕,爽若列眉,以便按图索骥者螺纹立辨。"②从这段说明性文字可知,1898 年的上海因"目事增华,途经易辙,今昔不同",因此重新绘制地图,对"城厢之内外、洋场之南北"都有比较详细的标识。该图与 1884 年《上海县城厢租界全图》(图 3-2)地域范围完全一致,据图内的注文称,它是在许雨苍于光绪元年(1875 年,乙亥年)所绘上海地图的基础上,对租界道路等信息加以核实填补重新绘制而成。该图包含租界和华埠全部区域,彩色印刷,用不同颜色标识并用中文注记不同行政区域,自上而下分别是美租界为赭色,英租界为绿色,法租界为红色,华界为黄色,因此,各个区域一目了然,河流则用灰色标识。因本书为黑白印刷,本书引用该图为黑白地图,因此,本人用黑线圈出英租界区域,以示区别。

---

① 资料来源:上海图书馆编:《老上海地图》,上海画报出版社 2001 年版,第 16 页。
② 转引自包伟民主编《中国城市史研究论文集》,杭州出版社 2016 年版,第 534 页。

新绘上海租界全图(1898)

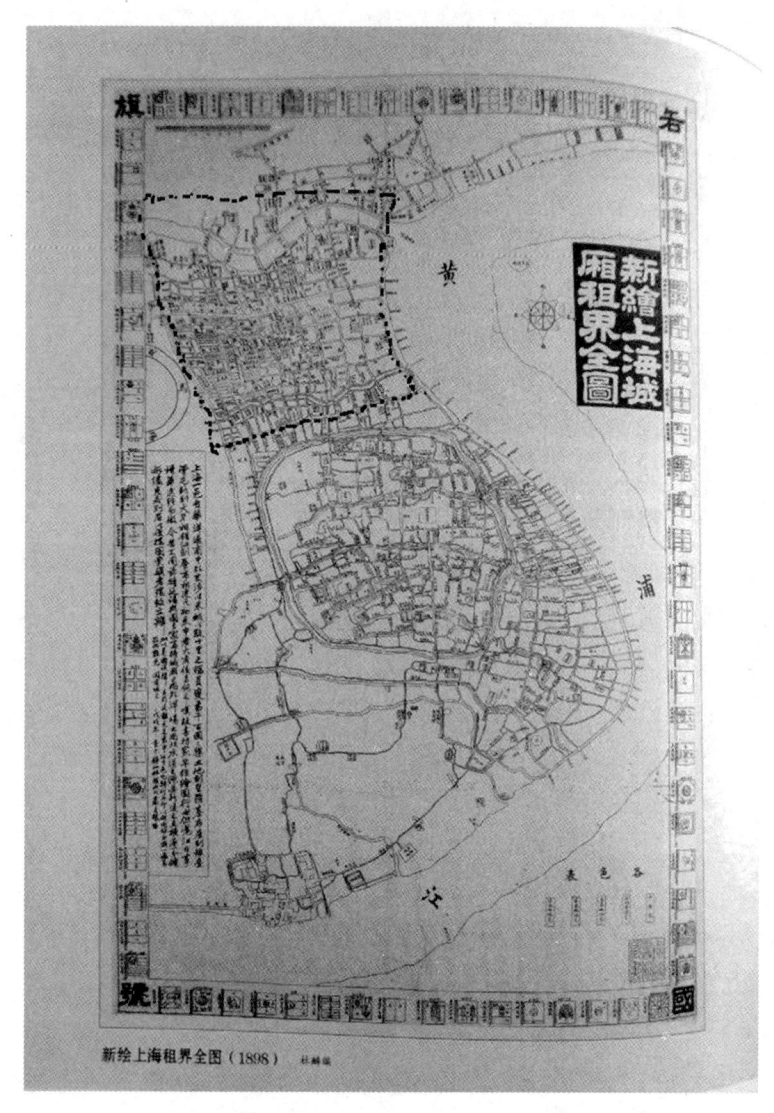

图 3-1　清末民初小说中的上海城市"文学地图"①

对比两张地图，则可发现这时期小说中的上海地图其实是一张作者印象中的地图，主要在以英租界为中心，美、法租界为外围的区域，与实际上的上海城厢租界地图存在较大的差异。因此，小说中的城市地图并不是

---

① 底图为《新绘上海城厢租界全图》，其中用黑虚线圈出的区域为这时期小说中的大致简约上海城市"文学地图"。

历史真实的地图，而是作者城市经验的反映。

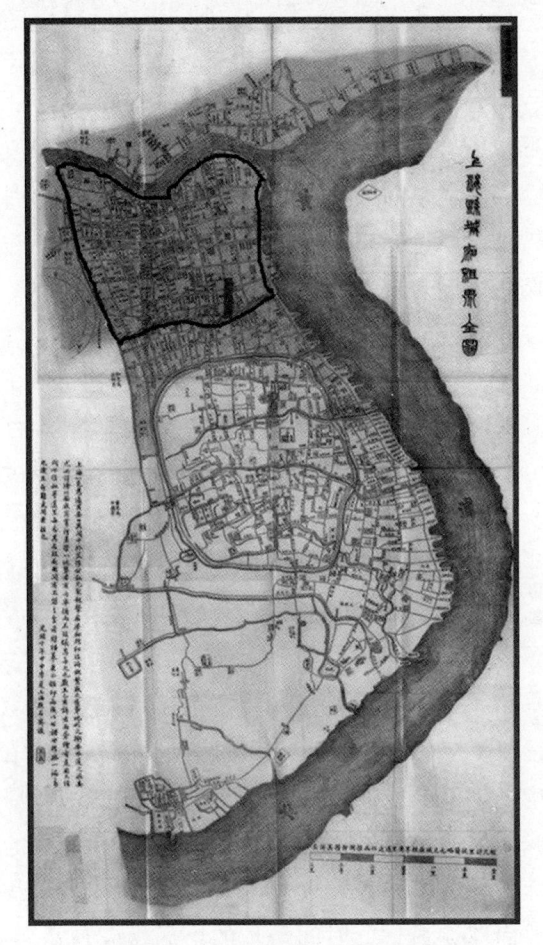

图 3-2　上海县城厢租界全图①

(二)《海上花列传》《海上繁华梦》的人物行走范围

为了更加清晰地了解这时期小说中的城市文学地图，特以下列几部小说为例。

(1)《海上花列传》人物行走范围

清末韩邦庆的《海上花列传》写晚清上海租界一群妓女的人生故事。

---

① 自上而下分别是美租界、英租界、法租界、华界，其中，黑线圈出的部分为英租界是本人所画，以示区别。资料来源：《上海一百年前是个小渔村？别闹了！》，https：//www.sohu.com/a/204404080_ 369578。

小说以花设喻,以"海上花"暗喻上海众多妓女。列传,"列者,陈也,列传,即众多之传"①。晚清上海这群妓女并非有可歌可泣的真实感人事迹,作为小说,《海上花列传》之"列传"之意显然不是指为这群妓女立传以传于后世,而是取其众多妓女故事之合撰之意。因此,小说的主要人物是上海的一群包括长三、幺二和低级三个不同等级的妓女。

所谓长三,其实就是高级妓女。"一等妓女叫长三,因为她们那里打茶围——访客饮茶谈话——三元,出局——应名侑酒——也是三元,像骨牌中的长三,两个三点并列。"② 长三妓女多住在英租界四马路一带的里弄,如沈小红住在西荟芳里;卫霞仙、黄翠凤、林素芬、林翠芬、杨媛媛等住在尚仁里,吴雪香、张蕙贞、姚文君住在东合兴里,李淑芳、李浣芳住在东兴里,蒋月琴住在东公和里,覃丽娟、张秀英住在西公和里,袁三宝住在清和坊,金巧珍住在同安里等。可参考张爱玲绘制的《〈海上花列传〉参考地图》(图3-3)。此外,还有部分长三妓女住在三马路,如周双珠、周双玉、尤如意住在公阳里,屠明珠、赵二宝住在鼎丰里。因此,长三书寓的倌人主要分布在四马路一带,包括三马路的里弄。这些红倌人的日常生活除了在自家应酬各类客人,然后就是在姨娘、大姐的陪同下,频繁穿梭于四马路一带的其他长三妓院或菜馆等娱乐场所,所谓的"出局""转局"等。有时也"出局"到四马路以外的私家公馆,如第二十二回中,黄翠凤应邀到其老相好钱子刚的后马路钱公馆应牌局。在第三十八回,赵二宝被叫到大桥堍史公馆出局,原来是金陵极富贵的史三公子暂作沪上之游,在大桥堍赁居一高大的洋房,叫赵二宝出局承欢侍宴,这一去有五六天之久。而路途最远、时间最长的出局,应是众多妓女到"风流教主"齐韵叟的私家花园"一笠园"出局,小说详细交代了行走线路,出了三马路,"经大马路,过泥城桥,抵山家园齐公馆大门首",受邀请的妓女有赵二宝、孙素兰、吴雪香、覃丽娟、林素芬、林翠芳、姚文君、张秀英、周双玉等一群年轻貌美的长三妓女,而"一笠园"也暂时成了她们的人间天堂。此外,与相好坐马车出游也是长三妓女的生活内容之一,而马车线路也勾画了她们的城市活动空间。小说第六回,吴雪香与其

---

① 张大可:《〈史记〉选评》,上海古籍出版社2003年版,第125页。
② 韩邦庆著,张爱玲注译:《国语海上花列传》,北京十月文艺出版社2009年版,第41页。

相好葛仲英的出游颇具代表性,他们在东合兴里坐上马车,经过跑球场,来到大马路亨达利洋行买了些东西,其中吴雪香买了时尚手表,离开洋行后,他们来到静安寺的明园,在那里喝了茶便离开,往黄浦江方向转向四马路,回到家中。这也是一般长三妓女经常出游的路线。第九回中黄翠凤与其相好罗子富坐马车游明园在大马路恰好遇到了张蕙贞与新相好王莲生,于是并驾齐驱到明园随意赏玩。不料,王莲生的老相好沈小红尾随而至,于是发生了在明园"沈小红拳翻张蕙贞"闹剧。此外,坐马车招揽嫖客也是妓女的日常生活之一,如第三十五回写到,刚出道的妓女张秀英"自恃其貌,日常乘坐马车为招揽嫖客之计"。而小说中的痴情女子李淑芳命丧青楼,城市西南徐家汇的大坟山成了她最后的归宿,也成为众多妓女悲剧命运的一个缩影。

幺二就是二等妓女,"二等妓女叫幺二,打茶围一元,出局二元"①。相比于长三妓女,幺二在品貌、见识、应酬方面明显逊色,如小说第十三回中李鹤汀对幺二妓女陆秀宝的评价:"幺二浪倌人自有多花幺二浪功架。俚哚惯常仔,自家做出来也勿觉着哉。"第三十一回,高亚白对幺二妓女诸金花的评价:"眉目间有一种淫贱之相,果然是幺二人材,兼之不会应酬。"这群介乎长三和"野鸡"之间的妓女主要聚于东西棋盘街,其中西棋盘街有聚秀堂陆秀宝、陆秀林,绘春堂金爱珍,东棋盘街上得仙堂诸金花等。东西棋盘街位于五马路南边,靠近英法租界边界,其地理空间显然是偏离了繁华的市中心。幺二妓女与长三妓女的活动空间主要在出局的场合不太一样,因其相好客人的经济地位和社会地位所决定,她们不太可能被邀请到长三堂子出局,也不可能有幸被邀请到"一笠园"。

而低级妓女,包括"花烟间"妓女王阿二、"野鸡"潘三、"流莺"褚十全等,相对于幺二而言,无论才貌、言谈、举止方面又略输一等,如外来乡下青年赵朴斋眼里的"花烟间"妓女王阿二,"秀宝(小说中的幺二妓女——引者)毕竟比王阿二标致些"。而"野鸡"褚十全不仅是已婚妇女,而且染有梅毒。这些低级妓女不可能住在城市的"中心舞台",其中王阿二住在洋泾浜南侧的法租界新街,潘三和褚十全分别住在四马路西边居安里和大兴里。显然这两个地方是繁华四马路的外围。

---

① 韩邦庆著,张爱玲注译:《国语海上花列传》,北京十月文艺出版社 2009 年版,第 41 页。

频繁出入于这些不同妓院的客人,也是生活在上海不同空间的各类社会群体:如出入长三书寓的嫖客,有住在上海县城城内的陶云甫、陶玉甫兄弟,住在上海县城南市①的洪善卿,住在四马路附近石路长安栈的李鹤汀和李实夫,住在四马路中和里朱公馆的朱淑人、朱蔼人兄弟,住在后马路钱公馆的钱子刚,住在五马路王公馆的王莲生等。往返于家庭和长三书寓之间,成了这些嫖客的日常生活。而出入低级妓院的常客则是出入长三书寓嫖客的管家们及上海的一些游民,如出入潘三家的嫖客有李鹤汀的管家匡二、朱淑人的管家张寿、齐府管家夏余庆、华界衙役徐茂华等人。

这些妓女和嫖客的行走范围构成了小说中的城市文学地图,其中心是以长三书寓为中心。对《海上花列传》推崇备至的张爱玲,将《海上花列传》视作《红楼梦》之后传统小说的又一座高峰,为了扫除小说中吴语对白对读者造成的障碍,她对此书尽数进行注译,译为《海上花开》(《国语海上花列传Ⅰ》)、《海上花落》(《国语海上花列传Ⅱ》)两部。事实证明,张爱玲非常有眼见,半个多世纪过去了,越来越多的读者读到并喜爱《海上花列传》,也得到了学界的极大重视。熟悉上海租界的张爱玲,在注释过程中,为方便读者了解小说中的城市空间,特意手工绘制了《〈海上花列传〉参考地图》(图3-3),由此也可以看出,张爱玲主要根据上海一群妓女的行走范围来绘制的。叶中强对《海上花列传》中的城市空间进行研究后,也勾勒出与张爱玲极为相似的文学地图:"《海上花列传》是一部以近代上海马路为文本架构的作品,小说中人物行走的范围(亦可看作韩本人物行走上海的路线),东至扬子路(即外滩)的'义大洋行',西至静安寺路的'明园',南至法租界的新街,北至英租界的后马路(泛指今南京东路以北至苏州河之间的东西后马路),东南至南市大东门外的咸瓜街,西南则至城郊徐家汇。但小说营构的'中心舞台'则在英租界的四马路,及其南北两侧的五马路和三马路。"②

(2)《海上繁华梦》人物行走范围

《海上繁华梦》与《海上花列传》几乎同时创作,据孙玉声《退醒庐

---

① "上海租界和闸北叫北头,城内及南市(华界)叫南头。"韩邦庆著、张爱玲注译:《国语海上花列传》,北京十月文艺出版社2009年版,第30页。

② 叶中强:《上海社会与文人生活(1843—19450)》,上海辞书出版社2010年版,第31页。

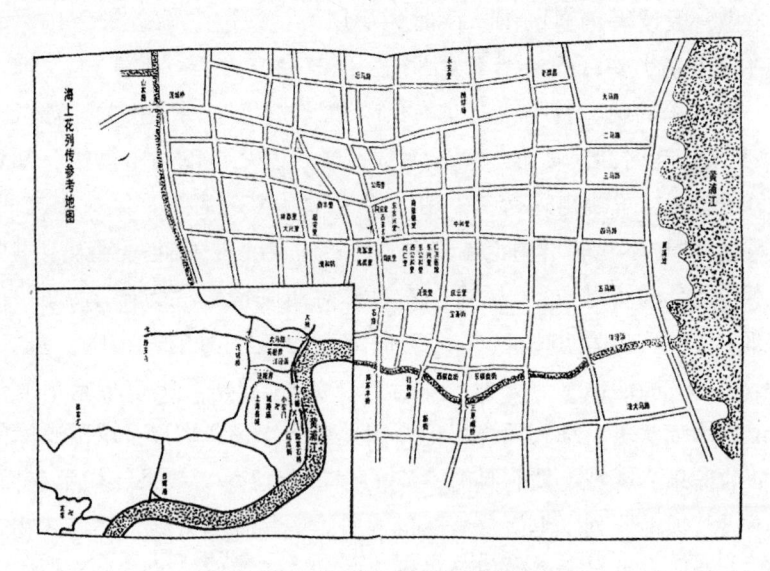

图 3-3　《海上花列传》参考地图

注：《〈海上花列传〉参考地图》，此图来自张爱玲《海上花开》扉页地图，其中地图左下角用虚线勾勒部分为《海上花列传》中人物活动范围。

笔记》写道："辛卯秋应试北闱，余识之（指韩邦庆——引者）于大蒋家胡同松江会馆，一见有若旧识。场后南旋，同乘招商局海定轮船，长途无俚，出其著而未竣之小说稿相示，颜曰《花国春秋》，回目已得二十有四，书则仅成其半。时余正撰《海上繁华梦》，初集已成二十一回，舟中乃易稿互读，喜此二书异途同归，相顾欣赏不置。惟韩谓《花国春秋》之名不甚惬意，拟改为《海上花》……逮至两书相继出版，韩书已易名曰《海上花列传》，而吴语则悉仍其旧，致客省人几难卒读，遂令绝好笔墨竟不获风行于时，而《繁华梦》则年必再版，所销已不知几十万册，予以慨韩君之欲以吴语著书独树一帜，当日实为大误。"[①] 可见《海上繁华梦》出版时间比《海上花列传》晚，其销量却非常好，可谓清末民初一部畅销小说。胡适在评论《海上花列传》序言时说："《海上繁华梦》与《九尾龟》所以能风行一时，正因为他们都只刚刚够得上'嫖界指南'的资格。而都没有文学的价值，都没有深沉的见解与深刻的描写。这些书

---

① 孙家振：《退醒庐笔记》，上海书店出版社1997年版，第65页。

都只是供一般读者消遣的书，读时无所用心，读过毫无余味。"① 尽管胡适对《海上繁华梦》的畅销不无鄙视，但却也道出了一个事实：《海上繁华梦》的畅销的确与其小说所具有的"嫖界指南"性质相关。孙玉声自谓："其书于当时曲院情形，堪云无微不显。读之得以胸中彻悟，知烟花之不可留恋，急思跳出迷途。"② 在《海上繁华梦·后集》第三十二回中，作者写道："也不是著书的笔端刻薄，皆因世界上尽有此一辈人，书中遂不得不写他个淋漓尽致。"尽管作者自称对曲院情形"无微不显"，但纵观整部小说，可以看出作者无论对曲院，还是上海的吃、喝、玩、乐、赌、骗等各方面的信息，无不了如指掌。《海上繁华梦》部分章节完全不顾小说的体裁要求，细致而详尽地介绍上海的洋场风俗以及吃喝嫖赌等消费方面的信息，客观上使它具有一定的"沪游指南"效果。如第三回中，小说不厌其烦地罗列了上海最著名的西餐馆一品香的菜名，还借人物之口列举了上海所有著名西餐馆以及外国人吃的真正西餐馆的馆名及位置，又详细说明了它们的菜价等。小说中地名、社会生活的真实描写，无不唤起读者对上海的一种亲切感，对于身处上海的读者而言，自然唤起一种认同感，而对于外地的读者而言，有助于他们了解洋场上海在住、吃、娱乐、嫖界等各方面的信息和行情，客观上起到了"沪游指南"的作用。现代研究上海史的很多学者把《海上繁华梦》当作研究上海社会民俗的瑰宝，也证明了小说具有一定的实录性。

尽管《海上繁华梦》与《海上花列传》都属于狭邪小说，但两者差异还是较大的。《海上花列传》是以"海上花"即上海妓女为主角，作者总体上以同情的笔调来写妓家的，其创作手法是"平淡而近自然""近真"（鲁迅语）。而《海上繁华梦》则以上海一群嫖客为主角，尽量"摘发伎家罪恶"，对妓女的态度以"溢恶"为主，因此作者对于妓女的态度是批判和诬蔑的。与《海上花列传》以女性行走路线为主不同，《海上繁华梦》的人物行走范围主要是一群男性，他们分别代表了富家子弟或纨绔子弟、在沪寓公、外来乡愚等不同群体。这群人基本没有固定的职业，他们的主要任务似乎是在城市里游荡，不断地从城市的一个空间到另一个空间，从而也留下了一张上海"繁华地图"。

---

① 胡适：《中国章回小说考证》，北京师范大学出版社2013年版，第361页。
② 郑逸梅：《近代名人丛话》，中华书局2005年版，第338页。

如果说《海上花列传》中的主要人物是长三书寓的高级妓女，那么《海上繁华梦》中的主要人物则是来自外省、家道殷实的男性或纨绔子弟，其中包括苏州来的杜少牧、谢幼安，扬州的游冶之、郑志和，由京而来的荣锦衣等，他们来沪的主要目的是"见识见识上海风景"（第一回）。因此他们的主要日常活动是游走于城市各个休闲、娱乐消费场所。以小说的第三、四回叙事为例，谢幼安和杜少牧到上海的第二天，下午两点钟，他们从所住的长发客栈出发，先去了棋盘街的同芳居广东茶馆，因人多，退至对门的怡珍居喝茶。四点钟，他们往一品香去吃大菜。饭后，谢幼安、杜少牧被同栈的几个人邀到丹桂戏园看戏，到了丹桂戏园已是晚上八点半左右。晚上十一点半，他们出了戏园，到宝善街春申楼吃夜宵，然后回栈。第三天，下午四点半，少牧随同栈的游冶之、郑志和等人先去了四海升平楼喝茶。上灯时候，到华众会打弹子。八点半钟，到天乐窝书场听戏。书场散了，他们一同到尚仁里花小兰家吃花酒。从这两天杜少牧等人的行走路线可以看出，客栈、茶馆、菜馆、戏馆、书场、妓院是他们在上海的主要活动空间。此后，妓院是他们日常交往中最频繁出入的场所，有时甚至可以取代客栈。整体而言，以杜少牧为代表的一批来上海的游冶子弟以客栈为暂时的家，他们游玩的地方包括：黄埔滩大桥，静安寺的跑马场、张园、愚园，北泥城桥西首的广肇山庄，老闸唐家弄的徐家花园，上海县城的也是园，上海县城外的龙华寺和高昌庙等。但他们平时日常活动较多地集中在四马路的餐馆、茶馆、戏馆，餐馆如一品香、海国春、聚丰园、雅叙园，茶馆如升平楼，戏馆如丹桂戏园等。而他们经常出入的妓院也多在四马路一带的长三书寓：游冶之的相好花艳香住在东荟芳里，郑志和的相好花媚香也在东荟芳里，杜少牧相好的妓女巫楚云前期住在西荟芳里，后期住在久安里，谢幼安相好的妓女桂天香住在萃秀里等。小说中涉及较多的妓院还有尚仁里花小兰家、公阳里花巧玲家、久安里颜如玉家、百花里花小红家等。

小说中钱守愚是外来乡愚的代表。钱守愚因为向往上海的繁华而来上海见识见识。他的城市行走路线颇能代表贫寒之士或节俭人士在上海的活动范围。他虽是乡下的财主，却极其节约，住在五马路宝善街满庭芳小街简陋的旅安客栈，找的妓女是盆汤弄桥下塊花烟间的下等妓女；到虹口游玩，在虹口胡家桥一带被骗到赌台上去赌博；在黄浦滩观看通商盛会，被一"野鸡"骗到跑球场以北的会香里，在那里被讹诈了一笔钱。如果说家道殷实的男性或纨绔子弟主要活动范围是在四马路一带的繁华热闹区域,那么钱守愚这群乡愚活动范围则主要在四马路的外围。

因此,《海上繁华梦》中主要人物行走空间北至美租界虹口胡家桥,东至黄浦滩,西至静安寺的跑马场、张园、愚园,南至上海县城里的也是园,西南至城郊的龙华寺和高昌庙。但小说的"中心舞台"仍是以四马路为中心的英租界,包括四马路的长三书寓、菜馆、茶馆、戏园,小说的外围则是美、法租界及上海县城,那里发生了一些小故事,也住着些经济窘迫的人。

以上以清末民初小说中颇有"实录"性质的两部小说为例,其中《海上花列传》代表上海"时髦"女性的城市行走范围,《海上繁华梦》则代表放浪男性,尤其外来纨绔子弟在上海的"繁华"行走路线。

二　中心区域:英租界

从前文《清末民初小说中人物的上海行走范围》(表3-1)列表中可看出,清末民初小说中的上海城市文学地图并不是历史上的上海城市地图,而只是上海历史地图中极小的小块区域——以租界为主,因此,小说家笔下所写的上海多指上海洋场,如《海上繁华梦》中写道:"以上海一隅而论,自道光二十六年泰西开铺通商以来,洋场十里中,朝朝弦管,暮暮笙歌。赏不尽灯红酒绿,说不了的纸醉金迷。"显然,孙玉声这里对上海的概述绝不是上海城厢,而是特指所谓的"十里洋场"租界。(第一回)二春居士在《海天鸿雪记》第一回中描述:"上海一埠,自从通商以来,世界繁华,日新月盛。北自杨树浦,南至十六铺,沿着黄浦江,岸上的煤气灯、电灯,夜间望去,竟是一条火龙一般,福州路一带,曲院勾栏,鳞次栉比。一到夜来,酒肉薰天,笙歌匝地,凡是到了这个地方,觉得世界上最要紧的事情无有过于征逐者。正是说不尽的标新炫异,醉纸迷金。"二春居士所说的"上海一埠"显然指的也是上海租界,特别是英租界四马路,也即"福州路一带"。陆士谔在《新中国》(1910年出版)中写道:"从前的四马路、大马路、棋盘街,算是租界中最热闹所在。"(第五回)《负曝闲谈》作者借小说人物之口对上海代表性的城市景观进行了一番议论,也可以说是说出了作者心中的城市印象:"上海张园一带,栽着许多树木,夏天在边上走,不见天日,可以算他东京帝国城。大马路商务最盛,可以算他英国伦敦。四马路是著名的繁华之地,可以算他法国巴黎。黄浦江可以算他泰晤士江，苏州河可以算他尼罗河。"（第一回）在作者看来，上海的张园、大马路、四马路、黄浦江、苏州河是上海的城市名片，堪与世界上强大的帝都相比，而这张城市名片都在租界，其中张园、大马路、四马路属于英租界，从中也可看出英租界在时人心中不可替代的地位。

尽管英、美租界于1863年正式合并为公共租界，统一由工部局管理，但事实上，在世人眼中，英、美租界仍有鲜明的界限，即以苏州河以界，以北主要是美租界，以南为英租界。上海点石斋光绪十年（1884）出版的"上海县城厢租界全图"按不同颜色标明英、法、美租界以及上海城厢的区域范围。不仅地图上清楚显示三国租界的范围，当时的笔记也都鲜明地提到三国租界的差异，如池应澂大约作于1893年的《沪游梦影》写道："凡英、法、美三国所居之地，皆谓之'租界'……英居两界之中，地广人繁……"① 1898年，一位来中国采访的德国记者高德满（Goldmann）在他的报告中写道："上海是由英租界、美租界和法租界组成的……但是一般来说，英租界才是真正的城市……"② 因此，为了明确清末民初小说中的城市文学"地图"，本书仍沿用当时学者和小说作者心中的租界界限，公共租界按其租界范围仍分为英、美租界。

从表3-1中也可清楚地看出，相比于法、美租界，英租界是这时期小说的"中心区域"。表中所列举的23部小说中，小说人物行走、活动的空间主要在英租界，其中四马路又是英租界的"市中心"。对于初来上海的外地人而言，要感受上海洋场的繁华氛围，有几项活动值得体验，那就是看戏、吃大菜、坐马车、逛张园。而对于男性来说，还要加一项：逛妓院吃花酒。《负曝闲谈》中黄子文的母亲从乡下来大上海，一倌人建议黄子文："请俚看看戏，吃吃大菜，坐坐马车，白相白相张园。"（第十七回）在《九尾龟》中多次提到上海妓女日常生活的重要内容是坐马车、游张园、吃大菜、看夜戏，如第二回中作者议论道："这班倌人……坐马

---

① 葛元煦等：《沪游杂记　淞南梦影录　沪游梦影》，上海古籍出版社1989年版，第155页。池应澂（1854—1937），字云山，浙江瑞安人，由于久居上海，对上海生活面了解非常广泛，《沪游梦影》是其在上海经历和所见所闻的真实记载。

② 王维江、吕澍辑译：《另眼相看：晚清德语文献中的上海》，上海辞书出版社2009年版，第167页。

车，游张园，吃大菜，看夜戏，天天如此，也觉得视为固然，行所无事。"（第二回）《官场维新记》中第六回："不要吝惜小费，只管天天的大菜、马车、戏园、妓馆……"《禽海石》中的"我"到上海散心："次日早起，我父亲便叫了一乘马车，带了我出去游玩了一天。直到二鼓以后方回。也无非是张愚两园，和那吃大菜看戏之类……"（第九回）可见，在上海，吃大菜、乘马车、逛戏园、上妓院，是追求时尚或见识上海繁华的重要内容。而要去菜馆、戏园、妓院，在清末民初，当然首选英租界的四马路。

四马路，也叫福州路，这一带汇聚了上海的大部分高档妓院，成为上海名副其实的"销金窟"。《负曝闲谈》第五回写道："上海的堂子是甲于天下的。"而四马路的堂子甲上海，也是名扬全国的。池应澂在《沪游梦影》中写道："沪上妓院亦甲于天下，别户分门，不胜枚举。大抵书寓、长三为上，幺二次之。……盖书寓、长三、幺二总名曰'堂子'。幺二堂子皆聚于东西棋盘街，若书寓、长三则四马路东西荟芳里、合和里、合兴里、合信里、小桃源、毓秀里、百花里、尚仁里、公阳里、公顺里、桂馨里、兆荣里、兆贵里、兆富里皆其房笼也。楼深巷狭，曲折回环，夕阳初下，罗绮风柔，游客至此，真可歌'迷路出花难'也。"①《海上繁华梦》中写到乡下人钱守愚到了上海，谈到四马路的妓院时说："虽然我没到过上海，那久安里、百花里几条弄堂，多是妓院，在木渎常常有人说起……"（第三十回）《负曝闲谈》第十二回，殷必佑初到上海学堂念书，其同窗偷偷邀请他同去吃花酒，他们径奔四马路，"到了一条弄堂里，殷必佑抬头一看，许多密密层层的都是金字招牌"。而这一条条弄堂里一家家挂着金字招牌的房子，就是一家家妓院。四马路上无数这样的弄堂，从上表中可看出，新清和、迎春坊、兆贵里、公阳里、东西荟芳里、兆荣里、兆贵里是小说中经常提到的长三书寓所在的弄堂，这里妓女云集。《海上繁华梦》第二十三回中写到堂子里的习俗是新年第一天，无论何等妓女，都出门来兜圈子，所谓的走喜神方。谢幼安等人这天清早从妓院出来，"走到四马路口一看，果见街上莺莺燕燕，结对闲行，却一个个浓抹艳妆，现出一番新年景象。少牧观之不尽，暗想：'白天里要在洋场上看

---

① 葛元煦等：《沪游杂记　淞南梦影录　沪游梦影》，上海古籍出版社1989年版，第163页。

这些妓女出来,正是一年只此一日,比了逢节逢礼拜在张家花园坐马车的日子,真还好看。'"可见四马路的妓女之多。池应澂在《沪游梦影》中写道:"每当夕阳西逝,怒马东来,茶烟酒雾,鬓影衣香,氤氲焉荡人心魄。若夫荷暑已退,柳风乍拂,粉白黛绿者咸凭槛倚阑,招摇过客。余诗有曰:'夕阳纸扇如蝴蝶,遍傍阑干十二楼。'盖情景甚似也。入夜则两行灯火,蜿蜒如游龙,过其间者,但觉檀板管笙与夫歌唱笑语、人车马车之声,嘈杂喧阗,相接不绝,抑何其盛也!盖英界为沪上之胜,而四马路又为英界之胜,是以游人竞称四马路焉。"①

四马路不仅汇集了大量的妓院,其餐馆酒楼、茶室烟间也都比租界其他地方更集中更兴盛,作为一部"沪游指南"性质的笔记,池应澂在《沪游梦影》中重点介绍了"游沪者必有事也"的各种消遣娱乐场所:"余之游沪,以四马路会归外,更有八事焉:戏馆也,书场也,酒楼也,茶室也,烟间也,马车也,花园也,堂子也。"②而其中戏馆、书场、酒楼、茶室、烟间、妓院无不以四马路独领风骚,如"沪上梨园甲于天下……今则四马路之丹桂、六马路之天福为最。书场共十二楼,皆聚于四马路,曰天乐窝,曰小广寒……"③而外国记者也看到了同样的情景:"福州路是上海娱乐场所汇聚之地,那里能找到中国人渴望得到的所有东西——鸦片、音乐、戏剧、女人。福州路是全中国有名的……据说福州路有五十多个这样的妓女。她们住在豪华的房子里……有些中国人从很远的地方来,就为见识一下住在福州路上的交际花。"④

清末民初小说中,四马路也是出现频率最高的上海地名,如在《海上花列传》中出现了44次,《九尾龟》中出现了26次,《海上繁华梦》初集(前三十回)就出现了20次。以《九尾龟》为例,通过作者对主要人物在上海的活动空间安排,可以看出清末民初小说中的上海"市中

---

① 葛元煦等:《沪游杂记 淞南梦影录 沪游梦影》,上海古籍出版社1989年版,第156页。
② 葛元煦等:《沪游杂记 淞南梦影录 沪游梦影》,上海古籍出版社1989年版,第156页。
③ 葛元煦等:《沪游杂记 淞南梦影录 沪游梦影》,上海古籍出版社1989年版,第156页。
④ 王维江、吕澍辑译:《另眼相看:晚清德语文献中的上海》,上海辞书出版社2009年版,第184页。

心"。《九尾龟》中不仅马路、街道、饭馆、茶楼、客栈真实可查，而且小说中部分人名和故事也实有其事。张春帆在第三集（第三十三回，每集十二回）直接以叙事者介入的方式为小说中所写内容与实际人物略有出入进行辩护："潇湘花侍做到此间，暂停笔墨，作个《九尾龟》二集的收场，正要续成三集，就有一位花丛的大涉猎家来批驳在下道：'你初、二集书中，记那四大金刚和大金月兰、陆畹香的事迹，虽然大半都是实情，但是他们出现的时代和那来去的行踪，却不免有些舛错。为什么呢？……你何不将前二集书中这几段的舛误之处重新改正，把这一部书成了全璧呢？'"从上文读者对作者张春帆的指责和建议可见，部分读者把《九尾龟》当作生活中的真实故事来看，可见，小说内容的真实度非常高，不仅人物在当时上海实有其人，甚至人物的大部分经历也比较吻合，而其中的地名无疑更是真实无误，如小说中的饭馆、茶馆、妓院所在的里弄，都是符合真实的。因此，小说中对于上海各个都市空间的安排也是建立在一种高度真实基础上。表 3-2 中对《九尾龟》前三集四十八回中的主要人物的活动空间做一详细列表。

表 3-2　　　　　《九尾龟》主要人物的上海活动空间

人物	来沪目的	主要活动空间	结局
方幼恽	游玩	住：吉升栈（四马路和石路的交叉口） 吃：雅叙园饭馆（四马路） 喝茶：升平楼（四马路） 游玩：张园 逛妓院：新清和坊、迎春坊、兆贵里（四马路） 购物：亨达利洋行购物（大马路）	返乡（常州）
刘厚卿	游玩	住：吉升栈（四马路和石路的交叉口） 吃：雅叙园饭馆（四马路） 喝茶：升平楼茶馆（四马路） 游玩：张园 逛妓院：新清和坊、迎春坊、兆贵里、尚仁里（四马路）	返乡（常州）
章秋谷	游玩	住：吉升栈（四马路和石路的交叉口） 吃：一品香（四马路） 游玩：张园 逛妓院：新清和坊、南兆贵里、西安坊、聚宝坊、东合兴里等（四马路）	回苏州（常住地苏州常熟，以后又回上海）

续表

人物	来沪目的	主要活动空间	结局
贡春树	游玩	住：长发栈（三洋泾） 吃：一品香（四马路） 游玩：张园 逛妓院：兆贵里、新清和坊、西安坊、东合兴里（四马路）	回苏州（常住地常州，以后又回上海）
金汉良	游玩	住：新鼎升栈（宝善街） 游玩：上海县城 逛妓院：迎春坊（四马路）	未交待
邱八	游玩、做生意	住：鼎升栈（四马路） 逛妓院：东荟芳里（四马路）	返乡（湖州）
方子衡	游玩	住：名利栈 游玩：跑马场 逛妓院：新清和坊（四马路）	返乡（常州）

说明：此表以《九尾龟》前三集共四十八回为例，原因是《九尾龟》作为典型报刊连载小说，小说中的嫖客和妓女如走马灯似的换人，一般是每几回讲述一个嫖客和妓女的故事，然后不断出现新的嫖客和妓女，因此，故事除了章秋谷始终出现，其他人之间几乎毫无关系，而且大多数妓女坑蒙拐骗伎俩大同小异。

从表3-2可知，前三集中到上海的主要人物基本是外乡人，主要来自上海附近的江浙一带。从经济状况而言，都是江浙一带的富家子弟，来上海的主要目的是见见世面。方幼恽来上海的目的是"一向听亲友在上海回来，夸说上海如何热闹，马路如何平坦，倌人如何标致，心中便跃跃欲动……要到上海见见世面"（第四回）。章秋谷来沪原因是"觉在家无趣，重为沪上之游"。金汉良来沪是"想来上海见识见识"。邱八前期也是以冶游为主，后期"试办一家丝厂"。总之，大部分外乡人来上海是受上海的繁华吸引，而他们在上海的活动空间大多相同，住在四马路附近一带的客栈，在四马路上的酒馆、菜馆、茶馆、戏园消费，而冶游的妓院则基本在四马路一带的里弄。此外，他们经常坐马车从四马路出发，经过静安寺到张园游逛，如小说第二十四回中邱八与林黛玉的游走线路颇具代表性："（邱八）天天同着黛玉坐了马车到张园去兜个圈子。上灯之后，便同到一品香去吃顿番菜，有时吃过大菜再到丹桂茶园去看看夜戏，以为常事。"而这些外地来沪的富家子弟的游走线路也基本上能代表那时期大部分外来游冶子弟的线路，以四马路的茶馆、戏园、烟馆、妓院、餐馆为主要活动空间。此外，大马路的洋行也是他们偶尔光顾的购物中心。

从《清末民初小说中人物的上海行走范围》一表中可看出，小说中的主要人物大多来自外地，他们所住的客栈基本在英租界四马路一带，包括三洋泾浜的长发客栈、石路（英租界中一条贯穿南北的路）的吉升栈等；就妓院而言，四马路的新清和、迎春坊、兆贵里、公阳里、东西荟芳里、兆荣里、兆贵里、百花里、久安里是小说中经常提到的长三书寓所在的弄堂；就菜馆酒楼而言，四马路的聚丰园、一品香、雅叙园、万家春是小说中提到最多的；就烟馆而言，四马路的华众会、青莲阁提到最多，其中华众会兼作茶馆；就戏馆而言，丹桂戏园、天乐窝书场、小广寒书场是小说中经常提及的；就茶馆而言，四马路的升平楼、壶中天大茶楼等；就游玩的地方而言，静安寺的张园是小说中出现频率最高的花园。《海天鸿雪记》第一回写道："按上海英租界四马路有个升平茶楼，东连荟芳里，西接石路，是个极热闹的地方。"梁启超在《新中国未来记》中安排主人公黄克强、李去病在沪三游张园，并以叙事者介入的方式写道："看官，知道上海地面有甚么地方可逛呢？还不是来的张园。"因此，四马路一带的茶馆、妓院、烟馆、戏馆以及静安寺路南侧的张园成为小说人物的主要活动空间。

张晓虹在《晚清小说与上海城市社会空间研究——以〈海上繁华梦〉为中心》一文中，在1898年《新绘上海城厢租界全图》的基础上，将《海上繁华梦》中重要的娱乐场所制成了《19世纪90年代上海英租界各类休闲场所分布示意图》（图3-4），直观展示了晚清时期四马路地带是各类休闲和妓院集中的地带。

英租界成为清末民初小说中的"中心区域"并不奇怪，这是因为相较于美、法租界，英租界发展最早最快，治安和市政管理也最好。在1898年来中国采访的德国记者高德满眼中"英租界才是真正的城市，是做生意和居住的城市。……今天的大城市（指英租界——引者）却要求有自己的权力，因此有些地方就造起四层、五层和六层的宏大建筑。……上海的秩序和安全是具有模范性的。这里可以夜不闭户，橱柜和抽屉不必用好锁，其实都不必要装上锁。因为反正从来也不锁……市民们自己管理自己，这种自治运行得如此之好，所以上海在东方被称为'模范租界'……而今天的上海，这个美丽的具有规范性公共设施的城市，也确

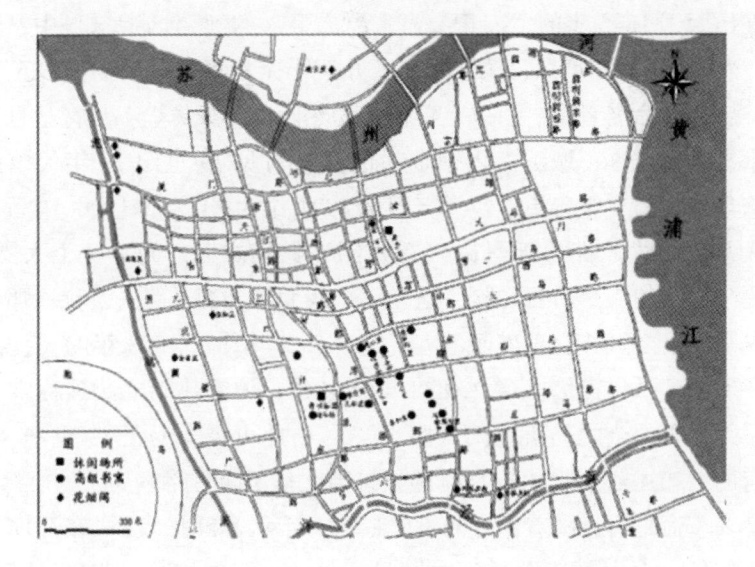

图 3-4 19 世纪 90 年代上海英租界各类休闲场所分布示意图
引自张晓虹《晚清小说与上海城市社会空间研究——以〈海上繁华梦〉为中心》中的示意图①。

实是英国的创造。……英国人的'殖民手腕'当然无法否定,但是应该近距离地观察一下,什么是'殖民手腕'……'殖民手腕'是一种创造力,似乎能在一片虚无中唤醒生命,在一片平地上生长出一座城市,并建立起一个市民们能够舒适生活,而且感觉自由的社会。攻击英国人,就像眼下有些德国报纸所作的那样,是很愚蠢的。我们应该先向英国人学习,而不是对他们进行谩骂"②。事实也是如此,英租界的"殖民手腕"非常成功,"把六十年前的一片芦苇滩头,变做了中国第一个热闹的所在"(《二十年目睹之怪现状》第一回)。上海洋场名扬天下,乃至于全国各地爱热闹繁华的人都向往上海。正如《海上繁华梦》中的李子靖所言:"这多是上海繁华太过的不好,地方一出了名,不论年老年少的人,多想要来见识见识。更怪的是,凭你何等样人,一到上海,便把银钱当做粪土一般,甚至流连忘返。"(初集第二十九回)

---

① 中国地理学会历史地理专业委员会:《历史地理》(第 37 辑),复旦大学出版社 2018 年版,第 170 页。
② 王维江、吕澍辑译:《另眼相看:晚清德语文献中的上海》,上海辞书出版社 2009 年版,第 170 页。

在出版于 1875 年的"专记上海一邑之事"的《瀛壖杂志》中，王韬回忆："其自城北至城东，逶迤相属，几亘十余里许。自马场街以至小琅嬛里，皆新所命名者也。而以宝善街最为热闹，灯火辉煌，自宵达旦。凡有所求，咄嗟立办，诚沪上之销金锅也！"① 可见 19 世纪 70 年代以前上海的繁华地带是在宝善街。包天笑回忆 19 世纪 80 年代的上海："马车在什么大马路（南京路）四马路（福州路）繁华之区，兜了一个大圈子，这便是坐马车的一个节目。除了坐马车，我们又到四马路去游玩，那个地方是吃喝游玩之区，宜于夜而不宜于昼。"② 大约作于 1893 年的《沪游梦影》中写道："余犹忆戊寅（1878 年）赴楚，沪上热闹之区独称宝善街为巨擘，今则销金之局盖在四马路焉。"③ 由此可见，迟至 19 世纪 80 年代上海的"市中心"已由五马路的宝善街北移至四马路。

辛亥革命之后，随着租界的不断扩大，市区不断扩大，"在开埠以后的几十年里，上海迅速发展为中国最大城市。1900 年，人口超过百万；1915 年，超过 200 万；到 1920 年，达到 229 万。与此相一致，城区由先前的城厢内外向北向西大为扩展，北面到闸北、虹口、杨树浦一带，西面到静安寺、徐家汇一带。到 1921 年，上海城区面积是开埠时的十倍以上"④。这种发展趋势在小说中同样有所体现，小说中的"中心区域"也不断由原来的四马路向四周蔓延，扩张至大马路、二马路、三马路甚至更广的区域。以一组统计数字为例，在 1892 年出版的《海上花列传》中，四马路出现 44 次，大马路 11 次，三马路 5 次，二马路 0 次，五马路 8 次。而出版于 1906 年的前三十回《海上繁华梦》中，出现四马路 20 次，大马路 12 次，三马路 9 次，二马路 1 次，五马路 2 次，六马路 9 次。虽然，四马路仍占据小说场景描写的中心，但三马路、六马路，尤其是大马路的出现比例明显增大。至 1916 年开始连载的《歇浦潮》，大马路 32 次，三马路 25 次，四马路 22 次，二马路 7 次，五马路 0 次，六马路 12 次，新闸 28 次。其中大马路和新闸的出现次数甚至超过了四马路，足以

---

① 王韬：《瀛壖杂志》，上海古籍出版社 1989 年版，第 3 页。
② 包天笑：《钏影楼回忆录》，中国大百科全书出版社 2009 年版，第 31 页。
③ 葛元煦等：《沪游杂记　淞南梦影录　沪游梦影》，上海古籍出版社 1989 年版，第 156 页。
④ 中共一大会址纪念馆编：《中国研究文集共产党创建史 2002—2012》，上海人民出版社 2013 年版，第 216 页。

证明随着租界的不断扩大，上海的城市文学地图已发生了明显的变化。以《歇浦潮》中外乡人倪伯和在沪的游玩线路为例，也可看出"市中心"的一些变化。湖南土财主倪伯和"闻上海自光复以来，更比当年繁华富丽，不觉老兴勃发，趁俊人得子，借贺喜为由，带了一个从人前来，意欲游玩一番回去"（第十回）。来上海之后，住在三马路孟渊旅社，吃的番菜馆有三马路的一枝香番菜馆，看戏在三马路的大舞台，二马路的新新舞台，大马路楼外楼，游玩在张园、徐园，与朋友一起逛的妓院有四马路的清和坊、迎春坊等处，还有三马路的王熙凤家、解仙馆等处，娶妾后租住在后马路。由此可见，市中心稍有扩大，从以前的四马路扩张到大马路、三马路、二马路一带。而小说中"新闸"出现了28次，是因为新闸已成为大多数城市新贵的居住地。新闸路是上海租界的一条东西向街道，东起西藏路，西至万航渡路、胶州路。1862年太平军进攻上海，公共租界工部局向西越界修筑了数条运兵道路，新闸路是其中直接沟通租界的一条。1868年新闸路划归公共租界工部局管理。1899年上海公共租界大幅度拓展，该路被划入界内。20世纪初，随着电车、汽车的通行，欧美侨民在静安寺以西和通向徐家汇的一带建造了许多花园洋房。而静安寺路北侧的新闸一带也迅速成为城市新贵们建房租房的首选。在《歇浦潮》中，两个重要男性人物，其公馆都在新闸，一个是富商钱如海，另一个是混迹于体面官僚群体的贾琢渠。而当北京赫赫有名方总长的四少爷来上海，原本也打算到新闸去租房子，后来则住到了家在新闸的贾琢渠家，而贾琢渠家的左邻右舍也都是一些体面的人物。小说中另外几个体面人士也住在新闸附近的卡德路，如在租界颇有势力的官僚倪海人，他的一个姨太太就住在卡德路。由此可见，民国前后，随着电车和汽车的通行，环境清幽的沪西一带也渐渐成为著名的住宅区。对比包天笑在《移居上海之始》一文中写到，他于1906年（光绪三十二年）夏历二月来上海开始新职业，其租房地址首选上海的新马路，"所谓新马路者，后来的派克路、白克路（现南京西路）一带地方，从前都呼之为新马路，因为那地方的马路，都是新开辟的呢。为什么我要那地方进行呢？这有几个原因：一则，那地方是著名的住宅区，我有好多朋友和同乡，都住在那个区域里，彼此可以访问和招呼……"①从中可知，在1906年前后，上海的新马路是较为有名的住宅

---

① 包天笑：《钏影楼回忆录》，中国大百科全书出版社2009年版，第314页。

区。但到了民国之后，沪西、静安寺一带已成为新有名的住宅区。

三 次中心区域：虹口地区和法租界

通过对清末民初小说中的城市文学地图进行梳理，可看出，小说主要以公共租界中的英租界为核心，而公共租界的虹口和法租界一带基本属于次中心地带，主要原因归结为英租界的"殖民手腕"远远超过美法租界。黄式权在光绪九年（1883）编著的《淞南梦影录》中记载了当时英、法、美三个租界的大致情况："沪上法租界在洋泾浜南，英租界在洋泾浜北，人烟稠密，街市喧闹。……法以大马路为最，英以棋盘街、四马路、大马路为最。五、三、二诸马路，街道稍形狭窄，店铺亦不甚辉煌。六马路虽去年新建，然铺户寥寥，大半系小客寓、清烟馆之类。美界在吴淞江北，俱系粤商及日本人住宅。其气象非特远逊英界，即较之法界，亦难免相形见绌焉。"① 可见在19世纪80年代初期，英租界发展远胜于法、美租界。事实上，在19世纪末20年代初期，法、美租界远远落后于英租界。池应澂大约作于1893年的《沪游梦影》中写道："凡英、法、美三国所居之地，皆谓之'租界'……英居两界之中，地广人繁，洋行货栈十居八九，其气象更为蕃盛焉。"② 1898年，高德满在他的上海游记中也对英租界在上海的"模范租界"充满赞誉，认为其治安和社会秩序都具有"模范性"。而对于法租界和美租界，字里行间则充满着嘲讽和不屑。

英、美、法租界的发展情况反映在小说中，英租界属于小说中的中心舞台，而美界的虹口地区以及法租界则处于小说城市文学地图中的次中心地带。这些地带主要居住了些社会地位或经济地位较低的人群，也因此是坑蒙、拐骗、赌博等各类犯罪的温床。

（一）次中心Ⅰ：洋泾浜南的法租界

法租界继英租界之后于1849年开辟，最早的范围是在英租界和上海县城之间。太平天国期间，法租界因为较英美租界更接近上海县城，因此大量华人涌入，法租界开始兴盛起来。1883年出版的《淞南梦影录》中

---

① 葛元煦等：《沪游杂记 淞南梦影录 沪游梦影》，上海古籍出版社1989年版，第103—104页。

② 葛元煦等：《沪游杂记 淞南梦影录 沪游梦影》，上海古籍出版社1989年版，第155页。

记载:"沪上法租界在洋泾浜南,英租界在洋泾浜北,人烟稠密,街市喧闹……"① 在 19 世纪末至 20 世纪头一二十年,尽管法租界人烟稠密,但整体而言,其城市建设和商业贸易方面远远落后于英租界。1887 年出版的《沪游杂记》中形容法租界:"法附城东北隅,人烟凑密,惟街道稍觉狭小,迤东为闽、广帮聚市处。"② 1888 年,德国的恩司诺(Exner)来上海考察时写道:"几乎所有在上海的欧洲人的'行'(商人的办公室)都设在英租界,而货栈和船坞以及众多的中国房屋却都在法租界。"③ 可见法租界主要是货物集散地,需要大量的中国廉价雇员,大量中国外来务工人员也因此涌入法租界。1898 年,高德满眼中所看到的法租界:"如果要对英国人在上海所作的贡献进行全面估价的话,只需要看看法租界,看看法国人没做什么……把黄浦江岸建成一个小巴黎的行动,也就到此为止了,任务本是很有吸引力的,结果也并非不可能。这边大建筑很少,有几幢在码头边,最大的建筑当然是总领事馆。……领事馆就是这样矗立着,等待着城市的到来。但因为城市姗姗来迟,所以中国人就抢先占了位置。在那些以著名的法国名字命名的街道上,中国人造起了他们的低矮肮脏的木屋。他们住在里面,在第三共和国的保护下做起了生意……这里法国居民很多,大多数都住在英租界。"④ 在作者看来,尽管法租界有雄心,但很少做实质性的行动,因此法租界里其实充斥着中国人盖的低矮肮脏木屋。在治安方面,法租界与美租界遭遇较为相同。因为五方杂处,早期治安很混乱,尤其是英法租界河界的洋泾浜以西,郑家木桥和东新桥一带,烟馆、赌场、妓院集中,帮会流氓活动猖獗,往往是滋生各类犯罪的温床。

这时期小说中下等妓院所在往往被设置在法租界。《海上花列传》花烟间妓女王阿二所在之地在法租界新街,与富家子弟驻足于四马路一带的长三堂子形成对比,法租界新街的下等妓院成为外乡贫家子弟赵朴斋以及一些富贵人家的管家们即仆人寻花问柳的去处。赵朴斋第一次到王阿二

---

① 葛元煦等:《沪游杂记 淞南梦影录 沪游梦影》,上海古籍出版社 1989 年版,第 103 页。
② 葛元煦等:《沪游杂记 淞南梦影录 沪游梦影》,上海古籍出版社 1989 年版,第 1 页。
③ 王维江、吕澍辑译:《另眼相看:晚清德语文献中的上海》,上海辞书出版社 2009 年版,第 115 页。
④ 王维江、吕澍辑译:《另眼相看:晚清德语文献中的上海》,上海辞书出版社 2009 年版,第 170—172 页。

家,"过打狗桥,法租界新街尽头一家,门首挂一盏熏黑的玻璃灯,跨进门口、便是楼梯。朴斋跟小村上去看时,只有半间楼房,狭窄得很,左首横安着一张广漆大床,右首把搁板拼做一张烟榻,却是向外对楼梯摆的,靠窗杉木妆台,两边'川'字高椅,便是这些东西,倒铺得花团锦簇"(第二回)。与四马路的长三书寓相比,这里的房屋狭窄,室内装饰非常简陋,不用说,花烟间妓女无论在才貌、应酬功夫等方面和英租界四马路的长三、幺二妓女无法相提并论,然而最大的好处就是,此地与赵朴斋这类无业和身份地位较低的浪子较为匹配。

法租界也往往是穷困潦倒人士所住之地和下等客栈所在之地。法租界相对于英租界而言,地处边远,加上法租界的建设力度远不如英租界,因此地价相对低廉,生活费用也相对便宜,因此往往成为外来穷困或社会地位较低之人的首选之地。这里有很多廉价简陋的旅馆,也有很多简陋房子出租。《海上繁华梦》中一些游冶子弟尽管平时穿着体面,与一群家境殷实子弟应酬,但因为经济窘迫,其藏身之处却在生活相对廉价的法租界地带。小说中的夏时行是一外来贫家子弟,为了装体面,尽管也出入四马路的长三书寓,与一群纨绔子弟叫局吃花酒,但因为在上海没有找到体面且收入丰厚的工作,只能在法租界八仙桥附近一条小弄里头,与三户人家合租一幢低小房间。他因为长期欠下了长三堂子的局账,妓院的姨娘终于找上门来,看到他穿着破烂,住在这幢低小房间楼上的后房间,房间里简陋不堪,双方都极为尴尬。而小说中的一对纨绔子弟游冶之、郑志和,初到上海因手上阔绰,住在房屋高爽、饭食精洁的长发客栈,与一班体面的富家子弟为邻。此后在四马路西首的观盛里租了高阔洋房把迷恋的妓女娶为小妾。不久,小妾卷走钱财后逃跑了,他们变得一贫如洗,只能住在英租界偏僻地带一家"房屋异常潮湿,饮食又不甚精洁"的小客栈。最后贫病交夹,身无分文,被小客栈赶了出来,只能住在法租界郑家木桥附近的叫化客栈。小说中尽管没有正面描写叫化客栈,但肯定比钱守愚住在英租界宝善街简陋的旅安客栈还要差很多,小说中的旅安客栈已经很简陋拥挤,"这小客栈只有两间房屋,却搭着十多张的客铺,莫说挤轧不堪,更兼时方八月,晚上边尚有臭虫,咬得人满身是块,不能安睡"(《海上繁华梦》第三十回)。而法租界上的叫化客栈,小说中谢幼安曾道出其简陋低等,小说初集的第三十回写道:"幼安道:'钱老先生他生平只要省钱,莫说此等所在,就是郑家木桥的叫花客寓,只怕他没有晓得,若晓得了,此人一定也会去住。'"由此可知，法租界的叫化客栈的简陋。

法租界也是打架斗殴、妓女诱骗嫖客等丑陋事件发生的地方。《海上花列传》中的赵朴斋因为与另外两流氓争夺一花烟间妓女，在法租界的新街被两个流氓打得头破血流，送往医院，自付医药费。《海上繁华梦》中的一个彻头彻尾恶毒妓女阿珍，水性杨花，坑骗多个纨绔子弟，致使一嫖客倾家荡产，另两个嫖客为争夺她酿成命案。作者原本在二集中已经给她安排报应的结局："鞭背五百，监禁三年，递解苏州，不准再来上海。"（二集第二十六回）但在后集中，阿珍作为一品德败坏的妓女，再次出现在上海妓院，并在法租界宝兴里租下了小房子，专门勾搭诱骗游冶子弟。乡愚钱守愚之子钱少愚就被她勾搭上且在这里被骗走了全部钱财。作者最后安排了这位妓女暴亡于她所租的法租界宝兴里的小房子。

（二）次中心Ⅱ：虹口一带的美租界

美租界地处吴淞江北，主要在虹口一带，美界初期范围"美界自二摆渡河北至虹口皆是"①，尽管美租界在虹口一带渐渐开辟了很多马路，但是因为在上海的美国人太少，也很少外商进入，因此明显落后于英租界。对于美租界，高德满写道："关于美租界，实在没有什么可说的。这里名叫虹口，沿着船厂延伸出去的地方，实际上是上海的港口区……主要街道当然是叫'Broadway'，也确实挺宽的，但是房子大多破旧且难看。人们去那儿，主要为的是那里有中国小店里的木刻工艺品。"② 美租界在高德满看来，简直不值一提。虹口也是进出口商品的集散地，《沪游杂记》中写道："美只沿江数里，皆船厂、货栈、轮舟码头、洋商住宅，粤东、宁波人在此计工度日者甚众。"③ 因此这一带集聚了大量的搬运工及其他人员，包括广东人、宁波人、浦东人、南京人、山东人等。

虹口地区相对低廉的生活费用，也吸引了各地经济窘迫的人在此居住。而大量外来人口的涌入也带动了虹口地区的消费需求，但这一带主要是一些较为低档的消费场所。《二十年目睹之怪现状》中虹口地区主要是

---

① 葛元煦等：《沪游杂记 淞南梦影录 沪游梦影》，上海古籍出版社1989年版，第155页。

② 王维江、吕澍辑译：《另眼相看：晚清德语文献中的上海》，上海辞书出版社2009年版，第172—173页。

③ 葛元煦等：《沪游杂记 淞南梦影录 沪游梦影》，上海古籍出版社1989年版，第1页。

穷困潦倒的外地人居住之地。小说主要写了住在虹口的两个人物：一个是丧尽天良的官宦子弟，因为多年赋闲，穷得逼死自己亲弟弟以期意外之财，意外之财希望落空后，又图谋把弟媳卖到妓院；另一个是以路边测字为生的寒士，穷得一家人只住在一间破屋里，而他之所以在虹口一带谋生，是因为，"这几年失了馆地，更闹的不得了。因看见敝同乡，多有在虹口一带设蒙馆的，到了无聊之时，也想效颦一二"（第三十六回），可见虹口一带比较偏僻的地方是生活艰难困窘以及不甚得志之外来者的生存空间。至于虹口一带的饭馆情况，《二十年目睹之怪现状》借人物之口写道："这里虹口一带没有好馆子，怎么好呢？……也要干净点的地方，那种苏州饭馆，脏的了不得，怎样坐得下？还是广东馆子干净点。"（第三十四回）从这两句话可知，虹口一带只求干净点的饭馆都很难，至于高档的酒楼可能就更少了。《恨海》中的男主人公陈伯和因为庚子之变从北京逃难到上海，逃难途中意外发了一笔横财，到了上海之后便住在洋泾浜的大方栈里，与一群狐朋狗党嫖娼、吸鸦片，不久被娶来的妓女骗光了所有的钱财，只能住在虹口一带的小烟馆。后来尽管被未婚妻张棣华的父亲找到，住到了张家，但因为他的烟瘾发作，几次出走，贫病交加之际，他又住到了虹口的广华昌小烟馆。可见，虹口一带的烟馆主要是满足那些穷困之人的鸦片需求。

　　虹口一带生活费用相对低廉，加上五方杂处，人口结构复杂，又缺乏强大的治安管理系统，因此，尽管虹口一带人口日益兴旺，社会秩序却很混乱，码头哄抢、偷运鸦片、拐骗妇女、设摊赌博等时常发生。英美租界合并的原因，除了两国侨民有共同的语言文化亲和力外，还因为美租界治安管理能力不够。两租界合并以后，工部局在虹口陆续设立了很多巡捕房，治安环境才有了新的发展，但和处在中间地带的英租界相比，虹口一带治安方面仍有较严重的问题。因此，清末民初小说中一些负面事件往往发生在这一带。《孽海花》中的革命志士陈千秋受革命党人委托在上海码头转运军火，结果在英租界通往虹口的交界处——外白渡桥上被上海道台派来的警署人员秘密逮捕。原本在上海租界上，中国警署人员不能轻易抓人，正如《上海游骖录》文中写道："中国官要杀革命党，外国人却不杀革命党。中国官要到租界上捉人，先要外国人点了头，签了字，方才好捉。"（《上海游骖录》第三回）但是在较为偏僻的边界地带，尤其是在两国租界的边界地带，也就是租界管理较为松弛的地带，中国的警署人员却偷偷逮捕革命党，外白渡桥正是这样一个边界地带。

《海上繁华梦》中的虹口一带成了赌徒、骗子、流氓等人坑蒙拐骗之地。《海上繁华梦》的土财主钱守愚从苏州乡下来到大上海，被上海的纸醉金迷所吸引，乐不思蜀。他在上海曾两次上当受骗，其中一次是被虹口赌台的纠客所骗。他有一次独自出外游玩，往北走，不仅过了跑球场，还走到了虹口，《海上繁华梦》中写道："虹口有的乃是赌台，那赌台上纠客的人叫做'拉牌头'，满街皆有。"（第二集第十七回），土头土脑的乡下财主就是在那里被"拉牌头"骗去赌博的，结果可想而知，不仅输得精光，还差点被巡捕抓住。从小说中的描写可知，虹口虽然属于租界，但显得相当的破败和荒凉，很多地方还是一片荒田，这个属于租界的边缘地带也因此成了犯罪的温床。虽然时有巡捕来管理，但是因为地方比较荒凉，犯罪分子得到风声很快往稻田荒地逃跑，因此巡捕也很难制止各种犯罪。钱守愚在虹口赌博，巡捕来时，慌忙之际在稻田里躲过一劫，却又被那里的一帮流氓抓住抢钱，因为身无分文，流氓就抢走了他的衣服。钱守愚"站在田里，又气又急。看看天又黑下来了，田里头的野风比不得街上，一阵阵吹得他身躯抖战起来"（第二集第十七回），可怜的守财奴一天之内不仅被骗光了身上的钱，连衣服也被抢走了，又惊又吓，在这个偏僻的地方，又不认识路，顿时伤心欲绝，跳河寻死，幸好被乡民救起。小说通过乡愚钱守愚在虹口的遭遇，说明当时的美租界虹口一带作为租界边缘，不仅偏僻，而且是犯罪猖獗的地带。

此外，虹口因为相对幽静，因此也居住了一些边缘人群，如革命党、身份暧昧人群、犯罪分子等。如《孽海花》中来自日本的革命友人就住在虹口一马路的"常磐馆"，而小说中风流才子陈骥东偷偷娶的英国夫人也安置在虹口靶子路的洋房里，因为他原本有了法国夫人，住在静安寺，后来又与英国女子相爱，便把她带到中国做了第二个夫人，为避免冲突，便把她隐藏在虹口。不过，最后还是被法国夫人发现了，一场大闹，英国夫人被赶回英国，空出了房子，使得从金家逃出来的"公使夫人"傅彩云也在此躲避一段时间。无论是陈骥东的英国夫人还是逃出来的小妾傅彩云，之所以住在虹口，主要是为了寻求隐蔽。《二十年目睹之怪现状》中的童佐阊住在虹口是因为他造假洋钱被告发，便躲到上海，而虹口相对隐蔽且生活相对低廉。

总之，清末民初法、美租界因为在城市发展、社会治安等方面远远落后于英租界,这一带生活费用相对低廉,因此往往吸引了全国各地的来自五湖四海的社会底层以及生活窘迫人群,也因此成为小说中各类犯罪的温床,各类落魄潦倒、品德败坏人士的据点。

四 基本缺席的上海县城

当时的上海根据城市管理区域不同至少可以划分为租界和华界,从《上海县城厢租界全图》(图3-2)可以看出,华界的地理面积远远大于租界。而根据(民国)《上海县续志》卷二《建置·城池·街巷》记载,当时(1900年)公共租界、法租界和"华界"之面积分别为22.6、1.46和533.8平方公里,三区面积之和为557.85平方公里。可见租界只是华界的一小块面积。事实上,租界面积即使在最大的时期,也只占上海地区总面积的不到6%。但从《清末民初小说中人物上海行走范围》中可以看出,小说中人物的主要活动范围在租界,读者对于租界里的吃、住、玩、嫖、赌等情况可以说非常熟悉,但对于上海县城的情况却几乎无从知道,因为这时期的小说对于上海县城的社会情况几乎没有详细介绍。从中可知清末民初小说中的上海文学地图是一张印象中的地图,其聚焦范围主要在租界内,而上海县城基本是缺席的。

上海县城在清末民初小说中有时被称为"城里",因租界位于上海城厢的北部,因此也被称为"北市",上海城厢地处南面,因此又称为"南市"。其中,法租界与上海县城比邻,有城墙相隔。上海县城有三个小门与法租界直接相通,分别是老北门、新北门和小东门,其中新北门开得较晚。县城与租界虽只是一墙相隔,但是门内门外,大相径庭。李默庵写的《申江杂咏》竹枝词,其中有两首写到了租界与县城的两个门,其中《新北门》:"新北门开捷径趋,出郊风景迥然殊。车声辘辘平沙道,仅费囊中数十蚨。"《小东门》:"歌楼舞榭足消魂,鸡犬桑麻莫并论。十六铺前租界止,繁华直到小东门。"① 类似的竹枝词还有:"十六铺桥中外分,小东门外闹纷纷。东洋车聚浑无数,马路旁招客坐殷。"② 这些竹枝词都是以门为界,写出了租界与华界虽然一门相隔,但却是两个不同世界,尤其是"繁华直到小东门",可见在城市面貌方面的天壤之别。葛元熙在《沪

---

① 顾炳权编著:《上海洋场竹枝词》,上海书店出版社1996年版,第72页。
② 雷梦水等编:《中华竹枝词》(2),北京古籍出版社1997年版,第870页。

游杂记》卷一写道:"租界在沪城东北,周十余里,以河为界。法国自小东门外陆家石桥河北起……"① 其中的"陆家石桥"正是华洋交界处,而跨过小东门外的陆家石桥也就从华界进入租界。

以《海上花列传》为例,外地贫民青年赵朴斋到沪,先在上海县城南门外的咸瓜街中市找到他舅舅,然后两人"向北一直过了陆家石桥,坐上两把东洋车,径拉至宝善街悦来客栈门口停下……"(第一回)小说中的"陆家石桥"正是华洋交界处,而跨过陆家石桥也就从华界进入租界。小说中的赵朴斋自从跨进了租界,以后在上海的日子几乎没有再走出租界,这也暗示了小说的主要城市空间在租界。事实上,小说中无论众多妓女还是嫖客的活动范围基本在租界里。小说中一个重要的人物洪善卿在上海县城(小说中也称南市)咸瓜街开了永昌参店,但小说基本没有交代其在南市的活动,他的日常生活空间主要在四马路一带。而小说中的陶云甫、陶玉甫兄弟虽是上海本城宦家子弟,但小说对于他们在县城的生活情况毫无交代。可以说,上海县城在小说中基本是缺席的。

从上文《〈九尾龟〉主要人物的上海活动空间》表中可看出,《九尾龟》中外来纨绔子弟活动基本在租界,对于上海县城,小说虽然提及,但基本是一笔带过。在第十五回中,庸俗纨绔子弟金汉良初到上海,看到红倌人金小宝的轿子华丽精致,便想坐坐时髦倌人轿子出出风头,于是让轿夫把他抬到县城,说要进城拜客。他从新北门进了上海县城,这是从租界进入上海县城的几个入口之一,其实他无客可拜,只是到里面转了一圈,就从小东门出了县城。对于金汉良乘轿子进城这件事情,作者也只用了一句话就写完了,从新北门进,从小东门出,至于上海县城里详细情况,作者惜墨如金,毫无交代。第二十六回中,贡春树的两个相好倌人因为吃醋差点打起来,事后贡春树解释说,他当天有事进城(指的是上海县城),也是简单一句话就把上海城的情况忽略过去,至于他进城办什么事,到哪里办事,办事过程,全部是一片空白。可见,作者有意回避上海县城的情况。

《海上繁华梦》中从苏州来上海见识的男主人公谢幼安、杜少牧,在选择住在北市(指租界)还是南市(指上海县城)问题上,"幼安一想,少牧是个爱热闹的,就是借在南市,一定也要天天往北,倒不如北市便

---

① 葛元煦等:《沪游杂记 淞南梦影录 沪游梦影》,上海古籍出版社1989年版,第1页。

些"(第一回)。因此他们决定住在北市,这也是当时多数来上海的外地人的选择。于是,他们选择了住在三洋泾的长发栈,正如船家所言,这里房屋高爽、应酬周到、饭食精洁,来往客商喜欢住在此处的人很多。果然,在长发栈里,他们遇到了来自全国各地的富家子弟及游冶公子,从京城而来的京官荣锦衣,从扬州来的富裕盐商之子游冶之、郑志和等。在第七回,谢幼安发现杜少牧有点迷恋烟花,就故意带他到上海县城里游玩,小说写道:"只与幼安到城里头去拜候过方端人,一同到也是园、翠秀堂那些清静之地游了几回。"上海县城是作为繁华租界的对比出现,对于上海县城的也是园、翠秀堂景观特点,小说也是简略带过,并没有仔细交代。如果对比此回中对愚园详细的介绍,从地位位置、历史发展到景观特点,这一略一详的处理,也可看出上海县城在小说中被忽略的地位。

《负曝闲谈》第五回中黄乐材从苏州进京谋求开复事宜,途经上海,住在租界雅仙居栈房,想起有个朋友在上海县城做钱谷老夫子,于是进城拜访。这个老朋友马上放下手中的活,把黄乐材带出了县城,来到法租界大马路的"一座金碧辉煌的大酒馆"(第五回)鸿运楼,两人在那里喝酒聊天。至于上海县城的城市情况,作者毫无交代。可见,上海县城的出现,只能是作为一个传统职业的安置点。

纵观这时期具有"沪游指南"性质的沪游笔记,如《沪游杂记》《沪游梦影》《淞南梦影录》等,甚至外国文献中的上海,如《另眼相看:晚清德语文献中的上海》等,其笔下主要是详尽介绍租界的洋场上海,很少有上海县城的影子,如《沪游杂记》"自序"中写道:"余游上海十五年矣,寓庐属在洋场,耳目所及,见闻遂夥。"① 因为寓庐洋场,所以书中介绍的多是洋场景象。尽管作者在"弁言"申明"其城南胜迹,间及一二,以备游沪宦商便览",但纵观整本书,只有极少的文字是介绍南市的,因此,作者在"弁言"中又特意解释道:"上海自通商后,北市繁华,日盛一日,与南市不同。宦商往来咸喜寄迹于此,故卷内所载,惟租界独备,非敢略彼而详此也。"②

这时期的小说同样如此,大多以租界为故事主要场景,而极少有上海县城,即使部分小说提及,也主要是作为租界参照物一晃而过。如客观上

---

① 葛元煦等:《沪游杂记 淞南梦影录 沪游梦影》,上海古籍出版社1989年版,自序。
② 葛元煦等:《沪游杂记 淞南梦影录 沪游梦影》,上海古籍出版社1989年版,弁言。

有"沪游指南"效果的《海上繁华梦》也很少正面详细描写和介绍上海县城的情况，偶尔提到，但主要是为了衬托租界的繁华。在第十八回中，一个叫经营之的嫖客因喜欢的妓女被另一相貌出众的嫖客抢去，非常愤怒，于是邀请一个与他有同样遭遇的友人杜少甫到上海县城"也是园"商量对策，而选择"也是园"的原因是"城里头没人进去，可以静悄悄商量个报仇雪恨之策"（初集第十八回）。第二天，杜少甫乘了一部东洋车到小东门就下了车，因为城里道路狭窄根本不能坐东洋车，只能走进城里，"路又狭窄，地又潮滑，走出一身汗来……暗想：城里头与洋场上比较起来，真是天上地下"（初集第十九回）。而他们从县城出来，也是"出大东门，到迎春庙那边坐部东洋车子"（初集第十九回）。城里的交通工具，主要是传统简陋的人力车，"城脚上有的是羊角小车、两个合坐一部，只要二十文钱"（初集第十九回）。城里的"也是园"甚为冷清，游人很少，不料却遇到了古板迂腐、不通世俗的老秀才。因此，在作者孙玉声看来，《海上繁华梦》中的上海县城不仅破败冷清，而且是迂腐落伍之地，与洋场租界有着天壤之别。而"也是园"的冷落，正是因为租界的繁荣，"这里也是园，原算是城中一个名胜之所，听得老辈中人说起，从前上海没有租界的时候，那些秦楼楚馆，多开在城里头县桥左近，甚么三多堂、五福堂的，很是热闹。每到荷花开放，就有许多狎客，带着他们到这里来顽，仿佛目下张家花园一般。自从红巾扰乱之后，有了洋场，这些堂子慢慢的多搬到洋场上去，城里头遂没有了顽的地方，这也是园也就没人到了"（十九回）。"也是园"的命运也是上海县城的缩影，随着租界的繁荣而乏人问津。而在上海县城里生活的人也与租界讲究西学的风气形成鲜明的对比，成为顽固守旧的代表。《海上繁华梦》中的老学究方端人，在上海县城内训蒙度活，性格古怪拘执，开口圣贤，闭口道学。尽管八股已经废除，但他还是固执地教小儿做八股文章，反对西学。他虽看不惯洋场的风气，但是他也会因为应酬来到租界茶馆，与朋友会谈。尽管他自身固守传统，洁身自好，但这种顽固守旧的方式教育出来的子弟却大反父亲所为，其儿子方又端专在吃喝嫖赌上考究。这也暗示上海县城里所代表的传统守旧知识分子教育的彻底失败。

对于租界与华界市容市貌的强烈反差，当时李维清在《上海乡土志》评论道："租界马路四通，城内道途狭隘。租界异常清洁，车不扬尘，居之者几以为乐土；城内虽有清道局，然城河之水，秽气触鼻，僻静之区坑厕接踵，较之租界几有天壤之别。"① 即使民国以后，上海县城仍没有太大的改观，《歇浦潮》中乡愚倪伯和初次到沪："步行进城，见街道狭窄，游人辐凑，两旁小贩，摆着各种地摊，行路时一不经意，便有碰撞之虞，与租界相比，真有天渊之别。"（第十二回）不仅当时中国人评价如此，外国记者同样有如此之感："在外滩延伸出去几百米远的马路上，才开始了中国人的城区……中国区的马路也还保持着相当的宽度和显而易见的整洁，穿过中国人区域，就又进入了漂亮的、维护得很好的林荫大道，两边浓荫遮蔽的花园里，是现代化的别墅。只有真正的、城墙围着的中国城和法租界的一部分地方，还能见到狭窄而龌龊的小巷子。这是所有中国城市都有的景象。如果要看中国式的上海，得费很大的劲，才能进那里面去，因为欧洲城没有去那里的交通工具。"②

上海县城不仅与租界的城市发展判若不同的世界，而且在法制方面，也代表了野蛮的传统世界。《上海游骖录》中的主人公辜望延是湖南一乡村的读书人，一句话得罪了一伙强盗官兵，无缘无故被污蔑为革命党，于是逃到上海租界。其堂兄告诉他："这里租界地方，是外国人所管，中国官管不着。中国官要杀革命党，外国人却不杀革命党。中国官要到租界上捉人，先要外国人点了头，签了字，方才好捉。不然，外国人用的包探巡捕，反把中国官派来捉人的人捉了去，说他违背定章。"（《上海游骖录》第三回）可见租界里人身是受到保护的。但有一天，其堂兄突然对他说："我心中还以为你在上海租界上，还不要紧……突然听说有个革命党，被一个和尚骗到城里，捉到上海县去了。"因为租界不允许中国当局随便捉人，一些狡猾之人便设法把嫌疑犯骗到上海县城再捉。因此，县城构成了一个与租界自由、民主对立的世界：野蛮、专制。

也许是因为上海县城的拥挤、肮脏、落后以及冷清，因此清末民初小说家很少提及，尤其与繁华、光怪陆离的租界相比，后者的丰富性、生动性为小说家提供了更多创作素材。当然，还有一个重要的原因，这批洋场才子本身就生活在租界上，有着丰富的租界生活经验，对于租界的各种繁华和热闹，他们不仅耳闻目睹，而且亲身体验，也因此更能进入其笔下。

---

① 李维清：《上海乡土志》，上海古籍出版社1989年版，第4页。
② 王维江、吕澍辑译：《另眼相看：晚清德语文献中的上海》，上海辞书出版社2009年版，第153页。

总体而言，清末民初的上海城市地图，英租界是中心区域，尤以四马路为市中心，而美租界和法租界则是次中心地带，而上海县城则基本缺席，小说家很少提及。

第二节　北京城市文学地图

清代的北京城总体沿着明代都城结构，呈现出"凸"字形四重城垣的结构。四重城垣中，中心是紫禁城，紫禁城的外围是皇城，最外侧是构成"凸"字形的上北的内城和下南的外城。但就居民结构而言，清代"内满外汉"的居民布局与明代大大不同，清顺治元年（1644）十月，康熙皇帝诏告"满、汉分城居住"，顺治五年（1648），又颁布"凡汉官及商民人等尽徙南城"的严格谕令。内城成为皇室和八旗官兵的集中居地。内城取缔一切商业街区、严禁开设戏园、旅馆及娱乐场所。因此，内城基本处于封闭状态，且内城社会生活习俗具有浓厚的贵族气息和旗俗色彩。外城则主要是汉人居住。这种满汉分城居住制度直至道光、咸丰以后逐渐松弛下来，鸦片战争以后，国家财政日趋困难，因此支付旗人的俸禄日趋减少。为了维持旗人生计，清政府放松了对旗人的禁锢，"弛宽其禁，俾得各习四民之业，以资其生"①，同时规定，"八旗准外出贸易及其在外寄籍"，"准与该地方民人互相嫁娶"。② 与此同时，清代中叶以后，汉人也开始进入内城，从事商业活动，甚至租赁购买旗人的住房，逐渐在内城定居下来。而到了清代晚期，尤其是光绪宣统年间，随着城禁的松弛，汉人开始向内城迁移。夏仁虎在《旧京琐记》中记载了清代这种城禁的变化："前清前三门晚六七时即下钥，至夜半复开，以通朝官。故居内城者，如有城外饮宴，必流连至于夜午，曰候城门，亦曰倒赶城。至清末，则崇、宣两门皆不闭，而前门都下键，似宵小入城，必须由中门入，可怪也！"③ 可见，清末之前是有城禁，而到了晚清，城禁开始松弛，直至最后前三门全部不闭。内外城之间可以随时出入，也标志了城禁的瓦解。到了戊戌变法之后，大批汉人迁入内城求学、任教、经商等。以韩光辉《北京历史

---

① 《清朝续文献通考》卷 26《户口》。
② 同治《户部则例》卷 1《户口·旗人嫁娶》。
③ 夏仁虎：《枝巢四述　旧京琐记》，辽宁教育出版社 1998 年版，第 118 页。

人口地理》的"清代京师内城及城属户口统计推算表"为例,韩光辉在该表中特别强调,乾隆时期内城汉人实际上是旗人家中奴仆,光绪、宣统中的统计实际上是移居内城的汉人,性质不同。光绪八年后内城的旗人日趋减少,而汉人日渐增加,到了宣统二年(1910),内城旗人人口较之光绪八年(1882)减少了近24.8万人,而这一年的内城汉人有41576户,人数有272353人,占内城总人口的58%,可见内城到了宣统年间基本是满汉混居①。直至1911年辛亥革命,八旗制度宣告终结,因此内外城的对峙也宣告瓦解。

尽管事实上清末民初的内外城界限被打破,普通市民可以入住内城,而旗人也可自由在外城寄籍,但由于内外城的房价、生活环境、群体的生活习俗、价值取向及身份认同感等因素,反映在这时期的小说中,内外城的居民仍然有较明显的等级差异。总体而言,这时期小说中的居民社区有鲜明的群体差异。其中,内城主要居住着皇室、王公贵族及旗人,而汉族朝官、京官及士子在内的士大夫、士人及一般商民则主要住在外城。因此,清末民初小说中的城市空间,涉及内城,也涉及外城。

一 小说人物北京行走范围

清代的满汉分城居住的空间布局也深刻反映在清末民初的小说中,作家根据不同的空间来布置不同的故事。发表于1906年《京华艳史》第二回写得很清楚:"京城,你是知道的,王公大人住在城内,兔子(指的是相公,相当于男妓——引者注)、窑姐住在城外,所以天天递条子、送贽敬、拍马屁,都是在城里做的公事。吃花酒、打茶围、斗局、带条子、请客,都是在城外做的事也。"可见,因内城和外城所居住的对象不同,其空间功能也不相同,内城不仅住着代表着最高权力阶层的皇上、太后,还住着国家重要的权力阶层,包括王公大人及大量高级官僚,因此,内城更倾向于权力争夺和交易;而外城主要是普通京官及一般的市民阶层,其市井生活气息更浓厚,大量的娱乐休闲生活也多发生在外城等。但因为人物群体的流动性,因此两者有时也很难截然分开,甚至相互交叉,因此,作者紧接着写道:"也有专做一套的,也有并做两套的,也有借花献佛,拿城外的货物奉承城里的,也有狐假虎威,狗仗人势,将城里的势力来压制

---

① 韩光辉:《北京历史人口地理》,北京大学出版社1996年版,第126页。

城外的。"(《京华艳史》第二回），可见，内城和外城是京城的两个重要空间。清末民初的小说中大部分都涉及这两个空间。

纵观清末民初小说中北京的书写，可以很鲜明地看出，京城都市空间并不是整个北京城，而是城市中的某一部分。总体而言，这个时期小说中的北京文学地图既包括外城，也包括内城。在外城中，主要聚焦于宣南地区，具体而言，东起前门大街，北至宣武门以南，南至陶然亭，西至宣武大街延伸到半截胡同。涉及的这一带具体空间包括：各胡同中的会馆、官僚士大夫以及外来士商的住宅、各种休闲活动场所、各种娱乐消遣场所、各个商业街区。内城包括：紫禁城里各大宫殿及内城里皇亲国戚或王公大人的府邸等。小说主要通过不同的人物活动空间把这些空间贯穿起来。

（一）小说中人物北京行走范围列表

小说中的人物北京行走范围主要根据小说中各个阶层人物在北京城的活动空间来勾勒，其中不同阶层在城市中的行走范围也完全不同。为了详细了解清末民初小说中人物的北京行走范围，下面以描写到北京的二十几部不同类型的小说为例，包括狭邪小说《南朝金粉录》《京华艳史》《北京繁华梦》；社会小说《二十年目睹之怪现状》《孽海花》《新石头记》《中国现在记》《负曝闲谈》等，言情小说《恨海》《禽海石》等，通过小说中主要人物的活动空间来探索小说中人物的城市行走范围。

表3-3　　　　　清末民初小说中人物的北京行走范围

序号	作品	涉及的主要人物活动空间	主要人物进京目的或在京原因	人物行走范围
1	《南朝金粉录》	内城：紫禁城的朝房、朝殿、内廷、便殿 外城：江宁会馆、琉璃厂、庆升楼	进京科考、在京为官	内城紫禁城内及宣南一带
2	《枯树花》及《枯树花续编》	内城：紫禁城的宫殿 外城：前门外住宅	奉旨来京听候录用	内城紫禁城内及宣南一带
3	《二十年目睹之怪现状》	外城：骡马市大街、琉璃厂、前门大街、历城会馆、山邑会馆、南横街、绳匠胡同	经商	主要在外城的宣南一带

续表

序号	作品	涉及的主要人物活动空间	主要人物进京目的或在京原因	人物行走范围
4	《孽海花》	内城：紫禁城的保和殿、乐寿宫；衙门官署（翰林院、总理衙门）、王公大臣府邸（后载门、锡蜡胡同）、东交民巷番菜馆 外城：宣武门以南的米市胡同、纱帽胡同、苏州胡同、杨梅竹斜街、顺治门大街、琉璃厂、陶然亭、前门外	在京为官；进京科考	内城及外城的宣南一带
5	《官场现形记》	内城：紫禁城的宫殿 外城：顺治门外、米市胡同、南横街、大栅栏钱店、便宜坊、韩家潭、陕西巷	科考、谋官、进京引见	内城及宣南一带
6	《轰天雷》	内城：国子监、翰林院、龚府（棉花二条胡同）、宗室年映家 外城：常昭会馆、南横街西砖胡同、大栅栏会丰堂、米市胡同便宜坊、同丰堂、菜市口、陶然亭	在京为官、进京科考	内城和外城的宣南地区
7	《邻女语》	内城：紫禁城的朝堂 外城：前门大街、菜市口、顺治门（宣武门）大街		内城及宣南地区
8	《新石头记》	外城：江宁会馆、前门外大街	了解北京义和团之乱近况	宣南地区
9	《九尾龟》	内城：紫禁城的南书房、东交民巷番菜馆 外城：杨梅竹斜街高升店、绳匠胡同书办家、相公堂子、武阳会馆、中和戏园	找官场门路；应考	内城及宣南地区
10	《恨海》	内城：东华门外锡蜡胡同、东交民巷 外城：南横街、前门大街	京官子女住京	内城及宣南地区
11	《禽海石》	外城：驴马市大街、果子巷羊肉胡同、西砖儿胡同莲花寺、大栅栏、陶然亭、南横街、天桥	京官子女住京	外城的宣南地区
12	《狮子吼》	内城：紫禁城的后宫		内城的紫禁城
13	《负曝闲谈》	内城：紫禁城的保和殿、军机处；官僚旗人住宅、西山左近 外城：烂面胡同工部员外郎家、江苏会馆、崇效寺、琉璃厂、大栅栏听戏、南城的妓院、天桥、韩家潭、至美斋馆子	谋官；进京引见	内城及外城宣南地区
14	《春梦留痕》	内城：紫禁城的朝房、君臣议政的宫殿、狮子胡同甄王爷王府 外城：绳匠胡同贾公馆	在京为官	内城的王府与宣南地区
15	《北京繁华梦》	内城：东城的东安市场 外城：八大胡同、大栅栏		内城及宣南地区

续表

序号	作品	涉及的主要人物活动空间	主要人物进京目的或在京原因	人物行走范围
16	《京华艳史》	内城：北海茶馆 外城：粉市胡同吏部吴寓、八大胡同	在京为官	内城及宣南地区
17	《女子权》	内城：紫禁城的皇宫 外城：学校	求学	内城及外城
18	《中国现在记》	外城：朱侍郎家、大纱帽胡同姬中堂家、前门外金店、四利居饭店	在京为官、进京科考	宣南地区
19	《官场维新记》	内城：某王府 外城：下斜街制台公馆		
20	《无耻奴》	内城：官署 外城：京官住宅、玉香堂窑子、会馆、绳匠胡同	在京为官；进京谋官	内城的官署与宣南地区
21	《钱塘狱》	内城：王爷府 外城：骡马市大街连升客栈、前门大街、便宜坊酒楼、万福居酒楼	进京查找凶犯	内城王府与宣南地区前门一带
22	《黑籍冤魂》	外城：中通裕银号、张家		外城
23	《惨女界》	内城：西单牌楼旧刑部街冷府、秦府	住在京城	内城西单牌楼一带
24	《梼杌萃编》	内城：哈达门内、军机总部		内城
25	《小额》	内城：西直门城、北衙门、万寿寺、什刹海	住在京城	内城
26	《春阿氏》	内城：安定门里、菊儿胡同、普云楼、东城方巾巷、东四牌楼、东直门	住在京城	内城的东城

上表中的 26 部小说中 19 部写到了外城的宣南地区，9 部写到了紫禁城，6 部涉及内城的王公大人府邸。由此可见，清末民初小说中北京书写关注的空间为内城和外城，内城主要是紫禁城的宫殿，包括君臣议政的朝殿、考核的士子及官僚阶层保和殿、皇帝太后的寝宫。另外，还有散落在皇城周围及内城四方八面的各大王府、达官贵人的府邸以及内城的官府衙门。而外城则主要聚焦于宣武门外的宣南地区。据此，将清末民初小说中的北京城市"文学地图"落实在清朝北京的城市示意图上，为图 3-5，其中阴影部分为这时期小说中的大致北京城市"文学地图"。

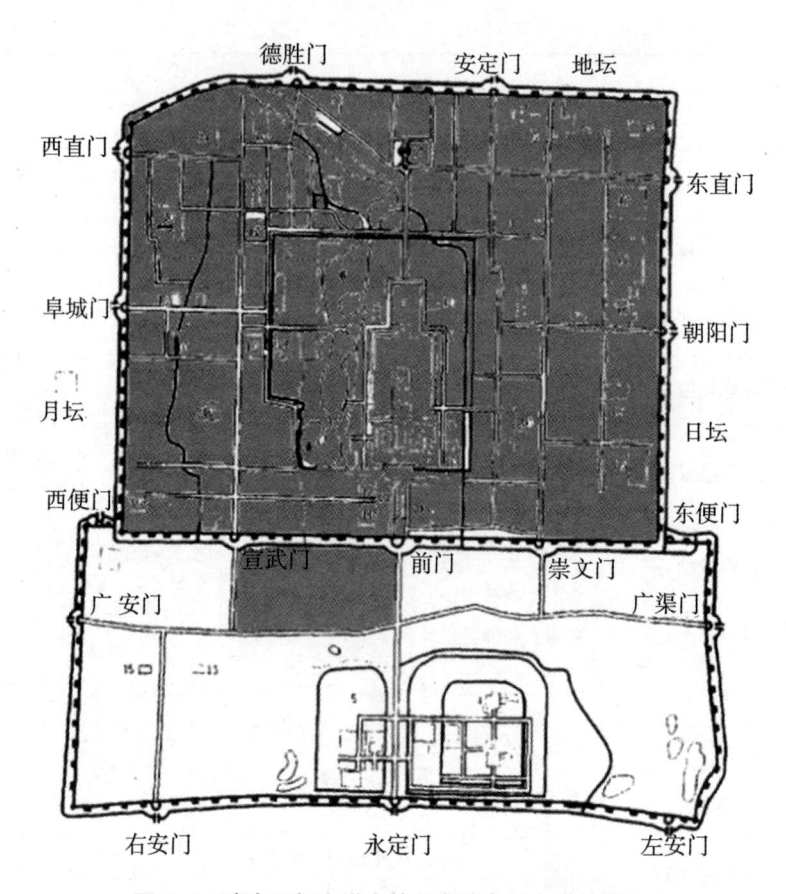

图 3-5　清末民初小说中的北京城市"文学地图"

资料来源：底图来自侯仁之主编的《北京城市历史地理》① 中《明清北京城示意图》第 115 页。

（二）《孽海花》《轰天雷》的人物行走路线

为了更加详细了解小说中人物在京城行走范围，下面以社会小说《孽海花》《轰天雷》两部小说中人物京城行走路线为例，来探讨小说中的北京都市空间。

（1）《孽海花》的人物行走范围

曾朴在《修改后要说的几句话》中谈到《孽海花》的创作目的："想借用主人公做全书的线索，尽量容纳近三十年来的历史，避去正面，专把

---

① 侯仁之主编：《北京城市历史地理》，北京燕山出版社 2003 年版，第 3 页。

些有趣的琐闻逸事，来烘托出大事的背景。"① 小说以主人公金雯青的人生经历为线索，描写了从同治初年到甲午战败约 30 年间的社会历史，串联起京城一大批社会上层人物，其中包括最高统治者慈禧太后、光绪皇帝，也包括朝廷重臣、文苑名士、官僚子弟及进京的官宦子弟等。而不同的群体，其活动空间也各不相同，因此，小说涉及的城市空间非常广泛，上至太后、皇帝及皇后生活的宫廷内闱，下至官员子弟娱乐消费的菜馆妓院。通过这些人物的活动空间，从而可以勾勒小说中的北京城市文学地图。

最高统治阶层的活动空间。最高统治阶层包括慈禧太后、清帝及其妃子等，其活动空间主要是皇宫内廷，如小说第二十六回中写了太后、皇帝、金妃、宝妃等之间的矛盾，分别写到了太后的寝宫乐寿宫，太后召集大臣讨论册定皇后事宜的排云殿以及皇后所住的宜芸馆等皇城空间。

官僚士大夫及其京城名士的活动空间。《孽海花》主要描写的群体是官僚士大夫阶层，其中包括前后担任过翰林院侍讲、公使、总理衙门的金雯青，翰林院侍讲钱唐卿，礼部尚书潘八瀛，礼部尚书龚和甫，总理衙门侍郎庄小燕，三朝耆硕、老名士李纯客、朝廷"清流党"的庄仑樵、庄寿香、祝宝廷、何珏斋等官僚阶层。这些士大夫及文苑名士的活动空间基本是在内城和外城之间穿梭。他们的活动空间包括家居空间、任职空间、社交及休闲娱乐空间。就家居空间而言，虽然清初颁布"满、汉分城居住"的禁令已经松弛，但由于历史原因，满洲族显贵基本住在内城，小说中的满洲族名士、国子监祭酒成伯怡的府邸云卧园，毗连王府，就在内城的后载门（也称厚载门，也即皇城的北门地安门）。而大部分汉族官僚士大夫都住在外城，即小说中的"南城"和"城南"，主要在宣武门以南一带，如潘八瀛尚书的潘府在米市胡同，金雯青出使欧洲回京后住在纱帽胡同，曹公坊在京科考期间住在顺治门（宣武门）大街，新科状元姜剑云租住在西斜街一所小小四合院，新科状元米筱亭住在苏州胡同宽绰的宅子。当然，小说中也写到部分汉族显贵京官住在内城，如声名赫赫、深受两宫喜爱的庄小燕侍郎就住在内城的锡蜡胡同，小说中写道："次日就进

---

① 曾朴：《孽海花》，岳麓书社 2003 年版，第 308 页。

了京城……稚燕（庄小燕之子——引者注）径进内城，到锡蜡胡同本宅下车，知道父亲总理衙门散值初回……"（第十九回）而"富贵场中的骄子"钱唐卿也住在内城，小说第十三回中写道："常听说庄小燕侍郎和唐卿极为要好，此事不如托了唐卿吧，就写了一封信，打发人送到内城去。……搴如阅毕，就叫套车，一径进城，到钱府（钱唐卿家——引者注）而来。"由此中可知，苏州籍的重臣钱唐卿住在内城。

就任职空间而言，士大夫任职的衙门都在内城，因此，京城的官僚阶层任职空间主要在内城。清代京城的各种官署机构都在内城，正常情况下，小说的主人公金雯青每天到内城当值，而衙门散值后，他又回到了他的外城纱帽胡同家中。此外，朝廷定时对在职官僚士大夫的考核性考试场所——保和殿，在内城的紫禁城。就社交及休闲娱乐空间而言，这班朝廷官员穿越于内城和外城之间。作为生活在京城的上层阶层，他们的社交活动主要是参与同僚或同乡的聚会，因此，他们的社交空间主要是同僚的府邸或各种娱乐的消费场所。在小说中，这群士大夫的社交空间主要在外城：一方面，大部分汉族官员住在外城；另一方面，外城是北京城的繁华商业地带，尤其是前门外一带和宣南地区一带，如小说中第十一回，礼部尚书潘八瀛在其府邸米市胡同的潘府举行公祭汉朝大儒何邵公，京城中一班王公大臣都参加了，有吏部尚书龚和甫、国子监祭酒成伯怡、新科状元姜剑云、老名士李纯客及翰林院一批官员等。此外，在京士大夫的娱乐休闲空间主要在繁华热闹的外城，如宣南地区的琉璃厂以及市郊的观陶然亭等，第十四回写到满洲族名士、诗人祝宝廷官场失意，续弦死后，"更觉牢骚不平，佯狂玩世，常常独自逛逛琉璃厂，游游陶然亭"（第十四回）。琉璃厂和陶然亭成为很多在京士大夫必去的休闲娱乐空间。除了名胜之地，京城妓院和相公堂也是他们私下光顾的娱乐场所，这些场所主要集中在前门外一带，如金雯青曾与几个同乡京官在妓院景和堂畅谈京中文坛人物。

进京的官宦子弟活动空间。进京的官宦子弟住处、社交空间、娱乐空间是其在京的主要活动空间。小说中第二十一回写了两个外来官宦子弟进京，其中一个是山东土财主鱼阳伯，捐了道台，候补多年，带巨资进京谋求出路。他住在前门外西沿河大街兴胜客店，经常到后门（指地安门）外估衣铺做时行的衣服而结交郭掌柜，在郭掌柜的谋划下谋得上海道台一美差。其在京的社交空间主要是内城南门前的东交民巷番菜馆。因此，对于外来官宦子弟而言，其主要活动是在外城，但也会穿梭于内城的某些空间。

小说正是通过京城中不同社会群体的活动空间，勾勒出了整部小说的城市文学地图，整体而言，小说中涉及的城市文学地图有内城和外城之分，内城有紫禁城中的后宫及保和殿，皇城周围的王公显贵府邸；外城主要是宣南地区官僚士大夫的宅第及娱乐消费场所。

(2)《轰天雷》的人物行走范围

以晚清历史事件为背景，以寒士在京的人生经历为主的小说《轰天雷》，较真实地反映了当时京城的一些事实。《轰天雷》是常熟籍作者孙景贤根据常熟人沈鹏（号北山）的真实事迹改编创作而成，作者在第一回的开头写道："这部《轰天雷》，是讲太史公的始末。"（第一回）但是，燕谷老人张鸿在《续孽海花》第五十五回中即批评孙景贤的《轰天雷》，"其中情节很多舛错，描写也多过甚"①。张鸿的评价未免求全责备，小说不一定要全部符合真实历史，小说中的人物形象也并不是真实的人物传记，而是根据作者主题表达的需要来选择素材。这也从另一方面说明《轰天雷》在历史事件和人物原型方面具有较真实的一面。

《轰天雷》主要写一个叫荀北山的穷酸知识分子在清末历史巨变中的人生经历和遭遇。他的人生经历与京城有着密切的关系。他出生于常熟一贫寒家庭，17岁随一老学士进京，纳捐后在国子监求学，肄业后在京卖文为生，常年住在常昭会馆。不久，连捷进士。甲午战争爆发后返乡，与苏州有名的巨绅之女贝小姐成亲，却因面目可憎且呆痴被赶出贝家。穷途末路之际，他再次进京考散馆，授职编修。迫于生计，他还在宗室家处馆，艰难度日。戊戌变法失败后，戊戌六君子被残酷杀害。荀北山听说一个罪魁祸首是常熟人，就决定做一个为国忘身的大忠臣，加之家庭隐痛和在京落魄狼狈的生活，使得荀北山想寻一件轰轰烈烈的事——以死殉国。于是他冒死上书，请慈禧太后归政，并请诛荣禄、刚毅、李莲英三凶。因其上书牵连到其他一些京官的命运，因此他被人撵出了京城，带到天津。在天津，在爱国士人的帮助下，他的上书在《国闻报》上发表，顿时天下人皆知。这种不顾生死，大骂朝廷和奸臣，"为天下人吐气"的行为在清末无疑是一个"轰天雷"。荀北山也因此被革职下牢，当然，最后被释

---

① 燕谷老人：《续孽海花》，黑龙江人民出版社1982年版，第365页。

放了。整部小说以甲午战争、戊戌变法、八国联军进京、《辛丑条约》的签订等历史事件为背景，而与这些历史事件最紧密的城市正是北京。荀北山作为一个外地进京的寒士，他先后经历了青年时期在京城国子监求学、考中举人、连捷进士、授职编修、在京处馆等，也经历甲午战争、戊戌变法，《辛丑条约》的签订等一系列历史事变。尽管他连捷进士，但是他的命运并没有太大的改变，依然穷困潦倒，靠朋友接济度日，从而可以看到一个"穷翰林"京官可怜可悲的处境。作为一个在京的寒士代表，荀北山在北京的活动空间可归纳为内城和外城。他在内城的活动包括：国子监肄业，以门生的身份到龚尚书府拜访，到翰林院当值，到宗室年映家坐馆等；在外城生活包括：前期住在常昭会馆，后期住在南横街的西砖胡同，与朋友一起逛过陶然亭、在大栅栏会丰堂、米市胡同便宜坊等处休闲消费等。此外小说写到的空间还有菜市口，戊戌变法失败后，六君子在那里被斩。

因此，《轰天雷》中的城市文学地图包括内城的衙门、宗室及尚书府邸，外城宣南地区的会馆、住宅及休闲消费场所等。

二 中心区域：宣南地区

宣南，在明朝时期是北京外城西郊的一个坊名，到了清代，则特指宣武门外以南、前门以西的地区，成为外城的重要组成部分。自清廷颁布"满、汉分城居住"的谕旨，在内城居住的汉人，包括官、民、商，多迁至外城居住，其中汉族朝官、京官及士子等居民群体主要集中在宣南地区。又因为内城禁商的政策，城市的商业中心也由明代的棋盘街"朝前市"向南转移至清代的前门大街，书肆、商业、娱乐业也主要迁到了外城的宣南地区，客观促使宣南地区成为繁华的商业街区和文化娱乐市场；另一方面，清代中央六部均设在正阳门内，宣武门外离正阳门不远，在此居住上朝方便，宣南地区因此成为一个宜居地区，特别是宣武门外大街两侧以及菜市口的南部，成为京官的首选地段。夏仁虎在《旧京琐记》"卷八城厢"中写道："旧日汉官非大臣有赐第或值枢廷者皆居外城，多在宣武门外。土著富室，则多在崇文门外。故有'东富西贵'之说。士流题咏，率署宣南。"① 这里所谓的"东富西贵"指的是在外城的东区，即崇

---

① 夏仁虎：《枝巢四述 旧京琐记》，辽宁教育出版社1998年版，第118页。

文门外，大量的商人云集于此，因此有"东富"之说；而在外城的西区，即宣武门外，即宣南地区，集中了大量的汉族官僚士大夫、达官贵人，因此有"西贵"之说。清代许多学界泰斗、文坛旗手，如朱彝尊、纪晓岚等都曾居住在外城的宣南地区。清初学者朱彝尊在编纂北京地方史专著《日下旧闻》时所居住的古藤书屋，就在顺德会馆之内，在今宣武区海柏胡同 16 号。纪晓岚也曾住在宣南地区的虎坊桥东，在今珠市口西大街。《阅微草堂笔记》中有两处提道："丁亥春，予携家至京师，因虎坊桥旧宅未赎，权住钱香树先生空宅中。"（《滦阳消夏录》卷三）"余虎坊桥宅，为威信公故第。"（《姑妄听之》卷一）可见虎坊桥是其旧宅。据沧州王敏之考证，纪晓岚在虎坊桥原岳钟琪宅第居住的时间，前期（从 11—39 岁）约计 29 年，后期（48—82 岁）约计 35 年，前后共住长达 60 余年。张宏杰在《清代京官如何解决住房问题》一文中提道："考察京官居住史，我们发现一个有趣的现象：位于菜市口大街的绳匠胡同（新中国成立后名菜市口胡同），居然住过清代史上 30 余位重要人物。清中前期的徐乾学、洪亮吉、毕沅、陈元龙等都曾寓居于此，晚清这里更是名人荟萃……"①

宣南地区因为其悠久的历史文化，加上大量的汉族官员、士子居住，因此形成了浓厚的文化氛围。此外，从南方各省来的士子，过卢沟桥，进广安门，落脚在宣南最为便利，这里也因此成为全国外省文化和京城文化的交汇之处。宣南地区日益向仕宦之乡和文化之区发展，反映在清末民初的小说中，这时期的宣南地区成为小说中的一个中心舞台。

小说中的在朝汉族京官、外来入京人员多居住在这一带。从表 3-3 的主要人物进京目的或在京原因可看出，这时期的小说中很少出现普通的市井百姓，也即所谓农、工、商阶层。小说中的人物多属于士人阶层，或进京引见，或进京谋求仕途发展，或进京参加考试，或在京的官僚阶层及其子弟，当然也有一些富家子弟进京体验繁华，如《北京繁华梦》中的主人公舍糜。小说中即使写到一些店铺掌柜之类的商人，也不是写他作为一个商人形象经营商业，而更多是写他与官场中的官僚勾结，经营卖官鬻爵的勾当，如《官场现形记》中的钱店掌柜黄胖姑、古董铺掌柜刘厚守等都是专门替人"拉皮条"之流的商人。《旧京琐记》中多次提到各类掌

---

① 北京日报理论部编：《史海新探》，北京日报出版社 2016 年版，第 106 页。

柜如钱铺、汇兑庄、金店等掌柜与官场的关系："金店者初亦作金珠贸易，至捐例大开，一变而为捐纳引见者之总汇。其上者兼能通内线，走要津。苞苴之人，皆由此辈。故金店之内部，必分设捐柜焉。其掌铺者，交结官场，谙习仪节，起居服饰，同于贵人。"①

因为小说中在京人物多属于"士人阶层"身份，因此宣南地区成为他们活动的中心舞台。从上文《清末民初小说中人物的北京行走范围》表中可以比较清楚地看到，几乎每部小说中都写到宣南地区，表中外城的南横街、杨梅竹斜街、绳匠胡同、大栅栏、韩家潭、琉璃厂等地都集中在宣南地区。小说中大量京官都住在宣南地区，如《恨海》中"我"父亲在京为官，就与人合租骡马市大街果子巷羊肉胡同一个大四合院，《孽海花》中的很多官员也住在这一带。而很多外地官员、官宦子弟或士子进京谋差、进京引见或经商办事等也住在这一带，或租房或住在客栈，如《九尾龟》中的康观察进京找门路就住在杨梅竹斜街的高升店。《官场现形记》第二十四回中贾大少爷因在任期间大发横财，且成功送部引见，便携巨款进京引见，在进京之前，其在京的朋友预先帮他在顺治门外南横街上租好一座高大公馆；小说第三十五回中的唐二乱子进京谋干，也预先托人在顺治门外南半截胡同赁了一所房子。《二十年目睹之怪现状》中"我"第一次进京住在骡马市大街广升客栈，不久在南横街与一京官合租了一个四合院，因为同院的京官虐待祖父，怕受到牵连，又搬到绳匠胡同与另一京官合租。"我"第二次因为生意事情进京，依然住在绳匠胡同，合租的那户已经换了主人。

这一带会馆也是外来进京士子或在京汉族小京官的首选。会馆大多是地方性的同乡组织，用以联谊同乡、方便食宿、举办团拜、宴请做寿、共议同乡事务等。自明代永乐皇帝在北京建都，北京作为全国的政治中心，也自然成为先进文化荟萃之地。当时全国各地的士人进京赶考，大多暂住在宣南一带的会馆。清代是宣南会馆的鼎盛时期，到了清末民初，宣南地区会馆林立。据《北京市宣武区志》统计："至清末民初，宣南地区170条街巷中建有会馆511处，其中明代33处，清代至民国初年478处。"②

---

① 夏仁虎：《枝巢四述 旧京琐记》，辽宁教育出版社1998年版，第125页。
② 转引自李建盛主编《北京文化发展报告：2010—2011》，社会科学文献出版社2011年版，第243页。

《北京城市发展史》一书根据《中国会馆》,做了以下统计:"从清代北京会馆的分布看,五十余所工商会馆,主要分布在前门和崇文门外;其余近三百所士子会馆,星罗棋布于宣南。其中,宣外大街以东的小区有 96 所,以西的小区有 34 所,以南的小区竟有 147 所之多,位于宣外大街的有 22 所。以南、北半截胡同和神仙胡同为中心的小区面积并不大,但它拥有的会馆竟占士子会馆总数的二分之一。其中,会馆超过十所的胡同有:南、北半截胡同、米市胡同、潘家河沿、粉房胡同和南横街;最多者,有十六所。"① 王南《古都北京》中写道:"外城会馆中:宣南地区占有 70%,共有 280 多座,外城东部约占 30%。宣南会馆以士人会馆为主,而外城东部则以商业会馆为多。"②

尽管以上几本书对于清代会馆具体数量的统计不尽一致,但有一点相同,那就是都认为宣南地区的会馆占大多数,而且以士人会馆为主。这些密集的会馆也意味着这里汇集了大量士人及士大夫阶层。正如夏仁虎所形容的"士流题咏,率署宣南"。这时期小说中的书生士子或一些下层京官也都住在这一带的会馆中,《南朝金粉录》中的一群南京籍士子进京赶考就借寓在江宁会馆。《九尾龟》中的金观察是常州府阳湖县人,进京考经济特科就住在青厂武阳会馆里。《轰天雷》中主人公荀北山国子监肄业后,一直住在常昭会馆,而同乡京官庄仲玉中书、乐伯荪主政、齐燕楼太史、汪鹅斋太史也都常年住在常昭会馆,小说中写道:"那时节,同乡京官作寓的颇多。"(第一回)

宣南地区因为云集了大量汉族京官以及书生士子,因此,他们的日常活动,包括社交、休闲、娱乐及购物活动等主要在这一带。这里与上海公共租界中的英租界一样,有大量的饭馆、妓院、相公堂子、戏园、商业街以及一些其他娱乐消费场合,如八大胡同集中了京城名声最大的妓院和相公堂子,而前门外大栅栏一带是京城最热闹繁华的商业街,琉璃厂、陶然亭也是众多在京士子必去之地。《轰天雷》中概括了京官的日常娱乐休闲活动:"三人逢暇,无非听戏、上馆子,有时也到些清静的地方,如陶然亭、崇效寺、龙爪槐、法源寺,都是著名的。鞭丝帽影,往来征逐,这是做京官的习气。"(第八回)《南朝金粉录》中写到了举子们的在京生活:

---

① 吴建雍:《北京城市发展史》(清代卷),北京燕山出版社 2008 年版,第 147 页。
② 王南:《古都北京》,清华大学出版社 2012 年版,第 322 页。

"到了三月初八,各省士子皆进场会试,不必细说。三场完毕……以后便在那里等榜,终日无事,有的去吃馆子,有的去逛窑子,还有的去听戏,种种不一。"(第十四回)《负曝闲谈》中的周劲斋第一次进京谋官,住在烂面胡同工部员外郎贾家,游玩了名胜崇效寺、琉璃厂,在饭馆至美斋请客,在前门外大栅栏的同庆园听戏等。

而对于游冶子弟,其在京活动包括逛相公堂子和逛窑子,而相公堂和妓院都集中在前门外大栅栏附近的八大胡同一带。早在京城娼妓业繁盛之前,相公堂子主要集中在八大胡同一带,其中数韩家潭最为有名。齐如山提道:"私寓又名相公堂子……在光绪年间,这种私寓,前后总有一百余处,光绪二十六年以前四五年中,就有五六十家之多,韩家潭一带,没有妓馆,可以说都是私寓。"①《孽海花》中写道:"原来那时京师的风气,还是盛行男妓,名为相公。士大夫憚于狎妓饮酒的官箴,帽影鞭丝,常出没于韩家潭畔。至于妓女,只有那三等茶室,上流人不能去。"(第三十五回)庚子事变之后,北京贵优贱娼的社会风气发生了转变,而妓院仍然集中在八大胡同一带。蒋芷侪在《都门识小录》曾记载:"八大胡同名称最久,当时皆相公下处,豪客辄于此取乐。庚子拳乱后,南妓麇集,相公失权,于是八大胡同又为妓女所享有。酒食之费,征逐之多,较之昔年,奚啻十倍。"②关于八大胡同,有不同的版本。《京都胜迹》有打油诗云:"八大胡同自古名,陕西百顺石头城。韩家潭畔弦歌杂,王广斜街灯火明,万佛寺前车辐辏,二条营外路纵横。貂裘豪客知多少,簇簇胭脂坡上行。"这首歌谣写出了八条胡同的名称:陕西巷、百顺胡同、石头胡同、韩家潭(现名韩家胡同)、王广福斜街(现名棕树斜街)、万佛寺湾(现名万福巷)、皮条营(现名东壁营、西壁营)、胭脂胡同。《旧京琐记》卷十"坊曲"中记载:"外城曲院,多集于石头胡同、王广福斜街、小李纱帽胡同,分大中小三级。"③《清稗类钞》载:"京师八大胡同,即石头胡同、胭脂胡同、大李纱帽胡同、小李纱帽胡同、百顺胡同、皮条营、陕西巷、韩家潭是也。………或谓有十条胡同,则益以王广福斜街、樱桃竹斜街是也。"《北京指南》中记载说:"头等小班多在王广福斜街、陕西巷、

---

① 齐如山:《齐如山文集》(第11卷),河北教育出版社2010年版,第156页。
② 车吉心总主编:《中华野史》(清朝卷4),泰山出版社2000年版,第3622页。
③ 夏仁虎:《枝巢四述 旧京琐记》,辽宁教育出版社1998年版,第133页。

韩家潭、皮条营，及石头百顺胭脂小李纱帽各胡同等处，即京内外皆知之所谓八大胡同也。二等茶室都在朱茅、王皮、蔡家、石头、小李纱帽各胡同一带。"① 今天学者普遍认为所谓的八大胡同并不只有八条胡同，而是前门大栅栏附近若干胡同的总称，"八"只是个虚数，表示其多，是北京当年相公堂子和妓院集中所在地。当然，逛八大胡同并不仅仅是寻花问柳，它还是娱乐、社交、洽谈生意的重要场所，甚至王公大人及旗人官僚也经常出入这些场所。《二十年目睹之怪现状》中写道："这京城里面，逛相公是冠冕堂皇的，甚至王公、贝子、贝勒，都是明目张胆的，不算犯法。"（第七十五回）

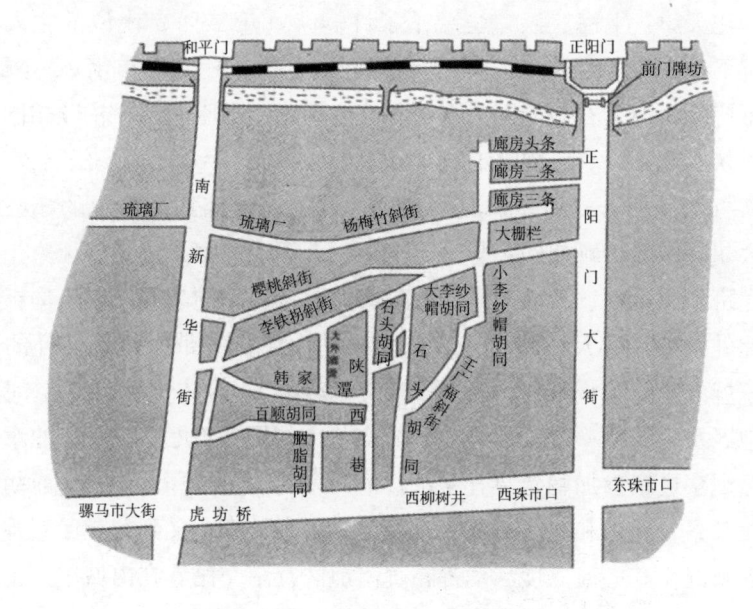

图 3-6 民国初年八大胡同略图

（上图选自姜鸣著《天公不语对枯棋》中《民国初年八大胡同略图》②）

《北京繁华梦》是一部有意模仿《海上繁华梦》的狎邪小说，小说第一回中写主人公舍糜在家乡时，"正在屋里看《海上繁华梦》，上头说得是花花叶叶，纸上跃然，心里觉着一怔恍忽，说道：'我不是要到北京去的吗？'"（第一回）从中可知《北京繁华梦》有意模仿《海上繁华梦》。

---

① 中华图书馆编辑部：《北京指南》，中华图书馆1919年版，第11页。
② 姜鸣：《天公不语对枯棋》，生活·读书·新知三联书店2015年版，第193页。

遗憾的是,《北京繁华梦》的作者夏侣兰的才情学养远不及《海上繁华梦》的作者孙玉声,《北京繁华梦》不仅故事平淡毫无波澜,而且小说中的人物塑造,无论是嫖客还是妓女都毫无个性,语言也显得乏味枯燥。因此,尽管夏侣兰有意模仿《海上繁华梦》的写作特点,细致入微地介绍北京嫖界各种规则及现象,旨在把它作为一部描写的"北京嫖界指南"小说,但终因才情不够,使得整部小说缺乏可读性,充其量只是一部乏味的北京"嫖界指南"。大概因为它的平淡乏味导致小说的销量一般,写到十五回就戛然而止。小说重点写前门外珠市口大街以北的八大胡同一带妓院:"北京消遣的地方就是前门西八大胡同。群芳会集,南苑北苑,分集各班,比天津、上海、汉口也差不了许多。"(第二回)小说的主人公考察并记下其中的主要线路:"舍糜从西河沿进大栅栏到煤市街……领着舍糜从王广福斜街到石头胡同,万福寺湾皮条营,胭脂胡同、柏顺胡同、韩家潭、陕西巷,一直由朱茅胡同到小李纱帽胡同……舍糜将班子名字一一记清。"(第三回)这也基本是小说中人物的行走路线。小说的核心空间是八大胡同中的柏顺胡同荣林班宝玉家、万福寺湾德泉班张银凤家、陕西巷翠兰班朱文玉家、石头胡同翠芬班康金凤家、柏顺胡同三喜班周银福家等。此外,小说中人物还出现在前门外的大栅栏一带,西直门外的万生园,东城的东安市场等,因此《北京繁华梦》小说中人物活动空间包括宣南地区及大栅栏一带,但核心区域在八大胡同。《九尾龟》中的章秋谷陪同金观察进京参加朝廷召开考试,他在京活动包括拜访住在绳匠胡同的京官姚观察,到中和戏园看戏,逛相公堂子小兰家,又到东交民巷番菜馆凤苑春厮混,其中前三项活动都在宣南地区,东交民巷在内城里,也靠近外城。

北京前门大街一带的商业街,尤其是大栅栏一带也是小说中频繁出现的场所。因正阳门在宫城正前方,俗称前门,因而正阳门大街也俗称前门大街。前门大街自明代便成为一个重要的商业大街,清朝乾隆年间的俞蛟这样描述前门大街:"珠市口当正阳门之冲,前后左右计二三里,皆殷商巨贾,设市开廛。凡金银珠宝以及食货如山积,酒榭歌楼,欢呼酣饮,恒日暮不休,京师之最繁华处也。"① 夏仁虎在《枝巢四述 旧京锁记》也写到了这一带的繁华:"前门左右,旧有东西荷包巷,顾绣荷包诸肆,鳞

---

① (清)俞蛟:《梦厂杂著》,上海古籍出版社1988年版,第255页。

萃栉比，朝流士女，日往游观，巷外车马甚盛。前门改建后，始尽撤之。"① 甚至于还有夜市，"夜市则在前门大街，以至东西珠市口，清末始有之"②。

近代第一部言情小说《禽海石》就写到了前门大街以西包括大栅栏一带的商业街。《禽海石》出版于光绪三十二年（1906），共十回，作者符霖在《弁言》中写道："兹编为言情小说，可与天下有情人共读之。"比同年出版的吴趼人的《恨海》早五个月，但影响和知名度却远不及《恨海》。韩南认为《恨海》的创作恰恰是为了回应《禽海石》，是与《禽海石》唱反调的。《禽海石》也是近代小说中较早使用第一人称叙述的小说，讲述了"我"（名秦镜如）与顾纫芬的悲欢离合爱情故事。小说中的主要人物"我"作为一个外地小京官之子，与京官之女顾纫芬家恰好同住在骡马市大街果子巷羊肉胡同一个大四合院里，前门外的商业街活动有力地推动了小说中男女主人公恋情的发展。小说写到"我"为了和纫芬早晚见面，多次到大栅栏一带购买物品送给纫芬的姨母，以讨好纫芬的姨母。第三回写道："到了第二日，我放学的时候，我只说要添做夹衣，问我父亲要了几两银子，到大栅栏一家洋货铺子里，剪了四丈茶青色的时花洋绉……还多了几钱银子，我就命王升到驴马市大街西广益公干果铺里，买了两瓶最好的五加皮酒来。""这天是五月初三日，我到大栅栏去香粉铺子里买了两串香珠，两只香囊，顺便走到荷包巷里逛逛。"（第五回）因为"我"的投其所好，纫芬的姨母为"我"和纫芬的约会扫除了很多障碍。总之，"我"在宣南一带的活动空间，为"我"和纫芬的情感发展奠定了基础。

宣南地区不仅是居住在这个区域人的日常活动空间，这里的饭馆、戏馆、琉璃厂等娱乐休闲场所也是众多住在内城王公大人及其子弟经常光顾的地方。《负曝闲谈》第二十七回写一个阔少进京引见，他经常出入京城韩家谭的相公家、与朋友在天禄堂餐厅吃饭，之后就是"到了新年，逛琉璃厂，逛白云观，自有一番热闹"（第三十回）。此外，宣南地区的琉璃厂也是内城大人们经常散心、休闲、购买字画古书的好去处。《孽海花》中的旗人官僚祝宝廷失意后，"常常独自逛逛琉璃厂，游游陶然亭"

---

① 夏仁虎：《枝巢四述　旧京琐记》，辽宁教育出版社1998年版，第122页。
② 夏仁虎：《枝巢四述　旧京琐记》，辽宁教育出版社1998年版，第124页。

（第十四回）。

总之，宣南地区既是这时期小说中的大部分在京汉族士人的居住地，也是他们日常社交、娱乐休闲等的活动空间。同时，也是内城王公大人、纨绔子弟经常光顾的社交娱乐活动场所。

三　次中心区域：内城地区

从表3-3可以看出，在描写北京的小说中，10部写到了紫禁城，6部写到内城王公大人的府邸，7部写到了内城的官署。从中可以得出结论，紫禁城和内城的王公大人府邸以及各个官署也是这时期小说描写的一个重要空间。而北京城之所以与众不同，其中最大的区别在于北京内城的独一无二，这里聚集了中国最高权力中枢、最高最多的官僚机构，也聚居了中国最高权力阶层以及旗人，这里有君臣议政的特殊场合，也有举行考试的宫殿。因此，内城也是小说展示宫廷生活、王公贵族生活、旗人生活以及官场生活、科举考试生活的重要空间，自然成为小说家笔下京城生活的重要舞台。《如此京华》中人物说道："以前自然是去北京的好，那北京是官府阔人最多的地方……如今是民国了，那些阔人溜的溜，走的走，都逃到上海去了。还有一班什么民国老爷的，也像六月里的蚊虫一班，都聚在上海。"（卷八）"现在别样事都改了共和了，只'卖官买官'四字，还是照从前一样。"（第十四回）"官府阔人最多""卖官买官"似乎是北京的重要城市特征。在内城空间，具体而言，主要有以下几个特定空间。

（一）紫禁城

紫禁城位于内城皇城中央的中轴线上，是内城中最中心的位置，这也象征了紫禁城作为皇家重地的至高无上和神圣威严。紫禁城内也称"大内"，四面各开一门，南门名午门，东门名东华门，西门名西华门，北门名神武门。全部宫殿分外朝和内廷两部分，其功能也各不相同。外朝位于紫禁城的前部，以太和殿、中和殿、保和殿三殿为主，两侧又有文华殿、武英殿两组宫殿，整个外朝主要是皇帝办理政务、召见大臣、举行国家大典等之处，是国家政权的象征。内廷位于紫禁城的后部，主要是皇帝后妃生活起居的地方，包括乾清宫、交泰宫、坤宁宫、御花园以及两旁的东西六宫等宫殿，但皇帝和太后有时也在此办理一些政务。总之，紫禁城主要生活着最高权威皇帝及其家眷，是皇帝办理政务、召见大臣以及生活起居的地方。图3-7是紫禁城平面图。

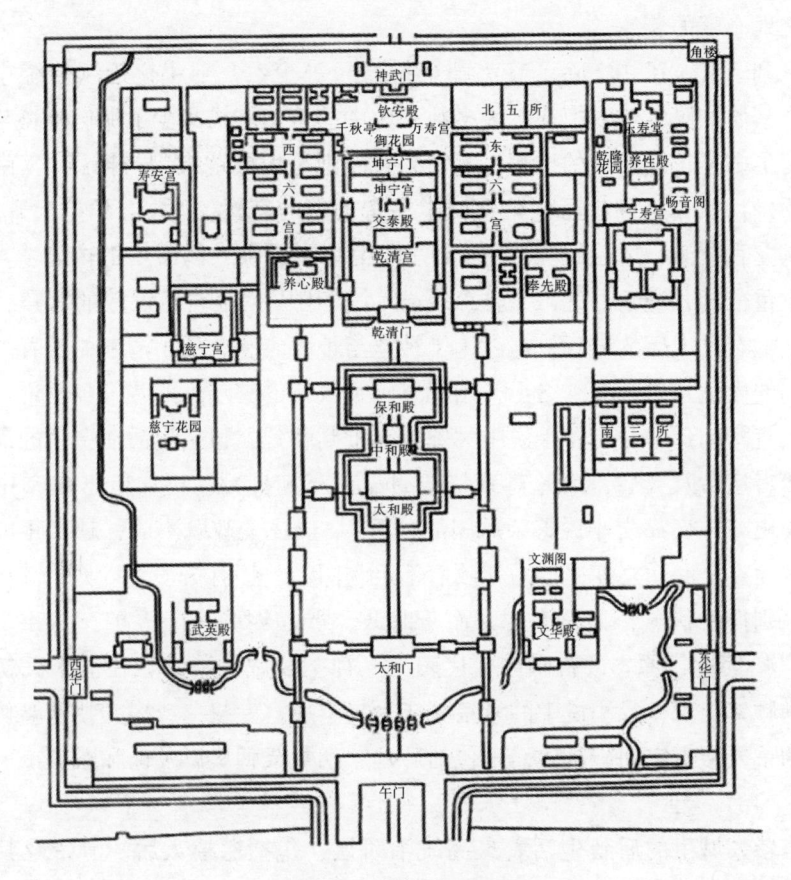

图 3-7 紫禁城平面图

  对于大部分的小说家而言，京城中的紫禁城可谓"天高皇帝远"遥不可及，因此在古代小说中，紫禁城中的各个建筑既神圣又神秘，如《警世通言》中的《玉堂春落难逢夫》对皇城和紫禁城的描写："二人前至东华门，公子睁眼观看，好锦绣景致。只见门彩金凤，柱盘金龙。王定道：'三叔，好么？'公子说：'真个好所在！'又走前面去，问王定：'这是哪里？'王定说：'这是紫金城。'公子往里一视，只见城内瑞气腾腾，红光闪闪。看了一会，果然富贵无过于帝王，叹息不已。"引文中的东华门是内城进入皇城的东门，而"紫金城"显然指的是紫禁城，小说并没有对皇城及紫禁城进行正面的描写，而仅仅用了些模糊性概括性套话，但这些词语显然是为了渲染皇城和紫禁城的庄严神圣，不容亵渎。而小说中的主人公流露出的态度则是充满赞叹、敬畏、崇敬，这也正是作者对于神圣之地态度的流露。

到了清末民初,除了《南朝金粉录》等少数几部小说延续传统小说对紫禁城的膜拜赞叹模式,大多数小说中的紫禁城描写少了那份神秘与神圣,更多是正面客观的描写,其情感态度则是大肆地批判与揭露。《南朝金粉录》第十七回中写到紫禁城中皇帝上朝的宫殿:"一会子皇上升殿,但见龙香缥缈,凤烛辉煌。"第十九回中写平民洪一鳄眼中的内廷:"但见重重宫阙,巍峨处处,天香缭绕。"小说中无论是君臣议政的宫殿,还是皇上召见大臣的内廷,都充满了神圣与神秘之感。到了清末,随着国家政局的内忧外患,有志之士开始反思国家政体的弊端,一些进步小说家把矛头直指朝廷,开始在小说中大肆揭露批判朝廷,包括生活在皇宫的最高统治者皇帝及太后,因此对紫禁城的描写充满批判,正如鲁迅在《中国小说史略》对谴责小说繁荣原因的分析:"戊戌变政既不成,越二年即庚子岁而有义和团之变,群乃知政府不足与图治,顿有掊击之意矣。其在小说,则揭发伏藏,显其弊恶,而于时政,严加纠弹,或更扩充,并及风俗。"① 因此,原本戒备森严、代表无上神圣权威的紫禁城在清末民初小说中频繁出现,且小说中的紫禁城成为揭露后宫专权,或揭露朝廷腐朽昏聩的重要叙事空间,具体而言包括后廷、朝堂或朝房以及保和殿。

(1) 后廷

紫禁城里的后廷生活着最高统治阶层,包括慈禧太后、清帝及其妃子。太后、皇后及妃子的日常活动空间主要是后宫,因此,后宫成为小说暴露宫廷生活的重要空间。《孽海花》第二十六回讲述了清帝的婚姻史,空间涉及后宫的乐寿堂、宜芸馆、玉澜堂等场所。皇帝大婚在即,他本来喜爱的是宫中的大妞儿、二妞儿,但册定的皇后却是太后指定的叶赫那拉氏,大妞儿、二妞儿分别封为金妃、宝妃,皇帝也只能叹气:"皇帝有什么用处!碰到自己的婚姻,一般做了命运的奴隶。"(第二十六回)其实这还是太后对皇帝很仁慈的时候。皇帝大婚后因宠爱金、宝二妃,冷淡皇后,因此得罪太后,不久太后借机命人廷杖宝妃,金、宝二妃都降为贵人,清帝不准再召幸二妃等。通过对后宫皇室生活的描写,作者揭露了皇帝的软弱无能,太后的专横跋扈,也可看出太后与皇帝之间的矛盾。

《孽海花》中多次描写内廷生活也写出了最高当权者太后毫不以国家

---

① 鲁迅:《中国小说史略》,东方出版社2012年版,第228页。

大局为重，贪婪无耻，姑息纵容身边得意的太监卖官鬻爵，贪图个人享受等恶劣行为。小说第二十六回中讲述了来京祝嘏的耿义托连公公献给太后三万个新铸银圆，太后不仅收下，而且特简耿义入军机，皇帝不同意，太后则亲手打了皇上两个嘴巴。正所谓上梁不正下梁歪，老佛爷贪婪爱财，身边的太监自然千般讨好，毫无原则地一味拉拢买卖。第二十一回中写到库丁余敏目不识丁却捐了道台，在养心殿觐见太后，终于被太后发现破绽，但仍然回到原职可见最高统治者太后的姑息养奸甚至助纣为虐。因为库丁余敏是总管连公公的好朋友，在银库当了三年的库丁，扒得百万家私，捐了户部郎中，又贿赂连公公而升为道台，终于因为一字不识被太后识破而重返库丁之职。而连公公之所以胆大妄为，把大字不识的库丁推荐为朝廷重臣，而欺骗朝廷的余敏不但没有被治罪，反而"官复原职"，正是因为老佛爷在这场权钱交易中也得到巨大利益。作者借小说中宝妃愤怒地指出："老佛爷倒也罢了，最可恶的是连总管仗着老佛爷的势，胆大妄为，什么事都敢干！白云观就是他纳贿的机关，高道士就是他作恶的心腹，京外的官员哪个不趋之若鹜呢？"（第二十七回）皇宫最高权力代表尚且如此，为了钱财，把国家官衔当交易，毫无原则地卖官卖差，随意任用官员，官员自然是一批无能之庸才蠢才。正是最高权力代表的昏庸无能，最高权力机构的控制失序，才导致朝廷上下一片混乱，最终酿成国家落后挨打的局面。作者对于京城腐败堕落的官场风气痛心疾首，乃至于直接借小说人物之口大骂："朝中诸大老没有个担当大事的人物……都是乱国有余，治国不足之人……而且近来贿赂彰闻，苞苴不绝。"（第二十一回）

《狮子吼》第二回中写到后宫中慈禧太后从民女到宠妃到皇太后的过程，她害死了曾经救过她的正宫；肆意夺权，使得同治帝忧愤成疾，英年早逝；搜刮天下的钱财，供个人享乐；宠幸太监李莲英，以至于李莲英弄权受贿、无所不为；反对戊戌变法，杀害新党；轻信义和拳等，最终导致庚子事变，两宫出逃；从而再现了一个虚伪狡诈、忘恩负义、荒淫无耻、贪图享乐、内政不修的最高统治者慈禧太后形象。小说中对后宫生活的描写，主要是为了揭露和批判最高当权者包括太后、皇上，尤其是太后以权谋私、贪婪无耻、卖官鬻爵，置国家利益不顾的形象。这正是清末民初小说家描写宫廷生活的一个重要创作目的。

(2) 朝堂、朝房

朝堂是君臣议政的场所，而朝房则主要是大臣们等待上朝时聚集或休息的场所。两个场所的描写既可看出君臣对国事的态度，也可以看出朝廷中大臣们的精神面貌。清末民初小说中，对于朝堂或朝房的描写都以批判揭露态度为主。主要描写庚子事变的《邻女语》，在第十二回中，作者连梦青写到了庚子事变时的北京，五月间拳匪初入京师，朝中大臣建议朝廷请地方官查办拳匪，于是朝廷召集大臣在朝堂上讨论，结果权臣大学士徐承煜父子、军机大臣刚毅以及端王坚决反对并肆无忌惮地厉声辱骂大臣，且提出赶快诛杀建议查办拳匪的大臣。朝廷居然允奏。显然，这里的朝廷掌权者指的是慈禧太后，而可怜的光绪皇帝知道无故诛戮大臣必有大祸在后，但也无可奈何，看见曾经出使过的许侍郎，宣其上殿，在殿上，"皇帝一手拉着他，话亦说不出来，那两只眼睛眼泪只是直流，有如断线珍珠，落得满身皆湿"（第十二回）。三位权臣看到这情景，又迁怒于许侍郎，不等皇帝上谕，就直接把两个大臣押到菜市口诛杀了，不久，三位权臣又杀了几位忠臣。小说通过庚子事变期间朝堂上君臣议政场景的描写，一方面写出了朝中大多数权臣的愚昧无知、野蛮残忍、横行霸道且肆无忌惮；另一方面也写出了慈禧太后昏庸专权、光绪皇帝的可悲可怜、懦弱无能。正是这样腐败落后的封建专制下的君臣才导致了庚子事变的爆发，结果不仅无数的北方百姓无辜遭殃，而且整个国家也遭受丧权辱国的巨大损失。作者之所以描写这个场景，正是为了揭露和批判整个清政府自上而下的腐朽无能。

《春梦留痕》中两次朝房场景的描写，辛辣地讽刺了朝廷重臣愚昧无知、趋炎附势的丑态。其中一次是在第二十三回中，大臣们正在朝房里议论导致国家丧失两个属国问题的原因，甄王爷却别开生面，认为祖宗靠的是马背上张弓一统天下，因此这次丧师辱国不是钦差之错，而是违背了祖制去效法外国海军之过，并认为那位临阵脱逃的钦差不仅没罪，还是个料事如神、办事和平的人，应该派他在总理衙门执掌大权。一班大臣纷纷响应，依议入奏，天子也就同意取消海军，而那位临阵脱逃的钦差果然被委派总理衙门。第三十四回，在朝房中满房的大臣蜂拥着甄王爷父子，讨好拉拢，可见这班官员的趋炎附势迎合权贵，朝房空间的描写，反映出朝廷中从天子到大臣的愚昧无知，也写出了朝廷的腐朽昏聩。

(3) 保和殿

紫禁城中三大殿分别是的保和殿、太和殿、中和殿，三大殿的功能各不相同，"宫中三殿：太和、中和、保和，皆沿明旧制。太和为正殿，近世唯光绪亲政、大婚及宣统登极御焉……中和殿则惟大祀看版、耕耤田、陈农器御驾一莅……保和殿则殿试、覆试、朝考、大考、考差皆于此，筵宴外藩亦在焉"①。其中，保和殿是清末举子覆试、殿试的地方，也是朝廷翰詹科道大考的地方，因此，对于很多封建举子和在京的翰林等朝廷官员而言，保和殿是他们有过深刻人生体验的场所。据史载，乾隆五十四年（1789）殿试地点由太和殿移到保和殿。殿试每三年举行一次。殿试时间，清初曾规定在四月初，后改在五月初。乾隆十年曾改在四月二十六日，乾隆二十六年又改在四月二十一日举行，以后遂成定制。五月二十五日，公布考试结果。但是在殿试之前，还必须经过覆试和会试，《清史稿》记载："道光二十三年，定制各省举人，一体至京覆试，非经覆试，不许会试。"《官场现形记》第二回写陕西同州府举子赵温进京参加会试，在会试前，"把一应投文复试的事，都托了一位同年替他带办……不过大帮复试已过，直好等到二十八这一天，同着些后来的在殿廷上覆的试，居然取在三等里面，奉旨准他一体会试"。小说中的"复试"应是"覆试"，赵温是先参加覆试，覆试在前三等才可参加会试。

对于覆试，《负曝闲谈》中有更为详细的叙述。小说第三十回中写了两位江南镇的兄弟举人上京会试的经历。在会试之前，有一场覆试，这兄弟俩本是寒士，住在外城，到了覆试那天，他们像所有的举子那样背着考具半夜摸黑赶进城来，到了保和殿，天明尚早，加上北方寒冷，他们就蹲在房檐下，在寒风中胆战心惊地等待天亮。这个决定他们前途命运的神圣考场保和殿是怎样神秘的地方，小说中写道："各省举人在保和殿覆试。这保和殿是轻易不开的，地下的草长到丈把多长，殿上黑洞洞的一无所有，所有的是鸟雀粪、蝙蝠屎、蜘蛛网三样东西而已。覆试前几日，方才有人上去打扫打扫。"（第三十回）在小说中保和殿不过是一个荒草杂生、鸟兽做巢、龌龊不堪的地方。将及五更，监试的王大臣来了，接着覆试的老爷们也来了。然后是点名，点一名发一本卷子，然后拿着卷子到保和殿答卷。可怜这两举子兄弟中的一人是近视眼，一不小心把镜片打碎了，只

---

① 夏仁虎：《枝巢四述 旧京琐记》，辽宁教育出版社1998年版，第102页。

能一步一步摸到"那台阶有一百多层,比房子还高"的保和殿,在台阶上,一个失脚,摔了一跤,考篮东西滚得满地都是,其结果可想而知,他受了一惊,心神不宁,不能完卷,最终不能参加会试。结果,兄弟俩都名落孙山。这个在保和殿覆试场景的特写不仅写出了封建举子的可怜可悲,也写出作者欧阳钜元对于封建时代那个决定读书人命运的科举考试制度的嘲讽、痛恨,而保和殿荒凉、龌龊不堪的形象也反映出作者对于国家选拔制度的不满和不屑。

朝廷定期举行一些考察文官所谓的考试,其地点也是在保和殿。夏仁虎《旧京锁记》一书中比较详细地写到了朝廷的大考:"大考以试翰詹,十年一举行之,一等超擢,编检立升读讲学士。二等前列,得升五品。次亦得优赉。其居劣等者,辄至降革,仙凡之分在顷刻。故翰院诸公,遇此关者,莫不喜且惧也。"① 《孽海花》第五回中写到朝廷临时发布上谕,"着翰詹科道在保和殿大考"。而"翰詹科道"主要指的是翰林院、詹事府、六科给事中、御史道四个文官部门。于是,朝廷一班翰林、御史等士大夫清早赶到紫禁城的保和殿参加大考,小说写道:"到了大考这日,雯青天不亮就赶进内城,到东华门下,背着考具,一径上保和殿来。"(第五回)一群官员在保和殿上丑态百出,"不多会儿,钦命题下来,大家咿咿哑哑地吟哦起来,有搔头皮的,有咬指甲的,有坐着摇摆的,有走着打圈儿的;另有许多人却挤着庄寿香,问长问短,寿香手舞足蹈地讲他们听。看看太阳直过,大家差不多完了一半,只有寿香还不着一字"。(第五回)这群丑态百出的官员正是国家的统治阶层,小说中的主人公金雯青在这次大考升为翰林侍讲,后来被委派出使俄罗斯、德意志、荷兰、澳大利亚四国大臣,可金雯青出洋期间唯一的收获是重价从俄国人手里买了一幅故意错刻的中俄交界地图,其后果是"国家吃些小亏"(第二十一回),这不仅宣告他仕途的结束,也宣告他一生精研西北地理的彻底失败,这就是朝廷精心培养和挑选的官员。这个原本是一场朝廷非常严肃的"大考"闹剧场景的描写,正暗含了作者对于这些并没有真才实学的朝廷官员的嘲讽,也是对国家落后选拔人才制度的批判。

总之,清末民初小说对于紫禁城的描写,或揭露最高统治者的昏庸无能,或揭露朝中大臣的愚昧无知,或讽刺了国家选拔人才制度的落

---

① 夏仁虎:《枝巢四述　旧京琐记》,辽宁教育出版社1998年版,第108页。

后，都反映出小说家对国家的失望、对统治阶层和科举制度等方面的批判。

（二）内城权贵府邸

内城作为特权阶层宗室及旗人生活的地方，主要集中了大量的王公贵族、朝廷重臣以及八旗军民。自清初清廷下诏"满、汉分城居住"，八旗军民主要居内城，分立四角八方：其中两黄旗在北城，安定门内是镶黄旗，德胜门内是正黄旗；两白旗在东城，东直门内是正白旗，朝阳门内是镶白旗；两红旗在西城，西直门内是正红旗，阜成门内是镶红旗；两蓝旗在南部，宣武门内是镶蓝旗，崇文门内是正蓝旗。大量的皇亲贵族王府宅第便分散在内城的四周，其中亲王、郡王的住宅称为王府，而贝勒以下的住宅称府。王南在《古都北京》一书中曾绘制了《清代北京王府分布示意图》，从中可以看出清代北京王府的大致分布。但到了清末，随着内外城之间禁令的松弛，部分显赫的官员也居住在内城。《孽海花》小说中写到部分显贵汉族官员也住在内城，如庄小燕侍郎就住在内城的锡蜡胡同，苏州籍的重臣钱唐卿也住在内城。《轰天雷》中的"算得尊荣第一，富贵无双"的世家大族龚师傅的龚府在内城棉花二条胡同。

内城中旗人官僚权贵是京城中重要的社会阶层，他们在某种程度上代表整个国家的社会风气及社会现状。而这时期对内城中王公贵族的描写，大多围绕两方面来写，一方面也写出王公贵族的落后迂腐；另一方面则写出他们利用职权之便，徇私舞弊，贪赃枉法。

《孽海花》第二十回写一班朝廷重臣聚集在内城满洲族名士成伯怡祭酒的私家宅邸——云卧园聚会，为老名士李纯客祝寿。云卧园虽不是王府，但也算是内城权贵府邸。参加这次聚会的是京城中的十四个台阁名贤，并邀请了三个妓女。而出现三个妓女是因为这位脾气古怪的老名士李纯客明明想参加这次盛会却故意忸怩作态，再三推迟，最后三个妓女联名写了一首词相邀，老名士才欣然前往。于是，一班台阁名贤和妓女在王公府邸或载美人划桨，或吟诗写字，或看古书古碑，最后在"诸公将家藏珍玩编成柏梁体诗一句"中结束，俨然是太平盛世的名士风情图。小说写内城中满洲族名士府邸聚会正是为了衬托出京城这班王公贵族的腐朽落后，其中展现了老名士的虚荣可笑，也展现了台阁名贤的附庸风雅。作为

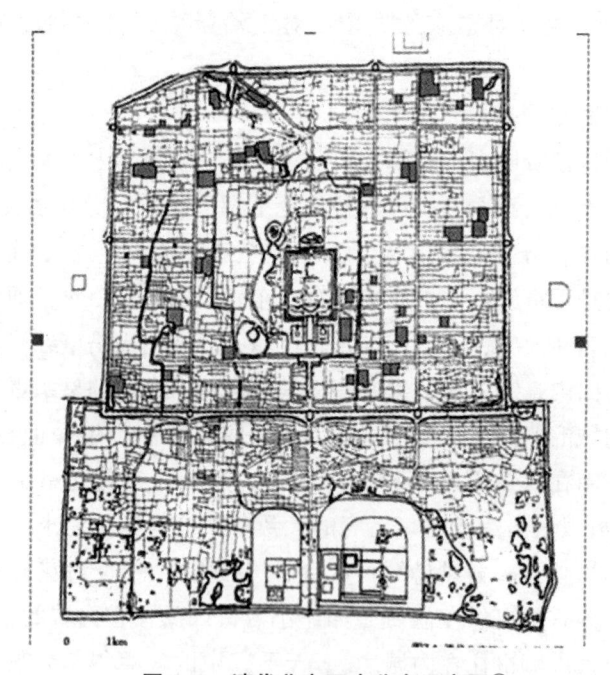

图 3-8 清代北京王府分布示意图①

（上图出自王南《古都北京》，其中阴影部分为王府）

国家的台阁大臣，在国家内忧外患之际，他们陶醉于个人的精致学问，京城的社会风气、国家的前途命运由此可想而知。

除了附庸风雅、迂腐落后的一面，他们还有贪财敛财、徇私舞弊的一面。《官场维新记》中第七回外地官员进京寻求升官发财的捷径，其京官堂兄便指导他到某王府请王爷保举，并对他说："现在领袖外务部的这位王爷，是最红的人物，他的亲家，就是现任的江苏抚台。……先拜在这王爷门下，只要替王爷办个一两件事……都可以指顾之间，保举个候补道。但是要干这事，却非两千金不可。"（第七回）于是他"由崇文门大街，一直朝北，到了一个王府门上下了车"（第七回），而来王府无非是送钱送礼。不久，王爷又过生日，这位外地官员又送了厚礼，最后王爷多次帮他指明宦途。《孽海花》写住在内城任总理衙门侍郎的庄小燕，凡事爱与名公巨卿争胜负，见潘八瀛尚书搜罗商彝周鼎，龚和甫尚书收藏宋椠元钞，他就立了一个愿，专收王石谷的画，已有了九十九幅了，还差一幅，

---

① 王南：《古都北京》，清华大学出版社 2012 年版，第 310 页。

恰有山东一进京引见的官员，从一寡妇手中蛮狠抢了王石谷的这幅压卷之作，准备敬献给他，他儿子庄稚燕对这位官员说："你看这幅《长江万里图》……老爷子见了，必然喜出望外。你求的事情不要说个把海关道，只怕再大一点也行。"（第十九回）要不是中途发生意外，这幅画被一行侠仗义的江湖侠客抢走，这位外地官员肯定以一古画成功交易道台。

而生活在内城的官僚子弟，主要是王公贵族、朝中重臣的子弟，也是内城叙事中的一个重要群体。这些生活在社会上层的年轻人在某种程度上代表了国家的未来，他们的生活作风反映出贵族阶层的精神状态。在清末民初小说中，这些官僚贵族子弟大多骄奢淫逸、放荡不羁，甚至利用家中的权势，以权谋私。《负曝闲谈》中第九、十回主要写内城世家子弟及阔公子的放荡生活，其中写了权倾中外的军机大臣之子——孙老六的旗人纨绔子弟习性，平日专喜斗鸡走狗。小说主要写了他的四件事情：逛窑子，在途中无故暴打喇嘛僧；斗鹌鹑，乃至到了初冬光景，腰前腰后装了无数只鹌鹑；骑马，为了炫耀乃至于不断购置所谓的好马；打猎，和一群王公子弟到西山打猎，甚至以吸动物的鲜血为乐。从这个阔公子的四件生活琐事，可见旗人世家子弟的不学无术、放荡不羁、庸碌无能。《负曝闲谈》第二十四回也写到了内城木中堂的春大少爷酷爱收集鼻烟壶的爱好，其收集到的鼻烟壶价值十多万金，而且大有网罗天下珍稀鼻烟壶的趋势。一次，听说有人有一个顶旧的鼻烟壶，并且是他没有的，他气得非同小可，生怕被人比下去。后来得知他家的一个仆人家里收藏了这样一个旧鼻烟壶，这位春大少爷立即拿出了一所租金很高的房产来换这个旧鼻烟壶。可见旗人子弟的玩物丧志、任意挥霍的纨绔子弟气。

内城的主要居民是普通的八旗军民。清初，八旗官兵属于特权阶层，主要以从政当差或披甲当兵为生，"惟赖俸饷养赡"，因此过着养尊处优的生活。但随着京师中旗人人口的剧增，政府给出的军职定额有限，八旗军的生计问题就日渐凸显出来。尤其是鸦片战争以来，国家财政日趋困难，依靠国家俸禄为生的旗人生计日益困难，清政府也鼓励旗人自谋生路，同治二年（1864）清政府重申"旗民生计维艰，听往各省谋生"。1903年清政府提出挑选八旗子弟入武备、医学、农工、机器等实业学堂学习实业、以解决八旗生计问题等。尽管清政府一再放宽政策，鼓励旗人自力更生，自谋生计，但因为旗人长期习惯于四体不勤、五谷不分的生活，因此京城里出现了大量的闲散旗人，而且大部分普通旗人越来越穷，连基本的生活也没有保障。

在清末民初小说中,穷困且爱面子成为旗人的一个重要性格特征。尽管普通的旗人生活已经是极其艰难,但他们爱装面子、爱慕虚荣。《负曝闲谈》第二十四回中写了内城一个穷旗人的家庭生活。这个穷旗人是镶黄旗人氏,从小在内务府当差,家道极贫,祖上留下的破宅子,很像一座古窑,家里破败零落,隔壁住着一个户部郎中,蒙古镶红旗人氏。这天晚上,户部郎中听到邻居穷旗人不断吆喝丫鬟拿东拿西,一会儿拿帐子、枕头、被窝,一会儿拿皮袍、靴子等。天亮时又听丫头说帐子烧完了,皮袍喝完了,靴子打烂了,很是奇怪,天亮一打听,原来他所谓的帐子是蚊烟,所谓的枕头是砖头,被窝是门框,皮袍是酒,靴子是酒坛子。可见旗人性格中可笑的一面:爱面子,满口大话,爱摆空架子。这也反映了生活在内城没落旗人的艰难生活。

辛亥革命推翻了封建帝制,象征着封建皇权至高无上的紫禁城也失去了其原来所代表的权威和神圣、庄严的地位。为了便利交通,民国以后,北京政府逐渐对皇城和内外城墙进行了一系列改造。紫禁城、皇城、内城和外城之间的不少城墙慢慢被拆除和改动。各个区域之间森严的等级秩序也明显消失。民国以后,除了历史小说,紫禁城、皇城很少成为小说中的主要空间。

四 缺席的其他区域

从表 3-3 也可看出,清末民初的小说主要聚焦于北京外城的宣南地区、内城的紫禁城、王公贵族的府邸以及旗人家庭、官署等空间。《中国都市史》一书中图《北京的都市生态》①(图 3-9)反映的是北京 1917—1918 年人口密度分布图和贫困分布比例。尽管此图与本课题研究的时间并不完全一致,但从此图中可以看出清末民初小说中北京城市哪些区域属于缺席空间。图中明显反映出外城"前门外"一带人口较为密集,与其作为工商业中心区的特点相符。但是,这时期的小说并不聚焦人口众多的前门全部区域,只有前门的西部即宣南地区成为小说的重要区域。另外小说还聚焦于人数最少的皇城,主要是紫禁城。

小说中的缺席空间包括外城的四个角落以及前门以东崇文门外一带的

---

① [日] 斯波义信:《中国都市史》,布和译,北京大学出版社 2013 年版,第 92 页。

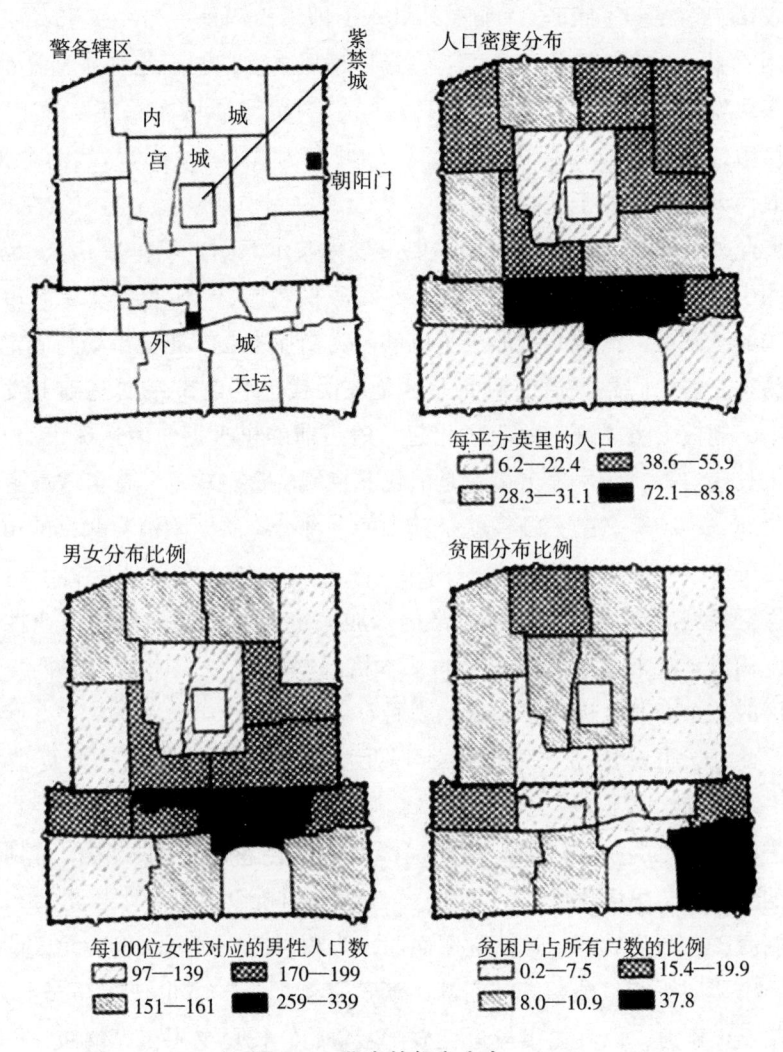

图 3-9 北京的都市生态

（此图选自《中国都市史》图 29《北京的都市生态》，依据 s. Gamble, Peking 的数据，反映的是 1917—1918 年其中有人口密度分布图和贫困分布比例。）

区域。尽管这一带人口和宣南地区同样密集，但因为崇文门外，即外城东，一直为"仓场、堆站和手工业作坊之集中地，而循此方向继续发展，成为中下层市民的居所"[①]，与宣南地区的群体面貌及文化氛围完全不同。另外，这里也多是商贾汇聚之地。《天咫偶闻》卷六中提道："东小市、

[①] 姜纬堂：《旧京述闻》，山西人民出版社 2002 年版，第 62 页。

故衣市，均在药王庙西。（均在外城东，即崇文门外一带——引者注）凡日用衣服、几筵、篋笥、盘盂、铜锡、琐屑之物，皆于此取办。盖外城士夫多居城西（即宣武门外——引者注），商贾皆居城东（指崇文门外）。东城隙地正多，故为百货所萃。"① 外城东为"百货所萃"的商业地带，因此商人也多居住于此。

此外，对比《清代北京城主要市场分布示意图》（图 3-10），也可看到图中的这些商业区没有全部进入小说家的视野，"在明代北京城市市场布局的基础上，清代北京形成了以前门为商业中心，庙会市场与固定店铺互为补充的空间格局。前门商业区是在明代'朝前市'的基础上发展起来的，规模宏大。这一商业区北起大清门前的棋盘街，南达珠市口一带，东抵长巷二条，西尽煤市街，是清代北京城的金融中心．是全城最奢华繁盛之地。……著名的大栅栏就是其中的一部分……至晚清，北京的市场终于又形成了'正阳门街、地安门街、东西安门外、东西四牌楼、东西单牌楼暨外城之菜市、花市'的格局，加上定期的庙会和一些专业性的集市，构成了清末北京市场分布的基本格局"②。其中只有前门以西，宣南地区的几个商业区进入小说家的视野。

此外，再对比清末笔记中所提及的北京标志性景点，如夏仁虎在《旧京琐记》、震钧的《天咫偶闻》，则可看出，北京的很多地标性景点没有进入小说家的视线。如震钧在《天咫偶闻》卷四（北城）中写到了内城的十刹海热闹堪比唐代的曲江："自地安门桥以西，皆水局也。东南为十刹海，又西为后海。过德胜门而西，为积水潭，实一水也，元人谓之海子。宋褧词所谓'浅碧湖波雪涨，淡黄官柳烟濛'者也。然都人士游踪，多集于十刹海，以其去市最近，故裙屐争趋。长夏夕阴，火伞初敛，柳阴水曲，团扇风前，几席纵横，茶瓜狼藉。玻璃十顷，卷浪溶溶，菡萏一枝，飘香冉冉。想唐代曲江，不过如是。"③ 但是如此热闹的景点并没有进入小说家的视野。

综上所述，北京的普通市民所在区域，很多商业区域，甚至地标性景点，都成为这时期小说的缺席空间。这正好说明了此时的小说家更多关注

---

① 震钧：《天咫偶闻》，北京古籍出版社 1982 年版，第 135 页。
② 张晓虹：《古都与城市》，江苏人民出版社 2011 年版，第 133—134 页。
③ 震钧：《天咫偶闻》，北京古籍出版社 1982 年版，第 85—86 页。

的是北京统治阶层和官僚阶层,因此小说家的城市文学地图更多聚焦于官僚士大夫较为集中的区域,包括外城的宣南地域、内城的紫禁城及王公贵族的府邸等,这一方面与小说家京城经验的不丰富有关;另一方面也反映出这时期的小说家关心国家前途命运、焦虑国家政治等创作心态。

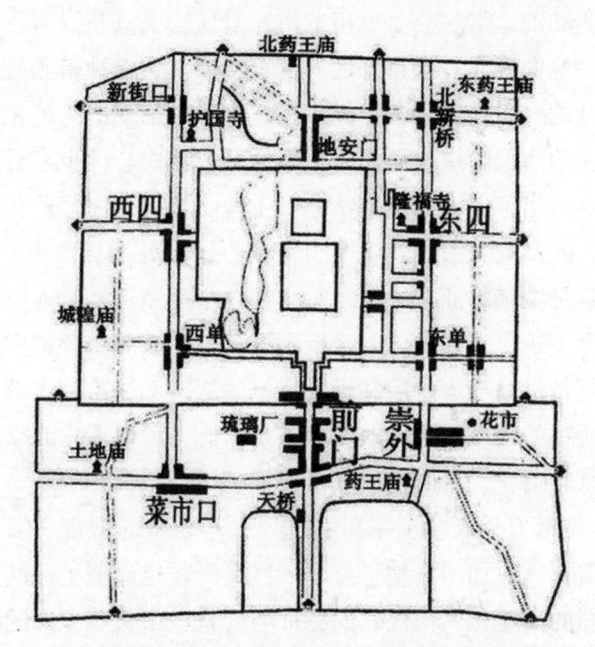

图 3-10　清代北京城主要市场分布示意图①
(参照张晓虹《古都与城市》中 135 页,黑粗线表示商业区)

正如丹尼斯·伍德在《地图的力量》中提出的观点,"地图建构世界,而非复制世界"②,"每张地图呈显了此,而没有呈显彼,而且每张地图以这种方式而非另一种方式,呈显它所呈显的事物。这不仅不可避免,而且正是由于这种附带了利益的选择——选取字眼、符号或世界的某个方面,以确证立论——使地图可以做事"③。因此任何一张地图都不可能完全做到客观全面,它或多或少遮蔽了一些事情,同时也呈显了一些事物。

---

① 张晓虹:《古都与城市》,江苏人民出版社 2011 年版,第 135 页。
② [美]丹尼斯·伍德:《地图的力量》,王志弘等译,中国社会科学出版社 2005 年版,第 24 页。
③ [美]丹尼斯·伍德:《地图的力量》,王志弘等译,中国社会科学出版社 2005 年版,第 2 页。

同样，清末民初小说中的城市文学地图也不是历史上城市地理地图的翻版，而是小说家意象中的地图。对比这时期小说中的京沪城市文学地图，从中可以看到两者之间的诸多差异，而造成差异的原因也是多方面的。

在上海的城市文学地图中，中心区域处于城市中最繁华的商业地带，在这个区域活动的人群主要是城市的市民阶层，尤其是具有一定消费能力的市民阶层，他们大多是来自外地的富家子弟。边缘地带则是商业和城市建设水平较低的虹口地区和法租界，在这个区域活动的人群主要是城市中经济能力较差的市民阶层。而作为上海地区政治中心的上海县城则基本缺席。由此可以看出，上海城市文学地图主要凸显了上海商业化、市民化的城市特征。在北京的城市文学地图中，中心区域处于城市中"仕宦之乡"宣南地区，也是城市的商业中心之一，在这个区域活动的人群主要是官僚士大夫及书生士子等。而次中心区域则处于政治权利中心的内城地区，其活动人群主要是最高权力阶层和贵族官僚阶层。而城市的大部分商业地带和市民阶层所在的区域则处于缺席状态。由此，可以看出北京城市文学地图凸显了北京政治化、贵族化的城市特征。

"每幅地图都有作者、主体和主题"①，小说中的城市文学地图因为其表达主题的需要，更加明显地呈显了一些空间，也遮蔽了一些空间。上海城市文学地图的商业化、市民化的特征与北京城市文学地图的政治化、贵族化的特征之间的差异，一方面反映出京沪城市自身的差异；另一方面也与作者本人的城市体验、精神指向和道德诉求紧密关联。书写熟悉的空间是作家创作的一个明显倾向。对于上海城市空间，正如本书第二章所分析，小说家最熟悉的区域就是租界，他们在上海的日常生活空间，包括职业空间、娱乐休闲空间、家居空间等，基本都在租界里，尤其是商业、娱乐业发达的英租界，因此英租界很自然成为小说的中心区域，而对于相对落后的虹口地区和法租界，作家很少光顾，当然也就很难写进小说。此外，从心理学角度来看，人对新鲜感越强、差异性越大的事物总是感受越深刻，人对新异性体验越强烈的事物，其感觉记忆就越强烈。同样，从全国各地来的作家对于颇具西洋风情的洋场的新异体验使得作家更多关注租界生活，而对于与他们过去生活环境差异较小的上海县城，很难产生特别

---

① ［美］丹尼斯·伍德：《地图的力量》，王志弘等译，中国社会科学出版社2005年版，第32页。

强烈的感觉和记忆,因此,上海县城很自然成为缺席的区域。

对于北京城市空间,这时期的小说家,在身份认同方面,仍属于文人士子阶层,他们最熟悉的区域是作为仕宦之乡的宣南地区,这里是官僚士大夫和大部分进京文人士子的生活空间,也是城市的文化中心,因此算得上是他们熟悉的空间。而对于作为政治权利中心的内城,是大部分书生士子实现其仕途理想的地带,自然也是他们关注的区域,但相比于宣南地区,内城中的宫殿及其王公大臣的府邸等空间并不是他们特别熟悉的地方,因此很自然成为次中心区域。对于城市中各个商业中心及市民和平民生活的区域,既是小说家不熟悉的区域,也不是小说家关注的区域,顺理成章成为小说中的缺席区域。

从小说家的精神指向和道德诉求来看,清末民初小说大多怀着揭露社会黑暗、暴露社会丑陋以达到警世觉民的创作目的。对于商业大都市上海,他们更倾向于批评商业社会中的尔虞我诈、坑蒙拐骗等社会怪现状,而这些现状更容易发生在道德观念相对松弛的租界洋场。对于传统帝都北京,小说家更倾向于批判关系到国家存亡的高级统治阶层的生活,因此,清政府最高权力机构所在地的内城和官僚士大夫集中的宣南地区作为故事空间,上海的洋场和北京的官场成为小说故事发生的主要空间。

第四章 清末民初小说中的京沪空间意象及隐喻意义

"长久以来,城市多是小说故事的发生地。因而,小说可能包含了对城市更深刻的理解,我们不能仅把它当作描述城市生活的资料而忽略它的启发性。城市不仅是故事发生的场地,对城市地理景观的描述同样表达了对社会和生活的认识。"① 文学中的城市描绘并不需要特别考证其内容有多么准确,重要的是都市被用来表达了何种意涵。事实上,正如上一章所写,文学中的城市与历史上真实的城市之间存在着很大的差异。文学中的城市书写,不可能是其历史面貌一致的反映,它是作者经过主观创作再生产出来,兼具真实与想象的城市。这种经过作家主观感知,兼具真实与想象的城市印象正是本书所说的"城市意象"。

"意象"一词,在牛津英语字典中字义是"心目中的形象或概念"。城市规划师凯文·林奇在《城市意象》写道:"意象是观察者和被观察事物之间双向过程作用的结果。"② "意象自身并不是将现实按比例缩小,统一抽象,精确微缩后的一个模型,而是有目的的简单化,通过对现状进行删减、排除,甚至是附加元素,融汇变通,将各部分关联组织在一起,才形成最终的意象,有目的地将其重新排列,变性,也许不合逻辑,但这可能会更充分,更好地形成需要的意象。"③ 而文学上的意象,虽与城市规划领域的界定有所不同,但在内涵上有一些共同之处。文学意象也不是事物真实的反映,而是经过主体感知,兼具真实与想象的一种主观印象。文学意象也是"意"中之"象",是以表象为基本载体,经过主体感知、充分包含了现实客体的审美特征与作家内在审美理想的物象,是主体与客体

---

① [英]迈克·克朗:《文化地理学》,杨淑华译,南京大学出版社2005年版,第45页。
② [美]凯文·林奇:《城市意象》,方益萍、何晓君译,华夏出版社2001年版,第90页。
③ [美]凯文·林奇:《城市意象》,方益萍、何晓君译,华夏出版社2001年版,第66页。

相互作用的结果。因此文学中的都市意象也不是所有真实都市空间的罗列组合和面面俱到的反映,而是作者有意精心筛选过的部分空间,是"有目的的简单化"过的空间。从而使作品中的城市得到"简化",都市显得清晰易懂。

清末民初小说中对于北京和上海都市空间立体而多面的描述,不能仅仅简单地理解为叙述与描绘都市空间的文字,它是作家在都市经验和都市空间感知的基础上,经由文字创造出的兼具真实与想象的都市意象,因此为读者提供了一种不同于其他学科观察世界的方式,也表达都市空间的社会意义以及都市生活的面貌与特质,体现了作者对都市空间较为深层的理解。

本章主要透过清末民初小说文本中的京沪都市中频繁出现且颇具代表性的场所和标志物,如街道、公共建筑、公园、百货商店等标志物与场所,来分析其所呈现出的都市意象及其所代表的象征意涵。

第一节 商业都会上海

凯文·林奇《城市意象》一书中对人的"城市感知"意象要素进行了深入的调查和研究,将城市意象中环境要素归纳为五种元素:道路、边界、区域、节点和标志物。文中写道:"如果以观察者的年龄、性别、文化程度、职业、性情,或熟悉程度进行分类,那么分组越细致,意象相似的可能性越大。每个人创造并形成自己的意象,但在同一组人群中,成员之间的意象似乎能基本保持一致。"① 对于作家而言,同一时代的不同作家对于城市的经验和感知不同,其笔下的城市空间不尽相同,但大体上有一些相似的地方,其都市意象虽然不能简单归纳为几种元素,但城市的地标和标志物则是这些小说中的共同之处。

小说中的上海文学地图中出现频率最高的一些空间场所,主要是那些行、住、吃、游玩等方面的活动空间,其中行,主要是马路;住,主要在客栈;吃,包括吃花酒的妓院和吃番菜的番菜馆以及茶馆,妓院为最;游玩,其中最频繁出现的是张园等。小说中的上海都市空间也主要是外来寓公或外来人员的生活空间,如《市声》第二十六回广西派一位委员陆襄

---

① [美] 凯文·林奇:《城市意象》,方益萍、何晓君译,华夏出版社2001年版,第5页。

生到上海采办军装,陆襄生在上海的生活,小说中写道:"船到上海……天天吃花酒、碰和、看戏、吃番菜、逛花园,自不必说。"这些都市空间的描写,既反映出当时上海城市的社会面貌及城市特征,也展现作家对这些空间的理解及其所代表的社会意涵。

一 马路:西化、现代城市的一张面孔

城市道路,可谓城市的第一张面孔,是人们走进城市最初接触到的空间,也是人们形成城市最初印象的重要载体。道路作为城市公共空间的重要组成部分,它承载着城市交通和社会生活双重功能。惜珍在《上海的马路》一书中写道:"马路是城市的灵魂。要了解一座城市,最好的方式就是到它的马路上去走一走。上海的马路,是上海开埠以来所谓'大都会'风格的又一个解读这座城市的密码。"[①] 上海道路的建设,是租界日益繁华的基础保障,同时也是城市其他产业发展的前提条件。而租界马路的建设则是租界道路建设最显著的成就。

中国传统小农经济下的旧式道路,多为一些弯曲狭窄的土路或碎石路,崎岖不平且龌龊肮脏,晴天扬尘飞沙、雨天泥泞不堪,往来运输的车辆也都是较为原始的独轮车、轿子或骡马等,一旦有车辆行驶,则行人步履艰难。而即使是古老帝都北京,尽管其城市建设在诸多方面远远超越一般的都会城市,但在城市道路方面,同样是显得落后不堪。《京华艳史》作者在第一回中,不无讽刺地写到北京,"下雨烂泥第一、天晴灰尘第一、骡马车之多第一,骡马粪、人屎街道稀臭第一"。吴趼人《二十年目睹之怪现状》七十二回中也写到"我"第一次进京,对京城街道总体印象是:"街道虽宽,却是坎坷的了不得;满街上不绝的骆驼来往;偶然起了一阵风,便黄尘十丈……"《负曝闲谈》中写到北京正阳门大街堵车的情况:"正阳门一条大路,车马往来,自朝至暮,纷纷不绝。汪御史在车子里忽然觉得车轮停了。探出头来一望,原来是叉车。后来愈来愈多,把一条大路挤得水泄不通。汪御史十分着急。看见人家也有下车来买烧饼吃的,也有在车厢里抽出书来看的,也有扯过马褥子来盖着睡觉的,无不神闲气静,汪御史也只得把心捺定了,在车里呆呆的等。等到太阳没有了,方才渐渐的疏通。"(第二十七回)当然小说中的描写未免有夸张之嫌。

---

① 惜珍:《上海的马路》,上海画报出版社2004年版,自序。

《旧京琐记》验证了北京道路的狭窄且崎岖不平的事实，尤其是下雨天，其道路情况更加不堪："北京街市在未修马路以前，其通衢中央皆有甬道，宽不及二丈，高三四尺，阴雨泥滑，往往翻车，其势甚险。"① 又记载："旧日道路不治，虽有御史任街道厅，工部任沟渠，具文而已。行人便溺多在路途，偶有风厉御史，亦往往一惩治之，但颓风卒不可挽。"② 京城的道路情况尚且如此，其他城市及小镇的道路可想而知。即使民国之后的上海城厢，在乡愚看来："街道狭窄，游人辐辏，两旁小贩，摆着各种地摊，行路时一不经意，便有碰撞之虑，与租界相比，真有天渊之别。"（《歇浦潮》第十一回）因此可以说，在租界道路建筑之前，中国的道路与发达国家相比，基本处于落后的状态。

上海开埠后，随着各租界国来上海的人数不断增多，并且他们长期居住在上海，为了生活和交通方便，他们开始在租界筑建马路。当时西方人士引进了宽敞的西式轻便马车，而供马车行驶的大路，因此被称为"马路"。与上海老城厢以及传统中国城市相比，上海租界内的道路显得宽阔平坦，上海县城道路宽度当时只有 2 米左右，1863 年工部局规定道路宽度为 6.7 米，而且随着租界的繁荣，行人、马车流量的增加，1870 年租界规定道路宽度为 12.2 米，而在实际建造中又大大突破，一般道路在 10—15 米，主干道宽达 18—21 米。同时道路交通配套设施开始建设，1865 年 10 月租界内道路开始试用煤气灯照明，由煤气公司免费在马车交通量最大的南京路段竖立煤气灯，并铺设陶制下水道以代替原有的砖沟。同年工部局还向附近农村买来树苗，种植在外滩江滨大道，行道树成为工部局道路设施的一部分。随着道路建设的不断推进，路面已从土路、鹅卵石路、碎花岗石路，发展到铺设柏油路。1890 年开始采用水泥筑路。道路交通配套设施也日趋完善，道路照明从 1890 年开始逐渐淘汰弧光灯，使用较为稳定的白炽灯，大大提高了晚间车辆行驶的安全。租界马路宽度的不断拓宽、路面材料的不断更新、马路两侧行道树的种植、夜晚路灯的照明甚至人行道的设置等道路交通管理措施，基本是西方发达国家城市道路建筑经验在上海租界的移植。

具有沪游指南性质的笔记《沪游杂记》，在第一卷第三篇以赞许的态

---

① 夏仁虎：《枝巢四述 旧京琐记》，辽宁教育出版社 1998 年版，第 122 页。
② 夏仁虎：《枝巢四述 旧京琐记》，辽宁教育出版社 1998 年版，第 122 页。

度介绍了租界马路发展的过程:"租界大街由东至西者统称'马路'。同治初,惟英界大马路稍觉宽畅,亦不免泥水垢秽。经工部局陆续整理,两旁砌以石礓,较马路稍高。石礓下砌石条微侧,引水入沟,雨过即可行走。专司马路工程者为马路管,又称街道厅。其法先将旧泥锄松,满铺碎石或瓦砾七八寸,使小工以铁锤击碎,再加细沙一层,用千觔铁擂,令数十人牵挽,从沙面滚过,其平如砥。……水不存积,历久不坏。且每日扫除两次,尤为洁净。"①

在清末民初小说中,小说家以新奇且赞叹的态度书写上海的马路景观。《新西游记》中以陌生化视角书写上海租界的一切新奇事物。在小说中,孙悟空从遥远的唐朝来到清末民初的上海,对"新世界"租界一无所知,小说尤其以孙悟空的视角写到了上海马路、街道的很多现象。在第一回中,孙悟空随地小便,被马路上的巡捕捉住,要罚款处理,并问他:"你知道这里租界的章程不知道?怎么好在马路上撒尿?"可见,在上海租界内,有专门的章程管理马路街道。小说中也写了上海租界的马路上有专门管理的巡捕,一方面,处理马路上的突发事件,如人车相撞事件、打架斗殴事件等;另一方面,也指挥和疏通交通。在第一回中,孙悟空很好奇马路上有管路的巡捕,问行人:"路都要管,难道怕他跑了去不成?""来往的人管他做甚?难道怕他走错了路。"长期生活在上海租界的人告诉他说:"这里是个通商地方,往来的人多,又有各种各种的车,东驰西走,倘然没有人招呼,必然闹的不成样子了。"在第三回,小说又以孙悟空的视角写了路管巡捕在十字路口指挥马车的情景,"突然看见那马路口立的一个又长又大的人,将右手向上一擎,宛似方才在会场上赞成的举手一般,马路口的几辆马车登时立定,巧巧将行者前面当头拦住……只见马车上的马夫恰巧一个个也高擎右手,和那立在路口又长又大的人一般……话言了,只见路口的人将手放下,那车上的马夫宛如机器做成的一般,立刻也都放下了手,将马缰领了一领,那车便慢慢的向前走往马路去了"。在这部小说中,作者特意以孙悟空这个老"古董"新奇的视觉来看待上海的马路:马路有专门人管理,既维护马路清洁卫生,也维护马路安全;在十字路口,有路管巡捕指挥交通。而违反马路章程者则罚款处理。

---

① 葛元煦等:《沪游杂记 淞南梦影录 沪游梦影》,上海古籍出版社1989年版,第1—2页。

19世纪末期，一位记者来到四马路描述了四马路的道路管理非常有序："隔几步就有一个警察岗亭，警察要么是印度锡克兵，要么是中国警员。福州路是个多事的地方，民众娱乐之处，就是警察有事之时。"①

马路管理也伴随着现代文明城市管理体制的产生而形成。马路管理也是城市管路的重要内容，从中体现出国家发展的文明程度。孙玉声在《海上繁华梦》中也多次以写实的笔法写了上海马路、街道发生的故事。第四回中杜少牧与游冶之等人乘车、坐轿到茶馆喝茶，然后让车夫、轿夫先回去。因为"工部局里的章程，所有车子、轿子概不准在当街停歇"（初集第四回）。可见，马路章程已经变成了市民的自律准则，他们开始自觉遵守。《九尾龟》中第一百二十三回也多次提到马路章程："你们可知道马路章程？在茶坊酒肆聚众滋闹是外国人最恨的。""马路上斗殴是犯规矩的。等会儿闹得巡捕来了，我是有名片的，只怕你们就吃亏了。"而一旦违反了马路章程，自然有巡捕来处理，罚款是主要的惩罚方式。《海上繁华梦》初集第九回写了游冶之和杜少牧等人从张园回来，路上，游冶之自己拉缰绳乃至于在拐角处与另一马车相撞，马路上的巡捕立即跑过来处理，把相撞的车以及车夫带到巡捕房，对肇事者给以经济惩罚："少不得多要罚几块钱，儆戒他们下次。"（初集第九回）而违章者，租界给以经济处罚。罚款，这种经济惩罚的方式，显然是文明进步的一种惩罚方式，相对中国传统的惩罚措施，比如鞭打或其他肉体惩罚要文明进步得多。对比《旧京琐记》中北京违反道路管理的一则记载："光绪时，闻有某部曹便旋于道，适街厅过，呼而杖，部曹不敢自明为某官，御史亦不询其何人，杖毕，系裤而去，人传以为笑。"② 中国古代对于违反法规者大多处以刑罚，而杖刑可能是最轻的一种刑罚，但这种较轻的杖打或鞭打同样是一种很野蛮的惩罚方式，轻者造成肉体疼痛，重则造成身体残疾，同时还带给违反法规的人一些精神伤害。对比北京这种专制统治的惩罚方式，上海道路管理对违反马路章程者处以经济罚款，显然是一种比较人性化的方式。

上海租界马路也有专门人员进行打扫。19世纪70年代初，上海工部

---

① 王维江、吕澍辑译：《另眼相看：晚清德语文献中的上海》，上海辞书出版社2009年版，第184—185页。

② 夏仁虎：《枝巢四述 旧京琐记》，辽宁教育出版社1998年版，第122页。

局开始在租界内主要街道实行洒扫制度。从 1874 年开始,主要街道每天打扫两次,星期天也不例外。《海上花列传》第二回写乡下青年赵朴斋初到上海,清早从客栈来到街上,看见工人正在清扫街上的垃圾,"由石路转到四马路,东张西望,大踱而行。正碰着拉垃圾的车子下来,几个工人把长柄铁铲铲了垃圾抛上车去……"晚上租界的主要道路还有照明设备,"从黄浦滩转至四马路,两行自来火已点得通明"(《海上花列传》第六回)。

  总之,马路是西方物质文明输入租界的一个代表。清末民初上海租界的新式马路街道宽阔,笔直干净,夜晚灯火通明,治安管理文明有序,西人还在租界内普遍设置了自来水与邮电通讯,这些现代公用设施,组成了"马路文明",是中国前所未有的新事物。马路不仅促进了商业发展,拓宽了城市空间,也从一些侧面显现出租界作为近化文明、进步大都市的城市面貌。1894 年海司在上海外滩感觉似乎到了欧洲:"当我第一次散步在上海的外滩时,觉得很像是到了欧洲的海滨休假地,比如威尼斯。上海的河边看起来完全像欧洲一样,那么优雅、那么美丽。沿着河岸两公里长的外滩,有高大的落叶木撒下满地绿荫,还有整洁的大马路和两边漂亮的人行道。在马路和河岸之间有一带宽阔的草坪、树林,以及前面提到过的城市公园……"①《海天鸿雪记》小说开篇就描绘道:"北自杨树浦,南至十六铺,沿着黄浦江岸上的煤气灯、电灯,夜间望去,竟是一条火龙一般。"这些对马路景观的赞叹,在某种程度上都是对上海马路的肯定,同时也可看出租界马路面貌也是西化、现代城市的一张面孔。到了 20 世纪初期,上海县城一些有志之士认识到上海城厢的弯弯曲曲、狭小杂乱的小路是县城商业停滞的重要原因,因此提出拆除阻碍租界与县城的城墙,并修筑马路。1905 年,乡绅姚文枬领衔起草向上海县署递交呈文,呈文认为:"城垣阻碍,商埠难兴,集议公决拆去城垣,修筑马路,使城厢内外荡平坦直,为振兴商埠之基础。"② 这也从另一方面反映出租界马路的文明进步。

---

  ① 王维江、吕澍辑译:《另眼相看:晚清德语文献中的上海》,上海辞书出版社 2009 年版,第 152 页。
  ② 上海社会科学院历史研究所编:《辛亥革命在上海史料选辑》(增订版),上海人民出版社 2011 年版,第 333 页。

二 张园：市民休闲、集会的公共空间

作为城市公共空间的公园，正是近代城市发展的物质产物。早在 19 世纪 40 年代，英国已经出现了国家投资建设且免费向公众开放的公园。英国城市公园的建设使得"公园作为近代欧美文明自我觉醒和救赎之产物在法国、美国等国相继出现"。① 到了 19 世纪末期，上海租界内已经建立不少公园以及类似于公园性质的公共空间，如 1868 年首先出现在上海租界的"公家花园"，是最早的城市"公园"。此后，上海不断出现了各种类似于公园性质的花园：徐家汇花园、申园、张园、愚园等。池志澂在《沪游梦影》中总体介绍了沪上花园："沪上花园向以邑庙东西园为最，继之者净（静）安寺之申园、西园，今则独盛于徐、愚、张三园矣。"② 在诸多沪上花园中，张园是小说中出现最频繁的公共空间。

张园是"张氏味莼园"的简称，地处静安寺路（今南京西路）之南，是寓居上海的富商张叔和花巨资，于 19 世家 80 年代初期仿西洋园林风格建造而成，以西为主，中西合璧的新式花园，是当时上海最大最高级的私家园林之一。1893 年，园内新添一座欧洲城堡式建筑"安垲第"，楼前是一片英国式的大草坪，环绕广场的是浓密的树林，种植了异国花卉。安垲第分上下两层，室内开会时可容纳千人。张园自 1885 年春起，正式向游人开放，基本免费开放。从 1886 年 1 月开始，收取门票一角。1893 年安垲第建成以后，张园又恢复免费入园观赏的规定，园内主要靠游乐场的营业赢利。张园鼎盛于 1893—1909 年。园内融花园、饭馆、茶楼、戏院、书场、会堂、照相馆、展览馆、体育场、游乐场等多功能为一体，而最突出的一点，张园是各界聚会演说的理想场所，张园在地理位置、社会人群、会场设施等方面，都提供了一个极好的聚会场所。安垲第的场地费明码标价，1909 年商务印书馆出版的《上海指南》中提道："假座演说，包租安垲第，一日价四五十元，茶房另给十二元，夜加电灯费十二元，礼拜日酌加租价。如事关公益，亦可酌减。假座燕客，每次给煤水及伺候人等

---

① 江俊浩：《从国外公园发展历程看我国公园系统化建设》，《华中建筑》2008 年第 11 期。
② 葛元煦等：《沪游杂记 淞南梦影录 沪游梦影》，上海古籍出版社 1989 年版，第 161 页。

各费共十四元。厨房代办酒席，每桌自五元至十余元不等。"① 张园内几乎是"全盘西化"的生活方式，因此为表面上西化氛围浓厚的上海人所热衷，一般初到上海的外地人，必来此一游。张园因为"不收游资，故裙屐争往来焉"②，且休闲、娱乐设施最时髦最齐全，从而成为上海游人最多的公共空间。

　　张园也是清末民初小说写到上海必提且提及频率最多的重要公共空间，如《九尾龟》中提及张园有117处，其中标题中出现3次；《负曝闲谈》提及10次；《海上繁华梦》初集三十回出现了14次；《官场现形记》中出现8处。正如前文多次引用，吃大菜、看夜戏、上妓院和坐马车游张园成为一种体验时尚上海的必要项目。在《海上花列传》中虽没有出现张园，但小说中写到静安寺的"明园"有14处，而且嫖客携妓坐马车游明园是一种时尚，他们在明园中或喝茶，或闲逛，还可照相等。而查阅《沪游杂记》《沪游梦影》等时人笔记，均没有发现上海有"明园"，因此《海上花列传》中的"明园"也可能就是张园，尤其是园内有照相馆，小说中写到张秀英、赵二宝初到上海，施瑞生便带她们游明园，并在明园的照相馆照了相。照相在19世纪末20世纪初一直是件很时髦的事情。19世纪50年代上海开始有照相营业，70年代初期，上海已经有几家照相馆。张园开放后，张叔和把这一时髦业务引进张园，让光华楼主人在园中专门开设照相馆，尽管费用不菲，但游张园拍照片仍是一件很时髦的事情。因此，《海上花列传》中的明园与当时上海的张园情况非常相似。而作者把张园写成明园，可能为了避实，但又不想太脱离当时上海租界的实际。

　　张园作为一个公共空间，成为众人喜欢甚至习惯游玩的一个场所，时人写道："上海闲民所麇聚之地有二，昼聚之地曰味莼园，夜聚之地曰四马路。是故味莼园之茶，四马路之酒，遥遥相对。"③ 其中味莼园就是张园。"凡天下四方人过上海者，莫不游宴其间。故其地非但为上海阖邑人

---

　　① 《上海指南》卷8，商务印书馆1909年版，第1页。
　　② 葛元煦等：《沪游杂记　淞南梦影录　沪游梦影》，上海古籍出版社1989年版，第162页。
　　③ 孙宝瑄：《忘山庐日记》（上），上海古籍出版社1983年版，第381页。

之聚点，实为我国全国人之聚点也。"① 因此张园是一个很容易偶遇各种人物的场所，甚至与非常不可能相遇的人偶遇都变得可能。清末民初很多小说写到这一点，如《负曝闲谈》中一留学生见天气晴朗，不自觉就来到了张园，进了安垲第，看看没什么熟人，很失望，正准备离去，结果转过一队人，全是他的熟人。《九尾龟》中写了外来游冶子弟方幼恽被上海倌人敲竹杠，心情很不好，就与朋友来张园散心，却不期而遇了同乡的小时同学风流才子章秋谷，后来章秋谷帮他收回了被敲诈的钱财。

因为租界按照西方的休假制度，有周末休息的习惯，因此张园的节假日、周末，尤为热闹。《九尾龟》写了周末的张园："那马车望张园一路而来。这日却好是礼拜六，倌人来往的马车甚是热闹。"（第六回）《海上繁华梦》第十回中写一群纨绔子弟周末在张园各取所需地娱乐："况且各人闲着无事，这日又是礼拜，张园必定热闹，故此都愿前去。……少牧等在安垲第泡茶。冶之与湘吟到弹子房打了三盘弹子……"（第十回）在第八回中又写了上海跑马的一天，张园因为离跑马场近，因此张园这日人满为患："这日从园门外马路为始，接至安垲第大门，那马车停得水泄不通。挨挤了有半刻多钟，方才挨了进去。"（第八回）可见张园的拥挤。

张园不仅白天热闹，晚上同样热闹，尤其到了夏天甚至通宵达旦开放，为游人提供一个休闲纳凉的好去处。《海上繁华梦》中特意交代："若在六月里头，张家花园初一为始，不到十二点，已经禁止游人，不许入园的了。恰好这时候还在五月下旬，因此通宵达旦的毫无顾忌。"（第二十回）而一些嫖客妓女则经常半夜到张园来纳凉，小说中的颜如玉听说老相好孙少安在张园纳凉，半夜驱车前来张园与之约会，果然遇到了孙少安。《海上繁华梦》中潘少安与一相好妓女晚上"天天两个人一部马车，到了一点多钟出来，必要坐到三四点钟方才回去"（第二十回）。而与张园相隔不远的一个花园——愚园，晚上也同样热闹。《海天鸿雪记》中也写到了愚园的夏夜："每年到了五六七三个月，坐夜马车的人举国若狂，那班马夫同那些荡妇狡童在野田草露间组织一个团体，正是会启无遮，界登极乐，连工部局的禁令罚锾，都不能阻遏他们。这也是习俗移人，牢不可破的了，前前后后，共有十几部马车，一齐到了愚园门口。"（第二十回）

---

① 孙宝瑄：《忘山庐日记》（上），上海古籍出版社1983年版，第589页。

张园也成为女性休闲娱乐的公共场所，尤其是上海较为时髦的女性——妓女，其日常生活的重要内容是游张园。《九尾龟》第二回中作者议论到："这班倌人……坐马车，游张园，吃大菜，看夜戏，天天如此，也觉得视为固然，行所无事。"（第二回）张园也成为众多妓女争奇斗艳、招揽顾客、争风吃醋的场所。李伯元的《游戏报》中称晚清四大名妓陆兰芬、林黛玉、金小宝、张书玉四人为四大金刚，就是因为"四人既至（张园，引者注）之后，每于进门之圆桌上瀹茗，各人分占一席，若佛氏之有四金刚守镇山门，观瞻特壮也"①。《海上繁华梦》中多次写到妓女在张家花园因争夺同一嫖客大吵大闹。不仅时髦倌人天天游张园，上海一些赶时髦的女性也同样走出家里，到张园去游玩。《九尾龟》中写了康中丞自从搬家到上海后："那几位康中丞的姨太太也学起他们的样儿来，成天的涂脂抹粉，扮得妖妖娆娆的，出去坐马车、看夜戏、吃大菜、游花园……"（第一百一十八回）

张园作为一个公共空间，最大的特点在于它是民众参与公共事务的场所。晚清上海各界在张园聚会、开会、演讲，讨论各种国家大小事情，如拒俄运动，起因是1901年2月16日沙俄向清政府提出书面约款12条，旨在独占东三省和扩大在华势力范围，消息传到上海，上海各界人士多次在张园聚会，共商据俄。其中影响最大的是1903年4月27日，由汪康年等人发起，上海各界1000多人在张园安垲第集会，数十人发表演说，抗议沙俄霸占东三省的企图，并致电外务部。在这时期的小说中，张园聚会演讲成为一个重要内容，但小说家多以批判讽刺的态度来反映上海的维新志士。

《新中国未来记》第五回写革命家黄克强、李去病两君原本在北京，恰遇中俄新密约被日本的报纸揭了出来，然而听说"上海一班新党便天天在张园集议，打了好些电报……听说有这等举动，便连忙跑到上海，想趁这个机会，物色几条好汉，互相联络"（第五回）。他们来到上海后，一个自称是民意公会招待员便来找他们会谈革命事情，并说："明天礼拜六，上海的志士，在张家花园开一大会，会议对俄政策。还有礼拜一晚上，是我们民意公会的定期会议。"可见，这个民意公会在张园开会很频繁。因为家庭变故，黄克强、李去病在上海一共只待了三天便离开，却三游张园。作者写道："看官，知道上海地面有甚么地方可逛呢？还不是来

---

① 孙家振：《退醒庐笔记》，上海书店出版社1997年版，第86页。

的张园。"(第五回)第一次是去闲逛,无意中听到一个中国人和外国人在密谈办某省矿务的事宜;第二次是参加拒俄会议,作者写了这次盛况:"将近两点钟,方才见许多人陆陆续续都到。到了后来,总共也有二三百人,把一座洋楼也差不多要坐满了。黄、李两人在西边角头坐着,仔细看时,这等人也有穿中国衣服的,也有穿外国衣服的;有把辫子剪去,却穿着长衫马褂的;有浑身西装,却把辫子垂下来的;……内中还有好些年轻女人,身上都是上海家常穿的淡素装束、脚下却个个都登着一对洋式皮鞋,眼上还个个挂着一副金丝眼镜,额前的短发,约有两寸来长,几乎盖到眉毛……"尽管参加会议的人数众多,但可谓是鱼龙混杂,且多是凑热闹之人;第三次是恰遇"品花会",评选花榜,其实是评选妓女,结果洋楼里满座的客人,有好几百,却都是上次参加"拒俄会议"的那群人,真是"珠迷玉醉,淘尽英雄"。小说通过黄、李在上海前后三游张园,从而感叹和批判,即使在开风气之先的前沿阵地——上海,真正热心国家维新的革命志士也是少之又少。而在《新石头记》中,非常关心国家前途和命运的贾宝玉在上海三游张园,其中后两次是参加"拒俄会议",其实都是乱哄哄的闹剧,并没有实质性的爱国行动。

《新西游记》中的孙悟空也多次来到张园,其中一次目睹了关于铁路集股拒款会议,只见场内黑压压坐满了人,师傅唐僧正在台上演讲,台下的人一会儿举手,一会儿鼓掌,一会儿功夫就摇铃散场。师兄沙僧与其他和尚也在张园密谈成立僧界保路会,传单上写着:"现在苏、浙铁路问题十分吃紧,各界中人屡次开会演说,集股拒款。某等身虽方外,义属同胞,安能漠然坐视。忍使干净土地,沦为异域。爰发起僧界保路会……"(第三回)虽然小说不无讽刺地写了和尚的荒诞行为,但从中也反映出张园是一个名副其实的公共空间,社会各界都汇集在张园聚会演说,谈论各类社会、国家大事。张园也成为外来人员了解和参与国家事务的地方。

由上可看出,张园不仅是一个游玩、休闲、娱乐的公共空间,更是一个民众参与社会事件、自由发表意见的公共空间。熊月之在《张园与上海晚清社会》一文总结:"笔者根据《申报》《中外日报》《时报》及《近代上海大事记》等资料统计,从1897年12月到1913年4月,张园举行的较大的集会有39起。从发起人与参加人看,有学界,有商界,有政府官员,有民间人士,不分男女老少,不分士农工商,有时还有些外国人,从思想、主张看,不分革命、改良,不问激进、保守。这是名副其实的公共场所。"① "在晚清上海，张园是各界市民最大的公共活动场所。张园赏花、张园看戏、张园评妓、张园照相、张园宴客，以及吃茶、纳凉、集会、展览、购物……张园之名，日日见诸报刊；张园之事，人人喜闻乐见。张园，成了上海人生活中不可或缺的部分。"② "上海本无不分民族、不分阶级、不分性别、不分区域的公共活动场所，有之，自张园始。"③

三　番菜馆：体验西洋生活方式的消费空间

近代的西餐输入，成为中国人了解西方人日常生活行为方式的重要环节，也是中国人了解西方文化的重要组成部分，西餐厅从外部装饰到菜品再到用餐礼仪都带给中国人一种异国风情的体验，正是基于这种西洋体验的新鲜刺激感使吃番菜成为一种时尚。正如前文所提，吃大菜与逛张园成为外地人游上海的必需体验项目。大凡有客人或友人来沪，主人尽地主之谊的一个重要项目是吃番菜。包天笑回忆童年时到上海的经历："我初次到上海的那年，记得九岁（光绪十年，1884年）……这时从内地到上海来游玩的人，有两件事必须做到，是吃大菜和坐马车。大菜就是西菜，上海又呼为番菜，大菜之名不知何所据而云然。"④《负曝闲谈》中第六回中官僚子弟陈毓俊表哥途经上海拜访他，想到表哥是难得来上海，于是陈毓俊请表哥在上海逛，第一站是跑马场，第二站就是带他到四马路的番菜馆金谷香吃西餐。吃番菜也成为颇有余财的市民日常生活内容之一，《九尾龟》中杨四的日常生活，"不是招朋引友，饮酒碰和，定是与黛玉看戏、游园、坐马车、吃番菜"（第三回）。

池应澂在《沪游梦影》中写道："沪上酒馆……番菜馆为外国人之大餐房，楼房器具都仿洋式，精致洁净，无过于斯。四马路海天春，一家

---

① 转引自张仲礼主编《中国近代城市企业·社会·空间》，上海社会科学院出版社1998年版，第347页。
② 熊月之：《张园与晚清上海社会——一个游乐场所的兴衰与公共空间的行程》，转引自南方周末编著《晚清传奇》，二十一世纪出版社2012年版，第272页。
③ 熊月之：《张园与晚清上海社会——一个游乐场所的兴衰与公共空间的行程》，转引自南方周末编著《晚清传奇》，二十一世纪出版社2012年版，第272页。
④ 包天笑：《钏影楼回忆录》，中国大百科全书出版社2009年版，第31页。

春,一品春,杏林春皆是也。"① 上海开埠以后,一批又一批的外国人侨居上海,西餐也随之传入中国。西餐,也称"西菜""大菜""大餐",19世纪90年代后吃西餐已是一种时髦。《清稗类钞》的"饮食类"中特意提到上海人有奢侈之风:"沪多商肆,饮食各品,无不具备,求之至易,而又习于奢侈。虽中人以下之人,茶馆酒楼,无不有其踪迹。"② 对于"中人以下之人",茶馆酒楼可能是他们的首选社交场合,可是对于"中人以上之人",番菜馆可能是他们更愿意选择的餐厅。上海租界有名的番菜馆较多。《海上繁华梦》中第三回中作者借小说中人物对话详细地介绍了上海的番菜馆情况:"少牧问子靖道:'这四马路番菜馆共有几家?'子靖道:'现在共是海天春、吉祥春、四海春、江南村、万年春、锦谷春、金谷春、一家春,连这一品香九家。尚有杏花楼并宝善街指南春……'"(第三回)

番菜馆较之中国传统餐厅,讲究装饰且精致洁净。时人记载:"沪北之各番菜馆林立,而座位之宽敞、肴馔之洁美、陈设器皿之精雅,向以一品香为首屈一指,故生意之盛亦甲于他家。"③ 在众多的番菜馆里,一品香之所以能闻名遐迩,在于其精心营造出西洋风情,其房屋仿西式建筑形式,室内摆设模拟西洋风格:"仿外洋弹子房之式,以备贵客茶余饭后之消遣","洋琴等诸玩器俱备"④。而且在室内率先安装了西方科技发明成果的电扇、电话,一品香也以此为招牌登报做广告:"本馆近因天气炎热添设西洋新到机器自来风,一经开动飒飒风生,并添装德律风线,如要预定房间,凡有通线各家皆可递音照办。"⑤ 1907年的四海村番菜馆,"装电灯、电话、电扇,以供贵客之用"。⑥ 番菜馆就是这样处处展现出一种迥异于中国本土的西洋风情,在带给顾客新鲜好奇的同时,也带给了他们愉悦和舒适的人生体验,因此到番菜馆吃大菜成为感受上海繁华与西洋风情的一个重要场所。

---

① 葛元煦等:《沪游杂记 淞南梦影录 沪游梦影》,上海古籍出版社1989年版,第158页。
② 熊月之主编:《稀见上海史志资料丛书》,上海书店出版社2012年版,第643页。
③ 王志鲜、段炼编:《孙中山上海史迹寻踪》,上海辞书出版社2009年版,第72页。
④ 《一品香告白》,《申报》1880年6月10日。
⑤ 《一品香番菜馆》,《采风报》1898年7月16日。
⑥ 《新开四海村番菜馆》,《上海》光绪三十三年(1907年)8月1日。

番菜馆房不仅房屋宽敞华美、菜肴洁净、器皿精致，而且从室内摆设、菜单到进餐方式处处都体现出一种西洋风情，因此到番菜馆吃大餐就不仅是满足口腹之需的场所，而是体验现代都市文明、西洋生活一种时髦的方式，从而也成为一个宴请朋友的体面社交场合。《海上繁华梦》中的平戟三道出了在番菜馆请客的好处，小说第二回中，谢幼安、杜少牧从苏州到上海游玩，家住上海的平戟三做东请客，请他们到一品香吃饭，并解释道："寓中房屋窄小。酒馆里去……不如到一品香吃些番菜，地方甚为清净，肴馔又精洁些……"

而西餐馆菜肴人各一份的"个位菜"模式，既是西洋人饮食习惯之一，也是其民族意识中民主、平等、尊重个性等思想观念在饮食方式上的体现。《沪游梦影》中详细介绍了西餐习惯："人各一肴，肴各一色，不相谋亦不相让，或一二人，或十数人，分曹据席，计客数不计席数，饮膳则有做茶、小食、大餐诸名色，中外名酒皆备。惟肴馔俱从火上烤熟，牛羊鸡鸭非酸辣即腥膻，岂风尚不同，嗜好亦异耶？向时华人鲜过问者，近则裙屐少年，巨腹大贾，往往携姬挈眷，异味争尝，亦沾染西俗之一端也。"①《海上繁华梦》写了众多好友在一品香的体验："说那一品香番菜馆，乃四马路上最有名的，上上下下，共有三十余号客房。四人坐了楼上第三十二号房间，侍者送上菜单点菜。幼安点的是鲍鱼鸡丝汤、炸板鱼、冬菇鸭、法猪排，少牧点的是虾仁汤、禾花雀、火腿蛋、芥辣鸡饭，子靖点的是……戟三自己点的……四个人你言我语，兴致甚浓。戟三、子靖又要幼安行令，幼安道：'今日这个地方，不比昨日在大哥公馆里头，甚是幽静，只可响几下拳，热闹些罢。'"（初集第三回）从这段描述中可知：布置清净精致，场面阔大；菜单也是按照西方的"个位菜"模式，按位上菜，一人一份；进餐环境讲究幽静，而不是热闹；饭后，侍者送上咖啡，个人以喝咖啡结束宴会；饭后请客人签字，无不体现一品香番菜馆的西洋风情。

西餐馆的餐具也与中国的餐具不同，西餐用的刀叉，在中国人看来很容易割破嘴唇，包天笑回忆童年第一次到上海的经历："吃大菜的事，我们没有办到，因为祖母不许。她知道吃大菜不用筷子，只用刀叉，恐怕小

---

① 葛元煦等：《沪游杂记　淞南梦影录　沪游梦影》，上海古籍出版社1989年版，第158页。

孩子割碎了嘴唇……"① 在《海上繁华梦》中作者用嘲讽的笔触写了吝啬的乡愚钱守愚也带上自己喜欢的妓女到一品香吃西餐，结果因为不懂得西餐礼仪，用不来刀叉，弄得满嘴是血。这时期小说中写乡愚因不懂得西餐礼仪而惹出类似笑话的情节很多。《歇浦潮》第十三回中就写了一群无知的下流绅董在番菜馆因不懂得西餐礼仪而出尽洋相。这种番菜馆的笑话描写，一方面以嘲讽的口吻讽刺乡愚因赶时尚的滑稽可笑，另一方面也显示出作者对西餐文化认同的优越感。

在清末民初小说中出现较频繁的番菜馆是一品香。其中《官场现形记》中出现24次，《海上繁华梦》前30回出现15次，《九尾龟》出现了26次，《二十年目睹之怪现状》出现5次等。《海上繁华梦》第二十七回中写到杜少牧两个多月内共收到其中一品香等番菜馆里的签字单就有五十三张之多，可见杜少安出入一品香之频繁。而番菜馆以其豪华气派以及异国风情成为上海洽谈业务、拉拢关系的重要社交空间。番菜馆装修豪华气派，而且提供很多配套服务，如可以帮助客人请客，也可帮助客人招妓侑酒，为客人提供全面服务，从而扩大了它的空间功能。时人作的竹枝词《番菜馆》写道："分间设座雅铺陈，西式灯台簇簇新。大字横写番菜馆，飞笺招妓宴嘉宾。"② 《市声》中专做地皮捐客汪步青，不仅妓院是他的社交场所，菜馆同样是他与客人洽谈业务、拉拢业务的场所。《官场现形记》第七回中，陶子尧奉山东抚台之命到上海办机器，刚到了上海，在轮船上认识的账房刘瞻光立即邀请他到四马路的番菜馆一品香吃大菜，无非是希望通过这个较为体面的场所来拉拢他，并从他身上捞到些好处。因此，一品香成为他结交朋友的一个平台。

蔡元培在《三十五年来中国之新文化》一文中总结道："近年欧化输入，西餐之风大盛，悟到中国食品实胜西人，惟食法尚未尽善，于是有以西餐方式食中馔的，有仍中餐旧式而特置公共匙箸。随意分取，既可防止传染，而各种成分，也容易分配。"③ 总之，西餐文化的输入，成为上海市民体验西方生活方式的形式之一。西餐厅从就餐环境到就餐礼仪以及菜肴，在带给市民的全新体验的同时，也渐渐推动了上海饮食文化的变化。

---

① 包天笑：《钏影楼回忆录》，中国大百科全书出版社2009年版，第31页。
② 潘超等主编：《中华竹枝词全编2》，北京出版社2007年版，第283页。
③ 蔡元培：《我的人生观》，中国工人出版社2013年版，第167页。

此外，西餐文化中体现出来的尊重个性、平等民主、讲究卫生、尊重他人等思想理念随之在上海深入传播，并逐渐渗透到上海城市文化当中。但这种吃西餐在北京却并不流行，包天笑回忆他在张勋复辟之后到北京，"我们吃了许多小馆子（指在北京），却没有吃过西餐。北京的西菜馆，当时也已有的了，在南城外一带有数家，实在不太高明……北京人也不喜欢吃西餐"①。因此，有学者指出："西餐像一扇直观西洋异质文化的窗口，立体地显现了西方的物质与精神的综合形象，成为上海人理解西化的物质元素以及由此而带来的西方的礼仪、西方的精神元素巧妙的体验载体，成为近代中国人了解和接受西方文化的重要一环。"②

四 妓院：娱乐与商业活动为一体的社交空间

上海自开埠以来，来自全国各地的人纷纷涌入上海，流动人口的急剧增加使固定性的集娱乐、消遣、洽谈业务的应酬场所成为一种需求。《上海游骖录》第五回中作者借小说人物之口写道："在上海访朋友，总是在茶馆相会，到人家家里去，很不便当的。"这种观念代表了当时生活在上海的一般人的看法。比如茶馆："夫别处茶室之设，不过涤烦解渴，聚语闲谈。而沪上为宾主酬应之区、士女游观之所。"③ 而妓院则因为具有其他场所不具备的优势而成为最受欢迎的社交空间，尤其是长三、幺二等高中级妓院，因地处在城市繁华热闹地段，交通便利，且妓院大多装饰豪华、体面、舒适，最主要的因素是妓院中的妓女年轻貌美、善于应酬；此外，妓院基本没有消费时间的特别限制，客人甚至可以通宵达旦在妓院闲聊、打麻将或进行其他娱乐活动，从而为客人提供了更多自由。妓院的诸多优点使它比其他空间更适合进行社会交际活动，因此成为那时期最重要的社交空间。

在反映清末上海商业的小说《市声》中，在上海生活多年的捐客黄赞臣总结了妓院比其他社交场合更为理想之处。捐客黄赞臣想拉拢巴结来上海采办军装的二品衔直隶候补道鲁仲鱼，于是来到鲁仲鱼所住的客栈，

---

① 包天笑：《钏影楼回忆录》，中国大百科全书出版社 2009 年版，第 580 页。
② 邹振环：《西餐引入与近代上海城市文化空间》，载上海市档案馆编《近代城市发展与社会转型》，三联书店 2008 年版，第 107 页。
③ 池志澂：《沪游梦影》，上海古籍出版社 1989 年版，第 159 页。

主动要求帮他介绍可靠妥善的联系人,两人关于去哪里洽谈业务发生一番讨论:

> 仲鱼喜道:"好极,费赞翁的心!但是客寓里不便说话,兄弟请他在番菜馆吃饭再谈吧,就烦赞翁陪客。"赞臣道:"晚生的意思,番菜馆也不便久坐,晚生倒有一个极清静的地方,不晓得观察肯去不肯去?"仲鱼道:"既如此极好,为什么不肯去呢。"赞臣道:"晚生放肆说,有个倌人谢湘娥,住在三马路。晚生向来做她的,今晚就在她家摆酒,请观察和敝同乡谈话吧。"仲鱼脸上登时呆了半晌,道:"这些地方,兄弟是不去的。"原来仲鱼久惯官场,深戒嫖赌。赞臣道:"本来堂子里如何好亵渎大人,只是上海和别处不同,外省官府来到此地,总不免要走动走动,也没人来挑剔的。再者,此地的大注买卖,都要在堂子里成交,别处总觉得散而不聚哩。"仲鱼转过念头,答道:"既如此,为着公事倒不能不破例的了。"(第二十七回)

从以上对话中可以看出,在清末上海,妓院已基本超越色情服务功能,而是一个做买卖、谈业务的理想场所。按照小说中黄赞臣的话,洽谈业务的理想场所:客栈里因人多且杂不便洽谈私事;番菜馆可以边吃边谈,但不便久坐;而妓院是一个不限时间且清静的会客场所,因此就谈业务而言,客栈不如番菜馆,番菜馆又不如妓院。小说中接着写鲁仲鱼到了妓院看到:"那房间里陈设,虽也平常,好在雅洁可爱,心里倒觉舒服。"后来,鲁仲鱼在上海待了一段时间后,他才发现:"上海的堂子里有绝大的世界,一切实业商务,都在其中发达。"(《市声》第二十九回)在第三十回中,小说再次写道:"上海的滑头买卖,都是在堂子里做。"因此,堂子的功能远远超过了作为一个寻欢作乐的色情场所。

在清末民初,上海的堂子更像是一个融娱乐、商务活动为一体的社交空间。《官场现形记》中的魏翩仞道出了堂子和做生意之间的关系。山东官员陶子尧受命到上海采购军装,谨记姐夫嘱咐,不叫局,不吃花酒。没想到一到上海就因为"古板",受到朋友魏翩仞的嘲讽和劝告:

> 魏翩仞……一力劝他说:"子翁,古人有句话说得好,叫做:'大德不逾闲,小德出入可也。'像你子翁不叫局,不吃酒,自然是

方正极了。然而现在要在世路上行事,照此样子,未免就要吃亏。"陶子尧听了,不胜诧异,一定要请教。魏翩仞道:"兄弟不是一定要拉子翁下水,但是上海的生意,十成当中,倒有九成出在堂子里。你看来往官员,那一个不吃花酒,不叫局?"陶子尧道:"你说生意,甚么又说到做官的呢?"魏翩仞道:"你不要听了奇怪。即如你子翁,谁不知道你是山东抚院委来的,你子翁明明是个官,然而办的是机器。请问这样机器,那样机器,那一项不是生意呢?要办机器,就要找到洋行。这些洋行里的'康白度',那一个不吃花酒?非但他请你,还得你请他:他请你,一半是地主之情,一半是拉你的卖买;你请他,是要劳他费心,替他在洋人跟前讲价钱,约日子。只要同你讲得来,包你事事办得妥当,而且又省钱,又不会耽误日期,岂不一举两得呢?"陶子尧道:"如此说来,一定要兄弟吃酒叫局的了。"魏翩仞道:"这个自然。你不叫局,你到那里摆酒请朋友呢?"(第七回)

商人魏翩仞口中的"上海的生意,十成当中,倒有九成出在堂子里",也许未免有些夸张,但也道出了妓院作为一个社交场所的事实,堂子比其他场所更适合洽谈商业业务。在《市声》中,妓院中的色情描写明显减少,更多是朋友、商人之间在此洽谈业务、做买卖、商谈各种琐碎事件等。《市声》第十五回中,专做地皮掮客的汪步青并不是上海阔佬,作为上海本地人,家住上海城厢老垃圾桥塽贻德北里,显然不是个体面的地方,因为人奸滑,工作被辞退后,便一心想在堂子里混,借长三书寓这种体面的社交场所结交几位阔人,然后好吃空心饭。他与时髦倌人之间更多是一种借一个体面场所谈生意的经济关系。汪步青果然在堂子得以结识富商。《市声》中很少正面刻画倌人或多情或奸猾的形象,也很少正面详细描写客人与倌人之间的恩怨情仇等情感纠纷。如第十五回中写汪步青在妓院请客,请了几个时髦且富裕的客人,小说轻描淡写地交代客人与倌人之间的交往过程:"金宝佃(倌人)敬了一巡酒,自取应局。一会儿,叫的局都到齐。各人拉着相好,乱闹一阵。须臾局散,这才安心吃酒。"(第十五回)然后汪步青和几个生意场中的客人,在这里洽谈买卖地皮的生意,汪步青牵线,介绍朋友叔叔黄埔滩的一块地皮卖给一个俄国商人,并从中发了一笔大财,从而跻身于商人之列。在上海大大小小不同的高等妓院里,像汪步青这类掮客做成一笔笔的生意很正常,正如《市声》中

的小老板钱伯廉总结自己的成功之道:"殊不知上海买买,全靠堂子里应酬拉拢。我从前得法,也是这样的。"(《市声》第十回)

上海作为全国最大的移民城市,人与人之间从陌生到熟悉,应酬难免,而妓院则为之提供了一个理想的社交场所。吴趼人在《二十年目睹之怪现状》第一回"楔子"中写道:"繁华到极,便容易沦于虚浮。久而久之,凡在上海来来往往的人,开口便讲应酬,闭口也讲应酬,人生世上,这'应酬'两个字,本来是免不了的;怎奈这些人所讲的应酬,与平常的应酬不同。所讲的不是嫖经,便是赌局,花天酒地,闹个不休,车水马龙,日无暇晷。还有那些本是手头空乏的,虽是空着心儿,也要充作大老官模样,去逐队嬉游,好像除了征逐之外,别无正事似的。"(《二十年目睹之怪现状》第一回楔子)从吴趼人的这段话可看出,在上海,人人讲应酬,而妓院则是重要的"应酬"场所。上海因为繁华富庶,外来富家子弟及富商很多,但因短期暂住,大多住在客栈,显然客栈不是理想的社交场合。而摆设豪华且高档体面的妓院成为其社交活动较为理想的场所。包天笑在《钏影楼回忆录》中回忆:"上海那时的风气,是以吃花酒为交际之方,有许多寓公名流,多流连于此。"① 其中"吃花酒"就是逛妓院,妓院成为上海男性日常交际的主要社会交往空间。吃花酒主要不是为了选色征歌,而是为了应酬。《官场维新记》中第三回:"后来听得人说,这些最讲维新的大人先生,个个都把花酒当做便饭,堂子当做公馆……""上海在这个时候,正是吃花酒最盛行的时代,谈商业是吃花酒,宴友朋是吃花酒,甚而至于谋革命也是吃花酒……我是吃花酒的,踏进时报馆第三天,狄南士就请我吃花酒,那是他宴请一位北京的朋友,邀我做陪客,那是我第一次进入花丛。后来许多南社里的朋友,所谓文酒之会,也都是吃花酒,尤其是那位陈佩忍,竟以妓馆为家,会朋友在那里,写文章也在那里,也可以算是沉溺于此了。"②

清末上海的高等妓院长三书寓主要聚集于四马路一带,二春居士《海天鸿雪记》小说开首就描绘上海:"福州路一带,曲院勾栏,鳞次栉比,一到夜来,酒肉薰天,笙歌匝地。"(第一回)清末民初的狭邪小说《海上花列传》《海上繁华梦》《九尾龟》《九尾狐》《海上名妓四大金刚

---

① 包天笑:《钏影楼回忆录》,中国大百科全书出版社2009年版,第358页。
② 包天笑:《钏影楼回忆录》,中国大百科全书出版社2009年版,第498页。

奇书》《海天鸿雪记》等，都以四马路妓院为小说的主要场景，但小说很少直接描写妓院的色情活动，写得最多的还是发生在其中的各种社交活动，洽谈业务、结交朋友、商谈各种琐碎事件等。而且妓院里的应酬活动可以通宵达旦。《九尾龟》中妓女陆兰芬讲述道："格个方家里跟到倪搭，摆好一格双台，接下去碰仔两场和，直到仔两三点钟，天亮辰光走格。"（第三十五回）《海上繁华梦》中多次写到了嫖客在妓院请客吃酒、赌博到天亮。

在商业活动中，人脉非常重要，这是任何时代的不二法则。在清末商业大都市，拓宽人脉，结交各类朋友也成为大多数商业人士、掮客及其他各类人士必做的事情。妓院作为社交场合，就像一张巨网把形形色色的人网罗到一起。妓院中吃花酒，往往是人越多越热闹，为了热闹，主人往往把认识的人都请来，而认识的人也把他的朋友带来，这样每次都有陌生人参加，在妓院这种愉悦放松的社交空间，大家很快就认识，参与者从中既能体会到集体活动所带来的愉悦，同时也增加彼此之间的感情，从而可能发展成亲密的朋友或合作伙伴。《海上繁华梦》中主人公之一杜少牧苏州人士，到上海不久，就在妓院结识了很多来自于全国各地不同行业的游冶子弟，除了在客栈结交的郑志和（扬州人）、游冶之（扬州人）、锦衣（京官）外，其他包括康伯度（宁波人）、经营之（山西人）、邓子通（厦门人）、温生甫（常熟人）、潘少安（常州人），还有洋人大拉斯（外国人）、白拉斯（外国人）等都是在妓院认识的，而这些人也因为经常一起吃花酒，也逐渐熟悉起来。之后，他们形成了一个交际圈，而对于在这其中的几个骗子而言，这些人脉都将是他的生意来源。事实上，在描写上海的小说中，这种以妓院来结识人脉的场景描写非常多。《海上花列传》中的小商人陈小云，因为在长三书寓与大富大贵的官僚齐韵叟结识，之后被这个大贵人邀请到他的私家花园一笠园共度佳节。这件事令陈小云受宠若惊，在朋友的劝说下才敢答应。陈小云精心打扮后来到一笠园，这令同样是小商人的庄荔甫"不胜艳羡之至"。这"艳羡"中包含了一个小商人结交大官僚大富翁的羡慕，也暗示了这种人际关系可能带来的巨大商机。总之，陈小云攀上了在他看来"高不可攀"的富豪齐韵叟，这一切正是在妓院这个社交场合中成为现实，而从陈小云的受宠若惊、谨言慎行到庄荔甫的不胜艳羡，都说明这种人际关系对于像陈小云这种商人而言非常难能可贵，而这种人脉无疑暗含无限的商机，因为此时的庄荔甫正是通过他人的关系靠齐韵叟的生意发财。小说中洪善卿、陈小云、庄荔甫等人都是商人兼捐客，他们都是以妓院为平台，拉拢、洽谈生意，如第一回中洪善卿在幺二堂子聚秀堂请客，恰遇庄荔甫，"庄荔甫对着洪善卿坐下，讲论些生意场中情事"（第一回）。而小说中的姚季莼虽是个官场人物，因为要与各界人应酬，他每夜周旋于上海各大高等妓院，但家中二奶奶管束严紧，规定每晚十点钟前回家，稍晚立加谴责。但姚季莼也偶有夜不归宿的越轨行为，姚二奶奶妒火中烧，甚至跑到妓院大闹一番，但也无可奈何，因为她也深知"季莼要巴结生意，免不得与几个体面的往来于把势场中"（《海上花列传》第五十五回）。这也道出当时上海生意场上的实情。妓院是官员、商人等各界人士应酬的重要场合。

妓院在晚清以来甚至20世纪初期的商业都会上海，一直充当很重要的社交场合，不仅是娱乐消遣的场所，更是结交朋友、洽谈业务、拉拢生意等从事社交活动的重要场所，正如《市声》中评价："上海的堂子里有绝大的世界。"这句话也体现出上海作为近代商业都会的一个重要特征：人际关系不再以传统地缘、血缘为纽带形成，而是以共同的爱好、共同的利益为中心而缔结。而妓院则为这种以娱乐、商务活动为目的的社交活动提供了一个理想的空间。

第二节 传统帝都北京

人们的日常生活总是在一定空间场所进行。都市中人们的日常生活则在都市的各种不同空间中进行。正如前一章所论述，清末民初在上海发表的小说中很少描写京城中平民百姓的生活，小说中的人物主要是京官及外来谋求仕途发展的士子。因此，这时期小说中的北京城市文学地图主要是京官及外来士子等人的活动空间范围，中心区域在外城宣武门外的宣南地区，次中心空间是内城的宫殿和王公贵族的府邸，具体而言，出现频率较高的空间场所：陶然亭、琉璃厂，文人士大夫的休闲空间；会馆，居于地缘认同的客居空间；相公堂、妓院，娱乐与官场活动为一体的社交空间；官僚宅第，官僚气息的家居空间。

一 陶然亭、琉璃厂：文人士大夫游玩的休闲空间

公园以及类似性质可以进行活动时间较长的公共空间，不仅是作为个

人与自然交流的自然环境，还是城市居民的主要休闲、游憩以及市民文化的传播场所。德国哲学家康德曾经说过，知识分子的崇高责任，就是敢于在一切公共空间应用理性。因此，公共空间不仅是公众休闲、健康的公共场所，也是市民培养公共意识的重要场所。公园、花园以及类似性质的公共空间是近代西方社会进步的产物，在清末民初的小说中，只有上海租界才出现这种融休闲、娱乐、公众聚会为一体的公共空间，而在古都北京，并没有出现具有公共性、开放性和自由性等特征的西方公园、广场性质的公共空间。北京供市民休闲娱乐的公共场所仍然是一些传统的名胜景点。

北京作为中国的政治中心，有着庞大而完整的官僚机构，因此，京官士大夫无疑是小说中的主角。京官的日常休闲活动主要是逛逛颇有野趣的陶然亭和具有浓郁文化氛围的琉璃厂。《轰天雷》中概括了北京普通京官的日常习惯："三人逢暇，无非听戏、上馆子，有时也到些清静的地方，如陶然亭、崇效寺、龙爪槐、法源寺，都是著名的。鞭丝帽影，往来征逐，这是做京官的习气。"（第八回）《孽海花》写了一个满洲名士祝宝廷官场失意之后的休闲方式："更觉牢骚不平，佯狂玩世，常常独自逛逛琉璃厂，游游陶然亭。"（《孽海花》第十四回）

陶然亭是清代康熙年间工部侍郎江藻在慈悲庵内所建的一亭，并取白居易的诗句"更待菊黄家酿熟，与君一醉一陶然"之"陶然"二字为亭命名。自此之后，不断有文人墨客到此游览凭吊，并留下许多诗篇佳作。陶然亭也因此成为一名胜。徐珂在《清稗类钞》中"名胜类"介绍："陶然亭为都下名胜之一，亭在南下洼，为郎中江藻所建。江，鄂人，取白居易诗'更待菊黄家酿熟，与君一醉一陶然'意以名之。地高旷，三面明窗，尤为雅洁。秋日白杨零落，红蓼花开，都中墨客骚人多宴于此。"①《轰天雷》中提道："陶然亭在锦秋墩东南，是本朝江藻所盖。孤亭翼然，墙外有数十株杨柳环绕，亦都中一名胜之地。每逢天气晴明，游人士女，络绎不绝。"（第一回）游陶然亭也成为京中一胜事，《燕京岁时记》中记载，京师"每届九月九日则都人提壶携榼，出郭登高。南则天宁寺、陶然亭、龙爪槐等处……赋诗饮酒，烤肉分糕，洵一时之快乐"②。然而，

---

① 徐珂编：《清稗类钞》（第1册），中华书局1984年版，第132页。
② （清）潘荣陛、富察敦崇：《帝京岁时纪胜　燕京岁时记》，北京古籍出版社1981年版，第79页。

陶然亭不过一孤亭而已，占地面积不多，既没有其他精致宏伟建筑，也没有其他配套娱乐设施，不过确是城郊一个较有自然野趣的场所。京师历代文人雅士较多，因此吟咏陶然亭的诗歌也不绝如缕，陶然亭的文化底蕴和名声正是在历代文人的吟咏中不断提升。

陶然亭作为京中一名胜，因此也是小说中文人雅士偶遇各种人事的场所。《禽海石》写了九月重阳节这天，"我"曾随父亲到陶然亭游玩登高，恰遇了也来此登高的陆伯寅及其父亲。而陆伯寅乃是纫芬姐姐的意中人，从此之后，"我"帮他传递情书，他帮"我"策划向纫芬父亲提亲事宜等，因此这次陶然亭的偶遇对于推动"我"和纫芬的爱情发展意义重大。《轰天雷》中主人公荀北山一次随几个京官朋友到陶然亭游玩，在门口遇到一少女，似有顾盼之意，荀北山顿时痴迷，到亭中一看，发现壁上题咏文字到处都是，西面墙上，有一首新作，朋友疑是刚出门的女子所作，荀北山立即向僧房借来笔墨，在那首女子所作的诗下作了一首，并写道："壬辰首夏，结伴游此，得瞻玉容，并领珠唾。仙踪已杳，余香犹存。荀郎为尔心死矣。奉和一绝，不计工拙。倘珠浦重来，玉扉可扣，或许狂生，得耍交甫之佩乎？言不尽意，志之于壁。"（第一回）可想而知，这种墙上求偶当然毫无结果。从小说中所写游亭人随意在亭中留诗，到荀北山在墙上和诗的可笑举动，都反映出陶然亭仍是个传统的游览胜地。文人墨客率性而为，并没有意识到公共空间乃公共享有的空间，而不是个人可以私自侵占的空间。游人随意在亭上舞文弄墨就是一种私自占有空间的行为。从中可见，京城中名胜陶然亭充其量只是一个文人雅士的休闲空间。

陶然亭因其自然野趣及其文化底蕴，可能更适合文人士大夫陶冶性情或吟诗作赋，但对于普通市民而言，陶然亭似乎少了些市井气息以及大众娱乐设施。震钧在《天咫偶闻》中评价道："陶然亭，在潭之南，又名江亭，江郎中藻所建，自来题咏众矣。宣南士夫宴游屡集，宇内无不知有此亭者。其荒率之致，外城不及万柳堂；渺弥之势，内城不及积水潭，徒以地近宣南，举趾可及，故吟啸遂多耳。"① 在震钧看来，陶然亭之所以闻名，并不是其景致胜于他处，而是因为地处宣南，士大夫寻访方便。孙毓敏在《昔日陶然亭》一文中，回忆解放前的荒凉、凄惨的陶然亭："陶然亭，名字怪好听，可是并不'陶然'。那时到处是一洼一洼暗绿色的死

---

① 震钧：《天咫偶闻》，北京古籍出版社1982年版，第158页。

水，周围长满芦苇和荒草，再加上大大小小的坟头显得十分荒凉、凄惨……'陶然亭'附近的环境是这样阴森可怕，也就丝毫不'陶然'了。"① 因此，即使是小说中比较频繁出现的公共场所——陶然亭，因为无人经营和管理，也没有配套的娱乐设施，因此并没有成为一个类似于具有公园性质，融休闲、娱乐、集会、民众参与公共事务等为一体的公共空间，陶然亭不过是文人雅士宴游的休闲空间。

琉璃厂也是文人雅士闲暇时间经常光顾的场所。"京城为人物渊薮，官于斯者，多有文学进身，乡会试之士子，比年一集，清季变法，京朝官优给月薪，科举虽废，高级学校相继立，负笈来者尤众，已故京师书业甲全国。"② 北京的文化精英及具有较高文化修养的官僚、士子最多，他们对于文化的需求也最大，而琉璃厂的书籍、古玩、字画等则为他们提供了源源不断的文化消费品。据《琉璃厂小志》研究，琉璃厂"清乾隆后，渐成喧市，特商贾所经营者，以书铺为最多，古玩、字画、文具、笺纸等次之，他类商品则甚少。旧时图书馆之制未行，文人有所求，无不求之厂肆；外省士子，入都应试，亦皆趋之若鹜。盖所谓琉璃厂者，已隐然为文化中心，其他不特著闻于首都，亦且驰誉于全国也"③。《二十年目睹之怪现状》中写道："因为久慕京师琉璃厂之名，这天早上，便在客栈柜上问了路径，步行前去，一路上看看各处市景。……一路问讯到了琉璃厂，路旁店铺，尽是些书坊、笔墨、古玩等店家。"（第七十二回）此外，琉璃厂一带每年定期有一些集市，这些丰富的节目使得逛琉璃厂成为在京士大夫及书生士子闲暇生活的一部分。《琉璃厂小志》中汇集了历代文人墨客在琉璃厂游玩的笔记及诗文，其中有不少诗文记载了这种盛况，如"新年朝元会罢，士大夫联裾接襼，以纵游观，至收灯而止……"④，"琉璃厂畔逐闲人，古玩般般列肆陈。汉玉唐碑宋元画，居然历劫见风尘"⑤。

这时期的小说中经常提及士大夫以及文人雅士到琉璃厂游玩。从

---

① 孙毓敏：《孙毓敏艺术研究文集》，中国戏剧出版社2003年版，第267页。
② 孙殿起：《琉璃厂小志》，上海书店出版社2010年版，第11页。
③ 孙殿起：《琉璃厂小志》，上海书店出版社2010年版，第1页。
④ 孙殿起：《琉璃厂小志》，上海书店出版社2010年版，第72页。
⑤ 潘超等主编：《中华竹枝词全编1》，北京出版社2007年版，第286页。

《孽海花》中可以看出当时在京的官僚士大夫经常到琉璃厂去"淘"各种古书、古玩、字画等以附庸风雅,其中第十一回中写到潘八瀛尚书因为新近从琉璃厂一个老书估手里买到北宋本的《公羊春秋何氏注》,因此邀请一群官僚士大夫在家集会,公祭《公羊春秋何氏注》中做注的何邵公。《二十年目睹之怪现状》中外来人员"我"到了北京,"我没了事,就不免到琉璃厂等处逛逛"。《负曝闲谈》中的周劲斋第一次进京,向人打听京城好玩的场所,其友人管家就向他介绍了琉璃厂,他随手在琉璃厂买了些文具用品。

清末民初的北京,基本沿袭中国传统城市建设的发展方向,市民主要活动的公共场所,仍然是传统的历史名胜和景点,而并没有发展起全民参与、具有公共性、开放性和自由性等特征的公共空间。在中国古代封建专制时代:"普天之下,莫非王土;率土之滨,莫非王臣",王权礼制和等级制度观念大大影响城市公共空间的建设,城市布局严格遵循社会等级制度和社会控制的需要,普通百姓的娱乐、休闲、参与社会公共事务等需求几乎被漠视。正如余秋雨曾经说过:"中国文化的第一个弱项,是疏于公共空间。"① 西方公园的概念传入北京是在 19 世纪末 20 世纪初,随着留学生和出国游历人士的介绍才开始的。他们认为公园是陶冶人的性情,养成文明生活习惯的好场所,光绪三十一年(1905)有人建议在京师建公园,以倡导文明社会。光绪三十二年(1906)有彬熙、陈升等人分别呈请清政府将什刹海改建为公园,然而,管理皇家苑囿的奉宸苑以在什刹海开辟公园会影响皇家游览而拒绝。光绪三十二年(1906)出国考察政治的大臣端方、戴鸿慈归国,他们建议清政府仿效西方国家普及公共文化设施,认为图书馆、博物馆、动物园、公园是西方文明的重要组成部分,建议:"敕下学部、警部,先就京师首善之区,次第筹办,为天下倡。妥定规画之方、管理之法。饬各省督抚量为兴办,亦先就省会繁盛处所,广开风气,则庶几民智日开,民生日遂,共优游于文囿艺林之下,而得化民成俗之方,其无形之治功,实非浅鲜。"② 端方等大臣看到了公共设施对于开启民智、化民成俗的重要价值。这正是城市公共设施建设在北京的起步。

---

① 参见《读者参考丛书》编辑部编:《减速的代价》,学林出版社 2011 年版,第 141 页。
② 闵杰:《近代中国社会文化变迁录》(第 2 卷),浙江人民出版社 1998 年版,第 195 页。

二 会馆：居于地缘认同的客居空间

中国历代实行科举考试制度，作为政治权力、文化教育中心的京城，几乎一直是决定个人前途命运的都市。因此自明清以来，京城北京一直是全国各地士子纷纷奔赴前程的城市。而这些来自各地的士子们的食宿问题则是一个现实的问题，而居于地缘关系基础的同乡组织——会馆，则为他们提供了极大的方便。最早出现的会馆就在京师，迄今所知最早的会馆是建于永乐年间的北京芜湖会馆。会馆大多是外地在京同乡所建。对于会馆的建馆目的，各种文献上都有记载，一是为了外地在京乡人叙乡谊，《浮山会馆金妆神像碑记》中载："以敦亲睦之谊，以叙桑梓之乐，虽异地宛若同乡。"[①] 中国人的宗法制度决定了中国人浓厚的乡土观念，而以同乡组织为基础的会馆则为他们提供了一种共叙乡土情谊的场所。另一个重要目的是各地乡人为本乡学子来京参加科举考试、进京谒选等解决食宿问题。嘉庆二年《新置盂县氆氇行六字号公局碑记》中记载："京师为四方士民辐辏之地，凡公车北上与谒选者，类皆建会馆以资憩息。"[②] 由此可见，会馆正是基于一定地缘关系身份认同所形成的客居空间，为乡人旅京者提供服务，尤其是帮助进京科考的书生士子，因此有些会馆也称为"试馆"。李景铭《闽中会馆志》卷首《程树德序》："京师之有会馆，肇自有明，其始专为便于公车而设，为士子会试之用，故称会馆。自清季科举停罢，遂专为乡人旅京者杂居之地，其制已稍异于前矣。"[③]《闽中会馆志》中《陈宗蕃序》清代闽县陈宗蕃也说："会馆之设，始自明代，或曰会馆，或曰试馆。盖平时则以聚乡人，联旧谊，大比之岁，则为乡中来京假馆之所，恤寒畯而启后进也。"[④] 对于在京的单身京官及旅京者，同乡会馆也提供食宿以尽乡谊，歙县会馆对"初授京官与未带眷属或暂居者，

[①] 山西省政协《晋商史料全览》编辑委员会编：《晋商史料全览》（会馆卷），山西人民出版社2007年版，第89页。

[②] 山西省政协《晋商史料全览》编辑委员会编：《晋商史料全览》（会馆卷），山西人民出版社2007年版，第87页。

[③] 李景铭：《闽中会馆志·程树德序》，转引中国会馆志编纂委员会编《中国会馆志》，北京方志出版社2002年版，第31页。

[④] 李景铭：《闽中会馆志·陈宗蕃序》，转引中国会馆志编纂委员会编《中国会馆志》，北京方志出版社2002年版，第85页。

每月计房一间输银三钱,以充馆费,科场数月前,务即迁移,不得久居……非乡会试之年,遏选官及来京升见者,均听于会馆作寓,每间月出银一钱,按季送司年处"①。吕作燮总结会馆的特点:"清朝北京的 445 所会馆……纯属同乡会馆,只要是同乡旅京人士,均可到会馆聚会和居住,而每三年一次的科举考试时,这些会馆都必须接待同乡士子住宿……更多的会馆是多用途的。"② 在清末民初小说中的会馆,主要是类似于试馆性质的同乡会馆,而很少涉及工商行业等行业组织的会馆。

会馆可以为进京人士提供暂时安稳的食宿。不仅在清代,即使在民国初年,会馆仍为各地来应试的举子提供了便利的食宿之地。《如此京华》第六回中写道:"那南粤试馆在顺治门外,是前清潮慧嘉三属所建。这几年来,因举行知事考试,那班前清县太爷,法政毕业生,梯航万里,来京候考的,都把这试馆做了税驾之地,一时便热闹起来。"因为同乡的地缘关系,不仅进京士子选择住在客栈,一些没有带家眷、不太阔绰的京官都选择住在会馆中。《二十年目睹之怪现状》中太史公周辅成死了太太,一京官假意劝他:"你也大可以搬到会馆里面去,到底省点浇裹。""自己住到会馆里,省得赁宅子,要省得多呢。"(第七十回)可见,住在会馆比住客栈、租宅子要省得多。会馆成为京城京官、在京士人生活的较为理想的客居场所。因此,要在京城找寻某人或打听某人的信息,只要到他的同乡会馆很容易找到或打听出来。《冷眼观》中写了"我"因践好友世叔何西林之约,冒着烽火跑到北京来找何西林,第一件事是去广东会馆探听何西林的下落,因为何西林是广东人,果然很轻易就打听到了他的消息。《二十年目睹之怪现状》中写到"我"到北京,"向前走去,忽然抬头看见一家山东会馆,暗想伯述是山东人,进去打听或者可以得个消息",果然,打听到了伯述的下落。

且相对于客栈而言,会馆主要是同乡同居一馆,会馆不仅经济实惠,而且可以在同乡之间建立情感和信息交流,因此不仅少了"独在异乡为异客"的孤单寂寞之苦,同乡之间的友情关爱也为外来进京人员带来不少温情。《轰天雷》中的一介寒士荀北山长期住在常昭会馆,卖文过活,生活极其拮据。而住在常昭会馆的还有其很多同乡京官,其中与荀北山关

---

① [日] 寺田隆信:《关于北京歙县会馆》,《中国社会经济史研究》1991 年第 1 期。
② 吕作燮:《明清时期的会馆并非工商业行会》,《中国史研究》1982 年第 2 期。

系较好的同乡京官中，包括两个主政，两个太史。这几个同乡京官，不仅在经济方面给了他很大帮助，甚至帮他谋划娶亲的事情，在他最艰难的时候，总是像亲人般照顾他。可见，会馆是在京的同乡之间相互照应的一个温情空间。《官场现形记》第二十七回中，仁钱会馆不仅是同乡之中落魄之人在京的安身之地，而且也是同乡人在京的保护伞。小说中的杭州人王师爷陪同东家贾少爷进京谋官，却无故被东家驱逐，在其走投无路的时候，仁钱会馆的一个同乡邀请他到会馆住，并答应他请几个在京同乡凑钱帮他返乡。而且当王师爷倾诉了东家对他的不尊重时，会馆里的同乡京官想方设法帮他讨回公道，利用同乡京官中的军机大臣狠狠地打击了这位无情的东家，并要求其东家帮他在京城捐了官。小说中懦弱的王师爷正是得益于同乡会馆中京官的帮忙，不仅解决了生计问题，还意外地谋得了一官职，而其同乡京官为王师爷打抱不平的过程中，不仅帮助了其同乡获利，自己也意外得到了一些好处。

　　会馆为士人的交往、聚会提供了理想的空间，同时也为同乡共同议事、处理一些公共事务提供了公共场所。《孽海花》中第二十七回写江苏同乡在米市胡同的江苏会馆宴请即将赴日谈判的两位参赞马美菽、乌赤云，"同乡京官都朝珠补褂，跻跻跄跄地挤满了馆里东花厅"，然后两位参赞和同乡京官在会馆热烈地讨论着当下的政治时局。《二十年目睹之怪现状》中写了"我"在京城听王述伯讲的故事：山东历城县人符弥轩在京为官，家乡的祖父千里寻亲，来到京城，符弥轩却拒而不纳，祖父只能住到历城会馆，同乡京官知道了这件事后就在历城会馆议他的罪，把他叫到历城会馆，要他当众与祖父叩头伏罪，并写下孝养无亏，如仍然不孝，同乡京官便要告他等。符弥轩虽然不愿意奉养祖父，但还是把祖父接回宅子去养。可见会馆成为同乡伸张正义，保护弱者，维护道德的公共场所。《无耻奴》中的会馆成为同乡驱赶卖国奴的地方。小说中的无耻卖国奴江念祖来到京城，被一身正义的同乡京官看到，于是在会馆召集一班同乡京官及进京引见的同乡，商议驱赶他出京的办法，以免祸害他人。最后大家决定写一篇檄文，把江念祖的贪生误国、负心反噬的历史详细写出来，印刷几百张，到处传送，果然不到几天，他的丑闻传遍了京城内外，他在京城也就几乎无处藏身。因此，会馆成为同乡之间商议重大事件的公共场所。

　　从以上可看出以地缘关系中的同乡关系作为建馆基础的会馆，为外来旅京人员提供一种客居空间，其主要社会功能是为同乡提供实惠的住宿、建立情感联接、调解纠纷、维护正义等。这种以同乡关系为纽带的地缘关系反映的是一种传统的故土、乡情观念。"地缘不过是血缘的投射"，地缘关系是以籍贯为基础的身份认同，而籍贯便是血缘在地缘上的投射。在以地缘关系为基础的人际关系中，人们之间的交往依赖乡土人情维持。会馆从建馆的目的以及其所起的社会功能来看，都是以一种乡情观念来维持人际交往，从某种程度而言，这也是宗法家族制在传统城市的一种折射。

对比这时期小说中的上海外来人员的客居空间，无一例外都是客栈旅馆。他们既不会选择住到亲戚朋友家，也不会去找会馆。在描写上海的小说中，几乎没有出现过会馆，这并不是说上海没有会馆，而是说上海会馆根本没有进入小说家的视野，因为上海会馆很少像北京会馆一样为同乡提供食宿问题。《海上繁华梦》中的谢幼安、杜少牧初次到上海，尽管至交好友在上海已有公馆，并盛情邀请他们住在家里，但是他们还是选择住在客栈，理由是"省得搅扰人家不安"（第一回）。《歇浦潮》第十回写到湖南土财主倪伯和趁其侄子倪俊人得子，到沪上游玩。尽管倪俊人在上海颇有势力，已有三房妻妾，在上海有三处公馆，但对于叔叔的到来，因为"自己公馆中没处居住，便预先在孟渊旅社定了一号房间"（第十回），因此为倪伯和预订了客栈。《海上花列传》中的乡村青年赵朴斋虽然家境贫寒，到了沪上，先在一个小客栈住下来，然后才去找他的亲舅舅。后来他的母亲和妹妹来沪上找他，也是先住到客栈里，然后找其舅舅来客栈见面。而对于在上海没有亲戚好友的外来人员，更是首选客栈。外来人员入沪，基本选择客栈作为客居空间，一方面是因为上海租界地价高，一般人家房子多狭窄，不能容纳太多的人；另一方面与上海客栈的兴盛有关。随着全国各地人口涌入上海，以商业利润为目的的客栈则与时俱进地大量出现，为来自五湖四海的人提供不同消费层次的大小客栈。上等客栈建成西洋式楼房，或者是中西混合风格，高雅舒适，有官房和客房两类之分，官房接待官绅富豪，居室大而气派。客房主要供应官绅富豪的侍从和普通行商客人等。下等客栈，其环境要简陋得多了，它们是贩夫走卒、各种外来寻业谋生者的托身之所。客栈的舒适程度与个人的经济能力完全成正比，经济宽裕则住上等客栈，经济紧张则住下等客栈。《海上繁华梦》中的游冶之和郑志和带着巨资来上海游玩，最初住在豪华舒适的长发客栈，但被妓女把钱全部卷走之后，他们只能住在条件较差的小客栈里，最后贫病交加的时候，他们被迫搬到了最廉价的叫化客栈。他们的客居空间由他们的经济水平决定的。

从以上京沪客居空间的对比中可以看出，作为商业大都市的上海，其外来人员客居空间基本遵循金钱交易为主，这种商业模式为特征的客居空间反映出都市社会人际关系已经完全脱离传统的地缘和血缘关系，也显示出上海朝着现代资本主义意识形态的城市发展。而北京以地缘认同的会馆为主要客居空间，恰恰可以看出北京仍然是一个传统封建形态的都市。韦伯在分析中国古典城市时指出，直到近世，中国的城市仍然是帝王代表及其他高官要人的住地，"迁到城里的居民（特别是有钱人）仍然保持着同祖籍的关系，那里有他那个宗族的祖田和祖祀，就是说，还保持着同他出生的村子的一切礼仪性的和个人的关系"。① 因此，清末民初的上海已经完全跨出传统城市，向现代城市迈进，而北京仍然算是传统城市。

三 堂子妓院：娱乐与官场活动为一体的社交空间

北京作为明清两代的政治文化中心，官僚士大夫最为集中，加上进京的举子士人、各地谒见官员及商人等，人烟集凑。这些京官及外来的士子商人除了一般的日常生活和休闲生活，其娱乐场所一般在哪里？《京华艳史》中第一回作者辛辣地讽刺了北京作为首善之区的龌龊之处，其中写到了北京的社交场所："酒子、戏园、窑子，北京叫做三套头，所有达官贵人、王孙公子、时髦新党、洋人二毛子一切军民人等，都以此等套头为乐。"可见，酒店、戏园、窑子是京城上至达官贵人，下至军民的社交场所，其中作为"三套头"之一的"窑子"指的正是妓院。《清稗类钞》"风俗类·都人之酒食声色"也写到北京士大夫的娱乐方式："晚近士大夫习于声色，群以酒食征逐为乐，而京师尤甚。有好事者赋诗以纪之曰：'六街如砥电灯红，彻夜轮蹄西复东。天乐听完听庆乐，惠丰吃罢吃同丰。衔头尽是郎员主，谈助无非白发中。除却早衙迟画到，闲来只是逛胡同。'盖天乐、庆乐为戏园名，惠丰、同丰京馆名，而胡同又为妓馆所在地也。"从上可见，戏园、酒馆以及妓院是士大夫经常光顾的娱乐场所。而娱乐场所往往也是社交场所。而相对于戏园、酒馆，妓院因其环境的优雅清净，加上妓女们大多具有弹唱、侑酒等应酬功夫，因此更容易活跃气

---

① [德] 马克斯·韦伯：《儒教与道教》，王容芬译，商务印书馆1997年版，第59页。

氛,从而增加社交活动的热闹娱乐气氛,因此成为京中官僚士子们比较青睐的社交空间。历代的爱情故事中,其中京城中妓女与书生士子的爱情故事比例往往最大。但是,在清初,京城实行禁娼妓制度,娼妓业受到严重的打击,却因此刺激了梨园之盛。"武进庄纫秋先生曰,予居京师久,于京师之习俗颇知一二。上自王公卿相,下至厮养舆儓,均惟戏曲是好。京中士大夫废书不读,除习馆阁小楷外,仅知听戏而已……"①

　　禁娼制度和戏剧的兴盛也催发了狎优之风的发展。贵优贱娼成为清末以前京城士宦间的一种风尚,"京师宴集,非优伶不欢,而甚鄙女妓。士有出入妓馆者,众皆讪之。接纳雏伶,征歌侑酒,则扬扬得意"②。《孽海花》中写道:"原来那时京师的风气,还是盛行男妓,名为相公。士大夫懔于狎妓饮酒的官箴,帽影鞭丝,常出没于韩家潭畔。至于妓女,只有那三等茶室,上流人不能去。"(第三十五)而其中的年轻俊美且专供公子阔佬行乐的优伶称为"相公"。清代何刚德《话梦集》卷上载:"风流置酒少年场,脆管帘栊梦未忘。"自注:"相公下处,京师伶人所居也。京伶名曰'像姑',转音则曰'相公'。"③《九尾龟》对京城中官僚士大夫狎优之风介绍:"原来这个少年是京城里头数一数二的红相公。什么叫做红相公呢?就是那戏班子里头唱戏的戏子……京城里头的风气,一班王公大人专逛相公,不逛妓女。这些相公也和上海的倌人一样,可以写条子叫他的局,可以在他堂子里头摆酒。无论再是什么王侯大老,别人轻易见都见他不着的,只要见了这些相公,就说也有、笑也有,好像自己的同胞兄弟一般,成日成夜的都在相公堂子混搅。那窑子里头简直没有一个人去的,就是难得有一两个爱逛窑子的人,大家都说他下流脾气,不是个上等人干的事情。"(第一百一十七回)道光间陈森的《品花宝鉴》就是一部专门描写京师梨园逸事及狎优风气的小说。

　　相公堂子之所以成为京城重要的社交场合之一,尤其在庚子事变之前,其中一个原因是相公的应酬更适合官场上的官僚大人。就社交应酬场合而言,一般是越热闹越好,"那班大老却又觉得不叫一个陪酒的人席上

---

① 柴小梵:《梵天庐丛录》(2),山西古籍出版社1999年版,第613页。
② 黄均宰:《金壶遁墨(卷2)·伶人》,载陆林主编、汤华泉选注《清代笔记小说类编(世相卷)》,黄山书社1994年版,第311页。
③ 龚延明:《中国历代职官别名大辞典》,上海辞书出版社2006年版,第492页。

又十分寂寞，提不起兴趣来"（《九尾龟》第一百五十二回），反映了京城中一般社交场合"大老"的心理。而相对来讲，同为男性的相公应酬方面显得更加大方，"大约是为着那班相公究竟是个男人，应酬狠是圆融，谈吐又狠漂亮，而且猜拳行令，样样事情都来得。既没有一些儿扭捏的神情，又没有一些儿蝶狎的姿态，大大方方的陪着吃几杯酒，说说话儿，偎肩携手，促膝联襟，觉得别有一种飞燕依人的情味"。而"做妓女的究竟是个女子，比不得当相公的是个男人，凭你叫到席上的时候，怎样的矜持，那般的留意，免不得总有些儿淫情冶态在无心中流露出来。这班当大老的人一个个都是国家的柱石，朝廷的大臣，万一个叫了个妓女陪酒，在席上露了些马脚出来，体统攸关，不是顽的，倒不如叫个相公，大大方方的，没有什么奇形怪状的丑态发现出来"。（《九尾龟》第一百五十二回）《品花宝鉴》中的名士徐子云评价相公的好处："这些相公的好处，好在面有女容，身无女体，可以娱目，又可以制心，使人有欢乐而无欲念，这不是两全其美吗？"（第十一回）正因为相公在应酬官僚大人方面比妓女更得体大方且维护形象，因此相公堂在京城大受欢迎。

此外，相公堂精致典雅的装饰以及非常讲究的酒菜等也使它成为比较理想的社交场所。《九尾龟》中章秋谷进京，姚观察请他和其他朋友到相公堂小兰家，章秋谷道："你请我别处吃饭，我不谢你。你请我吃相公饭，我却感激得狠。我自从那一年出京之后，想着相公饭的滋味，别处地方，凭你怎么样总吃不到这样的好东西，正在这里求之不得。"到了相当堂，其雅致的装饰让他感叹："怪不得如今那些大人先生，成天的爱在相公堂子里头混闹。这般的地方委实是天上琼楼，人间瑶岛。"只见小兰家："一间大大的屋子……壁上挂着许多条对，都是些大人先生的亲笔。屋中陈列着许多古玩，湘帘窣地，冰簟当风，花气融融，篆香袅袅，别有一种潇洒的样儿。房屋中间放着个大大的玻璃冰桶，冰桶里头浸着许多莲子和菱藕。……一到了这个地方，恍如到了清凉世界的一般。"（第一百五十二回）《负曝闲谈》中也写到了韩家潭安华堂同样装饰雅致："只见进了大门之后，便是一个院子。院子里编着两个青篱，篱内尚有些残菊。有一株天竹累累结子，就如珊瑚豆一般鲜红可爱。一株腊梅树开满了花，香气一阵阵钻进鼻孔里来。"房间里面"身后摆着博古橱，橱里摆着各式古董，什么铜器、玉器、磁器，红红绿绿煞是好看。壁上挂着泥金笺对，写的龙蛇夭矫，再看下款是溥华。汪老二知道这溥华现在是军机大臣。又是四条泥金条幅,写的很娟秀的小楷,都是什么居士、什么主人,底下图章,也有乙未榜眼的,也有辛巳传胪的……"并且"相公饭的酒菜,向来讲究的,虽在隆冬时候,新鲜物事,无一不全"(第二十八回)。

庚子事变之后,这种社会风气发生了转变,叫妓女陪酒的多起来。《九尾龟》中苏州人士章秋谷道出京城中风气的转变:"我听人说,以前的时候那班京城里头的大老,每逢宴会一定要叫几个相公陪酒,方才高兴。那班窑子里头的妓女却从没有人去叫他陪酒的。偶而有个人叫了妓女陪酒,大家就都要笑他是个下流社会里头的人。自从庚子那一年联军进京以后,京城里头却改了一个样儿,叫相公的狠少,叫妓女的却渐渐的多起来。"(第一百五十二)这可能是因为庚子之前,京城里头的妓女多是本地人,其相貌打扮都不太符合来自南方官员士大夫的品味。庚子之后,那些下等妓女依旧是本地人,而上等的妓女却大半是南方人,扬州、镇江、苏州、上海等地,才貌色艺方面都优胜于北方妓女,因此妓女开始受到欢迎,康观察还补充了实情:"如今叫妓女的人固然狠多,叫相公的人却也不少。"《无耻奴》中也提到类似的现象:"京城里头的风气,只逛相公,不嫖窑子。无论什么王公大臣,上馆子吃饭,叫的都是相公。玩耍的地方,也是相公堂子。……贵优贱娼,竟成了个近时的风俗。……这些风气起于乾嘉之前,盛于乾嘉之后。到得近十年来,有些南中名妓,到京城里去做这个生意,却一个个都是艳帜高标,香名远噪。……久而久之,便也渐渐的把这个贵优贱娼的风俗,暗中移转过来。……从前的王候大臣是专逛相公,不逛窑子。如今却是专嫖窑子,不逛相公,这也是风俗迁移、人心变换的证据。"(第十二回)

无论是前期的相公堂还是后期的妓院,因其内部装饰的豪华舒适,加上相公妓女陪坐侑酒甚至弹唱,因此为京城中的大人老爷、士子商人等提供了一个舒适体面的娱乐宴请场所。何刚德《话梦集》又云:"相公下处……谓之'下处相公',亦称'下处',宠异之也。其址在八大胡同,与妓寮杂居而陈设独清雅,字画亦可观,京僚多于是寻乐焉。"[1]《孽海花》第五回中金雯青、钱唐卿、何珏斋、陆菶如、曹公坊等几个同乡好友都在京,曹公坊刚秋试结束,大家提议到妓院景和堂庆祝,几个好友一边叫条子,一边在妓院热烈讨论京城中的"大人先生,通人名士中……

---

[1] 何刚德:《话梦集》,北京古籍出版社1995年版,第14页。

到底谁是第一流人物?"其中"叫条子"就是叫妓女侑酒陪坐。大家在热烈的气氛中谈论着京城中学者名流。在《孽海花》的三十五回中,京城几个官宦子弟本来在华美的书斋谈诗论文,阔公子庄立人建议:"今天我想给你换换口味,约几个洒脱些的朋友,在口袋底小玉家里去乐一天。"又说:"何妨把论坛乔迁到小玉家中。他那边固然窗明几净,比我这里精雅。"庄立人所说的口袋底小玉家就是妓院,小玉是京中南方妓女的翘楚,有许多阔老名流迷恋着她,替她捧场,因此在京中名声很大。小玉家摆设果然奢华,"这所妓院,本是旧家府第改的,并排两所五开间两层的大四合式房屋,庭院清旷,轩窗宏丽。小玉占住的是上首第一进,尤其布置得堂皇富丽,几等王宫"(第三十五回)。这群阔公子及官宦子弟在口袋底妓院小玉家谈笑风生,却遇到了京师大侠大刀王前来敲诈,两位贵公子因此慷慨解囊,并因此结识江湖人士。

而作为娱乐的社交场合堂子妓院,往往也为京城中官场内外人士拉拢官场关系、洽谈官场交易提供了相对隐私的场所。而所谓的拉拢关系和洽谈生意,在北京无不与官场有关,或为了升官,或为了买官,或为了摆脱官场纠纷等。《如此京华》中作家借小说人物评论民国初年的北京社会风气:"现在别样事都改了共和了,只'卖官买官'四字,还是照从前一样,你这次带了多少钱来做使用呢?"(第十四回)《负曝闲谈》中的杭州城里的游手好闲的富公子汪占魁捐了知县,进京引见,多次在相公堂子请客,这既有他本人爱玩闹的一面,也有他想结交一些官场人物的一面。而京中书办尹仁则想通过堂子与各位官场人物拉近关系,以便更好地拉皮条,做官场买卖。《九尾龟》中康观察带银子进京来谋求官场门路,找了部办办理,事情败露之后,部办把他带到京城的红相公佩芳处请佩芳帮忙,原来这位红相公是吏部堂官白大人最得意的人,"这位白尚书别的都没有什么,只有个爱顽相公的毛病儿。见了相公们就如性命一般,一天不和相公在一起也是过不去的。这个佩芳更是向日最得意的人,天天完结了公事,一定要到佩芳寓里来顽的"(第一百一十八回)。因此,康观察在佩芳堂子通过佩芳顺利地得到了理想的官职。因此,相公堂子里成为官场交易的一个隐秘场所。在《如此京华》中,"京华尤物"挹芬因得到京城一老一少阔客的垂青,从此挹芬妓院冠盖渊薮,阔客云集。挹芬妓院中相帮房中"签名薄","开首第一条便是某王爷的堂差,接着某总长哩,某督办哩,都是些了不得的阔客……想瞧不出这一间斗大屋子,倒有这国务院的签名簿呢"（第十三回）。外地迂腐书生席终南特来京城应知事试,其表兄刘狗儿正在挹芬妓院当龟奴,因此为他求助这位得到众多阔客青睐的妓女,挹芬的亲娘说:"论事呢,不要说一个绿豆般的知事,就是大几倍的,也只消我家姑娘一语。"（第十四回）不久,这个酸头酸脑的呆书生果然轻易得到了知事,可见全是妓院的功劳。

在清末民初描写北京的小说中,相公堂和妓院成为一个频繁出现的场所,这一方面是为了批判士大夫官僚阶层的堕落生活,另一方面也是为了揭露京城官僚阶层买官卖官的腐败社会风气。

四 官僚宅第:官派气息的家居空间

正如《如此京华》中小说人物所说:"那北京是官府阔人最多的地方。"（第八回）北京作为中国的政治、文化中心,聚集了大量的王公贵族、士大夫及知识分子精英等。在清末民初描写北京的小说中,京官是小说中主要描写对象,因此京中官僚家居空间是小说中的重要场所。而无论是官僚们家居空间的装饰还是在家居空间的活动,都显出了京城特有的官派气息。

对比上海以石库门为主的家居住宅,北京的家庭住宅,无论是王府还是普通住宅,其建筑结构都以四合院为主,相比于石库门的单进院落,四合院显得宽敞阔大得多。四合院是东、西、南、北四面房子围合起来形成的内院式住宅,庭院合围在中间,因此称为四合院,通常由正房、东西厢房和倒座房组成,如呈"口"字形的称为一进院落;"日"字形的称为二进院落;"目"字形的称为三进院落。此外,北京城还有诸多其他类型的宅院,它们纵深相连而成,院落极多,可以有前院、后院、东院、西院、偏院等,所谓的"豪门深似海"大概源于此。久居上海的包天笑回忆在北京租房:"我在北京,除住在东方饭店外,也会租屋居住。……这条胡同是新造的,全仿上海的里弄格式,曲曲弯弯的里面有十余所房子。虽然那条胡同是仿上海里弄式的,里面的房子却仍是北京式的,一律是小型四合院。北京的房子有大四合院,有小四合院,铁门是小四合院。可也有北屋三间,南屋两间,东西屋各两间,门口还有一个小门房。北京很少楼房,都是平房。"[①]（《铁门小住》）

[①] 包天笑:《钏影楼回忆录》,中国大百科全书出版社2009年版,第597页。

京官宅第的官派气息一方面体现在外在建筑和室内装饰方面。京中官僚，尤其是阔京官所居的四合院大都比较阔大舒适。言情小说《禽海石》中"我"父亲在京时租的一个大四合院，曾是一个阔京官住的："那房子是朝南的，一共是两个五开间，三个三开间。进门时是三间门房。门房的左首就是三间的花厅。花厅对过有个月洞门，遮着一面当朝一品的屏风。转过了屏风，是一所五开间的院子。院子左右两个厢房，一边是做了厨房，一边是作为仆从们的卧室。左边厢房的横首，有一个墙门，走进墙门，便分作两条路。一条是向北而行，走到尽头，又是一所坐北朝南的大院子。那院子前面有一带回廊。回廊的南首，有一个小门，走过小门，就是前面那五开间的院子。一条是向东而行，弯弯曲曲，经过了一枝小桥，又绕过了一段假山，然后现出三间书室。那书室是朝北的，前面都是些长槐高柳，后面有几株梅树、几株海棠。这书室冬夏皆宜，甚为雅致。"这所阔官的四合院不仅有房间若干，还有几个大院子，院子里有小桥、假山、花草树木，貌似一个小小"大观园"，其阔大舒适不言而喻。《孽海花》（第十九回）中的老名士住宅李纯客的宅子，"进门一个影壁，绕影壁而东，朝北三间倒厅，沿倒厅廊下一直进去，一个秋叶式的洞门。洞门里面方方一个小院落，庭前一架紫藤，绿叶森森；满院种着木芙蓉，红艳娇酣，正是开花时候。三间静室垂着湘帘……"从"进门"到"洞门里面方方一个小院落"，可见这位老名士的住宅至少是二进院落。而小说中的金雯青也"住了纱帽胡同一所很宽大的宅门子"（第二十回）。而一些当权的王公贵族的府邸更是奢华气派，《孽海花》中满洲名士、国子监祭酒的私家园林云卧园："只见两边蹲着一对嶙峋白石巨眼狮，当中六扇铜绿色云梦竹丝门，钉着一色镶铁兽环，门楼上虬栋虹梁，夭矫入汉。正中横着盘龙金字匾额，大书'云卧园'三字。'云'字上顶着'御赐'两个小金字。纯客道：'壮丽哉，王居也！黄冠草服，哪里配进去呢！'"（第二十回）可见其奢华气派。

　　清末民初时期基本没有客厅一说，在北京整个四合院的家居空间中，书房一般是主人公看书学习兼办理公务的场所，也是用来接待朋友、宴请宾客的重要场所，因此算得上整个住宅中的"公共场所"，因此成为主人最重视装饰的空间。在大部分描写北京官僚的家居空间中，书房是出现频率最高的场所。相比上海家居空间讲求西洋风格，北京官僚的家居装饰更显得古典雅致。《孽海花》中潘尚书的家里："一间很幽雅的书室。满架图书,却堆得七横八竖,桌上列着无数的商彝周鼎,古色斑斓。两面墙上挂着几幅横批,题目写着《消夏六咏》,都是当时名人和八瀛尚书咏着六事的七古诗:一拓铭,二读碑,三打砖,四数钱,五洗砚,六考印。都是拿考据家的笔墨,来做的古今体诗,也是一时创格。"(第十一回)潘尚书布置得古色古香的书房,也显示了京城士大夫阶层中崇尚古朴雅致,爱好古玩的社会风气及审美品味。《九尾龟》京官姚观察书房同样布置得幽雅古朴:"进了大门,姚观察让着秋谷到一间小小的书室里头坐下。秋谷举目看时,只见这间书室收拾得十分精致:一帘花影,四壁图书。案头摆着的,都是些夏鼎商彝,斑烂绝俗。架上放着的,都是些金签玉管,名贵非常。两面都挂着斑竹帘儿,不透一些日色。地上也铺着织花地席。帘外更摆着几盆珠兰茉莉,微风一动,便有一阵阵的花香从帘隙中间直透出来。"(第一百五十二回)《天咫偶闻》卷七也记载了当时京师士大夫好古玩古物的风气:"京师士大夫好藏金石,旧本日贵。"① "光绪初元,先辈无在者。惟潘文勤以学鸣于朝,先生以书画鸣于野……居宣南烂面胡同,自署其斋曰传壁经堂。堂中古物充牣,四壁皆昔贤妙墨。……余旧亦有此好,京尘十载,暇辄从事搜罗,所见殆数百种,记之左方,以当云烟过眼。"②

与上海因为家居空间的不够阔大,其社交空间多选择在妓院、酒楼、茶馆等消费场所不同,北京家居空间阔大,尤其一些阔京官书房摆设雅致,宴请宾客显得体面,因此京官的家居空间往往又是主人进行社交活动的场所。民国初期出版的小说《如此京华》中写道:"主事哩,雇员哩,一辈小老爷们资格浅、荷包小,不过青云阁一茶,至美斋一酒,中和园一戏罢了。签事大老爷身份大了,青云阁、至美斋嫌人迹嚣杂,不耐烦去的了。"这也反映出了清末北京阔京官的心态,对于有身份的大老爷来说,与其到人迹嚣杂的社交场合去,还不如在自家宽敞安静的书房与亲朋好友聚会。《九尾龟》中章秋谷跟随友人进京,家住绳匠胡同的京官姚观察邀请他到公馆,看到姚观察体面雅致的书房,章秋谷便对姚观察道:"到了你这个地方,直可扑去俗尘三斗。不意京城里头这样人海烦嚣之地,居然也有这等地方!"比起酒楼,其环境有过之而无不及,因此在家接待宾客

---

① 震钧:《天咫偶闻》,北京古籍出版社1982年版,第17页。
② 震钧:《天咫偶闻》,北京古籍出版社1982年版,第139页。

还是非常体面。而且姚观察公馆的厨子做的饭菜也甚是精美。姚观察又另外邀请了几个客人,就在书房宴请宾客,聊天、喝酒,又各自叫了相公陪酒,俨然是公开社交场合。

京城官僚宅第的官派气息还显示在京官的日常生活方面,买官卖官、权钱交易、官场相关活动等成为他们家居生活的重要内容。

《春梦留痕》是晚清民初小说中反映北京官场生活中较为出色的一部作品。上海小说进步社印行,《中国通俗小说总目提要》第1233页著录,标"四十回,未见"篇目下注:"阿英《晚清小说目》著录:'佚名著,四十回,宣统三年(1911),小说进步社刊,三册。'"事实上,本书目前的二三册藏在上海图书馆,而第一册未见,从小说第四十回中作者自述中,可知作者的笔名为"悟蝶子",作者在小说篇末中写道:"悟蝶子正写到这里,不觉力尽筋疲,深思困倦,想不如且伏案暂息片时,再做道理。……悟蝶子道,才着得四十回,计二十册……"(第四十回)可知作者的笔名为"悟蝶子",从现存的二三册中可看出,在小说布局和创作主旨方面,作者有意学习《孽海花》,以一京官贾大人和一妓女柳青喜的人生经历为主线,串联起晚清近二十年的社会历史,重点刻画了北京官僚士大夫及其王孙子弟的形象,从而深刻地批判了朝廷的腐朽昏聩,官僚阶层的腐败堕落。小说受到《孽海花》的影响,其中最为明显的是第二十五回基本抄袭了《孽海花》中关于庄仑樵的故事。

在《春梦留痕》中,住在外城绳匠胡同(在宣武门菜市口附近)的官僚士大夫贾大人的贾公馆成为小说中一个重要的描写空间,小说多次描写了贾公馆的生活场景,重点写了贾大人在其家中所做的逢迎谄媚、蝇营狗苟、助纣为虐、营私舞弊等丑陋行为。他因为与王爷的得宠奴才争夺一美仆而一度得罪王爷,差点失官。于是他在家多次宴请王爷身边的红人,阿谀奉承,无非是为了接近朝中权贵甄王爷,他的千般讨好果然得到王爷的提拔和重用。他在家中多次与王爷的儿子密谈各种大小事情,无非是为了官运亨达。他知道王爷的两个儿子(小说称之为爵主)好美色,就千方百计网罗天下美女讨好二位爵主,而贾大人得到的回报是升了官且发了财。贾大人也因为王爷的器重,多次与王爷里应外合卖官卖爵,其中的利益分成不言而喻。作者正是通过多次聚焦贾公馆这个空间的描写,深刻地讽刺了以贾大人为代表的京官贪赃枉法、营私舞弊的形象。作者故意借贾大人太太之口讽刺朝廷:"……倒不比那聋聩的政府,像个半死的,由外面的许多官员暗地欺负，他总是察觉不及，就不妨事的。"（第十七回）小说通过京官贾大人仕途起伏的过程，也写出了晚清官场升迁的真实面目，一旦得罪了当权者便"黄金失色"，生计窘迫，而一旦拉拢了权贵，便升官发财。

而《春梦留痕》对内城中狮子胡同甄王府家居空间的描写则可看出王公子孙骄奢淫逸、以权谋私的一面。甄王爷因从狩有功，加封王爵，历居显要。但这位位在百官之上的王爷却风流成性，长期在相公处厮混，乃至于贾大人到他府上去多次扑了空。对于两个儿子，也是极度纵容包庇。甄王爷的大儿子也称大爵主，年纪轻轻早已位高爵重，奉旨到天津查案，其间欣然接受天津道台送给他的名妓，明目张胆出卖巡抚一职。朝廷耿直的忠臣兆侍郎知晓这事后，立即向朝廷上奏，甄王爷非但没有批评儿子，反而怪这位侍郎多事，利用他的权势很快摆平了这件事情。结果甄爵主没有受到丝毫的影响，而秉直上奏的兆侍郎却受到圣上的革职，理由是："于勋爵重臣，任意污蔑，并不详查……率性入奏，大失朝廷设立言官的初意，咎有应得，着即革职，以为妄参忠臣之戒。"（第三十六回）甄王爷的二儿子称二爵主，同样生性风流，甄王爷不但欣赏他的性情，还亲自选上大量的美女专程伺候二爵主。由此可见，这位王爷不仅自身生活糜烂，而且包庇子女。小说聚焦甄王府这个空间，还写出了王子王孙的纨绔子弟习气，甄王府的大爵主平时利用父亲王爷的权势买官卖官、营私舞弊，且是一个爱好女色之徒，他在天津查案期间携回了美妓，家中的夫人忌恨而死，他不仅无动于衷，反而幸灾乐祸，可见其薄情寡义。而二爵主同样是个贪恋女色之徒，尽管二爵主家中已经满房姬妾，但他仍不满足，大有挑选天下名姬置诸金屋的志愿，因此不惜川资常派心腹到各地探访远近大小名妓。因此，他的哥哥大爵主就托贾大人帮忙物色，贾大人说："何不早说，这事包在我身上，如今录用废员的当儿凡想起用的人员哪个不打算在贤金昆前尽一点心，只要我吹个风儿出去，不消费一些力，包管天下的名姬都可以罗致来了。"（第三十六回）贾大人张罗网罗天下美女，而网罗美女的背后就是权色交易，以色交换官位、官职。因此通过甄王府家居空间的家庭生活描写，写出了晚清王公贵族家庭的堕落腐败，也暗示了国家的毫无希望，作者的批判态度不言而喻。而无论是对贾公馆家居空间的描写，还是甄王府家居空间的描写，都显示出京城特有的官僚气息。

第三节　京沪空间隐喻

地理空间从来都不是简单的纯粹意义的自然空间，借用亨利·列斐伏尔空间生产的理论来表述，空间是社会性的，空间也是一种社会关系。谢纳在《空间生产与文化表征——空间转向视阈中的文学研究》一文中也谈到对此问题的理解："空间是人类社会实践的产物，因此空间具有社会性、历史性、实践性，空间的属人性以及空间的意义和价值便也是社会历史实践过程中被生产创造出来的。"① "在实践过程中，人把愿望、欲求、理想、感情凝结在对象之中，改变了空间的自然属性，空间因此不再是客观中立的存在，而是一种具有表征意义的'人化的自然'。"② 因此，空间充满了强烈的象征和隐喻意义。

"隐喻是在彼类事物的暗示下把握此类事物的文化行为"，隐喻不仅仅是一种修辞手段，它也是一种文体特征，存在于文学作品的各个方面，从而深化了整部作品的主题和思想内涵，丰富了作品的情感体验。清末民初的小说家很少对小说中的城市自然生态环境做细致刻画，主要通过人物故事来传达作家的创作意旨和情感态度。小说中关键人物在其生活的特定都市的结局处理，往往是小说家精心构想和设计的部分，其中包含了作家对现实客观世界、人类生存方式的一种理解和解释，从中不仅可以看出作家对都市空间的情感态度，也隐喻都市空间的文化内涵。"城市的吸引力和排斥力为文学提供了深刻的主题和观点；在文学中，城市与其说是一个地点，不如说是一个隐喻。"③ 从小说中重要人物的结局与所处空间的关系来看，则可以看出空间所形成的隐喻意义以及空间所渗透的文化内涵。

清末民初小说中北京、上海城市空间中重要人物结局与其所处城市的空间关系主要有三种类型：毁灭型、疏离型、融入型。毁灭型，指的是小说中关键人物最后在城市中毁灭，与悲剧式结局类似；疏离型，指的是小

---

① 谢纳：《空间生产与文化表征——空间转向视阈中的文学研究》，中国人民大学出版社2010年版，第47页。
② 谢纳：《空间生产与文化表征——空间转向视阈中的文学研究》，中国人民大学出版社2010年版，第63页。
③ [英] 马·布雷德伯里、詹·麦克法兰编：《现代主义》，胡家峦等译，上海外语教育出版社1992年版，第77页。

说中关键人物最后离开城市；而融入型，则指小说中关键人物融入城市中，成为城市的长久市民。这三种结局安排既反映了作家对都市的理解，也隐喻了京沪城市的多重文化意义。

一 上海空间隐喻

在描写上海的小说中，小说中的主要人物大多来自外地，尤其是上海周边地区，其中以江苏地区、上海周边县城、浙江地区的外来人员居多，当然，也包括来自全国其他地区，一些小说甚至写了来自欧美或日本的一些外国人。总之，上海作为新兴崛起的移民城市，小说中人物是一个以外地人为主的城市。小说中主要人物结局与上海的城市关系也主要有以下三种：

毁灭型。所谓的毁灭型，指的是小说中的关键人物遭到致命的打击而造成其人生毁灭性转变，或者直接导致其死亡。在描写上海的小说中，毁灭型指的是小说中的主要人物在上海走向灭亡或遭到毁灭性的打击，具体表现在或毁灭于上海的妓院，或毁灭于上海的烟馆，或毁灭于在上海的生存压力。《新茶花》第三十回中所写："青楼翠馆为陷人坑阱，古人真不欺我。"《海上繁华梦》第一回中也写道："处此花花世界……小之则荡产倾家，大之则伤身害命。""烟花之地，实又荆棘之场，陷溺实多，误人非浅。"张春帆在《九尾龟》第四十一回中写道："上海堂子里倌人，那一等勾魂摄魄的功夫可利害不利害？凭你有些主意的人，不落他的圈套便罢，若要落了他的圈套，就免不得被他们哄得个神志昏迷，梦魂颠倒，甚至败名失操，荡产倾家。古今来多少英雄才子，到了这一个色字关头，往往打他不破，英雄肝胆变做儿女心肠，辜负了万斛清才，耽误了一生事业，你道可怕不可怕？"

《海上繁华梦》中的几个外来青年子弟在上海滥赌滥嫖，终因沉浸于酒色而导致毁灭。滑头潘少安，常州人，二十来岁，面如冠玉，因外貌出色，在上海妓院处处受到妓女的喜爱，因此成了妓院中"剪辫子"的嫖客。"剪辫子"即是抢占别人的相好妓女，是当时妓院很忌讳的一件事情，因此潘少安成为妓院中多个嫖客的情敌，因与上海城厢富家子弟屠少霞争夺同一妓女，被屠少霞枪杀，而屠少霞也开枪自尽。因此年轻俊美的潘少安和家财万贯的屠少霞都因女色而毁灭于上海。常州人"蜜骗"贾逢辰，在家乡以蒙骗为业，犯了许多案子，逃到上海，依然坑蒙拐骗，最终在一场火宅中丧生。而日本人资雄花田郎原本资财百万，不料因酒色过度，得了怯症，又因为与人赌博，连次大输，生起气来，病情加增了，最后病逝于上海，仅29岁。

不仅嫖赌是上海年轻人毁灭的原因，吸食鸦片同样是导致年轻人毁灭的重要原因。《黑籍冤魂》讲述了一个烟鬼世家的故事，小说重点写了吴仲勋父子两代人的故事，其烟鬼父亲死了之后，吴仲勋兄弟还未成年，结果被一群人把家产骗得精光，吴仲勋的哥哥也被冤死狱中。吴仲勋走投无路之际，找到父亲的挚友。父亲的挚友收留了他，还招他当了上门女婿，让他带巨资到上海去开纱厂。他因为是个烟鬼，诸事粗心大意，所找的风水先生和工头皆因是个烟鬼而误事，他也因要吸鸦片而不认真计较，结果造的纱厂和住宅皆不吉利，岳父被纱厂的机器碾死。妻子生产之后，也因产后虚弱、父亲惨死而悲伤过度，不到一年也病死。经此家庭巨变之后，吴仲勋更是以鸦片烟为销愁之物，厂中事务，多托经手人照管，自己一丝一毫也不管。结果可想而知，纱厂历年亏耗，经手人和账房都卷款逃跑，只留下一笔巨大的债务，一个巨富之家就这样被他败得精光。吴仲勋破产偿债后，家资罄尽，贫无立锥，只能离开上海，把唯一的女儿押在堂子里。因此，上海不仅是吴仲勋家破人亡的城市，也是他人生彻底毁灭的地方，从此之后，他苟延性命，以乞食为生。上海之所以成为他人生毁灭的城市，一方面与他烟鬼世家吸食鸦片的传统有关，另一方面，他在上海也是不断堕落的过程。吴仲勋到了上海，身边俱是一帮"黑籍"烟鬼，包括风水先生、建筑厂房和住宅的工头、纱厂的经手等都是他和他家人的隐形杀手，加上他自己在上海变本加厉地吸食鸦片，从而将他的人生彻底推上毁灭之路。

疏离型。疏离型指的是小说中的主人公在上海经历了一番游历之后主动或被动离开上海。在这时期以上海为背景的小说中，疏离型体现为两种类型，其一是主动离开型，具体体现为返乡型。返乡型是疏离型模式最主要的人物结局模式。在这时期的小说中，以主要人物"入沪—堕落—醒悟—返乡"为结构模式的小说较多，尤其体现在一些狎邪小说中。小说中的主要人物，尤其是男主人公基本是来自于外地，在上海游历一番，经历了一些失败或惨痛的教训后，最后幡然醒悟后选择返乡。

狎邪小说中的男性重要人物基本是来自于外地，最后的结局大部分是离开上海。《九尾龟》主要写一群来自常州的富家子弟在上海青楼狎妓的故事，但当他们在上海经历了一番被妓女敲诈愚弄之后，纷纷选择返乡，以免再上当受骗，沉沦堕落。有的游冶子弟是经过嫖界"名士"章秋谷点醒而醒悟返乡，如第九回的标题是"章秋谷苦口劝迷途"，这回中生性吝啬的方幼恽在经历被红倌人敲诈欺骗之后，经章秋谷三篇议论劝醒，迷途知返，径回家乡常州去了。世家子弟刘厚卿在经历了被名妓讹诈之后，也被章秋谷点醒，看破了嫖界的真实面貌，幡然返乡。《海上繁华梦》的人物结局与《九尾龟》类似，最后风流浪子俱回头是岸，而他们归入正途的方式都是返乡，其中以杜少牧、游冶之、郑志和、钱守愚最典型。苏州富家子弟杜少牧在亲身经历了上海妓院、赌场的种种欺诈内幕，顿感风月场中都是虚情假意，又耳闻目睹身边的几位朋友因沉沦于上海妓院、赌场而下场可悲后，终于看破声色，幡然醒悟，决定从此斩断情根，返回家乡，其返乡前的心理活动："少牧想起欢场许多风浪……哪一个不是为了色字，才弄到个不堪问？仔细想来，真是不该自己讨苦……赶紧起程回苏，免得失足渐深，回头莫及。"（二集，第三十回）小说中的扬州富家子弟郑志和、游冶之在上海先后历经嫖妓娶妓，骗走钱财，贫病交迫，绮梦破碎之后返乡。返乡后他们洗心革面，折节读书，留心经济之学，两人一个决定出洋留学，一个决定出洋去学做生意，可谓浪子回头。

谴责小说中作者同样安排主要人物离开上海。《二十年目睹之怪现状》第一回中一个自号"死里逃生"的人"到了上海，居住了十余年。从前也跟着一班浮荡子弟，逐队嬉游。过了十余年之后，少年渐渐变做中年，阅历也多了；并且他在那嬉游队中，狠狠的遇过几次阴险奸恶的谋害，几乎把性命都送断了。他方才悟到上海不是好地方，嬉游不是正事业，一朝改了前非，回避从前那些交游，惟恐不迭，一心要离了上海，别寻安身之处"。"死里逃生"的十年上海经历使他明白，"上海不是好地方"，因此他一心要离开上海，"走到深山穷谷之中，绝无人烟之地，与木石居，与鹿豕游去了"（第一回）。

疏离型人物结局模式还有一种是被迫离开型。相比于小说中人物主动返乡，被迫离开型是指小说中的主人公出于外力因素而被迫离开上海，具体而言，或因为在上海经商或事业失败被迫离开，或因为失望或无奈被迫离开。《市声》是晚清一部以上海工商界生活为题材的小说，反映出近代上海民族工业发展的艰难。小说中写了一批资本雄厚且有志于发展中国实业的爱国豪商一心想发展中国实业，但由于员工及部分小商人的唯利是图，尔虞我诈，加上洋货倾销，洋商操纵市场行情，在内外夹缝下，他们的实业生存艰难。小说一开头就叙述了一个商界豪杰华达泉，在上海经商失败而搭船返乡。华达泉是浙江宁波府鄞县人，世代经商，且有志做个商界伟人，算计要和洋商争胜负，因此到上海经营大公司，但却因公司员工唯利是图，导致公司年年亏本，直到最后百万家私都折得差不多，只能返乡。而小说中主要人物之一，豪商李伯正，尽管小说没有交代其最后的结局，但从小说的叙述中可推测出他必将重蹈华达泉的覆辙。李伯正，是扬州盐商之子，家私巨万，有感于中国工商业落后，吃外国人亏，诚心要与洋商争胜负，因此决定在上海经营商业，高价收购蚕茧，不惜成本建造厂房，采购西洋机器，研究工艺，创办各种实业，既有丝布厂、玻璃厂，还有造纸厂、制糖公司等。尽管李伯正是一个爱国豪杰之士，也有志于发展中国实业，振兴民族工业，无奈一班员工唯利是图，中饱私囊；在经营方面，货品在翻新方面也斗不过外国人，因此产品滞销。第三十六回中作者借人物余知化议论道："你看李伯正先生何等精明，他的资本又丰富，现在南北两厂，连年折本，差不多支持不下……"由此可见，李伯正在经商路上最后资金耗尽之后，只能走上华达泉一样的返乡之路，这也宣告了爱国、正义的豪商在上海发展实业的失败。

《新茶花》的男女主人公离开上海同样出于无奈。《新茶花》主要以"东方亚猛"自居的项庆如和以"茶花第二"自命的武林林的爱情为线索，写出了一曲上海版的《茶花女》。小说中的男主人公项庆如，怀有盖代才华，但因生不逢时，对社会十分失望，因此留学日本希望有所作为，回国后回到上海同样英雄无用武之地，于是他放浪形骸，只希望在烟花丛中寻一知心红粉，聊以抒发爱情。而上海的妓院中颜色倾城、思想出众的名妓武林林，最喜欢看《巴黎茶花女遗事》，并且立志要向茶花女学习。因此当他们第一次在妓院相遇后，彼此倾心，从此情投意合，心心相印。但好景不长，上海的财主华中堂因吃醋而生怨恨，伙同京城中的王大人，诬陷项庆如私通会党，图谋不轨，并捉拿项庆如，关在南京。武林林为了营救爱人，只得答应远嫁京城王大人。项庆如经历这次双重打击后，打定了厌世派主义，远逐他方。因此小说中的项庆如和武林林被迫双双离开上海。不仅小说中的主人公最后离开上海，小说中一群在上海的留日学生最后也纷纷离开上海，正如小说中的一留日学生平公一所言："不料上海诸旧友竟风流云散。"（第三十回）他们有的到北京寻找仕途，有的因为遭到迫害而离开，有的因为在妓院挥霍导致破产而离开。另一留日学生杜少牧也感叹："回首当年，笙歌宛在，真繁华一梦也。"（第三十回）小说主人公以及诸多留学生纷纷离开上海，正隐喻上海是一个堕落、唯利是图、金钱至上、毫无正义与追求的商业都市。

　　融入型。融入型指的是小说中主要人物融入上海城市中。从全国各地来上海谋生，或寻求发展机会的人，他们要在上海生存下去，必然要融入这个城市。那么，这时期的小说中哪些人物能最终融入上海这个商业大都市？《市声》中的两个重要人物钱伯廉、汪步青，他们都奸猾老练、能言善辩、善于应酬、精明能干且欺诈伪善，在上海反而能如鱼得水。在小说中，他们哄骗欺诈、投机倒把、唯利是图，成为这个城市很好的生存者。小说的前十二回重点写了钱伯廉的几起几落。钱伯廉来自苏州乡下，在穷困潦倒时来到上海找工作，被推荐到一纱厂负责到外地收棉花，纱厂总办看他懂得规矩，模样儿老实，就委于职务。尽管纱厂总办交代他纱厂连年折阅，容不得弊端，希望他尽心尽力，可是钱伯廉凭着自己的一点小聪明，靠着纱厂的资本和两地的差价发着自己的小财，又利用赚来的资本做了投机倒把的生意，又发了笔不小的横财。这是他人生的第一次转变，他从一个穷小子变成了有余财的人。他又挪用纱厂的公款与人合伙贩卖蚕茧，事情败露后，被纱厂开除，这是他第一次跌落。于是，他央求友人把他推荐到豪商李伯正的收茧行负责收茧，李伯正本是怀着爱国之心来高价收购蚕茧，宁愿个人吃亏，也不让本国人吃外国人的亏，钱伯廉却在这次收购工作中，不仅高价收购了他自己合伙收购的蚕茧，还大大收取其他商人的折扣，大发横财。有了这笔巨资，他又与人合伙开药店，其实也是坑蒙市民的假药，又意外发了不义之财，便开了个茶叶店。这是他人生的一次高峰，他从小有余资发展成小商人。不久，负责茶叶店的内弟卷款逃跑，亏了一大笔钱，其他生意也折本，他几乎撑持不下。这是他在上海的第二次跌落。走投无路之际，他又来找豪商李伯正，靠出卖他人当上了李伯正开办的织绸北厂的总办，采办物料时，虚夸浮报价格，得以中饱私囊。在平时的工作中，他表面上很认真负责，李伯正还当他是个好人，以为他能够实心办事。而他的朋友看到他在账务方面来去分明，也很佩服他。而即使是比较精明的商人范慕蠡也认为钱伯廉办事，比从前越发勤恳。总之，凭着他的精明的经济头脑、能言善辩之巧嘴、伪善狡猾之本领，他在上海过上不错的生活。而且每次遇到挫折和困难时，他都能巧妙面对,他正是这座城市工商业不够成熟时代的蛀虫。

　　迷恋上海繁华无法自拔而自甘堕落是很多外地人融入上海的一种方式。《海上花列传》中的赵朴斋和赵二宝在上海的生活是一个典型代表。他们都因为迷恋上海的繁华热闹而自甘堕落,最后融入上海。乡村少女赵二宝因哥哥赵朴斋来上海谋生,但从上海舅舅洪善卿的信中得知哥哥不仅没找到事做,而且堕落,因此携母亲来上海找哥哥。赵二宝原本打算在上海找到哥哥后,立即返乡,但是被同来的乡下少女张秀英羁绊住,加上嫖客施瑞生的一步步诱导,最后变得家乡回不去了。在小说的第三十一回中,洪善卿找到已从悦来客栈搬到清河坊的赵二宝一家,质问赵二宝母亲洪氏为何还不返乡。赵氏回答,四五年省下来的钱在上海几天之内已经用光了,还因为赵二宝购买时髦衣物借了张秀英的三十块洋钱,而如果回乡,大半年的柴、米、油、盐全无着落,总之,返乡之后他们将面临无法生存的问题。如果说经济困难是赵二宝留沪的一个外在因素的话,那么迷恋于沪上繁华则是赵二宝留沪甘愿做一个时髦倌人的根本原因。赵二宝自从第一次与张秀英一起听书就一直很兴奋,唯一惭愧的是她衣服很破旧落伍。之后,慷慨放浪的施瑞生一直带领她们领略上海的繁华、时髦与奢靡,看戏、坐马车、游张园、吃番菜,买时髦的衣物,赵二宝正是在施瑞生设计的温柔陷阱中越陷越深,直到无法自拔,而在施瑞生的安排下搬到了妓院集中的清河坊。而当她舅舅洪善卿找到她们质问她们为何不返乡时,看到乡下少女赵二宝已俨然是一个时髦妓女的打扮,这也充分说明,她是主动选择做妓女的。而在小说的最后,作者安排她陷入了人生的巨大悲剧之中:一方面,史三公子的背信弃义致使她嫁入豪门的理想破灭,不仅被人取笑而且背负了一大笔债务;另一方面,雪上加霜的是癞头鼋赖三公子因不满赵二宝的招待,不仅痛打赵二宝,还把房里的东西打得粉碎。小说到此戛然而止,不得不说这是个高明的结局,留给读者无限的想象空间。尽管赵二宝的结局悬而未结,但毋庸置疑的是,赵二宝不可能选择离开上海。这次沉重的打击给她上了人生很深刻的一课,那就是在堂子里做生意,不能再单纯幼稚,轻易相信嫖客的话,而要学会保护自己。经历这一切之后,她必将朝着像小说中的黄翠凤那样强大、精明算计、泼辣能干的妓女方向发展。

　　上海还是个"海纳百川"之地,各种人似乎都可以在上海找到他们的生存空间,从而融入上海。《九尾龟》中的被作者戏谑为"九尾龟"的康观察,在天津任职期间放纵家属,败坏伦常,被人告到京城,不得已只能请假开缺,他便带着全家人来上海居住,包括康中丞本人、姑太太、姨太太、儿媳妇等在上海过着风流放荡的生活。《孽海花》中的各类人物在其面临人生抉择的时候,都选择上海。小说中在北京身败名裂的傅彩云选择来上海,在上海,她很快得到了上海著名的"四庭柱"的帮忙,自立门户,开起了堂子,芳名大噪,成为上海滩名声大震的风流人物,真正过上了她理想中自由快活的日子。小说中的陈骥东,留法多年,回国后在北洋海军担任高级军官,曾经把国家委派他购买军轮的三十万两银子,在英法两国挥霍光了,在北洋待不下去,他选择来了上海,住着高级别墅,过着逍遥自在浪漫生活。《孽海花》中从妓女到被逐官员,上海容纳了形形色色的人群,在这座远离京城,远离权力中心,以陌生化人口为主的商业大都市,各行各业的人群互不干扰,和平相处,这正是上海这座城市宽容、多元、开放的城市品格。

从以上看出三种主要人物结局类型:毁灭性,即主人公在上海因堕落而毁灭;疏远型,即主人公在上海游历一番后幡然醒悟而返乡,或因为事业失败而被迫返乡;融入型,即主人公与上海的社会风气同流合污后,很好融入社会各界中,如商人靠精明能干、哄骗欺诈、投机倒把等手段获取个人利益从而在上海生存,妓女们则靠精明狡猾、世故圆滑、工于心计在上海生存。从上可以看出,小说中的上海城市空间隐喻:堕落之都、险恶之都,同时又是开放之都。

从毁灭型人物的结局来看,小说中的主要人物多是来自外地的青年子弟,他们或来上海体验大都市的繁华,或来上海经商,或避难而来上海,但最终都走向毁灭,其共同之处在于,他们来到上海之后,都陷入了上海的都市欲望中无法自拔,赌博、吸鸦片、嫖娼等,从而走上了一条自我堕落之路,直至最后毁灭。《海上繁华梦》中的妓院、《黑籍冤魂》中的鸦片烟,都是造成主人公毁灭的主要原因。《恨海》中上海的妓院、烟馆成为毁灭年轻人陈伯和的地方,官宦子弟陈伯和在北京时,是一个具有美好品质的年轻人,学业努力、举止端正、性格温和。因为庚子事变,他为了避乱,从北京一路逃到上海,到了上海之后,他却变得嫖妓娶妓、贪嗜鸦片、颓废堕落、性情暴躁、薄情寡义。造成一个十八岁青年发生天翻地覆变化直到毁灭的,正是上海堕落和腐败的社会风气。作者对第九回中"岂知他在上海把心闹野了"的"上海"注释中写道:"上海竟是不祥之地，可叹。"《黑籍冤魂》小说第十五回中作者评价上海："说不尽夷场风景，描不尽海上繁华。莫怪那少年子弟，到此俱要流连忘返，这都是风俗奢靡，处处使人销魂荡魄，所以人到了上海，便是走进了极乐世界，不思故乡了。"苏珊·桑塔格说，文学中的疾病含有一种伦理意义："病是一种罪恶的象征，是堕落、惩罚、腐烂的象征，而传染病、流行病则是社会无序、混乱的共同隐喻。"① 《恨海》中的男主公和《禽海石》中的女主公最后都病逝于上海，这正是堕落和罪恶的隐喻。这种叙事结局也隐喻了作者对于都市的批判，上海都市成了堕落之都。

在疏离型人物结局模式中，主动返乡型颇具代表性。这时期小说中的年轻富家子弟或乡愚在上海经历了大都市的奢靡与险恶之后，大多幡然醒悟后返乡。李永东在《晚清小说中的上海租界形象》中总结了这时期小说的返乡特征："晚清海上繁华小说讲述的大部分都是外乡人的洋场寻访记与历险记。外乡人来到上海租界，为租界繁华所诱惑，沉迷当下享乐，寻欢作乐的过程经历了洋场险恶。在繁华险诈租界故事中，常常包含外乡人的忏悔之情，小说通常以幡然醒悟或逃离上海结束。"② 在这些小说中，城市是一个与乡村对立物的存在，一个存在浮华堕落、欺诈险恶、坑蒙拐骗、世风不古等道德危机的都市。外来游子一个个在大都市失足，有些险些丧命。而家乡则是可以依附的安全港湾，因此返乡成为大多游子在经历城市繁华幻灭后的选择。而对于被迫离开型，无论是抱着实业救国理想的商人还是怀着革命理想而来的青年，在上海或事业失败或理想破灭，最后都选择离开，则隐喻着上海并不是个实现理想的城市，而是个令人失望的城市。

在融入型的人物结局类型中，小说中那些欺诈伪善、唯利是图之流的商人以及那些精明能干且工于算计的妓女在上海如鱼得水，这也隐喻了上海是一个道德沦丧的商业化大都市。而来自全国各地的富户，或官场失意者，或是被家庭驱赶出来的非传统女性，选择停留在上海也隐喻这是个追求享乐的开放之都。

因此，无论是毁灭型、疏远性还是融入型，都寄寓了作者对上海都市

---

① 陈晓兰：《文学中的巴黎与上海：以左拉和茅盾为例》，广西师范大学出版社2006年版，第105页。

② 李永东：《晚清小说中的上海租界形象》，《文史知识》2011年第7期。

的复杂的心理体验：一方面是对繁华、富庶、进步大都市的赞叹；另一方面则是对繁华背后堕落、贪婪、道德沦丧等恶劣社会风气的批判。晚清小说家对都市中社会黑暗面的深刻揭露其目的是希望"唤醒民众"，以期达到"改良社会"。

二 北京空间隐喻

在以北京为叙事空间的小说中，小说中的主要人物主要以京官及其家属为主；外地短期在京人员，如参加科举或谋求仕途发展等人员，也占据一小部分。小说中的主要人物在北京城市中也主要是以下三种结局。

毁灭型。这时期描写北京的小说中写到主人公或关键人物遭受毁灭性结局主要有两种类型：其一，毁灭于官场政治斗争。清末民初时期的北京仍是中国封建时代的政治权利中心，也是官场权利的角逐场，其中必有被逐出的失败者。《孽海花》中的主要人物金雯青表面原因死于疾病，但实际上还是死于其政敌的打击中。金雯青青年登科中状元，因为与时俱进学习了一些洋务知识被派到欧洲四个国家担任使臣，回国后被派到总理衙门，一生仕途可谓顺畅，但却在任职总理衙门后不久病逝，其主要原因是其政敌的致命打击。原因是金雯青出使四国回国后，在回京城的途中遇到了总理衙门侍郎庄小燕的少爷庄稚燕，金雯青自视为前辈且是出使大臣，因此，在争夺客栈的正房时没有主动将正房谦让给庄稚燕。而且就是在这个客栈里，庄稚燕和其同伙费了九牛二虎之力抢夺来的稀世名画被江湖侠士抢走了，而当时金雯青目睹了这不光彩的一切且冷嘲热讽了庄稚燕几句。总之，金雯青在这个客栈得罪了总理衙门侍郎之子，从而惹来了杀身之祸。回到京城之后，庄稚燕在他父亲面前隐藏了他抢夺名画的伤天害理的全部过程，却把路上名画被盗的事都推在金雯青身上，从而大大地激怒了总理衙门大臣庄小燕。结果正如鱼伯洋对金雯青的仆人所说："……这位庄大人仿佛是皇帝的好朋友、太后的老总管，说句把话比什么也灵。你别靠着你主人，有一个什么官儿仗腰子，就是斗大的红顶儿，只要给庄大人轻轻一拨，保管骨碌碌地滚下来……"（第十九回）不久，庄小燕就借金雯青从外国人手里买来的伪造中俄交界图为事端，几乎将金雯青置于死地，多亏金雯青的几位同乡前辈极力帮忙。后来，金雯青在衙门里因为小事与庄小燕发生了一些争执，庄小燕大大地讽刺和挖苦了金雯青一番，既对他买了假地图表示讽刺，还用典故大大地讽刺了他与家仆争小妾的家丑。这些冷嘲热讽的话语,加上他亲耳听见车夫议论其爱妾傅彩云与戏子私通的事情,金雯青被活活气死,因此金雯青之死虽然不是直接死于政敌之手,但是却是死于政敌的暗箭之下。正如小说中龚尚书对金雯青之死的评价:"……雯青一生精研西北地理,不料得此结果,真是可叹!但平心而论,总是书生无心之过罢了。可笑那班个人,抓住人家一点差处,便想兴波作浪。其实只为雯青人品还算清正些,就容不住他了。咳,宦海崄巇!老弟,我与你都不能无戒心了!"(第二十一回)

其二,女性毁灭于封建专制的男权社会。北京作为封建时代的首善之区,也是封建专制思想比较坚固的地方,其中男权至上、夫为妻纲的道德伦理是制造女性悲剧命运的一个重要因素。《惨女界》中的诸多女性都毁灭于封建男权制度。《惨女界》中写了不同地区和城市各种阶层的女性悲惨命运,其中生活在北京的女性悲剧命运占据了小说的很大一部分,小说以内城西单牌楼刑部街的官宦家庭冷府为中心,分别写了冷府的几位女性以及与她们结为结义姐妹的几个女性的悲剧命运。她们或毁灭于夫权,或毁灭于兄权。冷府的祖辈考中进士,入了词林,连放了几任学政典试,发了一大笔财,在刑部街买地建宅,尽管到了父辈已经没有人出去为官,但是凭着祖上的产业,仍是北京城的富豪家庭。冷府的二少奶奶才貌俱佳,但却突然暴亡,经过小说中主要贯穿人物黄逸在冷府的调查才发现,原来冷府的二少奶奶之死与冷府的二少爷有关,二少爷生性凉薄,品德败坏,整天在外吃喝嫖赌,因此与二少奶奶感情不好,在又一次吵架中,二少奶奶选择自杀而结束这段痛苦的婚姻。冷府的四小姐、五小姐看到了二少奶奶的悲剧命运,立志不嫁人,剪掉头发要出家,经家人劝阻,仍留在家中修行。而与冷府四小姐、五小姐结为结义姊妹的秦小姐、江姨太太、梅太太同样遭受了悲剧命运。秦小姐出身富商家庭,其哥哥为了拉拢世代官宦家庭,霸占妹妹三万财产,迅速做主把妹妹嫁给家中已有13个小妾的袁小野当续弦。尽管冷府小姐告诉秦小姐内幕,秦小姐也竭力反抗,但终于因无助最终还是嫁给了袁小野。而袁小野的原配妻子也是被生性放浪且薄情的袁小野气得服毒自杀,因此秦小姐的命运可想而知。

而住在冷府相去只有一箭多路的江姨太太也被丈夫江表仁活活打死,原因是刑名师爷江表仁在外做幕僚,其姨太太带着少爷在京城居住。江家少爷年轻幼稚且思想单纯,在冷家二少爷的引领下,日夜嫖娼,而且冷家二少爷把两人所有的嫖账和开销都算在江家少爷身上,不到半年时间,江家的四处房产、存款以及家中首饰及值钱的衣服全部当光，惹得江家倾家荡产。等到过年的时候，江表仁从山西任所回到京城家里，其姨太太告诉他家里发生的事情时，生性吝啬残忍的江表仁居然把姨太太打死了，而其儿子也因为忧惧而自杀，真正是家破人亡。

如果说冷家二奶奶、四小姐、五小姐、秦小姐以及江姨太太的悲剧是富贵家庭中女性的悲剧，那么梅太太则是贫民家庭女性的悲剧。梅太太虽然出生于贫民家庭，但容貌美丽，善于应酬且心高气傲，从不肯轻易要人钱财。虽与几个富家女子结为姐妹，但自尊自爱，靠自己的勤劳而赚钱。自从嫁了梅近儒这个愚蠢且贫穷的男人后，她依然要依靠自己的针线活赚钱养活自己。不久梅近儒又到外地工作，多年不回家，梅太太因为看破世间的家庭婚姻之悲剧，便奉行享乐主义来，被隔壁的流氓勾引而怀孕，在临近生产时因被丫鬟要挟而选择自杀。小说还写到京城儒医家两个姨太太因争风吃醋而互相残害致死的女性悲剧。

总之，在《惨女界》中，无论官宦家庭的少奶奶和小姐，还是平民家庭的太太和姨太太，都死于传统的男权社会。冷家二少奶奶死于丈夫的薄情寡义，秦小姐的命运断送在贪财无情的哥哥手里，而江家姨太太则死于吝啬残忍的丈夫。而无论是兄长还是丈夫的薄情，都来自于男权社会中男性的主导地位，女性成为男权社会中的一个附属品，任由其摆布，未嫁之前父亲、兄长主宰其命运，婚后则是丈夫主宰其命运。而冷家四小姐、五小姐之所以誓不嫁人，正是看透了男权社会中女性任由主宰她的男性摆布，甚至任由残害的悲剧命运。但日渐没落的冷府能永远保护她们不受到伤害吗？事实上，在女性毫无经济能力的时代，她们难免要走向悲剧。《惨女界》选择作为首善之区的京城来展开多个女性的悲剧故事，无疑是为了渲染小说的悲剧力量。生活在天下脚下的京城女性，其中包括官宦贵族女性尚且如此，其他偏僻落后地区的女子，其命运可想而知。可见中国封建男权社会下女性的生存困境和命运悲剧。

疏离型。所谓的疏离型，指的是小说中的主要人物或关键人物出于无奈离开京城，在这个时期的小说中，其人物主要因为两个理由而被迫离开京城。其一，因为庚子事变的灾难而被迫离开。清末民初是我国内忧外患灾难深重的时期，先后经历了甲午战争、戊戌变法、庚子事变以及辛亥革命等一系列历史事件，但对于生活在京城的普通市民而言，1900年的庚子事变无疑是对他们生活影响最大的一次重大历史事件。庚子事变中，京城大乱，无数无辜百姓丧生，也使大量的京官和百姓纷纷冒着战火南逃。正如《恨海》开头作者所写的："光绪庚子那年，拳匪扰乱北方，后来闹到联军入京，两宫西狩，大小官员被辱的，也不知凡几。"（第一回）《恨海》和《禽海石》两部言情小说都是以庚子事变为背景，男女主人公因为战乱而被迫离开。《恨海》写的北京一个大四合院中两对儿女的爱情故事。如果不是因为庚子事变，他们都能够组建很幸福的家庭，但在庚子事变前夕纷纷传言京城要开战，一些识时务的京官纷纷告假回籍，于是两对青年男女先后离开北京，但离开北京后，他们的生活环境发生了彻底的改变，他们的爱情也走向了悲剧。《禽海石》中的秦镜如和顾纫芬之间的爱情悲剧也因为庚子事变而造成，他们原本住在北京同一四合院，且双方父亲都是京官，且已有很深厚的感情基础。但庚子事变前夕，义和团的党羽在京城越聚越多，在街上到处横行，稍为心地明白的人便知道京城即将大乱，于是秦镜如跟随其在京为官的父亲出京。而顾纫芬的父亲却是极其守旧的人，相信义和团的伎俩能扶清灭洋，于是留在京城，战争爆发后，顾纫芬的父亲死于这场战乱，而顾纫芬也被迫跟随其母亲离开了北京，但离开北京后，他们的爱情也埋下了悲剧的种子。总的看来，《恨海》《禽海石》的男女主人公都因为庚子事变而离开北京，从而造成爱情悲剧，如果不是战乱，他们的爱情将是圆满的结果，但是战乱使小说中的男女主人公先后离开了北京，从而造成他们的悲剧故事。小说正是通过写庚子事变中京城年轻人的爱情，来揭露这场战乱给百姓带来的灾难。

其二，不容于官场而被迫离开。在被迫离开的故事中，不容于官场而被驱赶出京也是重要的疏离型故事，如《轰天雷》中的主人公苟北山，《斯文变相》中的冷镜微等，都是不容于官场而被迫离开。《轰天雷》的主人公苟北山在京时期，既抑郁于自身的遭遇，又感于国家的积弱，从而写了关于"请皇太后归政，杀荣禄、刚毅、李莲英三凶"的折子，请翰林院大学士徐桐代递，被撵赶出来。又因为苟北山是龚尚书的同乡兼门生，龚家的人怕受到牵连，便请他人把苟北山强制押出了京城，途经天津的时候，折子被爱国之士拿到《国闻报》上去刊登了，这封折子不亚于"轰天霹雳"。他也被押回了家乡常熟，奉上谕革职，着地方官严行监禁。直到庚子事变之后，从前的谕旨翻变了大半，苟北山也遭到了释放。尽管苟北山本人时有疯癫时刻，但正如小说中人物所评价"其实他虽疯，心里明白"（第十四回），作为一个穷翰林，他不畏生死，不畏权贵，上书言事，与一般的狗苟蝇营、唯利是图甚至损公肥私的京官相比，算是一个忠肝义胆之勇士。正如小说中一姓刘的人所评价："足下此举，真是不避权贵，忠肝义胆，为天下人吐气，弟等惟有五体投地。"（第十二回）但荀北山的行为使得他不仅遭到朝廷官员的拒绝，而且被强制性地押出了京城，可见荀北山是不被京城官场所容的。

如果说荀北山是因为不畏权贵进谏遭到驱逐的话，《斯文变相》的主人公作为一个耿直、正义、稍显幼稚的书生，同样被当权者驱逐。《斯文变相》的主题，正如开篇所写"笔冢累累，描不尽儒林诡状"（第一回），主要反映的是儒林中虚伪卑劣、迂腐无耻、品格低下者的丑态。小说以浙江杭州书生冷镜微的人生经历为镜子，讽刺儒林中读书人和官吏的"斯文扫地"。小说第十回"激义愤痛上万言书，数恩仇冤沉一字狱"，写冷镜微和江阴芙蓉学舍的几个学子在报纸上看到北方一带，土匪蠢动，京畿危险，其中假维新人士钱五花子大谈特谈了几十条应付策略，良知未泯、书生意气的冷镜微以为是救国之策，便倡议大伙进京进万言书。到了京城，钱五花子集合了一万几千言，请另一同学誊写，投送到京城的通政司。而所谓的万言书不过是书呆子的纸上谈兵而已，而其中"裁撤宦官以清内政"一条触怒了通政司衙门的人，于是通政司衙门把上折章的人全部骗到衙门，送到当权宦官手里，宦官又造了假上谕，送刑部审讯。而刑部尚书恰好是冷镜微的师叔，但是这位师叔却忘恩负义，且参与万言书的主笔和誊写者都把责任推卸到冷镜微身上，因此冷镜微被关在刑部牢里，拟一个斩罪，而其他的八个参与者都被无罪释放。从小说的开头可知，冷镜微最后出狱且离开了京城，隐居在一个庙里。但从冷镜微在京城被驱赶的经过，可见朝廷官员和一群读书人的卑鄙无耻。

融入型。所谓的融入型，指的是小说中的主人公通过努力，适应和融入北京这个城市中。在清末民初以北京为城市背景的小说，主人公能很好地融入北京城市生活中，其中阿谀奉承、与官场中权势人物同流合污，是一个重要途径。

《春梦留痕》中的京官贾大人可谓融入型人物的一个代表。虽然贾大人家中有一正妻，但"妻不如妾，妾不如偷"的心理在贾大人身上也不例外。来自乡间的邹太姑为了谋生到京城贾大人家为女仆，年轻貌美且温顺的女仆邹太姑引起了贾大人的爱恋。但是此时甄王爷家的得宠奴才也被邹太姑的美貌吸引，并企图霸占邹太姑，贾大人怒斥了这位奴才，却因此得罪了王爷,差点被革职。当贾大人发现邹大姑成为他仕途上的绊脚石时,他虽然不舍但还是忍痛割爱把邹太姑送到乡下,然后使出各种手段拉拢讨好王爷身边的人并最终得到了甄王爷的提拔,逐步高升,官运亨达。不仅升了官,还发了大财,"才过四旬,早已是顶已红了,翎已花了,庄厂典当也都开了"(十八回),"只有一件心中不足些,就是不能接大姑到来同享荣华富贵"(十八回),后来贾大人千般谄媚讨好甄王爷父子,成为甄王爷的心腹,多次与王爷里应外合买官卖官,官运更加亨达。因此京城中的贾大人自从放弃所爱之后,因善于逢迎和讨好官场中的显要人物,而很好地融入到北京的官场生活中,攀上了王爷,官运财运从此亨达,在京城过着可谓如鱼得水的生活。

在以上三种类型的人物结局中,小说中毁灭型人物包括清正的官员以及封建家庭中的贵族女性等;疏离型人物包括因为战乱被迫出逃者,被当权者逐出京城的忠臣等;融入型则是多是官场中蝇营狗苟、同流合污之流。因此从小说中关键人物结局与京城的关系可以看出,京城隐喻着一个腐朽之都、欲望之都、落后之都。

京城作为一个全国最高权力所在地,京城中官员的命运可以从侧面反映出朝廷的现状。在以上三种人物结局类型中,清正的官员被毁灭,忠诚的士人被驱赶,而阿谀奉承的官员则官运亨达,则明显暗喻京城作为一个政权所在地的腐朽落后,也暗喻了清政府统治的混乱无序。而京城中发生的庚子事变,造成了大量百姓的流离失所,被迫离开,一方面揭露国家动乱给普通百姓带来的灾难,另一方面也暗喻了京城统治阶层的昏庸无能,国家的岌岌可危。

妇女在社会中的地位是人类社会文明程度的一个重要标志。妇女解放的程度,最鲜明地反映人类自身的进步程度。而《惨女界》中生活在清末民初京城的女性,只是男性社会的一个附庸,她们一个个死于封建男权势力,可见封建男权对女性生命的压迫和摧残,从中也可见京城作为首善之区,其封建势力之强大,文明进程之缓慢,也暗喻京城是一个封建陈腐的落后之都。

而大量封建士子以及官宦子弟从全国各地进京,其目标无非是谋取仕途。因此,这时期小说中大量进京的士子及官宦子弟在京城成功获取功名后纷纷出京,也暗喻京城是一个欲望之都。而对功名的欲望和追逐在京城可以通过权钱交易就能实现,也进一步说明京城是一个失序的权力空间。

从以上人物结局与城市空间关系的类型来看，无论是哪种人物结局模式，都反映出这时期作家对京城社会风气的批判，对清政府统治阶层的不满，也体现了清末民初小说家对国家前途未来的焦虑。

值得一提的是，尽管这时期小说写了很多外地青年到京沪，尤其是到沪，但小说中的主人公大多是周边城市的富家子弟或无业青年，他们来上海要么是为了见识一下上海的繁华，要么是来沪谋生（对无业青年来说），很少带有美好的人生幻想或强烈的人生追求到上海，即使带有一定的理想来沪，如《上海骖游记》中知识青年辜望延带着一定的革命理想来上海，但在与所谓的革命党交往一段时间后，他发现革命党都是一些名不副实之辈而决定离去，他在上海的经历只不过是"骖游"，而没有真正走进这个城市。因此这时期小说中很少出现西方小说中的那种"成长小说"中类型，写外省青年在大都市的"奋斗—覆灭"史，① 如19世界法国现实主义作家笔下的外省青年，他们满怀着对巴黎的声名和时尚的向往，对现实功利的追求而来到巴黎，但是在经历人生的多次起起落落之后，最终他们发现征服不了世界而走向自我毁灭，如司汤达《红与黑》（1830年）中的于连、巴尔扎克《幻灭》（1843年）中的吕西安等。成长小说的主题，正如《幻灭》中主人公吕西安给他妹妹的一封信中所写："法国所有的光荣和耻辱都集中在巴黎，我多少幻想在此破灭了！"正因为这时期以上海、北京为城市背景的小说中缺乏一个像于连、吕西安等光彩照人的人物形象。因此尽管这时期写上海的都市小说很多，却没有一部真正伟大的都市小说能够与19世纪巴尔扎尔写巴黎、狄更斯写伦敦等作品相提并论。

---

① 西方成长小说亦称教育小说，主要叙述主人公思想和性格的发展以及他们的各种遭遇和经历，并通过巨大的精神危机促其成长成人的小说。

第五章　清末民初小说中的京沪空间与叙事

小说总是在一定的时空中构建。空间和时间共同构成了小说叙事的基本要素，叙事作品中的空间问题也得到了大量的学者关注，"作为小说材料的一切故事，都只发生于空间之中——是空间才使这些故事得以发生"①，马尔坎·布莱德贝里的《文学地图》中写道："'事实上，小说与地方的关系密不可分'，美国作家威尔第（Eudora Welty）曾有这样的观察，'地方提供了发生了什么事？谁在哪里？有谁来了的根据——这就是心的领域'在最基础的文学要素中，地方、旅行与探险是不可或缺的三件事。我们的诗、我们的小说、我们的戏剧，自身就能绘出世界的图像，这幅地图范围广大，某些部分在其中会特别发亮，某些部分则黯然无光，它总是在时空中有所转变。我们的文学作品中，有很大部分乃是根植于地方的故事，这地方可能是某处景观、区域、村落、城市、国家或某个大陆。"② 引文中的"地方""景观、区域、村落、城市"等都算是空间范畴。但是，空间不是事物存在的静态的具体"容器"，空间更重要的意义是社会属性，正如西方马克思主义批判哲学家亨利·列斐伏尔对空间的分析："空间是一种社会关系吗？当然是……空间里弥漫着社会关系；它不仅被社会关系支持，也生产社会关系和被社会关系所生产。"③ 因此，空间不仅是小说中故事发生的地点和背景，空间还因其社会属性规范和制约着人物的行动和情节的拓展，对于刻画人物形象、展开场景叙事以及推动故事情节等都具有重要的意义。小说中的空间作用不仅在于指明"故事

---

① 曹文轩：《小说门》，作家出版社2002年版，第167页。
② ［英］马尔坎·布莱德贝里（Malcolm Bradbury）：《文学地图》，赵闵文译，台北胡桃木文化2007年版，引言。
③ ［法］亨利·列斐伏尔：《空间：社会产物与使用价值》，王志弘译，见薛毅主编《西方都市文化研究读本》（第3卷），广西师范大学出版社2008年版，第25页。

发生在这里",而且是为了突出"故事在这里的存在方式"。空间在小说中的呈现形态还形成了小说的叙事结构。小说中各个叙事空间的展现以及串联技巧,充分显示出小说空间与叙事之间的紧密关系。因此,本书讨论的小说的空间与叙事,包括以下三个方面:一、空间在小说中的叙事功能;二、空间在小说中形成的形态结构;三、空间的叙事技巧。

第一节 京沪空间叙事功能

空间叙事的功能指的是空间在小说叙事中的作用和意义,空间不仅仅是故事发生的地点、人物活动的背景,还参与到小说的叙事中,影响到小说的叙事进程。空间给故事发生发展和人物活动提供一个舞台。黑格尔曾经形象地表述:"人要有现实客观存在,就必须有一个周围的世界,正如神像不能没有一座庙宇来安顿一样。"① 空间形成了各种场景;空间形成了小说的叙事动力,推动了小说情节的发展。事实上,这些叙事功能并不都是独立起作用,有时同时具有多种叙事功能。

清末民初时期的小说大多采用了真实的地理空间来虚构故事。而纵观这时期的小说,不难发现北京和上海成为小说中故事发生的主要城市,这时期小说不约而同地选择上海和北京作为小说中人物活动的主要城市空间,那么京沪空间在小说叙事中具有什么功能?

一 作为叙事背景的京沪空间

米克·巴尔认为,空间在故事中以两种方式起作用,"一方面它只是一个结构,一个行动的地点。在这样一个容积之内,一个详略不等的描述将产生那一空间的具象与抽象程度不同的画面。空间也可以完全留在背景中。不过,在许多情况下,空间常被'主题化':自身就成为描述的对象本身。这样,空间就成为一个'行动着的地点'(acting place),而非'行为的地点'(the plaee of action),它影响到素材,而素材成为空间描述的附属。'这件事发生在这'这一事实与'事情在这里的存在方式'一样重要,后者使这些事件得以发生。在这两种情况下,在结构空间与主题空间的范围内,空间可以静态地(steadily)或动态地(dynamically)起

---

① [德]黑格尔:《美学》(第1卷),朱光潜译,商务印书馆1982年版,第312页。

作用。静态空间是一个主题化或非主题化的同定结构,事件在其中发生。一个起动态作用的空间是一个容许人物行动的要素"①。上文中,米克·巴尔提到的"行为的地点""这件事发生在这"指的都是空间作为一种故事发生的叙事背景,它是小说故事发生的背景舞台,它"静态地起作用"。作为叙事背景的京沪空间指的是小说中提及京沪都市空间,但作者并没有对其城市空间、生活场景进行具体描写,即使零星提及都市特征、民情风俗,但是对于人物性格的塑造和主题的表达,并不具有多大的意义,更多的是作为人物行踪和命运遭遇的地点。

翻开清末民初的小说,上海和北京成为很多故事的叙事背景。但凡涉及娼妓业、工商业、维新以及一些涉及现代科技的小说,其背景往往设置在上海。正如李欧梵在《晚清文化、文学与现代性》一文中指出:"如果我们如此审视当时晚清的通俗小说,只要牵涉到维新和现代的问题,几乎每本小说的背景中都有上海。而上海的所谓时空性就是四马路,书院加妓院,大部分鸳鸯蝴蝶派小说的故事都发生在四马路,因为当时生活在上海的作家大都住在那里,晚睡迟起,下午会友,晚饭叫局,抽鸦片,在报馆里写文章,这是他们的典型生活。"②"因为上海是当时现代文化最眼花缭乱的所在。"③ 而这时期的小说但凡涉及科考、仕途命运、官场、朝廷、重大历史事件等,必然要涉及北京。

京沪作为故事背景的体现之一,小说只是把故事背景设置在京沪,而很少对城市空间场景进行具体的描写,小说中的人物也很少参与到京沪都市具有代表性的社会场所中,因此小说与城市本身并不存在紧密的关系,京沪只是故事发生地。很多关于妓院、坑蒙拐骗的故事都把背景设置在上海。如《海上尘天影》中的主要故事背景在上海,但小说并没有详细写到上海的都市生活,而只是把小说的主要故事地点放在上海的绮香园这个与外界隔离的"大观园"中。五六个名妓在绮香园做着青楼事业,与上海的名士雅客在此吟诗唱和、过着诗酒风流的生活,因此"绮香园"其实更像是名士与名妓的人间乐园,与四马路的繁华热闹的长三妓院有着天

---

① [荷]米克·巴尔:《叙事学:叙事理论导论》,谭君强译,中国社会科学出版社2003年版,第160—161页。
② 李欧梵:《李欧梵自选集》,上海教育出版社2002年版,第278页。
③ 李欧梵:《李欧梵自选集》,上海教育出版社2002年版,第278页。

壤之别。至于绮香园的具体空间位置，作者描写道："原来这个园在老闸脱空桥西首，本是一个乡绅乌有先生的遗业，子孙不肯习上，把这园卖与这个武员。这武员姓莫，号须友，是西陵无是乡人，购得是园以为娱老之计。"（第二十二回）从小说故意命名的"脱空桥""乌有先生""莫须有""无是乡"等词来看，作者是有意虚化其具体位置，但小说却又把这个绮香园设置在上海租界的"老闸"地段，并且借小说中生活在绮香园的碧霄之口说道："……至于怕他报复，则这租界地方，西人实事求是，断不敢横行的。"（第二十二回）从而可以确定绮香园在上海租界内。与清末民初时期以上海妓院为主要故事场景的狭邪小说有着明显的差别，因此《海上尘天影》中的上海只是小说故事的背景。

而以北京为叙事背景的小说主要把北京当成参加科举、担任京官等事件的发生地。小说《海上名妓四大金刚奇书》主要讲述了上海名妓四大金刚的前世今生，其中有几回写到了北京，但小说中的北京主要是与四大金刚之一沈小青颇有姻缘关系的金章伯参加科举考试，状元及第，后又担任京官的城市，而对于金章伯在京的科考场所、考试过程、具体的为官生涯以及北京的城市风貌、风俗习惯、社会风气等信息，读者一无所知。《海上尘天影》中的北京，主要是作为封建士子科考以及捐官的城市而出现，小说写了贾倚玉进京乡试，在京城中闹相公，被关进监狱，又因在狱中打死一犯人，被充军乌鲁木齐等。小说虽然提到京城的社会风气，如闹相公、官僚习气等，但都是简单交代并没有具体展开描写，因此读者对于北京的城市生活基本无从知道。北京还是授官、升官等故事的背景城市。在《枯树花》中，作者主要讲述了一个即将败落之家发展为昌盛之家的故事，犹如枯树开花。在小说中，京城成为一个代表国家权力的符号，成为郑家父子授官授职的地点，如郑家三兄弟每次进京都是奉旨听候录用，三兄弟年纪轻轻先后分别被委派出使美、英、法的钦差。小说中几乎没有详细的场景描写。在小说中，朝廷也是一个用人唯贤的政府。在晚清小说一片谴责声中，《枯树花》中的北京仍然沿袭前期小说中的京城作为一个颇能任人唯贤的政府所在地，显得与时代脱节，另外，小说也因为思想较为陈腐而显得文学价值不高。

京沪作为叙事背景还体现在，京沪成为小说中人物讲述其"不在场"的故事地点。在清末民初小说中，"讲故事"成为一种很普遍的写作策略，北京、上海因为其特殊地位，很容易成为被谈论的对象，京沪也成为很多小说中发生种种奇闻怪事的城市。《二十年目睹之怪现状》中很多关于北京和上海的故事都是"我"从各种场合听来的，而这些发生在京沪的故事并不是人物在场的叙述，而是讲述者讲述他人在京沪的故事。在这类京沪故事中，京沪只是小说故事发生的一个都市背景。这与小说的创作目的有关，主要为了谴责和揭露社会黑暗面，像《二十年目睹之怪现状》这类的谴责小说，无心细致构思情节和细腻描写细节，而是"怪现状"故事的拼贴，因此小说中缺乏对城市景观以及故事场景的详细描写。与小说略于景观和空间描写不同，小说津津乐道地讲述故事，通过各种人物之口讲述发生在全国各地的怪现状，其中京沪怪现状尤其多，京沪为这类小说提供了叙事背景。京沪作为被讲述故事的城市背景还体现在很多小说中，如《冷眼观》中第四回中的"我"和好友李云卿在南京，李云卿讲述了两个发生在京城的故事。《官场维新记》（佚名）第一回简略交代小说中主人公在江西新喻县听说了北京的义和团事件：初听说北京大师兄的符咒如何厉害，法术如何高强，不过月余，听说八国联军破了天津，两宫仓皇西幸等。第二回在新喻县打听到，京城八国联军进京后，和议告成，两宫回銮舆，朝廷督促各督抚举行一切新政，废科举、兴学校、修武备、励实业、开银行、办警察等。这类被讲述的京沪故事，京沪都只是小说的背景。

《欧洲小说地图》中作者写道："我经常强调，特定故事是特定空间的产物；现在本书的推论是：没有一个特定的空间，一种特定的故事根本不可能生成。"[1] 上海之所以成为诸多小说的叙事背景，主要是因为上海租界的繁荣所带来的丰富生活，"上海地方，为商贾麇集之区，中外杂处，人烟稠密……还有许多骗局、拐局、赌局，一切希奇古怪，梦想不到的事，都在上海出现——于是乎又把六十年前民风淳朴的地方，变了个轻浮险诈的逋逃薮"（《二十年目睹之怪现状》第一回楔子）。上海是发生各种奇闻怪事、见怪不怪的都市。尤其是上海租界，几乎无奇不有，因此很多故事的背景放置在上海，正如《上海闲话》中所写："每见上海社会中发现一伤风败俗之事，一般舆论则必曰：此幸在上海耳，若在内地，即使幸逃法网，亦不免为社会所不齿。"[2] 因此，在这时期的小说中，一切有

---

[1] Franco Moretti: *Atlas of the European Novel*, 1800—1900, London: Verso, 1998, p.100.
[2] 姚公鹤：《上海闲话》（下卷），商务印书馆1917年版，第66—67页。

悖于常理、荒诞离奇的故事背景都设置在上海。因此，上海成为繁华且腐败并存的城市。另一方面，上海租界的"国中国"的地位，使租界成为经商、维新、革命等很多活动相对自由和安全的地方。《上海游骖录》中小说人物说道："这里租界地方，是外国人所管，中国官管不着。……中国官要到租界上捉人，先要外国人点了头，签了字，方才好捉……"（第三回）

而北京作为元明清三代帝都，直到科举制度被取消，北京一直是会试中心，科举考试取缔之后，朝廷仍不定时举行各种特科考试。总之，直到清朝灭亡，北京一直是朝廷选拔人才的权力中心。此外，北京也是清政府的政治中心，因此成为国家官府和官员最集中的城市，尤其在封建专制时代，国家最高权力掌控者清帝及后期的慈禧太后以及一些王公贵族几乎掌握了国家和官员的命运，因此在国家内忧外患之际，他们成为小说的关注点，而近代发生的中法战争、中日甲午战争、庚子事变等重大历史事件则直接与清政府的腐败无能有关。总之，作为国家的权力、政治、文化中心，北京很难不进入小说家的视野，成为小说中故事的叙事背景。

二 作为叙事场景的京沪空间

场景是空间叙事的基本单位。关于场景的定义，美国小说理论家利昂·塞米利安认为："一个场景就是一个具体行动，就是发生在某一时间、某一地点的一个具体事件；场景是在同一地点、在一个没有间断的时间跨度里持续着的事件。它是通过人物的活动而展现出来的一个事件，是生动而直接的一段情节或一个场面。场景是小说中富有戏剧性的成分，是一个不间断的正在进行的行动。"① 在利昂·塞米利安看来，场景是一个具体且持续发生的事件，甚至是一段生动的情节。《明代小说》一书中对场景有如下描述："场景描写是小说或其他叙事文学中的重要组成部分，它是景物、人物、情节三者相结合，构成一个具有相对独立性的生活片断。场景描写是一个综合性的指标，它依靠的是景物、人物、情节相互结合产生的程度……"② 尽管中外学者表述不同，但都认为场景是一个包含

---

① [美]利昂·塞米利安：《现代小说美学》，宋协立译，陕西人民出版社1987年版，第6页。
② 黄霖、杨红彬：《明代小说》，安徽教育出版社2001年版，第218页。

人物、事件的生活描画。因此场景描写是小说空间参与叙事的重要表现。作为故事场景的空间也就是米克·巴尔所认为的"一个起动态作用的空间是一个容许人物行动的要素"的"行动着的地点"(acting place)①。场景可以从多个角度给予区分,其中根据场景所处的空间类别可分为:妓院场景、花园场景、书房场景、商场场景等。

在清末民初,京沪因为其特殊的城市地位,其城市空间成为很多故事的场景。如前一章所论述的上海都市生活空间的妓院、酒楼、茶馆、客栈、戏园、张园、愚园成为上海重要的故事场景。其中四马路的长三书寓、酒楼、张园成为最频繁出现的叙事场景,如《海上花列传》的故事场景主要在长三书寓。樊玉梅在《〈海上花列传〉的叙事研究》②一文中把整部小说分为 196 个场景,其中妓院内场景共 134 个,占全部场景数量的 68%;长三书寓内场景 104 处,约占妓院场景的 78%;幺二妓院 21 处,约占 16%;花烟间 8 处,约占 6%。由此可见,《海上花列传》中的空间聚焦主要在长三书寓的室内。从本书第三章"清末民初小说中人物的北京行走范围"中可以看出,在北京,紫禁城、官僚宅第、会馆、酒楼、相公堂、妓院等成为北京故事的重要场景。

场景描写在空间叙事中具有多重叙事功能,场景是故事发生的现场,因此场景描写有利于塑造人物形象、表现创作主旨;场景描写有利于有效地干预叙事时间,场景描写主要关注空间发生的故事,以故事时间与叙事时间次序一致的原则来讲述故事,因此读者基本感受不到时间的流动;同时各个不同的场景具有各自不同的叙事功能,如酒宴功能"由于货币化的酒宴以情感与心理交流方式传承了货币的联通、交换功能,并滋生出娱乐功能、情感张力功能、衍生功能,从而在明清小说叙事中具有整体而独特的作用"③。此外,场景描写对于小说情节发展也具有很大意义。场景描写有利于刻画人物、表现主题等,这些在前章中有所涉及,这里主要讨论京沪场景描写对情节发展所起到的叙事功能。

---

① [荷]米克·巴尔:《叙述学:叙事理论导论》,谭君强译,中国社会科学出版社 2003 年版,第 174 页。
② 樊玉梅:《〈海上花列传〉的叙事研究》,硕士学位论文,湖南师范大学,2006 年。
③ 许建平:《货币化场景——酒宴在明清小说中的叙事功能》,《文学评论》2007 年第 4 期。

在上海故事的场景描写中,其场景多发生在公共空间和半公共空间,前者如张园这类任何人都可进入的场所,后者如酒楼、妓院、戏园等需要具备一定消费能力的人才能进入的公开场所。其中公共空间多在开放性的室外,因此具有开放性的特点,这种开放性空间为人物偶遇,包括偶遇陌生人或很久不见的熟人偶遇,造成极大的可能性,这种偶遇为小说提供更多的故事来源和线索,从而推动了故事情节的发展。如《九尾龟》第五回中方幼恽和表亲同乡刘厚卿到张园游玩,艳遇了上海四大名妓之一的陆兰芬,从而为方幼恽和陆兰芬故事的展开起到了很好的过渡和衔接作用,也推动了小说向前发展。

半公共空间是有一定限制的条件才能进入的公开场所,且多是在室内的固定场所,因此还具有封闭性的特点。如消费场所则是需要具备一定消费能力的人才能进入的公开场所。这种相对封闭的半公共空间,是人物聚会、交流信息、进行社交活动的理想场所,因而也为人物偶遇、人物言说(讲述)以及观看提供了条件和机会,从而推动了情节的发展。以《海上花列传》为例,第三回中主要叙事场景在公阳里周双珠家,洪善卿来到周双珠家,先是看到了姨娘阿金被他丈夫(小说中称为主公)阿德保打,因为阿德保怀疑妻子阿金养姘头而打她,从而为后来阿金和朱淑人管家张寿有私情埋下了伏笔;继而洪善卿看到了周双珠的亲生娘周兰亲自搀着一个清倌人进门,她就是周双玉,她正是小说中"海上花"主要妓女中之一。因此,周双珠家这个妓院场景的描写不仅为小说进一步发展埋下了伏笔,而且也见证重要人物的出场,从而为作者叙述重要人物故事提供了合理的过渡。此外,半公共空间作为相对封闭的空间,人物的重要活动之一是"说",从而很大程度上形成了"言说空间",既可以讲述自己的故事,也可以讲述他人的故事,从而极大地扩大了小说的情节内容和表现范围。如在《海上花列传》第六回中,故事场景在王莲生的新相好张蕙贞家,席间的主要话题是罗子富最近结交的妓女黄翠凤。罗子富在朋友的怂恿下叫了黄翠凤的局,可是黄翠凤只坐了会儿就走了,罗子富非常生气,其间陶云甫谈到了黄翠凤个性以及她征服鸨母的历史,使在席的人都听呆了。罗子富更是佩服得五体投地,乃至于后来抛弃旧欢蒋月琴,一心结交黄翠凤,直至最后被黄翠凤高超演技骗走了大量钱财仍蒙在鼓里等。因此,这个妓院场景描写主要是讲述黄翠凤的故事,从而有力地推动了故事的发展。

而在以北京为空间场景叙事的小说中，半公共空间和私人空间成了主要的场景空间，这些场景同样具有上海都市空间中场景描写的叙事功能，其中半公共空间，如酒楼、会馆、相公堂子、妓院等既是人物偶遇的空间，也是人物言说、观看的空间。而私人空间，如京官及士大夫家庭生活场景，尤其是书房场景，也是人物言说、目睹的空间。如《孽海花》中的第二十三回中总理衙门侍郎庄小燕宅第的书房场景描写，庄小燕把儿子庄稚燕叫到书房，父子俩聊着国内外最近发生的几件大事，庄稚燕说着话，"一抬头忽见一个眉清目秀、初交二十岁的俊童，站在他父亲身旁……心想我家从没有过这样俊俏童儿，忽然想起来道……"原来这个俊仆正是他的冤家金雯青家的俊仆阿福。阿福怎么会到他家，金雯青家究竟发生什么事情？因此庄稚燕在书房中看到陌生面孔阿福成为小说对金雯青家里最近发生事情的叙事驱动力，小说接着插叙了金雯青家发生的故事，"如今先要把阿福如何歇出、雯青如何病重的细情叙述一番，免得读书的说我抛荒本题"。接着小说用了将近两个半回的篇幅叙述了金雯青家中最近发生的事情：金雯青因为地图事件在家休病假，发现爱妾彩云与俊仆阿福有染，于是找了个机会把阿福赶出家。销假后回到衙门，因为与庄小燕发生争执，被庄小燕羞辱一顿，气得准备回家，却在衙门大堂廊下，无意间听到车夫谈论彩云才扔下一个阿福，又勾搭上了戏子的事情，旧病加上心伤，金雯青再度病倒且病情加重，直至亡故。因此，小说由庄稚燕在书房看到阿福引发一系列故事的叙述。

三 作为叙事动力的京沪空间

所谓叙事动力就是推动小说情节发展的动力因素。在小说中，形成叙事动力的因素很多，至少可以分为内在动力和外在动力，内在动力主要由作品的写作目的决定，各种不同类型的小说，其内在叙事动力不一。而外在动力则是由情节和故事发展的需要决定的。在清末民初小说中，讽世劝喻或谴责批判社会成为小说的重要创作目的之一，而京沪城市往往是表现这类主题故事的理想叙事空间，因此成为小说叙事的内在动力；另外，作者通常借助人物到上海或北京来推动故事和情节的发展，以达到其创作目，京沪都市也因此成为推动故事、情节发展的重要外在动力。

在叙述上海故事的小说中，游沪、途经上海、到上海谋生、采办洋货等成为主要叙事动力。

繁华的都市、繁荣的工商业、中西交汇的各种物品,繁华、富庶、丰富多彩的上海吸引了各类人群涌向上海,也从而形成了小说展开上海故事的一个重要动力。《海上繁华梦》《九尾龟》等很多狭邪小说的叙事空间都是由江浙的城乡转向上海,其中一个重要的叙事动力就是小说中的主人公因向往上海的繁华,从而从各地涌向上海。《九尾龟》前三回的叙事空间一直在苏州、常州,从第四回起小说的叙事空间转到了上海,小说第四回的末句写道:"闲语休提,书归正传。且说常州东门内有一家著名乡宦,姓方名幼恽……一向听亲友在上海回来,夸说上海如何热闹,马路如何平坦,倌人如何标致,心中便跃跃欲动。此番趁方知府将家事叫他独掌,便与方知府说明,要到上海去见见世面……这方幼恽便欢天喜地的择了行期,雇好了船,辞别了方知府竟往上海去了。"小说的叙事空间也随着方幼恽从常州转到了上海,从而开始了小说以上海妓院为主要叙事场景的叙述。因此方幼恽游沪成为小说重要的叙事动力。《海上繁华梦》与此类似,谢幼安、杜少牧本是苏州家境殷实的子弟,因为听说了上海的繁华而乘船从苏州出发来到上海,从而小说的叙事空间也转到了上海。

上海也是周边城镇年轻人谋生的首选城市。清末民初的上海已经成为中国最大的商业都市,作为一个商业都市,提供的谋生机会远比一般的小城镇要多得多。小说中的人物从江浙乡下或周边城市来到上海,从而引发他们在上海谋职的经历以及上海各类形形色色的人物故事。《海上花列传》第一回从乡下贫困青年赵朴斋到上海"要想寻点生意来做做"开始,引出了"海上花"众多妓女的命运故事。《花柳深情传》中的孔先生,在战乱时失了馆,因为一心专研时文,在衢州军营里当文案又延误军情酿成大祸,出于谋生的目的便想到了上海,在小说第十四回写道:"听得人说现在可以赚钱莫如上海,不如往上海寻寻生路。"小说的叙事空间也因此从衢州转到了上海,也引出了他在上海谋生及上海经历的故事。

上海作为中西交汇的前沿大都市,洋行林立,国外很多最新的机器设备及时髦商品在这里都能买到,即使一时买不到,也可到上海的洋行定购,因此,到上海洋行采购军需用品以及机器设备构成了小说的重要叙事动力。在清末民初的小说中,外地人到上海采办军需用品或国外机器设备成为很多小说的一种必写模式。《官场维新记》中袁伯海从湖北被派到上海订购两部铸银圆的机器;《市声》中广西的陆襄生奉命到上海采办军装;《官场现形记》中山东官员陶子尧受命到上海采购军装,等等,这些外地官员来上海之前无不谨记官场原则，但是来了上海之后，上海的一群买办、掮客等使用各种诱惑方式使其堕落，最后个个都陷入了上当受骗的结局，当然最后受损害的还是国家。因此外地官员来上海采购成为作者谴责上海社会风气的重要叙事动力。

上海交通便利，是出入京城或一些其他城市甚至国外的必经之地，因此小说中人物途经上海也成为展开上海故事或描写上海的重要叙事动力。《孽海花》中的金雯青，祖籍苏州，多次出入京城以及出国、回国都途经上海，因上海的繁华非其他城市可比，因此他每次都留下一段时间或游玩或与朋友同事聚会，小说得以穿插各种上海的故事。《负曝闲谈》中多次写到上海，其中重要的叙事动力是小说中的人物途经上海。他们或进京经过上海，如第五回中的黄乐材要进京谋官，经过上海，因此在上海逗留；或要到其他地方为官经过上海，如第六回中的冯正帆之所以来上海，是因为他要到外地为官途经上海，因此顺便在上海游玩几天。从而使小说得以各种不同的叙事视角来描写上海。

在叙述北京故事的小说中，进京寻求或谋取功名成为小说铺展北京故事的重要动力。《中国现在记》中高度概括了京城的特殊地位："京城里除掉了做官考功名，此外并没有别的事业好做。"（第一回）因此，京城成为谋求功名、仕途的必经之地。进京科考、引见、捐官、活动官场、谋求仕途发展等成为进京的主要目的。每年临近会试，全国各地的士子从各地奔赴北京参加科举考试，因此进京会试或参加其他考试成为推动小说描写京城故事的重要动力之一。《官场现形记》第一回的叙事空间在山西同州府朝邑县，小说写土财主之子赵温进京参加会试，叙事空间随之也转移到了北京，然后展开写科考的程序、官场的腐败黑暗、捐官制度等一系列的故事，从而推动了故事的情节。

进京捐官或打通官场也成为小说的重要叙事动力。卖官鬻爵，虽然各朝都有，清朝并非始创，但清朝却变本加厉，尤其是晚清时期，除了正常的军需、河工、赈灾等需要筹集银款外；而且因为西方列强的入侵，一方面加重战事军需的费用；另一方面因为战败后割地赔款需要大量的银两款项，内忧外患交集，国库空虚时，捐纳则成为救贫的当务之急。《清史稿》卷一百一十二（选举七·捐纳）对此记载十分清楚："清制，入官重正途。自捐例开，官吏乃以资进……中叶而后，名器不尊，登进乃滥，仕途因之殽杂矣。捐例不外拯荒、河工、军需三者，曰暂行事例，期满或事竣即停，而现行事例则否。捐途文职小京官至郎中，未入流至道员；武职千、把总至参将。而职官并得捐升、改捐、降捐、捐选补各项班次，分发指省、翎衔、封典、加级、纪录。此外降革留任、离任、原衔、原资、原翎得捐复，坐补原缺。试俸、历俸、实授、保举、试用、离任引见、投供、验看、回避得捐免。平民得捐贡监、封典、职衔。"① 可见清代中晚期捐纳制度的泛滥。《官场现形记》中第二十九回写道："一班勋旧子弟，承祖父余荫，文不能拈笔，武不能拉弓，娇生惯养，无事可为，幸遇朝廷捐例大开，上代有得元宝，只要抬了出去上兑，除掉督、抚、藩、臬例不能捐，所以一个个都捐到道台为止。倘若舍不得出钱捐，好在他们亲戚故旧各省都有，一个保举总得好几百人，只要附个名字在内，官小不要，起码亦是一位观察。"而保举之后："送部引见，又交军机处记名。"总之，捐官和保举是科举以外升官的途径。而无论捐官或保举，想得到好一点的实缺，都需要用银子活动，而到京城打通官场则希望更大，因此进京捐官或引见成为推动故事发展、空间转移的重要叙事动力。

另外，北京也是高官阔官最多的地方，每当小说中的人物想当官或走门路谋求差事就会想到进京，从而成为小说展开京城故事的重要叙事动力。《负曝闲谈》第七回"恣游览终朝寻胜地，急打点连夜走京师"写了一个叫周劲斋的人，接到一封京城里发来的电报，要他进京，并说大有机会可乘。于是，周劲斋次日便搭火车进京，因此小说接下来的三回主要叙述周劲斋在京城的所见所闻所做，小说叙事空间也很自然地从上海转移到了京城。《九尾龟》中的康观察丁忧期满，"想着尽着这样的坐吃山空也不是个长局，算来算去，只有还是去做官。自己本来捐了个候选道在身上，算来算去，不如趁着自己年力富强的时候，到官场里头去混一下，或者混得出什么好处。打定了主意，便带了几万两银子的汇票赶进京来"（第一百十六回）。于是，小说的叙事空间自然转到了京城，从而展开对北京官场现状的揭露和批判。以类似进京目的而引起北京故事叙事，在清末民初的小说中不胜枚举。

《无耻奴》中的无耻奴——江念祖每当到了穷途末路时，他便想到进京寻求出路。第二回中写道："江念祖想，坐在家里坐吃山空，渐渐的饔飧不继，终不是个了局。要想出门谋食，又没有可去的地方。千思万想，

---

① 赵尔巽等：《清史稿》，吉林人民出版社1995年版，第2198页。

被他想出一条门路来。……江念祖想出了这条门路，便凑了几百两银子的盘缠，摒挡行李，径到北京……"他来到北京后，找到了在京为官的远房亲戚，请其荐馆。在第四回，江念祖因为在台湾偷天换日，吞食造铁甲兵轮的钱款，导致兵轮根本不适合打仗，因此被关押起来，又因为京官求情，把他放出来，无所事事，他又想到进京："忽想起前回在京城里头，有些同乡京官待我的意思甚好，何不进京去略住几时，再作道理？定了主意，便搭了轮船，一路进京。"这次因为他的臭名远扬到京城，结果没有谋到官位。在第十一回，江念祖因为在平壤战役中建议昏聩无能的甄总统冤杀无辜、投降卖国、谎报军情、贪污抚恤金等，又独自卷走巨额抚恤金逃跑到上海，"……在上海住了几个月，觉得没有什么道理，便想要谋干些事情做做。……不如去寻寻他（指铁路大臣，引者注），找个什么差使当当，倒也不差。听说他现在京城里头，我捡直赶进京去，求他想法。说不定得了机会，我自己的同知，也可引见出来"（第十一回）。果然，他来到京城后千般巴结京官又得到了一些官场差事。小说中的无耻奴江念祖尽管劣迹斑斑，干出一些祸国殃民的事情，但却能在京城一次次谋到官职，都与那些愚昧无知、鼠目寸光且贤愚不分的京官有直接的关系，他们利用国家职权之便，或只认钱，进行钱权交易，中饱私囊；或只认关系，不顾国家，把自己的亲戚熟人推荐到各种官职上。这也是清末民初小说一次次地写各地无赖或富家纨绔子弟进京的重要原因。

第二节 京沪空间叙事形态

场景是空间叙事的基本单位，是一个生动而具体的生活画面。一个具体的叙事场景总是发生在一定的空间场所中，从而形成了一个相对独立的空间单元。小说中故事情节的发展正是在叙事场景的不断转换和组合中完成，也因此形成了小说结构上一个个独立的空间单元。小说的空间叙事形态指的是小说中各个空间单元在场景安排与布局所呈现出的外在结构形态。小说中的场景几乎是不可逆转的流动，因为小说中一般不会出现完全相同的叙事场景，但发生叙事场景的空间单元则是重复出现的，正如客厅可以成为多次场景发生的场所，但每次的场景都不同。因此，一个空间单元可以构成一个叙事场景，也可以在不同时间段构成多个不同的叙事场景。

清末民初小说有一个明显的特征——小说中空间切换频繁,有时一部作品中的叙事空间甚至涉及全国各地;而在以某一个城市为叙事空间的小说中,其叙事空间往往涉及该城市各个不同的空间,因此这时期的小说整体显得结构松散或者说结构不够严谨。胡适1917年写的《再寄陈独秀答钱玄同》谈道:"适以为《官场现形记》《文明小史》《老残游记》《孽海花》《二十年目睹之怪现状》诸书,皆为《儒林外史》之产儿。其体裁皆为不连属的种种实事勉强牵合而成。合之可至无穷之长,分之可成无数写实小说。此类之书,以体裁论之,实不为全德。"的确,对比传统小说的线性结构,即故事以连贯的、逻辑严密的顺序,沿着开端、发展、高潮、结局的线性时间和情节因果关系来铺展情节,这时期小说的确显得结构涣散。但是如果从空间的角度来看,这些小说则构成了一个以空间呈现为主的有机结构。小说通过频繁的空间场景转换,呈现出各个不同空间里的故事,在看似零散的书写中,实则是以空间的独特感受和观照方式,建立起一种空间叙事形态。晚清是中国社会剧烈动荡和风云际会的时期,作家为了全方位、多层次地展现当时复杂的社会现实,大多摒弃了传统以情节为贯穿始终的小说模式,没有中心事件,没有贯穿线索,场景前后互不相连,也不存在因果关系,而是以空间转换来推进叙事的发展,这正是空间叙事的外在特征。在清末民初以京沪为叙事空间的小说中,其空间结构分别形成以"套盒形"和"橘瓣形"为主的形态。

一 上海空间叙事形态:"橘瓣形"

"橘瓣形"是个形象的比喻,指的是小说中各个空间单元或情节单元不是向四处发散,而是集中在相同的主题或情感上,不是离心而是向心地向中心靠拢,而呈现出一种类似于橘瓣的结构。戈特弗里德·本最早提出了"橘瓣形"结构的概念:"这部小说……是像一个橘子一样来建构的。一个橘子由数目众多的瓣、水果的单个的断片、薄片诸如此类的东西组成,它们都相互紧挨着,具有同等的价值……但是它们并不向外趋向于空间,而是趋向于中间,趋向于白色坚韧的茎……这个坚韧的茎是表象,是存在——除此之外,别无他物。"[①] 也就是说,橘瓣形结构的小说,其空

---

① [美]弗兰克等:《现代小说中的空间形式》,秦林芳编译,北京大学出版社1991年版,第142页。

间单元就像许多相似的橘瓣组成的橘子,既各自独立,又趋向于一个主题。橘瓣形结构的小说,不像传统小说那样追求故事的序列性和情节发展的因果关系,而是利用空间来安排小说结构,讲述各个空间不同的故事,就像花朵上的花瓣,分布在花蕊的周围,呈现其各自的审美特征。

早在晚清时期,《孽海花》作者曾朴就曾提出过类似的观点,即"珠花式结构"。曾朴针对胡适在《再寄陈独秀答钱玄同》中提及《孽海花》也是《儒林外史》的产物时,辩护道:"他说我的结构和《儒林外史》一样,这句话,我却不敢承认,只为虽然同时连缀多数短篇成长篇的方式,然组织法彼此截然不同。譬如穿珠,《儒林外史》等是直穿的,拿着一根线,穿一颗算一颗,一直穿到底,是一根珠练;我是蟠曲回旋着穿的,时收时放,东西交错,不离中心,是一朵珠花。譬如植物学里说的花序,《儒林外史》等是上升花序或下降花序,从头开去,谢了一朵再开一朵,开到末一朵为止。我是伞形花序,从中心干部一层一层的(地)推展出各种形象来,互相连结,开成一朵球一般的大花。《儒林外史》等是谈话式,谈乙事不管甲事,就渡到丙事,又把乙事丢了,可以随便进止;我是波浪有起伏,前后有照应,有擒纵,有顺逆,不过不是整个不可分的组织,却不能说他没有复杂的结构。"① 在曾朴看来,《儒林外史》等把一连串前后并无因果关系的故事从前向后串连起来,更接近于串珠链条式的"珠练"结构;而《孽海花》虽也连缀起很多故事,但是围绕中心、蟠曲回旋的"珠花式结构"。曾朴所说的"珠花式结构"与本章所探讨的"橘瓣形"结构颇为接近,考虑到"橘瓣形"更为形象和恰当,因此本人采用"橘瓣形"之说,在这种结构的小说中,作者主要利用空间来构建小说结构,用空间转换来推动叙事进程。"橘瓣形"结构小说的明显特点是小说的人物众多,小说中的空间单元转移频繁,各个空间单元之间处于一种并置关系。

在清末民初以上海为主要叙事空间的小说中,大多小说呈现出"橘瓣形"的空间结构。上海这个大城市空间就像橘子皮,进行叙事场景的相对独立的空间单元就像一瓣瓣的橘瓣,而小说的主题或情感态度则是趋向于中间白色坚韧的茎,从而形成一个"橘瓣形"的空间结构。总体而言,这个时期描写上海的长篇小说大多缺少一个贯穿始终的情节,多以谴

---

① 曾朴:《孽海花》,岳麓书社2014年版,第312页,附录。

责批判为主题,以描写社会群像为主,因此大多缺乏一个较为固定的空间,而是把众多的叙事场景分布在上海的各个都市空间,其中妓院、酒楼、茶馆、张园等场所成为小说中叙事场景最集中的空间单元。而这些各自分散的空间单元则构成上海叙事空间的"橘瓣"。

以《海上花列传》为例,作者以花设喻,以海上花喻上海众多的妓女,因此,从题目中可看出,作者写的是一群妓女的人生故事。细读文本则可发现,作者正是以四马路两侧各个里弄里不同的长三书寓为空间单元,叙述了一群高级妓女在上海的人生经历和沧桑故事。小说中写到的妓女近 40 位,除了不太出场的几位,经常出场的长三妓女有 21 位,其中重点写到的长三妓女 10 位,幺二妓女有 4 位,下等妓女有 3 位,可见长三妓女是小说的重要描写对象。这些妓女各自生活在自己的堂子,也有几个妓女同在一个堂子,如周双珠、周双玉同在公阳里的长三书寓,李漱芳、李浣芳同在东兴里长三书寓,大部分的妓女独租一家堂子,如祥春里的张蕙贞、西荟芳里的沈小红、鼎丰里的赵二宝等。这些大小不等的堂子既是小说中上海这群妓女的生活场所,也是她们的男性客人应酬和休闲的场所,从而形成若干个叙事场景。小说每回以一两个妓院为主要叙事空间,其间穿插一些其他的空间,如小说第一、二回主要叙事场景是西棋盘街幺二妓院"聚秀堂",其中穿插了下等妓院王阿二家。每回中这些以某个妓院为主的叙事场景就是一个小的空间单元。从整体来看,这些各自演绎着妓女故事的单个小空间单元星罗棋布地分布在上海租界的四马路一带,尽管它们不可能像橘瓣那么规则,但却像橘瓣那样分布在以表现上海妓女命运这个主题周围,从而形成了"橘瓣形"的叙事结构。

《海天鸿雪记》是晚清另一部以吴方言作为叙事语言的狭邪小说,阿英在《晚清小说史》中评价道:"在这一类小说(指吴语小说)中比较可称者,不是胡适所举的《海上繁华梦》与《九尾龟》,而是李伯元的《海天鸿雪记》。"[①]《海天鸿雪记》与其他的狭邪小说有所不同,其"书中所记,自仍不外妓女嫖客间之私生活,但其事均日常生活,并没有像其他书中所写的'嫖界黑幕'"[②],其主题"不是要写嫖客妓女相互间的勾引欺

---

① 阿英:《晚清小说史》,江苏文艺出版社 2009 年版,第 172 页。
② 阿英:《晚清小说史》,江苏文艺出版社 2009 年版,第 174 页。

骗，使之成为'嫖界指南'，而是要描绘出这一个特殊悲惨的社会阴影"①，正如作者所感叹："记者寓公是邦，静观默察，觉得所见所闻，虽然过眼云烟，一刹那间都成陈迹。但是个中人离合悲欢……想到这里，觉得前不见古人，后不见来者，独立苍茫，非常沉痛。此记者著书以前之思想也。"（第一回）因此其叙述风格，与《海上花列传》风格接近，属于"近真"一类，不刻意地颂扬，也不有意地贬损。同样以妓院为主要叙事空间，与《海上花列传》以妓女为主要人物不同，《海天鸿雪记》主要以男性为主，描写了一群上海寓公在上海纸迷金醉的征逐生活。但小说没有一个贯穿始终的人物和情节，也没有交代他们的家庭身世以及最终结局，只是择取他们在上海的某些际遇片段和妓院生活片段，从而汇成一幅上海租界世相图。小说每一回以一两个人物为中心，以其他人物为穿插，而每个人物的故事往往发生在几个不同叙事场景的空间单元中，这些各自独立的小的空间单元之间彼此构成一种"橘瓣形"。如第七回主要人物是方鼎夫，主要写到了四个生活场景画面：方鼎夫在方昌记丝栈住所接待朋友；在日新里妓院稚玉家邀友人吃酒；在张园与好友闲聊；到东荟芳妓院陆云仙家聚会应酬请客。其中前三个场景主要是围绕方鼎夫来写，写出了经济宽裕的方鼎夫在上海优游的征逐生活。第四个场景主要是为了引出第八回中的主要人物苏绥夫。第八回中主要写了苏绥夫在三个不同场景的生活片段：在妓院陆云仙家里，苏绥夫向友人李仲声开口借钱，原来已经中举的寒士苏绥夫是要到天津谋事，途经上海却滞留在此花天酒地两个多月，以至于盘缠用光且欠下一笔债务；借钱不成，回到后马路的连元客栈，苏绥夫因欠债彻夜难眠；第二天，苏绥夫到王家库李仲声公馆借钱，李仲声答应帮他付栈房钱。因此第八回主要以寒士苏绥夫为中心，通过苏绥夫在各个空间的活动，妓院、客栈、李公馆，"写尽名士穷途，嫖客末路"（第八回篇末，南亭亭长加评）。三个空间单元彼此独立，各自上演着不同的小故事，组合成第八回标题所概括的"苦逐欢苏绥夫落魄"的故事。整部小说描写近20位上海寓公在租界的征逐生活，描绘了若干个不同的空间单元，有的空间单元成为多个叙事场景的描写场所，如客栈、妓院等，但不同的时间、不同的人物可以组合成多个叙事场景，即使是相同的人物

---

① 阿英：《晚清小说史》，江苏文艺出版社2009年版，第174页。

在不同的时间也可组合成不同的场景。如第七、八回中都写到东荟芳妓院陆云仙家里，第七回主要是颜华生、李仲声等一群老朋友在那里吃酒叫局，这个宴乐场景顿时引发了颜华生的抚今思昔之感，因此小说标题是"荟芳里谈心惊岁月"。而第八回是苏绶夫等一群人在那里喝酒聊天，看到正要离开的李仲声，向李仲声提出借钱的意思，因此这个场景描写主要是写贪图享乐而苦追欢的苏绶夫落魄潦倒的故事。总之，每个场景都是一个独立的小故事，因此每个叙事场景中的空间单元也是独立的。小说不仅各回的故事相互独立，而且每回中写到的空间单元也是独立结构，因此总体上呈现出"橘瓣形"叙事结构。

这种"橘瓣形"叙事结构既是对传统的继承，又有所突破。如上文提要的《海天鸿雪记》明显有着《儒林外史》的结构特征。胡适对晚清小说结构批评时说："皆为《儒林外史》之产儿。其体裁皆为不连属的种种实事勉强牵合而成。"① 鲁迅总结为"虽云长篇，颇同短制"。的确，按照传统小说的线性结构，这时期的小说显得结构涣散，或者说结构不够严谨，但这正是一种以空间叙事为主导的结构模式，通过频换的空间场景的转换，呈现出各自不同空间里的故事。现代作家徐则臣认为："小说所有的世界观就是方法论，所有的方法论就是世界观。小说结构本身就代表着作者对世界的态度。"② 晚清是中国社会剧烈变革的时期，上海和北京两个大都市都发生了天翻地覆的巨变。上海的巨变表现为城市繁华奢靡，北京的巨变表现为时局灾难不断，国家政局内忧外患。作家为了全方位、多层次地展示这两个都市的复杂现状，因而采用一种类似于"橘瓣形"的空间叙事结构。但相比古代小说而言又有所发展，一些创作水平较高的小说家精心设计小说的结构，或采用一个贯穿中心的线索、人物，或使用穿插藏闪技巧来组织结构。胡适在《海上花列传》序中评价道："《海上花》的结构实在远胜于《儒林外史》，可以说是脱化，而不可说是模仿。《儒林外史》是一段一段的记载，没有一个鸟瞰的布局，所以前半说的是一班人，后半说的是另一班人——并且我们可以说，《儒林外史》每一个大段落都可以截作一个短篇故事，自成一个片段，与前文后文没有必然的关

---

① 李汉秋编撰：《〈儒林外史〉研究资料集成》，上海古籍出版社2017年版，第350页。
② 徐则臣：《长篇小说传统线性结构已不适应当下时代》[EB/CD]. http://www.chinawriter.com.cn/2014/2014—06—03/206051.html。

系。所以《儒林外史》里并没有什么'穿插'与'藏闪'的笔法。《海上花》便不同了。作者大概先有一个全局在脑中,所以能从容布置,把几个小故事都折叠在一块,东穿一段,西插一段,或藏或露,指挥自如。所以我们可以说,在结构的方面,《海上花》远胜于《儒林外史》;《儒林外史》只是一串短篇故事,没有什么组织;《海上花》也只是一串短篇故事,却有一个综合的组织。"[①] 曾朴也认为他的"珠花式结构",尽管也连缀起很多故事,但是有一个贯穿始终的结构中心。

二 北京空间叙事形态:"套盒形"

如果说"橘瓣形"的叙事形态特征是,叙事场景并不是发生在一个固定的大的叙事空间,而是分散在各个不同的空间单元中,因而总体上呈现出一种并列关系的话,那么还有一些小说,其叙事场景主要固定在城市的一个较大的空间场所中,而其他发生叙事场景的各个小空间单元则属于这个较大的空间场所。在结构上,呈现出一种包含关系。这种大的叙事空间中包含若干个小的空间单元的叙事结构,正如大盒里套了小盒子,在此借用韩晓在《中国古代小说空间论》概括的"套盒式"叙事结构。在古代小说中,最为典型的代表小说是《红楼梦》和《金瓶梅》,以《红楼梦》为例,小说的主要叙事空间是京城里贾府的大观园,而大观园中的各个独立的住所,如怡红院、潇湘馆、蘅芜院等则是大观园这个大盒子里的小盒子,因此总体上呈现出套盒式的空间结构,两者共同参与完成小说的叙事。

一个较大的固定场所中包含若干个小的空间单元的套盒式叙事结构,非常适合表现家庭生活、家族故事或者爱情故事。因为无论是家庭生活、家族故事还是爱情故事,都需要相对的封闭空间。金健人先生在1987年发表的《小说的空间构成》一文中特别提到了《红楼梦》里的大观园,他认为大观园把宝玉、黛玉、宝钗等少男少女汇聚在一起,为宝黛的爱情准备了充分的条件——可以无碍地进行亲密接触,这正是《红楼梦》写爱情能够取得突破的重要原因之一。像宝、黛这样纯朴的初恋感情,在《红楼梦》以前的中国古典小说里是没有的。因为在封建中国,有一道阻隔青年男女交往的铁墙,那就是"男女之大防"的封建礼教,所以几乎

[①] 胡适著、朱正编选:《胡适文集》(第2卷),花城出版社2013年版,第273页。

找不到一个现实空间能让男女主角从两小无猜到情窦初开,一直葆有其天性地进行经常正常的密切接触,在相互体会到生活态度的一致、思想倾向的相同、性格志趣的投合的基础上产生出真挚的爱情。而这正是宝、黛爱情的先决条件,只有具备了这样的先决条件,才可能有宝黛的爱情故事,《红楼梦》才能成为《红楼梦》。① 而此前的中国文学,由于未能解决青少年男女能够生活在一起的空间难题,所以也只能出现另外的爱情故事。

在清末民初小说中,故事背景设置在北京的小说,尤其在表现爱情主题和京官家庭生活的小说中,其结构上多呈现出"套盒形",其中四合院是相对大的盒子,是发生故事的主要场景。而四合院里的各个小空间则是发生不同场景故事的具体场所。言情小说《禽海石》《恨海》讲述的是发生在北京四合院里的故事。

《恨海》写的是庚子事变大背景下两对年轻男女的爱情悲剧。他们的爱情产生于北京的一个四合院,在清末社会风气依然比较保守的时代,青年男女自由恋爱依然需要特定空间,而北京的四合院则正如《红楼梦》中的大观园,为青年男女提供了这样一个自由交往的空间。小说讲述一陈姓的外来京官家有两个儿子,在南横街租了一个很大的四合院,其中北院有五间房子,西院有三间房子,东院有三间房子,完全可以住得下三户人家,他们家就住在北院。恰有一王姓京官,也接了家眷来京,家中有一女,就租了西院三间。东院三间租给了一个同乡商人,这个张姓商人也有一女。因此,这三家就合租同一四合院,四个小儿女因为同住一院,天天一起玩耍、读书。三家大人于是结定了儿女亲家,刚好是两对年轻人的爱情故事,四合院正是他们产生爱情的外在空间条件。

《禽海石》讲述了一对京官儿女的悲剧爱情故事。作者符霖在《弁言》中写道:"兹编为言情小说,可与天下有情人共读之。"而这对青年男女之所以产生爱情,正是双方父亲均为京官,且同租在一个大四合院里。这个曾经是阔京官住的四合院正是爱情故事展开的主要叙事空间。而四合院中的院子、书室、卧室、回廊等则是发生不同场景故事的小空间单元,从而形成了一个封闭式的套盒式空间结构。小说中四合院不仅是爱情故事得以展开的空间条件,也是小说的主要叙事空间,因为"我"父亲租的四合院很阔大很气派,有"两个五开间,三个三开间",至少可以住

---

① 金键人:《小说的空间构成》,《杭州大学学报》1987年第2期。

两户以上人家，而且因为其雅致、气派，租金不菲，使得一般人家会寻求合租，这就为"我"的京官父亲与顾纫芬的京官父亲合租这个大四合院提供了可能。顾纫芬原本是"我"来京前青梅竹马的女同学。顾纫芬的父亲从浙江来北京为官，与"我"父亲合租一院，从而使得跟随父亲来北京的"我"——秦镜如，得以再次相遇同样跟随父亲到北京的顾纫芬，为故事的展开提供了基本的条件。

　　以《禽海石》为例，四合院作为相对封闭的花园式住宅，院子则是四合院里的"公共场所"，为院子里的人物相遇提供了极大的可能性，也为人物见面和交流提供了很多的机会和条件，从而为"我"与顾纫芬由见面到后来产生刻骨铭心的爱情提供了天然场所。男主人公秦镜如第一次见到女主人公就是在院子里，"直到这天傍晚，我打从学堂里回来，独自一个人立在院子中间，忽听到角门里面有女郎笑语之声。我回转头来看时，果然看见那假山后面，垂柳阴中，仿佛有几个妇女在那里说话。……只见那个手扶着柳树的被我看得明明白白，是不肥不瘦的，一个鹅蛋脸儿，两道高高的眉毛，一双秋水盈盈的媚眼，一张樱桃小口、两边颊上还有两个酒窝儿。咦，这是个什么人？这不是我最心爱、最知己的意中人纫芬还是谁？"（第一回）之后"我"经常去后院，"我每逢早上起来，必要去后院里探探纫芬。有时被我看见，有时竟看不见"。正是在后院里，我多次送东西贿赂纫芬的姨母，从而为"我"与纫芬经常在后院见面扫除了一道障碍。门房是进出四合院的一个通道，因此也是四合院中的一个公共场所。我与纫芬爱情的阻力还有她的姐姐。在门房里，我偶然看到了纫芬姐姐与陆家少爷私自相约的书信，又在门房听说纫芬姐姐要到莲花寺，便赶到莲花寺，获得了纫芬姐姐与陆家少爷私自约会的证据，并以此要挟纫芬姐姐，从而扫除其爱情发展的又一阻力，因此门房也是小说中"我"与纫芬爱情故事顺利进展的一个重要空间。书房在整个宅子里，相对于私密空间卧室而言，算是家庭中的一个开放性空间。在晚清时期的北京，书房除了平时用来看书用功以外，还是会客洽谈的公共场所。小说中的"我"想到屋子里耳目众多，不好天天和顾纫芬亲热，于是想到了一个"与纫芬天天亲热的方法"，就是在书房设个书案。因为书房离后院比较近，甚至可以观察到后院中人物活动。果然，"我"搬到书房几天之后，纫芬单独出来与"我"在书房约会，两人倾心交流，探讨长相厮守之策。之后，我在书房多次与顾纫芬约会。书房也是"我"和纫芬姐姐第一次"谈判"的场所。自从"我"发现了纫芬姐姐的"劣迹"后,纫芬姐姐主动到书房与我会谈,答应帮助"我"在其父亲面前遮掩"我"与纫芬的私情。之后,"我"不仅能在后院时常看到纫芬,还在其姐姐帮助下"登堂入室"到纫芬的卧室深夜谈心。卧室,是个私密的私人空间。秦镜如与顾纫芬的约会历经从后院到书房,然后到卧室的过程。秦镜如第一次到纫芬卧室与之见面,是在纫芬姐姐的许可下,从纫芬姐姐的书房进入。自那以后,秦镜如经常半夜从自己房间跳窗而出,来到纫芬姐妹房间与她们聊天玩耍,有时谈诗,有时下棋,有时把杯对酌。后来纫芬母亲生病,纫芬姐妹轮流陪伴其生病的母亲,秦镜如则能隔一天与纫芬尽情交谈,因为没有他人在旁,他们无语不谈,自昏达旦。这种亲密的"闺房之中更有甚于画眉"的光景关系维持了"首尾年余"。正是这一年来的耳鬓厮磨,使他们的感情从初恋时的羞涩发展到热恋时私定终身到最后离别的难舍难分。在卧室中,他们分享着热恋中男女的甜蜜,也倾诉了双方父亲不许婚事的痛苦经历,也在卧室里作最后一次伤感话别。但是庚子事变发生了,他们被迫分开,并最终导致悲剧。一对长久培养起来且有着很深感情基础的恋人最后阴阳相隔,从而加剧了爱情的悲剧力量。由此看来,秦镜如与顾纫芬的感情能得以顺利进展,与小说的空间结构不可分。正是在大宅四合院以及其中各个空间单元的叙事场景中,作者构建了一个合情合理的爱情故事。从叙事空间来看,则形成一个套盒形的形态结构。

民国初年哀情小说《血泪碑》与《禽海石》情节极为相似。小说同样叙述了一对京官子女石如玉、梁如珍的悲剧爱情故事,其中主要故事情节也发生在北京的四合院中。京官子弟石如玉在吴江求学期间与富户女子梁如珍萌发爱情。而后,石如玉因父亲生病不得不返回北京。而不久,梁如珍也随父亲北上求官来到北京,并且应石如玉之邀,梁家一家人住到了石如玉家的同一个四合院,从而为男女主人公的爱情故事准备了空间条件。而四合院中的各个空间,包括主人公所住的房间、书房以及小说中破坏他们爱情的歹人陆文卿和梁如宝的房间,形成了独立的小空间。因此,从叙事空间形态来看,小说是以大的四合院里的各个小空间为叙事空间,从而也形成一个"套盒形"结构。且小说的大致结构与《禽海石》颇为相似,在江南某地萌发爱情,在北京意外相遇且合住一四合院,从而使爱情得以继续并升温,当双方订婚后,却因为意外分离,最后在上海相遇,女主人死于上海。

除了爱情故事，其他主题中的北京故事，其叙事形态同样容易形成"套盒形"结构。谴责小说《二十年目睹之怪现状》中讲述了几个北京故事，也主要是与"我"合租在同一个四合院里三户京官的家庭故事。"我"第一次进京在南横街绳匠胡同分别与两个不同的京官合租一院，其中一个是吏部主事，另一个是刑部主事。这种合租同一四合院的经历使"我"耳闻目睹了小京官的道貌岸然、虚伪圆滑：其中一个京官满口的仁义道德，却千般虐待自己的祖父；另外一个表面上对帮助过他的亲戚说不尽的感激图报，暗地里却坑蒙欺骗他。而"我"第二次进京同样住在绳匠胡同的一个四合院里，而同院还住着内务府郎中，通过与之交往的恽掌柜之口，"我"了解到这个"当今第一红人"的旗人徇私舞弊、卖官卖爵且鲜廉寡耻、贪婪好色的本质。因此，《二十年目睹之怪现状》中的北京叙事空间主要是发生在两个四合院中三户不同京官家中，因此四合院与院子中几个相对独立的空间也形成了套合型的空间结构。

王南在《古都北京》中归纳道："北京的市井居民以'街道—胡同—四合院'体系为其鲜明体系，形成了京城独有的市井文化。"[①] 在描写北京的部分小说中，也有类似的空间形态，从而形成了"胡同—四合院—各小空间单元"的套盒式结构。

当然，"套盒形"的叙事空间形态只是以北京来设置故事的空间结构形态中较为明显的一种。因为北京封闭且宽大的四合院，内部有若干个小的独立空间，更容易叙述一个相对完整的故事，尤其是家庭故事、爱情故事等。有的小说叙述了几个四合院中的故事，从而形成了几个"套盒形"故事。

以上所概括的两种叙事空间结构主要是从整体上而言，并非绝对。事实上，任何一部小说不可能仅仅采用一种结构模式，而是两种结构兼而有之。在以北京为城市背景的小说中，也可能出现"橘瓣形"空间形态结构，而在以上海为城市背景的小说中，也可能出现"套盒形"空间形态结构。相对而言，"橘瓣形"空间形态结构更容易出现在上海故事中，而"套盒形"空间形态结构更容易出现在北京故事中。

---

① 王南：《古都北京》，清华大学出版社2012年版，第250页。

第三节　京沪空间叙事策略

清末民初上海小说家总体地域流向是从乡村走向城市。他们大多来自上海周边的县城或乡村，即使是上海县城，也是一个与内地社会结构和思想意识形态相近的传统县城。当这群作家来到上海的城市这个"人常讥上海是四不像，不中不西，亦中亦西，无所可而又无所不可的怪物"①，或来到帝都北京，他们看到和感受到的是完全不同于其家乡的经验，因此，当他们在小说中叙述京沪都市故事时，无意识地要把他们对于京沪城市的新奇经验写到小说中，而陌生化的叙事策略无疑是一种较为容易把握且方便叙述的策略方式。另外，正如上一节所分析，这时期的小说明显呈现出一种以空间为中心的叙事结构，因此空间转换和串联艺术也体现出小说家的空间叙事策略。

一　陌生化叙事策略

"陌生化"理论是俄国形式主义批评家什克洛夫斯基首次提出的。什克洛夫斯基在《艺术作为技巧》一文中提出："艺术的目的是要人感觉到事物，而不是仅仅知道事物。艺术的技巧就是使对象陌生化，使形式变得困难。增加感觉的难度和时间长度，因为感觉过程本身就是审美目的。"②正如形式主义批评家所倡导的，陌生化是一切技巧的总和，而对于小说而言，陌生化不仅表现在语言上，它还表现在叙事技巧上，如叙事视角的选择等。清末民初小说家在叙述京沪故事时，往往习惯采用第一次入沪、入京者的视角，尤其是乡愚的视角来叙述，这种使用第一次进城者的视角，尤其是乡下人进城的视角好奇地看待城市的一切，正是一种以陌生化、奇异化、夸张化的叙事方式，来消除读者对早已熟视无睹事物的新鲜感和亲切感，从而达到一种陌生化的审美效果。

（一）以第一次入城者的视角来观看京沪大都市

清末民初小说中所叙述的上海基本上指的是洋场上海。而洋场上海无

---

① 李康化：《租界文化对上海市民性格的影响》，《探索与争鸣》2009 年第 12 期。
② ［俄］什克洛夫斯基：《作为技巧的艺术》，载《俄国形式主义批评：四篇论文》，内布拉斯加，1965 年版，第 12 页。

论是器物还是城市景观，都迥异于中国传统城市，而且租界是西方物质文明和西方生活方式引进最早最快的前沿阵地。对于完全缺乏租界经验的第一次入沪者而言，这是一个与其以往生活经验完全不同的陌生世界，租界的衣、食、住、行以及日常娱乐方式，租界的城市建设和管理等大大超越了其乡村和一般城镇生活经验。因此，以第一次入沪者的新鲜眼光来看待陌生租界里的一切新奇事物，能够更好地展现出租界的特殊之处。这种写法对于租界外的读者而言，更像是一个租界体验者向没有租界经历者详细介绍洋场租界的景象和生活情况，其小说就像一部"沪游指南"，也更符合读者的阅读期待。而对于租界里的读者而言，原本习以为常的租界生活在一种陌生化的视角下同样有一种新鲜感。

范伯群在《中国近现代通俗文学史》一书所言："许多通俗小说的一个不约而同的开端是苏杭一带的市民羡慕新兴都会上海，要进入这个光怪陆离、纸醉金迷的上海去淘金或观光享乐。从1892年开始连载的《海上花列传》、1902年出版的《海上繁华梦》初集到20世纪20年陆续写成的《上海春秋》《歇浦潮》《人海潮》和《人间地狱》……都选择了这条最佳的'文字漫游热线'。"[①] 清末民初写到上海的通俗小说尤其热衷于这种"漫游"模式，小说往往先从租界的外围写起，小说的第一、二回叙事空间往往设置在租界以外，或上海的周边地区或离上海较远的地区，然后写租界外的人初次进入租界，从而为小说制造了第一次入沪者来观看和体验上海的契机。这种以第一次入沪者的限制叙事视角来观看上海是这时期小说家常用的一种叙事策略。《海上繁华梦》第一回叙事空间主要在苏州，第二回就写了苏州两个家境殷实的青年谢幼安、杜少牧第一次入沪游玩，接下来以他们作为一个毫无租界经验的外来者视角来看待洋场的一切："规模阔绰，气象轩昂"的客栈；街面上午冷清，晚上反而热闹的奇怪习俗；彼此陌生的城市居民，即便是左邻右舍也不通闻问；租界夜景"电灯赛月，地火冲霄，往来的人车水马龙"（第二回）等。接下来小说又以他们的视角观看租界的茶馆、番菜馆等消费场合。因此小说中前几回中主要以谢、杜的视角来观看和体验洋场世界，从而更加明显地凸显出洋场与周边城镇在各方面的区别。

《海上花列传》的开篇写17岁的乡下贫家子弟赵朴斋第一次到上海，

---

① 范伯群：《中国近现代通俗文学史》，江苏教育出版社1999年版，第341页。

先来到租界外围的南市，然后走过华洋交界的陆家石桥然后进入租界。在第一、二回中，小说主要以赵朴斋的视角来观看和体验租界生活。赵朴斋体验最强烈的第一站便是幺二妓院。在第一回中，赵朴斋随舅舅洪善卿等人来到幺二妓院"聚秀堂"，这是赵朴斋有生以来第一次来到妓院，幺二妓女的着装打扮、言行举止，妓院的摆设，以及嫖客在妓院的活动等都给他以强烈的感受和内心冲击，无不挑逗他的欲望。紧接着赵朴斋跟随洪善卿来到菜馆，在这里，赵朴斋看到几个客人被一群长三倌人围着谈笑玩闹，非常热闹，内心满心羡慕。晚饭后，赵朴斋又跟随同伴来到下等妓院"花烟间"王阿二家，王阿二热情邀请他第二天再来。第二天一大早，赵朴斋起床来到街上，从石路转到四马路，"却见前面即是尚仁里，闻得这尚仁里都是长三书寓，便进弄去逛逛。只见弄内家家门首贴着红笺条子，上写倌人姓名"。因此，小说第一、二回主要写了乡下青年赵朴斋最初一两天在租界的经历，以他的视角来看待幺二、长三、花烟间三个不同等级的妓院情况，从而为读者展现了一个充满诱惑与欲望追求的租界生活图景。小说尤其跟随赵朴斋的行踪详细地交代了幺二妓院和花烟间妓院从地理位置到室内摆设到妓女的姿色等多方面的不同之处，幺二妓院室内装饰："也有着衣镜，也有自鸣钟，也有泥金笺对，也有彩画绢灯。"（第一回）而花烟间明显的简陋："门首挂一盏熏黑的玻璃灯，跨进门口，便是楼梯……"（第二回）而无论在幺二堂子还是花烟间，身上还有一点钱的赵朴斋都受到了欢迎。因此小说的前两回以一个乡下青年的视角近距离地展现租界妓院生活，给读者留下极其深刻的印象。读者也跟着赵朴斋的行踪和视线看到了租界中不同妓院的基本情况。

《负曝闲谈》小说中人物如走马观花式地出现，小说以这些不断出现人物的视角来观看上海。第六、七回中以第一次到沪的地方小官员冯正帆好奇地看待上海的一切新鲜事物，如西式游玩场所——跑马场，"一片森林夹着松柏柳榆之类，青的靛青，绿的碧绿，望上去极像墓道。转了一转，露出一所房子来，那房子却造得十分华丽，上下都是用红砖一块一块砌就的，顶上有几处像宝塔一样，溜尖溜尖。二人踏进门来，好大一间厅，摆着百十副座头"（第六回）。跑马场，这是一个迥异于传统中国的娱乐场所。然后又以外来者冯正帆的视觉看待上海租界种种新奇事物：西式香烟——雪茄，也叫吕宋烟，"口里衔了一支东西，那东西在那里出烟"（第七回）；西式餐厅——金谷香番菜馆，室内的电灯，"一个圆圆的东西挂在扶梯口,里面也没有蜡烛,却点得雪亮,耀得人眼睛都睁不开"(第七回),室内陈设的器具,"也有方的,也有圆的,也有扁的,也有长的,这器具的质地冯正帆却认得,就是玻璃"(第七回),西式饮食习惯及餐具,"又见穿竹布大褂的管家拿了一个盘子进来,盘子里一块一块的东西,摸摸冰凉挺硬……一会又拿上一盘子汤来……后来看见刀叉等件"(第七回)。小说以一个没有任何租界生活经验的传统中国人视角来看待上海的跑马场、西式香烟及西式餐厅等的租界景观,从而更加鲜明形象地展示了租界的异域风情。

如果说以第一次入沪者的视角来看待租界的城市景观、社会习俗以及异域风情等是为了凸显租界给读者外在的视觉刺激的话,而以第一次入沪者视角来观看租界中各类形形色色的人物更是带给读者强烈的心理反差。《负曝闲谈》第七回,外地小官员冯正帆不仅看到物质方面西化的上海,还看到了一个"连廉耻都不要"(第七回)的社会风气堕落的租界。他半夜从戏馆出来,"看见家家闭户,处处关门。有些女人在屋檐底下,遮遮掩掩,见他到来,个个有招呼之意。……有个又粗又麻又胖又黑的扬州婆子,拉了他一把"。显然,这是妓女在马路上毫无廉耻地拉客,这正是繁华之都的另一面,与传统道德中"礼义廉耻"背道而驰的都市流毒,因此从侧面展示了一个社会风气腐败淫乱的上海。李伯元的《文明小史》第十四至二十一回主要写江苏吴江县郊区贾家三兄弟的游沪经历,小说主要通过乡下青年贾家三兄弟的视角观看上海的奇奇怪怪的事情。小说从贾家三兄弟的乡村生活经验开始叙事,贾家三兄弟在乡下经常阅读上海的报纸,在报纸上看到上海有许多新奇的器物,自叹住在偏僻乡间犹如坐井观天,百事不晓,很想到上海去见识。后来三兄弟偷偷背着家人,跟随其师姚拔贡来到上海。然而他们在上海所见所闻都是些奇奇怪怪的人和事:在茶馆看到拆姘头的骗局;穿洋装的中国人,饮食起居仿照西方的样式,只是从不洗澡,乃至于满身长了虱子;而所谓的新学派,虽然穿着洋装,满嘴的民主自由,却是鸦片烟鬼;同栈东洋回来的留学生在上海夜不归寝,整日住在野鸡家,等等。小说以三个来自乡间的青年视角来观察上海形形色色的人物。这些人物表面新潮甚至标榜维新,其内心却龌龊不堪,是一群贪图享乐、道德卑污之人。吴趼人的《上海骖游记》也是以家住僻处荒村的一名年轻书生辜望延第一次入沪的视角来观看上海所谓的"革命党"。辜望延在家乡因指责官兵骚扰百姓被诬为"革命党",于是满怀希望逃到上海,想投靠革命党。可是他在上海遇到的一些所谓的"革命党",却是一群整天泡在茶楼、烟馆、妓院的烟色之徒,表面谈革命,实则腐化堕落、毫无节操的假革命者。

小说家采用这种第一次入沪者的视角来观看洋场世界,从城市外在景观到城市中人群的内在世界,从而形成一种"陌生化"的叙事效果,使读者能更加深刻体会到租界的真实情景。

在书写京城时,作者同样善于采用第一次入京者的视角来叙述。《二十年目睹之怪现状》主人公"我"初次来到京城,但作者却处处以上海为参照来写北京,"以街道而论,莫说比不上上海,凡是我经过的地方,没有一处不比他好几倍的"(第七十二回)。以对比的方式,更容易发现两个城市在地域文化的差异,从中也可看出作家对京沪都市的不同态度。《负曝闲谈》写京城北京,也是以第一次入京者周劲斋的叙事视角来写的。周劲斋从上海前往北京求官,因为他在上海生活多时,对上海的生活非常熟悉,因此,当他带着上海经验来北京后,处处以上海为参照来看待北京城的方方面面。北京房子结构大多为四合院,"原来北京的房屋,都是三开间一进,两明一暗,接着一个院子"。北京的风沙很大,"这回正坐在书房里,裱糊的倒也十分干净,就是地上脏一点,桌上铺满了一层灰"。又以他的视角来看待北京的交通、消费、娱乐方式、社会风气等。他请一辆车带他逛一天北京,车夫要价三十吊钱,"周劲斋一算,三十吊钱合起来不到四块钱,在上海上趟张园,有的时候还要贵些,何况是一天"(第八回)。接着写周劲斋没有坐过北方的骡车,结果脑袋上左右各被碰了两下。在名胜崇效寺游玩,遇到了三个流氓;在琉璃厂,铺子里的老板很无知地告诉他,只要念通一本初学英文课本,就可以当六国翻译;而名家字画却廉价得很:"又到隔壁一家,见玻璃窗内贴着许多字样儿,都是些状元,什么翁同龢、骆成骧、张謇,进去一问,可以定写,连润笔连蜡笺纸价,一古脑儿在内,也不过三四钱银子。劲斋暗暗纳罕,心里想:这种名公,到了外省,一把扇子,一副对联,起码送他十两二十两程仪,要是多些,就一百八十,如何在京里倒反减价招徕呢?"(第八回)而在北京所谓的好馆子,看到的却是环境极差的馆子;尽管北京"戏子甲天下",但北京的戏园却狭窄简陋,且他在戏园时身上的贵重物品却被小偷偷走了。总之,周劲斋进京看的是一个风沙很大,商人对西学很无知,餐馆、戏园简陋不堪,流氓小偷很多的城市。小说甚至直接利用周劲斋之口评价北京："京里的人可恶，就连车也可恶！"（第八回）周劲斋之所以觉得北京商人的无知可笑，餐馆、戏园的简陋，北京一切都可恶等，正是荃于他的上海生活经验。

很多作家是先有上海经验后有北京经验。清末民初时期上海城市的发展水平是当时中国其他城市无可企及的。当作家从全国各地来到大上海后，上海的发达和繁华带给他们巨大震撼和惊叹，因此，当他们在创作小说时，不自觉地参照上海的城市建设水平和物质文明程度来审视和评价其他城市。同样，当他们在描写北京时，也很自然地以上海为参照，以来自繁华大都市的"上海人"的视角来看待京城北京。以繁华、富庶、发达的大上海作为标准来看待首善之区北京，这种心理反差明显体现在小说中，其中也反映出作者居住或工作在上海的自豪感和优越感。

（二）以乡愚游沪模式来表现陌生化效果

以第一次入沪者为叙事视角的作品，有一类人尤其引人注目，那就是乡愚。所谓"乡愚"是对那些久居乡村，缺乏见识且少见多怪的乡村人的一种轻蔑的称谓，有时也指那些对城市生活少见多怪的外乡人，犹如《红楼梦》中的刘姥姥之流。"乡愚"并非后人强加的称呼，在当时的小说，经常出现"乡愚"二字。在小说《市声》中，出现过五次"乡愚"，其中前两次指愚昧无知且顽固不开化的乡村人，如第四回中写道："除却学堂里人懂得些，乡愚那里得知。"后三次则泛指乡村人，如第三十六回中写道："这人皮肤是黄中带黑，脸上带着乡愚气息。"在清末民初的小说中，有些小说刻意叙述一二个乡愚游沪的经历，如《海上繁华梦》中的钱守愚、《歇浦潮》中的倪伯和等，还有一些小说直接以乡愚游沪为题材，写乡愚游沪经历，如《乡愚游沪趣史》《傻儿游沪记》等。这时期小说中刻画的乡愚大多是颇有家财的土财主，他们来上海的目的大多是出于对洋场繁华世界的好奇和向往，因此特意携带"巨资"来沪游玩和见识。小说写乡愚游沪一方面是以乡愚的视角来看待租界洋场形形色色的事物和现象；另一方面写乡愚在繁华大都市表现出来的种种滑稽可笑以及匪夷所思的思维方式和行为方式。而无论是写乡愚的所见还是所为，作者试图以一种夸张、戏谑的手段来聚焦于洋场的种种迥异于传统中国的现象，以期达到一种陌生化的叙事策略。当然，写乡愚在大都市上海的丑态百出，也透露出小说家久居上海租界的优越感。

其中《海上繁华梦》中的"乡愚"钱守愚颇具代表性，小说多次称他为"乡愚"且名字中带有"愚"字。钱守愚是苏州木渎镇人,家中颇有余财,但是生性吝啬,是个视钱如命的人,因为向往上海的繁华热闹,跟随苏州人士一起来上海游玩。小说多次写到了钱守愚在租界的种种滑稽可笑的事情,第一次到菜馆不懂装懂点菜;第一次逛妓院大惊小怪,出尽洋相;第一次吃西餐,被刀叉割破嘴;第一次因在马路上小便,被拘进巡捕房;第一次妄想艳遇却上了流氓和野鸡的当,被骗走了一大笔钱;第一次到虹口游玩被赌台的纠客欺骗,等等。小说也以钱守愚的视角来看待租界的一切,街市、番菜馆、妓院、巡捕房等,以他在这些场合的种种滑稽可笑的行为来突出租界与乡村生活的迥然不同。另一方面,钱守愚作为一个缺乏城市生活经验的单纯乡村人在租界屡屡被骗,也反映出租界繁华背后的生存危机和人身危险。可见上海租界既是"文明之渊",又是"罪恶之薮"。因此,这种以乡愚游沪的都市经历,既增加了小说的诙谐滑稽,同时也达到了一种反讽的艺术效果,从而给读者带来更加强烈的内心感受。

如果说《海上繁华梦》中苏州乡下的钱守愚是辛亥革命前乡愚游沪的典型,《歇浦潮》中湖南乡下财主倪伯和则是辛亥革命之后游沪的乡愚代表。小说从第十回至二十七回的近二十回中写了倪伯和从慕名而来上海游玩到失望之余灰溜溜地返乡,大约半年的在沪经历。倪伯和在湖南乡下,"闻上海自光复以来,更比当年繁华富丽,不觉老兴勃发……带了一个从人前来,意欲游玩一番回去"(第十回)。倪伯和在沪期间,几乎体验了上海所有的繁华场所,花园、菜馆、戏园、妓院,尤其因为应酬出入多个妓院。小说处处以倪伯和的视角来看待他所到的各个场合,如初到张园,"暗想这张园二字,我在湖南时,慕名已久,脑中早幻成一个张园景致,料想是奇花灿烂,怪石玲珑,崇阁巍峨,层楼高耸。不期一进园内,却大出他往日所料,只见疏落落几处洋房,白茫茫一片旷地,板桥半圮,池水浑浊,毫无点缀,伯和还道是张园的一部分……闻名不如见面,我枉自牵肠挂肚了十多年。早知是这个样儿,在自家菜园子走走,舒服得多了"(第十回)。张园在19世纪末20世纪初是上海最负盛名且人气最旺的花园,其建造特点是仿照西洋风格,以开放空旷及园内的各种娱乐项目见长,不似中国封闭型的园林景区以山水及楼阁亭台等景点取胜,因此倪伯和以其乡下人的经验来看,张园不如菜园。这种以乡愚独特的视角来看待大家习以为常的事物,不仅带给读者一种新鲜另类的感受,也带来一种幽默滑稽的效果。又如，倪伯和在长三妓院看到妓女衣柜里挂满了颜色鲜艳的华服时，感叹道："不料一名妓女，竟有这许多衣服。在我们湖南，便是大家闺秀，也不及她万一。人言上海人奢华，果然大有意思。"（第十一回）小说以乡村人的视角看到了上海都市的繁华奢靡以及上海妓女的时尚奢侈。小说还写了倪伯和因缺乏都市生活经验，轻易被各种女色所骗，在新新舞台被花烟间妓女诱惑而上当，在楼外楼被一个专门玩弄"仙人跳"的美妇人骗走金表衣物，又被相好妓女骗走身边所有的钱。本性善良纯朴的乡愚在上海的屡屡上当受骗，被骗走了所有值钱的东西最后选择返乡，也从侧面反映了上海洋场的陷阱密布。

还有一些小说中人物虽不是乡村人，但因为其对城市生活的一无所知且少见多怪，与乡愚身份类似，本书也把它归纳为"乡愚"之类，如陈景韩的翻新小说《新西游记》中的唐僧师徒。《新西游记》中唐僧师徒四人穿越时空来到清末民初的上海租界。小说中的唐僧师徒四人，虽不是乡下人，但因他们离清末民初时代久远，其知识结构完全陈旧，对城市的认知水平与一个孤陋寡闻、少见多怪的乡愚无异，因此本书把他归之为乡愚一类。小说以乡愚游沪的模式来叙述唐僧师徒四人在上海的种种所见所为。他们目睹了租界里的诸多新奇事物，也闹了若干大笑话：随地小便，被抓住巡捕房，罚了款；把《时报》馆当成饭馆，把报馆中报纸当作菜单，把印刷机当作了灶和蒸笼；把洋车当粪箕，把脚踏车误作哪吒风火轮，把电车误认是会跑的房子；把电灯当星星、月亮等。如第一回，孙行者来到了上海四马路老巡捕房的门首，小说完全以一种陌生化的叙事视角来描写，"抬头一看，只见又高又大一所四五层楼的房屋，看他四围有没有墙，又没有柱，又没有桷，又没有檐。看他房屋又不似房屋，四方上下，都用红色的砖砌着，中间开着一个空儿，宛如城门圈一般，看看又不是城头。那空儿前面，立着一个又高又黑的大汉，颔下生着无数的黑髯"。作者以孙行者这个近似乡愚的视角来观看仿西方建筑物建造而成的巡捕房和租界上外国人充当的巡捕，但作者只以孙行者的眼光来描绘它们而不明确指出它们，仿佛作者也是首次遇见这些事物，从而使熟悉的事物"陌生化"，以吸引读者的注意。《新西游记》中的孙悟空师徒四人从唐代穿越到现代上海，上海租界里的一切对于他们而言，都是新鲜陌生而难以理解的。即使孙行者这个在唐朝见多识广、神通广大的大圣来到上海也如乡愚进城一样，遭遇尴尬和无知。这种以古代小说人物的视角来看待现代事物所造成的强烈反差,既可造成一种陌生化叙事视角的效果,同时其时空差异所形成的种种强烈对比也形成一种诙谐幽默的反讽效果。唐僧、猪八戒、沙僧三个僧人原本都应该遵守佛门的清规戒律,但他们很快被大都市的繁华所诱惑,投入吸烟片、搓麻将、携妓玩乐、看戏等之列。小说以唐僧师徒四人这种类似于乡愚身份在上海租界的所见所为,反映出近代上海这个繁华大都市既文明进步又堕落糜烂的社会现状,也从侧面反映出开埠以来华洋杂处的上海的巨大历史变迁,正如作者在弁言中所言:"《西游记》皆唐以前事物,而《新西游记》皆现在事物。以现在事物假唐时人思想推测之,可见世界变迁之理。"

此外,《新西游记》还利用唐僧师徒四人类似于乡愚身份的视角,采用一种陌生化的语言来叙事。什克洛夫斯基认为,作品的陌生化首先是语言的陌生化,即通过对语言"施加暴力",使其"扭曲""变形",造成语言的"反常化""陌生化",来打破并消除阅读的习惯性,使事物的形象在作品中得以鲜明地凸显,从而引起读者的阅读兴趣。为了达到语言的陌生化,小说家往往通过大胆想象和联想,采用夸张、比喻、拟人、反讽等修辞手法,从而使其描写对象"反常化"。比如第一回中孙悟空以其天庭生活经验,把速度较快的东洋车误以为是哪吒三太子的风火轮,则是一种新奇的比喻,既写出了租界新式交通工具的快捷,也因其陌生化的叙事语言客观上造成滑稽可笑的效果。而孙行者把坐在脚踏车里的时尚妓女当作观音菩萨,则是一种反讽的修辞手法,给读者一种新鲜的感受。在整部小说中,作者多处以陌生化的语言来描写租界上的诸多事物,使原本熟视无睹的事物变得新奇而滑稽,从而带给读者一种独特的感受。

从乡愚视角来叙事,正是一种追求陌生化的叙事策略。它类似于一种狂欢化的叙事手法,以夸张戏谑的的手法写出了乡愚在上海租界遭遇的种种滑稽可笑的行为,一方面凸显了城乡之间的巨大差异,另一方面也彰显了租界的特征。

心理学研究显示:越是陌生、新奇的事物,就越能够吸引人的注意力。清末民初时期小说家为了吸引读者的阅读兴趣,在京沪城市描写的时候,往往热衷于陌生化的叙事策略。相应地,在叙事视角方面,也打破了传统的全知全能的叙事视角,采用了限制叙事视角,有意把叙事视角的主体限制在一些特殊的人群身上,如第一次入沪和入京者,尤其是以乡愚和"上海人"视角,从而使读者跟随他们的视角和行踪去感知京沪,既增加了小说叙事的真实性和可信赖性，同时也增加了小说描写的新奇感和新鲜感，有时也增加了小说的幽默性和滑稽性。

这种陌生化叙事与这时期小说家的城市生活经历紧密相关。这时期描写关于上海的小说家，都不是上海本地人，因为他们小说中描写的上海基本指的是租界，相对于上海租界而言，他们都是外地人，尽管一些小说家是上海本埠人，但是这个上海本埠地区与中国其他的市镇并无本质差别，都属于传统的市镇。而租界，无论是城市建设、社会风气还是管理模式，都颇具异域风情，因此也被称为"十里洋场"，对于生活在传统市镇或乡村的小说家而言，则完全是陌生且新鲜的。在小说创作时，他们很自然以一个"外乡人"的视角来看待"十里洋场"一切奇奇怪怪之人之事。而有些作家即使在城市生活多年，但作为"移民"，因为无法避免的隔膜，他们始终很难融入到城市中，至始至终只能是个"外乡人"的身份，叙述着他们脚下既熟悉又陌生的城市。

二　空间转换与串联技巧

清末民初长篇小说，尤其是社会小说，一个显著的特点是小说中反映的地域范围广阔，叙事空间转换频繁，且小说故事时间跨度都不长。小说中故事时间不长的小说，其内部叙事节奏必然相对较慢。内部叙事节奏指"作品各个构成部分的起承转合、疏密缓急，或者情节的张弛变化，事态的发展波澜，场景画面的转换、跳越，人物的活动等各种内容要素的交替变换，而构成的内在运动的节奏"①。清末民初小说叙事节奏慢体现在小说缺乏紧张而连贯的情节，小说中故事时间流动缓慢，叙事场景的转换比较频繁，场景的转换往往也是叙事空间的转换，场景的转换推动着故事情节的展开。

（一）京沪"双城"空间的转换与串联策略

清末民初社会小说的一个非常显著的特点，就是小说中反映的地域范围广阔，叙事空间跨度很大，甚至在一部小说中，其空间横跨了大半个中国，尤其是一些以"记""现状"为题的小说涉及的地域范围广泛，如李伯元的《官场现形记》共写了三十几个官场故事，上至朝廷，下至地方府、州、县，叙事空间横跨了中国的11个省，描写了全国各地形形色色

---

① 曹明海：《文学解读学导论》，人民文学出版社1997年版，第183页。

的官场怪现状。吴趼人《二十年目睹之怪现状》中，以"九死一生"20年所见所闻，串联起来的空间有杭州、南京、上海、扬州、汉口、广州、香港、天津、北京、宜昌、山东等，横跨中国大江南北。在这些小说反映的广泛地域中，尤以城市为多，而京沪因为其特殊的城市地位成为众多小说的书写对象，正如第一章中所写，这时期在同一部小说中同时写到京沪的作品有60余部，那么，在这些小说中，作者是如何把这两个空间串联起来的。

其一，以人物"漫游"式行踪带动空间转换。小说中叙事空间的转移，最直接也是便利的方式是以人物活动的空间变换带动叙事空间转换，其中以人物"漫游"式游历带动空间转换是这时期小说空间转化的一种常见形式。这时期的一些小说为了反映或揭露广泛的社会现状，甚至直接以"游记"为题，以人物的游走带动空间的转化。如《老残游记》以一位摇串铃的江湖郎中老残游历为主线，以老残沿途所见所闻所作为主要内容来反映清末社会及官场种种丑陋的现象。不过，老残的游历范围主要是在山东省的各地。而以京沪为主要叙事空间的小说虽很少直接以"游记"为题，但以人物游历带动空间转换的叙事手法却非常普遍，清末民初的很多小说正是采用这种"漫游"式结构来转换京沪空间。《惨女界》主要以一个精通医术、武功高强的女性——黄逸的游历行踪为线索，展现了全国各地不同阶层女性的悲惨命运。黄逸从小得到江湖豪杰传授医术和武功，立志以解救天下受苦受难的女性为己任，成年后独自游走天下，从家乡杭州出发，先来到上海、一路北上来到北京，而无论黄逸在京沪还是其他地方，小说都展开了当地女性的悲惨故事，小说正是以黄逸在各地的所见所闻来讲述故事，其中北京城女性悲剧故事最多。全书三十回，其中从第十二回起直至小说的结尾，小说的叙事空间主要在北京。王浚卿的《冷眼观》以主人公王小雅的行踪为线索，分别写了他在南京、合肥、广州、北京、上海、武昌、苏州等各地的见闻。其中，京沪叙事空间的转移也是随着主人公的行踪而推动。类似的小说还有《北京繁华梦》《南朝金粉录》《二十年目睹之怪现状》等，叙事空间随着主人公到京沪而转移到京沪。如《北京繁华梦》中的主人公系扬州府世家子弟，生性风流，游遍了本乡花界之后，又到上海冶游，也生厌了，就想到北京逛逛北方花界，因此从上海前往北京，小说的叙事空间从第二回开始转到了北京。《南朝金粉录》中的主人公吉庆和与几个好友由南京出发，到北京参加科考，途经上海，小说的叙事空间随着吉庆和等人的行踪转换到京沪。

一般而言，以人物"漫游"地域的变化来置换京沪叙事空间都需要一个贯穿始终的人物，小说的结构也会显得比较紧凑和完整，空间转换也更顺畅而自然，但因为始终以一个人物贯穿始终，小说创作的自由度和灵活性相对受限。还有一种更自由更简单便捷的方式是直接以不同人物进入京沪都市从而推动京沪空间转换。如在《负曝闲谈》中，第五至第七回叙事空间在上海，小说随着人物来到上海开始进入上海叙事空间的描写。第五回开篇写到被革职的知县黄乐材准备进京打点官场以便开复功名，从苏州出发途经上海，小说的叙事空间自然随着黄乐材的行踪从苏州转到了上海。在上海，作者分别写了几个不同的人在上海的故事，其中贵州巡抚之子进京捐官后留在上海消遣，这位阔公子的表弟要到外当差，也途经上海。总之，上海成为北上南下的必经之地，因此小说以不同人物到上海，从而把叙事空间转移到上海。第八至第十回，随着人物从上海到北京，叙事空间也随之转移到北京。第八回中写一位叫周劲斋的观察公从上海出发到京城去谋求仕途发展，因此第八至第十回主要以周劲斋的行踪写他在北京的所见所闻及所为。这种以不同人物进入京沪城市，相对于以贯穿全文的人物"漫游"到京沪来置换叙事空间的手法显得更加自由灵活，但也使整部小说显得结构不够严谨，也就是鲁迅所说的："全书无主干，仅驱使各种人物，行列而来，事与其来俱起，亦与其去俱讫，虽云长篇，颇同短制。"① 但这种结构也并非没有优点，鲁迅接着评价："但如集诸碎锦，合为帖子，虽非巨幅，而时见珍异，因亦娱心，使人刮目矣。"② 作者安排小说中人物到上海则写上海故事，到北京则写北京故事。有时为了展开北京或上海的故事，故意安排人物到北京和上海，这时候小说中的人物只是个符号，作者主要是通过人物的所见所闻来广泛展现社会现实和现状。这种较为散漫的结构往往能自由穿插更为典型而生动的故事。

其二，以特定历史事件推动叙事空间的转换。在这时期写到京沪的小说中，推动小说叙事空间在京沪之间转换的一个重要因素是北京发生了重大历史事变，其中对北京百姓生活影响最大的是庚子事变。庚子事变迫使大量的京官及其家属、老百姓离开北京，而繁华且相对安全的租界地上海

---

① 鲁迅：《中国小说史略》，东方出版社2012年版，第174页。
② 鲁迅：《中国小说史略》，东方出版社2012年版，第174页。

则是他们较为理想的选择。因此这时期小说叙事空间从北京转移到上海的重要推动因素是庚子事变。爱情小说《恨海》《禽海石》是两部较有代表性的作品。两部小说都是以庚子事变为背景，庚子事变是推动故事情节发展和空间转换的重要因素。《恨海》写的是两对年轻人的爱情悲剧，京官陈家两个儿子陈伯和、陈仲蔼与张家女儿张棣华、王家女儿娟娟从小青梅竹马，成为两对恋人。庚子事变发生后，因为战乱危及生命和财产的安全，北京的百姓纷纷南下，陈伯和、陈仲蔼与张棣华、王娟娟四个年轻人也先后分别来到上海，小说的叙事空间也自然由北京转到了上海。《禽海石》中主要写"我"与陆纫芬的爱情悲剧。小说中的"我"与陆纫芬同居京城一个四合院中，情投意合并且订了婚。庚子事变后，"我"父亲带着"我"离开京城到南边避难，"我"因此多次到繁华的大都市上海，小说叙事空间自然转至上海。而陆纫芬的父亲比较顽固守旧，继续留在京城，八国联军攻破北京后，陆纫芬的父亲在心身俱疲中病死，而陆纫芬和其母历经艰难终于逃至上海。因此小说故事中的男女主人公先后来到上海。此外，一些社会小说也写到了因为历史事件而导致京沪空间的转移。《冷眼观》第九回中，"我"践好友之约到北京参加晋京大挑，但因为北京发生了庚子事变，又从北京回到了上海，"准备探访租界各种社会的骗局……"（第十回），"我久欲亲历其境，逐件调查他们的内容，以备将来著小说的资料"（第十回），小说的叙事空间自然转移到上海。此外，庚子事变也使一些人因为各种原因选择从上海到北京。翻新小说《新石头记》中的薛蟠、贾宝玉原本在上海生活，后来，薛蟠因为受到义和团成员的怂恿，从上海出发到北京参加义和团以谋前程；而贾宝玉听说庚子事变，北京城里大乱，便到北京考察真实情况，因此小说的叙事空间从上海转移到了北京。

因此，人物行踪的流动和特定历史事件成为京沪"双城"空间转换的重要推动力量。

（二）京沪城市内部空间的串联策略

清末民初小说大多故事时间跨度小，人物众多，叙事空间转换频繁。小说中京沪城市内部，主要通过以下两种方式来完成叙事空间的转换和串联。

第一，以频繁出场的人物推动空间的转换。这时期的小说已经很少采取传统小说那种直接以介入方式来进行空间转换，如使用一些"话说"

"却说""话分两头"等语言来切断正在叙事的场景而转入另外一个甚至完全不相干的叙事空间。尽管这种直接进行空间转换的方式，是一种简单明快的叙事方式，但由于过于明显地彰显了作者的全知叙事视角，从而破坏了小说的结构美，也降低了读者对小说的信任感。因此，这种带有说书人性质的叙事方式逐渐被较为隐蔽的空间过渡和转换技巧所取代。其中用人物活动来带动叙事空间的转换成为一种较为普遍的方式，即以不同人物的活动空间来置换小说的叙事空间。

这时期小说的普遍现象是人物众多，因此人物行动成为叙事空间转换的重要动力，这种空间转换较为直接也是较为简单的方式，因此也成为这时期小说空间转换较为普遍的手法，大致写法为由人物 A 引出 B、由 B 引出 C、又由 C 引出 D 等，然后由不同个人的活动带动叙事空间的转换。以《负曝闲谈》为例，小说第五回开始把叙事空间转到上海。第五回写黄乐材进京开复经过上海，朋友请他到法租界的鸿运楼大酒馆用餐，在鸿运楼门口，他遇到了贵州巡抚之子陈毓俊。陈毓俊和他朋友去了西公和妓院，之后回家，刚好，他堂兄冯正帆到外地当差路过上海来拜访他。陈毓俊于是带着堂兄到上海各热闹时髦的地方逛，先到跑马场，然后到金谷香番菜馆，然后来到戏馆等。因此，在第五至七回，通过几个外地人在上海的活动带动叙事空间的转换，从而为读者全面展现出上海租界的各个都市空间和繁华奢靡的社会风气。

《海天鸿雪记》也是通过频繁出场的人物来带动叙事空间的转换，同时也推动了情节的进展。小说每回以一两个人物为中心，然后围绕这个中心人物的日常活动展开各个空间场景的叙事，从而完成空间转移。以第十回为例，这一回主要是写在丰大洋行工作的黄渭臣的故事。第十回篇开头写妓女老二四处打听相好客人黄渭臣的下落，最后在二马路黄埔滩丰大洋行找到了黄渭臣。小说的叙事空间立即跟随黄渭臣的行踪不断地转换：先是在丰大洋行，十二点钟敲过出了行，到家取了钱坐车到友人陆小庭在四马路开的利济药房，请朋友陆小庭帮忙撇清与妓女老二的关系；到张园等陆小庭的消息，遇到了新相好的妓女王寓；出了张园到一品香吃大菜，叫相好妓女侑酒；与一群朋友到清和坊妓院王寓家，在那里碰和；又被一个朋友邀请到其相好的妓院李小红家，之后又再度来到其相好王寓家，在王寓家遇到了王寓之前的相好钱端甫，因此小说的叙事人物又从黄渭臣转移到钱端甫。小说的第十一回主要写钱端甫，又以钱端甫的活动来推动情节的发展和带动叙事空间的转换。

这种以不断出现的人物行动来转换叙事空间的方式，虽然操作起来比较简单方便，但使整部小说结构显得比较零散。因此，作者有时会以一两个人物贯穿起各个不同的叙事空间。如《负曝闲谈》中的第十四至十九回集中以留学回国的维新志士黄子文在上海的日常活动来转换空间，以黄子文在各个场所的所见所为来揭露这些留学回国的假维新志士的鲜廉寡耻。第十四回中，写黄子文在张园遇到一群回国留学生，一群维新之士大谈"西装"，可见这群留学生的不学无术与滑稽可笑。然后黄子文来到番菜馆，与一群学堂总办、翻译、洋行买办等一起用餐，一群人丑态百出。然后，黄子文与他们来到妓院，在妓院碰和差点为了一点蝇头小利大打出手；第二天黄子文来到朋友所住的客栈，看到朋友非常阔绰，随后的一天，他再次来到朋友客栈，趁朋友不在，偷了一卷钞票。之后继续以黄子文的行踪为线索，先后写了他在不同场所的所作所为，如到至友客栈，骗其钱财；在其租来的公馆里，驱赶老母；在茶楼，为周大文豪付嫖账；在百货公司，为妓女买首饰；在张园，请狐朋狗友吃东西，等等。因此小说从第十四至十九回，主要以留学生黄子文的日常活动来转换空间。这些频繁的空间转换，正是讽刺挖苦了上海一群假维新志士的虚伪、无耻以及道德败坏，"原来那时候上海地方，几乎做了维新党的巢穴，有本钱有本事的办报，没本钱有本事的译书，没本钱没本事的全靠带着维新党的幌子，到处煽骗，弄着几文的，便高车驷马，阔得发昏。弄不了几文的，便筚路蓝缕，穷的淌屎"（第十二回）。

这种以一两个人物贯穿起各个不同叙事空间的方式在清末民初小说中也比较常见，《海上繁华梦》的主要贯穿人物是杜少牧、谢幼安；《九尾龟》的主要贯穿人物是章秋谷；《上海游骖录》的主要贯穿人物是辜望延；《新石头记》的主要贯穿人物是贾宝玉；《新西游记》的主要贯穿人物是孙行者和猪八戒，等等。但因为这时期小说大多没有贯穿始终的情节线索，而是把故事分散在各个不同的空间中，因此即使小说中有一两个贯穿始终的人物，但从传统注重情节模式的线性结构的角度来看，小说仍然显得结构零散。

第二，由"讲"故事或"看"报纸等行动引起叙事空间的转移。清末民初一些长篇小说由"集诸碎锦"等许多独立的故事连缀而成，因此，其叙事空间跨越很大。小说家除了直接以人物行踪来置换空间，还有一些其他的手法,如通过某个人物"讲"故事和"看"报纸来完成叙事空间的转移。"讲"故事的人可以把眼前的空间延伸到遥远天地,而报纸上刊登的内容也可以把眼前的空间延伸到全国各地。因此,这时期小说往往通过小说中人物讲述故事或报纸上刊登的广泛内容来增加小说的厚度,以达到其批判现实社会的力度和广度,客观上也拓宽了小说的叙事空间。

"讲"故事成为叙事空间转换的一个重要动力。通过人物之口讲述故事,不仅可以把发生在全国各地的奇闻怪事网罗到小说中,也很自然地把叙事空间拓展到各地,其中京沪因为其特殊的地位,因此成为这时期小说中被讲述最频繁的城市。如在《二十年目睹之怪现状》中,小说中人物多次在上海以外讲述了发生在上海的各类"怪现状"故事。在小说中,作者借小说中人物文述农之口写道:"上海地方,无奇不有,倘能在那里多盘桓些日子,新闻还多着呢。"(第九回)第三回小说中的主人公"九死一生"在南京听朋友吴继之讲述了上海"野鸡道台"的故事。第七回中,南京的吴继之又讲述了上海土栈的老板拐骗巨资逃跑的故事。在第九回,上海人氏文述农,在南京多次向"我"讲述了上海的"新闻",其中一个是关于上海总巡之女与轿班私奔的故事。在第二十一回中,"我"在上海客栈听掌柜讲述了上海的奇闻异事,其中一个故事是讲述携资来上海做生意的外地人在上海受骗的故事。同样,"我"在北京时,多次听到京城各类奇闻怪事。在第一百一回中,"我"在京城时,山邑会馆的应畅怀给"我"讲述了京城中翰林公"温月江义让夫人"的故事。总之,《二十年目睹之怪现状》很多关于京沪的故事都是"我"听身边的人讲述的,从而使小说的叙事空间迅速由眼前转到故事的发生地,从而完成了小说中叙事空间的转移。

《冷眼观》的创作手法和结构布局与《二十年目睹之怪现状》颇为相似,主要内容以"我"的见闻来贯穿小说始终,中间穿插多人讲述全国各地社会之怪现状。小说中的许多关于京沪的故事也是通过"我"身边的朋友来讲述的。如在小说第四回,身在南京的云卿为"我"讲述了南京一带官宦子弟在北京的荒唐故事,即回目中所写"太史公冶游遭奇辱",两个官宦子弟在北京中了新科翰林,却贪图女色,嫖到王府,结果乐极生悲,丧失性命。因此小说通过讲述故事把叙事空间从南京直接拉到北京。而作者借人物之口讲述这个发生在京城的故事,正是要揭露和批判京城"最是规矩地方,最会出混账事"(第四回)的淫乱社会风气。

"看"报纸往往成为推动空间转换的又一个动力。清末民初上海是全国的新闻媒体中心,上海的报纸不仅刊登本埠新闻,也刊登北京等重要城市的新闻。上海的报纸发行范围非常广泛,不仅与上海毗邻的江浙一带可以很便利看到报纸,在全国各个大城市也都能看到上海发行的报纸。包天笑在《读书与看报》一文中回忆其年轻时期看上海报纸的经历:"我对于报纸的知识,为时极早,八九岁的时候(包天笑出生于1876年,引者注),已经对它有兴趣,其实我们家里,已经定了一份上海的《申报》,《申报》在苏州没什么分馆……苏州看到上海的《申报》,并不迟慢,昨天上午所出的报,今天下午三四点钟,苏州已可看到了……到了十四五岁(大概1890左右)时,我略谙时事,愈加喜欢看报了。这时上海除《申报》以外,还有《新闻报》。苏州看报的人也渐渐多起来了。这些报刊在苏州都设了代理处。"①《禽海石》中第九回也写到"我"和父亲在汉口天天看上海报纸,"这绸庄里天天有一份上海报纸送来,我便没有一天不看报"(第九回),《二十年目睹之怪现状》中第八回中写道:"顺手取过一叠新闻纸来,这是上海寄来的。上海此时,只有两种新闻纸:一种是《申报》,一种是《字林沪报》。在南京要看,是要隔几天才寄得到的。"可见,全国各大城市基本能看到上海报纸。因为看报成为当时知识分子一种普遍的现象,因此,小说家不仅经常把报纸的新闻写进小说,还经常利用报纸上的内容当成空间转换的一个媒介。如《官场维新记》中第十一回的篇末写到,小说的主人公袁伯珍在江苏清江浦的公馆看完上海新闻报后,拍案大叫,原来上海新闻报上刊登了袁伯珍近年来在官场上所做的种种劣迹。而他的劣迹之所以公之于报,是因为他得罪了他太太宽小姐的旧情人,其旧情人为了报复袁伯珍勾引宽小姐,就请上海报馆的主笔把他的劣迹刊登在报纸上,从而引出第十二回中宽小姐去上海找报馆主笔帮忙的故事,小说中的叙事空间也由清江浦转到了上海。上海报纸上的内容也引出后来袁伯珍到上海寻找太太等一系列故事,因此,"看"报也是小说叙事空间转换的一个动力。

清末民初京沪都市空间一方面是小说故事的发生地,为小说提供叙事背景和叙事场景,使故事情节得以发生、展开;另一方面,京沪都市空间因为其特殊的都市特征,上海作为繁华、富庶、中西交汇的商业大都市,

---

① 包天笑:《钏影楼回忆录》,中国大百科全书出版社2009年版,第106页。

北京作为政治权力中心的帝都，谋取功名、仕途的重要都市，成为小说叙事的内在动力，因为小说往往借助人物前往京沪都市从而展开叙事或推动情节向前发展。在叙事结构方面，清末民初小说明显呈现出叙事的空间化特征。从空间叙事形态而言，京沪都市中各个空间单元形成各自不同的形态，总体而言，上海空间叙事形态以"橘瓣形"为主，北京空间叙事形态则更多呈现出"套盒形"。在空间叙事策略方面，陌生化叙事方式，尤其以第一次进城者的视角来看待京沪都市，成为一种较为成熟的叙事技巧，既增加了小说叙事的真实感和可信赖性，也增加了小说叙事的新鲜感和新奇感；在空间转换与空间串联方面，清末民初小说家最常使用的技巧是以人物"漫游"式行踪带动不同城市之间的空间转换；在城市内部，小说家倾向于以频繁出场的人物推动空间转换，或由"讲"故事、"看"报纸等行动引起叙事空间的转移。

第六章　清末民初小说中京沪空间书写的文学史意义

在清末民初以前,尽管有不少长篇小说把故事设置在城市,如《红楼梦》《金瓶梅》等,但小说的叙事场景却很少设置在城市的开放性空间,而是多在封闭式内部空间。正如韩南《〈风月梦〉与城市小说》一文所指出的那样,城市在小说中只是一种背景,小说的故事多发生在封闭环境中的内部场所,如家庭中,而家庭外的其他场所在小说中的篇幅极为有限,且往往缺乏对城市生活全面详尽的描写,因此,这样的小说称不上真正意义上的城市小说。综合韩南所认为的城市小说的特点,应该具有以下几点:首先,故事完全设置在城市内部,且故事场景多设置在城市的公共或半公共空间;其次,能够全面展现城市文化、习俗等风貌与特征。这样就把仅以城市为背景,但小说中人物的活动和经历与城市关系不甚紧密的小说都排除在外。在这个意义上,韩南认为《风月梦》(1848年出版)堪称中国第一部城市小说。《风月梦》所表现出的城市小说的特征,在清末民初小说中得到很大的继承,尤其是故事设置在上海的狭邪小说。韩南认为:"两部小说(指《海上花列传》与《风月梦》,引者注)都给出了城市中的准确路线,列出街巷的名称,这使它们区别于以前的小说。"① 事实上,清末民初随着上海由传统城市向现代城市转型,现代意义上的城市小说也日渐繁荣。

清末民初大量小说把故事完全设置在上海、北京,从而生成了本书所论述的"京沪文学空间"。这些小说的书写,不仅对于中国城市小说的发展起到了巨大的推动作用,而且从中国文学古今演变的角度来看,在重构小说时空关系、发展空间叙事技巧、呈现都市文化地图、塑造都市新型人

---

① 韩南:《〈风月梦〉与城市小说》,《上海师范大学学报》(哲学社会科学版)2004年第1期。

物形象等方面都做出了重大的探索，对其后的小说也产生了多元影响。

第一节　京沪文学空间书写的时空关系

　　时间和空间是一切物质形态基本的存在方式，两者互为依存。在小说创作中，两者关系同样紧密，甚至难以截然分开，两者共同构建了小说叙事形态中最基本的元素。俄国文艺理论家巴赫金在《小说的时间形式和时空体形式》中把"文学中已经艺术地把握了的时间关系和空间关系相互间的重要联系"称之为"时空体"，"在文学中的艺术时空体里，空间和时间标志融合在一个被认识了的具体的整体中。时间在这里浓缩、凝聚，变成艺术上可见的东西；空间则趋于紧张，被卷入时间、情节、历史的运动之中。时间的标志要展现在空间里，而空间则要通过时间来理解和衡量。这种不同系列的交叉和不同标志的融合，正是艺术时空体的特征所在"①。在这里，巴赫金提出了小说中时间与空间的相互关系，并且认为两者密不可分。在具体的小说中，根据时间和空间要素所承担的叙事功能以及所起到的叙事效果，时空关系可分为三类：时间主导型，时空并置型，空间主导型。在不同类型的小说中，其时空关系各有偏重。一般而言，故事关系紧密、情节性较强的小说多为线性时间结构，也可称为时间主导型；而故事关系较为松散、情节联系不紧密、表现地域空间较为广阔的小说多为空间主导型；而处于两者之间，且时间和空间都是推动小说发展的重要因素，则可视之为时空并置型。中国传统小说多以故事和情节取胜，其情节建立在以时间链为主线的因果承接关系之上，因此，清末以前小说的时空关系主要体现为时间主导型和时空并置型，空间主导型的小说较少。而到了清末，随着现代科技、交通、通信等设备的多元渗透，"时空压缩"成为不争的事实，大千世界呈现出一种多元、共时性状态，一种新的时空观也因此生成了。小说家们无意识地把这种新型的时空体验带进小说中，因此在清末民初，时间主导型的小说数量明显减少，而时空并置型和空间主导型的小说数量明显增加。

---

①　巴赫金：《巴赫金全集》（第3卷），白春仁等译，河北教育出版社1998年版，第274—275页。

一　时间主导型

时间主导型，也即线性时间结构，指的是小说按照线性时间的先后顺序安排情节结构，按故事情节的开端、发展、高潮、结局，讲述一个连贯的、有头有尾的完整故事，"虽然其中也有插叙、倒叙，但插叙、倒叙都不影响情节的线性发展，所以作品呈现出一种线式结构形式。在这种结构形式中，时间总是朝着一个方向，即'始'是向着'终'行进的，空间总是有其连续性，作家依循着时间的一维性和空间的连续性来结构小说"①。线性时间结构的小说因以故事发展的时间先后，不可逆转地演进，因此也被称之为"历时"性小说。"历时""共时"是索绪尔在《普通语言学教程》中提出的概念，是针对"语言学"形态而言，但其概念也适合分析小说中的时空关系，因此也被小说研究领域频繁使用。"历时"时间为主导的小说比较适合展现人物或事件发展变化题材，如个人浮沉、家族兴亡、历史盛衰等故事。在中国古代小说中，以一人一事为其主要内容大都采用这种模式。相对"历时"性小说按照时间先后承接顺序展开单一的故事，"共时"性小说是指在特定时间内，两个或两个以上故事平行展开的方式。

在清末民初小说中，仍然有大量小说继承了以时间为主导的时空模式，即按时间先后顺序安排作品情节结构，小说中的时间是推动故事情节发展、展现事件变化的重要动力，读者能明显感受到故事时间的存在。以时间为主导型的小说往往故事情节紧凑、人物有限、结构较为简单，且往往以时间贯穿空间。在清末民初以京沪为故事场景的小说中，主要有以下几类：

其一，以历史事件为线索的社会小说。这类小说按照历史事件发展的先后顺序来推动情节的展开，如《轰天雷》《新石头记》等。历史事件具有不可逆转性，因此这类小说是以时间为主导，按照时间发展的顺序来安排小说的情节。如《轰天雷》以戊戌变法前后为历史背景，写了一个常熟穷士荀北山在京的先后经历：科考、中进士、谈婚、婚姻失败、冒死上奏折、被驱赶出京。小说以荀北山的经历穿插了晚清一系列历史事件：中日战争，戊戌变法，义和团事件，八国联军进京，慈禧太后仓皇出逃，清

---

① 刘安海、孙文宪主编：《文学理论》，华中师范大学出版社1999年版，第151页。

政府与八国联军议和等。而小说中的空间也跟随荀北山的行动而不断改变。

其二，爱情题材的故事。爱情故事大多以时间为序，沿着爱情的发展顺序推进故事，其中涉及京沪空间的小说，清末有《恨海》《禽海石》等，民国时期有童爱楼的《血泪碑》等。在爱情故事中，尤其是悲剧爱情故事中，涉及男女主人公由聚而散，其中必然会有至少两条线索，但这时期的小说多以一条主线为主，通过他人讲述的方式交代另一方的故事，从而形成了单一的以时间为线索的叙事方式。《恨海》《禽海石》两部小说都是以庚子事变为社会背景的悲剧爱情故事。《恨海》写了两对青年男女的爱情悲剧。小说以时间推进为序，从两对年轻人的幼年开始叙述，虽然四个年轻人来自三个不同的家庭，但小说家只用一句话就轻易交代了他们的出场："这是辛卯、壬辰年间的事，说出来真是无巧不成书，这一个院子，三家人家，四个小儿女，那时都在六、七岁上。"（第一回）然后顺着时间的推移，写到"光阴迅速，不觉已过了五、六年"（第一回），"光阴荏苒，到了庚子那年，两对小儿女都长大了……这一年，正是拳匪闹事的时候"。因为庚子事变，四个年轻人因为各自不同的家庭，其选择的避难途径也各不相同。但小说主要以女主人公之一张棣华为线索，写她原本和未婚夫陈伯和从北京逃亡上海，但却中途失散，小说于是以张棣华为主要人物，而对其他三个人物的故事，则主要以他人讲述的方式展开，使小说沿着一个单一的情节线索发展。如对于陈伯和的故事，主要是通过张棣华父亲与陈伯和的对话来完成，"谁不知道你在天津发了横财，到上海来嫖了个不亦乐乎……"（第九回）整个故事中，尽管写的是四个年轻人的不同经历，但主要是以恪守传统道德的张棣华为中心，中间也穿插了一些小故事，但基本线索非常清晰，小说沿着开端、发展、高潮、结局的顺序井然有序地展开叙事，叙述了庚子事变背景下，年轻人的爱情悲剧。《禽海石》叙述的是一对年轻人的爱情悲剧，小说以"我"为故事主角，讲述了我与顾纫芬从相爱到最后顾纫芬死亡的悲剧爱情故事。小说虽然以倒叙开头，但小说的故事是从"我"的青年开始叙述，"我"十一岁那年在湖北一学堂读书，与同班的一个女同学产生了好感，三年后分开了，"我"到了北京。一年后，"我"们又意外地相遇在北京同一四合院，两人由好感上升到爱情。庚子事变后，"我"随父亲逃到南方，而顾纫芬一家留在北京。而几个月之后又意外地在上海的二马路上遇到了顾纫芬家的管家李贵,通过李贵之口,"我"得知顾纫芬这半年来别后的遭遇,并在李贵的指引下,在上海一客栈与奄奄一息的顾纫芬见面,最后一对相爱的人阴阳两隔。整部小说以时间为线索,以"我"为中心人物,叙述了一个从开始到结束的爱情故事,而顾纫芬的故事则通过一个次要角色来口述。

其三,以一人或一事为主的小说。以一人或一事贯穿故事始终的小说,其情节大多沿着一定因果关系向前推进,最终完成一个完整的故事叙述,这类小说也是典型的时间主导型。《上海骖游记》以青年辛望延为主角,写他因为避难从乡村来到上海寻找革命党,但是在上海与所谓的革命党交往后,发现都是一群空谈革命,实则堕落卑污的乌合之众,于是离开上海。因此小说以线性时间为序,通过时间推移展开描写辛望延的行动和思想的变化。在行动上,他从乡村来到上海,最后又离开上海。在思想上,他从热心革命到对革命失望。总之,随着时间的变化,他的行为和思想也因为前后因果关联的事件而发生了变化。此外,侦探小说大多以侦破一个案件为主要事件,以案情发展的前后进展顺序推动情节的展开,故事情节具有很强的连贯性,因此也可算是时间结构性。这时期的侦探小说,其中涉及京沪两城的有程小青《倭刀记》等。侦探小说虽然在叙事时间方面可能使用倒叙的手法,但是侦破案情的过程基本遵循这样一个过程,即"发现命案—寻找线索—找到突破点—侦破案件",基本沿着围绕案件,以侦案的进程来推动故事向前发展。

二 时空并置型

时空并置型,指的是小说中的时间和空间都是推动小说发展、展开故事情节等的重要叙事动力,其中时间要素推动故事沿着因果顺序向前发展,而空间因素则是展开各种不同故事的背景和场景。故事时间,是故事发生的自然时序状态,不可逆转,但同一时间中可以在不同的空间发生若干个关系并不紧密的故事。这种小说与在同一时段只展开一个"历时"性故事比较而言,可看成是"共时"性小说。"语言的线型性质使它在反映现实生活时必须改变、扭曲对象的实际状态:共时性的现实存在变成了历时性的语言流动,三维空间的形体,被挤压到一维时间的线条中去"[①],

---

① 于培杰:《线条和团块——中西传统艺术结构模式比较》,《学术论坛》1996年第1期。

"共时"性的空间叙事在"历时"性的时间中展开。时空并置型结构比较适合时间跨度较大、人物较多、故事前后有一定因果关系的小说。在中国古代一些长篇小说中，因为描写人物较多，故事情节比较复杂，因此小说家不得不采用时空并置型的结构。如《三国演义》总体结构仍是以历史时间为序，从东汉末年到西晋初年大约一百余年，从群雄逐鹿到三足鼎立，最终三国渐次消亡、西晋统一的历史故事，但在总体历史时序的过程中，却穿插了无数个发生在不同空间的"共时"性故事，作者只能用语言提示出来，如"花开两朵，各表一枝""至于……按下不表""且说""再说"等转承语，又如"却说玄德……""却说孙权……""却说孟德……"分别代表了三方也即三个不同地域空间的故事。又如《水浒传》总体上以时间为序，从单个英雄好汉"逼上梁山"到上演轰轰烈烈的英雄伟业，最后接受招安，英雄末路。然而在总体时间框架中，却穿插了若干个英雄人物在不同空间的传记故事，从而形成了以时间为序的块状空间结构模式。

时空并置型的小说，大多采用"共时"叙事方式，小说中最少有两条以上线索，分主线、次主线，情节复杂的小说甚至还多条线索并进，其间还穿插诸多小故事，因此，小说的空间频繁转换，空间是小说中展开故事的重要要素。同时，小说中的时间要素不是可有可无，而是和空间要素一样推动故事向前发展，但与时间主导型小说相比，小说中的故事因果关联不那么明显和强烈，显得比较松散。

在清末民初的小说中，时空并置型小说比较多，如《孽海花》《市声》《海上繁华梦》《九尾龟》等。《孽海花》是清末民初小说中时间跨越较长的一部长篇小说，前后跨越30年，小说主要以京官金雯青和其爱妾傅彩云的经历为线索，贯穿编织了众多的历史人物和历史事件，展现了从同治初年至甲午战争这30年中国社会政治文化生活的历史变迁。曾朴在《修改后要说的几句话》里说，他写的是一部政治历史小说，"想使用主人公做全书线索，尽量容纳三十年来的历史，专把些有趣的琐闻逸事来烘托出大事的背景，格局比较的阔大"[①]。小说中明显的时间线索是金雯青的一生，小说从金雯青年轻时考中状元开始，先后写到了金雯青回乡省亲，娶妾傅彩云，返京为官，升官外任，出使欧洲四国，回国被派入总

---

① 曾朴：《孽海花》，凤凰出版社2007年版，第349页，附录《修改后要说的几句话》。

署，被同僚弹劾，最后病死于京城。同时小说以金雯青为中心贯穿其各个空间的事件和人物，"《孽海花》所表现的30年历史内容，亦即同治中期至光绪后期这一特定历史阶段政治和文化的变迁史。就政治演变而言，小说以同治中后期为背景，或隐或现地表现了光绪前、中期一系列重大事件的发展历程：从中法战争到中俄领土争端；从甲午海战到台湾军民的反抗侵略；从洋务运动到维新派兴起，以至资产阶级革命领导的广州起义的失败"①（《孽海花》前言）。在《孽海花》里可以看到晚清中国发生的重大历史事件，包括中法战争、甲午之战、戊戌变法、庚子事变等，通过历史事件来反映晚清政治、社会等方方面面的历史巨变。此外，小说多次使用插穿、补叙的方式来叙述不同空间的故事。如小说第十回写到了金雯青和傅彩云在德国期间，傅彩云觐见德皇及皇后维多利亚的场景。第十一回穿插了共时性的场景，叙事空间从德国转换到京城，作者以介入方式写道："趁雯青、彩云在德国守候没事的时候，做书的倒抽出这点空儿，要暂时把他们搁一搁，叙叙京里一班王公大人，提倡学界的历史了……"（第十一回）傅彩云觐见德皇及皇后维多利亚的时间也正是京城中王公大宦聚会的时间，其叙事空间一个在德国，一个在北京，小说正是采用了空间并置的共时性叙事模式。小说第十六回叙事空间在俄国，小说由此又穿插了俄国虚无党的故事，"不说二人去裁判所看审，如今要把夏雅丽的根源，细表一表。原来夏雅丽姓游爱珊，俄国闵司克州人……"小说正是以金雯青和傅彩云的经历为线索，把复杂的历史事件和众多的历史人物连缀编织在一起，让故事情节回旋穿珠般向前发展。

《市声》共36回，小说虽没有明显的时间刻度，但小说的一条主线是叙述豪商李伯正在上海办实业从筹办到失败的过程。小说第六回写出身盐商的李伯正资本雄厚，在上海开茧行，不惜成本高价收购蚕茧，诚心与外国人作对。然后又创办了机器织绸厂、玻璃厂、造纸厂等实业，但因员工唯利是图，加上管理不善、洋货倾销等因素，在小说的最后一回第三十六回交代了其办实业最后以失败告终，"又过几年，上海的商情大变，几乎没有一家不折本"（第三十六回）。"你看李伯正先生生何等精明，他的资本又丰富，现在南北两厂，连年折本，差不多支持不下……"（第三十六回）因此小说的故事时间在五年左右。小说中除了贯穿富商李伯正办

---

① 崔建林主编：《中华名著简读》，吉林大学出版社2010年版，第373页。

实业由兴起到失败的过程，其间穿插了大量上海大小商人以及掮客、员工等人物的不同故事，初步统计小说中写到的人物有 25 位，包括华发铁厂老板范慕蠡、土地富商吴和浦、土地买卖的掮客汪步青、粪厂老板阿大利、花儿匠王香大、留学归来的刘浩三、先做管账后开茶叶店的钱伯廉等形形色色人物，其中穿插了一些人物在上海的几起几落，如钱伯廉，初到上海，一穷二白，因为挪用公款投机倒把，居然略有资产，之后合股收茧以及利用职务之便，贪污钱财，就成了颇有余财的小老板，于是开了茶叶店和丝绸厂，都亏本等。小说也写到人物性格随着个人境遇的改变而不断变化，如汪步青，由之前的投机倒把到后来认真创办实业。总之，全书以时间为轴，写了大量人物在上海商界的人生起伏经历故事，从而形成了以时间轴贯穿起众多共时性人物故事的小说。

三　空间主导型

空间主导型结构的小说是指小说中的空间要素是推动故事发展和展开情节叙述的主要力量，而时间要素对于小说中故事的情节发展、主题表现等不具有决定性影响。在空间主导型的小说中，"逻辑关系和时间关系都退居次要地位或者干脆消失，而其结构组成依赖于各因素之间的空间关系"[1]。因此，空间主导型的小说大多缺乏贯穿始终的故事情节，时间也较为模糊，读者也很难感受到小说中时间流逝。在中国古代小说中，《儒林外史》可称得上空间主导型小说。有学者也称《儒林外史》的结构为环形结构，"传统的环形连接一般为连环式，即从一个故事中引出另一个故事，其中多为故事结尾处出现某人，再由此人带入另一个故事。《儒林外史》……均采用这种结构方式，它们中没有贯穿始终的主要人物和主要情节。而是围绕不同的语义因素，将各类人物和故事连缀成篇"[2]。到了清末民初，空间主导型结构的小说特别多，如《二十年目睹之怪现状》《官场现形记》《中国现在记》《负曝闲谈》《海上花列传》《海天鸿雪记》等。

对于《二十年目睹之怪现状》《官场现形记》的结构，中国学者向来

---

[1]　[法]托多洛夫：《文学作品分析》，载张寅德编选《叙述学研究》，中国社会科学出版社 1989 年版，第 80 页。

[2]　胡亚敏：《叙事学》，华中师范大学出版社 2004 年版，第 131 页。

认为是"杂集话柄"。鲁迅认为:"头绪既繁,脚色复夥,其记事遂率与一人俱起,亦即与其人俱讫,若断若续,与《儒林外史》略同。……况所搜罗,又仅'话柄',联缀此等,以成类书;官场伎俩,本小异大同,汇为长编,即千篇一律。"① 的确,如果从时间顺序的角度来看这类小说,这类小说缺乏贯穿始终的中心人物,也没有开端、发展、高潮、结局等连贯性的主要情节,时间功能在这类小说中基本消失,但如果从小说的空间结构来分析,则发现这些小说内部还是有一定的结构。加拿大多伦多大学教授 M.D-维林吉诺娃就曾对《二十年目睹之怪现状》进行分析,提出小说的四个层次:主要人物——九死一生;次要人物——满族官员苟才;提供中国社会综合画卷的小故事;几个正面人物批评现状、寻求中国出路的非动作议论。她认为这部小说的统一性就在于小说的所有事件及非动作议论与主线——主人公的经历之间的关系,只有理解了这部小说的统一性,才能真正认识这部小说。由此她得出结论,这部小说的价值不仅仅限于社会批评方面,它的情节结构同样是复杂而又高度统一的。要具体揭示晚清小说的特殊性质,必须借助结构分析。② 同样,对于《官场现形记》,西方学者也有不同的看法,"西方学者唐纳德·霍洛齐在他的博士论文《〈官场现形记〉——一部环境小说》中曾具体分析了《官场现形记》中的这种连环结构,他在对小说作了细致研读之后,提出《官场现形记》由彼此相关的十个连环结构组成。每个环形结构包括四到九个事件,限于某一群人物或某一地域,当出现一个新的主人公或一个新的环境时,就标志着一个环形转向了另一个环形。比如第一个环形是对官场内部关系的介绍,第二个环形是官场对外关系问题,第三至第八个环形依次具体展示了官场活动的各个层次和各个方面,第九、第十个环形则是一种结论性的总结,指出了官场的腐败与奴性。这样,小说的焦点不断地从一个环形移向另一个环形,中国晚清官场内幕也一次一个方面地逐步得以揭示。这种连环式情节类型的统一原则在于对事件的语义安排"③。以上两位外国学者对《二十年目睹之怪现状》《官场现形记》的分析不无道理。

---

① 鲁迅:《中国小说史略》,东方出版社 2012 年版,第 229 页。
② [加] M.D-维林吉诺娃主编:《世纪转折时期的中国小说》,胡亚敏、张云译,华中师范大学出版社 1990 年版,第 38—46 页。
③ 胡亚敏:《叙事学》,华中师范大学出版社 2004 年版,第 131 页。

空间主导型小说，主要以展现空间的人物或故事为主，因此一部分空间主导型的小说，时间跨度小，时间推进缓慢，叙事也缺乏连续性，空间转换频繁，从而形成了较为明显的空间结构模式。"小说形式的空间化在本质上是与小说叙述的连续的趋势相抵触，甚至也是和字词排列在时间上的连续性相抵触的。如何获得小说的空间形式？它的技巧就是'破碎'"①。"'破碎'——它导致了所谓的'空间形式'"②。所谓的"破碎"正是打破小说叙事的线性叙述，从而凸显了空间形式。

中国古代长篇小说的故事时间跨度一般都比较大，李桂奎在《论中国古代小说的"百年"时间构架及其叙事功能》一文中探讨了中国古代小说的叙事时间，他认为："尽管中国古代历史演义小说拥有从夏、商、周列朝——数落的传统、世情小说也有'历历从头说分明'的习惯，但是，如果将这些添枝加叶的叙事载体剥离掉，我们便不难发现，政权的百年兴亡、人生的百岁沉浮才是叙述者'言归正传'后的叙事重心之所在。且不说《三国志演义》被明确定位为'陈叙百年，概括万事'的巨著，就是《水浒传》《儒林外史》《林兰香》等小说也基本上把故事的时间跨度限定在'百年'左右，从而成为反讽人世'瞬间百年'之岁月蹉跎的鸿篇……虽然一部洋洋千万言的《红楼梦》主要演叙了大约仅仅十五年左右的事情，但它是被置于一个家庭的'百年'变迁背景之上的。"③

与中国古代小说的"百年"时间构架相比，清末民初大部分小说的故事时间都跨度较小。《海上花列传》的故事时间是一年，小说全书64回，小说第一回的开头写道："方记得今日是二月十二日"，而小说最后一次提到确切的时间是在第六十二回，"做到仔年底下末，就可以还清爽哉"，可推测出此时大约是十二月上旬，由此可推断出在64回的长篇小说中，其故事时间为11个月左右，小说的时间可以说密度非常大。具体可以列出以下表格。

---

① 李今：《海派小说与现代都市文化》，安徽教育出版社2001年版，第162页。
② [美]弗兰克等：《现代小说中的空间形式》，秦林芳编译，北京大学出版社1991年版，第130页。
③ 李桂奎：《论中国古代小说的"百年"时间构架及其叙事功能》，《求是学刊》2005年第1期。

表 6-1　　　　　　　　　《海上花列传》叙事密度表

故事时间	所占回数
2—3 月	26 回（1—26）
4—6 月	12 回（27—38 回）
7—9 月	17 回（39—55 回）
10—12 月	9 回（56—64 回）

从上表可以看出，小说中的事件流动非常缓慢，其空间叙事密度相对就较大，如小说前八回的内容，其故事时间仅三天，从二月十二日到二月十五日这三天时间，其中第一、二回写了二月十二日，第二至四回写二月十三日，第五至八回写二月十五日。在二至三月的 26 回中，小说写到的妓院近二十个，涉及的妓女有二十多个。这是一种通过频繁的空间置换来展现上海妓女生存状态的叙事方式。小说的故事时间几乎与日常生活时间同步，但是在如此缓慢的故事中，作者却频繁更换叙事空间，小说中的人物在各个不同的妓院频繁出入。如在前五回中，写到的主要空间有九个，其中包括长三堂子、幺二堂子、下等堂子，展现了上等、幺二以及下等妓女的生存空间。其中在第四回中，主要出现的空间是三个，分别是尚仁里的林素芬家、祥春里张蕙贞家以及西荟芳里的沈小红家，以前五回为例，小说中通过频繁的空间转换来引出妓女故事。

表 6-2　　　　　　　　《海上花列传》前五回叙事空间

章回	主要叙事空间	主要妓女
一	聚秀堂	陆秀宝、陆秀林
二	王阿二家	王阿二
	聚秀堂	陆秀宝
三	公阳里周双珠家	周双玉、周双宝、周双珠
四	尚仁里林素芬家	林素芬、蒋月琴、黄翠凤、吴香雪
	祥春里张蕙贞家	张蕙贞
	西荟芳沈小红家	沈小红
五	东合兴里吴雪香家	吴雪香
	居安里潘三家	潘三
	东合兴里张蕙贞家	张蕙贞

《海上花列传》正是通过频繁的空间转换来展现各个不同妓院空间妓女的生存状态。而小说中的时间功能明显弱化，如果说小说中的叙事时间像一根串起闪亮珍珠的丝线，其叙事空间就像那一颗颗闪亮的珍珠，是小说情节展开和人物塑造的关键因素，因为只有具体空间场景的描写才能充分展现清末上海妓女的生存状态。因此，从整体而言，《海上花列传》的叙事结构是一种空间主导型结构。

而二十回小说《海天鸿雪记》的故事时间大约为一二年。小说前七回时间很模糊，但通过人物之口可推测出前七回的故事时间为几个月，小说第一回从颜华生刚结识妓女江秋燕，到了第七回，小说中一人物说道："我想耐刚做江秋燕个辰光，眼睛一霎是几个月下来哉，辰光阿要快。"从第八回开始，小说中的故事时间变得清晰起来。从第八回苏绶夫的自述中可推测出故事时间大约在三月份，"关书聘金是正月里寄得来个勒……耽搁仔一个多月，到仔上海住仔几日，算算盘缠勿够哉……故歇只管耽搁下来，愈觉缺得多哉……"苏绶夫二月份以后来上海，在上海住了一段时间，便欠下了一大笔债务，因此小说中清晰的故事时间大约在三月份以后。到了第十三回，故事时间就非常明确具体，"不觉已是四月清和的时候"，小说最后一回第二十回写道："这日已是七月初五了。"从这些时间可推测出小说中的故事时间约为一二年左右，正应了作者开篇所写："鸿爪雪泥，结偶然之因果。"（第一回）小说故事时间跨度小，使得小说的叙事密度大，从第八至小说最后一回即第二十回，小说中的时间大约为四个月，并且时间并不是推动故事发展的动力，小说前后也不存在因果关系，而是点缀性的存在，表示时间在流逝，从而表达出作者的一种人生感叹："因想人生世界上，只有过去未来，而无现在。自己篷飘萍萃，偶然来到此地，才看见这些景象。倘然不到此地，连过去那影子也看不见，何况将来？又想目下繁华世界，此地也算数一数二的了。百年后又不知作何景象？就这泡影驹光里，这些人现出无数怪象，真是蟪蛄不知春秋，燕雀巢于幕上了。想到这里，觉得前不见古人，后不见来者，独立苍茫，非常沉痛。此记者著书以前之思想也。嗟乎！残山剩水，存大块之文章；鸿爪雪泥，结偶然之因果。于卿底事，未免有情，聊写余怀，请观裁笔。"（第一回）因此，小说呈现出明显的空间主导型叙事结构。

此外，空间主导型结构小说除了时间跨度小外，有些小说家处理时间的方法是让时间变得比较模糊,因为小说中的时间既不关联前后的因果关系,也不是小说的叙事动力,对于小说叙事并没有实质性的功能,因此一些小说家有意模糊小说时间。空间主导型的小说因为没有贯穿始终的中心情节和人物,而是统一于主题,把各种空间故事连缀编织而成,因此故事情节相对淡化。

第二节　京沪文学空间书写的重要突破

美国社会学家丹尼尔·贝尔在《资本主义文化矛盾》(1976年)中就"空间感觉革命"问题做了精辟的阐述,强调:"随着城市数目的增加和密度的增大,人与人之间的相互影响增强了。这是经验的融合,它提供了一条通向新生活方式的捷径,造成前所未有的社会流动,在艺术家的画布上,描绘的对象不再是往昔的神话人物,或大自然的静物,而是野外兜风,海滨漫步,城市生活的喧嚣,以及经过电灯照明改变了都市风貌的绚烂生活。正是这种对于运动、空间和变化的反应,促成了艺术的新结构和传统形式的错位。"[①] 因此,都市生活、都市空间的新变,不仅促成了城市小说的成熟,也使小说的结构和形式发生了相应的变化。

清末民初,随着上海的崛起和都市化的加快,上海的都市风貌与传统城市有天壤之别,城市的巨变,带来了小说家空间感觉和空间经验的变化,"技术文明不仅是一场生产革命,而且是一场感觉的革命"[②]。"运动、速度、光和声音的新变化,这些变化又导致了人们在空间感和时间感方面的错乱。"[③] 这种空间感觉和空间经验的变化,促成了小说结构和形式的变化。以清末民初京沪都市为叙事空间的小说,尤其是以上海都市空间为背景的小说,相比以往以都市为背景的小说,有诸多方面的重要突破,主要表现在:叙事结构的空间化;都市生活的立体化;都市女性多样化。

---

① [美]丹尼尔·贝尔:《资本主义文化矛盾》,赵一凡、蒲隆、任晓晋译,三联书店1992年版,第95页。
② [美]丹尼尔·贝尔:《资本主义文化矛盾》,赵一凡、蒲隆、任晓晋译,三联书店1992年版,第135页。
③ [美]丹尼尔·贝尔:《资本主义文化矛盾》,赵一凡、蒲隆、任晓晋译,三联书店1992年版,第194页。

一 叙事结构空间化

从上文可以看出,清末民初小说的时空关系主要可分为三类,但纵观这时期小说总体上的时空关系,可以看出空间主导型小说数量占较大比例,其次是时空并置型,而时间主导型的小说数量明显较少。这表明这时期小说不再追求小说情节的连续性,小说叙事结构不再受制于时间,而是体现在小说的空间关系中,因此显示出小说叙事结构的空间化特征,具体而言,体现在以下方面:

其一,故事时间明显弱化。其表现主要有两方面:其一,故事时间多不长,正如上文分析,尤其在以上海为空间来设置故事的小说中,小说中的故事时间多不长,如《海上花列传》为11个月,《海天鸿雪记》为一二年左右,《海上花繁华梦》的初级和二集,共60回,其故事时间也为一年左右等。《海上花繁华梦》小说初集从主人公杜少牧从苏州出发到上海游冶,到了二集的最后一回中杜少牧的心理活动:"想到在上海顽了一年,今天安然回去……"由此可知小说时间在一年左右。在较短的时间流动中,作者把大量的笔墨投放在小说的空间叙事中。其次,小说中的时间要素功能弱化。小说中的时间不再是推动故事和情节向前发展的动力,而只是表示时间存在和流逝的标志,因此,小说中的时间比较模糊。以《二十年目睹之怪现状》为例,虽然小说的题目中有明显的时间范围,但小说的情节展开并不以时间推动为动力,时间只是时光流逝的提示语。小说中的时间刻度提示语有,"到了上海之后,就住了两年多","光阴荏苒,又过了新年"等语言,小说得以展开一个又一个的故事。从小说一百零八回的回目来看,回目中几乎都是以事件来概括,如第二回的回目"守常经不使疏逾戚,睹怪状几疑贼是官",第三回的回目"走穷途忽遇良朋,谈仕路初闻怪状",第四回的回目"吴继之正言规好友,苟观察致敬送嘉宾"等,而很少出现时间性的词语,时间在推动小说叙事的功能几乎消失。小说的整体结构主要是以各个不同空间的事件穿插连缀而成。

其二,小说情节的淡化。中国古代小说大多以线性时间为序讲述一个完整连贯的故事,且人物刻画生动形象。而到了清末民初,小说中往往人物众多,结构松散,缺乏贯穿始终的情节和人物。六十四回的《海上花列传》"一书百十人"(《海上花列传》例言),三十六回的《市声》主要人物有25个,《孽海花》中人物不下于100个,而《海上繁华梦》《海天鸿雪记》《歇浦潮》等小说同样人物众多，而且大多缺乏首尾连贯的故事情节，小说往往围绕一个统一的主题，运用穿插串联的叙事方式，把不同空间的故事连缀编织而成，从而形成了空间化的叙事结构，因此整体上显得结构松散，故事性不强，情节淡化。如《海上花列传》反映的是清末上海妓女群体的生存状态。《市声》揭露了上海工商界内部种种卑鄙龌龊的行为，反映了清末上海工商业社会生活的状况。《海天鸿雪记》反映的是形形色色寓公在上海的生活状态。《歇浦潮》反映的是民初上海十里洋场包括妓女、姨太太、新剧艺术家、商人、掮客、革命党人等各色人物的众生相。《海上繁华梦》《九尾龟》主要是揭露上海"溢恶"型妓女的种种丑陋。《官场现形记》由 30 多个相对独立的官场故事组成，反映的是晚清全国各地的官僚群丑图。《二十年目睹之怪现状》写了近二百多个"怪现状"，反映了官场、商场、洋场兼及三教九流各个阶层的社会生活，揭露清末黑暗腐朽的社会现实。这些小说都有一个共同的特征，那就是缺乏开端、发展、高潮、结局这样一个逻辑严密的线性组合关系，故事与故事之间、情节与情节之间缺乏必然的因果联系。因此，情节相对淡化。

其三，空间场景描写加强。清末初民小说，尤其是社会小说，为了更加广泛地描写社会现状和揭露社会现实，小说中的空间转换特别频繁，一部小说中展现的空间往往横跨中国大江南北，甚至跨越到国外。而故事集中在京沪城市的小说，其空间转换同样频繁，小说通过不同人物在城市中各个空间的频繁转换，来反映出京沪各种人群的生存状态，正如上文分析，全书 64 回的《海上花列传》，所写的故事场景多达 196 个[①]，平均每回三个，小说的前 26 回描写的主要妓院空间场景有 20 多个，还不包括一些次要的场景，如茶馆、公园等。由此可见，小说的空间场景描写成为小说的主要组成部分。同样《海天鸿雪记》《海上繁华梦》《负曝闲谈》等小说也是每回以几个主要场景为叙事空间。这类以空间场景描写为主在清末民初小说中极为普遍。

清末民初小说家自身也觉察出其小说结构与以往的不同，有些小说家直接对其小说结构进行解释和说明，如曾朴自称其小说是"伞形花序"的"珠花式"结构。而韩邦庆在《海上花列传》的"例言"中写道："全书笔法自谓从《儒林外史》脱化出来。惟穿插、藏闪之法，则为从来

---

① 樊玉梅：《〈海上花列传〉的叙事研究》，硕士学位论文，湖南师范大学，2006 年。

说部所未有。"但正如近代文学研究学者袁进对《海上花列传》结构的分析:"这种结构形式与《儒林外史》不同,《儒林外史》是叙述完一个故事,再叙述一个故事,这种'虽云长篇,形同短制'的写法,是一种以时间为中心的平面式'链式结构',而《海上花列传》则是一种完整的以空间为中心的多线索立体网状叙述结构。一个以空间为中心,一个以时间为中心;一个是立体型,一个是平面型;一个是网状,一个是链式;相比较而言,《海上花列传》的叙事结构要更复杂丰富。"① 清末民初小说的结构是特定时空的产物,因此比明清时期小说结构要复杂丰富。正如第五章第二节所分析,"橘瓣型""套盒型"都是其空间结构的形态。其中空间并置关系的各种变化形态中以"橘瓣型"空间结构形态较为普遍。尽管这种结构遭到后来很多评论家诟病,但是这种新型结构正是对传统小说结构的一种解构和探索。

很多学者对于晚清民初小说中这种时空关系的现象做出了解释。杨义认为小说中这种变化很大的时空关系:"像《文明小史》时空变化更大,作品由湖南、湖北写到浙江、苏州,再转浙江、北京、山东,又到南京、安徽,一直到香港、日本、美国,又回到南京、北京。这种变化很大的时空结构,是因为在外国文化的冲击下,人们生活产生了节奏的零乱,要把握这种生活,非得用时空的跳跃方式不可。政治小说、谴责小说产生在相同的时代,这个时代的动荡和风气的开通使人们开始丧失宗法制社会那种稳定感。人们心目中的时空观也会发生变化,国内外大事一下子呈现在人们的眼前,过去、未来的不同地方的怀念和追求也引起人们的很多思考,于是,小说家便兴致勃勃带着他笔下的人物去作全国的或环球的旅游。"② 袁进认为:"现代都市的空间大大扩展,都市人生活在这宏大的空间中,不仅涉及面广,立体感强,而且节奏快速,旋律丰富,生活需要而且允许他们扮演多重角色。都市的空间观念和时间观念都与古代的农业社会大不相同,需要有一种新型小说结构来表现复

---

① 袁行霈、陈进玉主编:《中国地域文化通览》(上海卷),中华书局2013年版,第446页。

② 杨义:《二十世纪中国小说与文化》,上海三联书店2007年版,第37页。

杂的都市社会,表现分散在都市各个角落的人群。"① 以上学者的说法各有其道理,但清末民初叙事结构的空间化与便利的交通工具和通信工具所带来的"时空压缩"不无关系。

随着上海租界对西方高科技器物的引进,交通工具如轮船、火车、马车,通信工具如电报、电话,照明工具如电灯,计时器如钟表、手表等,中国传统的时空观也彻底被颠覆了。中国早期的时空观是农业文明的产物,"日出而作,日入而息"反映的是农耕时代的时空观,先民以家居环境来确定时间观念。而清末民初引进快捷便利的交通工具和通信工具,不仅压缩了地域空间的距离,也使时间距离大为压缩,从而使得"时空压缩"成为现实,表现在现实生活中,空间距离明显缩短,且测量空间距离的时间也明显缩短。如在晚清以前,乘坐中国传统的交通工具,轿子、骡车、民船等,从上海到北京的距离,可能需要一两个月的时间,但如果借助西方先进的现代交通工具,如火车和轮船等,则只需要一周甚至更短的时间。与中国传统的书信传递信息途径相比,西方发明的电报更快捷及时,同样具有"时空压缩"的效率。

在《孽海花》中,作者曾朴多次感叹便捷快速的交通工具,"却说金殿撰请假省亲,乘着飞似海马的轮船到上海"(第二回),"大家到了上海,上了海轮,海程迅速,不到十天,就到了北京"(第四回)。快捷的交通工具不仅使得国内的空间距离大大压缩,也使得国与国之间的国际空间距离大大压缩。《孽海花》中写到甲午战败后,中国代表到日本马关谈判,从天津出发到马关,"海程不到三日,二十三的清晨已到了马关"(第二十七回)。《中国现在记》中则辛辣地讽刺了迂腐知识分子拒绝现代交通和通信工具的后果,也反映了晚清小说家对现代交通和通信工具所带来新的时空感的发现。小说中迂腐的朱侍郎在京被弹劾,被迫返乡回老家清江浦,但他"平生最恨的是外国人的东西……这番出京,放着铁路、轮船一概不走,坐的是双套骡车,走的是旱路十八站,一直顶到清江浦,再换民船"(第一回)。因为选择落后且缓慢的交通工具,又遇上天气不好,他在返乡的路上花了一两个月时间,结果他没来得及赶上见他心爱的姨太太最后一面,其姨太太就死了。其仆人道:"老爷倘若坐了火轮船,

---

① 袁行霈、陈进玉主编:《中国地域文化通览》(上海卷),中华书局2013年版,第446页。

也早已到家了。"又因为电报是外国人发明的，朱侍郎最厌恶打电报，其儿子只能写信告诉他姨太太病死的消息，因此，他姨太太死了一个多月，他才得知消息。朱侍郎又埋怨其儿子为什么不早点写封信给他，其仆人道："写信是来不及的，除非打电报还赶得上。"小说用了悲惨的故事来说明，拒绝快速便利的交通、通信工具是多么愚昧落后，而现代交通及通信工具所带来的"时空压缩"已成事实。

现代交通工具，在带来"时空压缩"时空感的同时，也不断拓展出更多的城市空间。如马车在马路上飞驰的速度立即缩短了城市空间的距离，原本远离城市中心的区域在很短的时间就可以到达，这就使城市空间由市区不断向郊外或偏远的区域拓展。《海上繁华梦》中写到上海申园、愚园的繁荣过程："愚园在静安寺西面，这里去虽有十里之遥，马车只消半点多钟。那园……本来甚是冷落，自从洋人筑了马路，有人在珍珠泉左近开了一所品泉楼茶馆，更有人造了一所洋房，取名申园，卖些茶点洋酒，渐渐有人前往游玩，后来日盛一日……"（第七回）又如上海城郊的龙华寺，也因为有了马路而香火不断，"先时是从徐家汇那一条马路，往西向南走的，都是小路，只好坐轿或是羊角小车，不便得很。近来从高昌庙制造局起，新开了一条马路，直接龙华……到了香汛，来往的人，络绎不绝，十分中有八分是坐马车去的，一分是东洋车，一分是船，那轿子、小车竟是绝无仅有的了"（第九回）。因为现代交通工具的使用，城市不断被拓展，郊区也日渐成为热闹地带。

另外，城市照明系统翻天覆地的变化，也带来了中国人时空观念的变化。城市照明系统使原本黑暗的夜晚变得"无异白昼"，无异于延长了白昼的时间。自引进了西方照明系统，上海入夜以来，火树银花，光同白昼，成了名副其实的不夜城。中国人的时间观也彻底改变了，可供娱乐、休闲的时间被大大地拉长，一天之中的任何时间都可以派上用场。《海上繁华梦》后集的第二十五回，写一个刚从乡下来的乡愚与妓女的谈话，很能说明上海的夜生活：

"我在乡间早睡早起惯的。初到上海，一到夜间八九点钟，就有些疲倦不堪了，一到早上六七点钟，便要起来，再睡不着。如今渐渐好了，夜间能坐到一两点钟，早上也可睡到十点多钟。"阿珍把妆台上的自鸣钟一指道："你能坐到一两点钟，此刻两点钟还没有到，要紧怎的？明天早上，莫说睡到十点多钟，就是一两点钟，也可由你……"

乡间生活的作息时间，晚上八九点钟睡，早上六七点钟起来，这也是大部分没有电灯城市的作息时间。而有了照明系统的都市上海的作息时间却完全颠覆了，晚上一二点睡，上午十点以后起床是常事。《海上繁华梦》中主要人物杜少牧、谢幼安的日常活动主要是从午后或下午二点以后开始的，直到深夜，小说中很少写他上午外出活动。小说中的第三回，谢幼安、杜少牧初到上海，其好友下午二点到客栈来邀请他们出去玩，小说中写道："幼安道：'大哥与戟翁来得好早，这时候还不到两点钟呢！'"（而在小说的其他部分中，小说中的人物活动一般在午后或下午二点以后。以幼安和少牧的一天为例子。到上海的第二天，下午两点钟，他们从长发客栈出发，先去了棋盘街的同芳居广东茶馆，因人多，退至对门怡珍居内，吃过茶，四点钟，往一品香去。在一品香，遇到同栈的几个人。两人被邀到丹桂戏园看戏，已经是晚上八点半左右，直到十一点二刻，他们出了戏园，少牧、幼安二人又到宝善街春申楼吃夜宵，然后回栈，不言而喻此时已是半夜。这便是幼安和少牧等人在上海生活一天的作息时刻表。

当"时空压缩"技术使时空阻碍消除之后，拓展空间变得随心所欲，空间意义也因此得以凸显，新的时空观形成也就顺理成章。这种时空观反映在清末民初小说中，空间结构明显彰显。另一方面，清末民初小说中空间的空前扩张与小说的创作目的不无关系，清末民初小说家怀着一种开启民智、改良社会的救国理想，希望通过小说来达到改良民智的政治目的，"上之可以借阐圣教，下之可以杂述史事，近之可以激发国耻，远之可以旁及彝情；乃至官途丑态，试场恶趣，鸦片顽癖，缠足虐刑，皆可穷极异形，振厉末俗"[1]。为了扩大对社会暴露、批判的深度和广度，作者尽力选择了广泛的叙事地域空间来展示故事。李伯元在《中国现在记》中的地域空间跨域大江南北，几乎每章都揭露了一个地方的怪现状。楔子中很明确地阐明其创作宗旨："说古论今，把我生平耳所闻，目所见，世路上怪怪奇奇之事一一说与他们知道。"作者正是希望通过频换的空间转移来

---

[1] 梁启超：《变法通议》，见《梁启超全集》（第1卷），北京出版社1999年版，第39页。

达到广泛地批判社会，从而警醒时流、矫正弊俗、启迪民智的目的。

二 城市生活立体化

正如美国汉学家韩南所说："身为小说家，与地理学家的区别在于，他更倾向于通过人物的言谈举止为我们呈现一座城市，即一座眼中的和脚下的城市。此外，他使我们感知到这座城市，它的文化、习俗，一句话，即城市的风貌。"① 清末民初的城市小说，大多把故事场景设置在城市的公共或半公共空间，从而全面立体地展现了城市生活的方方面面。晚清时出版的《蜃楼志》（有嘉庆九年即 1804 年刊本）罗浮居士《序》对"小说"二字的诠释："小说者何别乎大言？……其事为家人父子、日用饮食、往来酬酢之细故，是以谓之小；其辞为一方一隅、男女琐碎之闲谈，是以谓之说。"② 又云："劳人（本书作者）生长粤东，熟悉琐事，所撰《蜃楼志》一书，不过本地风光，绝无空中楼阁也。"③ 从而可看出罗浮居士的小说观念，他认为小说应该描写凡尘俗世的日常生活。而《蜃楼志》写的正是粤东本地的日常生活。事实上，这时期描写上海的小说中，大部分如罗浮居士所说，写的是"不过本地风光"的日常市井生活。笔名为"不梦子"在《北京繁华梦》序中写道："尝观说部中描写花月闲情，能惟妙惟肖者甚夥，要以《花月痕》最为脍炙人口，《海上花》则本地风光，不过书中张操苏白，惟南方人能读之，外此每格格不入，惟《海上繁华梦》则又卓越者也，其摹写情景无不刻画入微、淋漓尽致，然所道者尽沪事。"其中对于沪事的"刻画入微、淋漓尽致"就指小说所写的内容描摹日常生活。

"城市不是人脑中有边有连接点的两维地图，如林奇（Lynch, 1974 年）所提到的。它是一个包含生活、爱和历史的复杂的立体'地图'。"④ 小说中日常生活的描写正是小说都市生活立体化的体现，小说在平凡的日常生活中立体地展现出城市的方方面面。《孽海花》第一回中以讽刺的语

---

① ［美］韩南：《〈风月梦〉与城市小说》，《上海师范大学学报》2004 年第 1 期。
② 石昌渝主编：《中国古代小说总目》（白话卷），山西教育出版社 2004 年版，第 326 页。
③ 石昌渝主编：《中国古代小说总目》（白话卷），山西教育出版社 2004 年版，第 326 页。
④ ［英］迈克·克朗：《文化地理学》，杨淑华等译，南京大学出版社 2005 年版，第 47—48 页。

气写道:"中国第一通商码头的上海——地球各国人,都聚集在此地……内中有个爱自由者闻信,特地赶到上海来……那日走出去看看人来人往,无非是那班肥头胖耳的洋行买办,偷天换日的新政委员,短发西装的假革命党,胡说乱话的新闻社员,都好像没事的一般,依然叉麻雀,打野鸡,安垲第喝茶,天乐窝听唱;马龙车水,酒地花天,好一派升平景象!"在曾朴看来,打麻将、逛妓院、茶馆喝茶、戏院听书,成了上海租界买办、委员、革命党、记者等这类貌似与国家未来相关人员的日常活动。《京华艳史》中也写道:"我住在上海,整天的看见什么时髦新党吃花酒,坐马车"(第三回),反映的是商业都市中市民的特点,与关注国家前途未来相比,他们似乎更关心自身的日常世俗生活。以较为接近原生态社会现实的《海上花列传》为例,小说中的男性人物包括各类人群:外来富商或显赫官僚齐韵叟、黎鸿篆,外地富家或官宦子弟葛仲英、李鹤汀、史天然,租界捐客洪善卿,外地候补官员王莲生、罗子富,洋场才子高亚白、尹痴鸳,本地富家子弟陶玉甫兄弟、朱淑人兄弟、小商人陈小云、庄荔甫,租界流氓癞头鼋、徐茂荣,还有来沪谋生的乡村青年赵朴斋,张小村、张新弟等,在小说中,作者写得最多的是这群外来男性在租界的日常生活,其中主要日常生活就是到妓院吃花酒、谈生意、打牌等各种社交活动,而很少写到他们的家庭生活,即使写到官僚或候补官员,也没有写到他们的官场活动,而是主要关注他们在城市的日常生活。

纵观这时期以上海来设置故事场景的城市小说,更多描写人物在城市中的日常娱乐休闲生活,如吃茶、逛妓院、游公园、进酒楼、上烟馆或其他游玩方式,其目的无非追逐各种物欲、情欲等的满足。从人物活动的形式来看,小说中人物的城市活动以群体性聚会为主,大多是一群根本没有血缘关系或地缘关系的友人共同参与各种聚会,他们之间随时可能又介绍新的陌生人进入这个群体,这是因为群体聚会人越多越热闹,同时又可结识新的友人。而在这个移民城市,只有不断结识新朋友才能满足人们的日常社交需求。因此,小说中写到晚上夜生活比较多,小说中的都市人大多下半夜开始睡觉,睡到第二天的中午或下午起床,然后出去活动、应酬,吃花酒、吃大餐、打牌、赌博等,直至深夜才结束,有些甚至到清晨才结束。这种由原本互不相识的人群快速组成的群体,以追逐欲望为目的,在城市里共同参加各类娱乐休闲的生活,使上海娱乐休闲活动的丰富性达到了前所未有的程度。《海上繁华梦》中写道:"自道光二十六年泰西开埠通商以来，洋场十里中，朝朝弦管，暮暮笙歌，赏不尽的是酒绿灯红，说不了的是金迷纸醉。"（第一回）这种都市生活显然与古代传统的都市生活完全不同。

这种关注城市日常生活的小说旨在详细描摹都市的市井风情、租界世俗男女的众生相，因此，小说多叙写琐屑的市井生活。如以上海为城市背景的狭邪小说，全面立体地展示了上海妓女原生态的日常生活状态，在妓院接待各方嫖客、侑酒、唱曲，与嫖客周旋、出局，与嫖客出游等；也展现了寓居在上海的富商巨贾及外来富家子弟的日常生活，与朋友到妓院吃花酒、到烟馆吸烟片、坐马车逛张园、到番菜馆吃大菜、到戏园看戏等，因此，狭邪小说全面地展示了都市男女追求享乐的生存状态，也表现出各个不同人群在上海都市中的个人欲望、情感需求、精神状态等种种现状。正如林薇在《清代小说论稿》一书中对清代后期狭邪小说评价道："狭邪小说则体现了市井文化的蕴涵。作家的关注焦点已经不是痴男怨女的悲欢离合，亦非几个家庭中恩恩怨怨、爱爱仇仇的纠葛；而是人欲横流的世俗社会风貌。小说所力图表现的是一种光怪陆离的世相，一种颓靡的市井风情，其人文蕴涵在于对一个颓波难挽的畸形社会及其病态心理进行剖视。小说淡化故事情节，叙事节奏舒缓，采用社会风俗画卷的结构方式，推出浮华世界的斑斓色相。"①

清末民初小说的城市生活立体化除了全面展现城市的日常生活，还体现在小说中市民形象的多样性。这时期描写京沪的小说，尤其是上海的小说，其主要人物既不是胸怀大志的英雄人物，也不是具有家国情怀的革命志士。相反，他们是一群结构复杂的市民百姓，既有富商豪门，也有普通市民，包括小商人、妓女、姨太太、买办、革命党、乡村青年、无业者、留学生、洋人以及一些新兴职业的从业者，如记者、律师、巡捕等，其中，买办、革命党人、留学生、记者等都是城市新兴群体。各类人群涌向上海，包天笑形容当时上海："上海这个地方，是江南繁盛之区，又是外国租界地，凡事得风气之先。本已五方杂处，良莠不齐，加以发生战争，有身家的人为了避乱起见，都向租界跑，一时富商大贾，巨室豪门，都聚集于此。"② 他们多是一群追逐声色享乐和都市繁华的凡夫俗子。张秋虫

---

① 林薇：《清代小说论稿》，北京广播学院出版社2000年版，第67页。
② 包天笑：《钏影楼回忆录》，中国大百科全书出版社2009年版，第562页。

在《海市莺花》中写道:"话说上海是全中国人类最复杂的地方,有钱的想到上海来用钱,没有钱的想到上海来弄钱,这一个用字和一个弄字,就使斗大的上海,平添了无数奇形怪状的人物……高鼻子的骄气,富人的铜臭气,穷人的怨气,买办的洋气,女人的骚气,鸦片的毒气,以及洋场才子的酸气。"(第十七回)在这群市民中,出现频率较高的人物多是外来青年,他们或为体验都市繁华而到上海,如《海上繁华梦》中大部分外来富家子弟;或在上海经商,如《市声》中的商人;或在上海有固定的职业,如《海天鸿雪记》中的男性大部分在上海有固定的职业;或因为战乱被迫逃到上海,如《恨海》中主人公等。而无论是官宦子弟、失意的官僚、富家子弟,还是来自乡间呰嚣的乡愚,到了上海,无不沉醉于上海的温柔富贵之乡无法自拔。正如《海天鸿雪记》小说开首就描绘道:"上海一埠,自从通商以来,世界繁华,日新月盛……凡是到了这个地方,觉得世界上最要紧的事情,无有过于征逐者。"(第一回)又如《歇浦潮》中来自京城赫赫有名的方总长的四少爷,在上海过了一段奢靡寻欢的时光,担心回到北京后住不惯,在回北京之前,心理非常矛盾,"但我在上海住惯了,一时很舍不得离开,如何是好"。并且打算回到北京一旦得了差事,依然选择上海,"自己身子,不妨仍在上海,逍遥自在,只消派一个亲信的人,到那里收银子便了"(第三十回)。而《九尾龟》中的康观察原本官位显赫,失去官职之后,立即带着一家老少来上海过着奢靡逍遥的闲适生活。《海上繁华梦》的富家子弟杜少牧等众多的富家子弟,原本只是想感受上海的繁华,最后都滞留在上海半年以上,直到钱财用光才被迫离开。而《歇浦潮》中的湖南乡愚倪伯海听说上海比此前更加繁华富丽,便来上海游玩,原本打算只待一两个月,结果住了半年多也不舍得回老家,回乡前他道出了矛盾心理:"只因我在湖南动身的时候,共带来二千块洋钱,原想在上海盘桓一两个月,除却花费之外,买些货色,带回自己铺子里去卖的。心中舍不得离你,所以耽搁至今,已有半年有余。我不能常住上海,不久要回湖南,这是你也知道的,但内地没一处及得上海适意,吃口既没上海好,游玩的地方,又没上海多,我在这里住得几个月,已愁回家去难过。"(第二十六回)而《海上花列传》中的乡村青年赵朴斋来上海谋生,用光身边所有的钱后,其舅舅帮他买了返乡的船票,但他宁愿衣衫褴褛地留在上海拉洋车,也不愿返乡。诸如此类不舍离开上海的人在这时期小说中不胜枚举。《市声》中第二十六回来自广西的一位官员被派到上海采办军装,然而到了上海不久,就顿时陷入了上海这个温柔富贵之乡,无法自拔,"船到上海……天天吃花酒、碰和、看戏、吃番菜、逛花园,自不必说。大约襄生虽入仕途,也从没经过这样舒服的日子"(第二十六回)。上海就是这样一个可以让形形色色的外来人员乐不思蜀的都市。小说中复杂人群的大量出现,一方面增加了城市小说的容量,丰富了小说人物形象;另一方面也立体地展现出都市生活的复杂多样。

因为这时期的小说真实立体地记录了上海租界生活的方方面面,从交通工具到着装服饰,从日常饮食到消遣娱乐等,都有详尽的介绍,从记录社会生活历史资料的角度看,达到了高度的现实,乃至于很多小说可以充当租界生活史的史料。有人称《海上繁华梦》在反映上海风土人情方面,可称为近代海上风俗的百科全书。清末民初小说家对城市生活细腻的体察与感悟、立体全面的描写,为我们提供了一批颇具真实且带有个体鲜活体验的小说文本。

三 都市女性多样化

李欧梵形容刘呐鸥小说中的摩登女性:"小说中的女性不仅是男性欲望和追逐的对象,而且也是故事的绝对的'主体',因为是她的行动和个性推动着情节的发展。"[①] 不仅刘呐鸥、穆时英等小说中的摩登女郎成为男性欲望和追逐的对象。事实上,在男性权威社会和男性作家的语境下,女性一直是男性欲望对象,她们往往是小说中被观看和被想象的"主体"。她们的行动和个性也推动着情节的发展。在清末民初小说中,商业都市文化刺激下的一些都市女性一方面仍是男性的欲望和追逐的对象;另一方面,她们作为都市女性与传统深锁闺中、足不出户的传统女性完全不同,她们与男性一样,游走于都市各个消费场所,与社会上形形色色人群打交道,既见识了繁华都市无所不在的诱惑和各种险怪,也更深刻体会到商业社会金钱的至关重要。她们的内心需求、情感欲望、价值观念也与恪守传统封建伦理的女性完全不同,成为一群都市"新女性",正如德国学者叶凯蒂所指出,世纪转型时期的海派狭邪小说,"在文学手法上实际上

---

① [美]李欧梵:《上海摩登:一种新都市文化在中国(1930—1945)》,毛尖译,人民文学出版社2010年版,第206页。

是延续了这个从唐代以来的奇女子的形象,这一群上海妓女只顾生意、只顾快乐或者只顾出风头,可以说是代表了一种女商人的形象"①。具体而言,清末民初小说中的都市"新女性"以下几类尤其带有代表性。

(一) 妓女系列

清末民初以青楼女子为主要人物的狭邪小说特别繁荣,尤其以上海妓女为多,鲁迅在《清小说之四派及其末流》中总结晚清以来狭邪小说的特征:"作者对于妓家的写法凡三变,先是溢美,中是近真,临末又溢恶。"其中,近真、溢恶的写法主要指清末民初时期的狭邪小说,如近真的代表作主要有《海上花列传》、溢恶的代表作主要有《九尾龟》《海上繁华梦》《九尾狐》等。正如鲁迅所评价的一样,在清末以前的小说,妓女大多被美化,温柔多情且多才多艺,是书生士子的红颜知己。但清末以后,狭邪小说中妓女形象则更为丰富而全面,如《海上花列传》中的妓女完全褪去了古代妓女的完美形象,而显得"平淡而近自然"(鲁迅语),更符合其女性特征。她们形象各异,正如胡适所评价的:"《海上花》写黄翠凤之辣,张蕙贞之庸凡,吴香雪之憨,周双玉之娇,陆秀宝之浪,李漱芳之痴情,卫霞仙之口才,赵二宝之忠厚……都有个性的区别,可算是一大成功。"而这也正是韩邦庆的追求:"一曰无雷同,一书百十人,其性情言语面目行为,此与彼稍有相仿,即是雷同。"小说以平实的笔调写出了妓家的奸谲和不幸。小说中的这群妓女既有普通人的追求和欲望,又有商业化大都市下沾染的职业习气,唯利是图、虚情假意等,而且她们大多迷恋繁华的都市生活,因此还原了清末民初都市中妓女的真实生活状态。下面以《海上花列传》中的妓女为例,还原清末民初上海妓女的真实形象。

泼辣且个性独立的的沈小红。《海上花列传》中的沈小红是当时上海数一数二的红倌人,与有钱有势的候补官员王莲生相好多年。王莲生对性格泼辣的沈小红千般忍让,也产生了真情。按常理,王莲生性格温和得有些懦弱,经济实力雄厚,前途光明,家中无儿无女,两人有多年的感情且提出娶她,这正是诸多妓女从良的理想对象,但是沈小红却一直找借口推卸嫁给他,直到王莲生无意中发现沈小红姘戏子小柳儿,彻底对她失望,在气愤中娶了另一妓女张惠贞。作品中尽管没有详细描写沈小红不愿从良

---

① [德] 叶凯蒂:《妓女与城市文学》,《中国现代文学丛刊》2001 年第 2 期。

的原因，但是从沈小红姘戏子以及泼辣的个性中可看出，她是个追求自由生活且个性独立的人，而从良则意味着行为和更多自由选择被限制，因此她始终放弃从良。

精明能干、老练冷酷的黄翠凤。黄翠凤是《海上花列传》中形象十分丰满的妓女之一。她自尊自强，她以不怕死的勇气来征服狠毒残忍的老鸨黄二姐，从而争取了妓院中的主动权和话语权。当另一个妓院的妓女诸金花遭老鸨毒打后向她诉苦，她教给她反抗的办法，吞鸦片要挟老鸨，可是诸金花却是个懦弱无能且头脑简单之辈，黄翠凤恨其不争，冷笑道："耐怕痛末，该应做官人家去做奶奶！小姐个呀，阿好做倌人?"（第三十七回）"做个倌人，总归自家有点算计，故末好挣口气。"（第四十八回）她作为一个妓女，深谙男性心理，对于头脑简单、争强好胜的富裕客人罗子富，她采取了欲擒故纵的方法，让罗子富服服帖帖地送钱给她。罗子富最早叫她局的时候，她主动讨好；第二次叫局的时候，她故作冷淡，罗子富被她一冷一热弄得不知所措；当罗子富听说了她智斗老鸨的故事非常佩服，主动找她并送给她昂贵的金钏臂，她假装拒绝，表示不看重钱，罗子富被她的"诚意"感动了，主动把整个存放家产的盒子都交给她保管，可谓对她死心塌地。但她对粗憨的罗子富却只有金钱需求。在赎身的过程中，她又充分显出思维缜密、心狠手辣的一面。在与老鸨谈判赎身事宜的过程中，她的伶牙俐齿且智勇双全、细心周密全部展现出来。当罗子富表示帮贴她，她故意拒绝，最后却和老鸨联合起来演出了一场"好戏"，不留痕迹却狠狠地敲诈了罗子富一大笔钱。整部小说立体全面地展示了一个敢作敢当、勇敢、泼辣、精明、老练、世故、贪婪、冷酷的都市"新女性"形象。

追求眼前享受和人生自由的金月兰。如果说《海上花列传》中对妓女拒绝从良的心态描写比较含蓄的话，张春帆的《九尾龟》对妓女从良心态的描写则更为直接，小说中对于妓女的描写明显具有"溢恶"之意味，但客观上提供了另外一种视角来看待妓女的心理追求和人生理想，即妓女对自由人格的向往。《九尾龟》中的金月兰自从17岁为妓，不到一年就从良嫁给了杭州黄大军机的长孙公子黄伯润，这位黄公子年方二十，正妻亡故，性情温和，家财万贯，门第清华，花了八千银子将金月兰从上海娶回杭州。按照常理，这种既富又贵且年轻的公子是妓女们的好归宿。但是，金月兰不多时就因为从良生活的单调乏味和身心束缚，卷走家里的金银细软私逃到上海仍旧挂牌为妓。金月兰放弃姨太太的富贵生活而宁愿为妓，可见其追求的并不只是钱财，还有人身自由和人生快乐。金月兰因为从黄家逃出来，害怕被缉拿，于是跑到富盛的城市天津重操旧业，"不到半年光景，开销之外，多了二千开外的衣饰，三千余两的现银"。后来因为天津发生"拳匪之乱"，金月兰空手而逃，逃到苏州，生活十分窘迫，又不能在苏州做生意，在百无聊赖之际，又想到嫁人，一心要嫁给风流倜傥、家境殷实的少年才俊兼名士章秋谷。但是，当章秋谷把她带回老家，有意用冷落的方式考验她是否真心从良时，原本风流放诞的金月兰感到寂寞难耐，无聊之极，于是随便找了一个借口返回上海重操旧业，在她看来，妓女的生活自由快活，无拘无束。从金月兰的经历来看：她有过至少三次从良的经历，但是从良不到几个月，她就厌倦了良家妇女的生活。作者张春帆以一个男性作家的道德标准对此评论道："无奈上海这些做倌人的骨相，天生万不能再做良家妇女。这班倌人，马夫、戏子是姘惯了。坐马车、游张园、吃大菜、看夜戏，天天如此，也觉得视为固然，行所无事。你叫她从良之后，曾生拘束得来？再如良家妇女，看得'失节'二字，是一件极重大的事情。倌人出身的，只当作家常便饭一样，并不是什么奇事。"（《九尾龟》第二回）从另一侧面可以看出，上海妓女其实并没有把从良看成人生目标，其理想是追求自由之人生。

鲁迅评价《海上花列传》"始实写妓家"，"记载如实，绝少夸张"，"平淡而近自然"，书中的妓女不再是以往狭邪小说中美丽多情、高雅风流的红尘知己、理想佳人形象。她们明显具有商业意识和自主意识，把接待客人作为"做生意"，是一种赚钱手段和生活方式。他们与客人的关系变成了赤裸裸的金钱交易。因此与以往文学作品中妓女等待被救赎的形象相比，她们的从良基本是自主选择。溢恶狭邪小说中的妓女之所以被小说家丑陋化和邪恶化，也正是因为这群女性与中国传统男性作家心中的传统女性形象相差甚远，因为传统女性尊崇三从四德，压抑自己的个性和欲望，忍气吞声，逆来顺受。而这群都市女性则见多识广，有着商人的经济头脑，以赚尽可能多的钱来满足自己的欲望为目的，因而这群都市女性打扮时尚，善于应酬，千方百计招揽客人，与其客人斗智斗勇，以便获得其自身利益的最大化，也因此慢慢突破了传统女性的道德准则，融入到城市中独立自主的生存大军中。

（二）姨太太、少奶奶系列

这时期小说中姨太太的形象特别多，姨太太在古代小说中也很多，如《金瓶梅》中的主要几个女性都是姨太太，除了淫荡，似乎并无过多的可取之处。很显然她们被封建男权意识时代的男性作家丑化了。清末民初小说中的姨太太形象则塑造得非常丰满，如《孽海花》中的傅彩云。民国初期朱瘦菊的《歇浦潮》描写了民国初上海洋场众生相，小说中涉及的人物上百个，其中女性形象尤其多，而又以少奶奶与姨太太形象居多，如商人钱如海的姨太太邵氏，官僚倪俊人的姨太太无双，丝厂老板华老荣的姨太太华姨太太，官银行监督赵伯宣的姨太太媚月阁，帮闲贾琢渠的续弦贾少奶，等等。她们形象鲜明又各个不同，具有鲜明的个性。

风流放诞，追求快乐原则的傅彩云。《孽海花》中的傅彩云，妓女出身，是金雯青的姨太太，曾经作为公使夫人与金雯青出使各国。傅彩云风流放诞、聪明伶俐，尤其在外交场合，与外国名流交往游刃有余，比起她故步自封、传统腐化的状元丈夫有过之而无不及。她又是个极度自我的女性，她一心追求自由和快乐，不仅在国外与德国将军打得火热，与自家的俊仆私通，又勾搭京城戏子，结果整个京城里传遍她的风流丑闻。原本生病的金雯青被她的丑闻活活气死。金雯青死后，她千方百计离开金家。她逃到了上海，充分利用了自身的智慧和美色，得到了上海著名的"四庭柱"的帮忙，自立门户，开起了堂子，芳名大噪，成为上海滩名声大震的风流人物，真正过上了她理想中自由快活的日子。在傅彩云身上，读者看到一个大胆反抗传统封建礼教、勇敢追求自由与快乐的新女性形象。

逐步突破传统，但仍然不够强大的邵氏。《歇浦潮》小说中的姨太太大多出身妓院，唯有邵氏是一个良家妇女，也唯有邵氏结局最惨。邵氏青年貌美、心灵手巧，成婚未及半年，她丈夫忽然一病身亡，21岁便成了寡妇。邵氏是个恪守传统观念的女性，原本欲以身殉，但她念及老姑在堂，无人侍奉，只得含辛忍痛，做些女红，维持生计，但内心却如槁木，绝无再嫁之心。但是这年上海革命军起义，城内人心惶惶，邵氏只能与其寡妇婆婆搬出县城，住到了邻居家的娘家钱家避难。钱家宅院建在租界内，钱家家道殷实，钱家的当家人钱如海人到中年，是个精明能干的商人，早已娶亲，当他看到姿容美丽、丰姿夺目的邵氏时，千方百计地勾搭，但因结发妻子薛氏过于凶悍，也只能作罢。但当薛氏出于妒忌，千方百计刁难邵氏，邵氏婆媳孤苦无依且贫穷窘迫时，钱如海用温情和实实在在的帮助保护了邵氏婆媳，也让原本心如止水的邵氏逐渐对患难时给予帮助的恩人钱如海产生了感情，并嫁给了钱如海。但性情温和懦弱，遇事缺乏心机，基本是逆来顺受的邵氏，做了姨太太后却一步步受到正室的陷害，而钱如海在原配的挑拨之下，对邵氏也失去了往日的温情，对邵氏极端冷酷。邵氏终于在走投无路之际选择唯一的去处——出家，过一个清心寡欲的生活。小说中邵氏的结局，正好说明懦弱善良，想依附男人的传统女性在上海租界不仅无法正常生存，而且只有死路一条。

放荡但却渴望真情的无双。无双是《歇浦潮》中在租界颇有势力的倪俊人的第二个妾。倪俊人共有妻妾三房，平日应酬也出入于青楼妓院。而妓女出生的无双婚后耐不住寂寞，平日除了看戏、坐马车，还阴结侍儿，勾搭恶少，过着快活的生活。但不久后无双痛失爱子，正当她沉浸在痛失爱子的痛苦之中，倪俊人却因另一姨太太生下一子而无暇顾及她，避而不来。这次沉重的打击让无双对婚姻彻底失望。她每日靠吸食鸦片遣愁排闷。在寂寞空虚的日子里，无双看上了俊美的戏子吴美士。尽管吴美士找阔姨太太只想在无双这边捞点钱用，但无双却倾注了全部的情感，奸情暴露之后，无双虽然竭尽全力保护吴美士，但因为倪俊人在租界的势力太大，吴美士在上海租界依然无法存身。于是无双把自己贵重的珠宝当了，并添上几件值钱的金饰，兑换成现金和金叶送给吴美士，让他到东洋留学，并千般嘱咐他。吴美士出发之前，无双又把自己的小照和一大包的金子送给吴美士。连贪婪薄情的吴美士也被无双的一片至情感动，而惭愧自己没诚心。因此，在无双与吴美士的交往过程中，尽管显示出无双幼稚和不善识人的一面，但无双对吴美士的无条件付出充分显示她人性中善良、渴望真挚爱情、具有牺牲精神的光彩一面。无双人性中美好的一面却恰好反衬出他身边男性，无论是倪俊人，还是吴美士，都是薄情寡义之徒。从无双的遭遇中也可看出清末民初都市中阔绰的姨太太内心空虚，渴望真正美满婚姻的心理需求。

精明能干、追求平等却又自私自利的多面女性贾少奶奶。《歇浦潮》中描写了众多的女性，其中贾少奶奶的形象最为复杂也最有文学魅力，她有着王熙凤的精明能干，有着潘金莲的淫荡狡黠，但她又具现代大都市女性个性独立的特征。贾少奶奶是贾琢渠的续弦。出身妓女，16岁因家庭变故混入莺花队中，凭着个人的相貌出众，心地聪明，善于应酬，成为名花。在京为妓时嫁给当时在京城财政部当差的贾琢渠。过门之后，才发现贾琢渠并非身居要职且能力极差，不久就失业了。迫于生计困难，夫妻来上海谋生。贾琢渠仍靠赌博及帮闲得以维持生计，但这全靠贾少奶奶结交几个富家内眷，得以和他们的男子相识，贾琢渠才能与她们的丈夫赌博，得些利益，以供家用。这令贾少奶奶极其鄙视他，她评价他："你看他像煞有介事，其实真是个饭桶，他文不成武不就，做官既无资格，经商又没阅历，若非我跟着他帮理家务，只恐他早弄得家破人亡。"（第七十八回）相比之下，这位贾少奶奶则精明能干，见多识广，善于应酬，且善于持家。她使出浑身本事帮丈夫拉拢巴结北京赫赫有名方总长的公子，结果丈夫是个扶不起的阿斗，并没有捞到一官半职。丈夫的无能令她重新思考自己的前途，她觉得只有抓住钱才是基本的生存法则，因此她想法设法抓钱，不仅千方百计地榨取丈夫的钱，还把积蓄的一部分当成本让丈夫非法贩卖鸦片牟取暴利。

她又是一个玩世不恭、追求快乐原则且有着男女平等意识的女性。她的人生原则正如自己所说的是："为人在世，原不过和做梦一般，最好的法子是得过且过，自己寻寻快乐。"（第三十三回）这既是她的人生法则，也是她的处事原则。她有一个年轻但同样懦弱的情夫，她只把他当作寂寞时的玩偶。当她的好友媚月阁找她倾诉亲眼看到丈夫有外遇的痛苦心情时，贾少奶奶说道："我一向抱着这条主意，男的不轧姘头便罢，他要轧姘头，我也轧一个姘头抵制他，看谁的神通广大。"并告诉她怎样对付男人，又感叹道："只怪中国第一个创设堂子的朋友，只兴了女堂子，没发起男堂子，未免太欠公道。男人在寂寞无聊的时候，便可到堂子中去遣愁解闷。我辈妇女，就使奇愁极恨，也只能闷在家里，没个散淡处。若有了男堂子，像我这般少爷出门去了，一个人在家寂寞；像你这般老爷有了外遇，自己心中气恼，便可到男堂子里去任意攀一个相好，解解寂寞，消消愁闷。"（第三十二回）实际上，她践行了她的人生原则，不仅有一个小情人，还时不时地勾搭年轻貌美的戏子，但她并不像其他头脑简单的姨太太那般花尽自己的钱供养他们，而只是借他们打发寂寞时间，也报复了丈夫的不忠。

但她又是个极端自私且工于心计、足智多谋的女人。不过，她的足智多谋多是出于维护自身的利益。她为了长期保持自己与相好的暧昧关系，千方百计引诱好友媚月阁姘戏子，与其同流合污。当她得知媚月阁在朋友圈中泄露她的隐私时，她设计报复媚月阁，让她在大众场所名声扫地，但媚月阁却浑然不知。她为了保全自身的利益,又设计让媚月阁无法回头,最后使并不精明的媚月阁落得挥霍完钱财又重落风尘的可悲下场。在她的人生哲学里,友情、爱情、夫妻情分都不如自己的利益重要。她又是足智多谋的女人,正如她自己感叹:"可惜自己不是男子,若是男子,凭着这般心机,怕不能由大人老爷做到皇帝总统吗。"当媚月阁与其前夫闹翻,为了帮助她取回留在前夫家所有的财产,贾少奶奶又精心策划一场闹剧,帮助媚月阁取回了所有的存款及首饰,也为媚月阁狠狠地报复了其情敌。

同时她又是一个有正义感、有同情心且豪爽的女性。在帮助素不相识的邻居三小姐的事情上,尤其体现她人性中的光辉一面。苏州来的三小姐出生大户人家,但因父亲早亡,母亲糊涂,十三四时就遭到嫡亲叔父的勾引和欺辱,直到23时,恰逢即将嫁人前夕又意外有了身孕,便躲来上海避人耳目并寻求解决办法,恰好成了贾少奶奶的邻居。举目无亲的三小姐主动向贾少奶奶寻求帮助。贾少奶奶出于一个饱经世事的成熟女性的思考和对受害弱女子的同情,利用自己的人脉关系,为懦弱而无助的三小姐精心谋划了堕胎事宜并给了她有益的指导。对于素不相识的邻居三小姐的帮助,表现出来的热心、真诚以及正义感令人佩服,也体现出一位成熟都市女性的见多识广和聪明能干。

相对于这些在传统与现代妇道之间摇摆的女性不同,贾少奶奶可谓非常前卫,她聪明能干,足智多谋,唯利是图,追求独立平等,她从不想真正依靠男人,从良前做生意赚下大笔的钱,从良后她丈夫靠她拉拢关系赚钱,丈夫死前留给她一笔巨款,正如她自己所想,"女人有了银子,何患无郎",且凭借她的生存智慧,她肯定能在社会上过得很好。

总之,清末民初小说中出现的大量女性,相比于传统女性形象刻画而言,不仅有了巨大的突破,显得更加多样化、立体化。这群女性也因为精明能干、泼辣强大、追求享乐、唯利是图等个性特征而成为这时期小说的主角。但显而易见的是,在男权中心文化的语境中,多多少少被男性作家或丑化或简单化,因此并不能完全展现这时期女性复杂的生存状态、心理状态、情感需求等。

第三节 京沪文学空间书写的多元影响

迈克·克朗在《文化地理学》中写道:"地理景观随着文化的逐步发

展将不同时期的变化记录下来,留下自己独特的痕迹,这些痕迹积累起来可以成为一个'历史重写本'。"① 事实上,不仅地理景观是作为地方文化不断叠置的"历史重写本",文学创作也是在代代文人不断书写的"历史重写本"中批判地前行,历代文学在历史的长河中不断汇集成一种民族记忆和文化融入到作家的血脉,因此,文学的影响尽管有时显得比较模糊,但其继承性毋庸置疑。清末民初小说中的京沪文学空间书写既是在继承前代文学发展的基础上发展而来,同时对后来的文学产生了或清晰或模糊的多元影响。具体而言,有以下几方面。

一 时空坐标重构的影响

小说叙事总是依托在一定的时空中,在清末民初以京沪空间为背景的小说时空坐标里,时间要素明显弱化,空间要素明显加强,从而呈现出叙事结构空间化的特征,这种小说结构正是对明清小说时空坐标的重构,以空间为主导型的小说结构在之后的城市小说中层出不穷。

20世纪20年代发表的一系列社会小说,如包天笑《上海春秋》、平襟亚《人海潮》、毕倚虹《人间地狱》都是以上海都市为背景来设置故事,描写了上海形形色色的社会现象,叙事结构与清末民初社会小说的结构相似,小说缺乏连贯始终的情节,主要是以统一的主题来统摄全书。包天笑曾谈到《上海春秋》的创作手法是向吴趼人学习,他把《时报》的本埠新闻作为"矿藏",写成了包罗万象的《上海春秋》。而包天笑的《留芳记》的结构则是学习曾朴的《孽海花》,《孽海花》以金雯青和傅彩云为主要人物,贯穿众多的历史人物和历史事件。《留芳记》则以戏曲大师梅兰芳为主角贯穿其从辛亥革命至洪宪帝制时期政界、经济界与文艺界中很多稀为人知的传闻逸事,因此其结构也类似于曾朴所言的"珠花式"结构。

30年代"新感觉派"小说在叙事结构上明显突破传统小说的线性时间结构形式,代之以场景呈现为主的空间形式。"典型的空间形式小说不再由故事或人物的发展变化的内容组成,而是由无数个画面、场景的碎片构成"②,"新感觉派"小说中场景频繁转换,小说从一个场景跳跃到另一

---

① [英]迈克·克朗:《文化地理学》,杨淑华等译,南京大学出版社2005年版,第20页。
② 李今:《海派小说与现代都市文化》,安徽教育出版社2001年版,第163页。

个场景,从而呈现出小说的空间形式。李今在《海派小说与现代都市文化》一书中这样形容"新感觉派"小说的空间形式:"作者通过对典型的可以作为标识性场景的选择和呈现,使小说具备了电影'永远的现在式'的特征。当然,这并不意味着不再描写往事,而是把往事也化为场景,像电影的闪回镜头一样,倒退到彼时彼地,以获得现在时场景的直接性。"①以穆时英《夜总会里的五个人》为例,小说共分为四部分,其中第一部分《五个从生活里跌下来的人》用明确的时间并置了五个空间场景:第一个是场景是交易所,"1932 年 4 月 6 日星期六下午:金业交易所里边挤满了红着眼珠子的人……"第二个场景是校园,"1932 年 4 月 6 日星期六下午:郑萍坐在校园里的池旁……"第三个场景是街道,"1932 年 4 月 6 日星期六下午:霞飞路,从欧洲移植过来的街道……"第四个场景是书房,"1932 年 4 月 6 日星期六下午:季洁的书房里……"第五个场景是市政府,"一九×年——星期六下午:市政府。一等书记缪宗旦忽然接到了市长的手书……"上述五个并置的空间场景,分别讲述了五个命运不济,从生活里跌下来的人物故事。在第二部分《星期六晚上》和第三部分《五个快乐的人》都是夜总会的场景,写五个人在夜总会狂饮买醉。第四部分是四天后的万国公墓场景,写五人之一开枪自杀,其他四人送葬。因此整部小说有七个场景,从最后两个跳跃性的空间中可以推理出故事的大致情节。同样穆时英的《上海独步舞》也是通过一幕幕毫无联系的场景,描写了上海大都市的种种社会病态,从而传达出作者对于都市异化的复杂情感:"上海,造在地狱上的天堂。"

　　刘呐鸥、穆时英两个作家笔下的"都市风景"都由一个个场景或片段组成,从而形成了结构上的空间形式。一些学者指出,"新感觉"派小说结构的空间化形式主要是受到西方小说和当时电影技术的影响。尽管如此,这种空间化的叙事结构仍然不失为对清末民初空间化叙事结构的一种继承。

　　新时期都市小说中,空间主导型结构的小说仍是一种重要的小说结构模式。现代小说家刘心武的《钟鼓楼》在结构上呈现出典型的空间化特征。小说采用一种"以长篇而写短暂时间跨度的结构方式"② 创作而成,

---

① 李今:《海派小说与现代都市文化》,安徽教育出版社 2001 年版,第 165 页。
② 章仲锷:《磨稿斋拾遗》(上),作家出版社 2009 年版,第 198 页。

因此小说中不仅故事时间短暂，而且缺乏贯穿始终的情节，显示出作家凸显空间而淡化时间的时空观。《钟鼓楼》是刘心武的第一部长篇小说，小说中的故事时间只有一天——1982年某一天，主要叙事空间是北京钟鼓楼附近一个古旧四合院里，四合院实际上是一个大杂院，里面住着不同阶层的人家。整部小说围绕着四合院中的九户人家而展开，描写了近四十个人物的经历和命运以及他们之间或平行发展或相互交往的种种故事。小说共分五章，其章节标题分别是：并非开头（从100年前，到1982年12月12日）；第一章，卯（晨5时—7时）；第二章，辰（上午7时—9时）；第三章，巳（上午9时—11时）；第四章，午（中午11时—1时）；第五章，未（下午1时—3时）；第六章，申（下午3时—5时）；最后一章，不是结尾，申酉之交（下午5时整）。小说以短暂的12小时为故事时间创作长篇小说，而且人物众多，因此小说不可能展开一个有开端、发展、高潮的完整情节，只能是截取生活中的片段，让人物故事或相互交织或自行发展地呈现，因此小说呈现出一种典型的空间结构，与清末民初曾朴所形容其《孽海花》的"珠花"结构非常相似。事实上，《钟鼓楼》的结构与本书所归纳的清末民初小说的"橘瓣型"结构是一致的。正如韦君宜在评价《钟鼓楼》一文写道："这里的许多人都各有各的故事，各有各的细节，许多故事之间的关系不是像铁链子似的一个一个钩成串，而像一朵花，各瓣都从花托里开出来。"[①]刘心武自己称其小说结构是一种"花瓣式或剥橘式"的："我这回采用的可以叫花瓣式或剥橘式。即从一个花心出发，花瓣朝各个方向张开，一层又一层；或者似乎是剥开橘皮，又一瓣瓣地将橘肉加以解剖——但合起来又是一个严密的整体。"[②]

王蒙在《漫话小说创作》中曾经谈到，传统小说要服从于人物和故事，因此小说往往是单线索发展，是一种"一棵树"的结构方法，"这是一种小说结构方法。但是可以不可以设想也有另外一种小说的结构方法呢？就是说在一棵树的旁边还有几棵小树，底下还有草。后边还有云彩。我不贬低一棵树的写法，但是，我认为也不应该抹杀这种树边还有两棵小树，还有点草，后边还有云彩的那种写法。因为生活里边往往既有主又有

[①] 韦君宜：《我喜欢长篇新作〈钟鼓楼〉》，《光明日报》1985年5月2日。
[②] 章仲锷：《磨稿斋拾遗》（上），作家出版社2009年版，第201页。

副。既有第一棵树又有第二、第三棵树。既有必然的又有偶然的。既有有目的东西,还有无目的东西。"① 王蒙所谈的"二棵树""三棵树"的结构正是一种并置结构的小说结构方式,也是现代小说家所探索的一种扩大小说要素和小说容量的结构方式。

福柯认为:在现代都市中生活的人们,处于一个同时性(simultaneity)和并置性(juxtaposition)的时代,人们所经历和感觉的世界,是一个点与点之间互相联结、团与团之间互相缠绕的人工建构的网络空间,而不是传统社会中那种经过时间长期演化而自然形成的物质状态。② 这种同时性和并置性的城市生活需要作家采取并置型的叙事结构,因此空间主导型的叙事结构越来越成为都市小说的典型结构。

当代作家徐则臣认为,长篇小说传统结构已不适应当下时代,传统长篇小说多以线性时间为先后顺序,讲述一个有前后因果关联的故事,"也许在过去,在资讯不是特别发达的时代,我们对世界的复杂性认识不够的时候,觉得这个世界就像公交车一样,从A坐到B,到C,到Z。但是现在不是这样的,生活有很多偶然性,一是因为我们自身科学技术各方面带来的便捷性让我们知道原来世界这么复杂,还有那么多资讯,比如网络,也告诉我们,对同一件事要有不同的看法,告诉我们有那么多偶然性和旁逸斜出的东西,很难在短时间内对世界做出判断"③。因此,在当下资讯发达、网络发达,世界充满复杂性和无限可能性的时代,对于长篇小说来说,传统的线性结构已经不能满足时代要求。徐则臣创作的长篇小说《耶路撒冷》正是以一种独特的叙事结构,呈现了作家对"70后"内心世界的深入挖掘和解读。小说共11章,每章都以人物名字命名。前五章是以"初平阳""舒袖""易长安""秦福小""杨杰"五个人物依次出场,如扇面般打开,后五章再依次收回,小说每一个章节的后边都穿插着一篇总题为《我们这一代》的专栏文章,《十月》杂志副主编宁肯称这种

---

① 郭友亮、孙波主编:《王蒙文集》(第7卷),华艺出版社1993年版,第65页。
② 福柯:《不同空间的正文与上下文》,载包亚明主编《后现代性与地理学的政治》,上海教育出版社2001年版,第18—28页。
③ 徐则臣:《长篇小说传统线性结构已不适应当下时代》[EB/CD]. http://www.chinawriter.com.cn/2014/2014-06-03/206051.html, 2014年6月3日。

结构为"齿轮"状,五个人物讲五个故事,各自是封闭的体系又环环相扣①。显然,这种"齿轮"状的结构小说是新时期小说家对空间形式小说的一种继承和探索。

而随着视觉文化的繁荣,视觉文化重视空间呈现的特征对于小说的空间形式也产生了不小的影响。有学者认为:"由于视觉文化的冲击,80年代以来的小说逐渐呈现出一种更为明显的空间化倾向,甚至出现了一些所谓'空间形式'的小说。"② 总之,清末民初小说在叙事结构上明显呈现出空间化特征,在以后的小说中得到不同程度的继承和发展。

二 京沪文学地图的影响

在清末民初的上海城市文学地图上,中心区域是英租界,次中心区域是虹口地区和法租界,而上海县城则基本缺席。到了20世纪二三十年代,小说中的上海城市文学地图,租界仍然是主要区域。相对清末民初而言,随着上海人口的剧增,中心区域不断由英租界向外扩张,虹口地区和法租界都得到了迅速的发展,成为与英租界几乎同等频率出现的区域,而上海县城仍是基本缺席的区域,直至40年代,租界被收回,这种城市文学地图才被改变。

20世纪30年代的都市叙事文本,尤其是新感觉派小说,如刘呐鸥的小说,其叙事空间主要聚焦于上海都市生活中纸醉金迷的空间,舞厅、跑马场、百货公司等。刘呐鸥的短篇小说集《都市风景线》里的8篇小说,几乎每篇都涉及上海洋场的典型空间,如舞厅、电影院、跑马场、百货公司等。施蛰存小说中的叙事空间有摩天楼、饭店、旅社、夜总会、舞场、戏院、商店、咖啡厅等,这些都是当时摩登男女出入的消费场所。而这些摩登场所都在租界。穆时英在《PIERROT》(意思是傻瓜)中有一段典型而又经典的城市街景描写:"街有着无数都市的风魔的眼:舞场的色情的眼、百货公司的饕餮的蝇眼、'啤酒园'的乐天的醉眼、美容室的欺诈的俗眼、旅邸的亲昵的荡眼、教堂的伪善的法眼、电影院的奸滑的三角眼、

---

① 徐则臣:《长篇小说传统线性结构已不适应当下时代》[EB/CD]. http://www.chinawriter.com.cn/2014/2014-06-03/206051.html,2014年6月3日。

② 徐巍:《视觉时代的小说空间:视觉文化与中国当代小说演变研究》,学林出版社2008年版,第141页。

饭店的朦胧的睡眼……"① 这段文字中的舞场、百货公司、"啤酒园"、美容室、旅邸、教堂、电影院、饭店等都是新感觉派小说家比较关注的空间，这些空间都基本在租界。

租界内的这些都市消费场所，也就是李欧梵所形容的"摩登空间"，成为这时期小说的主要场景空间。《上海摩登：一种新都市文化在中国（1930—1945）》描述道："从政治上，一个世纪以来（1843—1943），上海一直是个被瓜分的通商口岸，城南（指城墙围起来的城区）的华人区和闸北区被英美的公共租界和邻接的法租界切割了……在这些'治外法权'地带，经常是'华洋杂处'，不过他们的生活方式是截然不同的……那些标志着西方霸权的建筑有：银行和办公大楼、饭店、教堂、俱乐部、电影院、咖啡馆、餐厅、豪华公寓及跑马场，它们不仅在地理上是一种标志，而且也是西方物质文明的具体特征，象征着几乎一个世纪的中西接触所留下的印记和变化。"② 而这些颇具西方风情的声光电化的场所也是小说中经常出现的空间。

而茅盾《子夜》中的叙事空间同样没有脱离洋场租界，全书开首是对英租界外滩一带的黄浦江、苏州河畔的描绘，有高楼大厦和霓虹闪烁形成极为醒目的城市景观，这是一个融入了 Light（光）、Heat（热）、Power（力）等交织的多元视觉元素的城市：

> 太阳刚刚下了地平线。软风一阵一阵地吹上人面，怪痒痒的。苏州河的浊水幻成了金绿色，轻轻地，悄悄地，向西流去。黄浦的夕潮不知怎的已经涨上了，现在沿这苏州河两岸的各色船只都浮得高高地，舱面比码头还高了约莫半尺。风吹来外滩公园里的音乐，却只有那炒豆似的铜鼓声最分明，也最叫人兴奋。暮霭挟着薄雾笼罩了外白渡桥的高耸的钢架，电车驶过时，这钢架下横空架挂的电车线时时爆发出几朵碧绿的火花。从桥上向东望，可以看见浦东的洋栈像巨大的怪兽，蹲在暝色中，闪着千百只小眼睛似的灯火。向西望，叫人猛一惊的，是高高地装在一所洋房顶上而且异常庞大的霓虹电管广告，射

---

① 穆时英著、李今编选：《穆时英代表作》，华夏出版社1998年版，第247页。
② ［美］李欧梵：《上海摩登：一种新都市文化在中国（1930—1945）》，毛尖译，人民文学出版社2010年版，第5页。

出火一样的赤光和青磷似的绿焰:Light,Heat,Power!

然后是小说总男主人公吴荪甫汽车行驶的线路:先到北苏州路接从乡下来的吴老太,然后回其在静安寺的别墅区,具体线路如下:先是"驶过了外白渡桥,向西转弯,一直沿北苏州路去了"——"过了北河南路口的上海总商会以西的一段"——"汽车越走越快,沿着北苏州路向东走,到了外白渡桥转弯朝南"——"南京路同河南路的交叉点,所谓'抛球场'"——"西藏路,在平坦的静安寺路上开足"——"汽车就轻轻地驶进门去"。从吴荪甫汽车行驶的线路可见,汽车主要在英租界行驶。

20世纪三四十年代小说中的城市文学地图仍在租界,张爱玲以上海都市为背景的小说多写上海洋场里俗世男女的爱恨悲欢,如《倾城之恋》《半生缘》《金锁记》《连环套》《封锁》等。张爱玲对上海的热爱是不言而喻的,她曾经说过:"我喜欢上海人,我希望上海人喜欢我的书。"①

20世纪三四十年代小说中的上海城市文学地图仍在租界,与这时期小说家的租界生活经验有关。施蛰存回忆当时与刘呐鸥、戴望舒三人共居的生活,"每天上午,大家都耽在屋里,聊天、看书,各人写文章、译书。午饭后,睡一觉,三点钟,到虹口游泳池去游泳,在四川路底一家日本人开的店里饮冰,回家晚餐。晚饭后,到北四川路一带看电影,或跳舞。一般总是先看七点钟一场的电影,看过电影,再进舞场,玩到半夜才回家。这就是当时一天的生活"②。1928年,刘呐鸥在虹口江湾路(北四川路尽头)的公园坊,租下了一幢单间三层楼的小洋房,乃邀戴望舒同住,暑假中施蛰存也来此居住,从施蛰存的回忆中可知那时期小说家主要的生活空间都在租界。

张爱玲在上海的生活也是在租界度过的。张爱玲1920年出生于上海麦根路(今康定东路)一幢建于清末的大洋房内。这是一幢红砖老洋房,位于苏州河南侧。1922年,她随父母迁居天津,1928年,随父迁回上海,搬进了法租界亚尔培路(今陕西南路)上宝隆花园内的一座四层欧式洋房。之后,张爱玲一直在上海接受各种中西教育,并且在香港大学学习两

---

① 张爱玲:《流言》,花城出版社1997年版,第3页。
② 施蛰存著,刘凌、刘效礼编:《施蛰存全集》(第2卷),华东师范大学出版社2011年版,第329页。

年。1942年,因太平洋战争爆发,在港大学习的张爱玲从香港返沪,与姑姑合租爱丁顿公寓6幢65室。爱丁顿公寓,位于赫德路192号(今常德路195号),南临静安寺路,北近愚园路,钢筋混凝土结构,为典型的欧美建筑,在那里正式开始她的职业作家生涯。在爱丁顿公寓期间,张爱玲先后完成了其一生中最重要的作品,包括:小说《沉香屑——第一炉香》《沉香屑——第二炉香》《倾城之恋》《金锁记》《红玫瑰与白玫瑰》等,并于1944年8月和12月,先后出版了代表其文学成就的小说集《传奇》和散文集《流言》。因此,张爱玲在上海的生活空间主要在租界。

而民国以后小说的北京城市文学地图则因为社会性质的改变有所变化。辛亥革命推翻了帝制,内城原本鲜明政治色彩和特权色彩逐渐淡化。民国以后,北京城市也不断被改造。1914年8月,原来内城的13个区合并为10个区,内外城共20个区。皇城内分为中一、二区,但不包括紫禁城。内城为内区,城东部依次排列为内左一至内左四区,城西部依次排列为内右一至内右四区;外城为外区,依次排列为外左一至外左五区,外右一至右五区。① 1912年中国民国成立,清帝逊位后,中华民国临时政府从南京北迁后,北京成为袁世凯及北洋军阀统治下的行政中心。中南海被袁世凯占用,成为北洋政府总统府。此后,中南海又先后被用作北洋政府的总统和总理办公地。中南海所在的西城区成为这时期官场小说中的一个重要区域。因此,小说中的城市文学地图也有所不同,小说中的中心区并不明显分布在清末民初的外城的宣南地区,内城的西城区和东城区都是小说中重要的区域。

陈慎言《故都秘录》开篇把北京西山八大处对官场的妙用一一道来:"……看西山八大处,好似与八大胡同的倌人一样的妩媚,一般可爱。有了这地方,可以藉此撒娇作态,和当道吊膀,只可怜名山古刹,为这些附庸风雅的名公,作践不少啊!"老舍的《四世同堂》整个故事都发生在西城区的小羊圈胡同,故事中所有主要人物都住在这条胡同。小羊圈胡同,位于西城区中部新街口以南,1949年,因为名字不雅而改名为小杨家胡同,这条胡同不仅是《四世同堂》的地点,还是老舍另外一部名作《正红旗下》的背景。老舍出生地即在此处。老舍出生在胡同的8号,当时的门牌为5号,老舍住在院三间北房中东头的一间,并在这里度过童年,

---

① 吴建雍:《北京城市发展史》,北京燕山出版社2008年版,第4页。

一直到 14 岁才迁出。

老舍《骆驼祥子》中的主人公骆驼祥子在小说中是一个拉车的车夫，因为老舍对北京的熟悉和热爱，小说中人物行走线路基本是真实可靠的，如小说中写道："因环境与知识的特异，又使一部分车夫另成派别。生于西苑海甸的自然以走西山、燕京、清华，较比方便；同样，在安定门外的走清河、北苑；在永定门外的走南苑……这是跑长趟的，不愿拉零座；因为拉一趟便是一趟，不屑于三五个铜子的穷凑了。可是他们还不如东交民巷的车夫的气儿长，这些专拉洋买卖的讲究一气儿由东交民巷拉到玉泉山，颐和园或西山……"① 因此根据小说文本，读者可以看出祥子拉车的经典线路主要是在内城区：一般从护国寺大街西口或者西四牌楼出发，向南行，经过砖塔胡同、缸瓦市、灵境胡同、西单。然后向东，到了西长安街，经过新华门、中南海，到了南长街，又开始向北，进入南长街、北长街。到了北长街最北边，左拐，进入西安门。西安门是刘四爷的租车行，也就是虎妞家。从西安门再往西，就又到了西四牌楼，祥子在那里等生意。

总之，民国以后小说的北京城市文学地图则较清末民初时文学地图有较大的变化，内城和外城在小说中的明显界限消失。

三 城乡二元冲突的影响

随着工业化进程的发展，移民潮也成为有目共睹的事实，正如英国历史学家霍布斯鲍姆在《资本的年代（1848—1875）》一书中谈到欧洲城市工业化进程中人口向城市集中的移民现象，"19 世纪是一部清除乡下人的庞大机器，多数乡下人都进了城，至少是离开了乡下传统的饭碗，尽其所能地在陌生的、可怕的，但也是充满无限希望的新天地里寻找生计……"② 晚清上海的崛起，也使上海成为一个名副其实的移民城市。这股移民潮中也包括大量的文人，因此清末民初小说家群体的整体流向是从乡村或小城到上海大都市，这种经历加之移民潮的事实使小说家在其小说中总是无意识地描写一些乡下人进城的故事。到上海来的乡村人中不仅有

---

① 老舍：《骆驼祥子》，北京燕山出版社 2011 年版，第 2 页。
② ［英］艾瑞克·霍布斯鲍姆：《资本的年代：1848—1875》，张晓华等译，江苏人民出版社 1999 年版，第 263 页。

出于到大上海见见世面的乡愚，还有大量出于谋生需求的年轻人，其中也不乏读书人。前者如《海上繁华梦》中的钱守愚、《歇浦潮》的倪伯和等；后者如《海上花列传》中的乡村青年赵朴斋及其妹妹到上海谋生，《市声》中的钱伯廉、《海天鸿雪记》余钧伯等。由于城乡之间在景观器物、生活方式、思想观念等方面的巨大差异，这些来自乡村的人物在大上海遭受了不同程度的挫败和碰壁，从而构成清末民初小说中的城乡二元冲突。

这种乡下人进城遭受城乡二元冲突，在后来的小说中一直是一道独特的文学风景。发表于 20 世纪二三十年代的一些都市小说，很少有不写乡下人进城的。如包天笑的《上海春秋》写苏州乡下人到上海，毕倚虹的《人间地狱》写杭州乡下人到上海，平襟亚的《人海潮》中苏州人纷纷涌向上海等，从而形成了一条乡下人到上海的"进城热线"。《上海春秋》中白娘娘无不夸张地说："人家说上海地方最好弄钱，所以说上海是个活地，因此家乡人的人都要到上海来。……我们同乡里好几个人都是青布长衫一件到上海来的，到如今发了几百万财也是有的；像我们亲戚里有好几个到上海来，也不过是外国人家当西崽，此刻那阔的是不用说了，自己可以开大旅馆、大饭店，便是顶不得意的也可以每月弄到五六十元钱……"（第十六回）总之，乡下人进城在 20 世纪二三十年代仍是一条"文字漫游热线"，从而也形成了小说中明显的"乡下人进城"的城乡二元冲突。

《子夜》中的城乡二元冲突也主要体现在城乡生活方式、思想观念的差异方面。小说中吴荪甫的父亲——吴老太爷，常年住在乡村，因为家乡"匪患"严重，不得不到现代化的大上海避难，但是几十年来与《太上感应篇》相依为命的吴老太爷，进入上海之后，大都市机械的噪音、女儿身上的香气、闪烁的霓虹灯以及吴府一群跳舞的男女等，都强烈地刺激了这位来自乡村的腐朽保守的吴老太爷，不到几小时就他因脑充血而死。茅盾借小说中人物范博文之口道出了吴老太爷的死亡之谜："我是一点也不以为奇。老太爷在乡下已经是'古老的僵尸'，但乡下实际就等于幽暗的'坟墓'，僵尸在坟墓里是不会'风化'的。现在既到了现代大都市的上海，自然立刻就要'风化'。去罢！你这古老社会的僵尸！去罢！我已经看见五千年老僵尸的旧中国也已经在新时代的暴风雨中间很快的在那里风化了！"① 因此，吴老太爷之死最致命的是城乡二元冲突。此外，小说中体现乡村封建文明与都市现代文明对立冲突的人物还有四小姐蕙芳。她从小在乡下长大，在父亲主宰的家庭里受到严格的管教，当她被抛到物欲横流、光怪陆离的洋场上海，旧有的价值观念完全遭到冲击，但她又不能和周围人们一样去挥霍、享乐，她根本不能适应城市生活，处在两种文明的夹缝中生存的四小姐忍耐着悲哀和孤独。

在现当代文坛上，这种乡下人进城形成的城乡二元冲突始终在延续。当然，因为城乡关系和时代文化语境的差异，其冲突的模式、结局也各不相同，作品中所流露的城市认同感也各异。现当代小说中的乡下人进城，其目的更多是迫于生存压力和为了谋求更好的生存之路，而出于好奇和猎艳的动机已经很少。

老舍的《骆驼祥子》也是一部描写乡下人进城的经典之作。小说中的祥子在乡村无路可走便到北京城市谋取生活，从事最为底层的拉车工作。拥有一辆自己的人力车成为祥子的人生奋斗目标，但是他在城市的"三起三落"，即三次拥有了车，却又三次失去了车，也宣告了一个乡下人在城市中奋斗的失败。祥子在城市中的三部曲：努力拼搏—不甘失败—自甘堕落，基本涵盖了乡下人进城失败所包含的内容：追求稳定职业的不可得、爱情婚姻的破灭、身份认同的危机等。

到了 20 世纪 60 年代，国家开始执行严格的城市户口管理和粮食供应制度，城乡分治的二元社会结构合法化、制度化，城市居民和农民也因各自的生活地域被赋予了特定身份和待遇。直到 80 年代，随着改革开放的进展，城乡之间的单向流动再度频繁，大多数农民怀着对城市生活的向往和艳羡，奔赴在前往城市的路上。这时期反映城乡二元冲突的小说，具有代表性的有路遥的一系列小说，如《人生》《平凡的世界》等。其中《人生》中的高加林作为一个优秀的农民之子，不仅有矫健的体格、英俊的容貌、出众的才华，还有独立的思考能力、开阔的视野和个人才华，他试图通过个人的努力完成从乡下人向城里人的身份转换，最后还是因为他的农民身份而宣告失败。

城市作为人类物质文明和精神文明的产物和创造地，相对农村而言，摩天大楼、灯红酒绿、霓虹闪烁，处处显示出光纤华丽的外表。因此，城

---

① 茅盾：《子夜》，人民文学出版社 1983 年，第 30 页。

市正如一张交织着诱惑、欲望、希望之网,"在城市文明和乡村文明的极大落差中,作为一个摆脱物质和精神贫困的人的生存本能来说,农民的逃离乡村意识成为一种幸福的荣誉的象征"①。因此,乡下人进城成为一股源源不断的激流,因此小说中的城乡二元冲突不可避免。

在当代小说中,城乡二元冲突仍是不争的事实。评论家、作家王干认为:"如今正在写得好的都市小说,很多是拿乡村参照城市。比如陈仓的《女儿进城》,还是以乡村作为大背景,如果没有乡村,这个城市的故事就显得很苍白,作品中人物的语言包含乡土气息。这是当下都市小说的一大脉络,其实可以说是外来者小说,外来者到都市,涉及的问题还是传统社会的矛盾,城乡差别、文化冲突,等等,归根结底还是身份问题……"② 因此,小说中的城乡二元冲突会一直伴随着城市化进程的发展而发展。

四 空间叙事模式的影响

小说叙事依托在一定的时空中,但小说中的空间显然是一个不亚于时间的核心因素。空间不仅是小说中的舞台背景和情节发生的场所,空间因其自身的物理属性和社会属性具有重要的叙事功能,从而参与了小说的叙事建构,推动了情节的发展,甚至形成了小说的叙事结构。因此空间叙事是小说叙事学的重要视角。清末民初小说中叙事结构空间化的特征,也充分显示出小说家对空间要素的尝试和探索,因此对于其后的空间叙事也产生了或隐或现的影响。

清末民初大量小说的标题显示出小说叙事的空间转向,如标题中出现上海的小说《海上花列传》《海上繁华梦》《海上尘天影》《歇浦潮》,以北京为题的小说《京华艳史》《北京繁华梦》等。20世纪二三十年代,标题中出现上海的小说有《上海春秋》,标题中出现北京的小说有《十丈京尘》《春明外史》《故都秘录》《如此京华》等。清末民初小说中大量以京沪都市作为叙事空间的小说,从叙事角度而言,也是对以空间叙事的一种探索和实践,为其后的小说创作积累了一定的经验。

场景是空间叙事的基本单位,因此场景描写是空间叙事的重要技巧,

---

① 丁帆:《中国乡土小说史论》,江苏文艺出版社1992年版,第30页。
② 何晶:《都市文学的经典大作何时出现》,《羊城晚报》2014年4月6日。

很多小说家谈到场景描写对于小说创作的重要意义。现代作家余华在《文学不是空中楼阁——在复旦大学的演讲》一文中说道:"时间和空间是文学的基本因素。……我刚才举的司汤达的例子是一种典型的空间的叙述方式,就是把一个场景拓展,弄得非常大。时间的叙述就是故事的推进。我想一个作家要是能把这两者结合在一起就很完美了。有些作家只写空间的拓展,还有作家只写时间的推进,如果既有时间的推进又有很浓重的色块的空间感的大段描写就非常出色了……没有把任何一个该写的细节放弃。我为什么喜欢这部小说(指的是《兄弟》,引者注)就是我觉得我有写空间的能力了,可以把一个局部放大了,而不是像在《活着》里那样点到为止。我希望今后的小说中都能这样,有非常好的流动性,又有非常好的空间感。"① 从中可看出余华所说的空间叙事方式,是一种空间场景描写,把空间场景尽可能表现得细致详尽且富有文学性,使文学作品具有空间感和色彩感,而不仅是叙述一个故事。

正如前文所言,空间形式的小说无意经营一个情节完整、首尾连贯的故事,也完全摒弃传统小说中的传奇性和偶然性。此类小说主要围绕某一主题或某一种情节类型而组织结构,因此空间是推动小说叙事的重要动力。在20世纪20年代的小说中,鲁迅小说的空间形式较为明显,其小说并不是要讲述生动有趣的故事,而主要为了揭露和批判国民劣根性。鲁迅小说以故乡绍兴为背景的小说十余篇,此外还有以S城、鲁镇等空间为背景,其中直接以空间命题的小说有《故乡》《在酒楼上》等。王富仁先生认为鲁迅是一个"空间主义者","时间主义者、理想主义者关心的是空间未来的变化,自我未来的需要,而空间主义者、现在主义者关心的只是现实的空间环境和现在自我的人生选择:正视现在,正视现在的空间环境;正视自我,正视自我的生存和发展。这就是鲁迅的思想,鲁迅思想的核心","只要我们把鲁迅同二十年代青年文学家的作品放在一起加以感受,我们就会知道,鲁迅更加重视的是空间而不是时间,那些青年文学家重视的更是时间而不是空间"②。鲁迅小说在反映特定空间环境的现实生活的同时,也传达出其对于社会现实和人生的思考。

萧红的小说也明显体现出空间形式倾向,其中直接以空间为题的小

---

① 余华:《文学不是空中楼阁——在复旦大学的演讲》,《文艺争鸣》2007年第2期。
② 王富仁:《时间·空间·人》(四),《鲁迅研究月刊》2000年第4期。

说，前期有《生死场》《马房之夜》《牛车上》《清晨的马路上》《麦场》《红的果园》和《桥》等；后期有《莲花池》《山下》《呼兰河传》《后花园》《北中国》《矿野的呼唤》和《小城三月》等。因为没有贯穿始终的人物和情节，萧红小说也因此往往被认为缺乏组织性，如胡风认为《生死场》有明显的缺憾："对于题材的组织力度不够，全篇显得是一些散漫的素描，感不到向着中心的发展。"① 小说显得散漫，缺乏中心线索，这正是萧红小说以空间组织小说结构的特征，以空间建构起小说叙事形态，以空间来推进叙事的发展。

萧红小说中最具空间形式的作品是《呼兰河传》，小说讲述了呼兰河城里街道、小胡同、寺庙、学校以及各个店铺，如拔牙店、染缸房、扎彩铺和我家院子等各个空间发生的故事，由远及近、由面及点展开叙事，从而为读者呈现出呼兰河民众苦难、愚昧、麻木和无奈的生存状态。因各个空间中的人物故事之间彼此无因果联系，因此《呼兰河传》中的每个小空间里的故事均可以独立成篇。对于这种散漫的空间结构，著名作家茅盾可谓独具慧眼。茅盾为《呼兰河传》作序时写道："也许有人觉得《呼兰河传》不是一部小说……没有贯串全书的线索，故事和人物都是零零碎碎，都是片段的，不是整个的有机体……要点不在于《呼兰河传》不像是一部严格意义的小说，而在于它这'不像'之处，还有些别的东西——一些比'像'一部小说更为'诱人'些的东西：它是一篇叙事诗，一篇多彩的风土画，一串凄婉的歌谣。"② 茅盾把小说中各个空间故事看成是一幅幅风土画，一串串歌谣，正是对以空间为主导结构小说的一种合理评价。在叙事形态方面，《呼兰河传》中多重故事并置，且各个叙事空间各自独立，因此形成了典型的"橘瓣型"结构。

新时期的小说中，摆脱线性时间的束缚，反映更丰富复杂、更接近共时性存在状态的现实生活成为小说家的共识，因此小说的空间形态也得到广泛的尝试和探索。余昌谷在《当今小说掠影》一书中总结了当今小说的四种开放性结构形态：心理结构、意象结构、叠合结构、板块结构，并指出，实际远不止此上四种："新时期小说中还出现了第五种、第六

---

① 胡风：《胡风评论集》（上），人民文学出版社1984年版，第396页。
② 茅盾：《〈呼兰河传〉序》，载萧红《呼兰河传》，黑龙江人民出版社1979年版，第3页。

种……小说结构形态。如刘心武的《钟鼓楼》是'橘瓣式'结构,柯云路的《夜与昼》、梁晓声的《雪城》是'散点透视式'结构,等等。"①

在如何更加合理展现和串联各个相对分散的空间方面,清末民初小说家在以京沪为背景的小说中也积累了一定的经验,如在叙事视角方面,第三人称限制叙事视角是展现和串联各个相对分散的空间的策略之一。清末民初小说往往把叙事者限制在某个人物身上,以某个人物的视角来看待事物和事情,如外乡人视角等。这种叙事视角,一方面使得整个故事结构显得紧凑,小说的情节随着某个人物的行踪可随意加减,从而有利于作者展开叙事。另一方面,这种叙事容易形成一种陌生化的叙事,使大众以为常的事物变得新奇,从而增加小说描写的新鲜感,有时因为特别的限定视角,如乡下人进城故事中的乡愚,往往能增加小说的幽默感和滑稽感。这种创作手法在现当代小说中有不同的变形,如《呼兰河传》始终采用双重叙事视角,即现在的"我"和童年的"我"来看待身边的故事。其中儿童的叙事视角,即以童年时期"我"的眼光和口吻来讲述故事,一方面让读者跟随小说叙事似乎回到童年,得到片刻的回味和享受,但小说主要是想通过儿童之眼看待成人世界的冷漠麻木,这种叙事效果比作家直接批判要强烈得多。此外,一些小说通过动物视角、鬼怪视角、多重人物的有限视角讲述故事,从而产生出一种陌生化的修辞效果。

五　都市新女性形象的影响

被称为"集清末以来海派小说之大成者"② 的张爱玲在1944年的一次座谈会上,介绍自己怎样写小说时说:"我是熟读《红楼梦》的,但是同时也曾熟读《老残游记》《醒世姻缘传》《海上花列传》《歇浦潮》《二马》《离婚》和《日出》。"③ 她所列举的八种作品中,其中《海上花列传》《歇浦潮》都是清末民初以上海为故事舞台的长篇小说。《日出》是20世纪30年代曹禺创作,反映上海都市的话剧。事实上,据张爱玲多篇文章回忆,她青少年时期还读了《儒林外史》《官场现形记》《人海潮》等一批清末民国小说。对于《海上花列传》,张爱玲尤其钟爱,为了让更

---

① 余昌谷:《当今小说掠影》,合肥工业大学出版社2003年版,第27页。
② [美]王德威:《如此繁华》,上海书店出版社2006年版,第74—78页。
③ 张爱玲:《女作家座谈会》,《杂志》1944年第4期。

多的读者看懂这本作品,她不仅把吴语版《海上花列传》翻译成白话版,还把它翻译成英文介绍到国外,可见其热爱程度。而张爱玲之所以喜爱这类小说,原因之一就是这类小说中浓厚的都市气息以及都市生活情趣,"我一直从小就是小报的忠实读者,它有非常浓厚的生活情趣,可以代表我们这里的都市文明"①。可见,清末民初描写上海的都市小说为之后同样写上海都市生活的张爱玲提供了不少启迪,尤其是世俗的都市生活、都市女性形象等。另外,清末民初小说中都市"新女性",虽然不能说完全走出传统封建女性的樊篱,但却为二三十年代现代都市小说中女性形象塑造,如"摩登女郎""交际花""姨太太""太太"等提供了一些雏形。

20世纪30年代新感觉小说中"摩登女郎"的特征是:堕落、贪图刺激、前卫,如刘呐鸥、穆时英笔下的都市女性大多完全摆脱传统伦理、婚姻观念的羁绊和压迫,她们无拘无束,追求个性自由、享受肉欲的快乐。刘呐鸥笔下随处可见的"时髦女郎",她们时髦、前卫,将男性玩弄于她们的股掌之间。她们是典型的欲望化代表。史书美在《性别、种族与半殖民地性——刘呐鸥的上海都市风景》一文中对刘呐鸥笔下的上海都市中的"摩登女郎"描述为:"追求快感、速度和金钱,她魅力十足、任性,而最重要的特点是:不贞。"②总之,这些都市中"新女性"正如刘呐鸥所认为的,都是都会的产物;"这不是近代的产物是什么?"(《游戏》)"这证明了她是一个普通的都会产的摩登女"(《杀人未遂》)。

二三十年代小说戏曲中的交际花同样是陶醉于大都市的繁华与享乐中而无法自拔的女性。《子夜》中的交际花徐曼丽靠周旋于众多男人中间卖笑从而获得所谓的快乐生活。《日出》中的陈白露曾经是个聪明、美丽、纯洁,对爱情充满幻想且接受过"五四"新思潮影响的现代知识女性,在物欲横流的金钱社会里,终因抵挡不住金钱与物质的诱惑而堕落为一名交际花,周旋于形形色色的男人之间。她既迷恋又厌恶这种生活,她冒着巨大风险救一个叫"小东西"的可怜的小女孩以及不失真诚的内心表白让读者看到,其内心的道德良知并未完全泯灭。她有着清晰的自我认识,"只不过是受人供应又供人娱乐的玩偶",她也深知自己无法融入这个世

---

① 张爱玲:《〈纳凉会记〉之发言》,《杂志》1944年第8期。
② 史书美:《性别、种族与半殖民地性——刘呐鸥的上海都市风景》,载《刘呐鸥国际研讨会论文集》,许秦蓁编,台湾文学馆2005年版,第44页。

界,当她少女时代的情人方达生表示要带她走时,她的回答充满了嘲讽意味:"你有钱?我要舒服,我出门要坐汽车,应酬要穿些好衣服,我要吃,我要花钱,我要花掉许多的钱。"可见,深陷欲望泥潭之中的她无法自拔,她也最终成为欲望下的牺牲品。最后,她的精神彻底崩溃了,她只能吞下早已准备好的安眠药。

如果说以上两部小说写的是城市小说中"新女性"交际花的代表,那么《雷雨》中的蘩漪算是都市新女性——太太的代表。蘩漪是曹禺用心着墨最多的人物,曹禺说过,蘩漪是《雷雨》八个人物中"最早想出来的","对于蘩漪,我仿佛是个熟识的朋友"。蘩漪曾经接受过"五四"新思潮的影响,她追求个性解放、个性自由,却在一个男权世界中生存和挣扎,最终在一个"冲破一切桎梏"的苦斗中走向毁灭。她的生命交织着"最残酷的爱和最不忍的恨"。为了生命中的情和爱,她无所顾忌,哪怕粉身碎骨也在所不惜。她认为是爱救活了她,她也不为与周萍发生乱伦的恋爱关系感到后悔和羞耻。她曾发自肺腑地对始乱终弃的周萍喊道:"自从我把我的性命、名誉交给你,我什么都不顾了。我不是你的母亲,不是,不是,不是,我也不是周朴园的妻子。"蘩漪追求个性解放和敢于冲破一切伦理的行为使她成为文学史上一个鲜明个性的新女性形象。

张爱玲的小说"多以都市为背景,铺张旷男怨女,凤夕悲欢,演义堕落与繁华,荒凉与颓废"①,她的小说创作大多以日常生活经历为参照,以女性独特而犀利的笔调深刻而丰富地写出了女性的生存困境。张爱玲百分之九十以上的小说以女性为主人公,她笔下的都市女性都是凡夫俗子,这些都市女性怀着各自种种欲望,她们精明、算计,甚至灵魂扭曲。在她的小说中,金钱战胜了人性,腐蚀着人性,人性往往被扭曲,甚至到了病态的程度。《金锁记》当中的曹七巧,母亲不像母亲,甚至把仇恨发泄到自己的儿女身上。出生卑微的她,虽然嫁到了豪门大户人家,但丈夫却是个"骨痨"患者,不幸的婚姻,加之与小叔子失败的爱情,冷酷的现实,让她倍感压抑、沮丧与焦躁,她的灵魂开始扭曲,对财产和金钱的占有欲成了她人生的全部。曹七巧在得到金钱和权力的同时,她的心灵也扭曲变形了,沉重的黄金枷锁毁了她的一生,也毁了其子女一生。《十八春》也

---

① [美]王德威:《想象中国的方法——历史·小说·叙事》,生活·读书·新知三联书店1998年版,第253页。

写出了亲情沦丧的曼璐,为了保住自己后半辈子的荣华富贵却牺牲了亲妹妹的爱情和一生的幸福。而小说中曼璐的母亲顾太太,同样被金钱异化,她为了口袋里的钱,却把女儿往火坑里推,见死不救,金钱泯灭了她的良知,丧失了她的母性。总之,张爱玲用冷峻深刻的笔墨,揭示了种种都市女性在金钱面前所表现出人性的异化,为了生存出卖自己的青春和身体,为了金钱泯灭人性和牺牲亲情等,张爱玲在批判作品中的女性时,同样寄予了她深切的同情。

现代小说中的都市女性,如交际花、摩登女郎等,与清末民初都市小说中的妓女以及妓女出身的姨太太、少奶奶等可谓一脉相承,都是都市发展过程中不同阶段的产物。事实上,女性一直是想象都市的一个媒介,姚玳玫在《想像女性》一书中写道:"在文学叙事领域,海派小说以'女性'为中心而摹写城市生活、两性关系的方式,为20世纪中国的城市文学叙事,提供了一个摹本。"① 女性成为想象城市的不可或缺的重要主角,而其源头可上溯到清末民初小说中大量女性的出现和塑造。

文学模式总是在不同代际的作家之间传承,而前辈都市言说的方式也总是给后辈作家以遥遥的引领,如对于张爱玲而言,以《海上花列传》为代表的清末狭邪小说,以《歇浦潮》为代表的民国旧派小说,以张恨水、周瘦鹃为代表的鸳鸯蝴蝶派小说,以穆时英、施蛰存、刘呐鸥为代表的新感觉派小说,都不同程度地影响过她,张爱玲也因此被称为"集清末以来海派小说之大成者"②。陈思和对张爱玲的评价:"她是自觉地把自己的创作定位在《海上花列传》基础上发展起来的海派都市市民小说的传统上面,从韩邦庆的《海上花列传》到周天籁的《亭子间嫂嫂》,在上海的文化市场上一直流行着那种以市民日常生活细节为主要描写对象的市民文学创作的传统。"③ 而张爱玲对后辈作家的影响也是毋庸置疑的。因而,文学的影响体现为不同时代文学之间的关联性。

清末民初小说中的京沪文学空间书写,在小说空间化结构、勾勒小说城市文学地图、展现城乡二元冲突、空间叙事模式、刻画都市新女性等方

---

① 姚玳玫:《想像女性》,中国社会科学出版社2004年版,第305页。
② [美]王德威:《想象中国的方法——历史·小说·叙事》,生活·读书·新知三联书店1998年版,第184页。
③ 陈思和:《中国现代文学名篇十五讲》,北京大学出版社2003年版,第350—351页。

面进行了新的尝试和探索，在推动中国小说从传统向现代转型的进程中发挥了先导性作用。王德威在《被压抑的现代性》一书中称，晚清小说堪称现代，"如果我们追根究底，以现代为一种自觉的求新求变意识，一种贵今薄古的创造策略，则晚清小说家的种种试验，已经可以当之"①。陈平原在《中国现代小说的起点——清末民初小说研究》中评价："这一代作家没有留下特别值得夸耀的艺术珍品，其主要贡献是继往开来，衔接古今。值得庆慰的是，谁要是想探讨中国现代小说与古代小说的联系与区别、研究域外小说对中国小说的影响以及中国小说嬗变的内部机制，都很难绕开这一代人。正是他们的点滴改良，正是他们前瞻后顾的探索，正是他们的徘徊歧路乃至失足落水，真正体现了这一历史进程的复杂与艰难。"②清末民初小说中的京沪文学空间书写，不同程度地薪火相传于后世，为后世小说提供了思考和探索的范本。

---

① ［美］王德威：《被压抑的现代性——晚清小说新论》，宋伟杰译，北京大学出版社 2005 年版，第 6 页。

② 陈平原：《中国现代小说的起点——清末民初小说研究》，北京大学出版社 2005 年版，第 20 页。

结　语

　　文学空间，包括"外层空间"和"内层空间"的双重空间，文学的"外层空间"指的是现实中真实的地理空间，包括文学创作及传播的地理空间、文人活动的地理空间等；"内层空间"指的是文本中的空间，是虚拟的空间。无论是"外层空间"还是"内层空间"，都与客观的地理空间之间存在着交互关系。本书以清末民初小说中的京沪文学空间为研究对象，旨在探索文学地理学中地理空间与文学空间之间的关系。

　　从地理空间与文学"外层空间"的角度来看，地理空间是容纳和促使文学发生、传播的场域。地域空间中的经济、文化等发展水平是文学传播、繁荣的前提，尤其是出版业以及文化媒体对于小说的传播、创作至关重要。晚清时期，随着上海的崛起，上海出版业、报刊业等文化产业得到了极大的繁荣，大量小说家汇集上海，上海也因此迅速取代了明清时期江南地区小说的创作和刊刻中心南京，成为全国小说的创作和出版中心。小说创作和出版中心的地理空间的转移，也使小说文本中的地理空间发生了相应的转移。明清时期小说中频繁出现的"双城"北京与南京，到了清末民初时期，被上海与北京"双城"所取代。

　　在"外层空间"中，文学活动的地理空间是其核心所在。文人群体在地理空间中的聚散影响并制约着文学创作的盛衰。地理空间因其自身的空间特征和社会属性，像一只无形的手在控制着作家的聚散。清末民初时期的上海以其优越的物质条件和高度繁荣的文化水平，如磁铁般地吸引了来自全国各地的小说家。小说创作主体既受制于地理空间，也深刻地受到地理空间的影响。地理空间作为人类生存体验的基本形式，为作家身体活动提供了生存空间和活动空间，尤其对作家的主体体验也有重要影响，作家在空间中的感知、体验相应地反映到小说的创作之中。范铭如在《文学地理：台湾小说的空间阅读》一书的"导论"中写道："在新空间理论的论述中，空间跟历史一样，不是静态的、自然的现象，而是持续或间断的建构变动,既是社会文化的产物也是社会文化实践过程中不可或缺的向度。不同尺度的空间范畴提供了身体活动的场所,同时影响了我们的言行举止和思维感知,甚至牵动了我们对空间的再造与再现。空间的比喻、象征、规画、想象或意义的赋予,虽不乏艺术家独特的审美创造,跟主导的象征体系或文化论述亦有深层细密的关联。"① 清末民初小说家在上海和在北京不同城市的不同经历和体验也影响到他们对北京、上海的都市感知和都市体验。因此,地域空间的物质条件和社会属性直接影响到小说的创作,而创作主体也因其各自不同的空间经验从而产生不同的空间感知。

从地理空间与文学"内层空间"即文本空间的关系来看,两者可谓互相生成。现代空间哲学认为,"空间本身既是一种产物,是由不同范围的社会进程与人类干预形成的,又是一种力量,它要反过来影响、指引和限定人类在世界上的行为与方式的各种可能性"②。在文学创作过程中,地理空间是透过创作主体对文本空间产生影响的。现实的地理空间不仅决定着生活在此空间场域中人的认知内容,还决定着他们的认知方式。在一定地理空间中获得的认知对象和认知方式最终会透过创作主体的心理空间影响其言说方式,进而在文本空间中呈现出不同的形态和表征意义。具有某种特定形态和表征意义的文本空间一旦形成,又会对认知空间的建构产生重要影响。此三种空间的关系可表示如下图:

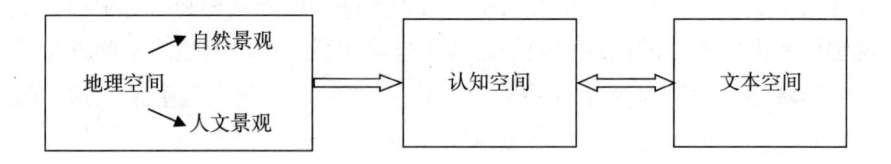

```
┌─────────────┐         ┌─────────┐         ┌─────────┐
│     →自然景观│         │         │         │         │
│  地理空间    │ ══════> │ 认知空间 │ <═════> │ 文本空间 │
│     →人文景观│         │         │         │         │
└─────────────┘         └─────────┘         └─────────┘
```

地理空间成为文本空间,必须经过作家的选择、加工、创作等文学再生产过程。作家在空间体验和感知的基础上,形成了其内在的认知空间,从而创作出文本空间。文本空间正是作家对地理空间的主观再现。小说中的文本空间既是以现实地理空间为底本,但又受到作家认知空间的影响,其中部分空间得到凸显,同时部分空间有所遮蔽,因此小说中可能出现的

---

① 范铭如:《文学地理:台湾小说的空间阅读》,台北麦田出版社2008年版,第16—17页。

② 阎嘉:《后现代的状况》,商务印书馆2003年版,第134页。

地理空间与小说中实际出现的地理空间必然既有联系又有区别。清末民初小说中的京沪城市文学地图也不是历史上城市地理地图的翻版，而是经过小说家简化或者裁剪过的文学地图。同样，文本中的频繁出现的空间也不是真实空间的原貌，而是兼具作家感知与想象的空间意象。

从地理空间与小说叙事来看，小说中的空间不仅在于指明"故事发生在这里"，而且突出了"故事在这里的存在方式"。空间不仅是小说故事发生和推进不可或缺的场所，对于刻画人物形象、展开场景叙事、推动故事情节、形成小说的叙事结构等都具有重要的意义。此外，空间因其自然属性和社会属性，使创作主体在呈现空间特征时运用了想象、虚构、隐喻等多种手段，从而赋予空间多重社会文化内涵，空间也因此具有多重解读性。总之，小说中空间影响和构建了小说叙事，叙事也赋予空间多重文化意蕴，因此，清末民初时期京沪城市空间影响和构建了小说中的京沪文学空间，小说中的京沪文学空间也具有多重文化内涵。

从文学史意义来看，清末民初时期小说叙事结构的空间化特征正是中国传统小说向现代小说过渡的一个显著特征，这种空间转向对于后来以空间为主导型的小说书写产生了不同程度的影响。此外，清末民初小说中的京沪文学书写不仅对于此后的城市小说书写起到了巨大的推动作用，而且从中国文学古今演变的角度来看，在小说时空关系重构、空间叙事技巧、都市文化地图呈现、都市新女性形象等方面都做出了重大的探索，对其后的小说也产生了多元影响。

总体而言，本书通过对清末民初小说京沪文学空间的"内层空间"和"外层空间"逐渐深入地研究，从中不仅可以看出清末民初小说中京沪文学空间的差异，对于探索文学地理学中的"文学"与"空间"之间的关系也有了一定的发现。

在科学研究的道路上，任何研究都不可能毫无缺憾，因此我们只能不断"在路上"以寻求更好的途径去弥补。本次研究的缺憾在于，由于本书属于交叉学科研究，既属于小说中的"京沪"双城比较研究，又属于文学地理学研究，因为学养的限制，对清末民初小说中的京沪文学空间研究还存在诸多不足。正因为本书中还有种种缺憾和不足，因此，今后的研究将一直"在路上"，不断探索关于文学地理学中的"文学"与"空间"之间的真理。

附　　录

列表说明：
1. 所列小说以小说最早发表或出版的时间先后顺序依次排列。
2. 作者以小说最早发表的笔名为主，真实姓名确定则标注在括号里。
3. 对于作者信息和其他不详信息一律不予标示。

一　清末民初上海小说中同时描写北京上海的作品列表

序号	小说题目	作者	作家籍贯	作品问世或刊刻出版年代
1	《绘芳录》	西泠野樵	浙江上虞	光绪二十年（1894）申报馆丛书本，光绪四年（1878）自序
2	《花柳深情传》	萧鲁甫	浙江衢州	1897年上海章福记书局出版
3	《四大金刚奇书》	抽丝主人（吴趼人）	广东南海	光绪二十四年（1898）七月上海书局刊本
4	《南朝金粉录》	牢骚子		光绪二十五年（1899）石印本
5	《庚子国变弹词》	李伯元	江苏武进	1901年九月起至1902年九月《世界繁华报》连载。
6	《情天债》	东海觉我（徐念慈）	苏州昭文（常熟）	光绪二十九年（1903）《女子世界》第1至4期连载
7	《官场现形记》	南亭亭长（李伯元）	江苏武进	光绪二十九年（1903）《世界繁华报》上连载
8	《二十年目睹之怪现状》	我佛山人（吴趼人）	广东南海	光绪二十九（1903）八月至光绪三十一年（1905）十二月《新小说》连载至前45回，1906年由上海广智书局出版单行本
9	《负曝闲谈》	蘧园（欧阳钜元）	客籍苏州	光绪二十九年（1903）六月至光绪三十年（1904）十二月《绣像小说》第6—10、12—23、25、27—36、41期连载
10	《轰天雷》	藤谷古香（孙景贤）	江苏常熟	光绪二十九年（1903）上海大同印书局出版

续表

序号	小说题目	作者	作家籍贯	作品问世或刊刻出版年代
11	《文明小史》	南亭亭长（李伯元）	江苏武进	光绪二十九年（1903）五月至三十一年（1905）九月《绣像小说》1—56期连载
12	《中国现在记》	不题撰者（李伯元）	江苏武进	光绪三十年（1904）年6月至11月《时报》连载
13	《海上尘天影》（一名《断肠碑》）	梁溪司香旧尉（邹弢）	江苏无锡	光绪三十年（1904）石印本
14	《娘子军》	白话道人（林獬）		光绪三十（1904）年1月17日至3月1日在《中国白话报》第3期至第6期连载
15	《痴人说梦记》	旅生		光绪三十年（1904）一月至光绪三十一年（1905）七月《绣像小说》第19—30、35—42、47—54期连载
16	《狮子吼》	过庭（陈天华）	湖南新化	光绪三十一年（1905）《民报》2—5、7—9期连载
17	《新党升官发财记》（又名《官场维新记》）	佚名		光绪三十一年（1905）六月至十二月连载《大陆报》三年八至二十号，光绪三十二年（1906）作新社刊本
18	《新石头记》	老少年（吴趼人）	广东南海	光绪三十一年（1905）八月二十日至十二月二十六日《南方报》连载，光绪三十四年（1908）上海改良小说社出版单行本
19	《世界进化史》	惺庵（周桂笙）	江苏南汇（今属上海）	光绪三十一年（1905）八月至光绪三十二年（1906）三月《绣像小说》第57—72期连载
20	《枯树花》	山外山人		光绪三十一年（1905）上海小说新书社铅印本
21	《枯树花续编》	山外山人		光绪三十二年（1906）上海小说新书社铅印本
22	《孽海花》	曾朴	江苏常熟	光绪三十二年（1906）上海小说林书社发行，1907年《小说林》杂志连载21—25回
23	《禽海石》	符霖		光绪三十二年（1906）群学社刊本
24	《斯文变相》	遁庐		光绪三十二年（1906）上海乐群小说社铅印本
25	《恨海》	吴趼人	广东南海	光绪三十二年九月（1906年10月）上海广智书局单行本
26	《九尾龟》	漱六山房（张春帆）	江苏常熟	光绪三十二年至宣统二年（1906—1910）上海点石斋刊本

续表

序号	小说题目	作者	作家籍贯	作品问世或刊刻出版年代
27	《医界现形记》	郁闻尧	江苏江阴	光绪三十二年（1906）上海商务印书馆铅印本
28	《钱塘狱》	讷夫		光绪三十二年（1906）上海小说林编译所刊行
	《梼杌萃编》（一名《宦海钟》）	诞叟（钱锡宝）	杭州	大约成书光绪戊戌年，汉口中亚印书馆光绪丙午（1906）排印本
29	《新茶花》	钟心青		上编十五回，光绪三十三年（1907）三月上海申江小说社刊行，下编十五回，同年（1907）十二月上海明明学刊印行
30	《奇遇记》	梦花居士		光绪三十三年（1907）六月新小说社刊行
31	《冷眼观》	八宝王郎（王濬卿）	江苏宝应	光绪三十三年（1907）至三十四年（1908）小说林社铅印本
32	《后官场现形记》	白眼（许优民）	杭州	光绪三十三年九月一日至光绪三十四年九月（1907年10月—1908年10月）《月月小说》第9、15—21期连载
33	《无耻奴》	苏同		光绪三十三年（1907）至宣统元年（1909）上海开明书店出版
34	《惨女界》	吕侠人		光绪三十四年（1908）三月上海商务印书馆印行
35	《大马扁》	黄小配	广东番禺	清光绪戊申（1908）日本东京三光堂排印出版
36	《医界镜》	儒林医隐		光绪三十四年（1908）同源祥书庄铅印本
37	《九尾狐》	评花主人		光绪三十四年至宣统二年（1908—1910）社会小说社刊本
38	《最近女界现行记》	南浦蕙珠女士		宣统元年（1909）十月新新小说社刊前五集，宣统二年（1910）六月同社刊后六集
39	《女魔术》	不题撰者		宣统元年（1909）四月改良小说社刊行
40	《新孽海花》	陆士谔	江苏青浦	宣统元年（1909）上海改良小说社出版
41	《迷龙阵》	八宝王郎（王濬卿）	江苏宝应	宣统元年（1909）上海改良小说社出版
42	《黑籍冤魂》	彭养鸥	长洲	宣统元年（1909）改良小说社出版
43	《宦海》	张春帆	江苏常州	宣统元年（1909）上海环球社出版

续表

序号	小说题目	作者	作家籍贯	作品问世或刊刻出版年代
44	《宦海升沉录》	黄世仲	广东番禺人	宣统元年（1909）香港实报馆出版
45	《近十年之怪现状》（又名《最近社会龌龊史》）	吴趼人	广东南海	1909年7月18号《中外日报》登至第10回，以后报纸未见。宣统二年（1910）出版单行本
46	《海上风流梦》	醉馀		宣统二年（1910）（上海）醉经堂书局石印本
47	《风流太史》	不题撰者		宣统二年（1910）上海图书公司刊行
48	《新中国》	陆士谔	江苏青浦	宣统二年（1910）上海改良小说社刊
49	《最近官场秘密史》	天公		宣统二年（1910）十一月上海新新小说社铅印本
50	《温柔乡》	静观子		宣统二年（1910）上海改良小说社铅印本
51	《最近社会秘密史》	陆士谔	江苏青浦	宣统二年（1910）上海新新小说社刊本
52	《马屁世界》	睡狮		宣统三年（1911）正月上海小说进步社刊行
53	《小毛子传》（一名《乌龟张勋》）	冷史		辛亥（1911）文明光复社袖珍本
54	《醒游地狱记》	不才		宣统三年（1911）六月至十月《小说月报》第二年第6至10期连载
55	《小毛子传》（一名《梨花怨》）	小鹤	华亭	宣统辛亥（1911）明明学社刊本
56	《六月霜》	静观子		宣统三年四月（1911年5月）改良小说社刊本
57	《盛杏荪丑历》	忧天主人		1911年共和书局刊本
58	《醒游地域记》			宣统三年（1911）六月至十月《小说月报》连载
59	《小学生旅行记》	亚东一郎		宣统三年（1911）年二月至五月《小说月报》第二年第2至5期连载
60	《血泪碑》	童爱楼	浙江宁波	1914年国民第一图书馆初版
61	《美人福》	李定夷	江苏武进	民国四年（1915）年6月国华书局初版
62	《伉俪福》	李定夷	江苏毗陵	民国四年（1915）三月国华书局初版
63	《恨海孤舟记》	姚鹓雏	江苏松江	1915年上海《小说画报》连载

续表

序号	小说题目	作者	作家籍贯	作品问世或刊刻出版年代
64	《龙套人语》	龙公（姚鹓雏）	江苏松江	第一部 1915 年连载上海《时报》
65	《如此京华》	叶小凤	江苏昆山周庄	1916 年《小说大观》6、7、8 集
66	《袁政府秘史》	陆逵九		民国六年（1917）7 月 20 日上海民社出版

二　清末民初上海小说中仅描写上海的作品列表

序号	小说题目	作者	作家籍贯	作品问世或刊刻出版年代
1	《海上花列传》	云间花也怜侬（韩邦庆）	松江娄县	光绪十八年（1892）《海上奇书》刊登 30 回，光绪二十年（1894）出版全书
2	《火烧上海红庙演义》	半痴生		上海某书局，现存宣统三年（1911）石印袖珍本
3	《海天鸿雪记》	二春居士		光绪二十五年（1899）《游戏报》分期刊印，光绪三十年（1904）世界繁华报出版单行本
4	《上海名妓传》（又名《海上花魅影》）	佚名		光绪庚子年（1900 年）出版
5	《新中国未来记》	梁启超	广东新会	光绪二十八年（1902）十月至二十九年（1903）七月《新小说》1—3、7 号连载
6	《海上繁华梦》	古沪警梦痴仙（孙玉声）	上海	光绪二十九年（1903）初集、二集有上海笑林报馆排印本
7	《上海之维新党》	叶景范	浙江杭州	光绪三十一年（1905）十月新世界小说刊行
8	《学究新谈》	吴蒙		光绪三十一年（1905）《绣像小说》47—52、55—72 期连载
9	《市声》	姬文		光绪三十一年（1905）《绣像小说》第 43—47、55—72 期连载，未完，光绪三十四年（1908）商务印书馆出版单行本
10	《立宪镜》	戊公		光绪三十二年（1906）九月四日新小说社刊行

续表

序号	小说题目	作者	作家籍贯	作品问世或刊刻出版年代
11	《上海游骖录》	趼（吴趼人）	广东南海	光绪三十二年（1906）九月《月月小说》第6—8期
12	《新孽镜》	马仰禹		光绪三十二年（1906）科学会社刊行
13	《新封神传》	大陆		光绪三十二年（1906）《月月小说》1—4、7、10期连载
14	《大少爷回头看》	范渭滨		光绪三十三年（1907）小说图画馆石印本
15	《未来世界》	春飒		光绪三十三年至光绪三十五年（1907—1909）《月月小说》第10—20、22—24期连载
16	《新水浒》	西泠冬青（冬青）		光绪三十三年（1907）鸿文恒记书局排印本
17	《发财秘诀》	趼人（吴趼人）	广东南海	光绪三十三（1907）《月月小说》第11至14期连载
18	《商界鬼蜮记》	新中国之废物（陈景韩）	松江	光绪三十三年（1907）十一月新小说社出版
19	《黄金世界》	碧荷馆主人		光绪三十三年（1907）小说林社
20	《一字不识之新党》	虎林真小子		光绪三十三年（1907）上海彪蒙书室石印本
21	《碧血幕》	天笑生（包天笑）	江苏苏州	光绪三十三年（1907）十月至光绪三十四年（1908）一月《小说林》第6至9期连载
22	《滑头现形记》	玩时子		光绪三十四年（1908）恒记书局刊本
23	《蓝桥别墅》	江荫香		光绪三十四年（1908）四月上海近世小说社刊
24	《新旧社会之怪现状》	冷眼旁观人		光绪三十四年（1908）三月上海汇通印书馆
25	《官场笑话》	傀儡山人		光绪三十四年（1908）由改良小说社出版
26	《上海空心大老官》	听雨楼主人		光绪三十四年（1908）正月上海裕记书庄石印本
27	《秘密自由》	静观子		宣统元年（1909）上海改良小说社
28	《新繁华梦》	吴趼人	广东南海	宣统元年（1909）上海汇通信记书局本
29	《真杏花天》	香梦词人		宣统元年（1909）醒世小说社
30	《美人计》	浣花主人		宣统元年（1909）上海小说图书馆
31	《青楼梦》	治世之逸民		宣统元年（1909）改良小说社刊

续表

序号	小说题目	作者	作家籍贯	作品问世或刊刻出版年代
32	《新西游记》	冷血（陈景韩）	松江	宣统元年（1909）有正书局本和小说林本
33	《新官场风流案》	瘦腰生		宣统元年（1909）4月上海小说进步社初版
34	《双拐奇案》	古之伤心人笔述，天下有心人评点		宣统元年（1909）文艺消遣所刊本
35	《新儿女英雄》	叶楚伧	江苏昆山	宣统元年（1909）五月改良小说社刊本
36	《革命鬼现形记》	睡狮		宣统元年（1909）四月小说进步社石印本
37	《女魔术四回》	不题撰者		宣统元年（1909）四月改良小说社刊本
38	《也是西游记》	陆士谔	江苏青浦	宣统元年（1909）三月至宣统二年（1910）一月《华商联合报》连载
39	《新上海》	陆士谔	江苏青浦	宣统元年（1910）改良小说社刊本
40	《最近女界秘密史》	春江香梦词人		宣统二年（1910）上海新新小说社刊行
41	《海上风流现形记》	王游山人		宣统二年（1910）海左书局刊行
42	《新天地》	书带子		宣统二年（1910）春集文书局出版
43	《新金瓶梅》	慧珠女士		宣统二年（1910）上海新新小说社刊印本
44	《现身说法演义》	吴和友		约成书于1910—1911年（具体时间地点不详）
45	《多宝龟》	冷镜山房		宣统三年（1911）六月作新社刊本
46	《女界风流史》	陆士谔	江苏青浦	宣统三年（1911）大声小说社刊本
47	《破镜重圆》	孤山小隐		宣统三年（1911）改良小说社刊本
48	《社会现形记》	不题撰者		宣统三年（1911）改良小说社刊本
49	《滑头吊膀子》	陆地渔夫		宣统三年（1911）奇丽新闻图书社石印本
50	《商界现形记》	云间天赘生（陆士谔）	江苏青浦	宣统三年（1911）四月商业会社铅印本
51	《龙华会之怪现状》	陆士谔	江苏青浦	宣统三年（1911）四月时事小说社刊本

续表

序号	小说题目	作者	作家籍贯	作品问世或刊刻出版年代
52	《女子骗术奇谈》	陆士谔	江苏青浦	宣统三年（1911）古今图书小说社刊本
53	《吴淑卿义侠传》	卧雪生		宣统三年（1911）振汗书社石印本
54	《真本隔帘花影》	睡狮		宣统三年（1911）二月上海小说进步社排印本
55	《多宝龟》	冷镜山房		宣统三年（1911）六月作新社印本
56	《十尾龟》	陆士谔	江苏青浦	宣统三年（1911）新新小说社刊本
57	《嫖界演义》	俗子		1913年上海文艺编译社本
58	《上海新繁华梦》	惜花主人		1914年炼石书局印本
59	《上海之骗术世界》	云间颠公		1914年扫叶山房印本
60	《梦游上海名妓争风传》	曾经涉足人		1914年上海锦章书局印本
61	《歇浦潮》	海上说梦人（朱瘦菊）	上海	民国五年（1915）《新申报》连载
62	《续海上繁华梦》	海上警梦痴仙（孙玉声）	上海	民国五年二月（1916年2月）上海文明书局版本
63	《傻儿游沪记》	贡少芹	扬州	1917年《小说新报》第三年第6期连载

三 清末民初上海小说中仅描写北京的作品列表

序号	小说题目	作者	作家籍贯	作品问世或刊刻时间
1	《邻女语》	忧患余生（连梦青）	北京	光绪二十九年（1903）六月至光绪三十年（1904）正月《绣像小说》连载6—10、13、15—20期
2	《官世界》	蜀冈蠛蠓		光绪三十一年（1905）十二月公益书局出版
3	《京华艳史》	中原浪子	宁波	光绪三十一年1905《新新小说》第五至七回连载
4	《兰花梦》	吟梅山人		光绪三十一年（1905）上海文元阁书庄石印本
5	《新中国之豪杰》	陈景韩	松江	光绪三十二年（1906）新世界小说报社出版

续表

序号	小说题目	作者	作家籍贯	作品问世或刊刻时间
6	《傀儡记》	苏同		光绪三十三年（1907）五月开明书店出版
7	《中外三百年之大舞台》	陈啸庐		光绪三十三（1907）上海鸿文书局铅印本
8	《女子权》	思绮斋藕隐（原署"思绮斋"）		光绪三十三年（1907）六月上海作新社本
9	《中国新女豪》	思绮斋藕隐		光绪三十三年（1907）六月由上海集成图书公司印行
10	《新纪元》	碧荷馆主人		光绪三十四年二月（1908）上海小说林出版
11	《新官场现形记》	不题撰者		光绪三十四年（1908）七月改良小说社出版
12	《捉拿康梁二逆演义》	古润野道人		光绪三十四年（1908）上海书局石印本
13	《小额》	蔡友梅（松友梅）	北京	光绪三十四年（1908）七月北京东单牌楼西观音寺和记排书局刊本
14	《驴夫惨剧》	醉痴		宣统元年（1909）上海环球社铅印本
15	《魑魅魂》	天梦		宣统元年八月一日（1909年）至十一月五日（12月17日）《小说十日》第1册至第9册
16	《新儿女英雄传》	香梦词人		宣统元年（1909年）六月上海小说进步社本
17	《情变》	吴趼人	广东南海	宣统二年五月十六日（1910年6月22日）上海《舆论时事报》连载
18	《新官场现形记》	心冷血热人		宣统元年（1909）二月改良小说社刊本
19	《北京繁华梦》	夏侣兰		宣统三年（1911）改良小说社
20	《春梦留痕》	署名编译者为小说进步社		宣统元年三月上海鸿文书局出版初集，宣统三年1911上海鸿文书局出版二、三集
21	《春阿氏》	冷佛（王咏湘）	北京	宣统三年（1911年）钞本，民国三年五月初版
22	《清史演义》	陆士谔	江苏青浦	1913年至1916年《神州日报》连载
23	《新华春梦记》	杨尘因	安徽全椒	1916年12月上海泰东图书局初版
24	《十年回首》	春明逐客（毕倚虹）	扬州仪征	1917年《小说画报》上连载
25	《袁世凯演义》	许慕羲		1917年6月（上海）交通图书馆版

参考文献

一 著作类

西泠野樵：《绘芳录》，八十回．中国近代小说大系．据光绪二十年（1894）申报馆丛书本。

韩邦庆：《海上花列传》，六十四回．中国近代小说大系．据光绪二十年（1894）最初的石印本。

吴趼人：《海上名妓四大金刚奇书》，一百回．中国近代小说大系．据光绪二十四年（1898）上海书局石印本。

梁启超：《新中国未来记》，五回．中国近代小说大系．据光绪二十八年（1902）十月至二十九年（1903）七月《新小说》连载本。

李伯元：《官场现形记》，六十回．中国近代小说大系．据光绪癸卯（1903）世界繁华报馆的初版本。

李伯元：《文明小史》，六十回．中国近代小说大系．据光绪二十九年（1903）五月至三十一年（1905）九月《绣像小说》连载本。

欧阳钜元：《负曝闲谈》，三十回．中国近代小说大系．据《绣像小说》光绪二十九年六月至光绪三十年十二月（1903—1904年）连载本。

连梦青：《邻女语》，十二回．中国近代小说大系．据光绪二十九年至光绪三十年（1903—1904）《绣像小说》连载本。

旅生：《痴人说梦记》，三十回．中国近代小说大系．据光绪三十年（1904）一月至光绪三十一（1905）年七月《绣像小说》连载本。

孙景贤：《轰天雷》，十四回．中国近代小说大系．据光绪三十年（1904）上海大同书局再版本。

李伯元：《中国现在记》，十二回．中国近代小说大系．据《时报》光绪三十年（1904）年6月至11月连载本。

二春居士：《海天鸿雪记》，二十回．中国近代小说大系．据光绪三十年（1904）世界繁华报出版单行本。

邹弢：《海上尘天影》，六十回．中国近代小说大系．据光绪三十年（1904）石印本。

吴趼人：《二十年目睹之怪现状》，一百零八回．中国近代小说大系．据1906年由上海广智书局初版本，第1—45回参照光绪二十九年至光绪三十一年（1903—1905）《新小说》连载本。

陈天华：《狮子吼》，八回．中国近代小说大系．据1905年《民报》2—5、7—9期连载本。

吴蒙：《学究新谈》，三十六回．中国近代小说大系．据1—25回光绪三十一年（1905）《绣像小说》连载本，26—36回据商务印书馆单行本的再版本。

蜀冈蠖叟：《官世界》，三十二回．中国近代小说大系．据光绪三十一年（1905）十二月公益书局初版本。

周桂笙：《世界进化史》，二十二回．中国近代小说大系．据光绪三十一年（1905）八月至光绪三十二年（1906）三月《绣像小说》连载本。

姬文：《市声》，三十六回．中国近代小说大系．据1—25回光绪三十一年（1905）《绣像小说》连载本，26—36回光绪三十四年（1908）商务印书馆单行本。

佚名：《新党升官发财记》，十六回．中国近代小说大系．据《大陆报》三年八至二十号，（1905年6月12日至12月6日），光绪三十二年（1906）作新社刊行本。

中原浪子：《京华艳史》，光绪三十一年1905《新新小说》第五至七回载。

山外山人：《枯树花》，光绪三十一年（1905）上海小说新书社铅印本。

山外山人：《枯树花续编》，光绪三十二年（1906）上海小说新书社铅印本。

孙玉声：《海上繁华梦》，一百回．中国近代小说大系．初集、二集据光绪三十一年（1905）九月上海笑林报馆本。后集以光绪三十二年（1906）上海笑林报馆校刊本。

吴趼人：《上海游骖录》，十回．中国近代小说大系．据光绪三十二年（1906）《月月小说》连载本。

吴趼人：《恨海》，十回．中国近代小说大系．据光绪三十二年九月（1906年10月）上海广智书局出版单行本。

曾朴：《孽海花》，二十五回（修改本为三十五回）．中国近代小说大系．据前二十回以光绪三十一年（1906）小说林社初版单行本，二十一回后以《小说林》刊载本。

符霖：《禽海石》，十回．中国近代小说大系．据光绪三十二年（1906）群学社刊本。

遁庐：《斯文变相》，光绪三十二年（1906）上海乐群小说社铅印本。

诞叟：《梼杌萃编》，汉口中亚印书馆光绪丙午（1906）排印本。

张春帆：《九尾龟》，一百九十二回．中国近代小说大系．据光绪三十二年至宣统二年（1906—1910）点石斋初版本。

思绮斋：《女子权》，十二回．中国近代小说大系．据光绪三十三年（1907）六月上海作新社刊本。

苏同：《无耻奴》，四十回．中国近代小说大系．据光绪三十三年（1907）至宣统元年（1909）上海开明书店的初版本。

吴趼人：《发财秘诀》，十回．中国近代小说大系．据光绪三十三（1907）《月月小说》上连载本。

苏同：《傀儡记》，十六回．中国近代小说大系．据光绪三十三年1907五月开明书店初版本。

碧荷馆主人：《黄金世界》，二十回．中国近代小说大系．据小说林社1907年刊。

春驷：《未来世界》，二十六回．中国近代小说大系．据1907—1909年《月月小说》连载本。

陈景韩：《商界鬼蜮记》，八回．中国近代小说大系．据光绪三十三年（1907）十一月新小说社初版。

许优民：《后官场现形记》，八回．中国近代小说大系．据光绪三十三年九月一日至光绪三十四年九月（1907年10月—1908年10月）《月月小说》连载本。

王濬卿：《冷眼观》，三十回．中国近代小说大系．据光绪三十三年至三十四年（1907—1908）小说林社铅印本。

吴趼人：《新石头记》，四十回．中国近代小说大系．据光绪三十四年（1908）上海改良小说社单行本。

冷眼旁观人：《新旧社会之怪现状》，五回．中国近代小说大系．据光绪三十四年（1908）鸿文书局出版本。

不题撰人：《新官场现形记》，八回．中国近代小说大系．据光绪三十四年（1908）七月改良小说社出版。

碧荷馆主人：《新纪元》，二十回．中国近代小说大系．据光绪三十四年二月（1908）上海小说林出版。

评花主人：《九尾狐》，六十二回．中国近代小说大系．据光绪三十四年至宣统二年（1908—1910）社会小说社刊本。

儒林医隐：《医界镜》，同源祥书庄光绪三十四年十一月（1908.11）出版发行。

吴趼人：《近十年之怪现状》，二十回．中国近代小说大系．据宣统元年（1909）《中外日报》连载本。

心冷血热人：《新官场现形记》，二集不分回．中国近代小说大系．宣统元年（1909）二月改良小说社刊本。

钟心青：《新茶花》，三十回．中国近代小说大系．据宣统元年（1909）三月毛上珍出版的初版本。

傀儡山人：《官场笑话》，两册不分回．中国近代小说大系．据宣统元年（1909）改良小说社的三版本。

张春帆：《宦海》，二十回．中国近代小说大系．据宣统元年（1909）上海环球社出版的初版本。

彭养鸥：《黑籍冤魂》，二十四回．中国近代小说大系．据宣统元年（1909）改良小说社出版。

大陆：《新封神传》，二十回．中国近代小说大系．据宣统二年（1910）群学书社出版单行本。

书带子：《新天地》，二十章．中国近代小说大系．据宣统二年（1910）集文书局初版本。

陆士谔：《新中国》，十二回．中国近代小说大系．据宣统二年（1910）六月改良小说社出版的再版本。

吴趼人：《情变》，八回．中国近代小说大系．据宣统二年五月十六日年（1910年6月22日）上海《舆论时事报》连载。

睡狮：《马尾世界》，十回．中国近代小说大系．据宣统三年（1911）正月小说进步社本。

静观子：《六月霜》，十二回．中国近代小说大系．据宣统三年四月（1911年5月）改良小说社刊本。

陆士谔：《商界现形记》，十六回．中国近代小说大系．据宣统三年（1911）四月商业会社铅印本。

夏侣兰：《北京繁华梦》，宣统三年1911改良小说社刊本，上海图书馆近代文献阅览室藏。

署名编译者为小说进步社：《春梦留痕》，二、三集宣统三年（1911）上海鸿文书局出版。

冷佛：《春阿氏》，宣统三年（1911）钞本，民国三年五月初版。

李定夷：《美人福》，二十回．中国近代小说大系．据民国四年（1915）六月国华书局出版的初版本。

孙玉声：《续海上繁华梦》，三集一百回．中国近代小说大系．据1916年2月上海文明书局版本。

叶小凤：《如此京华》，四十八回．中国近代小说大系．据1916年《小说大观》6、7、8集本。

李定夷：《伉俪福》，二十六回．中国近代小说大系．据民国八年（1919）一月国华书局五版本。

杨尘因：《新华春梦记》，一百回．中国近代小说大系．据1920年8月上海泰东图书局第三版。

绿意轩主人：《花柳深情传》，北京师范大学出版社1992年版。

佚名著，马凌整理：《上海名妓传》（又名《海上花魅影》），百花文艺出版社1993年版。

牢骚子：《南朝金粉录》，中央民族学院出版社1994年版。

薛正兴主编：《李伯元全集》（共5册），江苏古籍出版社1997年版。

海风主编：《吴趼人全集》（共10卷），北方文艺出版社1998年版。

燕谷老人：《续孽海花》，黑龙江人民出版社1982年版。

曾朴：《孽海花》，凤凰出版社2007年版。

曹禺：《曹禺经典剧作：雷雨 日出 原野 北京人》，巴蜀书社2014年版。

刘呐鸥：《都市风景线》，浙江文艺出版社2004年版。

穆时英著，李今编选：《穆时英代表作》，华夏出版社1998年版。

茅盾：《子夜》，人民文学出版社1983年版。

萧红：《呼兰河传》，黑龙江人民出版社1979年版。
老舍：《骆驼祥子》，北京燕山出版社2011年版。
张爱玲：《张爱玲典藏全集》，哈尔滨出版社1993年版。
高晓声：《陈奂生上城》，甘肃人民出版社1981年版。
刘心武：《钟鼓楼》，人民文学出版社2005年版。
路遥：《人生》，北京十月文艺出版社2013年版。
路遥：《平凡的世界》，北京十月文艺出版社2013年版。
迟子建：《白雪乌鸦》，人民文学出版社2010年版。
徐则臣：《耶路撒冷》，北京十月文艺出版社2014年版。
阿英编：《晚清文学丛钞·小说戏曲研究卷》，中华书局1960年版。
王孝廉等主编：《晚清小说大系》（全37册），广雅出版有限公司1984年版。
王继权、夏生元主编：《中国近代小说大系》（全5辑80册），百花洲文艺出版社1988—1996年版。
魏绍昌主编：《中国近代文学大系》（1840—1919）（小说共7集），上海书店出版社1990—1996年版。
董文成、李勤学主编：《中国近代珍稀本小说》（共20册60种），春风文艺出版社1997年版。
石昌渝主编：《中国古代小说总目》（白话卷），山西教育出版社2004年版。
孙楷第：《中国通俗小说书目》，人民文学出版社1982年版。
江苏省社会科学院明清小说研究中心编：《中国通俗小说总目提要》，中国文联出版公司1990年版。
刘永文：《晚清小说目录》，上海古籍出版社2008年版。
刘永文：《民国小说目录（1912—1920）》，上海古籍出版社2011年版。
［日］樽本照雄编：《新编增补清末民初小说目录》，齐鲁书社2002年版。
朱一玄：《明清小说资料选编》，齐鲁书社1990年版。
陈平原、夏晓虹编：《二十世纪中国小说理论资料（1897—1916）》，北京大学出版社1989年版。
魏绍昌：《鸳鸯蝴蝶派研究资料》，上海文艺出版社1962年版。

魏绍昌编：《李伯元研究资料》，上海古籍出版社1980年版。
魏绍昌编：《吴趼人研究资料》，上海古籍出版社1980年版。
顾炳权编著：《上海洋场竹枝词》，上海书店出版社1996年版。
潘超等主编：《中华竹枝词全编》，北京出版社2007年版。
魏绍昌等主编：《中国近代文学辞典》，河南教育出版社1993年版。
龚延明：《中国历代职官别名大辞典》，上海辞书出版社2006年版。
梁淑安：《中国文学家大辞典》（近代卷），中华书局1997年版。
（明）胡应麟：《少室山房笔丛》，上海书店2001年版。
（清）潘荣陛、富察敦崇等：《帝京岁时纪胜 燕京岁时记》，北京古籍出版社1981年版。
（清）孙宝瑄：《忘山庐日记》，上海古籍出版社1983年版。
（清）徐珂：《清稗类钞》，中华书局1986年版。
（清）王韬：《瀛壖杂志》，上海古籍出版社1989年版。
（清）葛元熙等：《沪游杂记 淞南梦影录 沪游梦影》，上海古籍出版社1989年版。
郑逸梅：《孤芳集》，上海益新书局1932年版。
阿英：《晚清小说史》，人民文学出版社1950年版。
邹依仁：《旧上海人口变迁的研究》，上海人民出版社1980年版。
震钧：《天咫偶闻》，北京古籍出版社1982年版。
时萌：《曾朴研究》，上海古籍出版社1982年版。
张毕来：《张毕来文选》，贵州人民出版社1984年版。
胡风：《胡风评论集》，人民文学出版社1984年版。
田本相：《曹禺传》，北京十月文艺出版社1988年版。
姚公鹤：《上海闲话》，上海古籍出版社1989年版。
陈平原：《二十世纪中国小说史（1897—1916）》，北京大学出版社1989年版。
张寅德编选：《叙述学研究》，中国社会科学出版社1989年版。
吴贵芳：《淞故漫谈》，上海人民出版社1991年版。
戴均良主编：《中国城市发展史》，黑龙江出版社1992年版。
丁帆：《中国乡土小说史论》，江苏文艺出版社1992年版。
陈伯海、袁进主编：《上海近代文学史》，上海人民出版社1993年版。

李书磊：《都市的迁徙——现代小说与城市文化》，时代文艺出版社1993年版。

陈大康：《通俗小说的历史轨迹》，湖南人民出版社1993年版。

陆林主编、汤华泉选注：《清代笔记小说类编》，黄山书社1994年版。

刘俊文主编：《日本中青年学者论中国史》（六朝隋唐卷），上海古籍出版社1995年版。

马逢洋编：《上海记忆与想象》，文汇出版社1996年版。

韩光辉：《北京历史人口地理》，北京大学出版社1996年版。

曹明海：《文学解读学导论》，人民文学出版社1997年版。

孙家振：《退醒庐笔记》，上海书店出版社1997年版。

夏仁虎：《枝巢四述 旧京琐记》，辽宁教育出版社1998年版。

史念海：《中国古都和文化》，中华书局1998年版。

闵杰：《近代中国社会文化变迁录》（第2卷），浙江人民出版社1998年版。

张仲礼主编：《中国近代城市企业·社会·空间》，上海社会科学院出版社1998年版。

熊月之：《上海通史》，上海人民出版社1999年版。

梁启超：《梁启超全集》，北京出版社1999年版。

张世君：《〈红楼梦〉的空间叙事》，中国社会科学出版社1999年版。

范伯群：《中国近现代通俗文学史》，江苏教育出版社1999年版。

刘安海、孙文宪主编：《文学理论》，华中师范大学出版社1999年版。

张中：《李伯元与官场现形记》，辽宁教育出版社2000年版。

林薇：《清代小说论稿》，北京广播学院出版社2000年版。

李今：《海派小说与现代都市文化》，安徽教育出版社2000年版。

黄霖、杨红彬：《明代小说》，安徽教育出版社2001年版。

陈伯海主编：《上海文化通史》，上海文艺出版社2001年版。

童庆炳、程正民：《文艺心理学教程》，高等教育出版社2001年版。

包亚明主编：《后现代性与地理学的政治》，上海教育出版社2001年版。

李欧梵：《李欧梵自选集》，上海教育出版社2002年版。

李欧梵：《中国现代文学与现代性十讲》，复旦大学出版社 2002 年版。

曹文轩：《小说门》，作家出版社 2002 年版。

陈大康：《中国近代小说编年》，华东师范大学出版社 2002 年版。

李今：《海派小说与现代都市文化》，安徽教育出版社 2002 年版。

孙毓敏：《孙毓敏艺术研究文集》，中国戏剧出版社 2003 年版。

吴晓东：《从卡夫卡到昆德拉》，三联书店 2003 年版。

陈平原：《中国小说叙事模式的转变》，北京大学出版社 2003 年版。

蔡禾主编：《城市社会学：理论与视野》，中山大学出版社 2003 年版。

惜珍：《上海的马路》，上海画报出版社 2004 年版。

李庆瑞点校、燕华君评说：《上海旧闻》，吉吴轩出版社 2004 年版。

胡亚敏：《叙事学》，华中师范大学出版社 2004 年版。

葛永海：《古代小说与城市文化研究》，复旦大学出版社 2004 年版。

郑逸梅：《近代名人丛话》，中华书局 2005 年版。

陈平原、王德威编：《北京：都市想像与文化记忆》，北京大学出版社 2005 年版。

罗苏文：《近代上海都市与社会》，中华书局 2006 年版。

陈晓兰：《文学中的巴黎与上海：以左拉和茅盾为例》，广西师范大学出版社 2006 年版。

梅新林：《中国文学地理形态与演变》，复旦大学出版社 2006 年版。

阎嘉主编：《文学理论精粹读本》，中国人民大学出版社 2006 年版。

杨义：《二十世纪中国小说与文化》，上海三联书店 2007 年版。

山西省政协《晋商史料全览》编辑委员会编：《晋商史料全览》，山西出版集团 2007 年版。

张仲礼主编：《近代上海城市研究（1840—1949）》，上海文艺出版社 2008 年版。

吴建雍：《北京城市发展史》，北京燕山出版社 2008 年版。

上海市档案馆编：《近代城市发展与社会转型》，上海三联书店 2008 年版。

薛毅主编：《西方都市文化研究读本》（第 3 卷），广西师范大学出版社 2008 年版。

熊月之主编：《都市空间、社群与市民生活》，上海社会科学院出版社2008年版。

刘永丽：《被书写的记忆：世纪中国文学中的上海》，中国社会科学出版社2008年版。

范铭如：《文学地理：台湾小说的空间阅读》，台北麦田出版社2008年版。

包天笑：《钏影楼回忆录》，中国大百科全书出版社2009年版。

王志鲜、段炼编：《孙中山上海史迹寻踪》，上海辞书出版社2009年版。

王维江、吕澍辑译：《另眼相看：晚清德语文献中的上海》，上海辞书出版社2009年版。

熊月之、周武主编：《上海：一座现代化都市的编年史》，上海书店出版社2009年版。

冯鸽：《晚清·想象·小说》，西北大学出版社2009年版。

孙殿起：《琉璃厂小志》，上海书店2010年版。

齐如山：《齐如山文集》，河北教育出版社2010年版。

叶中强：《上海社会与文人生活（1843—1945）》，上海辞书出版社2010年版。

朱国栋、刘红：《百年沪商》，上海财经大学出版社2010年版。

谢纳：《空间生产与文化表征——空间转向视阈中的文学研究》，中国人民大学出版社2010年版。

陈平原：《中国现代小说的起点》，北京大学出版社2010年版。

张晓虹：《古都与城市》，江苏人民出版社2011年版。

《读者参考丛书》编辑部编：《减速的代价》，学林出版社2011年版。

熊月之主编：《稀见上海史志资料丛书》，上海书店出版社2012年版。

鲁迅：《中国小说史略》，东方出版社2012年版。

韩春平：《明清时期南京通俗小说创作与刊刻研究》，暨南大学出版社2012年版。

胡适：《胡适文存》，华文出版社2013年版。

蔡元培：《我的人生观》，中国工人出版社2013年版。

袁行霈、陈进玉主编：《中国地域文化通览》（上海卷），中华书局

2013年版。

张娟：《三四十年代上海现代市民小说价值重构》，安徽大学出版社2013年版。

刘方：《汴京与临安：两宋文学中的双城记》，上海古籍出版社2013年版。

杨义：《文学地理学会通》，中国社会科学出版社2013年版。

[美] 罗兹·墨菲：《上海——现代中国的钥匙》，章克生等译，上海人民出版社1986年版。

[美] 利昂·塞米利安：《现代小说美学》，宋协立译，陕西人民出版社1987年版。

[俄] M.D 维林吉诺娃主编：《世纪转折时期的中国小说》，胡亚敏、张云译，华中师范大学出版社1990年版。

[美] 弗兰克等：《现代小说中的空间形式》，秦林芳编译，北京大学出版社1991年版。

[英] 马·布雷德伯里、詹·麦克法兰编：《现代主义》，胡家峦等译，上海外语教育出版社1992年版。

[德] 马克斯·韦伯（Weber Max）：《儒教与道教》，王容芬译，商务印书馆1997年版。

[苏] 巴赫金：《巴赫金全集》，白春仁等译，河北教育出版社1998年版。

[美] Franco Moretti：*Atlas of the European Novel*, 1800—1900, London: Verso, 1998.

[英] 艾瑞克·霍布斯鲍姆：《资本的年代：1848—1875》，张晓华等译，江苏人民出版社1999年版。

[美] 施坚雅主编：《中华帝国晚期的城市》，叶光庭等译，中华书局2000年版。

[德] 沃尔夫冈·伊瑟尔（Wolfgang Iser）：《虚构与想像——文学人类学疆界》，陈定家、汪正龙等译，吉林人民出版社2003年版。

[美] 伍德（Wood D）：《地图的力量》，王志弘等译，中国社会科学出版社2005年版。

[美] 凯文·林奇：《城市意象》，方益萍、何晓军译，华夏出版社2001年版。

［美］王德威：《如此繁华》，上海书店出版社2006年版。

［荷］米克·巴尔：《叙事学：叙事理论导论》，谭君强译，中国社会科学出版社2003年版。

［法］白吉尔：《上海史：走向现代之路》，王菊、赵念国译，上海社会科学院出版社2005年版。

［德］韦伯（Weber Max）：《非正当性的支配——城市的类型学》，康乐、简惠美译，广西师范大学出版社2005年版。

［美］王德威：《被压抑的现代性——晚清小说新论》，宋伟杰译，北京大学出版社2005年版。

［英］迈克·克朗：《文化地理学》，杨淑华等译，南京大学出版社2005年版。

［英］马尔坎·布莱德贝里（Malcolm Bradbury）编著：《文学地图》，赵闵文译，台北胡桃木文化2007年版。

［美］李欧梵：《上海摩登：一种新都市文化在中国（1930—1945）》，毛尖译，人民文学出版社2010年版。

［日］斯波义信：《中国都市史》，布和译，北京大学出版社2013年版。

［美］罗伯特·塔利：《空间性》，方英译，北京大学出版社2021年版。

二 论文类

陶元珍：《梁任公新中国未来记中之预言》，《民宪》1945年第3期。

陈蝶衣：《〈九尾龟〉的作者——张春帆先生》，《万象》1975年第4期。

吕作燮：《明清时期的会馆并非工商业行会》，《中国史研究》1982年第2期。

沈缙：《小说〈轰天雷〉作者藤谷古香考》，《文学遗产》1986年第3期。

金键人：《小说的空间构成》，《杭州大学学报》1987年第2期。

［日］寺田隆信：《关于北京歙县会馆》，《中国社会经济史研究》1991年第1期。

杨子坚：《南京与中国古代文学》，《南京大学学报》1995年版第

3期。

熊月之：《历史上的上海形象散论》，《史林》1996年第3期。

于培杰：《线条和团块——中西传统艺术结构模式比较》，《学术论坛》1996年第1期。

欧阳健：《晚清"翻新"小说综述》，《社会科学研究》1997年第5期。

吕智敏：《论京味文学的源流与发展》，《中国文化研究》1997年冬之卷。

赵志忠：《曹雪芹·文康·老舍——京味小说溯源》，《民族文学研究》1998年第3期。

熊月之：《晚清上海与中西文化交流》，《档案与史学》2000年第1期。

童庆炳：《经验、体验与文学》，《北京师范大学学报》2000年第1期。

梅新林：《〈红楼梦〉的"金陵情结"》，《红楼梦学刊》2001年第4期。

刘勇强：《西湖小说：城市个性和小说场景》，《文学遗产》2001年第5期。

田若虹：《陆士谔年谱》，《明清小说研究》2002年第3期。

孙逊、葛永海：《中国古代小说中的"双城"意象及其文化蕴涵》，《中国社会科学》2004年第6期。

[美] 韩南：《〈风月梦〉与城市小说》，《上海师范大学学报》（哲学社会科学版）2004年第1期。

李桂奎：《论中国古代小说的"百年"时间构架及其叙事功能》，《求是学刊》2005年第1期。

樊玉梅：《〈海上花列传〉的叙事研究》，硕士学位论文，湖南师范大学，2006年。

潘建国：《铅石印刷术与明清通俗小说的近代传播——以上海（1874—1911）为考察中心》，《文学遗产》2006年第6期。

何宏玲：《论吴趼人最早的一部章回小说》，《南京师范大学文学院学报》2006年第1期。

邹振环：《西餐引入与近代上海城市文化空间的开拓》，《史林》2007年第4期。

孙逊、刘方:《中国古代小说中的城市书写及现代阐释》,《中国社会科学》2007年第5期。

辛德勇:《〈冥报记〉报应故事中的隋唐西京影像》,《清华大学学报》2007年第3期。

余华:《文学不是空中楼阁——在复旦大学的演讲》,《文艺争鸣》2007年第2期。

许建平:《货币化场景——酒宴在明清小说中的叙事功能》,《文学评论》2007年第4期。

余新明:《〈呐喊〉〈彷徨〉的空间叙事》,博士学位论文,华中师范大学,2008年。

江俊浩:《从国外公园发展历程看我国公园系统化建设》,《华中建筑》2008年第11期。

朱寿桐:《论现代都市文学的期诣指数与识名现象》,《社会科学辑刊》2009年第3期。

谢纳:《空间美学:生存论视阈下空间的审美意蕴》,《社会科学辑刊》2009年第4期。

李康化:《租界文化对上海市民性格的影响》,《探索与争鸣》2009年第12期。

施晔:《晚清小说城市书写的现代新变——以〈风月梦〉〈海上花列传〉为中心》,《文艺研究》2009年第4期。

夏斯云:《近代上海国际贸易中心的形成及其启示》,《国际商务研究》2010年第2期。

李永东:《晚清小说中的上海租界形象》,《文史知识》2011年第7期。

冯保善:《明清江南小说文化论》,《明清小说研究》2013年第4期。

郝庆军:《民国初年"黑幕小说"的渊源流变与想象空间》,《山东师范大学学报》2013年第5期。

段怀清:《海上漱石生生平考》,《杭州师范大学学报》2013年第4期。

冯保善:《论明清江南通俗小说中心圈的形成》,《明清小说研究》2014年第4期。

梅新林:《文学地理学:基于"空间"之维的理论建构》,《浙江社会科学》2015年第3期。

后　　记

本书是在我的博士论文基础上修改而成。还记得博士论文刚写完时，心存一种先毕业，以后好好修改的想法。毕业后忙于教学、家庭及各种琐事，修改博士论文的事也被一再搁置。直到今年，毕业已经6年多，因为机缘之故，才对论文进行修改出版。由于论文是读博期间在大量阅读文本基础上进行归纳总结写成的，因此本次出版对论文的修改力度较小。所幸，小说的空间论至今仍是学术界热点。

本书的出版勾起了我对复旦求学期间诸多美好的回忆。复旦的博士生待遇可谓是羡煞旁人，在寸土是金的大上海，博士生居然在四人间的套房里独居一间带阳台的小房间，关起门来是一方安静的净土，打开门则可与室友畅谈，既少了些孤寂，又多了份友情。而经常上课、听讲座的光华楼，可谓融气派、现代、华丽为一体，无愧于高校第一楼的称号。复旦不仅开启了我一种全新的生活，也带给我一种全新的体验。复旦于我，不仅是学术的殿堂，更是人生成长的平台。在复旦的诸多美好与提升，要感谢复旦的良师益友。

首先感谢导师梅新林教授。正是因为梅老师给予的机会，我才有幸成为一个复旦人，并将永久拥有这份荣耀。在学业方面，梅老师宏观的学术视野和敏锐的学术眼光使我在论文选题方面少走很多弯路。还记得博士一年级时，我给梅老师提交一篇课程论文，梅老师问我，这个文学现象在清末民初其他小说中是否普遍，能否扩大为一篇博士论文。就这样我的选题很顺利定下来，而且刚好是我的兴趣点。在整个论文写作过程中，梅老师给予我的指导非常具体而细致，从开题到预答辩到定稿，他反复帮助我调整论文提纲，对于论文中的逻辑关系和表述问题都提出了详细的修改意见。每当我论文遇到困难和写不下去的时候，梅老师总能给我诸多建设性的意见，使我毕业论文不仅如期顺利完成，而且整个写作过程也不算痛苦。尤其令我感动的是，对于学术功底不太好的我，梅老师总是能看到我的进步并给予鼓励和表扬,给了我写论文的极大信心。毕业之后,从各种课题申报到小论文修改,梅老师依然一如既往地给予我悉心指导。这份培育和提携之恩,将永存心中。

其次感谢谈蓓芳教授。谈老师除了自身专业研究精深外,外文和文献功底同样非常深厚。在复旦期间,谈老师为我讲授专业外语课和一门专业课。谈老师严格的要求,让英语基础很差的我竟然查阅了大量的专业外文期刊。在学位论文的写作过程中,谈老师不仅把她的私人藏书源源不断地借给我,而且在文献引用、行文规范、语言表述等方面提供了大量宝贵建议。谈老师的认真严谨、一丝不苟的治学态度很好地帮助了粗心的我,使我的论文避免了不少的错误。在复旦的几年里,我总喜欢找谈老师聊聊论文进展情况及近期困扰的问题,而谈老师总是耐心倾听并提出具体可行的处理方法。毕业时,谈老师还赠送我多本"中国近代小说大系"系列文本。在与谈老师长期交往的过程中,我深刻地感受到她是一个非常具有奉献精神且善于为他人着想的老师。谈老师给予的无私关怀和厚爱成为我复旦美好记忆的一部分。

还要感谢中国古代文学研究中心的陈广宏、郑利华两位教授,在论文开题和预答辩过程中,提出中肯的意见和建议,让我获益颇多。感谢上海师范大学已故的孙逊教授,孙老师是个思维敏捷、和蔼可亲的长者,在论文开题和论文答辩过程中曾给了我很好的建议。也感谢北京大学廖可斌教授,在论文答辩过程中给我提出的宝贵建议。复旦诸多的授课老师,他们精彩的授课不仅丰富了我的学科知识,也拓宽了我的学术视野。在复旦的成长,离不开这些老师的指导和帮助。复旦的诸多美好和愉悦,还要感谢室友、同门师兄弟给予我的鼓励和帮助。

感谢爱人的支持,他是一位很少把工作带回家的男人,在生活中主动承担了大部分家务和琐事,工作较为专注的他时不时敦促有拖拉习惯的我,让我的生活张弛有度。感谢儿子的自我成长,在他的小学阶段,因为"虎妈"基本处于缺席状态,"猫爸"的"放羊"式教育,他一度成为小学老师眼中的"问题学生",但可能正是小学阶段的放任玩耍,让他对学习还葆有一丝兴趣,初中阶段的他学习快速提升,高中阶段的他,很少让父母操心,顺利升入大学。感谢父母、兄长、姐妹,他们的亲情是我人生最美的点缀。

"一切都是最好的安排",感恩遇到的一切。感恩生命,让我有幸在恰当的时候来到复旦。感恩复旦，给予我又一次人生成长和提升的机会，遇见了一群优秀而可爱的人。感恩家人，让我的生活一直过得平静、踏实、宽裕。科研的路于我还很漫长，希望自己永远在路上，不负韶华，不断前行。

纪兰香
2022 年 2 月 20 日